Sunny 文庫

267

# 方寸天地看人間

## 燈火闌珊處，尋一代少年背影

逸之◎著

# 自序　洗硯池頭樹的寄語

我的女兒，爲你和你的同代人寫出我們一代在少年歲月中所經所見的大陸中國，成爲我逐漸生成的心願。「我們一代」，就是指你的母親，還有那些如你的母親一般、生於大陸中國四〇年代末與五〇年代的人。我們一代的人達數千萬。由於大陸中國無休無止的政治「運動」（或稱「整肅」）直至文革（「文化大革命」的簡稱）[1]，我們一代於少年時有大致相同的人生軌跡，是否也可算是歷史奇觀之一？也只有集權體制下的掌權者才能有權力，如此肆意地擺佈數千萬少年的人生道路吧？

看到《自序》題記，你可能會問我爲何選了如此佶屈聱牙的樹名？什麼是「洗硯池頭樹」？女兒，我慚愧未能教會你中文文字。那樹名源自明代畫人王冕詩中的首句：「我家洗硯池頭樹，朵朵開花淡墨痕。」我想那棵梅樹或可寓意我與我的同代人——自然這也僅僅是我心中自認的寓意，不代表他人，更無意強迫他人認同。梅樹若生於曠野，或植於清淺溪畔，朵朵梅花綻於枝頭，必定是如雪如霧，纖塵不染，占盡百花風情。詩中的那棵梅樹，卻不幸生根於洗硯池頭，那硯中殘墨染黑之水漸漸浸入梅樹根系，墨色沿根系樹脈直達花蕾，爲梅花染上絲絲墨色。那花瓣綻開時無奈地帶了駁雜墨痕，因而比那閬苑梅花輸卻三分白、三分香、三分風流，卻依然在斑駁墨染中，有一分梅花天性清氣留予人間。我想這便是我們一代人的命運。

## 自序之一——寄語小兒女

我的女兒，多年前我帶你離開大陸中國的那一幕，始終留存在我的記憶裡。十二月下旬的北京，晨曦漸隱，北風凜冽，陽光清透，空氣寒冷新鮮。那時的北京還沒有霧霾，詞典中甚至沒有出現過霧霾一詞。機場裡老式的候機室只有一間候機室，冷落的停機坪。那時也沒有引進四季常青的草種，跑道旁呈枯白色的草地和諧地融入那番冷清中。小小的你偎依在我的臂彎中，柔軟的頭髮像蒲公英花成熟時的絨毛，在陽光中根根纖毫畢現。從我座位的舷窗中可見到天際的一朵雲，如蘑菇般圓潤嬌小，輕盈無依，在空中載沉載浮，卻始終不消不散地懸在那裡。我那時心中忐忑，掌心緊貼你輕柔的毛髮。這航程終點的土壤是否溫潤平和？你是否可以落地生根，而自己又有幾分把握在異國找到立足之處？那之後的歲月於我似可歸結爲「勞碌」二字，於你則如遇晴好春日草木爭發。上帝公平地對待所有人。無論如何輝煌的人生，都會如落日般沉入地平線。我的女兒，你如今滿頭柔毛已經變爲順滑長髮，而我自己逐漸進入人生的初冬，不得不想清楚餘生中如何排遣那漸入人生末路的歲月？

「遺有涯之生，行無涯之事」，想必是許多讀書人的心願。人生有涯自是常識，但何謂「無涯之事」？只怕是見仁見智，或因人之能力而異。建築師留下屹立百年的教堂，企業家留下百年興盛的基業，於書生如我而言，「無涯之事」或許便是留下些文字吧。身前事身後字，留於後人評說。不過睿智通透如古代先賢，亦無法預知碼字於今日幾乎是人人皆能，且如今又有多少人有心思又有時間讀書？書的價値如同濫發的貨幣一般迅速貶値。既然如此，女兒，自己爲什麼依然有爲你與你的同代人碼出文字的心願？或許那是起源於自己一點少年時的執念吧？我們一代的少年時期始於大陸中國那雖無外敵入侵、於萬民而言卻是兵荒馬亂的文革歲月，廣袤華夏大地只充斥中共元首一人的聲音。小民若心存異議，便只能寄託於紙筆，且將筆下流出的文字悄悄藏起。大陸中國繼七〇年代末文革結束後開啓改革，使得大陸文人有望可以「梅開二度」，卻又於千禧年後第二個十年期間不幸遭逢習氏[2]執政，封殺言論自由，將那希望扼殺於襁褓之中。古人云「前事不忘，後事之師」。若前事被刻意掩蓋，或被有意歪曲，後人又如何有所鑒、有所戒、有所防，使得那些殘忍荒謬的前事不再重複於人世間？女兒，我是業餘寫手，寫作僅爲還未了心願。人生在世，心願或許永不會了結。佛教有云「天下事了猶未了，何妨以不了了之」，不過我終非佛教徒。家族長輩在大陸中國基督教傳入的早期即成為基督徒，我雖不敢自認是如姥姥一般終生虔誠謹守教規的基督徒，但幼年心中留下的種子卻始終在。雖然並不確定自己的人生能否結出果子，但相信上帝賦予自己此生，自己便要盡努力不浪擲生命。基督徒的生命沒有輪迴。每條生命落入此岸，是一生亦是永遠，逝去後永不再回頭，因而此生要盡可能了卻自認是未了之事。我自認我們一代少年時的經歷，亦是大陸中國當年的映射，因而不應被我們的沉默淹沒一棄了之，惟願人人盡微薄之力，在此岸留下自己的燈盞，傳於後人。惟有勉力守住自己微細的燈焰，此岸才不會被黑暗湮沒，相信這也是祂對於每條送往人間的生命的期待。如今的自己身處華夏王土之外，雖非桃花源中人，但終是大陸中國體制外之人。若能以餘生閒暇以自己的筆，為那些無法言說的小民人生留下些許痕跡，讓後代人理解，又何樂而不為呢？亦如《聖經》所言，「我們若將起初確實的信心堅持到底，就在基督裡有分了（《聖經希伯來書3.1-19》）」。阿門。

女兒，你們一代自八〇年代中期至千禧之年生於大陸中國。我想你們是自五〇年代初起大陸中國最幸運的一代人，由於恰自那時起，那片大陸在「城頭變幻大王旗」——從青天白日旗換為鐮刀斧頭旗之後——首見開啓改革，那紅色（謂「革命之色」）強力浸染小民生活方方面面的歲月逐漸退去，社會漸呈多元色彩。那正是文革結束、大陸選擇開放的時期，氣氛寬鬆，西風東漸，物質日益豐足，社會的集權體制裂開，體制與社會逐漸多元化，人生無需再「華山一條路」般，在無奈之中禁錮於某一「單位」[3]之中。年輕人始悟到這世間天空寥廓大地廣袤，將人生之路多有選擇視作是理所當然之事。若從你們一代開始記事算起，時光已經走入九〇年代初期。「天安門事件」發生時，你們依然是茫然不通世事的幼童。「天安門事件」的陰影，那時雖依然懸在許多人心中，懸在天高雲深之處，但是小民終於有了些自謀生計的空間，空氣裡隱隱飄搖了冰河解凍、冰雪初融的新鮮氣味。你童年記憶裡的大陸是可愛的度假之地，公園裡有各種私營小攤，攤前掛滿迎風搖擺的五彩氣球，攤上堆起各種零食或玩具，棉花糖的甜香氣味四處飄散，攤主們笑顏盈盈，似乎是天藍雲白，陽光下縱有陰影，也無妨人心漸漸溫暖。那時政府對於平民經營小生意是寬容的，那時還沒有「城管」（全稱爲「城市管理行政執法局」，二〇一七年成立），因此也沒有身穿類似警服的城管三五成群地突然現身，兇神惡煞如強盜一般，不由分說地砸攤、打人、搶貨。城管人員離去時，那些小攤便如秋風落葉，一地狼藉，繽紛歡快的空氣立時凍結。我的女兒，你童年時那些城管尚未存在，因而你的童年記憶裡，沒有那城管如狼似虎地打砸搶劫小攤販的場景。在那專門打砸那些弱小無權攤販的城管出現的年代，你已經生活在大洋另一端，經歷一級級按部就班的學校歲月，讀書之外，亦開始嘗試且沉迷於當地文化中視作是少年人必經的叛逆、初戀與各式派對，甚至是開始探索「創業」的人生夢。

在我們落足的異鄉，女兒，你如今已經爲人妻、爲人母，同時工作，亦是進入人生最忙碌的季節。如同春末夏初的蘋果樹，正勉力地將滿樹繁花變爲一粒粒幼嫩的果實。那忙碌出於你自己的選擇，所以有初嘗人生的愉悅，自然也不免會因凡人在世間的瑣碎而疲累。我知道庚子大疫以來，生活在那與大陸中國相隔一片大洋的另一端世界中，你生活中也並非沒有困擾。那裡一貫氣候溫和，民宅可無限地延展，城市便隨著無限地延展，似乎天與地之間的邊界亦可模糊，任由人類推進。那裡的社會極度多元化，無論是種族、職業、生活方式，乃至人生態度，曾經都可任由個人選擇，他人無權置喙。自由的定義似乎便是個人擁有選擇的權利，只以不侵入他人的權利領地爲前提。這似乎是理想的人類生活狀態，卻隨著各類思潮的此起彼伏而漸漸失衡。哀鴻遍野的庚子大疫中，被反復使用的「中國病毒」、「武漢病毒」，更是促成了它國民眾一輪以華裔作爲洩憤對象的行爲。已經數度有華人、連帶相貌相似於華人的韓裔、日裔，被當街毆打、傷害、羞辱，無人干涉，而員警似乎對此亦是漠然處之，或曰雷聲大、雨點小。亞裔亦罕見地數度群集遊行，抗議歧視。這些都在侵擾你的心境。

最近我讀過《他者中的華人》（Chinese Among Others）[4]，寫華人自清朝以來移民各國的歷史。讀來極爲鬱悶。此書講敘視華人移民爲異類並非新現象，他們無論是在東南亞還是歐美各國都被視爲異類。這一歧視數百年來始終伴隨華人移民。華人背井離鄉、出走他國往往是出於無奈，或因本土是苛政猛于虎，或因逃避本土的政治迫害，被逼得遠走他鄉，只爲謀條生路。華人聰敏勤勞、逐利戀家的特性永遠是柄雙刃劍，使得他們在異國被視爲不可或缺的苦力或最好的藍領或白領勞力，亦成爲他們被顧忌防範的理由。直至今日，在歐美國家雖然有「政治正確」作爲華人身份的盾牌，華人卻依然難以完全逃脫數百年來被歧視的陰影。「梁園雖好不是家」，在美華人之中，即使成就譽滿天下之人，亦不免心存故土之思。華人對於故土——那千年華夏故國——的心理始終是糾結。他們期盼故國強大，認爲一個強大的故國，可以爲身在異鄉的他們撐起腰桿，起碼不必永遠如孤兒般任人欺凌。晚清至民國初年期間，作爲「燃燈者」的先哲們，例如梁啓超先生，亦曾堅信一個富裕強大的中華人民之國，必將會保護其寄居海外的華人，而華人也鼎力協助身處故國之革命者。他們曾捐款協助孫逸仙先生的革命，甚至在紅色大陸中國成立後、在新的始皇毛氏的宣言——「中華民族從此站起來了」——之後，如飛蛾撲火般地奔回紅色中國，義無反顧，不惜捨棄學業、薪酬、富足的生活，甚或是熱戀的情人。

不過他們五〇年代初嚮往的那幅故土圖景，並未成爲他們繼後面對的現實。多數歸國學人之後的遭遇恰如飛蛾撲火，被紅色火焰焚得灰飛煙滅。作爲後人，我依然可以理解他們從祖先繼承來的情結——華人對故土始終不滅的期盼與牽掛。自五〇年代中期，大陸中國的現實逐顯示先哲如梁啓超先生的預言——一個強大的故國——留給海外華人的惟餘失望或失落。或許那預言終是書生坐於書齋之美好願望，一廂情願。不過我願爲梁先生一辯，即我更相信那預言落空的緣由，是先哲設想的華夏強國，並非是大陸紅色革命至今結出的果實。那條先哲設想的華夏古國重興之路，由於種種外力干擾、內外戰爭，以及書生意氣不抵帝王野心謀劃，等等，在現實中最終導致紅色政黨佔領華夏大陸。如今的紅色大陸故國已經自認其強大無匹，在國際外交中逐漸從「韜光養晦」的曖昧而轉爲高調自矜，甚至以「戰狼」自詡，外交官員姿態傲慢，無禮亦無理。大陸中國雖漸漸強大，卻並未實現梁啓超先生的期待，唯一的結果反而是華人在海外的處境更爲尷尬。伴隨故國在國際平臺上愈漸咄咄逼人，華人感覺處境愈益像是擠壓在兩片磨盤之間——磨盤一扇是故國，另一扇是棲身的西方國家，例如美國。中美兩國首腦之間如今是敵意漸深。華人身處中間，遭遇的是兩邊的共同碾壓——常見海外華人因一語批評故國而遭大陸中國眾議洶洶，稱其爲「賣國賊」，而另一邊則亦常被身居之國質疑爲「間諜」或「病毒傳播者」等等，惶惶不知應作何想？

女兒，孩子們，我知道在庚子大疫之後的異鄉，你們或許也會感受到他國與其他族群中許多人的歧視乃至敵意，或另眼相看。那麼，女兒，是否有一天你會問我，「你當年爲什麼要帶我離開故國？離開我的族群？到底是爲什麼呢」？我的女兒，我應該如何回答？作爲母親，我相信最好的方式，是向你講述我幼年直到成年時，生活於大陸中國的影像，那是與你童年記憶中的快樂公園完全不同的場景。我少年時代的大陸是族群分裂，有權力的一類人可爲所欲爲，一步步將另一類人剿滅，挫骨揚灰。另一類人則只能步步退卻，永遠是低頭認罪，最終失去可以堂堂正正地立於人世的空間。那是個一波又一波永無停歇的政治整肅彼伏此起的歲月，那些整肅致使千家萬戶家破人亡。自五〇年代中期一切資產即收歸國家所有，工商業者被紅色當局以「贖買」之名，剝奪其財產權利乃至經營權利，更何談街邊公園會有小攤販的蹤影？我的女兒，孩子們，無論你們最終選擇生活在哪片土地，我都希望你們與你們的後代，不要再次落入我少年時的處境，更希望你們可以有智慧，避免類似場景在華夏古老的土地上重現。或許這便是我以筆墨留下記憶中少年時那些場景或片段的意義。這些文字與其說是我個人的故事，不如說是我們一代人的故事。

我的女兒，你知道你母親少時開始對於人生的意象是什麼嗎？我從未對你說過，我擔心這些記憶會影響你對於人生的期待與體驗，同時也明白年輕的你可能即使聽到，也是如風過耳，不知道那風聲所傳達的意思吧？記憶裡我小學二年級時的級任老師極年青，臉頰圓潤如一枚新出爐的硬幣，或許本身還是「爲賦新詩強說愁」的年紀，不時地對我們這些尚在「狗竇大開」年齡的學童，提些出人意料的問題。記得她曾在課堂提問：「你認爲人生是什麼？」如此宏大的議題，對於七、八歲兒童想必是過於深奧，多數學生都瞠目不知所謂，自己也不記得當時是否有答，但是之後確實曾在心中反復地思量，自問自答。不知何時腦中最終形成的幻象是人生如同一葉小舟。舟入水中，水流推其前行，從淺水進入深水，從小溪進入河流、湖泊、海洋。小舟漸行漸遠，水面逐漸寬闊，亦是逐漸進入愈益增多的不可知之中——不可知水流深淺，不可知小舟被推向何處，更不可知何處是盡頭。如此幻像其實是反射了自己內心的惶恐吧？人生如舟並非我的新創，古人亦以舟喻人生，不過似乎與我心中幻象的寓意相反。古人心中，「舟」更多是自由的意象，是脫離世事羈絆、人間喧囂與煩惱的路徑，例如李白詩，「人生在世不稱意，明朝散髮弄扁舟」；蘇軾語，「扁舟自得逍遙志，任東西，無定止，不議人間醉醒」。一蓑笠一孤舟一漁翁，或者是古代文人遺世獨立的象徵。例如「孤舟蓑笠翁，獨釣寒江雪」；或是遠離塵世喧囂的去處，例如「幸有五湖煙浪，一船風月」。小舟，於古人而言多意味自由不羈、遁世隱逸、逍遙悠遊，如何在後人如我心中卻只餘人生孤獨、未知與惶恐的意象？如今回想。那心中的惶恐是來源於人生總是爲外力所控，自己如同被鎖定於一葉舟中卻手中無槳、舟尾無舵，在閉鎖黑暗的船艙中任憑颶風裹挾、大浪摔打。也或許有時恰是相反情形——自覺是勉力行舟，實際上卻是逆水逆風，不知道眞的是舟行還是風動？總之是可知之時少，不知之時多，因而難免惶恐。既然是舟行之旅，總有一日自己的一葉蚱蜢舟也會被動地抵達終點。不過那終點將在何處？自己可有選擇麼？

女兒，你的母親——我，生於五〇年代，那時早已經是中共的鐮刀斧頭旗飄在大陸每座城頭。父親早年成爲右派，遠赴邊疆支援當地教學，以示懲戒（其實與許多被遣送勞改的右派遭遇相比可算是幸運）。我與母親在人世亦是緣淺。自己是早產兒，出生即入暖箱，襁褓中是由姥姥帶回W城獨自養育，終於在姥姥照料下成爲（姥姥所說）「神賜予的」一條鮮活生命。將近學齡時被送回父母身邊，但母親由於憂懼鬱積，積年累月成疾，逝於本應是年華最爲鼎盛的年紀。自己則在學齡因文革而成爲失學少年，直到一九七八年大學重啓才回歸校園。人生跌宕，非出於本意，更非由於自己的選擇，只是被外力一次次懵懂莫名地摔打在風浪之中。回想過往，大陸中國共產黨治下，不知有多少如我一般的小民無法控制自己的人生起落。我那「人生如舟」的映射中深藏的，其實是對於人生未知的恐懼，也隱隱有無能之感——被鎖入密閉的船艙中，只能感知浪濤沖刷小舟起伏，卻不知小舟會被沖向何方？

華人古語說「入土爲安」，其實如今的大陸中國，已經連逝去之人的入土之地都難得到。亦已經有無數前例顯示，家中先人即使入土亦不能安。例如難免那埋骨之地被政府徵用，不得不將先人骨殖一一從土中收撿，另尋可埋骨之土。其實這還算幸運，文革中不知道有多少墓園，無緣無故地被那些紅衛兵少年搗毀，骨殖散落無尋處？既然入土亦不得安，如今大陸中國許多子女，不得不選擇將逝去的前輩骨灰葬入海中。不知道這選擇是後人無奈？或是無奈中悟到了基督徒或佛教徒的通透了然？是相信人生肉身的終點在何處其實已經不重要？海水流動，四海相通，便自我安慰說前輩們的骨殖靈魂也會在自由流動的海水中尋到彼此吧？我的父親最終將他母親——我的奶奶——的骨灰葬於海水中，我們也決定將父親的骨灰最終葬於海水中。我的父親是奶奶的獨子，襁褓中喪父的父親，由奶奶憑一己之力養大。

奶奶一介女人獨立行走於人間，成爲北美長老會設於S省的廣文學堂的教員，在二〇年代的大陸中國女性中也頗不尋常。我們後輩無能在大陸王土爲他們獲得安放骨殖的一穴之地，只能願他們母與子的心靈終將在流動的海水中團聚。

女兒，我希望你的人生可以避免我與我的家人——你的前輩們所經歷過的惶恐與無能之感，我想像中你的人生應如同天地之間一條敞開的小溪，溪水清亮，流淌得恣意靈動，將沿岸風景一一映入溪水——有野花野草粉紫淺綠的繽紛自在，有天光雲影交錯徘徊的寥廓高遠，亦有人世勞作的身影。小溪可能也會途經險灘與頑石阻擋，但一切會顯現在光天化日之下，溪水不會被蒙起眼睛，不會任由外力擺佈。小溪流經於五光十色的天地自然之間，自不免有風雨侵入，但那也只會使溪水更豐盈，或許是水流更深、洗淨沿途塵埃。

女兒，我看到離開大陸中國之後的你有單純快樂的童年，有與小朋友比賽讀書的愉悅，可以自由地在不同國家旅行，如同一切在平和安然環境下長大的兒童。自然你也有少年叛逆時與朋友那些主張獨立、醉酒與旅行的宣洩，作爲母親雖不免各種操心，卻依然是欣慰多於擔憂。如今你已經年過而立，我希望你一生如同前面描述的那條清淺小溪，感受到天地之愛。如果只談具象，我希望你有平和坦然的一生，可以欣悅於愛自己、愛眾人，亦感受他人之愛。我希望你有一個可以恒久的家，夏季可以遮風避雨、冬季可以燃起壁爐取暖、看火焰在壁爐中旋轉如舞蹈，更重要的是毋須擔憂你的家屋，可以隨意被權力徵用或拆除。這個家可以地久天長地，存在於棕櫚樹與芭蕉葉下，直到你子孫繞膝。女兒，我從未存有你必須成爲名家名人的期冀，因爲我想隨緣即是與人生結緣的最好方式。或者換一個角度，上帝按自己的面貌造人之初，亦惟願人類可以單純快樂如孩童吧？那本是上帝應許的模樣，卻毀於人的欲望，那麼爲何要逼迫自己的女兒有爭名奪利之心？或者再換一個角度，女兒，我的家族前輩們人人一世清正自強，脊骨不彎不屈，從不爲私利侵害他人。他們一生努力亦並非以成名爲念。他們卻幾乎是人人遭逢亂世，鬱鬱而終。作爲他們的後人，我自幼只見家人分離，非所選，非所願，而是逼迫之下的不得已。

大陸中國改革開放之後，自己雖幸運地未落入困頓中，成爲專業人士，人生軌跡卻始終難脫「顛沛流離」四字。每一處心中家園都是片瓦無存。我自幼曾隨姥姥居住的家族祖宅與院落，由於政府強令的城市改造而不由分說地被拆毀。我趕回去本想再看一眼幼時居處，見到的只是一地瓦礫。滿院生長了近百年的槐花與石榴花再也不見，今後它們只能在我的記憶中開花結實了。女兒，我想你若可以安然一生，有家屋長在，有家人環繞，於我便是一生的幸運，是我的「人間四月天」。如同是自己自幼只見花落，一個甲子之後卻終見人生中也有花開，心中便有難以言說的柔軟與釋然。我的女兒，我願將自己從家族前輩世代的堅忍與堅守那裡承得的全部幸運留給你，換你享有一生安然自在，便已經足夠，如同是我心中上帝應許凡人的人生樣貌。

如果前面的想法對於你依然是過於缺乏具象，難以理解。那麼，你（還有你的同代人）可願聽我講自己始終未能忘記的一次勞動課？我們自進入小學起便有「勞動課」，例如去農田裡幫助除草間苗等等。爲什麼要有勞動課？由於「勞動最光榮」，「勞動者最美麗」是生於紅色大陸政權下的孩子們，自幼在心裡被紅色政權種下的觀念。其實我們都喜歡勞動課，童心童樂，只要是休息時可在田埂上追逐嬉笑就滿足了。不過有一次的勞動課不在農田。那次的勞動課是在一家養鴨場，那裏專門出產供製作北京烤鴨的幼鴨。那鴨場中一欄欄圈住的還都是鴨雛，羽毛雪白，行動呆萌。我們的勞動是協助給鴨子餵食。餵食時間，那鴨雛自動排成一排，並不亂跑亂竄。場工嫺熟地順次抄起鴨子柔長的脖頸，如同抄起一隻灌滿啤酒的長頸瓶，一手捏開鴨喙，置放到一隻餵食管口之下。我們便扭開那餵食管，如同扭開自來水管一般，經人工配比合宜的流質鴨食便自動流入被捏開的鴨喙中。鴨子乖乖地被動進食，並不掙扎。待每隻鴨雛餵食到一定數量，場工便喝令我們擰緊食管開關，同時將雛鴨隨手一扔。那鴨也就乖乖地走回鴨圈，一路抖順凌亂的白羽。如此餵養的北京鴨才會體型肥碩而肉質細嫩，烤製成食客餐桌上的美味。

多年後回想那強迫鴨雛餵食與分毫不見鴨雛抗拒的一幕，不免想到那場景難道不是濃縮了我們一代人的命運？我們自入學以來，課本是政府教育部門統一定製，老師的教案是統一定製，甚至連體育、音樂、繪畫等統稱爲「非主科」的教程，亦是由教育部門統一定製。由於日常油鹽米麵肉蛋蔬菜的供應，亦均是由政府部門分發票證配額供應，我們甚至連每日每餐納入腹中的食物都無甚差別。難道我們不是如填鴨一般長大的孩子？在那種大一統教育體制的環境中受教、長大。家有藏書可讀的孩子是幸運的，若有肯爲孩子講些往事的長輩，那便是幸運中的幸運吧，只是長輩們對於往事多是守口如瓶，對於自己家族舊事更是緘口不言，例如我的家族長輩們。我的女兒，我不希望你也如同塡鴨一般長大，沒有選擇地吞嚥下他人配比好的食料，沒有選擇地被圈養在那些隔柵中，之後被送往指定之處，成爲他人刀俎下的肉，別無選擇。

女兒，你自記事起就知道律師是我的職業，不過你並不知道那從來不是我心悅的職業，也並非我完全主動的選擇。我心心念念的始終是以文字爲業，或煮字療饑，或成爲書評人，總之是一生可以沉埋於書海之中。我最終成爲法學生，更多是出於無奈。當年你的母親有幸重回大學，成爲一九七七年大學重啓考試招生制度後第一屆考生中的那4.7％，所謂「中得頭彩」的幸運兒之一，卻被分派到自己毫無興趣的專業——政治經濟學。之後雖然藉大一時考入研究生院得以擺脫政治經濟學，卻依然只能面對有限的選擇。爲使文學夢成眞，自己在成爲法學生的第一年，申請到美國Bennington College[5]比較文學專業的入學與全額獎學金，卻因大陸中國教育部的禁令而無法申請到出國必須的護照。自己法學院畢業，且滿足了大陸政府畢業生必須工作滿五年之後才得出國留學的要求，終於取得護照，卻又遭到美國簽證處拒絕，理由是我已經法學院畢業，再從本科生起讀另一學科，缺乏合理邏輯。此時距我初次申請已經是十年之後，其間Bennington College始終為我保留了名額，雖然自己未能心願成真，卻始終存了對那所學院的感激。

挫折與等待，人生蹭蹬逾十年，你的母親依然是無緣於自己心悅的人生。雖然與律師相比，以文字為生的人可能終生窮愁潦倒，而律師可收入豐厚，但相比於自己數十年來始終身陷於壓抑天性的職業生涯，何為是？何為非？女兒，我不願意看到你重覆母親的人生軌跡——始終因政府權力的壓制而失去選擇人生道路的機會。我希望你有不同的人生——可以選擇專業、選擇生活方式、選擇在何處生活。即使是由於缺乏判斷力而做了不明智的選擇，那也畢竟是自己主動的選擇，雖有遺憾卻自知選擇權在你，須責任自負。那或許便是人正常成長的過程吧，而我們一代如困於苗圃中作為盆景的植物，或如塡鴨，自幼便任由養殖之人按其選定的用途與審美來修理、扭曲、造型，最終長得奇形怪狀，供某些人觀賞或食用。孩子，我帶你遠離，理由之一是想看到你未來有選擇人生喜好的自由，而不會像我一樣，一世為人總是在為生存而委曲求全。

若以紅色政權管制小民的實例為鑒，女兒，你不可不知大陸政府禁止提及的一九八九年。女兒，孩子們，那時你們或是嬰兒或是幼童，不會記得（也不會被告知）那年春季天安門廣場發生的事件。我是在境外讀書時從電視與報紙新聞中看到的，初看時，幾乎不敢相信電視中顯現的，是自己如此熟悉的長安街與天安門廣場。我看到那裡一片鮮血淋漓，人民軍隊的坦克列隊行進，就如有外敵來犯。那軍隊嚴陣以待，其實面對的只是一群少年學生與年輕市民。他們手無寸鐵，只是和平集會訴求民主與自由，要求懲治貪官污吏。所謂人民軍隊，居然荷槍實彈射向平民與少年學生麼？確認那場景眞實無誤，那鮮血滿屏的場景永存在我的記憶中，但自己無能行動，只能是心中五味雜陳而已。而已而已。毛氏與黃炎培先生一九四五年曾有「窯洞對」[6]，當年不只是語驚四座，且是令天下讀書人動容動心，使毛氏爲首的紅色政黨——中共，一時成爲天下學人眾望所歸，更是眾多熱血學生的人心所向。毛氏那番豪言相距長安街學生血流當場的那個春天還未到五十年，言猶在耳，難道紅色政權便容不得一群熱血少年，公然要求實現毛氏豪言的「人民監督」了麼？即使中共首腦心中容不得「人民監督」，難道就必須槍口直對學生血肉之軀、趕盡殺絕麼？那麼毛氏當年令天下人動容的一番豪言，究竟是出於其眞心，抑或是權謀者的謊言欺儘天下人？其實無論答案爲何都沒有意義，因爲少年學生在紅色軍隊的眞槍實彈下流出的鮮血與失去的生命，便是毛氏所謂紅色政權宣示的眞實答案。

華夏歷代帝王視天下與治下之民爲私產，即「普天之下莫非王土，率土之濱莫非王臣」。如我一般生於王土的讀書人可選擇的路多是「儒家道統」——「學成文武藝，貨與帝王家」，或是在官場皇庭歷盡挫折、心灰意冷後歸家田園，如「采菊東籬下，悠然見南山」

的晚年陶淵明先生，如「卻將萬字平戎策，換得東家種樹書」的晚年辛棄疾。自然讀書人還有所謂「揭竿而起」的人生路可選，但是那在皇權專制下註定是一條血路，無論是自己的血還是他人的血，會如河般地淌滿那條路。女兒，我的姥爺——你的太姥爺，便是實實在在地走上了那條血路，追隨孫中山與黃興先生，再也沒有回頭，直到倒在袁世凱軍隊的槍下。華夏大地一再地處於歷史輪迴之中——或說如黃炎培先生命名的「週期率」，而華夏子民則見到那週期一再重複。一九八九年的天安門廣場亦是又一次皇權的現代重演。

我無力改變那「週期率」，只能希望自己的女兒不再成爲那歷史輪迴中的犧牲品。設身處地想像，我的女兒，若你成長在大陸王土，若一九八九年你是大學生之一，我會如何感受？若你當時對學生的抗爭漠不關心，我是否會遺憾？若你身在廣場，我是否會心憂如焚？或者若你選擇與紅色政權立場一致而譴責廣場學生，我是否會極其失望？無論何種選擇似乎都非我所願。女兒，我不願意見到幼小或已經成爲少年青年的你，有朝一日被夾在那「非此即彼」的兩處絕壁——集權政權與學生呼喚自由民主的抗爭——之間，無論選擇哪一邊，都會染上無辜少年的血，無論是染在身上，染在心中，還是污染了雙手。詩人北島寫過「路啊路，飄滿了紅罌粟」，意境中憂傷超過美麗，因爲這句詩總使我想起丹柯的故事，據說是源於古希臘神話，之後經高爾基改寫成紅色經典英雄傳說。那故事的意境類同《聖經》中摩西率領以色列人出埃及，卻無耶和華的神力相助。故事中的丹柯爲引領族人走上生路，只能剖開自己的胸，以心臟燃起火把來抵禦黑暗與族人的質疑。黑森林中的小路走到盡頭，天地豁然開朗，族人歡欣雀躍，丹柯卻默默倒地，因爲他血已經燃盡。回望來路，只有一路盛開的紅罌粟。我也看到結局不同的故事版本，是丹柯的心臟化爲無數星星，星光爛漫地升起，融入星空。

那故事雖然蘊涵了英雄獻身的美與憂傷，卻無論如何依然是酷烈的結局。是否華夏民族的任何出路必須是以人血獻祭？且是以百姓平民之血肉獻祭？作爲基督徒家族的後人，我讀過《聖經》中許多故事，讀到耶和華最終選擇拯救世人的方式，是獻祭了牠惟一的兒子，耶穌基督，而非他人之子。由此衍生，我不認爲任何以他人的血肉成就自己的雄圖霸業之人值得信任。無論他們是以帝王、領袖、政黨還是爲「天下窮人謀福利」的名義進行所謂「革命」，都不可信任。一九八九年天安門事件之後，許多智者對於大陸中國政體改革的可能性不再抱有希望。政體改革之路已經被強權與暴力阻斷，小民的公義已經被武力扼殺。無論日後經濟如何繁榮，那紅色政黨的專制權力，永遠如同達摩克利斯之劍懸於天高雲深之處，隨時可以重新落下，落在任何嘗試政體多元化的燃燈者頭上，即使那燃燈者僅僅是將思索形諸與文字，亦不可被容忍。女兒，我無力改變現實，於是只能希望你可以遠離那片紅色政黨治下的王土，那是被無數平民的血染紅的王土；希望你可以避開某一天你與你的母親都不得不面對的選擇困境。我希望你未來有更多元的選擇。離開故土，我心中自然也有不捨，因爲那裡曾生活了我幾代家族前輩，也曾有我記憶中幼年時家人羽翼下的溫暖與呵護。只是面對無解的無奈，我只能帶著記憶遠行。女兒，幸運的是我的生命中還有你，你是我生命中的永遠，無需依靠記憶提醒。

女兒，每想到華夏故土，我常不免心灰意冷，大陸中國似是一片遭到神詛咒的土地。二〇一六年習氏坐上皇位之前也曾韜光養晦，一旦皇位坐實，便證實他才是毛氏的精神傳人。習於二〇一八年強令修改《憲法》，從此恢復到毛氏創建紅色王國時的體制——帝王一尊終身制，且言之鑿鑿，曰共產黨（亦即一尊）是黨大於法，或借一句大陸中國的俗話，曰，「黨凌駕於一切法律之上」。歷代帝王皆稱是「家天下」，而紅色外衣下的習氏則宣稱「黨天下」，同時將中共黨內決策之權集中於習氏一身。可謂「挾天子以令諸侯」，換湯不換藥罷了。我的女兒，那時我自然又想起我的姥爺——你的太姥爺，因反袁世凱而兵敗被俘，槍決示眾於J城，時年二十三歲，距今已成爲百年前的歷史。不過姥爺反袁的心願當年並非全然落空，終於是由其同仁實現。當年袁世凱雖想稱帝，最終卻因民議沸騰且官場持異議者眾而功虧一簣，羞憤而亡。百年之後，對於習氏事實上稱帝一事，卻不見大陸官場有人敢於公然提出異議。互聯網上雖可見民議眾多，均是反對或譏嘲之聲，卻遭網警一一刪除。相比於袁世凱當年畏懼民意而功虧一簣，習氏是文革期間的「紅小兵」出身，究其實不過是肄業的小學生，其帝王夢卻實現得如此順風順水，不知道是否只能歎一聲，當年大陸早期的革命黨人雖播下的是龍種，現實中收穫的卻是跳蚤？我無資格細論以「龍種」開始卻以「跳蚤」爲結局的緣由，惟一能見證的是隨之出現的世事演變——那些經數十年改革開放而漸漸生出的多元化春天，如同「雜花生樹、群鶯亂飛」的民間場景，逐漸毀滅於一尊與其淩駕於法律之上的紅色政黨的蹂躪壓制下。「梨花落，春如泥」，華夏大陸將不幸地又見證一次「週期率」的回歸。女兒，回想自己當年在飛機上輕拂你那絨毛般的髮梢時，雖然心中忐忑不安，如今卻證明那或許是我一生中最不悔的一次選擇。雖說是不悔，卻難免心中愧疚，因爲那也可說是我自私的選擇，是逃離而已。

我嘗試找到與你們一代人在精神上溝通的路徑，因而想到將我們一代——你們的父母一輩的經歷形諸筆墨，留給你與你的同代人。某一天你讀到後，或許可以理解爲什麼我不願你們身陷那「週期率」輪迴之中，被強迫地體驗那類似於我們一代的人生。再者，我也期冀可以通過梳理往事而理解往事發生的原因。先賢古訓，「知其然」，應略知其「所以然」。同時也可稍補本人心中對華夏故土的愧疚之意。我的敘事中，會羼雜自己對於那個時代與它的社會體制背景的觀察、思索、疑惑或看法的表達。不過也因此下面的文字會不時枯燥、晦澀，或打斷敘事的節奏。我將敘述的往事，也可以看作是我們一代的人生足跡。女兒，我文中的故事雖非件件是你母親親歷，但絕無虛構，且那觀察思索僅出自你的母親，不會推諉於他人。

女兒，孩子們，相信你們讀過會有自己的結論，無論是你們的贊同或反對或疑問，於我都如同禮物。其實，回想我少年歲月中，又何曾存在可稱爲精彩有趣的故事？只能自我解嘲，說精彩與無奈都是人生，都存在於大千世界之中。人生無奈的經歷，又何嘗不是「橫看成嶺側成峰」的故事。女兒，或許我無能解答你所有的問題，但起碼可爲你們勾勒出我們一代人的足跡輪廓，說明爲什麼我們一代會陷入無奈中？

## 自序之二——「沉默依然是東方的故事」

往事紛紜，自己經歷的少年時代，又正是大陸中國如同戰亂一般的文革亂世，長達十年。女兒，我又該從哪裡尋出頭緒，使年輕如你的一代人可以理解？或許便從一九六八年開始的「知識青年上山下鄉」作爲引線吧，因爲那從我們一代的角度，可看作是文革過程的一個節點。回想，那節點又何嘗不是顯示了毛氏帝王術的特色——將少年玩弄於股掌之間，於一九六六年激起一眾學生爲其搖旗吶喊、衝鋒陷陣，將跟隨其終生的重臣老將一舉打入九地之下。若旁觀一九六八年之後的文革走向，毛氏自以爲看透人心，其實人心豈是他皆可預測？毛氏最終又何嘗不是嚐到他權術結下的苦果？

我們一代少年都自始便受教於大陸中國改爲鐮刀斧頭旗統治後所實施的紅色教育。其中屬於「紅二代」[7]者，一九六六年文革挾毀天滅地之勢發起時也曾自認是天之驕子，是偉大領袖毛氏欽賜的紅衛兵或紅小兵。其時我們一代都會誦念毛氏於青蔥歲月寫下的詩句，「自信人生二百年，會當擊水三千里」。我們一代自幼受教的結果——凡毛氏旨意便應跟隨，一往無前，無所畏懼，無所顧忌。毛氏已經教導這天下亦無不分階級的人性、人心。因而對於所謂「階級敵人」施以酷刑則是理所當然之舉。「革命小將」亦曾是中央文革之人（例如江青）對於他們的尊稱。於一九六八年，雷霆霹靂自毛氏而起，如同換了人間，「革命小將」整體地被戴上「知識青年」的冠冕，整體地從文化革命起源地（如帝都、魔都）送至邊陲之地。雖然不可排除學生中有人懷有自願「接受革命新考驗」的心意，但是這份自願若追根溯源，亦是數年紅色教育產出的成果。女兒，若從群體行爲模式來觀察，這些「知識青年」便如群羊轉場，看似群羊四蹄翻飛、步步踴躍，其實無論走向哪裡，都是在牧羊人計算之下，或曰「孫悟空七十二變，翻不出如來佛掌心」吧？

從毛氏決心發動文革時起，這將近兩千萬少年回應他們紅色偉人的指令而毀滅教育，毀滅毛氏指向的一切「異己分子」，同時亦毀滅一切文化。那時，作爲整體，他們的命運就此註定。紅衛兵在毀滅文化、毀滅他人的同時，也在毀滅自己。他們將終生遠離現代科學文化，成爲未來社會中的弱勢群體。女兒，你可能會問，爲什麼這些少年是一九六八年時開始被強令下鄉？爲什麼不是更早或更晚？一九六八年的大陸中國是什麼樣貌？眞要從頭解答，只怕是「草蛇灰線」延伸的過於長遠？不過若完全不做解釋，似乎又阻礙了你與你的同代人「知其然」，亦應知其「所以然」的機會。我們一代人作為父母似乎真的虧欠你們許多，虧欠的或許不是物質的豐盛與否，而是閉鎖了你們可以理解過往的路徑。

不過在講述一九六八年的往事之前，我還是想帶你們這些孩子們稍稍換個敘事的角度，看到更久遠的大陸社會變換的軌跡，看到中國大陸我們一代與又一代人在代際傳承中的缺失。我願藉自己對少年時代的回溯稍許彌補這一缺失。我們自幼學到的華夏歷史都是成王敗寇，動輒滿篇幅都是歷代帝王豐功偉業，開疆拓土或帝王霸業奪取江山，成為一統江山之至尊。這或可算是華夏自漢代之後官方記載歷史的傳統，或許也與毛氏成就宏圖霸業紅色帝國的帝王之心遙相呼應。歷史教材中，只見帝王或農民起義逐鹿問鼎之爭，對於帝王功業對於華夏小民日常生活與生計的影響，則鮮見提及。若提及也多是古詩人的三言兩句，一帶而過，例如「暮投石壕村，有吏夜捉人」。即如有首無名舊曲所寫，「無言自成書，書盡華夏帝王錄，書不盡一將功成萬骨枯。無墨自成書，書盡天下風雲簿，書不盡孤燈縈影寒窯苦。無筆自成書，書盡江湖英雄譜，書不盡無名無姓眾小卒」。我們自入學以來被強迫喂下的食物，都是只見宏大的君王畫面，從不知甚至也想不到去問一問老師，那王圖霸業中百姓的位置在哪裡？百姓的人生路是否在霸業藍圖下有選擇餘地？或者是將如何與霸業相交相融？

我相信我的父母是心知肚明的讀書人，雖然看到眼裡，心中不贊同，但是為保護我們，使尙爲幼童的我們不致童言無忌而在外面釀成災禍，從來都是閉口無言。回想往昔，他們惟一能做到的便是沉默以對，不附和、不鼓勵我們去重複那些「紅色英雄故事」，盡可能找些歐洲童話書給我們閑讀。我們這一代孩子本可以獲知的那些眞相，例如自己的父母家人在紅色帝王毛氏治下的人生，曾經歷過哪些悲歡離合？長輩們人生實在的經歷，便是如此在紅色政權重重壓力之下永遠消失，消失於長輩閉緊雙唇、始終沉默的時間河流之中。我們代際之間的傳承，不再有語言或文字的維繫。自己對於家族長輩們的舊事略有知曉，全在於半個世紀後一些東麟西爪的閱讀，才在腦中湊成一幅線條粗略的畫幅。我也是在寫那一部家族前輩往事的書稿——試圖敘述家族前輩往事時[8]，才領悟了昨日之非。

女兒，我領悟到，若與鳥獸代代天然傳承生存技能智慧相比，人其實是這天地間更脆弱的生靈。自然，人類已經相傳千年萬年，怎可說是生命力脆弱？但是今日人類，若從傳承先古文人的氣韻哲理人文而言，還是那時人類的後代麼？我意指的脆弱，是指人類承繼上一代的心靈、風骨、智慧、學識的能力。雛鳥幼獸可以天然地承繼其父母的智慧與生存能力，而人類的嬰兒幼兒出生時則猶如一張白紙，全賴父母呵護養育。遺憾的是無論做父母的有多少學識積蓄於腦中，有多少感悟藏於心中，都無法如鳥獸般使其自動地輸入兒女血脈之中。兒女們只能從烏有中重新學起，從識字讀書開始，全憑在學校通過書本、老師傳授，偶爾在家中亦從家人那裡逐漸領悟前人的遺留。假設學校中通過書本與老師提供的全是篩選出的垃圾或假象，那孩子便成爲垃圾與假象的繼承人，而此時可以爲孩子在那封閉的垃圾堆中推開一扇窗、展示另類景色的本是父母職責，而大陸中國的父母爲守護孩子，卻不得不小心翼翼地保持沉默，對那些謊言與潑到自己身上的髒水不辯解、不申述……。這似乎便是五〇年代起大陸中國的代際傳承模式。這模式只是助長了孩童生存天地中門窗的鎖閉與集權操控輿論的肆虐，助長了如我們一代人對於歷史眞相的無知。難道如今身爲父母的我們一代人，眞的還要延續那以往的沉默麼？

我們一代成爲父母後，如同我們的父母長輩一般，也鮮有人會向子女講述我們童年少年的往事。或許是由於同父母一樣，往事不堪回首月明中，也或許是擔心多言蠱禍，甚或是只希望子女的單純快樂，不因我們的過往經歷而遭到侵擾。總之，我們習慣了家人之間的沉默——我們的長輩對於我們謹守緘默，對過往人生鉗口不言，將那些往事閉鎖在心中。除去緣於不堪回首的心境，我想那其實是長輩們試圖保護我們的方式吧？他們沒有其他能力保護我們，只能選擇沉默。沉默起碼不會招惹事端，不致使得尙是稚嫩的我們那本就脆弱的未來還未開始就已經毀滅？於是常見到大陸中國唯有紅色家庭才會「痛說家史」，說得風光無限。反觀那些本是世代讀書人的家庭，或繼後在淸末民初成就累累的家庭，長輩們反而是鉗口度日，兒孫們從不知長輩們也曾經或風流絕代，或學養冠世，或爲民族大義民族繁盛而從軍、行醫、經營工商業，只爲濟世救民。這些家族的記憶因而僅是儲藏於長輩心中，且終有一日會隨他們的離世而再無蹤影。往事不傳於後輩，更不見諸於官方教科書或史籍。如此，使得在紅色語境教育下長大的家族後代，眞誠地相信他們的長輩曾經對於那紅色政權（或對於紅色領袖慣用的「人民」二字）犯下過罪行，例如「剝削勞動人民」、「宣導腐敗西方學術思想」，乃至「站在革命的對立面」，諸如此類不一而足。紅色語境之下，讀書人家族的後代成爲出生便帶有原罪的一代，需要終生向紅色政權的創建人甚至他們的後代懺愧贖罪。

大陸中國的長輩們，爲什麼沉默？我的女兒，相信你讀過已經自有答案吧？龍應台先生曾寫道她十九歲時，父母之於她，「大概就像城市裡的一棵行道樹一樣吧」，「誰，會停下腳步來問他們是什麼樹」？我想背景類似於我的家族前輩的那代人，包括我的父母——留在了大陸中國的一輩人，卻是自覺地選擇了做子女的行道樹。他們選擇了對子女沉默，將家族的過往深埋入自己樹幹的脈絡，只是努力伸展開葉片，期冀子女躲藏在那樹蔭下可以遮風避雨，可以享受片刻清涼，甚至可以有片刻入夢。只是我們一代人又有什麼理由苛責那行道樹的沉默呢？若無那行道樹的沉默，又哪裡去尋我們童年的溫暖？雖然自己早年生活在大陸中國，年幼時便家人離散，但賴有分家人始終的庇護，那記憶中的兒時並非全是苦澀與晦暗，而是亦有溫馨與暖心的柔軟時光。家人盡可能展開羽翼，爲幼時的自己遮風擋雨。家人的呵護如同暗夜中朦朧的燈火，雖搖曳於風中卻頑強堅守，小心護住燈下方寸之地，以自身微弱的光亮織出溫暖與斑斕。幼小的自己便生活在那方寸之間，卻誤以爲那方寸之地便是世界，直到父母長輩的羽翼終於被颶風撕碎，世間的眞相赤裸地露出利齒。

許多年後，自己方理解家人呵護的含意。其實那份呵護，不只是給予兒時的自己生活舒適與安樂，更是使得自己心靈中始終留有一方獨立天地，那裡儲存有神性與人性，有對於是非善惡、悲憫、寬恕、愛戀與思索的初始理解。這存於心中的一方天地，便是最終支撐自己未成爲惡勢力幫兇的人生底色吧。如同摩西帶領以色列人出埃及，那人生底色最終領引我的心靈脫離紅色牢籠，可以仰望星空，也可以知曉天空深處依然有一片蔚藍。「夢魂慣得無拘檢」，可以越過任何藩籬，直上九天。相信許多家庭背景類似的後代如我，便是從那片刻清涼的夢境中體驗了何爲人間之愛，何爲縹緲與逃逸，因而最終沒有成爲紅色語境教導的「革命機器中的一顆螺絲釘」。

爲人父母，呵護兒女一生的夢自然並非現實。行道樹無論如何努力伸展枝葉，無論如何努力保持沉默，也只能呵護得兒女片刻。我們一代終要獨自面對現實世界。而女兒，你的朋友們——我們的後代，你們也終要獨自面對前方紛紜的人生道路與每一個岔路口。爲人父母，講述我們的往事，使孩子們能少許「知其然」且「知其所以然」，或許才是我們行道樹應盡的努力吧？詩人王鷗行寫過，「只有未來能訪問過去」（《此生，你我皆短暫燦爛》）。他寫得是帝王斑蝶每年的南北遷徙。由於遷徙旅途漫長，南遷的斑蝶永不會活到返回北方老家，只有新生斑蝶可憑父母天然注入的記憶，返回它們父母的家鄉。上帝未將帝王斑蝶的能力賦予人類，人類無能力將前輩的記憶與記憶隨附的思考，如基因般自動注入兒女的心中。為使我們的後人——人類的未來——有可能訪問過去，只能靠父母不再沉默，或許這也是上帝留予我們為父為母者的責任，願我們去點燃各自的人生蠟燭。

所以，女兒，孩子們，我將盡我一個業餘寫手的能力，回答你們的一切提問。這回答的方式亦不只限於具體講訴那樁樁件件遙遠的往事，而是加入行道樹的觀察與思索。因為「世間之事，沒有偶然，有的只是在天道軌跡之下的必然，因果循環，生生不息」。我的女兒，女兒同代的孩子們，寫出我們一代在那紅色帝王成就宏圖霸業的棋盤上，被放置在何種位置，我們一代的人生軌跡又怎樣被那偉人之手撥弄的迂迴曲折。那條軌跡並非我們原本所願，更非我們的選擇，卻已經成為我們的過往人生，過往永遠無法更改，那些印痕亦難以消除。我為人母，既然悟到昨日之非，可以做的只是努力使我的女兒避開那條強迫的軌跡。女兒，在此意義上，不知道你是否會將這本小書看做母親予你的禮物？宋代詞人曾寫道，「梅落繁枝千萬片，猶自多情，學雪隨風轉」。我意會那詞人文字中所表達的並非只是落梅，還是人生，是有情人生面對無常命運的憂傷，卻又帶些不甘放棄的流連。如我們一代人。

一九六八年的大陸中國數千萬少年學生，陸陸續續地走上「上山下鄉」[9]之路，是緣於被毛氏權力的驅趕，華山僅此一條路，別無它途。當時我們一代的人生路徑，如同草原上被驅趕往冬牧場的羊群，有牧羊人前引後驅，有牧羊犬守候左堵右截，群羊奔走，踴躍爭先地在前驅後趕之下奮力前行。然而它們並不自知去往何處，且它們永遠也跑不出那條劃定的路徑。世界上如今還有幾個國家可以見到如此場景？或許有類似場景的其他國家皆是集權與暴君的結合吧？有句流傳頗廣的句子，不記得是誰的手筆：「每一種過去都指向一個未來」。女兒，孩子們，我希望我們一代的過去，不會成爲你們一代或你們的後代的未來鏡像。自大陸中國六〇年代中期直至七〇年代中期，在文革的十年期間，恰值中學年齡的少年累計約超過兩千萬人，超過許多歐洲國家的人口總數。這兩千萬少年有大致相同的人生軌跡，完全是由毛氏與他的中央文革小組[19]一句話做出決定——即「知識青年上山下鄉，接受貧下中農再教育」。直截了當地解說那句話，便是這將近兩千萬的小學與中學少年，先是由毛氏命名爲「革命小將」，以作爲其發動文革的馬前卒，而此時則直接改稱爲「知識青年」，其實這些少年連正規中學學業尚未完成。這數千萬當年大約從十四歲到十九歲年齡不等的少年人，命運便憑毛氏一語確定，那便是他們將被強令送往鄉下，且是挑選窮鄉僻壤或邊塞之地，落爲紅色體制階梯最底層的人群——農民。甚而更等而下之，是成爲要接受農民教育的對象。

一個甲子後的醒悟，使我不免想問，何謂公義？爲何紅色領袖可以隨心所欲地「反手爲雲，覆手爲雨」？我想天公不語，不是緣於無可言語，而是寄望於後輩之人如我們，因爲人間的公義畢竟要靠人自己的力量去實現。如此，才會再出現人間的朗朗明月，蕩蕩乾坤。若是沒有七〇年代末開始的改革開放以及隨之興起的輿論多元化，如我類似家庭的後代，可能永遠也不會知曉我們不但無需爲自己的前輩贖罪，且要因作爲如此前輩的後人而理直氣壯、傲骨錚錚地自立於世。女兒，孩子們，你們對於長輩過往的無知，並非緣於你們的愚鈍，其實若無大陸中國七〇年代末開啓的改革，我們一代也會同樣無知，甚至更爲愚蠢。未在五〇與六〇年代的共產黨中國生活過的人（包括之後出生的大陸人），只怕都難以想像當年的大陸中國是如何封閉。回望當年，如今的我可以看清那鐮刀斧頭旗覆蓋下的毛氏統治，是如何一步步建立又如何一步步收緊，直至其治下之民首先是心魂萎縮、頭腦禁錮、勇氣盡失、風骨無存；繼而是強制洗腦，脫胎換骨，不得不認紅色政權爲衣食父母；再者是新生一代皆生於封閉的高牆之內，如井底之蛙，自幼接受塡鴨教育，因而「順理成章」地認同繼續自我改造，成爲「馴服工具」的命運——不過美其名曰那是「革命使命」。前文中曾歎道，當年大陸早期的革命黨人是否播下的是龍種，爲何現實中收穫的卻是跳蚤？這一代接一代「改造小民」的紅色機制，或許便是「龍種」成爲「跳蚤」的過程吧？

女兒，我所謂「封閉」的大陸，不只是意指大陸對週邊世界的封閉與被封閉的狀態，亦是指其內部對於數億國民統治的方式。所謂對於大陸城鄉兩地居民的「閉環體制」以不同方式實施，其實看當年事實即不言自明。在城市即是剝奪居民自由謀生之權。自謀生計的權利，本是萬民可以獨立行走於人世間、不必依賴皇權即可安身立命的根基，也是居於王權社會階梯的末梢小民得以成爲自由之身、自由選擇人生道路的根基。這權利自清末民初在城市中已漸見勃興。其實華夏歷朝歷代或多或少地亦留有世人自謀職業的空間，或農人可自耕自食，醫者可懸壺濟世，而「經商」雖歷來視爲賤業，大小獨立商戶卻從未絕跡。清末民初恰是華夏王土上皇權漸入衰頹之時，對外無能禦歐洲新興帝國勢力進入，對內則官場顢頇腐敗、自顧不暇，直到崩塌得幾乎是無聲無息。其時，新建民國尚在新與舊勢力間徘徊，嘗試一舉變更舊制（故史稱「革命」），尋找治國之路。如華夏王土一貫的場景，皇權王權衰落卻恰爲小民生存空間留出餘裕，因而清末民初恰成爲小民爲自己的生計之路拓寬之時。興起於清末民初，隨其間戰亂不斷亦在社會裂隙中頑強生存，華夏城市的工商業者行走得步履維艱，卻也受「強國之夢」的鼓舞，不離不棄地在這貧瘠之地伸展枝椏。至「城頭變幻大王旗」的四〇與五〇年代之交，當時統稱的「民族工商業」在華夏大地已經頗具規模，甚至八〇年代的官方資料對此亦未否認[11]。僅是我幼時隨姥姥居住的家族老宅所在的W城，一座中等規模的縣城，於二〇年代便有煉鐵、紡織、機械製造、製藥等等工業興起[12]。

至五〇年代毛氏紅色帝國建立之後，則對國民職業實施「封閉」，逐步將所有城市人口鎖於其閉環體制之中。從一九五三年「三反五反」打擊工商業開始，首先震懾得人人噤如寒蟬，至一九五六年便以「公私合營」號令而實際將一切工商業收歸共黨管理。所謂公私合營，實際效果是將一切私營工商業乃至醫療業、報業、出版業甚至商鋪等等，皆收歸政府統一管理，工業品生產與流通亦隨之爲其掌控。一切行業與產業從運營到收入，均收歸黨政當局控制。此一變更意味人人歸屬於中共一統體制治下，自由職業者，例如中共建政之前的報人、學者、作家、律師等等，作爲社會職業之一從此銷聲匿跡。女兒，上面的綜述或過於抽象，那麼母親的家族便是實例之一。我們家族幾代之前已經從鄉村移居城市，清末民初即已經成爲城市中較早一代的自由職業者。到祖父外祖父一輩，雖非是文化界報人或著述爲業的學人，卻亦是專業人士——均是受教於基督教會設立的大學，例如協和、齊魯。自西醫專業畢業後，終生行醫爲主業，兼有工商置業經營，亦多與西醫有關，例如藥房藥廠，等等。既然是自由職業者，則靠技能謀生，向來是自律且自由發展。公私合營實施，自由職業與工商置業經營之路均已經被紅色政權封閉，我的家族前輩由此失去自由職業者的身份。他們只能在原本屬於自己設立、自己經營多年的醫院中僅作醫生，遭受他人管理。這一回合收兵，毛氏的鐮刀斧頭大獲全勝，收割了全部王土治下之工商業，從而將城市中全部自由職業者的根基剷除淨盡。回想，這一經過是否可視爲毛氏政權對於大陸中國城市工商業的一場屠戮？或許可說是毛氏揮起鐮刀斧頭旗，民族工商業從此被屠戮淨盡，本是血淚悲劇，不知毀滅了多少代人的心血與期盼華夏強國的雄心？且毀滅了華夏土地上已經綻開的民族工商業的春華，但是大陸官方在毛氏的「階級鬥爭」理論指導下敲出的，卻是無產階級對「剝削階級」攻城掠地的勝利鼓點。

一九五三年共產黨中國對農村人口實施畫地爲牢，即凡在農村居住者即永爲農民身份，不再有向城市流動的可能。繼而在農村施行統購統銷制度，覆蓋農民產出的一切基礎農產品，從此由政府完全壟斷農產品交易與流通的源頭。源頭壟斷形成之後，繼之則施行國民戶口制度，即城市居民皆由當地政府造冊登記，亦由政府壟斷一切基礎農業物產對城市居民之供應。結果是糧、油、肉、蛋以及其他一切日用必須之物品，均須由政府按在冊人頭逐月逐戶配給。城市居民若欲生存，只得仰賴政府取得日用必需品，別無他法亦別無他途獲取。我們一代人自記事時起，便一直生活在仰賴政府配給一切物資的生活環境之中，似乎每月從政府機構領取糧票、油票、肉票、蛋票、布票、冬儲白菜票等等，之後在那些國有店鋪排隊，將所需之物憑票一一買回，便是天經地義的生活。甚至一個甲子之後的今天，有許多國民至今便認爲那是國家養活了小民的鐵證。回憶當年，看到我們兒輩皆不得不幫家中長輩排隊購物再一一拎回米袋面袋，看到餐桌上日日重複的玉米麵捲和只有少許油星的燉白菜，家中長輩隻言片語間也曾含糊提及「過去」，會說我們一代孩子眞是可憐，沒有見識過何爲衣食豐盛，且有可能再也見識不到了……。當年一知半解，卻並未問過長輩們何出此言？他們言語中的「衣食豐盛」究竟是何種樣貌？因爲早已經知道長輩們對於我的此類問題歷來是一笑作罷，不會解釋，不會多言。

由於長輩的沉默，自己半生過後，才知家族長輩們說我們一代孩子可憐的緣由，居然是指我們匱乏的餐桌。長輩們早年的豐盛餐桌只是日常人間煙火，鐮刀斧頭旗下，那竟成爲華夏大地上十數億人心嚮往之的目標，自八〇年代起由十數億小民窮數十年時間與勤苦勞作以求實現。我的家族長輩與後人生於、長於同一片土地，是什麼使得這片土地上的萬民變得貧瘠？回望來路，似乎共產黨的革命亦只是將原有的狀態打碎，劫富後卻并未濟貧，而是將劫得的財富全部歸入黨的口袋。之後十幾年始終以平均貧窮與匱乏，漫灌這片土地上的小民。八〇年代後興起的改革，只不過是通過將完全封閉的牆開出些狹窄的路徑，從而使得小民的衣食稍有改善。這半吊子式的改革，最終導致官場權力與商業財富勾結，造就了大陸天朝腰纏萬貫的官員、億萬富翁，亦造就了王土上的赤貧階層。大陸中國在千禧年之後，愈見鮮明的財富兩極與國民社會漸漸形成的鴻溝，官吏的腐敗、國民的分裂與道德的墮落，遠甚於四〇年代的大陸。導致如此結果的革命，是萬民的福音，或是厄運、劫難，還是歷史笑話呢？

中國共產黨或許會辯解說，紅色革命使這片土地換了主人，即是由代表工農階層的中共成爲大陸的新主人。若謹以更換主人爲標準，那麼中共的革命亦不過是又一次歷代農民起義罷了，不過是「皇帝輪流做，今日到我家」的翻版。古人心目中的革命，並非僅僅是簡單粗暴地用武力換個主人，而是必須有正當性。「革命」二字在華夏最早見於《周易．革卦．彖傳》：「天地革而四時成，湯武革命，順乎天而應乎人。」自己理解，「順乎天而應乎人」便是指其正當性。若從中共建立政權七十餘年至今的結果判斷，國民貧窮匱乏甚於當年，國民貧富分裂甚於當年，且官吏貪腐與國民道德淪喪亦甚於當年，何來「順天應人」？那麼正當性何在呢？或許中共的一場所謂革命，並非謹謹結出的是惡果，其手段亦可歸結於一個「惡」字，實是集惡之大成，最終腐化了整體的華夏民族。若要舉例麼？可謂惡例如恒河沙數，例如對於讀書人的汙名化，對於自由職業者與工商業者財產的剝奪，對於不同政見者的嚴酷碾軋，對於底層民眾的畫餅充饑……。這些手段逐漸蠶食國人的良知與骨氣，將人的獨立意識消磨殆盡，使人自動地爲奴爲僕。習氏於二〇一七年主持修改憲法，官場中竟無一人發出異議，使其得以終身穩坐皇位，從此使這一政權的帝王性與掌權者的帝王心顯露無遺。女兒，我前面已經寫道我的姥爺——你的太姥爺，便是由於反對袁世凱意圖將民國改爲其可以世襲之國而喋血刑場。不過他並非是獨自一人走向刑場，而是與他的同仁十數人，人人都恰在朝露晨曦的大好年齡，卻人人從容赴死，坦然自若，無畏無悔。如是那場景移至如今，不知道在我姥爺走向刑場的路上，還會有多少人選擇與他同行？習氏修憲實質即是獲得帝尊之位，爲什麼官場無一人發聲反對？無論是所謂代表民意的堂堂人大會場，還是官方報刊媒體，都是沉默地一致贊同？民間自媒體中雖然嘲諷聲一片，卻被網警一刪了之。華夏民族的風骨、卓識、道德，曾積數千年而依然有薪火相傳，如今卻爲何寂寂無聲？那些有骨氣與民主意識的靈魂都去了哪裡？在文革之前仍然可見堅守「學統」之人，如陳寅恪，知其不可爲而依然爲之——「文章我自甘淪落，不覓封侯但覓詩」。難道「雖千萬人，吾往矣」的正氣，眞的是後無來者麼？文革後的華夏大地，山川河嶽仍在，卻何處去尋那天地正氣？

女兒，你若要尋根究底問到爲何「後無來者」？我想就不得不回溯到另一場「屠戮」，那是毛氏持鐮刀斧頭旗以「革命」之名義，對華夏學界（或稱讀書人）持續數年的行爲。其中既有殺人見血、亦有殺人不見血的各種招數計謀。這「屠戮」自何時起？「體制外」之人如我實在難以確定，但或許有兩個節點爲例已經足矣：延安整風與反右運動。女兒，你若要再問兩次運動的結果是什麼？實在是難以數計。例如，華夏的文采風流與智慧有數千年的流傳，華夏文字的洗練雋永亦有數千年的積累，這些是從何時起在大陸斷了傳承？「冰凍三尺非一日之寒」，或許那斷裂也並非一朝一夕之力。斷裂起始，或許可以回溯到清末民初。那是近代激進革命思潮在華夏暴起的年代，包括對於古文的「革命」——由中共的早期奠基人之一陳獨秀先生倡議的白話文運動。不過古文的傳承並未在當時斷絕，那是文言文與白話文共存的年代，且在古文薰陶中開始讀書的一代文人所創的白話文可謂亦莊亦諧，辭彙如海般永無枯竭，文筆又各有千秋，可圈可點。例如嚴復先生的深邃練達行雲流水，魯迅先生的冷峭洗練、胡適先生的溫潤散淡，無一不是可見古文的根基。那麼大陸人之爲文，又是從何時起演化爲今日《人民日報》或貧乏或滿是暴戾的官方語言？回溯延安整風，那些投奔革命洪流的獨立作家、文人，多是追逐心中的光明而去，卻如飛蛾撲火黯然收場，或如王實味飛灰煙滅，或如丁玲淪爲階下囚。例如對王實味的批判，毛氏一語定音，無需任何證據地結論道，「丁玲是同志，王實味是託派」，即將王實味歸結於「反革命託派奸細分子」（見《鳳凰網歷史》，二〇一三年一月四日）。帝王一語，便將一條鮮活且正氣充溢的年輕生命置於死地，直至九〇年代，才有大陸公安部官方澄清當年的指責是查無實據，那時王已經因莫須有之罪埋骨黃土之中四十多年。自延安整風起，對於讀書人的批判逐漸演化爲一種定式，或可歸結於追究立場、望文生義、深挖派別組織背景，等等。例如延安文藝座談會開創的紅色理論——創作首先要問立場、態度、工作態度，從此開啓紅色文學——先論立場，再以紅色文辭修飾。其次是文人不得結社，結社即爲與組織對立。例如胡風集團案件，只需扣上「資產階級集團」，便可將其關押在獄幾十年。例如郭沫若之子加入詩社與張汀之子加入的文學社，又如郭沫若之子喜愛西洋古典音樂，如此等等在當年都橫遭批判，那些繼承了風流文采的少年人也因而遭到滅頂之災。郭沫若先生與張汀先生均是萬中挑一、受紅色政權優遇的讀書人，尚且護不住自己的兒女，民間更是噤若寒蟬，互道一聲「珍重」而已。

女兒，你必然會再問「反右」是什麼？簡言之，是毛氏「反手爲雲，覆手爲雨」地「屠戮」讀書人的一場大整肅。一九五七年春季，中共先是提倡「百花齊放，百家爭鳴」，和顏悅色地鼓動學界對共產黨幾年來的治理提出意見，「言者無罪，聞者足戒」，之後卻經毛氏翻臉回擊，演化爲「引蛇出洞」之舉，凡提出意見者均落入「右派陣營」，大陸俗稱「反右運動」。這場運動是毛氏繼民間工商業者全軍覆沒後的再次公然屠戮，針對的是大陸學界人士。那時的毛氏手中一桿鐮刀斧頭旗已然是所向披靡，已經無須虛詞掩飾那敵意，只需稱一聲「右派反黨」，則「反黨分子」即可被批被鬥、被殺被剮，甚至無需經過審判。「反右運動」牽涉人數遠遠超過延安整風，據大陸官方報導總計超過五十五萬人冠以「右派」罪名，其中既有學界名人教授，亦有大學生，甚至是中小學教員。作為「階級敵人」，他們多數是客死異鄉，死於各種非人折磨，例如饑餓、毆打、公示死刑，或自殺。至文革結束，七〇年代末期開始為「右派」平反——即指當年本是無辜遭劫，五十五萬人之中僥倖逃過死亡命運存活在世的僅余大約十萬人。我在大陸互聯網上讀到過一段對那些「右派分子」的評價，抄錄於此：「右派分子雖然從此成了歷史名詞，但『右派分子』當中絕大多數從歷屆政治運動中『死裡逃生』的知識份子，已被世所公認為中華民族的脊樑，社會良心的典範，學人人格的楷模，回憶和緬懷『右派分子』的文章論著更是層出不窮，歷史永遠記住了他們，許多『右派分子』用自己的正直的社會良心、高尚的知識份子人格、問心無愧的坦蕩心態和因此為之付出的蒙冤受屈二十二年慘痛人生代價，換來了名留青史的不朽。」反右運動對於大陸學人們不止是「屠戮」，亦是震懾。知識份子再也不敢批評共產黨及其政府。不過毛氏是從政治鬥爭起家的梟雄，不可抑制鬥爭之念，於是從六十年代起政治鬥爭從共產黨針對黨外勢力，轉變為毛氏所謂共產黨內部不同路線的鬥爭。女兒，我雖然知道這段敘述對你們這些孩子們是極爲枯燥，但是作爲你的問題——關於一九六八年——作爲鋪墊，卻是不得缺少的前提，不得不略有解釋。

紅色政權對於所謂「右派分子」以及大陸學界人士的摧殘，並未止步於反右運動，而是一直延續，直至成爲「文革」的組成部分。也因此，「右派分子」的遭際在我下面的講述中還會不時提到。我特意引用大陸互聯網文章中描述「反右運動」與「文革」關係的引語，以示華夏學人有此認識者依然存在：「經過反右運動後，中共的政策重新回到以政治掛帥，強調階級矛盾和階級鬥爭的路線上來，中國共產黨人對『右』唯恐避之不及，『緊跟』毛澤東的指示，政治路線從此嚴重左傾。毛澤東在中國共產黨內的影響力進一步提高。這些變化爲之後的『大躍進』、『四清運動』、『文化大革命』埋下伏筆。」其實前段引文還略去了「大饑荒」三字。那饑荒緊隨「大躍進」蔓延華夏，或許你們想像不出那時大陸中國的蕭條，餓殍遍野，死者總計在將近三千萬之數。你們更無法明白爲什麼會如此？回答如此問題，遠超這冊小書預計的範圍。我僅接續前言，對於民族工商業和學界的兩大「屠戮」便是那伏筆的根本，之後是「文革」驟起，由毛氏引領，其勢洶洶，起始在共黨之內可謂大獲全勝，但終因種種因素的集合而成爲一座「爛尾樓」。

文革結束，大陸中國的學界如民間對聯，正可應景——「黑夜盡頭方見日，嚴冬過後始逢春」。改革開放以來，大陸中國學界如遇初春，方始萌動學術檢討——對紅色集權體制下貽害學界、肇禍萬民的緣由、意識基礎等等的反思，自七〇年代末至千禧年第一個十年，約有了超過三十年的積累與發展，學人們心中與腦中的禁錮逐漸消融，在千禧年前後方見大陸學界百花初綻。那時大陸中國已經重現許多重拾曾經斷裂的「學統」，認眞研讀史料，意在辨僞存眞的學人，甚至是民間自發治學之人。那時亦曾有眾多文字揭破那些有意作僞的「紅色史料」，例如揭穿抗日戰爭中國軍不做抵抗的謊言，寫出朝鮮戰爭是北韓挑起的事實，明確國內的「大饑荒」實在是人禍而非天災，等等。大陸中國的學人與民間漸重現清末民初時的言論自由，學術自由，自五〇年代整肅「右派」以來的萬馬齊喑，竟漸漸顯示出百家爭鳴萌起的氣象。女兒，我遺憾自己數十年間爲「五斗米」也爲專業人的自律，終日埋首案頭法律文件與專案，竟然直到如今才有閒暇隨意讀書，也才意識到千禧年前後（尤其是千禧年後的十年期間），竟然有眾多學人書籍面世，無論是回憶、反思、探索未來國家路徑，均是個人思索的果實，讀來韻味無窮、扣人心弦，是學人心血的眞實文字，絕非文革時常見的詞藻堆砌、卻言之無物的頌聖之作。遺憾的是這「百家爭鳴」的氣象，卻亦是遭到清末民初時的命運，腰斬於大陸中國的新帝王——一意回歸紅色政黨集權體制的習氏皇權之下。

若以文學爲例，「傷痕文學」與朦朧詩人群均是異軍突起在七〇年代末，那是文革進入尾聲、但未來局勢依然若明若暗的年代。其出現確實揭開了紅色中國文學史中從未有過的一頁——以文字批判現實，且應和者眾。自己理解，「紅色中國文學史」可以指「延安文藝座談會」起，直到七〇年代末中共語境控制下的大陸文學史，而「傷痕文學」與朦朧詩人的出現，就紅色歷史而言確實是「前無古人」。「傷痕文學」記敘知識青年、知識份子、「被打倒」的政府官員乃至底層民眾，在文革中那些不堪回首的遭遇，因而自二〇一八年起又見對於「傷痕文學」的否定，例如「可恥地抹黑當局」、「無病呻吟」，等等，自然是為迎合習氏執政後的新局勢，或許在習氏治下的未來許多年間，此類實話文字將是後無來者吧。自千禧年的第二個十年開始，書籍與各類出版物的政治審查制度回歸，此類書籍就此扼殺，甚至已經出版在售的書籍也遭「下架」。與此同時再度現世的卻是頌聖文字的回歸，將那些染滿萬民血淚的歷史，再度修補為紅色政黨的「豐功偉績」。女兒，我自然擔憂那些自九〇年代晚期以來出生的孩子們怕是別無選擇，只能再度成為「紅布蒙眼」的一代，再度成為填鴨般餵養的鴨雛。

女兒，我知道你和你的同代人，不會聽到過民初的華夏學界有位顧頡剛先生，甚至連我這一代人在讀書時都未聽過。因為顧先生早已經被紅色政權掃入了「敵人的垃圾堆」。我讀到顧頡剛先生的史學觀，「古史是層累地造成的」，意指周秦之前的華夏上古史，所謂「三皇五帝到於今」，不過是在民間傳說基礎上逐層疊加，其中纂入的偽史料不知凡幾？或許那時層累的編纂只是民族初始形成時為自己「追根究源」，但上古之後的華夏史又何嘗脫離了「層累積成」的窠臼？辛棄疾酒酣揮筆，道「醉裡且貪歡笑，要愁哪得功夫，近來始覺古人書，信著全無是處」。或許雖是醉中詞，道出的卻非醉話吧？胡適也曾寫道「中國的歷史是個任人打扮的小姑娘」，乍聽是俏皮溫和的打趣，其實背後不知有多少深藏不露的遺憾與嘲諷？顧先生宣導的「疑古」是爲尋找歷史的眞相。及至紅色大陸中國建立，顧先生的「疑古學派」即時全軍覆沒或土崩瓦解，因爲毛氏心中的紅色帝國豈能是蠻族後裔？必須是數千年帝國的傳承，才能格外顯出其本人的出類拔萃。

中共治下，大陸中國學校教材充斥的是一部紅色革命史，將中共建立以來的歷史與歷史人物刪繁就簡，以突出毛氏英明作爲編纂「歷史」的主旨。我與我的同代人童年入學所讀的歷史課本便是據那編寫，我們一代所受的教育可謂是「紅布蒙眼」。以「紅布蒙眼」形容我們一代的成長狀態，其實是自己從大陸搖滾樂之父崔健的一首歌《一塊紅布》[18]中借用的概念。崔健先生自己並未對於何謂「紅布」做出解釋，繼他的演唱之後，對於「紅布」二字確實是見仁見智，有無數解讀，但《一塊紅布》最終在大陸中國成爲禁歌。於我而言，這歌詞便恰如我一代人成長的映射。這「紅布」便恰如中共藉以建立其政權的那幅願景圖——遠觀一派粲然，近觀則步步血腥。織就那紅布的層層經線、緯線，便是不斷重複地灌輸進我們耳中、心中的課本之中與課本之外的說教。我與我的同代人究竟是如何在那重重紅布遮天蔽日的包圍中，長成爲如今模樣？紅布雖然層層纏裹、遮天蔽日，又如何有人從那層層紅布纏裹中突圍而出？

「紅色」在列寧以「十月革命」奠基的蘇維埃帝國語境中亦有特定意涵，代表革命與摧毀世界的暴力。「紅布」亦成爲中共建立政權之後，爲自己的政權選擇的顏色，經典的暴力革命之色。以紅色遮蓋其治下的黑暗，蒙蔽小民，包括從幼童開始實施的「紅色教育」。那教育有選擇性地向幼童灌輸其意圖建立的世界。那是以紅色爲天經地義之色的世界，其他五色斑斕均必須改造其色彩基因。那紅色教育之下，幼童們自以爲經過錘煉與鍛造，便會是偉人領銜的紅色「鴻圖大業」的接班人，在那高歌猛進的隊伍中作過河先鋒。其實幼童們不過是在懵懂年歲、在人生之初，即被投入紅色政權有意打造的那台巨大的鑄模機器中，被那個政權量身定製。將每個兒童根據家庭背景，逐步模塑成紅色機器所需的各種零配件，從螺絲釘到齒輪。

如今習氏確實是毛氏建立紅色政權後的第一忠實傳人，只怕今後天朝歷史更要傳承顧頡剛先生論說的「層累地積成的」帝王時代傳統了。例如二〇二〇年習氏即試圖將已經寫爲官方史書的「十年浩劫」，改稱爲「繼續革命的一次嘗試」，只因許多經歷文革眞相之中共上層老一代人尚是在世，反對之聲四起，才功虧一簣，不得不放棄其改寫的企圖。不過習一尊是否誠意認錯，永不再試圖改寫歷史？其言行已經顯露習不過是以退爲進，但不會放棄其企圖。女兒，老實說我對大陸中國未來十年的走向毫無樂觀，我猜想某一日習氏若能保住皇位便必會得逞，會在官方正史中刪除將文革稱爲「十年浩劫」的這一官方斷語。那時惟有靠民間學人的勇氣與風骨保存大陸歷史的眞相。我不敢自詡爲學人，但若放棄說出眞話的勇氣便是自甘沉淪。

女兒，現在我把講述拉回到我的少年時代，可以說那一九六八年並不是憑空而來，而是拖帶著大陸中國紅色革命的長長歷史，而我們——當年只是少年的一代人，恰好成爲毛氏引導的紅色革命機器行進軌道在這一節點上的祭品。

## 註釋

❶文化大革命全稱「無產階級文化大革命」，發生於一九六六年五月至一九七六年十月，由中共元首毛澤東發起。

❷習氏，即習近平，自二〇一三年首任大陸中國主席與中共中央主席。大陸民間自其強力修改《憲法》以來逐漸流傳起許多對他「大不敬」的稱呼，均緣於習的自吹自擂，或自居爲尊的暗示，例如稱其爲「二百斤」，「白字王」、「小學生」，或「一尊」，等等。

❸「單位」是大陸中國日常所用之辭，此處並非是數學意義的單位，例如釐米、米、公里等等，而是指其體制社會意義，即大陸中國集權體制中的任何一個部門、大到政府機關或其屬下的一家企業，一所大中小學校、工廠、企業、店鋪，等等，皆稱爲一個「單位」。

❹作者Philip A. Kuhn（大陸譯爲孔飛力）。

❺校址於美國佛蒙特州，建校於上世紀二〇年代，位於人文學科（liberal arts）教育界公認的翹楚之一。

❻一九四五年黃炎培率數位左派民主人士訪問延安，之後作《訪問延安》一書。「一九四五年七月一日，黃炎培、冷遹等六人訪問延安。期間，毛澤東多次同他們促膝長談。對此，黃炎培在其日記中寫道：「有一回，毛澤東問我感想怎樣？我答……一部歷史，『政怠宦成』的也有，『人亡政息』的也有，『求榮取辱』的也有。總之沒有能跳出這週期率的支配。」「毛澤東答：我們已經找到新路，我們能跳出這週期率。這條新路，就是民主。只有讓人民來監督政府，政府才不敢鬆懈。只有人人起來負責，才不會人亡政息……」這段對話後來被稱爲毛澤東與黃炎培的延安「窯洞對」。黃炎培從延安返回重慶後，受到很大鼓舞。經他口述，由其夫人姚維鈞執筆很快寫成《延安歸來》一書出版，從此這段關於「週期率」的對話流傳開來。此處引文來自《延安「窯洞對」中用的確是「週期率」》，朱相遠，刊登

於《北京日報》，二〇一五年十一月二十三日。

7 「紅二代」泛指其父母是在一九四九年之前成爲毛氏謂之「革命隊伍」的成員之人。其父母或可稱爲「紅一代」，而子女即稱爲「紅二代」。

8 《落花時節——記憶中的家族長輩》，華夏出版公司，二〇二一年五月。

9 「上山下鄉」此文中指自一九六八年起中共強令城市學生全部離開城市，一併遣送邊塞或窮鄉僻壤務農。其是文革的組成部分。詳情見下述。

10 中央文化革命小組簡稱「中央文革小組」或「中央文革」。一九六六年五月十六日，有一言九鼎帝王之尊的毛氏公開以大字報向黨內昔日同仁劉少奇等宣戰，文革即告開啓，該小組於五月二十八日設立，隸屬於中共中央政治局常委之下，是直接指揮「文化大革命」的機構。舉世皆知的「四人幫」諸人均爲此機構中的首領。

11 中共中央黨史文獻資料研究院，《新中國成立初期私營工商業研究之回顧與反思》，作者趙晉，2014-12-04。

12 據W縣地方誌，引自《落花時節——記憶中的家族長輩》，作者逸之，2021-04。

13 《一塊紅布》的歌詞開頭：「那天是你用一塊紅布／蒙住我雙眼也蒙住了天／你問我看見了什麼／我說我看見了幸福。這個感覺眞讓我舒服／它讓我忘掉我沒地兒住／你問我還要去何方／我說要上你的路。看不見你也看不見路／我的手也被你攥住／你問我在想什麼／我說我要你做主。」

# Contents

## 自序　洗硯池頭樹的寄語



## 第一部　「行道樹」的答疑

Contents

Contents

# 第一部　「行道樹」的答疑

## ——「日暮酒醒人已遠，滿天風雨下西樓」

選了「日暮酒醒人已遠」這句唐人詩，是回望少年人生時，那「日暮酒醒」四字實實在在地直觸到人心痛處。女兒，我們一代已經走到人生暮年，是否敢問自己——是何時酒醒？是何人已經隨舟遠去？我們如今已經青絲成雪，是否酒醒？或是否醒得太遲？少年時的自己已經遠去。那往日的漫天風雪，早已經將我們的人生足跡湮沒在深雪之下，我是否依然可以用今日文字，從那一川逝水中撿回些酒醒後的記憶？紅葉青山，水流若逝，實際上一川水流卻始終是滔滔而去，逝而不斷。人人生命都是有涯，人類的生命卻如水長流，只是那生命傳遞中是否亦含有靈魂的傳遞？

女兒，我說到我們一代人是在「封閉天地中長大」，且已經略述了那實施體制「封閉」過程的兩個節點——兩次屠戮，可能你也依然很難理解。我嘗試說明那兩個節點的後果，因爲那後果清楚地顯示了何爲「封閉」。中共集權體制封閉於五〇年代完成。後果之一是自由獨立的學界言論管道——例如報人媒體——皆收歸黨產，且自朝鮮戰爭後便全遭關閉。自此紅色政權將其治下之民可以獲得資訊與可以交流的外界管道一一封閉，從此百家言成爲一家言。十數億人全部仰仗黨媒傳遞資訊，而黨媒自然遵從黨意，自上而下地灌輸那些經篩選剪裁扭曲後的資訊，所謂統一口徑，輿論一統，例如將其他國家事先一一貼好標籤——日暮途窮的美帝，墮落的蘇修，腐爛衰敗的英帝國，等等。這些早已經貼好標籤的牆外世界，便是如我一般在這封閉的四牆之間長大的一代，惟一被官方允許的認知。後果之二是民營工商業全部歸爲「國產」——名爲「國產」，其實是紅色政黨資產。隨附的後果則是學人皆歸爲「改造對象」。至於如何實施「改造」，則掌控在毛氏一人手中。

不過回想自己逐漸成長的過程，卻似乎是應了老祖宗的俗話——「沒有不透風的牆」，或可謂「人在做，天在看」。回想以往歲月，我們這一代中依然有許多人，從各種牆縫中窺到了外界的風、外界的光，敏感到那不同於官方話語的色彩，從而深隱心中，如同一顆良種，總會伺機發出嫩芽。那些牆縫的存在或許是各種偶然，例如是自家長輩無心的隻言片語，是家中不知從何時起累積的一摞摞舊書，是夏夜傍晚在姥姥家院中乘涼時，街坊們講起的古人故事，是我們被長輩要求而念誦的唐詩宋詞，是姥姥收藏在永遠緊鎖的儲藏間裡的各種《聖經》，甚至是父親母親的各種專業書籍……，林林總總，都淡淡釋出與新聞、報紙不同的色調，顯示在我們居住的四面牆壁之外，依然有不同的風景，有不同的人生樣貌存在。或許這便是人性中天然蘊藏的悟性、靈性與神性對於我們的拯救吧。這點性靈想必是來自上蒼在造人時的悲憫，爲的是我們不致永墜迷途，永不知返，亦永無能力去領略生命中本應有的純淨與自由。這一點性靈或許便是我們幸運地保存在心中的「人之初」。

女兒，孩子們，我會試圖更具體地解釋上面那些抽象議論，反思它們是如何具象地反映在我們一代的少年歲月中。在自己心中，我對你們的答疑，亦是自己對少年時經歷過的大陸中國的認知作一個簡短的小結，我個人看法的小結。若無小結，則似乎只是無端地發散些零星感想與記憶。如同泛舟經過秋天，莽莽秋意，萬千梅樹，若自己只是隨手採擷二三片落葉，感歎落葉萎地，而不說明秋意何來，那麼豈不是辜負了那二三片落葉蘊涵的意義？

## 答疑之一　毛氏文革的基礎——集權體制，「強修遺廟學秦皇」

孩子們，我的女兒，你們或許會好奇，「如此封閉的體制，對於個人生活會有如何影響呢？」你們問得有理。雖然「自序」中已經簡述那新建紅色政權的「封閉」手段與後果，又怎能忽略當年中國集權體制對其治下每個人的影響？或許這些描述，也可看作是父母家人因何如行道樹般沉默的進一步注釋吧？那也是我們一代少年時的經歷之所以發生的基礎。若無那時的極度集權體制，只怕毛氏一九六六年發動文革之舉未必會一擊即中，未必會勢無可擋，亦未必會實現一九六八年大陸超過二千萬少年人被整體遣送「上山下鄉」，而我們的少年經歷則可能會呈現完全不同的軌跡吧？

時至今日，研究大陸中國體制的學者們，對大陸中國的體制提出各種名稱，甚至有人提議爲「國家資本主義」等等絕無褒義的描述，卻依然無人公開將毛氏偕同其下屬構建的紅色政權與納粹相比較。官方則將其定義爲「社會主義初級階段」。女兒，我只想追問一句，何謂大陸中國模式的「社會主義」？基於「封閉完成」後的現實，是否可索解爲由黨魁引領一黨（即中共），再由該黨控制的政府擁有並控制大陸疆域中全部資本、土地、自然資源，繼之獲得百姓勞作全部所得，且全權掌管其運營管理與產品分配流通？至於如何分配那些百姓勞作的成果，則完全取決於黨政認定的利益之需，以及權衡利益實現的緩急輕重。一言以蔽之，「普天之下莫非王土」，而帝王心中目中，歷來是江山爲重，百姓爲輕。毛氏并未反歷來帝王之道而行之。大陸紅色中國建成之時，已經成爲一國之主的毛氏曾向大眾宣告，「中國人民從此站起來了」，一時引多少小民熱淚如雨，三呼「萬歲」。只是何謂「站起來了」？似乎一般的理解即是自己當家作主人。不過以承繼歷代帝王「山呼萬歲」的方式表達熱望與激奮的小民，是否確實懂得「從此站起來了」的涵義？那紅色帝國的小民，是否確實從此「站起來了」？小民眞的從此有權利當家作主人麼？哪怕只是做自己家屋的主人？

「紅布蒙眼」只是我如今的領悟，當年的我們一代則將那「紅布蒙眼」視為天經地義，理當如此，且誠心誠意地亦步亦趨。我們一代中許多人於一九六六年尚在將近邁入少年門檻的年齡，多數不過是人云亦云。若心生疑惑，必首先是一心一意地尋找自己的不是，真誠地希望融入那片紅色之中。直至今天，或許是緣於潛意識的懼怕，多數人仍是寧願混沌度日，哪怕是眾人同作行屍走肉，也強過成為孤單的另冊之人吧？其實我們一代人或許大多有類似的心靈軌跡。在我們心中頗為神化的偉人毛氏與其旗下的中共，都信誓旦旦地教誨生長於斯的少年人，大紅是惟一值得推崇的色彩，是所有人的終極目標。因為唯有如此，方可以實現世界大同，而惟有世界大同，方可以使地球上不再有戰爭，人間不再有貧富，人類不再分彼此，相互如兄如弟、如同洪荒之初般乾淨清澈。這幅人間大同的畫卷，便是那紅色革命的終極目標，而我們每個少年便如同一滴水珠，要成為紅色水滴，方可以由偉人蘸上他的畫筆，揮斥於天地間，將這世界一寸寸染成紅色。

若問每個少年如何可以成為紅色水滴？答案是要主動將自己從裡到外淨化為紅色，去除雜質，以適應黨與偉人的需要。那時學校中兒童的口號是「時刻準備著」。兒童從束髮入學，頸間圍上那條紅色領巾開始，每日必要應答「時刻準備著」。如今回首，不免對兒時的我們一代生出一問：「時刻準備著」去做什麼？毛氏那目標究竟是夢想？是狂妄？是雄圖霸業？還是帝王為愚民造出的畫餅充饑？若是夢想、狂妄或是雄圖霸業，那麼是何人的夢想與狂妄？又是以何人的生命作爲薪柴，去點燃那雄圖霸業的遠征？孩童時，自然不會有這一問，只會因那番言語而心生感動，感覺到那宏大敘事中的忘我意境，幻化出這世間似乎應有的大道——大道至上，大道至遠，而我們一輩人便是那任重而道遠的遠征中的一兵一卒。那樣的宏大敘事攪擾我們一代人半生，隱隱覺得似乎甘於日常歲月便會心中不安，甘於歲月靜好便是淪入平庸，是辜負了人生的目的。

如今回想，無論這紅色神話創造者的本意如何，是出於信仰、野心、愚民亦或是出於浪漫，那宏大敘事只是虛妄而已。虛妄的宏大敘事遇上獨裁體制，便成爲最好的愚民手段，尤其是愚弄當年如我一般的未成年人——被愚弄而不自知，被一步步鍛造爲紅色機器的一枚螺釘而不自知。女兒，你若問我如何最終脫離了偉人毛氏畫下的地牢，未成爲其中的一枚螺釘，亦找回了自己的靈魂？或許首先要感恩上蒼，感恩我家人的一力呵護與三言兩語的提示，甚至不妨感謝毛氏的文化革命，只因他藉文革之力，終於將那條畫餅充饑的大道，拆解成了一個個人生悲劇，亦將那宏大敘事的結局拆解成人生笑話。如今雖然習氏承繼毛氏大業，文革的幽靈依然在天朝領地上盤旋，但是敗象已經清晰可見，如同花團錦簇開始的一番春日已經沉入暮秋。「敗荷倒盡芙蓉老」，樓臺雖在，卻是氣韻盡失。

女兒，我對那「封閉體制」如何運作的解釋不妨是化繁爲簡，因爲細節無法一一悉數。華夏大地，偌大疆域與數億人口，不妨先分爲兩類——城市與農村以及城市居民與農民，依據紅色中國建立之時各人居住之地劃分。兩類人口皆以戶籍制度各自禁錮在原地，絕對不允許自由流動——唯一的流動管道，是必須經由層層政府機構按人頭逐個批准。究其實，這或可類比爲秦朝治下建立畫地爲牢的人身依附制度，但並非依附於私人奴隸主，而是依附於中共（或曰「黨組織」）建立的行政管理體系，而那「組織」如層層官場，最終直達皇庭。大一統的大陸王土，寸寸納入「組織」治下，大陸中國每個人必須依附於中共建立的組織。例如農民須依附於生產隊（人民公社），未經生產隊發出路條，則不得去往戶籍地村莊之外謀生，否則將寸步難行，或稱「盲目流動之民——盲流」，可被警員拘捕。

雖然中共建政之前，農民曾經是中共最忠誠的依靠。他們自願獻身、無怨無悔，例如源源不斷地向紅色隊伍輸送自家子弟，捐助糧草，庇護傷兵，甚至在內戰中充當中共正規軍的炮灰，即是推起家中的獨輪車，以血肉之軀擋在國民黨大軍之前。如此犧牲的農家子弟人數，不知道可曾有人計算過？若無農民的獻身，何來紅色軍隊的建立與源源不斷的糧草與兵員的補給？建國之後，紅色政權並未對於農村人口表現出任何憐憫之心，農民的犧牲只是換來更多的犧牲，且是無窮無盡的犧牲，雖然形式有不同。學界已經有許多論文，分析紅色中國建立後，農民的地位實在只是中共政策的犧牲品。中共以優先發展重工業與武器工業爲國策，其財政物資糧食的來源只有農村，因而必須繼續壓榨農村。農民只有向紅色政府繳納公糧的義務（直到二〇〇六年才獲取消），而政府卻無保障他們最基礎生活物質的義務。紅色政權下的農民，依然是延續祖輩「糠菜半年糧」且鶉衣百結的日子，卻寬厚（或無奈）地忍耐下去，似乎寧願相信那紅色軍隊的諾言終有兌現一日。始於一九五九年的三年大饑荒，餓死人數大約在三千萬左右，多是農民。農民一年年種糧，面向黃土背向天，無休無止，爲什麼會無糧可食？甚至連樹葉樹皮草根亦搶食淨盡，最終還是餓斃？按近幾年公佈的資料，那並非天災而是人禍，主因是政府向農民需索無度。由共產黨幹部帶領民兵將農民家中存糧強徵一空，又與強盜何異？「苛政猛於虎」似乎幾千年未改，改了的只是名目——名曰「爲革命事業貢獻」而已。

城市居民則是每戶有戶籍登記，而戶籍之下又有家中逐個人頭一一登記，即爲戶口。城市中每人自出生便須在員警管控之戶籍系統登記，遂稱爲有了戶口，成爲「在冊之人」。基於戶籍中戶口人數，政府按月配給物資（即「配額」，直到一九九三年才盡數取消）。那時全部生活必需品都囊括在配額中。模糊記得幼時看到我奶奶帶了眼鏡湊在窗前，一張張地數那一遝各色紙票，念念有聲——「米票、麵票，油票、糖票、肉票，雞蛋票，芝麻醬票……」。每月領到那遝紙票，奶奶要逐張點清，一張都少不得，因爲全家一月桌上是否三餐周全，全賴那些小小紙票，只有錢沒有那票，是不會從任何店鋪買出米麵油鹽的。女兒，你一定想不到那時每一家都是這樣憑票度日，對不對？這還是有城市戶籍的「幸運」人享有的待遇。若無戶籍，成爲街頭餓殍也非紅色政府之責。

女兒，相信你也想像不出那要靠各種票證度日的窘迫光景。實際上那票證所配給的數量，只能使各家勉強糊口，半饑半飽似乎是當年多數孩子的記憶。不過孩子們在學校受到的教育，卻是憑票供應是黨的關懷，保證每個孩子碗中有食，而臺灣島的孩子是「生活在水深火熱之中」，餓得沿街討飯也無人關懷……。因此，我們生活在紅色中國的孩子是世界上最幸福的孩子，如花朵般受到紅色政黨的陽光雨露澆灌，關懷得無微不至。其實如今想到那「無微不至」四字，不知該稱讚還是嘲諷？那些票證的配發確實是無微不至，每個月糧食配額中的配比都精確入微，例如配額中屬於玉米麵的配比，絕不可用於購買白麵，每月按人頭配給的雞蛋若是五只，便絕不能指望可以幸運地看到第六只落入你的購物筐。女兒，所謂「無微不至」——你聽過比這更厚臉皮的自吹自擂麼？

那時千家萬戶的平民日常生活狀態，都可以概括為錙銖必較，捉襟見肘。「錙銖必較」的並非只是每月那菲薄的薪資收入，更是日常的米糧菜蔬，因為要保障家中每張嘴，在次月再領到一份票證之前有飯菜可以果腹，所以要每日均分，絕不可有一日放縱飽食。女兒，你可以想像那樣日日月月、每家不得不稱斤論兩地計算每日食物的生活麼？你可能也想不到那時城市居民家中多數沒有盥洗室，更莫說洗澡間。家中能有自來水管直接入廚房，已經是上好的待遇，因為多數居民都要去自來水統一供應站，一桶桶地將水提回家。連冷水都未必能家中常備，更遑論熱水供應。多數人若要洗澡，都要去公共浴池，所以並不能強求人人每日淋浴，神清氣爽且氣味清新地進入公共場所。我記得自己幼時對公共場所的污濁氣味似乎十分敏感，因而總是執拗地拒絕與家人去購物。那時自己唯一喜歡的是我的姥姥——你的太姥姥家縣城的農民集市。露天集市，各種瓜果蔬菜的新鮮香氣飄蕩在人群中，幼時的我認定那才是最好的去處。

那時我父母家中也是同樣沒有熱水供應，配額的煤炭不敷家用，不得不每星期送我去理髮店洗頭髮。那可算是種無奈的奢侈，因爲並非家家可以有餘錢，負擔孩子每週光顧理髮店的開銷。我其時尚年幼懵懂，並未領悟這是種奢侈。有次作文中寫那理髮師傅細緻周到，對比自己的寫字毛糙，原意是誇讚勞動人民，卻遭到老師紅筆警告，大意是「這種小資產階級生活方式不適宜宣揚」。女兒，我這裡敘述的只是紅色體制下升斗小民家的日常狀態。我前面說過毛氏建立的紅色體制雖標榜全民平等，那說辭不過是蒙眼紅布之一角而已。其實那體制建立起始就是等級森嚴，被評定爲不同級別的人群，即可享有不同等級的生活待遇，評定級別的首要標準是參加革命時間，之後才是其他能力的評測。雖然平民度日是錙銖必較，但組織中級別的官員（當年官稱則爲「幹部」）不同則會獲取特別供應，特別是得以分配到特別住房。

既然說到此處，女兒，你自幼年便成爲「化外之民」，我不得不向你稍稍解釋，大陸紅色政權建立體制的治下，萬民均劃分爲等級的制度。自紅色帝國建立，除首先是劃分爲「城鄉居民」兩大類別，分別「畫地爲牢」，同時將數億生存於華夏城市之民亦細分爲數種類別。這些類別便構成紅色帝國的階梯社會。這階梯最上層類別是「革命幹部」。何謂「革命幹部」？一般指紅色中國建立之前加入中共隊伍、且在那隊伍制定的升遷梯級上，得以攀爬到一定管理地位之人，而升遷理由則難以悉數，例如或因能力、或因某次功績、甚至因機緣巧合或因裙帶關係，等等。這些地位待中共建制逐漸健全後便相應劃定爲等級，建國後改稱爲「行政級別」。中共內部絕非其標榜的平等、公正、和諧、無欺，而是每一等級連帶有嚴格界定的待遇制度，例如涉及到每日肉、菜、油、鹽、煤供給標準的差異，乃至是否可以享有勤務員、保姆，等等。在那隊伍中身經百戰、卻因種種原因在紅色中國建立之前依然是大頭兵一枚的人，其實亦不在少數，最終只得回歸農民身份，面朝黃土背朝天地繼續勞作，不配享有任何供給。一九五五年中共內部統一確認，有資格稱爲「革命幹部」者，必得是於該年或之前行政級別劃爲十三級以上的從龍之臣。這些「革命幹部」都成爲紅色政府機制中的官員，其兒女有資格自稱出身「革幹」，亦即文革中統稱的「紅二代」。

中共隊伍成員確定了行政級別之後，紅色政權逐漸爲城市所有行業人等均劃分了級別，例如醫生、教師乃至工人，以區分爲「N級醫師」，「N級工人」，等等。其薪酬待遇亦是按級別確定。被中共政權認定爲「異己分子」（或稱犯有「政治錯誤」）之人，遭受的懲罰較輕方式之一便是「降級處理」甚至「一降到底」。一旦遭遇降級即意味降低待遇，例如減少薪酬、補貼，等等，對於薪酬本就微薄且有家口之累又無其他收入路徑的城市人，「降低級別」的懲處確實是性命攸關的威脅。

那社會階梯最下層的，自然是各類被貼上「敵對階級」標籤的人群，逐漸以「黑五類」合稱之——即「地、富、反、壞、右」之謂[14]。由於「反動派」、「壞分子」的標準從無準確定義，全憑中共不時改變的政策而可寬可窄，且此類人亦會有子孫接續，因而中共治下歷次運動不斷整肅，此類人數是有增無減，其家人也被涵蓋其中，似乎可稱爲「灰色人群」。「革命幹部」自然是紅色階梯中的領導階層，無論科研還是製造業，哪怕是技術問題，都是以「領導幹部」批准爲前提，因而有「外行領導內行」的嘲諷。這嘲諷於「反右」時被毛氏引用，言之鑿鑿地道「外行就是要領導內行」，對於黨與知識份子的地位一語定讞。毛氏意爲必須是「黨管技術」，而不能是以黨員不懂技術爲由而「以技術要脅黨」。「黑五類」則要承受更多無窮無盡的折辱與勞改。我在大陸互聯網上曾見到一句當年的民謠，詼諧但實在，以民間眼光看透了等級的區別：「一等人，書記官，辦公室裡抽洋煙。二等人，是黨員，半天開會半天閑。三等人，老貧農，新舊社會都受窮。四等人，地富反，夾著尾巴搞生產」。其實紅色政權治下的大陸，一直是等級森嚴的社會，何來中共口頭標榜的平等？毛氏在紅色隊伍建立之前所標榜的「人民監督」，又在哪裡？

女兒，抱歉，我筆下又是太多的抽象描述，枯燥乏味，不如說件記憶中的小事。你的爺爺奶奶是紅色隊伍打江山的「功臣」，屬於「革幹」之列。你的爺爺成爲共產黨人早於抗日時期，因而評定級別亦是較高。文革中他雖是莫名其妙地坐了八年共產黨的監獄，在五〇年代確是享有相應級別的特別待遇。分配到的住房，不但與平民不得不祖孫共用一間臥室的陋室相比可稱「廣廈」，且按蘇聯圖紙建成的住房備有鍋爐與浴室浴缸，可在家中燒熱水洗浴。我記得自己在七〇年代初次見到那鍋爐與浴缸時也頗驚詫，才切實領悟到「革命幹部」級別待遇與平民待遇是如此天差地別。曾有位當年的朋友回憶道，首次見到你爺爺奶奶那有紅木地板與浴室的住房時，心中不覺有「恨意湧起」，因爲那實實在在地驗證了「新階級」在紅色中國的存在。德熱拉斯的《新階級》一書，文革晚期在學生中曾廣泛流傳，爲少年學生如何領悟中共建立的紅色帝國的實質，也是我們一代中許多人的啓蒙之書。

元人張養浩先生過潼關，見山河表裡，峰巒如聚、波濤如怒，始終不得展顏，作元曲《山坡羊》，結局是一聲歎息，「興，百姓苦。亡，百姓苦」，歎息的是百姓生存的無奈。興也罷、亡也罷，百姓與權力始終如同魚肉之於刀俎，一方是任人宰割，另一方是予取予求。孩子們，或許你們想像不出當年大陸中國的饑荒淒慘到何種模樣，更無法明白爲什麼會如此淒慘？大陸不是「好山好水」、「地大物博」的好地方麼？爲什麼當年無論是城市還是農村的平民百姓，永遠是活得半饑半飽，身上補丁綴補丁？回答如此問題，不得不回溯到更久遠的歲月，已經超出我這冊小書預想的範圍，且留作未了之事吧。

大陸紅色政權自五〇年代中期，已經將城市中一切可生產財富的手段均收歸國有。城市中自由職業者與自有職業經營之路均已封閉（或曰「屠戮」）。當年的私人工商業即轉爲政府控制的「單位」。城市中每個工廠、學校、商店，等等，均成爲一個「單元」。每個「單位」也可視爲紅色政權的集權模式政體下，實施管控小民的一個「單元」。任何城市居民必須歸屬爲某一單位，例如我姥爺的兄弟們本是自由職業者——醫生，在中共新建體制下雖仍可作醫生，卻從此均歸類爲其供職單位（醫院）的雇員。「單位成員」無流動自由，未經官方允許，亦不得轉去其他單位。單位不僅僅是將人登記在冊，類如雇員，且紀錄諸人的政治言行表現，亦記錄有其家人子女個人資訊，一般是祖孫三代，稱之爲個人檔案，藉以決定每人的升遷或貶黜、薪酬多寡，等等。

在如此集權管制之下，小民完全失去自由選擇生活方式的空間，小民之苦不但在於物質匱乏，亦在於內心的壓抑。雇員不得不事事處處依賴於單位。單位管控可覆蓋雇員人生全程，大事如職位貶黜/升遷、薪酬增減；中等之事則如基礎日常生活所需，例如住房分配、傢俱配置。甚至婚姻子嗣，例如結婚離婚生子均需要單位領導首肯，且單位蓋章的證明信，只有在獲得組織首腦首肯之後才會簽發，等等。女兒，可能這在你聽來如同笑話，但現實中一對戀人因家庭背景差異，或夫妻二人因一方家庭背景屬於「反動階級」，被單位棒打鴛鴦的並非罕見。需仰仗單位管事人的日常小事則數不勝數，例如每日辦公所需的文具紙張，亦並非按需所取，而是全賴單位雜物管理人員（通常是辦公室／後勤主管）當日心情或與申請者關係是近是疏。若某人希望可以脫穎而出、步步登高，則亦須依附與組織賞識——即黨組織。換一個角度解釋，也可說這紅色政權設計的體制，便如同一架巨大的機器，將每人的位置固定在某一齒輪之上，底層者成為支撐或穩固齒輪的螺絲釘，而層級漸高者或可升為齒輪，但均需一生隨那架機器旋轉，再無自由伸展的空間。那時中共為其治下萬民所樹立的榜樣，便是要「做革命的螺絲釘」。

女兒，你一定不知道那榜樣之人的名字是雷鋒，他的名言，其實很精准地描摹了集權制下中共對於小民的期待，那段話是「一個人的作用，對於革命事業來說，就如一架機器上的一顆螺絲釘。機器由於有許許多多的螺絲釘的聯接和固定，才成了一個堅實的整體，才能夠運轉自如，發揮它巨大的工作能。螺絲釘雖小，其作用是不可估計的。我願永遠做一個螺絲釘」。

這一「人身依附」體制嚴酷且極有威懾之力，尤其是對於五〇年代尚有獨立人格、自由思想的讀書人的管制極盡效率。一九五七年開始的反右運動，可說是這一體制對於讀書人管制效力最顯明的實例。首先由中共中央（毛氏）將右派指標分發到單位，單位裡中共組織的代表（通常是黨支部書記）則根據雇員個人檔案記載的歷次運動表現與家庭背景綜合評估，選出其中可戴右派帽子之人。若選中人數不足分發的指標之數，則單位尚需加選他人以補足欽定指標。一旦被戴上右派帽子，便成爲紅色政權的敵人，大多數成爲勞改犯，被送往邊荒僻壤或不毛之地，亦有人直接入獄關押。不只是「右派分子」遭到懲罰，其家人子女亦連帶墜入九地之下，父母子女骨肉被迫分離，夫妻被單位強制離婚亦是常見的懲罰，甚至子女從此喪失受教育的權利。小民從此視單位爲執掌個人生殺大權的閻王殿下黑白無常鬼，絕非全然誇大之詞。經歷反右運動之後，許多讀書人領悟到單位實爲衣食父母，而不幸單位領導多數如占山爲王的山寨之主一般，肯擔責者少，一心自保者多。對於山寨之主不僅僅是忤逆不得，且要投其所好討其歡心，方可保得全家飯碗無虞。若討得單位領導歡心，甚至可以仕途升遷有望。

如此治理方式，人人依附於單位生存，對於人心態的潛移默化不可忽略。所謂水滴石穿，讀書人的社會位置從自由職業者變爲人身依附，經年累月討生活於矮簷之下，心態逐漸改變，自由意識逐年萎縮。日復一日地生存於人身依附關係之下，事事處處仰人鼻息，多數讀書人不可避免地，逐漸喪失了數千年來一貫秉承的勇氣、銳氣、骨氣。或許五〇年代時許多讀書人仍有良知存於內心，并非是不知是非、不知羞恥、不知榮辱，只是爲自保與保護家人而在反右運動時緘口不言，或之後向「組織」懺悔惟恐不及。自「反右運動」以降，在大陸中國「選擇」人生道路二字，已經從現實的辭典中抹去。

伴隨紅色教育逐漸進展，紅色政權下如塡鴨般培養成人的新一代學生，例如文革前新畢業或依然在大學的一代，逐漸喪失了對正常社會的認知，根植於腦的只有絕對服從單位領導以及毛氏的「階級論」。他們認知中的社會是毛氏「階級理論」下的社會與人，即人類社會從來劃分爲不同階級，而階級之間如隔天塹，那天塹在毛氏於二〇年代首先引入時，以社會中人擁有財富多寡而劃分。按毛氏「階級論」演繹，有產者的財富全靠搶奪而獲得，因而貧富兩極只能互爲仇讎，以刀槍相對。毛氏「階級論」繼續演繹，認定人只有階級性，不同階級之性必然不同，因而人性之說不過是虛妄，是統治階級的謊言。毛氏理論下，亦認定現階段階級必然存在，因而階級之間的爭鬥亦必然存在，如此延續，直到共產主義實現（而那不過是虛無縹緲之事）。其最終則歸結爲惟有中共是天選之黨，可領袖其階級之人戰勝其他階級。全部說辭其實可歸納爲一句，即跟隨中共（自然不可忘記中共的黨首），成爲其馴服工具是小民生在紅色大陸惟一的出路。從此眾多小民或違心或誠意，或被裹挾、被綁架或主動跟隨，總之是華山只餘一條路。

柏林墻倒塌後的一年期間，對於「槍口是否應抬高一寸」的觀念曾有過廣泛關注，源於審判東德某些士兵。他們曾遵長官命令射殺那些當年試圖從柏林牆逃出，投奔西方的東德青年。那些士兵可否槍口有意抬高一寸，槍下留人性命？不過在毛氏建立的鐮刀斧頭旗遮蓋的秦始皇體制下，若尚存天良之人誠意地想「槍口抬高一寸」，可能也要付出終生代價。《人有病，天知否》[15]中敘述的郭小川人生際遇，可看作以上觀察的詮釋。郭雖是天賦其才的詩人，卻不幸亦是組織中人，由組織分配在作協主持反右運動。事實是周揚與劉白羽做出指示，而由郭小川操刀執行。在操刀的過程中，郭心中始終有不自覺的天人交戰，既須眞誠地遵從「黨組織一貫正確」，「要一絲不苟地遵從黨組織指示行動」的黨員信條，因而理智上清楚手中之刀，要毫不留情地斬向那些「上級指示」的「異己分子」——黨的敵人；同時心中卻又有情不能自抑的人心悲憫，做不到抽刀斬斷同情之心，甚至在聲色俱厲地批判之後，竟然不覺說出遭批判之人是「好同志，好作家」。

郭難以壓抑他天生詩人性情中的天眞浪漫，居然給上級領導們頻頻寫信，述說心中的矛盾困惑，甚至反思自己未能絕對與黨保持一致的心理狀態。他對自己既是坦誠表白又是苛刻嚴酷的自我批評，卻始終得不到上級的諒解。在反右運動的餘波——一九五九年的黨內反右傾之中，郭小川左支右絀，心中重重疑慮、交困難解，遂提出要求調換工作，卻被作協黨組解釋爲郭與黨的「對立情緒到了不能遏止的程度」。郭信中坦承其無法在作協繼續工作下去，則被解釋爲「實際上是向負責他工作的黨組同志對他批評的抗議」。郭曾極力自我檢索內心深處，將自我人格貶低到泥淖裡，自我辱罵「我落後的很，小氣得很，鼠目寸光，可恥得很」。儘管如此貶低到泥土裡，郭依然偶爾忍不住詩人的浪漫天性，在一九五九年他筆記中連篇累牘的檢討中，有首不經意地隨手塗抹的小詩，「生活特別寵愛我們這一代/讓我們失敗受苦/風在發脾氣，海也在發/這一代懂得驕傲/也許我們急躁/探索中國的秘密/懂得大地上頂天立地的詩」[16]。

或許這首小詩，才眞正地蘊含了他詩人的靈魂吧，那靈魂不幸地被禁錮在層層枷鎖之下，既有自我禁錮，亦有中共那如蛛網般層層織就的禁錮。雖是套牢於枷鎖中，那詩人靈魂卻依然有瞬間的顯現，如流星一般，不甘被暗夜吞噬淨盡。郭最終未能逃過黨組織的批判，亦最終表態，「努力改造自己，努力學習毛澤東思想，努力做黨的馴服工具」。此三句總結或許可以概括許多讀書人（乃至犯了錯誤的黨內人）對於未來人生的總結吧，那人生總結之後，郭是否依然有詩人靈魂隱藏的空間？

事實上，郭小川的上級領導們，也不過是些被牽線的偶人。各單位亦層層統屬於某一上級，層層向上，直到某一級別的組織機構，但無論是何機構，都是以中共領導爲尊。如此向上類推，可以直推到黨首——毛氏。這便是毛偉人於文革之前設計的紅色帝國統治架構。讀到夏中義先生一段評論，於我理解，可視爲是綜述那帝國架構對於治下之民的治理原則，「……傳統政體亦歷來主張人的精神之單向度化，竭力將主流意識形態，無條件地內化爲每一個體的行爲及心理準則（亦即「積澱」爲李澤厚所說的「文化心理結構」），從而使個體內心對現有秩序及主流價值失卻批判性的獨立——這便遂使那些自覺適應體制者一時春風得意」。[17]持守「獨立精神，自由思想」的陳寅恪先生諸人，則只能將書桌安置在心上，自知是「平生所學供埋骨，晚歲爲詩欠砍頭」，受盡折辱、鬱鬱而終。

紅色偉人建立的帝國雖標爲紅色，其實與歷代帝王之國體大同小異，最大差別在於一切不再是以帝王之名，而是以黨（即中共）的名義發出號令，且堂而皇之地宣稱中共即天然地代表了數億百姓的最佳利益。其實那黨即是帝王之黨，若黨員之中有不順從帝王意志者，則假以各式「反黨」罪名剷除之。「王土」與「王臣」，被洗腦的讀書人，再加上沉默且愚從的百姓，就是文革之前的紅色中國。只有在「以一人之尊可以號令天下」，類同於秦始皇創立的秦制的體制背景下，毛氏才能憑藉一己之尊、一人之號令，發起那場其身死之後、被其臣子稱爲「十年浩劫」的文化革命。

女兒，我不知道你是否可以眞的理解我上面描述的體制構成。你自幼生活在有選擇的環境中，理所當然地認爲自己有權利選擇雇主，合則留、不合則去；認爲個人在城市之間隨意流動，是選擇居住於濱海還是山巔都是個人喜好。那麼你只要想像一個人被終生禁錮在一架機器上，成爲一顆螺絲釘，隨機器旋轉、磨損、消耗，直至那螺絲釘耗盡它的使用週期或棄之如垃圾。不僅如此，那管理機器之首領還要時時教誨那螺絲釘——可用於機器是你的光榮使命，所以你要自覺自願。女兒，你想你會心甘情願地追隨如此的首領，接受終生爲一顆螺絲釘的命運麼？我想你說不定會覺得這是你母親搜尋來的天方夜譚，最荒謬的故事。不是的，女兒，這實實在在地就是你母親幼時生長的那國度、那體制，也是自束髮入學以來受到的精神教育（或曰「洗腦」）。你會願意對人身與人腦人心的那種禁錮，在大陸中國再次成爲現實麼？你會願意自己或是你的小兒子成爲那一部死死禁錮在那部機器上的一顆螺絲釘麼？終其一生，隨機器旋轉，隨他人擺佈，之後還要贊聲這就是最理想最美好的人生？

在那種禁錮之下，被禁錮之人只有兩種選擇——或是任人擺佈，或是梗起脖頸，以卵擊石。無論是哪種選擇，最終結局其實全憑上層執政者的政策甚或意識的個人喜怒，與個人的態度並無絕對關聯。如此制度，完全無視個人尊嚴。曾彥修先生《平生六記》[13]中有段話，使我深覺如醍醐灌頂，特摘錄於此：「我們應該使人人有很高的自尊心，而絕不能幾十年天天叫人檢討自辱，放棄任何自尊心。眞正到了人民都必須放棄自尊心的時候，這個民族恐怕也就難於自立於世界民族之林了。一個民族的自我削弱，幾全部來自內部因素，而非外力。我寫此時已進入九十五歲了，不知怎麼的，這個想法突然冒升起來：羞恥之心，人皆有之，一個人必須檢討一輩子，受辱一輩子，這算什麼生活？但那個鐵骨錚錚、寧死不屈的梁漱溟有多少『唯心主義』，卻令人永誌不忘。記住：人不能永遠生活在饑餓之中，也不能永遠生活在屈辱中，此而不改，一個民族的尊嚴何在？要記住，沒有個人尊嚴，就不可能有民族尊嚴」。曾先生寫下這幾句話時已經年過九旬，那必定是他回顧一生的反思吧？一生關注民族命運，避免傷害他人的老人如曾先生，寫這段話時亦必定是痛心疾首吧？只是肯眞心體會他的肺腑之言、拳拳之心的又有幾人？

當年「人身依附」的體制下，人生之路無法由個人選擇。那時我們一代尚在童年或剛剛跨過少年的門檻，更不知「選擇」一詞在現實中爲何物，又爲何解？現實中任憑中共組織安排便是唯一的出路。這便是大陸中國我們一代少年歲月時共同生活於斯的人世間，共同的生存環境。

我講述的人生故事，便發生在那高牆閉鎖的環境中毛氏將文革發起之中。不過即便是高牆，牆頭是否依然會探出一兩枝杏花，是否枝頭的朵朵杏花，也會各自點染出些許不同的顏色？

## 答疑之二 Y中學的篝火之夜，亂世炭筆素描

女兒，自知以上文字枯燥卻不得不爲，是試圖使你們一代理解當年毛氏建立的集權體制是怎樣一副樣貌。若無那集權體制，偌大大陸中國數億人口，毛氏僅爲黨魁，又如何能憑一己之號令，便有能力發起文革？爲何大陸中國組織中，沒有任何其他力量，例如司法權力或行政權力可以對毛氏制衡？開筆文字枯燥，眞的抱歉。但是，我的女兒，孩子們，若不描畫全景，又怎能理解那些生活於斯時的個人的際遇細節？

女兒，孩子們，我那時只有不到你們今天一半的年紀，在運動中是徘徊於邊緣的旁觀者。不過古人說「旁觀者清」，是否如此呢？前文已經提及將近兩千萬少年的「知識青年上

山下鄉」開啓於一九六八年。不過女兒，你必定會問，「一九六八年時，爲什麼有如此多的少年們滯留在中學？他們難道不是應當按正常程序如河水流動——一批批從小學升入中學，而後升入大學，再是畢業、工作？」那滯留的原因便是文革的啓動。大陸中國全部中學與大學均於一九六六年停課，少年們身份尷尬，既非畢業生又非在讀生，卻依然是在校生。如同超級地震後河水被驟然截流，會形成深不見底的堰塞湖，而在校少年就如同那困在堰塞湖中的水。他們於一九六六年困於文革地震無法繼續學業。那麼，他們成爲堰塞湖水後做了些什麼？女兒，直截了當的答案是他們在一九六六至一九六八年的文革期間，少年們成爲毛氏的馬前卒。官方宣佈的文革起始點爲一九六六年五月十六日，即是毛氏當時文革核心重臣組成的「中央文革小組」發佈《文革通知》的日期，但是眞正「畫龍點睛」之筆，則是毛氏本人一九六六年八月五日的大字報——《炮打司令部》。

一九六六年之初，其實已經有「風起於青萍之末」的跡象。只是當年無論官場還是民間，大多是莫名所以，高層中層黨政官員並無防範之心，遑論讀書人與平民百姓。如今，從已知事實回看當年毛氏心意，毛氏大字報顯明地是「項莊舞劍，意在沛公」，雖未指名道姓，但其心中早有籌算。針對「沛公」的緣由，其一是視其黨內某人及其跟隨者中存在「黑色司令部與屬從」，因而是「異己分子」，或「威脅自身地位」，無論是由於功高蓋主，還是由於對某些事意見不合，或是對於處理國家經濟行政事物等等均看重知識或章法，等等。

或許赫魯雪夫在史達林逝後翻手批判前任，亦極大地刺激了毛本人，因而毛自認必須對其黨內高層有一番清洗，清洗的目標以官方排名僅在其下的劉少奇首當其衝，連帶其他諸人；其二則可能是以毛氏的心性，自視地位已經是君臨天下，論功績早已經超越秦皇漢武獨領風騷，怎可以甘心受種種組織規則與國家行政規則的約束？不過如何實現那他心中目標？自是要將重臣從朝堂鎖拿入獄。但是鎖拿入獄必定要有些冠冕堂皇的理由，按華夏傳統總是要「名正而言順」，使萬民口服（哪怕是心仍不服）。煽動小民燃起一把「革命」之火，舉火燎天，直燃到「皇庭」，便成為毛氏首選的方式。不過何人是毛氏心中首選的將火燃成燎原之勢之人？那便是我們一代自幼起便「紅布蒙眼」的中學在校學生，一群懵懂少年，仰望那從少年起便有膽氣「指點江山」的偉人毛氏。適逢其會，最適宜成為首選的點火人。

我想毛氏煽風點火之初，亦不過是遵循「草鞋無樣，邊打邊像」的邏輯，先燃起一把火，將國土與萬民置於烈火上慢慢烹煮烘烤，至於最終烹煮成的菜肴是何味道，至於被推入鑊中烈火烹煮煎熬的，不只是毛氏心中之「黑司令」一人，還有無數黎民百姓，毛氏是否在意？是否曾心存悲憫？民間一些文章談及文革期間的非正常死亡人數可以數千萬計，當年頂尖的人文界乃至理工學界翹楚（除其時正在荒漠中為實現毛氏擁核大國不計性命地工作的數名核武元勳）幾乎無一倖免，而「黑五類」人群死亡者死後籍籍無名，更是不計其數。一時間生命輕賤、人如草芥。但未見到有任何官方或民間的文字記錄中，提及毛氏在此期間憂心過民生艱難。毛氏只關心那鑊中的煎熬烹煮，是否會產出其心悅的味道。其實毛氏心嚮往之的最終味道（結果）究竟是什麼？似乎在大陸學人中至今是莫衷一是，或如古人曰「仁者見仁，智者見智」。例如稱讚者分析說，毛氏的文革運動是防止中共腐化的嘗試，只有偉人方可有此魄力，大手筆砸爛其一手創建的體制；批判者則分析說，毛氏只不過是不甘心其在經濟建設中不得不退居二線，不甘心所謂「英雄無用武之地」，因而訴諸個人威望來發動懵懂少年、反擊其昔年同道，報「七千人大會」上其不得不承認「大躍進」失誤的一箭之仇。

自己無意誅心，再者認爲誅心無意義。評價毛其實不必追究毛氏本心本意如何。無論毛氏本意如何，只看其行爲與那行爲的後果，只怕是當得「獨夫民賊」四字。這四字其實是當年中共送與蔣公介石的，其時中共尚未執掌華夏政權。那時的蔣尚在外敵入侵、國共征戰，再加內部各路軍閥明爭暗鬥的重圍中苦尋平衡，何來成爲「獨夫」的地位與霸氣？毛氏在鐮刀斧頭旗號令下一統華夏大陸，建成秦始皇集權機制，才有了成爲「獨夫」的基礎與底氣。

文革颶風驟起，其實卻並非憑空而起。毛氏歷來是心中丘壑萬重，每發起運動（即整肅）即是迅雷不及掩耳，死傷者每每以數千萬計。文革驟起時，可以看出從高層、中層直至底層的「組織」[13]成員，均被毛偉人莫名地扔進了他親自策劃與親手燃起的地獄之焰中，亦包括毛氏昔日的從龍之臣，與對其他小民的待遇並無差別。其治下的億萬小民自然亦不能倖免。這些人何嘗不是始終奉他爲聖、對他言聽計從、捨命相隨。自己無獲取高層機密的資格與管道，只能憑藉一己的觀察與思索，相信多數人當年確實不知毛的文革是何為目標，何是路徑，又準備如何收尾。其實或許不知道的並非只是那些過河兵卒，而是連毛本人亦只設計了開頭，認定了初步目標，並未細想路徑與藍圖吧？反觀民間乃至「組織」高中下層，文革初起之時確實無人質疑，無人抵抗。似乎毛氏之下的所有人，都在盡心試圖領會毛氏掀起這場颶風的緣由與目的，力圖勉力追隨。甚至當時「一人之下，萬人之上」者如劉少奇、周恩來亦是小學生心態——小學生身臨考場，面對老師與試題，只能絞盡腦汁去解答題目，力求老師筆下給出及格的分數。

例如文革初起之時，劉少奇似乎尚未意識到，他是毛氏文革針對的目標，無論如何都是在劫難逃，反而是極力以其歷來宣導的組織性規範學生行為，派工作組進駐大學中學，試圖指導學生。周恩來亦是亦步亦趨，曾努力以「組織原則」為理由，試圖勸阻學生群起毆打鬥爭中共從龍之臣（例如劉少奇、陳毅、賀龍等等）的行為。劉與周自一九三五年的遵義會議被收服後，一直是毛氏循規蹈矩的下屬。我相信他們絕無二心，亦無膽量要阻礙毛發起文革的行為，他們只是遵循行政管理國家事務的一貫邏輯去揣摩毛的意圖，結果自然是大錯特錯，與毛的意圖大相逕庭。毛的全體從龍功臣在文革應對中，幾乎都成為了不及格的小學生。那麼可否反過來一問，是否行為不及格的恰是毛本人？相信毛氏的所思所想在文革初起之時，也並非絕無人知曉，甚至毛氏亦自知其私謀見不得天日，只能依賴家人。他的夫人——江青對毛氏的謀劃是心知肚明，只需從她一九六五年起高調介入文藝界改革，於一九六六年公開在大學演講之間，聲淚俱下地宣稱其夫婦均遭受黨內高層迫害便可見端倪。諸如此類的表演，力圖煽起少年人的怒火。江青如此當眾表演，絕無可能是毛氏全然不知，可知以上自己私人觀察得出的結論，並非是誣陷毛氏。

當年多數的底層「組織成員」於文革初起時，並非是首先用心用腦去思索理解，而是一呼百應地立即開始行動，爭先恐後。畢竟毛氏曾自詡爲其最好學生的林彪，對下層兵卒也有訓示，曰毛氏之言是「一句頂一萬句，理解要執行，不理解也要執行」。反右運動之後，毛氏語錄與他那些從龍之臣的奉聖語言，便逐漸充斥了大陸中國，例如中學、小學教室中都要懸掛毛語錄。記得我所在班級的教室中便有毛氏語錄板，且要定時更換。如此日日薰陶，洗腦不輟，可憐那些虔誠的組織成員，如何可能有自己思索的空間？如何可能有自己的見解？以我身爲旁觀者如今的領悟，那「組織」本身，連同些努力緊跟毛氏「繼續革命」的組織成員，在文革初起時全然被毛氏忽略，因爲毛氏自承是「和尚打傘，無法無天」，自然享受他一手創出的新亂世。亂世才適合梟雄，他必然無意作繭自縛、接受組織的約束。

毛氏以「受迫害者」的姿態燃起懵懂少年之怒。少年懵懂之怒霎時燃得如火如荼，一心保衛他們心中的偉人，迅即直搗毛氏揮手所向，砸爛毛氏所謂的「組織約束」。毛氏由此開創的新亂世，確實打散了五〇年代逐步建立的官僚等級制度，大大小小官員循序逐階上升的階梯被毀，本寄望於循規蹈矩、逐階上升的那些組織底層成員則被杜絕了機會。直到七〇年代其朱筆欽點的接班人林氏亡於出逃路上，毛氏或許終於自覺是「廉頗老矣」，不得不考慮後事。只是那時「中央文革」小組已經是大權實際在握，各自公報私仇，又豈容得毛氏收發由心？最終毛氏未能壽如神龜，甚至未能活到收拾起文革亂世。不知道後代史書中，毛氏將被評為是開創盛世之偉人？還是開啓華夏大陸持續墜入泥淖的梟雄？其一生應如何形容？是「神龍見首不見尾」，還是俗稱的一座半途而廢的「爛尾樓」？文革亂世一直持續到毛氏本人去逝，由鄧復出後率領的從龍老臣宣佈結束，從此逐漸重新恢復了舊時的官場秩序。

女兒，我自知是信筆由韁，離題千里。還是書歸正傳吧，以上的觀察其實只是想寫下領袖與小民各自態度的兩相對比。文革初期，紅布蒙眼的少年學生乃至毛氏自己建立的組織，對於毛氏俱是深信不疑，但反觀毛氏是如何對待他們？他們不過是毛氏心目中的馬前卒而已。一旦不符毛氏心意，這些少年的人生便被毛氏齊腰斬斷。那一九六八年的「上山下鄉」便是實證吧？那些當年極力靠攏組織的學生對於組織與毛氏的信賴，無異於教徒對任何神祇的信賴。現實中，組織的首領毛氏當年卻是如何利用了少年們的信賴？兩相對照，如今大陸中國那些努力靠攏組織的學生，是否依然會眞誠地相信組織，相信那組織的領袖之言？

中共首領一向表現得萬分自信，或許是相信王土永在而百姓則代代興替，子子孫孫無窮竭，所以只需要不斷地對新生一代洗腦？不斷地對新生一代許諾願景？我觀察到習氏治下又重新撿起洗腦的舊途徑，即是洗腦「從娃娃抓起」，小學課本重拾那些騙人的紅色故事，課外學習的歌舞改爲「鬥地主」與「頌聖」，或許這是他當年作「紅小兵」的經驗吧？對於那逐漸老去的一代如我們，已經識破中共願景不過是自欺欺人、不再相信中共許諾的舊人，在習氏治下便棄之如敝履，甚至不惜對敢於公開仗義執言者的「紅二代」（如任志強）刑訓關押，不知是否想殺雞儆猴呢？我們一代雖已經老去，但也曾生來具有性靈膽氣，難道結局必須是終生恭謹如馬前卒？豈不聞古人語「始作俑者，其無後乎」？難道那些當年協助給青蔥少年洗腦，反在文革中被洗腦後的少年反噬之人，從無反躬自問？據說聶紺弩先生曾評毛氏的結局，曰「身敗名裂，家破人亡，眾叛親離，等到一切眞相被揭開，他還要遺臭萬年」。聶先生的評價已經有一半成眞，但目前的大陸中國官場或黨組織中，尚無人有膽量將眞相揭開。此時的毛氏其實依然是習氏的榜樣，是中共的一面旗，不知是否可謂是遮掩醜聞的大旗？

文革初起時，組織成員的應對方式似乎可分爲數極，一極是力求循舊有組織運作方式，去組織並試圖「引導」被點燃的學生（由於文革之火燃起於校園），例如劉少奇；另一極則似乎窺到新路徑——與學生站在一起，直截了當地砸爛焚毀舊有組織系統。自然亦有人猶疑不定，感覺難尋穩妥之法，不如駐足觀望，盡可能如同鴕鳥鑽沙般低調。選擇出聲反對者雖是鳳毛麟角卻亦有之。他們雖是孤掌難鳴，但依然是不平則鳴，鳴聲如鳳，「和鳴鏘鏘」。

例如張志新，如同暗夜中升起的晨星，雖孤獨卻璀璨奪目。文革期間林林總總的人生狀態，是對那場平地捲起的野火的不同應對方式，但不同的選擇即成就了不同的人生樣貌。這世上有捨生取義之人、苟且偷生之人、蠅營狗苟之人，亦有助紂為虐之人。若每人的取捨只關乎自己的人生，或許亦不可強求。無人有權利強迫他人成為聖人、捨生取義，但亦有許多人當年的選擇是關乎他人的人生乃至性命。文革當年做出損害他人以保全自己的人，如今心中難道可以坦蕩無愧麼？

訴諸少年人的熱血與嚮往革命的懵懂情懷，似乎終於成為最有效的路徑。流光暗轉，一九六六年初夏時分，毛決意燃起的那把野火，終於突破「組織」的樊籠，以少年學生懵懂卻瘋狂的熱情為燃料，燃燒得鋪天蓋地。那些紅衛兵如何異軍突起的經過，已經有許多親歷之人數度講述。自己只能記敘印象深刻的一二樁小事，因為每片雪花的碎片，才構成那場鋪天蓋地的大雪。如前所述，每個人目之所及均有局限。一人只可見一株乃至幾株樹，卻難以見到整座森林，當年依然是孩子的我，亦只能見到面前的殘樹幾株，落花幾瓣，不過古人說「一葉落而知天下秋」，佛亦有云「一花一葉皆是菩提」，那麼如我一般的小人物記憶，便權作那把野火中爆出的一粒火星吧。

大約時在仲夏，杏色紅、麥色黃，本是傳統的麥收季節，那年卻成為收穫人性瘋狂的季節。中共多數人意圖維持慣常的組織形式推行運動的意圖，在毛氏個人意志面前不堪一擊。

仲夏時節，黨組織曾依據一般運動發起的模式，向各重點中學派駐工作組，據說這是劉氏首倡，意圖引導學生。大約在盛夏之際，該工作組於一夕之間倉皇撤出，緣於毛氏在高層雷霆一怒。派工作組亦成爲劉少奇的首樁罪名——妄圖阻礙文革啓動。北京的中學隨即成爲瘋狂的文革始發之地，恰如毛的預期。

Y中學是被戲稱爲「帝都」北京的著名中學之一，是帝都中最具紅色身份的中學，因爲是惟一自紅色老區遷入京城的中學。北京市委亦曾派駐工作組指導文革，其於仲夏時節倉猝撤走。工作組撤走的次日，Y中學有一場篝火晚會。我不知道是何人組織，也或許是某些學生興之所至，即興而起，於是更多學生則即興而合。本是無心插柳，卻釀成一夜盛大狂歡，記錄了當年中學生的無知與狂熱。Y校園當年有一處噴泉，噴泉下水池中的雕塑是一隻孤鶴，伶仃而傲然地高企，面對用於全校集合的中心廣場，似是在俯瞰眾生。當年爲何選了傳統華夏文人中寓意清高、孤傲、翩然君子的鶴，而非選擇任何革命形象——例如紅旗或鐮刀斧頭等等作爲校中心廣場的表記？我不知道，也從未深究。記得那校園燃起的篝火便是選在中心廣場。不記得那天是晴是陰，甚至也不記得是否酷熱難耐？不過想來是個星明月朗的好天氣吧，不然雨水豈不是會澆滅篝火，讓學生掃興？

入夜時分火光沖天而起，即使已經是仲夏，大火必定使學生汗流不止，卻仍然不久便吸引了大批學生，或隨意站在空處，或席地而坐。記憶中並無演講或歌舞等事先安排的節目，只有燒得「劈啪」作響的橙紅色火舌，火星四濺，不時高高跳起，直上夜空。不知道是何人先唱起歌，逐漸更多學生們加入歌聲之中，繞篝火起舞，跳得是當年最大眾化的秧歌舞。夜色漸深，學生興致愈濃，最終感染了所有圍觀的學生，人人起舞，圍繞篝火旋轉，伸手挽起相鄰學生的手拉成圈子，且歌且舞，且笑且喊，肆意發洩少年天性中激烈的情緒。記得唱得最多、和聲最多的一首歌是《解放區的天》——「解放區的天是明朗的天，解放區的人們好喜歡，民主政府愛人民呀，共產黨的恩情說不完」。那是創作於抗日戰爭時期的歌，歌頌的是當年陝北共黨佔據區域，卻恰恰合上文革初起之時少年學生高亢的情緒，是為那期待釋放的少年熱情做的醞釀。學生們反復歌唱這四句歌詞，反復蹦跳旋轉，雖然跳的全無章法，卻似乎真嚐到了自由解放的滋味。那是因為過去學生從未有過的待遇——即日起全部中學停止上課。從今晚之後便無需困坐課堂、無需溫習書本、無需每日上交作業、無需老師訓導、甚至無需遵守常規作息時間，可以隨心所欲。

許多學生興奮且自豪得如同大鵬展翅、扶搖直上九霄雲外，因為那時曾有種傳言，廣為流傳於中學生間，是「這是紅太陽（指毛氏）發起的新革命。這場革命將是最偉大的革命，宏大徹底，規模與影響將遠超以往的任何革命與戰爭，而我們這代人何其幸運，居然趕上了革命機緣，居然成為革命的中堅力量」！篝火晚會持續整夜，雙腿疲累，嗓子喑啞，學生們依然興致不減，唱徹雲霄，直至天明。篝火終於隨日出而熄滅，狂歡的學生們無需再回到課堂，而是可以白日酣睡，回味那激情宣洩的夜晚。如今回想，那徹夜點燃的篝火，似乎成爲我們對於日常學業的告別儀式，之後十數年間再無正常的課堂，那些圍繞篝火且歌且舞的少年，被權力之手在棋盤中肆意擺弄，從文革中的過河卒子，到窮鄉僻壤中的知識青年……。那些校園書聲琅琅的日子，被他們在篝火之夜棄之若蔽履，認爲未來新革命成功便可以天朗氣清，一帆遠揚。其實他們眞的知道在某個道路轉角處等待他們的未來是什麼樣貌麼？在其後幾十年文革遺留下的泥淖中辛苦尋覓人生之路時，在十年後拼命補習中學課程只求考上大學，或考入夜校時，不知道有多少人會回憶起那個恣意狂放的篝火之夜？回憶起那些節奏歡快明朗的歌，還有唱歌時心中嚮往的明朗的未來？記得有首宋代無名氏的戲謔之作，起句是「一團茅草亂蓬蓬，驀地燒天驀地空」，這戲作與Y中學那篝火之夜類同，確是形象之作，符合偉人晚年大業——文革——的軌跡吧。

如今回想，從一九六六年五月十六日開始，以Y中學的篝火之夜大狂歡、停課鬧革命作爲人生的分割線，那些剛剛邁入少年門檻的中學生，在那個狂歡的晚上已經註定了他們一生的命運。從毀棄學校文化教育開始，自稱爲毛氏的「紅衛兵」的少年們不過是毛氏發起文革的過河卒子，他們在無知地毀滅文化、毀滅他人的同時，也在毀滅自己的人生。

一九六八年的「知識青年上山下鄉」不過是那篝火的灰燼，是篝火的眞實涵義。

## 答疑之三　何謂「紅色正義」？只見「是處紅衰翠減，苒苒物華休」

女兒，你也是聽過「毛爺爺」與「習大大」的稱呼的，不知道是何人首創了如此親切的稱呼，就如同是在兒童心中，為兇殘的帝王披上慈善的袈裟，或者更是童話中那件看不見的皇帝新衣？中共建國後的毛氏實為大陸中國第一人，威望如日中天，權力之大可謂「一語決生，一語決死」，絕無念舊之情，睚眥必報，一語不合便可翻臉。例如梁漱溟先生，毛氏發跡之前曾為好友多年。五〇年代初，梁批評毛氏建國後經濟政策，曾說「農民生活在九地之下」，惹惱毛氏。「天子之怒，血流成河，伏屍百萬」，梁本人雖未成伏屍，卻從此亦落入九地之下，連帶千萬諫言人一同被打入九地之下，被君王毛氏稱為「以筆殺人」。君王一怒可以「血流成河，伏屍百萬」。梁的「衝冠一怒」卻只落得他從此無資格立於大陸政治舞臺。之後他也曾懊悔當時的衝動，於是低首下心，自承有錯，不應罔顧工農心目中毛氏形象而當眾冒犯天顏[23]。不過梁已經是悔之晚矣，從此被毛定位為中共的「反面教員」，終其餘生。梁漱溟的諫言本是實話實說而已。九〇年代評價紅色政權建國後，對農民予取予奪的學人論文數量之多，不知凡幾。我的父親曾講過一個七〇年代中農民們流傳的笑話，反映了農民階層的真實地位：一個老農（無論在紅色中國建立之前與之後都是赤貧）在田間鋤地，同時念念有詞，道「第一鋤是為縣長受苦，第二鋤是為縣公安受苦，……」，一直念到最後一鋤頭，才道「這是為我自己」。這笑話中的老農並不糊塗，他清楚地看到他的勞作成果都被誰拿走，而他自己的位置是排在長長的勞作成果獲得者的最後。

毛氏於文革初期憑藉一己聲望呼風喚雨，一夕之間傾覆其革命同仁積二十年之功構成的政府運營管理系統。如此權柄在握，「獨夫」之稱實在是當之無愧。於我一介不成器的法學生而言，毛氏的文革其實全無legality（合法性），基於最基礎的法理，其一是無程序正義，其二是無實質正義。「程序即正義」是英美法學的傳統理念，是衛護法律得以實施的基石之一。毛氏發動文革則是反其道而行之。大陸中國當年雖無法治或法制可言，但維持社會運行的各種行政管理規則已經建立。毛氏從發起文革到運行完全無視那些規則，甚至連其旗下組織的各類章程亦棄之不顧，全憑其按個人意圖不時頒發的各種詔令，全無任何透明度可言。自己認為文革亦無「實質正義」，則是緣於毛的文革摧毀的不限於他目標鎖定的組織高層數人。文革摧毀的是數千萬人的性命，是天朝百姓的正常人生，是生活在正常國度中小民本可以期待的常人生活狀態；也摧毀了天朝的日常經濟運行。同時文革是放縱乃至鼓動少年學生的暴戾行為，例如無底線地羞辱毆打一切學人；也使數千萬學齡少年無法延續正常學業，也失去他們本可以心無旁騖地嬉戲與讀書的童年與少年歲月；失去的還有家人（夫妻、子女、兄弟姐妹、祖父母）可以相聚相守、可以濁酒黃粱隨意聊天的正常親情。文革末期的大陸中國城市中日常物資極度匱乏（例如女性必需的衛生巾常是缺貨）。鄉村農民，則無論老幼皆終年勞作依然食不果腹。那文革十年期間，學齡少年失學、青年者失業，而學人（除了寥寥N個御用文人）則被遣送到蠻荒或不毛之地，甚至是血吸蟲肆虐到當地農民都避之不及的沼澤之地，去接受體力懲罰——開荒蓋房。如此失序荒誕的結果，又何來「實質正義」可言？

不過毛氏與其下屬絕不會遵從「正義」的法律解讀，而是以「紅色正義」慫恿學生。女兒，孩子們，你們可知紅色語境之下何謂「紅色正義」？那紅色正義的標準並非如我以上描述，而是來源於毛氏的「階級分析理論」，當年該「理論」的創造，完全是爲招募紅色隊伍的需要。一言蔽之，可將其實質概括爲消滅敵人——反動階級中的任何分子，即是紅色正義，而一切有助達到此「正義」的手段均爲「正義的實施」，因而無論是毆打、羞辱甚至殺戮都是天經地義。對「階級敵人」無需談及適用法律，或者毛氏所言便是法律。毛氏自命「無法無天」，或許也是他「紅色正義」的表達方式之一吧？

劍橋學派思想史家昆廷．斯金納（Quentin Skinner）曾經說過，「研究概念變化不在於關注使用一些特定的詞彙，來表達這些概念的『意義』，而是通過追問運用這些概念能做什麼，和考察他們相互關係以及更寬廣的信仰體系之間的關係」。似乎這句話恰適用於「階級」概念在大陸中國的運用。毛氏「階級論」源於其早年文章——《中國社會各階級的分析》，其中地主富農是明確指出的敵人，而其他如「買辦階級」、「官僚軍閥」、「反動派知識階級」亦是明確的「敵人」，乃至「中產階級」、「小知識階級」之中，則多數終將成爲「紅色革命」之敵。據說毛氏日後的修改版本看似更爲寬容，但那不過是當年促使紅色隊伍壯大的策略而已。依據毛氏理論，中共將「階級」概念具體運用於華夏王土的全體民眾，使「階級」有了針對特定人群的具象。在此之前，雖然「階級」一詞在華夏已有運用，卻從未將某特定個人固化爲某個階級。實際上，帝王時代歷經數千年的科考制度，成爲階層流動的現實通道，因而農人與官員的身份並非不可互換。毛氏則不但固化了每一特定人群在其設計的體制中的地位、角色，且指稱其認定的某些「階級」，必然是紅色革命的敵人，是被其認定的革命消滅的對象，而這「消滅」既可以加於肉體亦可以加於靈魂，兩者俱滅則是結果。中共秉承這一毛氏「階級論」，即其鬥爭「異己分子」的暴戾殘忍、毫無人性的行爲，恰恰是「紅色正義」與「紅色正義的實施」。於是該行爲被封爲名正言順的革命行爲，爲其殘暴施政方式奠下了立足的根基。聶紺弩先生睿智且犀利，想必早已經看透毛氏「階級論」大旗下掩蓋的帝王心，曾評說，「我們中國共產黨和毛澤東說的共產主義，和德國大鬍子講的共產主義差之何止千里。而且，事實證明——基於反抗壓迫的革命，並不一定通向自由和幸福」。

毛氏的「階級分析論」，在大陸建成紅色中國後持續實施，首先是將數億人口劃分爲數種類別，劃分類別的標準則是按其擁有財產的多寡。類別劃分之後，被歸類於不同類別的人群，則按「階級分析論」劃分為「敵」與「我」或「潛在的敵與我」。之後則分析論斷哪些人群必定會起始便與「紅色革命」為敵，而某些人群雖然可以暫時作為「盟友」，卻因其社會地位或經濟地位最終必然轉變為「敵」。若純以「階級分析論」作為看待人的根基，人群便失去了「人性」（或曰人類的某些共性），餘下的僅有「階級性」。「階級性」成為判斷各類別人群的行為、語言、觀念的首要標準。例如依據「階級論」邏輯，「憐憫之心，人皆有之」必然是大錯特錯的觀念，因為對敵人若有憐憫，即是對於革命的危害。例如若某地主在鄉間興辦義學，按「階級分析」論斷則此絕非施行義舉，而必是居心叵測，必是意在培養階級敵人的忠實僕從，如此等等。「階級論」使得以「紅色革命」的名義消滅那些被劃分為「敵人」的人群具有了合理性。那些人群既然成為敵人，與「紅色隊伍」便成為你死我活的關係。消滅那些「敵人」，從剝奪他們的財產到消滅他們的肉體，直至消滅他們的靈魂，每一步都成為天經地義。毛氏的「階級分析論」提供了依據，紅色中國建立之後形成的「黑五類」——「地富反壞右」，便是那「階級分析論」順理成章地結出的果實。

隨大陸建成紅色帝國後毛氏宣導的「繼續革命」過程中，「黑五類」人群亦逐漸擴大，事實上囊括了所有被中共劃歸為一九四九年之前薄有產業的人，亦包括那些歷次運動中被戴上各種帽子視為「異己分子」之人，例如起始被稱為盟友，卻終是落入「黑五類」之列的民族資本企業家、「三反五反」中的所謂「不法工商業者」、反右運動中的「右派分子」，繼之的「右傾分子」，等等。如此循序漸進的整肅，其實是遵循了那最早版本中對於各類人群的劃分。據說按那最早版本的分析，大陸中國人口之中的「紅色革命」的敵人，包括毛氏認定最終必定成爲敵人之人，將超過全部大陸人口的半數。一旦被劃入「黑五類」之列，其子孫後代雖未曾繼承任何父輩財產，卻依然須「繼承」父輩「黑五類」的身份，因而均在「紅色正義」碾軋的範圍之內。

鮑照，南宋文人中公認的大家，曾作《擬行路難》，首起句曰「瀉水置平地，各自東西南北流」，而結句是「心非木石豈無感？吞聲躑躅不敢言」，感慨的便是當時的門閥制度下，多少寒門出身的才子，因爲家庭背景而一生鬱鬱，不得高飛、不得展顏。南宋距今已經是千年之遠，難道以革命立國的紅色大陸，眞的是華夏文化的風骨盡失，而糟粕盡存麼？「紅五類」便如同當年的豪門子弟，可代代傳承，而「黑五類」不幸亦會繁衍後代，於是「黑五類」與其後代形成的「敵人」，亦會在紅色大陸代代相傳，生生不息，因而中共發動的「運動」（即整肅各類異己分子）亦是永無止息。這些「黑五類」的子女在運動中，亦成爲學校中被蹂躪荼毒的標靶，下入地獄，不見陽光。

若公平而言，文革中的紅衛兵少年與如我一般的黑色後代同屬於紅布蒙眼的一代。據毛氏的理論教誨，紅衛兵們自然地認爲他們消滅「敵對階級」即是實施紅色正義。毛氏與其稱之爲「黑色司令部」之爭，被毛氏冠名爲與敵對階級的「路線內爭」，在校學生以「正義之火」回應，如同是「遍地英雄下夕煙」。學生的「正義之火」首先燒向學校教員。首先按「階級理論」將學校中凡是家庭出身或黑或灰的教師們，一律劃入「階級敵人」之列，成立「牛鬼蛇神」[43]隊，Y中學曾備受學生尊重的老校長之一，只因一聲「他出身地主」便被紅衛兵圍毆，肋骨打斷，歸入「牛鬼蛇神」佇列。整治下的老師們一律破衣襤衫，如同丐幫，男女皆是標誌的「陰陽頭」，胸前紙板上大書「牛鬼蛇神」，佝僂肩背排隊橫過校園，之後依然排成一排，「向毛主席請罪」，齊唱「牛鬼蛇神嚎歌」，之後在運動場除草。盛夏之時，烈日灼烤的運動場如同火爐，便美其名曰「烈火煉獄」。晚上老師們睡在「牛棚」，一張鋪板，睡時必得頭向外，爲的是「紅衛兵」夜間查鋪時可證實「牛鬼蛇神」無人逃走。據說「紅衛兵」檢查人頭的方式是一根木棍挑翻被蓋，用木棍逐一敲打頭頂，直到被打之人出聲，由紅衛兵們聽聲辨人。這種種虐待侮辱暴行在許多書籍文章中已有描述。女兒，若有心閱讀，你會吃驚那些當年少年們對於往日尊敬的師長，可以殘忍羞辱到何種程度。孩子們，我們的後代人，你們或許會問，當年的紅衛兵少年爲何一夕之間變得如此殘忍？那些「牛鬼蛇神」在篝火之夜的前一天，難道不還是受他們尊重的師長們嗎？我難以一一分析他人心理，或許只能說「冰凍三尺，非一日之寒」，我們一代在紅布蒙眼中逐日成長，心靈與智慧亦是逐漸被蒙蔽。如今盛行的玄幻小說中有一類形象可以類比，便是如某人不幸被無知無覺地種下了蠱蟲之種。於我們一代而言，那蠱蟲便是「階級鬥爭理論」。他們隨後的行爲如體內蠱種被蠱母操縱的「藥人」或「傀儡」。那體內蠱蟲一夕間被喚醒，那「傀儡」便人性失盡，殘忍畢現。在蠱母操縱下對於所謂的「黑五類」毆打作賤，一心要趕盡殺絕。

盛夏之時，Y中學的美術老師被群毆致死，死於那一鶴獨立下的噴泉池中。那立鶴雕塑實是校園一景，還記得秋天時，那老師在瑟瑟秋風與蕭蕭黃葉的天氣，教我們如何畫寫生的情景，寫生取景中便有那獨立寒秋之鶴。據說他被群毆後丟入噴泉池，將死之時曾在那平時僅沒過腳背的水中掙扎，試圖抬頭呼吸卻終於淹沒在池水中。圍觀者中無人嘗試將他從那淺水中扶起。據說老師出身地主，且是同性戀者，亦曾因此而被勞教，不過那老師確實是極為稱職的美術教員，且大材小用，不然Y中學亦不會一直留用。至今無人可以確認當時群毆老師的都有何人，亦無法確認當日群毆的起因。同性戀如今已經廣為接受，即使在當年的大陸也非死罪，為何朗朗白日下將其直接毆打致死？是誰給了那些群毆老師的少年殺人的膽氣？又是誰讓那些少年認為他們有權力掌握他人生命？眞的是命如草芥麼？眞的是一切罪惡皆可借「革命」之名實行，即成為「紅色正義」，遠高於一切標準，即便是殺人亦無需承擔責任麼？

記憶裏，篝火之夜是素不相識的同學，依然可以心無芥蒂地相互牽手的最後時光。那之後學生們便迅速地分裂為不同派別，先是由於學生之間對於批判學校教育方式與老師的主張不同——有人主張區別對待，有人主張一概否定（理由是那教育過於注重知識學習，因而不夠紅色），亦有人認爲之前的教育有可取之處（由此分爲「保皇派」、「造反派」等等）。不過將學生們牽起的手徹底切斷的，則是繼之洶洶而起的「血統論」，即基於學生家庭背景的不同，而被區分爲「紅二代」與「黑二代」，前者指紅色中國建立之前加入中共隊伍、且有幸上升到特定行政等級的家庭的子女（俗稱「革軍」與「革幹」），加上中共革命時期宣稱的「革命基礎民眾」，即城市與鄉村人口中的「無產階級」（即工人與貧農），後者則指一切「黑五類」家庭的子女。大約是盛夏時分，Y校園的大食堂掛起一副對聯，上下聯是「老子英雄兒好漢，老子反動兒混蛋」，橫批「歷來如此」。那上下聯便是「血統論」最直截了當的敘述。這對聯不知何人所寫、亦不知何人所貼，但那濃墨大字確實寫得淋漓酣暢，顯示寫者揮毫時心中的理直氣壯，抑或是「揚眉吐氣」的爽快？那座大食堂當年是校園中最聚合人氣的場地，且建得高大軒敞，那副對聯從大食堂房頂直掛到地面，頂天立地蠻橫霸道的氣勢，揭開的是文革校園中不堪的一頁——「血統論」。

從停課起，學生們針對教師員工中的「異己分子」全部打倒也不過只用了幾周，當年的時髦形容則爲「摧枯拉朽」之勢。老師既然已經「被踏上一隻腳」，不可翻身，少年紅衛兵們對於折辱批鬥「死老虎」漸失興趣，關注點便轉向昔日同窗——同窗中出身非「紅二代」的同學。既然「凡是反動的東西都要打倒」，既然昔日國家主席如劉氏可關押羞辱，又何妨他人？學校師長乃至親生父母均可批可鬥，又有什麼理由要放過昔日同窗？或曰，昔日同窗

「黑二代」，又何嘗不是「不打不倒的反動階級」？自對聯之日起，Y校園中對於所謂「黑二代」學生的人格折辱處處可見。同班同窗（甚至曾分享同一張課桌的學生）皆按家庭背景分裂，一類是自認爲天之驕子的「紅二代」——「紅衛兵」是也，另一類則是被視爲生有原罪的非紅五類家庭之女，在那瘋狂的歲月裡被統稱爲「狗崽子」。

有「階級鬥爭理論」與「血統論」撐腰，「紅二代」對於「黑二代」想方設法極盡羞辱之能。學校入口處本無大門，卻一夕間搭起兩座木條編織的拱形門，二門並排而立，一座寬敞高大，另一座則低矮狹窄，僅容一人跪爬過去，門楣上大書「狗洞」二字。這「狗洞門」自然是專用於非「紅二代」學生通過，即被統稱爲「狗崽子」的學生，「紅二代」的辭典中「狗崽子鑽狗洞」，似乎是天經地義的邏輯。究竟有多少學生低頭忍受了這人格羞辱鑽過那「狗洞」？自己不確切知道，只知多年後確實有同學談起當年面對「狗洞」時的心境——憤懣、不甘、無奈，五味雜陳，肯俯首就範者則是寥寥。據說有學生引古時晏嬰使楚的話，直接拒絕，道「入狗國者鑽狗洞，Y中學是狗國嗎？」不過有勇氣直面衝突的學生亦只是百裡挑一，多數學生選擇迴避。Y校園本無嚴密的圍牆，無勇氣正面衝突卻又不甘平白受辱的學生則多選擇另闢出路，繞開原校門即可。

記憶中，那「狗門」的存在似乎不過寥寥數日，便被拆除，緣於未能起到紅衛兵心中所期待的震懾作用。再例如，校園中原有家便利店，出售些零食，一般是粗陋又符合少年口味的幾種，例如油炸排叉和江米條，可以類比今日的薯片與芝士球一類。那時則要買零食需先報上出身，因爲紅衛兵責令「黑二代」學生不得購買零食，理由是零食是奢侈品，「狗崽子」需要替其父母贖罪，自然不配享用零食。班級裡批鬥「狗崽子」的集會是否流行，我所知不多，不過確曾見到一群「紅二代」女孩，將昔日同窗、如今視爲「狗崽子」的另一女孩推上一張課桌。同是豆蔻之年的女孩，站立高處的女孩頭髮短到幾不盈寸，不知是爲避開被人揪住頭髮而有意爲之，還是先前被人強行剪過，一身襤衫，似乎褲腳與袖口都被人剪碎過，她低頭站立，只看到緊抿的薄唇；團團圍住她的女孩氣勢卻天差地別，大都是褪色黃軍裝，皮帶束腰，頭髮紮起兩把短刷，是那年月「紅二代」的典型裝束。褪色黃軍裝自然是父輩舊時衣衫，「舊時天氣舊時衣」，證明出身不凡，或許也著意表現情懷亦似舊時吧。記得那日的場面是「一面倒」，團團圍攻的紅衛兵少女不停高叫「狗崽子認罪」、「認罪」，「爲你父母向我們道歉！」課桌上站立的女孩淚水滿面，卻只是咬唇不語。不知她當時內心作何想？

其實無關內心，她終是用沉默守住了自己的人格尊嚴。或許沉默是許多人那時惟一謹守內心的方式吧，若無法沉默，便選擇辭生就死，永久沉默。其實時移世易，與中共建黨時的二〇年代相比，六〇年代的世界已經逐漸脫去戰爭與殖民的舊衣，無論是經濟體制還是意識形態，都已經大幅變革，大陸中國的「紅二代」卻依然謹守農民軍打天下、坐天下的一套慣性思維，難道不應羞慚到無地自容？難道當眞相信自己是帝王朝廷天經地義的接班人？而他人只配生活在紅色朝廷的陰影之下？

大約將近半個世紀後的二〇一四年，一些文革中風流一時的中學生（首倡者有陳小魯、宋彬彬等等），發聲向當年文革中被折辱乃至被毆打致死的老師們道歉。當年備受折辱的師長那時大都作古，不知若泉下有知，是否肯原諒當年的學生？道歉雖然已經太遲，但終是聊勝於無，卻一時引來眾議紛紜，有嘲諷者云那些當年的風雲少年，只不過是年已望七，因而在入土之前自求心安而已；有不滿者云當年動手的雖是學生，但煽風點火者另有高層，爲何要作爲替罪羊的學生道歉；亦有寧願將一塘水攪混之人，則謂當年不過是群眾運動——動手打人固然不該，爲何那些被虐者屈服於拳頭棍棒之下？爲何旁觀者無人出面制止？所以人人有錯，只不過錯誤不同，何來打人者需要道歉的必要？

文革在大陸幽魂不散、貽害至今，始終難以使受害者均得以昭雪，使加害者均得以清算，原因究竟何在？前面簡述的眾議紛紜，或許也顯示了原因之一吧？毛氏自八月初起數次檢閱「紅二代」中學生，鐵血一代的接班人（逐漸統一名爲「紅衛兵」）。站在象徵歷代帝王的門樓上，毛氏耳中灌滿山呼海嘯的「萬歲」，似乎證明了毛拋開「組織」、直接以學生爲過河卒的戰略已經成功，而少年學生一舉拋棄書本、「砸爛學校教育體系」的行徑，似乎亦因毛氏的「檢閱」而得以證明是「造反有理」。上下呼應，相輔相成，盛夏時節，學生們喪失人性的群毆行爲，隨數次毛氏接見而愈演愈烈，學生群毆師長已經成爲批鬥會的定式。畢竟是中共元首掀起的一場兵荒馬亂，人人捲入，且隨毛氏詔令不斷變換文革內容，而造成其下屬角色錯雜變換，加害者亦可能一夕間成爲受害者。如此等等，似乎人人都可找出理由爲自己開脫。不過若每個人以良心審視自己，是否這亂局就眞的無解？

繫鈴解鈴，本在一念之間。大陸中國的文革之禍，本是毛氏爲首之禍，若中共回避這一事實，則確實當年禍首的座下兵將，皆可尋出爲自己辯解的理由。不過即使毛氏議題得以回避，難道追隨之人便無需有個人良知焉？人類中本無「永遠偉大正確」之人，爲何毛氏不可批判爲何每個人不可坦誠地審視自己？爲何只知自我辯解，卻不知認錯與悔過？我的民族，難道眞的是已經天良泯滅麼？近日讀到Y中某同學的憶舊文章，自陳昔日以腰間皮帶爲鞭參與群毆同學，描述從開始的猶疑膽怯，直到惟恐不夠兇狠的心理轉變。寫者非泯滅天良，但曾選擇逃避內心譴責而將此事全然遺忘，直至她本人數年後與「狗崽子們」同樣淪爲「上山下鄉知識青年」，困於邊塞苦寒之地才悔悟到當年之錯——本是平等之人，同是棄子之命，爲何當年如斯兇殘？寫者的坦誠與悔悟讓我心生暖意，只爲人世間畢竟還有天良未泯。

中學生中不甘於自認是「狗崽子」的其實亦多有人在，只是勇於出聲反駁的仍是少數，尤其是在對聯初現之時。似乎一時之間，那氣勢洶洶的對聯確實如一記悶棍，將那些心理依然停留在篝火之夜激起的革命憧憬中的「黑或灰二代」少年，打得不辨東西南北，似乎瞬間失去了人生方向。大約幾周後，他們從最初打擊的失落中逐漸恢復分析能力，於是校園中漸漸興起這類少年組成的各類小組，亦有各小組名義貼出的「大字報」，反駁「血統論」。Y中學生中當年也並非是「萬馬齊喑」，有高年級數人曾直斥那對聯的荒謬。當年敢於提槍跨馬與「血統論」對面一戰的學生雖人數寥寥，卻可謂是鍾天地正氣於一身。「天地有正氣」，豈只僅賦形於山川河流，必是亦賦形予人間。不過回想，那時對於「血統論」的反駁，多是出於「出身不可選擇，道路可以選擇」的主張，而缺乏針對「血統論」追根溯源，論證其本身便是荒謬絕倫的分析。這亦顯示了那時自幼便是井底之蛙的懵懂少年心中，對於那「血統論」的實質並未深究，只是憑藉心中不服的少年之勇，在「血統論」基礎上，為「黑或灰」二代尋找一條可以行走之路。那條路便是自我改造，直至消除家庭出身的印痕。

「血統論」如一劑毒藥，碾碎了無數所謂「黑二代」少年的勇氣與自信，也如一粒蠱蟲，激發出「紅二代」少年心中蠱毒的極端戾氣與殘暴。那時一句「某人父親是地主」，便等同於判定該人十惡不赦。記憶中，面對「血統論」的喧囂，自己也曾眞誠地默默檢討過自己——是否亦曾受到過「非革命家庭」的影響，因而達不到「優質鋼」的標準？例如反思過自己的種種生活習慣、興趣愛好，按紅色辭典便是「小資習性」吧？如不喜粗糲飲食、心悅無用但美麗的器物（例如細瓷茶具）、寧願讀《紅樓夢》卻始終做不到眞心悅讀《豔陽天》（一本當年風靡的革命小說，農村題材），甚至亦曾下決心「改造自己」、去除身心中的雜質，等等。如今想來自己當年雖也曾痛下決心，卻從未付諸實施，所以才有今天的自己吧。雖樣貌不佳，卻有幸依然是天生樣貌，未去效顰。

女兒，我如今細想，所謂「自我改造」這條路究竟如何可以走通？自身血脈肉身均受之於父母，難道眞的可以脫胎換骨，另塑血脈麼？父母將兒女一日日一歲歲撫養長大，十年有餘，才見到襁褓嬰兒成爲翩翩少年。國人素有「生恩不如養恩重」的俗話，話外之意是說父母養兒的辛苦難以言表，那麼十餘年的生恩養恩，難道均可以忽略不計麼？若眞的脫胎換骨，是否本人依然存在？若此路不通，難道便只餘死路一條？不過「紅二代」此時已經被縱容的狂妄自大，幾失理性，說一不二。「龍生龍、鳳生鳳，老鼠生兒打地洞」，是當時紅二代囂張一時的口號。這以動物混同人類、蠻橫無理的口號，便毅然決然地否決了其他任何家庭出身的少年，試圖改變命運的可能。「黑二代」那時是否便能認知這話用於人類的荒謬？

文革中確曾發生許多家庭分裂事件，例如兒子爲獲得「紅衛兵」接納而舉報母親的反文革言行，致使母親被槍殺；例如兒女帶領紅衛兵來查抄自己父母之家；例如在自己家中批鬥父母；等等。亦有「黑二代」兒女做了相反的選擇，例如當年在帝都北京名噪一時的少年「小混蛋」（他的本名似乎是周長利，未能核實），便是由於紅衛兵查抄其家、虐其父母而決意武力報仇。他聯合同樣遭遇的少年與「紅二代」，以拳頭對拳頭、砍刀對砍刀，在街頭群攻。「以血還血」是古老部族的規則，卻重現於無法無天的文革之中。那期間最著名的異見者是遇羅克。他不選擇武力，卻選擇了公然地據理力爭。他的《出身論》不再是基於那半遮半掩的「道路可以選擇」的爭辯，而是開宗明義地駁斥其謬，特引於此：「『老子英雄兒好漢，老子反動兒混蛋，基本如此』。辯論這副對聯的過程，就是對出身不好的青年侮辱的過程。因爲這樣辯論的最好結果，也無非他們不算是個混蛋而已。初期敢於正面反駁它的很少見，即使有，也常常是羞羞答答的。其實這副對聯的上半聯是從封建社會的山大王竇爾敦那裡借來的。難道批判竇爾敦還需要多少勇氣嗎？還有人說這副對聯起過好作用。是嗎？毛主席說，任何眞理都是符合於人民利益的，任何錯誤都是不符合於人民利益的。它起沒起過好作用，要看它是否是眞理——是否符合毛澤東思想。這副對聯不是眞理，是絕對的錯誤」[22]。

雖然遇羅克文章中依然引用了毛氏之言，試圖作爲其另類理論的依據，但是其犀利與透徹依然爲紅色政權所不容。女兒，若今日反思，我或許會領悟到遇羅克的爭辯，仍未徹底到完全否決「階級論」本身。難道凡是有產者即有原罪麼？其實所謂「右派」何罪之有？歸根究底是中共壓制有思想之學人的手法，「欲加之罪，何患無辭」。我自知不能以今日之領悟與數十年前遇羅克的言辭相比較，那是對於遇羅克的不公平。若遇羅克能夠躲過那遭槍殺的命運，能夠生活至今，想必他會直達認識這紅色政權本質之顛峰。遇羅克於一九七〇年三月五日被紅色政權槍殺。他在風華之年成爲大陸中國我們一代那迷失理性的狂潮中一葉孤帆，成爲十年劫難中的殉道者。孤帆雖沒，靈魂永存，遇羅克的年輕、眞誠、「雖千萬人，吾往矣」，又是何等勇氣自信與決絕。相信遇羅克亦已經成爲那夜空中的星星之一吧，無論雲遮霧纏依然會巋然不動。遇羅克是我們一代中鳳毛麟角的良心。

「血統論」在大陸中國的實施其實至今未休。據說八〇年代改革初期，中共高層爲選擇國企經商的高層經理人曾有過討論，有著名紅色將領說，「還是自己的子弟更靠得住」。難道這不是改頭換面的「血統論」麼？事實上恰是這群所謂靠得住的紅二代高層子弟，開啓了大陸中國官商勾結的腐敗先例。對於文革中「血統論」是否曾有過官方批判？自己不確切知曉答案，但是印象中官方只是以沉默的方式，緩和了當年的某些做法。例如在一九七八年大陸重新開放大學入門考試時，不再限制應試者的出身（不過據說敏感學科依然是要審查出身是否清白），不再審查祖宗三代。雖然一九七八年大學校門重啓以考試方式招收學生，但普遍的政治審查以及在個人檔案中載明出身，依然是官方施行的制度。大約是七〇年代末改革之初，確實有人呼籲取消紅色中國建立以來一直實施的「家庭成分」的分類，尤其是知識份子，應等同於「勞動人民」。當時曾引起許多讀書人的共鳴，且樂觀地以爲今後便可被中共政權一視同仁，不再有劃入「另冊」的制度。不過讀書人的願望似乎至今依然是一廂情願。例如在校大學生人人需要塡寫《高等學校畢業生登記表》依然是一項常規，這份《登記表》中有一項是《家庭出身代碼》。《家庭出身代碼》是由大陸官方的國家標準局制定，共有四十五個代碼，其中僅農民就有七個分類（即雇農、貧農、小土地出租、富農、地主，等），甚至還有「管公堂、奴隸、農奴、領主、土司、千戶」等出身。九○年代的大學生多生於七○至八○年代，那時的大陸中國少有人有私產，更不必說「土地出租」等等，所以學生往往面對表格瞠目結舌，不知如何對應填寫？這份《家庭出身代碼》遲至二○○四年方被官方廢止。不過《代碼》的廢止，是否等於「血統論」（或「出身論」）的幽靈從此不在大陸的土地上遊蕩？如此希冀依然是善意者之願，現實中仍是鏡花水月。遲至二○二○年六月，網上依然可見有父母因兒女填寫《畢業生登記表》中的「家庭出身」欄目而傷腦筋，只得去「萬能的百度」搜尋解答。

我搜得《百度》的解答，特引用在此：「家庭出身原指家長——尤其是父親從事的職業，現指個人取得獨立經濟地位前，家長——尤其是父親的社會經濟地位。與個人能力無關的一種世襲的先天因素，個體據此獲得歸屬地位。在教育社會學研究中，是教育篩選、影響個體社會流動和學業成績差異的一個主要變數。（以及）階級成份應以土改或土改複查和民主改革時劃定的爲準。經組織審查，家庭出身作了改變結論的，應按改變的情況填寫。未經組織確定改變者，個人不得自行改變。未劃成份者，可按習慣填寫，但應加以說明。幹部、軍人、職工的子女，凡是隨其父母長大的，他們的家庭出身應按其父母的革命職業填寫，如幹部、軍人等。地主、富農、貧農出身的農民子女，他們的家庭出身則爲農民。無論勞動人民家庭出身，還是其他家庭出身的幹部、軍人、職工的子女，凡是由祖輩或親戚朋友的經濟收入撫養長大的，他們的家庭出身應按祖輩或親戚朋友的階級成分來定。」

我的女兒，你若讀過此處的解答，是否依然會天眞地認爲「黑五類」家庭背景的後代，在紅色中國建立七十年之後，眞的擺脫了當年的「原罪」？——那「原罪」便是他們的家族前輩曾經是有產者，甚至只是薄有房產的小業主。時在二〇二〇年暮春，自己曾讀到一則消息，是某縣城政府發佈政令，收回數百人的房產。這些房產曾經在文革期間被從房主手中沒收，理由爲房主是「黑五類」，理應被沒收昔日「剝削勞動人民所得財產」。那政令依據的居然是文革期間某「政令」，此時被宣佈依然有效，故而重新執行。八〇年代胡耀邦先生主政改革期間曾經有一輪「落實政策」，部分被沒收房產的房主，有幸收回被沒收的產業，之後多經過房主投入資金裝修，成爲小型商業地產，例如經營家庭旅店、餐館，等等。前面提及的縣政府令則指令再次沒收該等房產，理由居然是原有劃分爲「黑五類」的業主應定爲「反動階級」，因而不得享有「落實政策」的權利，即過去的「落實政策」犯有錯誤，因而此時被剝奪資產才是正道，重新收回那些產業，旨在糾正當年「落實政策」的失誤。是否紅色政權已經放棄「血統論」（或「出身論」）？事實俱在，那頂「血統論」的帽子始終高舉在執政的中共手上，隨時可以再次落下在「黑五類」後代的頭上。「此時無言勝有言」。無需自己再寫下任何評論。任何評論都是畫蛇添足而已。

女兒，記得千禧年初期，你曾與朋友興致盎然地討論在大陸中國自我創業。我雖不言，卻擔憂你們眞的選擇這條路。你知道我的二姥爺——你的太姥爺的二弟，自三〇年代起置業至五〇年代被鐮刀斧頭旗一夕全部收割的往事麼？在一個依毛氏「階級理論」觀念統御——有產業等同於有原罪，同時曾歷經無數次整肅有產者的制度之下，在一個僅僅由於積累了家產，便可能使其子子孫孫永遠被打入「另冊」，永世不得翻身的制度之下，是否唯有萬民均貧、劫富濟貧才是「紅色正義」？那麼民營工商創業的出路何在？是否唯有一切均納入「黨天下」的錢囊中，才是「紅色正義」的實施？自習氏執掌中共以來，無數民營企業者受到碾軋。自二〇一八年大陸中國湧起的一波富裕民眾倉皇出逃的移民大潮，能走則走，盡可能逃離大陸中國管控，或許便是民眾對此執政理念無聲的答案吧？

只是自己不免心疼那片曾經有取之不竭的資源與人才的土地，曾經是人傑地靈，如今在有能力又肯持數年不懈的努力經營企業的工商業者都選擇離去之後，還會剩餘多少活力，是否還會再次生長出如同民國時期，願爲強民富國而篳路藍縷地盡心盡力奮鬥的新一代工商業者？

## 答疑之四　「紅色正義」之殤——人間修羅場

女兒，孩子們，一冊小書做不到涵蓋那樁樁件件淚水與生命織成的人間慘劇，那些已經出版的無數個人回憶文革當年遭遇的書籍文章描述的細節，均遠勝於我的這幾行粗疏文字。若我的小書可以引起你們去讀那些書籍，去探究那些漸漸遠去或有意無意地被遮掩或遺忘的人生慘痛，或願更進一步探究那「所以然」，我便會欣慰莫名了。我只想在此稍稍描摹出文革初期「紅色正義」實施鼎盛時，人間成爲修羅場的大致輪廓。「血統論」承襲了「階級鬥爭理論」，其本質則不過是承襲了中國歷代帝王「打天下者坐天下」的陳腐傳統，而這傳統早已經被民主國家置放於歷史櫥窗之中。

Y中的盛夏篝火之夜，亦標誌了學生對本校教員造反的開始。帝都處處中學甚至小學都可見學生如蜂群般，攻向學校制度與教員，將其一併打入「黑司令部」屬下的「黑色教育路線」，大約一個月餘便在校園「造反」中大獲全勝。此時的「紅衛兵」正是激情鼎盛之時，又怎會就此罷手？他們的實施「紅色正義」之心遠遠超越學校圍籬。一九六六年盛夏勃興的「血統論」遂演繹成更廣度的觀念，即凡是與「紅色正義」相悖或不符的人世間萬象都屬於「敵對階級」，故均須一破了之。其依據可回溯到中共黨報《人民日報》的號召，即「破除幾千年來一切剝削階級所造成的、毒害人民的舊思想、舊文化、舊風俗、舊習慣」，簡稱

「破四舊」。「血統論」撐持起「紅衛兵」少年繼續實施「紅色正義」的雄心與瘋狂，帝都處處霎時呈現一番校園升級版的文革景象，所謂「升級版」則是指更爲殘忍的暴戾。例如打砸市民中「黑五類」與其家屋，砸毀、焚燒一切古物古籍。史稱此爲「紅八月」。首先是緣於毛氏該月開始「檢閱」紅衛兵。自明朝遷都北京以來，北京成爲帝都，故宮成爲帝王居所。明代仁宗帝登基大典「陳御座於奉天門」（即今日「天安門」），且「至時，鳴鐘鼓，皇帝袞服御奉天門」，自此天安門成爲華夏傳統中，帝王才有資格立於此地的象徵。

毛氏「檢閱紅衛兵」之地亦選擇於天安門，確實樹立起毛的新一代帝王形象。其身著軍裝，高踞天安門城樓，手臂揮起。城樓之下則是擠滿層層疊疊身心雀躍，眞誠崇敬、山呼「萬歲」的萬千少年紅衛兵。隨毛氏一次又一次地登上天安門城樓「檢閱」中學生，那些昔日學生如今自稱紅衛兵的少年愈發瘋狂。「紅八月」則是毛氏檢閱激起紅衛兵的「革命」激情如洪水破堤，無以宣洩，引發了「紅衛兵」橫掃帝都，打砸搶燒殺的「破四舊」行爲瘋狂的高潮。

作爲數載帝都的北京城，自然有無數居民可歸爲「黑五類」之列，例如明清時代達官貴人，文學名士之後；民國時期大師與學界文人雲集的數所大學；傳媒報業興盛聚起的文人記者，等等。當年作爲京都繁華所在，亦有無數工商業者在此經營生意爲生，遍佈各行各業。其中居住於此的無數學界人士，多數已經在紅色政權下曾經的整肅中淪爲「另類」，打入

「另冊」，例如右派、右傾分子，或曾受到學術批判，等等。這些人已經淪落多年，困頓潦倒，且早已經是行爲小心翼翼，戰戰兢兢如履薄冰，惟恐再次遭劫。所有前述諸類人群，此次全部落入「紅衛兵」一心徹底消滅的目標中。「紅八月」以來，少年紅衛兵秉承「血統」即「階級」，消滅「全部異己階級」即是「紅色正義」的邏輯，理直氣壯地實施「破四舊」行爲。那行爲方式其實與打家劫舍的強盜無異，紅衛兵少年從街道戶籍登記中查到各戶的「階級成分」資訊後，便成群結夥地沿街抄查每個「黑五類」家庭的住宅。一旦查到「黑五類」家庭地址，便狀若瘋癲地破門而入，聲稱是「搜查反革命資訊」，手段則是搗碎門窗、翻箱倒櫃，一旦搜到一九四九年之前的物品，例如陳年古籍字畫則一律一燒了之，瓷器甚至碗碟則隨手砸碎，財物則抄走了事，無分老弱婦孺遭毒打，甚至毒打致死。

待全部沿街抄查完畢，紅衛兵則自行決定將「黑五類」全家掃地出門，強行驅離北京，不允許攜帶任何家中財物（甚至連在衣服中藏起一百元鈔票以備旅途購買食水食物，亦是遭到鞭打的理由）。同時由紅衛兵押送，一路是皮鞭皮帶伺候，如同驅趕牛羊。理由是北京是偉大領袖（毛氏）居住之地，「黑五類」不配共用同一片土地與天空——不知道這是否便是紅衛兵少年們對於「不同戴天」這個成語的字面索解？

那些胡同街巷的居民，因祖輩積蓄的產業而淪爲「黑五類」之人，文革時大都已經年邁。被「紅衛兵」從街巷胡同中搜尋出的「黑五類」多數年過花甲，甚至已經年入耄耋，憑藉少壯之時積蓄的一點財產或子女接濟度日。風燭殘年，瑟縮在祖宗留下的房屋中，所謂「祖產」，其實大部分是在五〇年代初「城市改造」中被沒收，之後遺留一、二間供原業主棲身。那一、二間劫後餘存的祖宅大都空間逼仄，且處於不見陽光的陰面。這些人早已經是今日不知明日事，所謂「混吃等死」而已。這些本是「混吃等死」的人群，未逃過「紅二代」少年充滿「階級警惕」的眼睛，他們被少年們「勒令」立即滾出北京。那些人畢生積蓄已經被查抄沒收，最終從可稱祖業的住房中被掃地出門。此舉的依據正是毛氏的語錄——「反動的東西，不打不倒」，等等。那些時日的火車站前，充滿一群又一群將被「遣返原籍」的「黑五類」。這些被打入另冊之人，一眼便可以從候車人群中分辨出來，因爲他們都是破衣襤衫，彎腰塌背，瘦骨嶙峋，細瘦的脖頸，手與臉都骯髒不堪，臉上依然留有被毆打的青紫痕跡。他們亦都是身無長物，肩上挎著癟踢踢的包袱，似乎只有幾件隨身衣衫。他們身後亦都有數名少年跟隨，那些少年大都臂戴「紅衛兵」袖章，身著褪色軍裝，皮帶或繫在腰上或握在手中，散發出睥睨人世、捨我者其誰的傲氣與狠戾。

其實那些風燭殘年、幾乎連邁步都顫巍巍的「黑五類」人群，眞的需要如此雄風凜凜的紅衛兵押送麼？看到這群老人被如此折辱，祖產與畢生積蓄都被收繳一空且即將無家可歸，那些少年人心中是否會有些愧疚或者是不忍？曾看到一位「黑五類」老人向押送的紅衛兵討杯水喝，有位少女接過那杯子接了自來水走近老人，老人滿面卑微地伸出手，少女卻在老人手指觸到杯子的瞬間翻腕，將一杯清水全部傾倒在地。自己一直無法忘記那老人那瞬間的表情——那卑微笑容依然掛在面上，五指依然伸出，只是眼神空洞，似乎瞬間抽去了魂魄；而那少女則揚起頭，稚嫩的臉寫滿得意，似乎是剛剛演示了全天下最有趣的笑話。那杯水在那一刻其實是那老人對這個世界全部的期待吧？或許那杯水會使她相信哲人世間依然有善意？有她活下去的理由？女兒，你是否難以理解那一幕？那少女當時心中是怎樣的惡毒，才會如此戲耍那位老人，打碎那老人最後一點卑微的求乞？難道老人乞求一杯涼水都是罪孽麼？

其實這一幕在當時殘忍地虐待羞辱所謂「黑五類」的各式殘暴行爲，在紅衛兵眼中實在連「驥尾」都算不得。紅衛兵少年甚至面對耄耋老翁老嫗亦施刑不誤，因爲那時紅色一代的榜樣雷鋒的名言是「對階級敵人像秋風掃落葉一樣殘酷無情」。遇羅文所著《我家》之中，完全以白描寫出當時對於「黑五類」的羞辱，慘絕人寰，實在是如惡魔一般。孟子相信「惻隱之心，人皆有之；羞惡之心，人皆有之；恭敬之心，人皆有之；是非之心，人皆有之。惻隱之心，仁也；羞惡之心，義也；恭敬之心，禮也；是非之心，智也。」先賢們相信人性善者有之，如孟子；相信人性惡者亦有之，如荀子，但都相信人性無論善惡，皆可通過教育而改變，而約束。那麼究竟是怎樣的教育，使得那些少年喪失了辨別常理的能力？喪失了惻隱之心、善惡之心、恭敬之心？是什麼驅使那些軍裝少年當時的行爲如同惡魔一般？或許這便是中共數十年對革命後代、對於「階級敵人」的「仇恨教育」結下的果實？

由帝都「紅衛兵」帶頭從城市驅除「黑五類」的行爲，亦帶動其他城市紛紛效仿，據說僅在「紅八月」被驅趕出帝都的便達十一．四萬戶，一九六六年的北京總戶數僅稍多於八十九萬[45]。經此行動從城市驅趕到鄉下的「黑五類」全國不少於三千九百萬人[46]。如此龐大的人群，多數只是被劃爲「小業主」、「小出租戶」之類，並非大富大貴之人。被「紅衛兵」不由分說地如羊群般驅趕出家門。如此殘忍，到底爲何？在我們一代所受的紅色教育中，自然也有毛氏之訓：只要存在人群，便要區分階級性，所以人世間沒有無緣無故的愛。即使無愛，連憐憫同情也不可有麼？記得我幼時淘氣，藏起奶奶的眼鏡，她常掛在嘴邊的譴責便是「惻隱之心，人皆有之」，自己聽到便乖乖交還眼鏡。顯然在「紅衛兵」心目中，我接受的是錯誤教育，而他們一貫都相信毛氏教誨，「對敵人的仁慈，就是對人民的殘忍」，沒有中間立場。按毛氏教導，「階級」的異同決定一切。不談階級，只談寬泛的「愛」與「同情憐憫」的說教，皆是惡意欺騙「勞苦大眾」。

於毛氏而言，只有鼓動起底層民眾心中對於有產者——「階級敵人」的憤怒與仇恨，他們才有決心去獻身於革命，去消滅那些上層階級的精神與肉體。聶紺弩先生有句極通透的話，「事實證明——基於反抗壓迫的革命，並不一定通向自由和幸福」。我極欽敬聶先生。以「階級鬥爭」與「階級仇恨」的話語滋養成長的我們一代人，如那些紅衛兵少年，便是仇恨滋養成的果實，一顆心被仇恨浸染，再容不下其他情緒。在紅色語境的仇恨教育之下，紅衛兵少年心中已經將那些風燭殘年的老人從「人類」中剔除。他們不是人類，只是「仇敵」，哪怕去死亦不能緩和紅衛兵心中的恨意。

「紅八月」同時開啓了大陸學人的人間煉獄，於「紅衛兵」而言，越是舊時因學養著作而名滿天下的學人，愈是他們心目中首選的「階級敵人」。將這些學人一併「打倒在地再踏上一隻腳」，亦是屬於「破四舊」的一部分。紅衛兵的邏輯在毛氏紅色語境中下是直截了當，即學人同屬「黑五類」之列，他們那些學術乃至著作必然是黑色果實，蘊含毒素累累，不符「紅色正義」的標準，因而著述愈多之學人即罪惡愈大。學人中的傲骨之人，或自知在劫難逃之人，自覺與其一辱再辱，不如「以死殉道」，因而寧願赴死亦不願受辱。自「紅八月」起後一年間遭毒打或被折磨致死、或被逼辭世就死的文人難以數計，僅北京大學一處學府此期間自殺辭世的學界泰斗便有二十四人，例如翦伯贊、饒毓泰先生；著名學人亦實難計數，例如老舍、儲安平、傅雷先生；而雖非享有大名卻在本行業兢兢業業且亦有建樹的學者文人更是無法悉數。無論海外還是大陸中國近年均見文章記述當年死於非命的名人[26]，感歎那時的大陸是「天地不仁，以萬物爲芻狗」。

其實將「不仁」歸咎於天地未免是於天地不公，那「不仁」毋寧應歸咎於毛氏「革命」與「階級鬥爭理論」，以及他爲自己「打鬼」（劉少奇便是毛氏眼中「鬼」首之一）而刻意激發不知天高地厚的中學生的毀滅之力吧？已經有許多文字祭奠在文革中含冤逝去的名人，而成為無名犧牲品的小人物只怕是無以數計，且早已經無名無姓，那些例如當年居住於帝都胡同中那籍籍無名的「黑五類」群體，可謂是紅色大陸的「另冊族群」、賤民階層，沒有公民權，可隨意被驅逐，被凌辱，被歧視，乃至被屠殺。每每大潮湧起之時都會裹挾泥沙俱下，泥沙便是那潮流風頭下的犧牲品，無聲無息。潮頭過後甚至連那夾帶其中的泥沙數量多寡亦無人在意。那泥沙便可比擬文革中那平民「黑五類」群體的命運，如草芥，如飄萍，無聲無息，遭無辜牽累，隨大浪颶風而直落千尺，又不知何處是盡頭？關於文革期間有整村全部「黑五類」家庭遭遇滅門的眞實事件（例如北京大興縣、湖南道縣大屠殺事件），可見於九〇年代末的民間報導。那屠殺連身不盈尺的嬰兒與行動不便的耄耋老人亦不放過，對年輕女性更是先奸再殺，殺人方式計有「槍殺、刀殺、沉水、炸死、丟岩洞、活埋、棍棒打死、繩勒、火燒、摔死[27]」，據記載被誤殺者亦有之。將「黑五類」直接屠殺至滅門，僅是文革中以暴力屠殺對待「黑五類」的極端實例之一。

　大陸中國的多數國人是否最終會有勇氣說出眞話，讓那些無辜地死傷、煎熬於那人間煉獄中的全部冤魂得以撥雲見日？是否會有那樣的一天？自己或許此生無望見到那樣一天。曾在網文中讀到一段文字，心中震動，——「經、史、詩、傳，這些已經泛黃的書頁和瓷青色的書面。一本書有多重，我可以感知，可是書上一個字、一句話的重量，又該當如何去衡量？同樣的，一句承諾，有多重呢？一段年華，有多重呢？一個願望，有多重呢？」[28]還可加一問，即是一個人的生命，有多重呢？在當年紅衛兵心中，恐怕是不如蟲蟻蚊蠅吧？晚唐詩人李商隱自歎「他生未卜此生休」。我們一代人又何嘗不是他生未卜，此生已休，只願往事並非完全如煙逝去而已。年華之重、心願之重，都難以任何實物去衡量，可以自我衡量的唯有是否將那心願始終銘記在心，且勉力嘗試傳於後人。

納粹德國時期，猶太人僅僅由於生於猶太家族，便被從居住地連根拔起、抄沒家產乃至被集體屠殺，文革中對待所謂「黑五類」的行徑，實質與納粹又有何不同！二戰之後納粹罪行被徹底清算，少數隱姓埋名、遠走南美逃匿數十年的納粹分子，亦未能逃脫審判。近幾年，德國乃至歐洲數個當年亦發生驅趕猶太人的國家，從民間發起「絆腳石」運動，即將當年被驅趕、被毒殺的每家猶太人的姓名與住址銘刻於一方銅牌上，永久地嵌入那如今已經更換了屋主的相應房屋前的人行道上。那些銘牌直面每個行路之人，如同向天地與人世昭告自己民族虔誠的懺悔，與永不再犯如此罪行的決心。

對比納粹分子的結局，對比德國人悔過的決心，我自然心中盼望，偌大華夏與十數億華夏大陸人，必不會心中全無愧疚或反思吧？不過自己能見到的卻是大陸中國當年的許多行兇者均是安然無恙，甚至心中都未見愧疚，居然可以理直氣壯地辯解說當年是遵循毛氏教導，或說本人也曾被批鬥過，等等。那真的便是可以「彼此彼此」了麼？或許應了那句自古至今的俗話「官官相護」，或如古人之歎，「人吃人，鈔買鈔，何曾見？官做賊，賊做官，混愚賢，哀哉可憐！」

那些官員大都在文革結束後依然風光不減，節節升官，殺人之事不了了之，而那些死者則多是湮沒無聞。究竟是什麼力量使得那些「紅二代」毫無顧忌地殺人？俗話說「殺人償命」，古今同理，若生不償命，死後亦不會被地獄判官放過。古人心存敬畏，或曰「敬天地敬畏鬼神」、「離地三尺有神明」或曰「始作俑者，其無後乎」，因而行為自有底線，哪怕無功名、不識字的市井之人，亦懂得行事不逾矩。中共則是推崇無法無天、無鬼神無靈魂，因而天地之間以中共為尊，而中共則以其首領為尊。既然毛氏公開推崇二〇年代湖南農民鬥爭地主的行為，公開推崇「矯枉過正，不過正不能矯枉」，例如「遊鄉」、「打翻在地再踏上一隻腳」等等。文革中毛氏又公然推崇「要武」，那些紅衛兵少年便自覺口銜天憲，於他們而言世間無蒼天、無神明、無地獄，只有毛氏教誨。只需遵循，便可為所欲為。如今紅衛兵之中有多少人會心中有反思？即使天地間確然無神無鬼，是否還有人性？人與人是迄今為止廣袤宇宙間惟一確認的同類。殘殺同類，人性何在？回顧中共建立的歷史，「人性」在中共的辭典中始終缺失，中共的說辭是人群只有「階級性」卻從無人性，而階級之間只有你死我活的鬥爭，因而只有仇恨，絕無憐憫、更無相親相愛。文革中所謂「紅五類」對於「黑五類」連帶其子女孫兒輩的屠殺，便是中共多年種下的「階級論」與仇恨種籽所生出惡之花、所結出的惡之果，以無辜生命之血滋養，只開在地獄之中。

若追根究源，我想緣由在於那些暴戾與血腥的始作俑者，自應追根溯源到毛氏，而中共對此絕無膽量承認，擔憂那是在民間自毀中共偶像，亦擔憂那如同揭開潘朵拉魔盒，會曝露出更多中共惡行。如此，文革之惡才始終無法清算吧？除那些有名的文人與被「打翻在地」的高層、中層中共領導人曾見於各類報導，那些僅僅緣於出身於有產者家庭，或緣於文革之前歷次「運動」被貼上各式政治標籤（例如「特嫌[13]」、右派、壞分子，等等），而被強迫驅離家園、骨肉離散的家庭可曾見於報導，可曾有過統計？自己曾試圖查找統計資料，卻未能如願找到任何資料。這亦從側面顯示這些人的命運，至今未受到人文社科研究的關注。那片華夏王土上，眞的依然是毛氏幽靈不散且中共統御權力，便可以理所當然地視人命如螻蟻麼？「階級理論」與「仇恨教育」的惡果，在大陸中國其實一直延續至五十年後的今天。

《方方日記》於庚子大疫之年在天朝的遭遇，可稱那惡果催生的實例之一。方方是年過花甲的大陸知名作家，在武漢大疫期間寫了一本日記。記載大疫中的世情百態本是文字的功用，是人生百態的記錄。她筆下平實中隱含悲涼，日記中不乏記敘世間家人救治不及而一夕間天人永隔的人倫慘變，亦不乏對於政府應對失措的批評。

《方方日記》最終由紐約一家出版商編輯成書，發行世界。寫稿與出版早已是人間常見行爲，卻一時間有眾多國人群起而攻之，責罵方方爲「賣國賊」，甚而建議將其鑄成鐵像與千年前的秦檜同跪於岳飛墓前。爲何仇恨如此？因爲她的《日記》不但寫了「家醜」，還允許「家醜外揚」，繼而便深挖其家庭根源，例如方方本非「紅五類」出身，而「非我族類，其心必異」，其「賣國」便成爲她因家庭背景而必然發生的行爲。一時間甚至有網上文章對其喊打喊殺，稱其爲「人民公敵」。還是要感謝文革畢竟結束，若是依然在文革之中，方方只怕難免脖頸懸掛「牛鬼蛇神」的招牌，體罰且站與高臺上被圍攻批鬥。方方如今雖然在網上被百般污辱，體罰卻還是逃過了。

女兒，經歷過文革與改革後，我惟祈愿我們一代不會成爲那網上侮辱方方的主力。。因爲「己所不慾勿施於人」，否則我們一代眞是冥頑不靈，萬劫不復了。女兒，我自然仍有擔憂。習氏治下，承繼中共持續洗腦的統治模式，持續在一代一代幼兒與少年心中的灌溉「階級仇恨」。如今已經可見階級仇恨心理，在紅色大陸新生代中已經發芽。不知道這些蠱毒還將荼毒幾代人的心靈？不知他們的靈魂是否也可以得到上蒼寬恕？那新生代中人似乎正重複我們一代的故事，他們如同我們一代也是紅色機器的犧牲品。自習氏執政以來，一直持續修補那本已經裂的千瘡百孔的紅布，使新生一代從出生又被那塊遮天蓋地的紅布蒙住雙眼。他們未來是否還會認定那紅布便代表天地之間的惟一正道，而紅色是權力惟一認可的顏色？

當年將所謂「黑五類」驅趕出城市並非是帝都獨有，帝都紅衛兵的霸氣逐漸傳染整片大陸。例如一向溫和恬淡的濱海之城Q城也是有樣學樣，那本是座水闊天藍滿城紅瓦別墅的小城，隨處可見紅瓦覆頂的歐式別墅，實在不知道爲何也要鬧得雞飛狗跳、民不聊生？不知道那些各城市強令遣送農村的家庭總數究竟有多少？從未見有過官方統計。我的Y舅舅便是實例之一。Y舅舅是我二姥爺的幺子，二姥姥去逝之前留下的嬌兒，自幼身體羸弱，因而小心翼翼地養大，從未認識到人世艱難。如此養大的孩子，性格平和，與世無爭，亦無養生技能傍身。二姥爺憂心Y舅舅在他百年之後如何謀生，便爲他購了一座乳牛場，作爲Y舅舅日後維持生計的資產。乳牛場自有他人打理，而Y舅舅不過是甩手掌櫃而已。二姥爺那時自然無法預見到中共紅色政權建立後的天翻地覆，乳牛場成爲Y舅舅的原罪。Y舅舅因那乳牛場而屢次成爲「運動」的標靶，首先是成爲「三反五反」時財務不清的資本家，繼之成爲屢不改悔的「右派」。

Y舅舅本無社會知識，本不懂何爲「右派」，但「右派」的身份卻在日後爲他帶來更多折辱。他自出生便生活在Q城，但在文革中自然而然地成爲被遣送原籍的「黑五類」人群之一。我的母系家族數代之前已經成爲城市居民，在原籍既無祖屋亦無親眷。一家人被紅衛兵勒令在原籍村裡自己和泥打草，建成草房居住。草泥房低矮陰濕，一家人從此將近二十年屋中不見陽光。Y舅舅不時會帶家人進城趕集賣菜，便來看望姥姥。我還記得那時他已經是年入花甲之人，滿頭寸許的白髮，破衣襤衫加一頂草帽，皮膚曬得焦黑，全是老農樣貌，只有一雙眼睛依然溫和清澈。若遇到我也在姥姥家，便會伸手慢慢撫摸過我的頭髮，笑笑地輕聲說，「小H又長高了啊！」姥姥問起他的狀況，他從不訴說艱難，卻會提到慚愧不能替代天鳳的辛苦。天鳳是他的髮妻，大家出身，當年留英歸來也曾風華不凡。從她取名爲「天鳳」，也可想見她家人當年對她看得如何嬌貴。她卻選擇跟隨他一同去了原籍鄉間，從此成爲農家婦，操持一個草屋土灶，柴米油鹽處處是捉襟見肘的農村家庭。

俗語說「夫妻本是同林鳥，大難來時各自飛」，似乎是天經地義的道理。其實何來的天經地義，只不過是人性涼薄，無情可以如斯，經不起一場冷風冷雨，便找些藉口自我辯解吧，但是再人性涼薄的世間，畢竟亦有許多有情有義的夫妻，寧願同生共死，如滄海之水、巫山之雲。如此的夫妻在大陸王土便雙雙墜入萬劫不復。如胡風夫人梅志自願入獄數年，只爲護理先生胡風，幸得上天不負，二人終於相攜白頭。我的Y舅舅與天鳳可說是右派中湮沒無聞之人，卻也是有情有義的夫妻，同林之鳥，患難之時選擇了不離不棄，白頭到老。八〇年代初Y舅舅終於申請到「落實政策」，返回Q城，我的表弟表妹們早已經錯過讀書年紀，只得尋些體力活維持生計，而Y舅舅年過花甲，身患風濕，侵入心臟，回到Q城不久便離開人世。Y舅舅全家流放，一生困頓蹉跎，又何曾有中共官方爲他們無辜遭受磨難羞辱的人生歲月，有過哪怕是一聲道歉！

女兒，你若問我本人在那期間是否遭遇過個人磨難？確實不值一提。或許是文革前我父母的家已經化爲烏有，家人流散，我獨身一人在京留作學生。本是覆巢之下豈有完卵，卻因此意外地銷熔了家人在「紅八月」可能遭遇的一場劫難。自己曾有次有驚無險的小事故，權且記下，算是驚弓之鳥的體驗吧。那時我暫住在J姨家中，由於家家供奉「寶象」，已經蔚然成爲風氣。若不供奉則可能遭到批判——對偉人不熱愛，所以J姨叮囑我去「請尊寶象」回家（那時凡涉及毛氏形象之物，若說「買」則是大不敬）。立體「寶象」那時皆是石膏按模子製成，再塗以金色粉末，最時髦的形象則是毛氏一臂高舉，在天安門城樓揮手的瞬間。我「請回的寶象」便是如此形象。把承裝「寶象」的硬紙盒小心地放在自行車前的籃筐裡，卻不想在回家途中，某個莽撞的小男孩撞在自行車一側，那紙盒被撞出車外。那一刻我心中忽然閃過個念頭，便是千萬不可當眾打開紙盒，因爲若是「寶象」受損，則無論是那小男孩還是我自己，都免不了當眾被抓，成爲現行的「反革命罪人」。

損毀「寶象」那時就是「反毛的罪人」，板上釘釘一般的現行反革命罪，絕對無可辯解。自己一路心中忐忑，回家才敢打開紙盒看看究竟，果然那一撞之下，「寶象」的手臂斷了。石膏製品是無法修復的，毛氏斷臂，那時就相當於對於毛氏本人的大不敬！心中立時惶恐，記得我當即一身冷汗，一直抱緊那紙盒，僵直地坐著發呆，直到J姨回家。J姨一時無話，到晚間才對表弟和我二人悄聲說道：「我已經在紙盒外套了個布袋子。你們二人一起抱了布袋去湖邊，一路千萬別打開，千萬別說話，一直向湖邊走，不過千萬別快跑。到了湖邊，跳下水去，儘量游向湖中深水處，把那布袋子沉入水裡。相信那東西過幾天就融掉了。」我們二人一路沉默，走向紫竹院湖，又不敢跑，生怕半路有人喝問「那袋子裡是什麼？」幸好一路無人。直到袋子沉入水中，回程時自己才像是魂歸本體，對表弟說，「簡直像是月黑風高夜，殺人放火天啊」。表弟橫我一眼，說「你真笨，買張像貼在牆上就完了，非去買那玩意兒」。我說，「貼在牆上像是年畫上的灶王爺，不是很難看？」表弟再橫我一眼，說，「那也比現在這樣兒強啊。真挺嚇人的，希望這兩天沒人會去撈那玩意兒吧？」兩天過去，再無消息，我才是一顆心徹底放回原處，同時暗暗慶倖自己當時心中那一閃之念的機警，不過也或許那雖然是一閃而過的機警，卻是經多年生活環境不自覺磨練而成。幸虧沒有當場打開紙盒看個究竟。如果當時當眾看到那條斷臂，自己和那男孩只怕會立時被掛上「反革命」牌子。之後更是全憑J姨的沉穩凝定，若不是她想到的處理方式，那尊斷臂的至尊寶像該如何處理？若藏於家中，只怕是日日要提心吊膽吧？

自「紅八月」以來，毛氏高踞天安門城樓，樹起毛的新一代帝王形象，一時間毛氏在大陸地位至高無上。毛氏的照片、畫像、像章、雕像等等，一時間皆視爲神聖無比，如同舊時對待菩薩像一般，若要購買只能使用「請」字，例如「請幅偉人像」，否則便是大不敬，大侮蔑，似乎那便是毛本人的化身，而這些東西若略遭汙損，則汙損之人便是罪大惡極，與攻擊毛本人同樣有罪，因此遭到的懲罰也往往是民眾自發式審判，各種人身侮辱數不勝數。有部紀錄片《罪行摘要》，紀錄了文革中十幾個底層農民成爲「反革命分子」的人生經歷，其中包括因無意地「衝撞到聖尊毛氏寶象」而犯下「罪行」，其中一人的罪名是「用氣槍污蔑偉大領袖畫像」，是他無意地拿起氣槍，不小心撞到了領袖畫像上。其實那槍連槍身都已經爛得無法拎起，可是又有誰會聽他辯解——被打被鬥被關押成爲他之後的人生。他身負「反革命」罪名，孤身度日。幾十年過去，那罪名隨文革結束而不了了之，而他的一生是否也可謂是不了了之？有誰爲當年對他橫加罪名受到懲罰麼？有誰爲此給他補償麼？都沒有。唯有他以自己慘澹孤寂被凌辱的一生，承擔了那無人負責的罪名。那紀錄片中的十幾人都是因此「妻離子散，家破人亡」，從此孤老終身。

紀錄片《罪行摘要》也始終無法登堂入室地在大陸中國公映，只能在朋友圈中傳播，因而觀者始終只是寥寥數個有心人。我讀到有觀者寫道，如今所寫的文革回憶，多聚焦在受到迫害的中共高官或名人，記敘貧民受害的文字則鮮有見到。女兒，孩子們，我特在這裡引述那段文字，緣於我亦有同感，認爲那是華夏記敘歷史的傳統瑕疵：「我們在翻看歷史時，看到的都是有權力、有身份、有影響力的人的歷史，平民是不存在的，即使涉及，也被深藏在某個數字後面，沒有具體形象可言。即使在回溯文革的事件和人物時，我們看到的也大多是官員和知識份子，畢竟他們有著話語權。所以，導演徐星能夠把鏡頭對準普通農民，能拍出他們個人的苦難，還能拍得如此精彩生動，讓我不佩服他，有點難。」

# 答疑之五　「紅色正義」的果實——「蟬翼為重；千鈞為輕；黃鐘毀棄；瓦釜雷鳴」

女兒，孩子們，你們可能會再追問，你們一代人在「紅八月」、「破四舊」與「大串聯」時鬧得天翻地覆，除了抄家打人還做了些什麼？這一問很有道理，我卻很難回答，因爲在那期間不同的人群，例如「紅二代」與「黑二代」，可能行爲各有不同。

我只能嘗試些不同的角度，希望可以更清楚地記敘當年場景。我無法悉數每人的行爲，或許可以概述之。一是那時「主流人群」——「紅二代」組成的各路紅衛兵少年的行爲，二是「或黑或灰的二代」，那些非主流人群的行爲。

我的概括還是從「主流人群」開始，其他人群會稍後描述。其實前幾篇中散散落落地說到些紅衛兵的行爲，包括所謂砸爛劉少奇修正主義教育路線、將老師一概稱爲「牛鬼蛇神」，毆打羞辱如家常便飯、繼之是抄家驅趕「黑五類」、破四舊，自然最大「功績」是作爲毛氏的馬前卒，將劉少奇與其一眾「隨從」——即毛氏心中之「異己」——打入十八層地獄，不但是關押，且是焚屍化骨，姓名不留。女兒，你若問具象成果麼？實在是多不勝數。例如紅衛兵「破四舊、蕩滌一切污泥濁水」後，帝都即如毛氏詞，雖非「蕭瑟秋風今又是」的季節，不過確實「換了人間」，換來的是荒誕人間。北京原有的路名全部取消，改爲「反帝」、「反修」、「衛革」、「衛紅」、「衛東」，等等，讓老北京人難以記住自己究竟家住何處？少年們將父母賦予的名字亦棄之如敝屣，一時間許多學生爭相改名，多改為「衛東」、「衛紅」、「東紅」等蘊含革命意味之名，改後同上述路名類似，多見重複，在一群學生中喊聲「衛東」，總有數人同時答應。「黑五類」家庭均一車車被紅衛兵少年驅趕出帝都北京，古建築與古董多數砸爛，等等。帝都漸漸成為已經被「紅色正義」攻佔的陣地（除去大學——尤其是清華北大——兩派學生之間不惜各自在校園築起堡壘，刀槍相向，互有傷亡），紅衛兵少年們的興趣，自然轉向帝都之外的廣袤祖國大地。

紅衛兵心中逐漸滋生的使命宏大遼遠，必定要赤旗出牆，赤焰四起，遍及大陸。甚至紅遍大陸中國在紅衛兵心中，對於他們此番革命的使命亦是過於渺小。他們的目標是紅遍四海五洲。曾經有首風靡一時的自由體詩《獻給第三次世界大戰的勇士們》[31]，據說筆者是Y中學的某位紅衛兵，足以表達當年的雄心，或許亦可說表達了當年那紅色夢想的瘋狂與幼稚。詩中假設的場景，是紅衛兵隊伍從四海五洲向攻佔目標集結。那是最終集結，集結之地即是白宮的穹頂，那在當年是紅衛兵心目中資本主義的最後堡壘。那首詩中表達的瘋狂與臆想，或許便是紅衛兵——或曰「紅二代」於文革當時的精神狀態——極度亢奮，極度自信，極度狂妄，同時是否可說是極度無知？

紅衛兵少年其實心中清楚，憑他們之力做不到將鐮刀斧頭的赤旗插遍世界，但是當時自謂是要風得風、要雨得雨的少年，總不會放棄紅遍大陸中國的目標。所謂「紅遍大陸中國」包含的目標，大致有在全大陸「徹底砸爛毛所稱的黑司令部」與那「黑司令部」遍佈全國的「黑幫」、徹底消滅一切「黑五類」分子，以及破除全部國土上一切「四舊」等等。因而，自「紅八月」之後，帝都紅衛兵漸次離開遍地「死老虎」的帝都，宣稱是「誓將革命火種燃遍中華大地」，此舉亦由中央文革小組表態支持，於是一時間北京學生到各地去傳授「革命造反訊息」，史稱為「大串聯」。

大串聯將帝都紅衛兵推行「紅色正義」的瘋狂延展向王土全境，一列列綠皮車擠滿紅衛兵少年，目的地則是革命烈焰尚未燃起之地。帝都興起的抄家之風，隨帝都紅衛兵在廣袤大陸中國流傳開來，如瘟疫一般。甚至參與抄家的少年紅衛兵，根本不知被抄之家屬於何人、抄家理由為何？例如有位同學多年後曾回憶，某日其串聯到上海，正在黃浦江邊閒逛觀景，卻路遇同校紅衛兵招呼他，「去抄家，去不去？」、「去！同去同去！」該同學沒有片刻猶豫，便興致勃然地追隨而去。我於庚子封城期間看到他的回憶，曾問，「那天你們抄了何人的家」？答曰「不知」。再問「原因為何」？依然答曰「不知」。再問，「既然一問三不知，你為什麼要去呢？」答曰，「被抄的自然都是壞人，好人會被抄家嗎？我只是去助興的！」我有些詫異花甲已過的同學，回答時居然全無悔意，理所當然、大言不慚地依然依據那文革時的道理，說被抄家的都是壞人。不必多舉例証，衹需問，傅雷是壞人嗎？趙丹是壞人嗎，難道他們不是都在被抄家之列？或許我們一代中依然有人如同那同學一般混混沌沌地任時光流逝，任身心老去，絕無反思。或許根本無從談起「反思」意識，而是憶起那段舊事依然是不免得意，因爲那或許是許多紅衛兵少年從得意盡歡的人生頂點，一步步落入生活底層的過程中，最值得記憶的時刻，因爲那時可以爲所欲爲、將人如螞蟻般踩死在腳下，且自信生爲紅二代，正該如此繼承「革命傳統」。對於那些可以隨意打砸查抄他人之家，連原因亦無需詢問的紅衛兵，那或許是人生巔峰一刻？人生得意，盡情盡興，隨意折辱甚至屠殺他人而不必承擔任何後果。那樣的巔峰一刻，睥睨眾生，那一刻心中的得意、得志，似乎可以是非不必論、任意蹂躪他人的輝煌極限。如此境界，此生夫復何求！或許那就是許多人終生懷念那紅色暴力、終生不肯對當年的殘暴悔過，或終生將所謂輝煌牢記的心理原因吧？若是悔過，那麼一生豈不是只剩下愚蠢與失敗？

「大串聯」起始是「紅二代」學生的特權，「黑或灰」的二代人只有被革命的資格。每間學校的「紅二代」學生領袖，特爲確認學生的家庭出身而設有管理組，專門管理向每位申請外出串聯的學生分發路條，對其出身伊茲證明。想來這路條的方式，與華夏大地歷代帝王爲管制治下人口出行，曾行使數千年的路引並無實質不同吧？我有「自知之明」，本無意出行[32]，卻在將近入冬的某日意外地由於同學D不知從哪裡獲得了路引，邀我同行。

女兒，我常想自己的記憶像篩子，數不清的往事細節統統如指間砂漏出，重歸泥土，惟有些許瞬間、不合時宜的感觸與模糊的場景沉澱在心中。對於串聯亦是如此，或許即使在那串聯大軍中，自己依然是旁觀心態吧。自己惟餘的記憶一是每節車廂都擁擠到極致。如今北京地鐵每到清晨上班時間便擁擠不堪，每個幸運地擠進車廂的人，都努力推拒月臺上仍在奮力擠入的人，有形容說「已經把人都擠成照片了」。大串聯時的車廂，亦是擠得人與人身體間不留空隙，不同的只是每個少年仍盡力縮緊身體，好讓更多少年擠入車廂。回想，那時的少男少女眞是心思單純，實在可謂是一門心思，個人舒適與否全不在話下，且車廂內少男少女相擁相擠，肌膚相接，之間無任何空隙，卻無人產生旖旎的念頭，無人趁機猥褻他人或行爲逾矩，對女生占些小小「便宜」。似乎初始串聯時學生眞是信奉「只爲革命」，心無旁騖。

其餘記憶只剩寥寥場景，二字便可概括——「渾沌一片」，無論是人腦還是社會秩序。記憶中有空中不時灑落傳單，地面上便有無數雙手臂伸出去，爭搶那尚未落地的紙片。那些紙片上到底寫了什麼？記得內容多是「特大喜訊，打倒XX」開頭。爭搶之人並不格外專注內容，搶到便是目的。眾人草草看過便隨手扔下，所以遍地皆是被踩碎的廢紙，隨風揚塵，起落飄搖，似乎便是人生當年的映射。還記得公車擁擠程度如火車類似，卻不時有稚童拼命鑽入車中，稚嫩的額頭汗水淋漓，稚嫩的童音高呼「萬歲」（自然是毛氏），再唱流行的「革命歌曲」，同時隨節拍伸臂踏腳，類似廣播操，那便是日後「忠字舞」的雛形了。歌曲多是「大海航行靠舵手，萬物生長靠太陽⋯⋯」，那「舵手」和「太陽」自然都是指毛氏一人。

如今回想，那些稚童正是入學啓蒙年齡，人生啓蒙第一課居然是「頌聖」。古人的《三字經》起首是「人之初，性本善。性不教，苟乃遷」⋯⋯。那麼這些以「頌聖」啓蒙的稚童如今是怎樣性情？相比我們，他們連小學教育都未能開始便被拋入亂世，之後年齡漸長，學校停課，於是他們的學識或許始終停留在背誦「革命歌曲」的程度。他們之後亦是如我們一般先下鄉、再返城，艱難成人又艱難養家糊口，直到退休。他們如今也已經是年在花甲，是否依然懷念文革中那「六街燈火鬧兒童」的「熱鬧」？是否在大陸中國如今回歸的「紅歌演唱會」中，獲得孩童年代曾經雀躍的欣慰？或者是否其中也有人會惋惜那失去的讀書機會？

那期間有件往事亦值得一提，因爲不同於那些「串聯」中已成爲常規的抄家打人。Q市是座德國人奠基的城市，靠海邊最有名的觀光之路上有座大教堂，哥德式尖頂，兩處塔尖之上矗立兩座十字架，坦然地高聳向天，俯瞰大地上其他建築。自然有紅衛兵表達抗議，大致是「十字架是帝國主義當年佔領Q市的象徵，不可繼續保留，必須拆除」。僅從技術角度評價，在缺乏建築機械操作協助的情形下，以人力去拆除那高聳的哥德塔尖之上的十字架，實在是瘋狂的行爲。十字架可以矗立百年，必定是沉重且堅實的金屬建築物，如何可以憑幾個少年人的體力徒手爬上塔頂，在傾斜的尖頂上拆卸那十字架？不過那些少年必定是相信毛氏會給他們無窮竭的力量，可以蔑視一切，包括蔑視神的力量？所謂「天上沒有玉皇，地上沒有龍王，喝令三山五嶺開道，我來了！」

那日教堂下擠滿觀看者，人人伸長脖頸，踮起腳跟，等待那十字架被拆卸的時刻。從午間直至夜幕以降，終於依稀有少年纖細的身形逐步接近尖頂。似乎等待的時間長的沒有盡頭，那十字架依然故我，巋然不動。約是午夜時分，人群中忽然發出駭然尖叫：「有人摔下來了！」、「從尖頂滾下來了！」呼喊遮蓋夜空，有人向教堂奔跑，似乎是想可以接住滾落的少年，更多的人則轉身逃離現場。人群一哄而散，或許這正是對「烏合之眾」四字的現場解說吧。我不知道究竟有幾個少年從尖頂失足滾落？不知道他們究竟只是摔傷，還是有人殞命？據說那十字架最後是在紅衛兵抗議之下，由市政建築管理部門出動機械拆除。

數年之後，大約是八〇年代之末，Q市政府為修復古建築、維持Q市在國外旅遊客人中的形象，將十字架重行安裝回大教堂的尖塔頂端。如今到Q市的遊客必去參觀的景點之一，便是那座大教堂，教堂頂端的雙十字架端然矗立，雖沉默卻是沉穩不變，似乎那段瘋狂與荒誕的往事從未發生過。似乎只要人人緘口，那往事就從未存在。不過往事是否真的已經化為灰燼，任風吹散？真的可以自欺欺人麼？神真的可以允許人類掩耳盜鈴麼？那幾條少年即逝的生命，難道不值得在這人世間留下影像？即使是錯誤，也是鮮活少年生命的喪失，難道人類不可以從中感受到神的訓誡？難道生命居然如此輕賤如草芥麼？我想神在向世間贈送每一條生命時都是鄭重的，都是充滿期待，充滿好意的。如此，願那些少年的靈魂回到神的身邊，重新開始新的生命，因爲他們雖受到欺騙，卻是由於周圍環境充滿欺騙。他們是眞誠的。那是個瘋狂的時代，充滿了瘋狂的舉止行爲，包括那些因瘋狂而喪失了人生的少年人。

那「破四舊」、「大串聯」結出的果實只是惡果與苦果，這一結論僅從其對於古籍文物的毀滅便可證實。自己慚愧，無能進行紅衛兵在「紅遍全國」的「破四舊」中毀掉多少古籍、古跡與文物的統計，不過只怕是無論數量與價值都難以計數吧。僅僅是互聯網上的一次搜索，見到兩篇文字，一是提及共毀掉字畫逾兩百二十萬件，總重逾八十萬噸，其中僅列舉寥寥數位名人眞品爲例，例如林散之，沈尹墨，洪秋聲以及「女書」，等等[33]。再一例是《文革中被破壞的珍貴文物清單》（2013-04-19，中外文摘）中的記載[34]。其實那註腳清單所列被毀之古跡古籍文物，依然是不及實際被毀古跡的千萬分之一吧，因爲還有雖非如此大名鼎鼎、卻依然詩書傳家的家庭，當年不知道多少？近幾年已經有許多有關文獻資料，文革期間被「挫骨揚灰」再無重生可能的回憶，見於自媒體或二〇一〇年之前出版的書籍。許多家有藏書的文人因畏懼紅衛兵抄家之禍，爲保家人性命，只得將所藏典籍善本乃至文物古畫，在夜黑人靜之時忍淚吞聲地付之一炬。無論是家中所藏是價值連城的舊書古畫、瓷器古玩，或不過是舊日服飾例如旗袍絲襪，甚至是身著舊時衣衫家人朋友照片……，總之那些背景非「紅五類」家中一切可能引起紅衛兵少年宣稱爲「罪證」、且可能「罪加一等」的舊物則皆一毀了之，或者是付之一炬，或者是搗碎為齏粉。女兒，恕我數次提到我的姥姥——你的太姥姥，師從林巧稚先生。姥姥學成後回她家鄉W城行醫，是W城開始西醫方式助產與育嬰實行的第一人，最終靠她本人努力與行事可靠而廣受當地婦孺尊重，自食其力而薄有家產。當年也屬紅衛兵查抄之列。不知是由於那些孩子的父母感念W城的孩子，有一半是經姥姥雙手接到人間，姥姥在被抄家時未受羞辱難堪等等待遇，但多年靠雙手所得的積蓄與其他財物，也包括各種版本的《聖經》，皆洗劫一空。我的姥姥一生自食其力，自律勤謹，依然被視為「階級敵人」，那「紅色正義」天理何在？當年紅衛兵少年流行的邏輯是「如今是新中國，你家裡為什麼要留存這些舊東西？還不是想要妄想變天嗎？所以這些舊東西就是變天帳！留存變天帳，還不是想推翻中共領導的政權？」依此邏輯，那些或黑或灰色的人群家中保存舊物，不只是懷念舊日社會，且可罪加一等。那些年月紅衛兵的邏輯便如同律法，予取予奪予判予罰，均可憑他們一時心意。在那些狂妄少年眼中，「黑五類」只需心中有懷念舊日的想法即是犯罪，而該想法逐漸被升級為即是「推翻新政權的想法」。先是「欲加之罪，何患無辭」，繼而無需有辭也可判罪，且是「罪加一等」。

那些文物古籍古建築的損失，已經無法證明亦無法計算。若問文革中遭毀滅的文人研究心血又有多少？只怕是更難有統計數字。有多少文人學者為某一專題研究孜孜以求，四處搜尋，數十年積累的資料被「紅衛兵」撕毀、搗毀或焚之一炬，而文人學者當年對此亦只有忍淚吞聲。例如堪稱大陸中國現代歷史學創立者的顧頡剛先生，曾收集孟姜女故事資料歷史半個世紀之久，後又經同仁姜又安先生協助整理達十年之久，但全部資料散失於紅衛兵抄家中。顧先生對此在日記中記載，「得又安信，知其所整理的《孟姜女資料集》放在雁秋家，當雁秋家被抄，人被驅逐時，稿件堆在院子裡，當作廢紙，已不堪問。當此搜集五十載，整理十載，共約百萬字之稿廢於俄頃，可惜可歎。」[35]雖紀錄僅是寥寥數字，無激憤之辭，又有誰能確知其中藏的傷心有多深？

「世間無限丹青手，一片傷心畫不成」，文革使大陸學人傷心的深度，又豈有語言或畫作可以表達？即如顧先生自民國初年便已經建樹卓然的學人，可以僥倖地在文革的「九蒸九曬」中存活，之後是否還可以幸運地從上天那裡，再得到六十年的時間與精力，重新收集資料，整理成書？類似的學術研究摧毀在文革「紅衛兵」之手，又如何列出統計中？女兒，讀到此處或許你會問，「有沒有你親眼所見？」女兒，我雖未能親眼見到，但知道我有家人經歷了同樣的傷心——我的三姥爺，你的太姥爺的三弟。我的三姥爺是始終心懷家國天下的男兒，抗日戰爭台兒莊戰役中，率一支紅十字會支隊挽救生命無數，之後一直輾轉國軍醫院，作軍醫醫治戰場負傷的將士。國軍與共軍內戰開始，他不願見兄弟鬩牆，辭去軍職，遠走他鄉，求學海外。紅色政權建立後他回歸大陸，專注醫學研究，是公認的大陸西北地方的外科權威。他面容文靜但心中熱火始終不熄，年近花甲罹患不治之症時，依然發願收集資料與整理個人臨床經驗，撰寫出三百萬字的《最新消化系統外科學》。不過他的宏願最終成空。文革紅衛兵抄家，將他爲此收集的資料以及已經寫成的數節初稿「挫骨揚灰」，全無遺存。我曾將他的經歷勾勒在我的家族長輩回憶中[33]。

女兒，既然是「世間無限丹青手，一片傷心畫不成」，那麼一篇文字又如何能寫盡那些焚屍滅跡不留痕的「破四舊」惡果？還是只講個雲淡風輕的小故事吧。那是我的一次旅遊，或也可略略顯示「大串聯」與「破四舊」毀壞文物的程度。二〇一九年我曾與朋友一同去遊曲阜，聊作懷舊。那年我眼中的曲阜城面貌格局可當得尷尬二字。積千年、經歷代而建成的原始古代建築，早已經全部拆毀、片瓦不存。如今爲顯示曲阜的古意而沿街搭建起一排排仿古建築，彷彿是如今電視裡那些四不像的相聲，逼迫聽眾與演員強顏歡笑。那些建築一看便是廉價建築板材草草搭就，水泥框架時時不經意地裸露在薄薄一層灰漆墻面之外。那人工精雕細磨的古代灰磚所傳達的古意，早已經隨風吹去，或者說隨「破四舊」成爲一地塵土。一式一樣、統一搭建的沿街建築物，門窗與門扇一律漆成大紅大綠，爲招商引資而全部做成商鋪。全程是商家高喉大嗓地推銷那些曲阜一遊紀念品，類如書簽、經文竹刻、國畫，全部是工業作坊產品，粗製濫造，千篇一律。曲阜那千年古城的影像去了哪裏？華夏文脈承襲的氣韻又去了哪裏？

所幸曲阜立城的三大根基尚存——「孔廟、孔府與孔林」。孔林之中，孔子墓是必須拜謁之地。肅然鞠躬後立於孔子墓碑之前，我留意到那墓碑明顯地有縱橫裂紋，裂紋延伸遍及整座墓碑。墓碑明顯地是砸碎成數段之後重新黏合而成。不只是孔子墓碑，周圍幾座墓碑，如孔子子嗣之碑、孟子之碑，皆是裂紋縱橫，傷痕斑斑。這些便是當年紅衛兵大破「四舊」的遺跡了吧？墓碑雖可粘合，可是裂痕縱橫的墓碑，是否還保留了昔日夫子的尊嚴與風骨？是否便可掩蓋紅衛兵那狂暴與蠱毒深種狀態下的罪行？是否便可消除人心中的傷痕與記憶？甚至可問，那墓碑下是否還有孔家族人的遺骨存在，還是僅是一座空墓？

據說當年紅衛兵將孔孟墓中骨殖掘出，將那些逝於千年之前的殘骨，在孔孟之鄉的曲阜大街上當眾拖拽，名曰遊街示眾，挫骨揚灰。當年的紅衛兵少年究竟何來如此仇恨，又從何處學來如此的野蠻行徑？華夏畢竟是數千年的文化古國，一向尊死者爲大，當年怎可以如此天翻地覆，肆無忌憚地砸爛一切傳統？毛氏一句話「造反有理」，便是學生們兇殘愚魯喪失人性的依仗吧？自己不想妄斷，亦無意在此誅心。那幅野蠻時代才有的場景發生在一甲子之前，當年那些狂妄的少年如今亦進入耄耋之年，不知道他們對於當年的肆意妄爲有些什麼感悟？還是對那當年的「壯舉」內心依然洋洋自得？

孔夫子不幸，生於帝王「一語定音」的王土，且是春秋之末期。其有心願以「禮義仁智信」教化萬民，「有教無類」，以阻止各國兵甲相見，防止爲爭霸而滑入戰亂。孔子在世時流離遷徙於諸國之間，卻始終未獲諸國君王接納，潦倒終生。直至約兩百年之後，漢武帝一朝，董仲舒「罷黜百家，獨尊儒術」的治世方略獲皇帝採納，孔夫子才被尊為「至聖先師」。漢代的儒術雖遵孔夫子為聖為師，事實上孔夫子只是一塊煌煌牌位而已，董仲舒尊稱的「儒術」與孔夫子本人的教化立意已經是面目全非。「福兮禍兮，安知所依」？孔夫子此後始終成為一塊牌位，那牌位的顏色定位由不得他本人置喙。死後數千年仍不得安寧，身不由己。經過文革與改革開放，「孔老二」的稱呼成為尊稱「孔夫子」，是幸或不幸？數千年後大陸中國的「五四運動」中，孔夫子似乎成為「舊中國」禮教的總代表，先是「打倒孔家店」，之後於紅色中國文革的瘋狂之中升級為「砸爛孔家店」，且將口號昇華為實際行動，將孔夫子與其後代的墳塚墓碑搗毀砸碎。一個甲子之後，孔夫子在天朝的定位卻是峰迴路轉，重新成為「萬世師表」。這一峰迴路轉不過是大陸天朝政府的外交需要，孔夫子依然只是一座牌位，身不由己。天朝政府在五大洲N多國家設立以孔子為名的書院，即《孔子書院》，宣稱傳揚中華文化。看到孔子孟子一眾先賢墓碑上的縱橫裂紋與粘結痕跡，有多少人會真心相信大陸中國政府設立《孔子學院》的誠意？

那日偌大孔府，遊客熙攘。朋友與我一番遊走，儘量避免遺漏觀看重大遺跡，因為不知道未來是否還會有再遊孔府的機會？遊覽完畢，除孔夫子墓碑，最終留在自己記憶中的還有兩個場景，一是一群稚齡學童，列隊在孔府正殿之前誦讀《論語》開篇：「子曰：學而時習之，不亦說乎？有朋自遠方來，不亦悅乎？人不知而不慍，不亦君子乎？」童聲稚嫩，一字一句，字正腔圓，一字不苟。那童音清亮，流動如水，湮沒了遊客的嘈雜，不覺便流入心中。自己的心似乎也霎時被浸潤得柔軟平和，久久不忍離去。感動之後，不免想到不知道這些稚童此後進入小學、中學，會讀些什麼課文？老師將如何按統一教案講解？他們長成少年時，是否會記得幼時孔廟前誦讀《論語》，還是會回歸當年紅衛兵的行爲模式？又不禁想到《禮記》中的名句「博學之，審問之，愼思之，明辨之，篤行之」。若能加於學童誦讀中，是否華夏讀書人的血脈風骨仍可延續？

記憶中留存的另一景，則是孔府庭院中一段紅磚牆，名爲「藏書牆」。與那些雕砌翔雲盤龍的大殿石柱相比，那段矮牆不過是紅磚規規矩矩地砌成，平平無奇，隱於茵茵樹影之中，卻藏了一段讀書人拼死抗爭皇權的眞實往事。當年秦始皇統一六國，氣焰一時無兩，下令焚書坑儒。孔府亦在秦始皇聖旨範圍之內，孔府的少年學生卻不忍心將夫子的著述焚之一炬，對策便是連夜趕製那段紅磚牆。磚牆中空，夫子典籍即置於其中，以求躲過搜府士兵的耳目。當年秦軍雖有虎狼之師的稱謂，看來「徹底革命」精神卻是遠遜於千年之後的紅衛兵。士兵們並未用長槍鐵棒將那牆砸得粉碎，以確保「無漏網之魚」，而是放過了之。因而那堵牆史稱「藏書牆」，使一些夫子典籍得以逃過焚書之劫，得以傳世。那段低矮的紅磚牆使人心中五味雜陳。那時的少年郎、讀書人，尚有良知與勇氣冒死守護其視若珍寶、甚至重於生命的先賢典籍，而千年之後亦是讀書人的少年郎，爲何對於千年華夏流傳的典籍視若仇儔，對前人骨殖肆意凌辱，且對此褻瀆先賢肆無忌憚、毫無愧疚呢？究竟是怎樣的環境與教育，成就了文革期間蠱毒入心且毒發若狂的紅衛兵少年呢？

那文革瘋狂時代在十年後終於結束。那結局也不是自然而然由一場民主選舉而改變，其實可謂一場宮廷政變，或直言稱是中共黨人內部的一場政變，不過名義依然是以革命清除反革命，「猶抱琵琶半遮面」而已。這場「紅色政黨內部政變」導致了大陸中國國門半開，外資與民營有了立足的機會。進入千禧年後的大陸中國，有了一件繁榮華麗的外衣，可惜依然將罪惡掩埋在那華麗外衣之下。例如，那矗立在教堂哥德塔尖上的雙十字架，還有多少人知道它們曾經被拆卸，而一些少年曾經為此殞命？女兒，自己不希望看到那段瘋狂的日子，再次重現在大陸的土地，不過一介草民又有幾多力量去防止那黑暗重現？我自認那惟一的路徑，便是使人知道那段黑暗的存在。隱瞞自己民族的黑暗歷史是愚蠢的行徑，記住這些歷史碎片，或許便是我的華夏族人的自我救贖，唯有如此才有助於後輩們做出理性選擇，以避免那可能再次導向瘋狂黑暗時代的道路。

自一九九二年從德國興起、繼後延展到許多歐洲國家的那「絆腳石」，坦坦蕩蕩，公然無隱地懺悔前輩們犯過虐殺猶太人的罪行，也提醒後人永不再喪失人性。大陸中國的行道路上至今不見「絆腳石」——那可以向後輩昭示文革期間逝去的生命、那些毀得無影無蹤或毀得傷痕累累的文物建築的「絆腳石」。女兒，我真的想問，何時我輩人與後輩才可以等到大陸中國的共產黨與黨首，可以有磊落心胸地鋪上「絆腳石」，使這片王土上的冤魂與被毀的文物成爲後輩之師，使得這片霧霾重重的王土，可以有霽風朗月的日子？不過，女兒，你若問可問者是誰？可答者又是誰？我無以回答。我只能嘗試燃起自己微弱的燭光，留予我的後人如你。

女兒，我也曾自問，若換個角度審視，文革是否也可視爲當年的在校學生「少年叛逆期時的宣洩」？確實，那時的紅衛兵恰是在歐美少年普遍會出現「少年叛逆期」的年齡，「破四舊」、「大串聯」中或許也含有少年時叛逆心理的宣洩。但是相比歐美少年，他們在叛逆期時會做些什麼？確實也會做出些讓父母頭痛的行爲，例如徹夜泡在迪廳、聚眾飲酒作樂、追星，乃至棄學外出、浪遊世間，等等，不過顯然並非是抄家殺人式的叛逆舉止。西方叛逆期少年也曾反叛得如同朗星明月，空靈脫俗，創造出耳目一新的心靈表達，例如有「披頭士」那些當時看來是離經叛道、最終卻成爲經典流傳至今的歌曲，還有長盛不衰的搖滾樂，近些年興起的跑酷，等等。那些追蹤社會議題的叛逆期少年，也曾以熱血追求正義，例如反越戰、反同性戀正名，等等。即使將那些紅衛兵少年的暴力行爲看作叛逆期的宣洩，那麼他們選擇的宣洩方式卻是如此殘暴無人性，將相同的人類污蔑爲鬼魅（例如「牛鬼蛇神」），或打或殺或是虐待致死？是什麼教育、什麼影響，使得他們以蠱毒發作、失了人性的方式，來表達他們的叛逆情緒？又爲什麼他們中許多人終生停留在叛逆期的記憶裡，將那暴行引以爲傲？

女兒，回想自己一生之路，我首先要承認自己是生活的旁觀者，而非參與者，或即使參與也是邊緣人，依然心懷疏離之感。這疏離現實生活的感覺於我是如影隨形，甚至在數年後寫字樓中的歲月亦是時時侵擾。不知道這是由於天性疏離？天性膽怯柔弱？或是由於永遠自知我本屬於紅色政權下「另冊中人」的後代，因而有意無意地遠離任何「組織」？反思過往，自己始終是旁觀多於個人體驗，並非弄潮兒。我缺乏弄潮兒追逐風浪，撲面被風浪擊中，澆得全身透濕，之後又被陽光曬得焦黑的體驗，因而自己的記敘大多是從旁觀中獲得的感觸。或許這便是我人生方式造成的缺憾。

不過徐曉在她的《半生爲人[37]》中，對於「旁觀」與「親歷」似乎有些不同的感觸。「親歷」者或出於自覺，也或是被自覺者感召，卻並非人人得以擎起火把，大多是以己身爲助燃之薪。那火把雖得以流傳，那薪卻已經燃盡。以薪助燃之人，生命雖存續，卻因種種緣由存續得荒蕪一片，只剩枯木殘樁。當年擎火把之人亦不再回望那片荒蕪，或因前方有更重要的召喚？或是回望又如何，不過是愧疚那些追隨者傷殘在心，一生無法走出那火把的餘燼？若被追隨者問起今夕何夕，當年擎起火把、如今卻遠行者是否將無言以對？即使那成爲枯木殘樁之人無怨無悔亦從未出口非難，那擎火把之人是否心中亦不免有愧疚？若淺顯地解讀，換個角度提問，或可問，若是做引領潮流的弄潮兒，身後是否會是另一種債務累累？

選擇旁觀，是否反而可以維持風清月白的人生？所謂「窮則獨善其身」？是是非非，評介人生的底線應如何劃定？女兒，寫這番話並非是想自我寬解，只是想說任何選擇都會有後果，而有些後果會始料未及地傷及他人，傷痕或許會存續一生一世。若舊友再見，只見到面目全非，甚至是對面不相識。

悟到自己只是旁觀角色，如今已經無法補救。慚愧只能囿於我的所見所聞落筆。我的筆下只涉及些「非主流」的人生，沒有叱詫風雲的學生首領，沒有在兵荒馬亂中攀上權力梯級高處的權勢人物，亦沒有位極人臣、父輩得以入住中南海的紅色貴族後代。曾經在官方或是民間文字記載中，屢屢見到那些學生領袖、權勢人物或貴族後代的人生故事，或許是讀者易得，也是更易下筆吧，畢竟跌宕起伏、高峰低谷瞬息變換的人生可以濃墨重彩，肆意渲染。不見經傳的小人物，是否眞值得心血與筆墨？那些故事落於筆墨紙張後又是否會有讀者？小人物之於紛紜世間，或許便如同一個字符落入一本煌煌巨著中吧，微不足道。不過，女兒，一部煌煌巨著，又何嘗不是由一個個字符構成？五〇年代紅色大陸中國建立之後的一輪又一輪清洗慘劇，同樣落在無數小人物身上，那些小小水滴，豈不亦構成了民族的淚水？雨果筆下描寫的法國大革命，其實亦是落筆在小人物生命的軌跡，因爲「人類，便是同類。所有的人都是同一塊粘土。在前定的命運裡毫無區別，至少在下界是這樣的。從前，同樣的一個影子；現在，同樣的一個肉體；將來，同樣的一撮灰。但是，在做人的麵糊裡攙上無知，它便

變成黑的。這種無法挽救的黑色透入人心，便成爲惡。」（雨果《悲慘世界》）

## 答疑之六　篝火之夜的終結，一九六八年——「長溝流月去無聲」

女兒，孩子們，至此你們可能又會打斷我筆下的天馬行空，你們可能會問，「後來呢？紅衛兵當年聲名赫赫，後來爲什麼就像是銷聲匿跡了？」若簡潔了當地回答「紅衛兵」結局怎樣，只能說開局是聲名赫赫，結局只當得「不堪回首」四字。那「紅八月」的紅衛兵人生巔峰一刻，其實也是自認是天之驕子的他們滑落谷底的開始。或許你們會追問，「爲什麼？」爲回答你們的問題，我不得不回顧那一九六六年篝火之夜後，文革進展所造成的社會樣貌。經歷了兩年極端方式的「文革」造反行動後的一九六八年，那時的大陸中國是何模樣？

一九六六年文革之火燒得烈焰沖天。偌大大陸中國於一九六七年中之後，似乎一時間頗有法國大革命時的氣氛。大陸中國從一向是黨政嚴格管理的社會，演變成無行政管理的民粹狀態，甚至有種無政府的意味。隨文革進展[33]，中央文革小組定性或雖未定性、卻事實上已經喪失行政權力的「黑幫」數量之多已經使人瞠目，涵蓋人等從毛氏的從龍重臣、各類頂級科技大師、中層黨政領導幹部、各類大學一般年界中年或以上的教師，甚至更中層或基層擁有黨政行政權力之人（即通稱之「幹部」）。屆時的文革似乎是一時間失了方向。「黑幫頭目」（如劉少奇、鄧小平、彭德懷等等）已經全部揪出，而且更低層級的「黑幫」或「歷史叛徒」滿目皆是，似乎原本的中共黨政首領之中，已經是全部淪陷，「洪洞縣裡無好人」。那麼這幫「黑幫」領導下的政權是否依然是紅色政權？難道滿目皆黑之中，只剩下毛氏獨自「紅日高照」？這世上真的可能有墨染的殿堂，而獨坐的卻是冰清玉潔的君王麼？或許當年散髮遮顏，獨自吊死在景山槐樹下的大明末代君王崇禎皇帝，腦中便是那樣的畫面，確實相信他是忠勇之君，但大臣毀了他的江山。難道他忘記是他朱筆落下，下令千刀萬剮了勇氣謀略本可以仗恃的袁崇煥等忠臣勇將？無論崇禎皇帝當年如何自認無辜，真心相信失敗皆是被眾臣子所誤，我卻是難以相信毛氏真心認為他本人是清白無辜。毛氏曾公開自認是借小鬼力量打大鬼的鍾馗，即是自認是實行權術。他未意料到的其實是小鬼亦有詭道私心，並不存在所謂地對帝王的「絕對忠誠」，事態發展終於溢出他設想的軌道。

屆時捲入文革運動的，已經遍及各行各業的「單位」。各社會、各階層之人紛紛拉出派別，或加入不同派別。派別的起源似乎也值得作為文革史研究專題[39]。成為派別的原因各異，有些派別的不同，起源於各派有意保護不同的地方官員；有些派別則起源於對於文革意義的理解不同，如此等等。原始的紅衛兵此時也是分崩離析，分別加入或捲入不同派別。昔日是「紅八月」一同「破四舊」，繼後卻翻臉成仇，直到發展到真刀真槍地相互誅殺。當年另一特色則是無論是何派別，無論是在「文鬥」還是「武鬥」中，人人不惜以死相拼，以死明志，呼喊的口號卻是相同，都是「毛主席萬歲」、「誓死保衛毛主席」，等等。不知道那些當時熱血在胸，以血肉之軀相搏的少年們，高喊「誓死保衛」的少年們，如今是否反思過那時究竟是在「誓死保衛」何人？毛氏高踞中南海書房，一日二十四小時都有警衛兵在四圍站崗，究竟是否需要他們爲此獻出年輕的生命？

相較於文革之前歷次紅色中國建立後，由共產黨按部就班地領導的運動，文革確實有與眾不同之處，起始是「革命小將」在毛氏司令之下，顯露過河兵卒之勇，掀翻學校又直搗黃龍，直至將大陸中國的主席送入地獄。之後則見到小民「揭竿而起」，將上中下層官員一一整治。紅色政權雖名義仍在，黨外雖然無黨，卻是偌大國土中派別組織無數，紅橙黃綠青藍紫，彩練當空，舞動九萬里河山，一時難辨各派別組織究竟都是何種顏色？紅色中國一時間被揭開紅色蓋頭，而種種矛盾與弊端亦逐漸顯現。不過這結果顯然並非毛氏發起文革時的預期，或不如說是文革的矛頭所向，被上層執掌權力的少數人與底層小民願望分別攪擾，已經有悖毛氏的預期，亦超出其掌控。其時毛氏似乎確實顯現將文革逐漸收束或收尾的意向。

至一九六七年中期，砸爛毛氏大炮指向的「資產階級司令部」的文革目標似乎已經完成。從文革事實看毛氏心意，其一是視黨內某些人或爲「異己分子」，或「威脅自身地位」，無論是由於功高蓋主，還是由於對某些事意見不合，或是對於處理國家經濟行政事物等等，顯示出更有知識或更有章法，等等。或許赫魯雪夫在史達林逝後翻手批判前任，亦極大地刺激了毛本人，因而毛自認必須對其黨內高層有一番清洗，清洗的目標以官方排名僅在其下的劉少奇首當其衝，連帶其他諸人；其二則是以毛氏的心性，論權力已經是君臨天下，論功績早已經可比肩於秦皇漢武，怎可以受到種種組織規則與國家行政規則的約束？以毛氏的雄心，爲何不可以嘗試些獨出心裁的國家形態？例如當年無數中學生與大學生曾議論的模式，嘗試類似巴黎公社的議事規則來管理大陸中國？只是學生們的天眞，使他們忘記了一個問題——若那模式成爲現實，將置帝王毛氏於何處？回想，毛氏那時對國家形態似乎並無已經定型的設計，因爲清晰可見的事實是，清洗劉少奇等人的目標達成之後，文革似乎一時失了明確的矛頭所向。

文革雖失了統一的矛頭所向，但政府與社會失序，且執掌生殺之權的中央文革寥寥數人，均心中藏滿私怨與野心。文革一時成爲最高端執掌權力之數人（例如江青與康生）挾持烏合之眾，威勢赫赫，以消滅階級敵人爲名而借機報復歷史上私人恩怨的利器。或許文革成爲報復歷史私人恩怨的利器，並未在毛氏預想之中，但是如此帝王術在華夏歷史傳統之下卻絕非罕見。高陽先生的《柏台故事》中寫到康熙帝長於利用臣子間的派別之爭，使其相互攻訐、傾軋，即可互爆其不法之事，亦可相互牽制，達到權力制衡。其實因帝王術施行而無辜成爲犧牲品的讀書人不計其數，例如《長生殿》的作者洪升。「可憐一曲長生殿，誤盡功名到白頭」，洪升只是有感於天地間一份眞情而寫了《長生殿》劇本，演出者另有他人。洪升何辜呢？毛氏是否有意利用臣子間之派別相互打擊，而維持本人君王般的地位，我無意妄測，但是毛氏寬縱其支持者因私怨而迫害他人，不計手段之殘忍，卻是不爭的事實。文革中，江青將當年曾與她同台獻藝的上海電影人，以各種「莫須有」之罪關押入獄，便是例證之一。儘管無數人無辜遭難，毛氏顯然並不在意那些以革命之名行私人報復的小人把戲，不以爲非。所謂「行大事者不拘小節」，所謂「一將功成萬骨枯」，只要他號令的「中央文革」最終將其憎惡之人打入十八層地獄的目的達到即可。在此過程中，因「中央文革」中人或所謂林林總總「造反派組織」公報私仇或遭遇池魚之殃而毀滅的生命，無論數目多少又何足道哉！這便是華夏帝王的傳統觀念吧。只要不影響毛氏建立他心中帝國形態的夢，便無須他干涉與顧忌。

一九六八年的華夏大地可說是如同一座地獄。或者這比喻亦不恰當，因爲華夏傳統形象中的地獄畢竟更有秩序，講究的是「爲惡爲善終有因果相報，恩怨分明」，而華夏大地上則完全失序，幾乎是人人無辜遭劫，身心皆遍體鱗傷，家人離散，黑白顚倒。「黑五類」與其子女家人已經打入九地之下，無論是他們的財產還是生命，都可以被肆意剝奪。書生學人已經被各種勢力打擊的體無完膚，人格被隨意折辱。似乎「讀過書」（或日知識份子）即等於是身負原罪，「書生學人」已經被毫無疑義地均歸類於「黑五類」或「黑五類後代」。「知識無用」成為主流輿論，哪怕是目不識丁之人，似乎都高於書生學人一等。政府行政機構的大小官員（領導），都被冠以「當權派」、「走資派」、「黑幫」之名。「造反有理」，於是該類人一概由「革命群眾」關押審訊，無權再處理日常行政事務。中共行政管理最高層的官員幾乎是全軍覆沒，從國家主席劉少奇成為官方認定的「叛徒、內奸、工賊」，被視為是反對毛氏的黨內「資產階級司令部」或日「黑色路線」的領軍人物。小民如我，無法獲知劉少奇是否確實有反對毛氏的行為，或確實有一班人馬尊劉甚於尊毛，更無法獲知劉是有心居於大位而觸了毛氏逆鱗，或是毛氏由於「大饑荒」時的舊怨，與繼之在行政管理中被迫「居於二線」而心懷不甘。不過毛氏確實是用《炮打司令部——我的第一張大字報》公然表達了怨恨之意。「覆巢之下豈有完卵」，劉之倒下，則從上到下行政系統官員隨之一併倒下，國家行政系統轟然坍塌。若非毛氏還有些理智，意識到一國秩序與日常運轉依然需要有人維持，只怕周恩來再低首下心，曲意逢迎，也會與劉少奇命運相同，而究其實周雖委屈求全（甚而時有出賣良心）鞠躬盡瘁，卻依然未得善終。

屆時另一特點是毛氏華夏領地上所餘景象，似乎四字即可概括——一片狼藉（或流行俗語「一地雞毛」）。一片狼藉處處可見，若從已經建立的大陸中國紅色政體而言，幾乎凡是執掌一定權力之人，均已經戴上「資產階級掌權派」的帽子，之後則簡化為「走資派」。這不過是些黨內中低層的掌權之人；而更高層的掌權者，例如劉少奇及以下各級行政權力執掌之人，則成爲「黑幫」、「黑幫路線的走狗」，亦有人被深挖「黑歷史」而成爲「叛徒」、「歷史反革命」，等等，幾乎找不出可以「獨善其身」之人。若從大陸基層百姓而言，可說「群眾」已經被毛氏全面發動起來，幾億人口中派別林立，雖然人人喊出的口號都是「毛主席萬歲」與「誓死保衛紅太陽」等等，但是似乎心口不一。派別之間恨意之深，恨不得刀槍劍戟相向，殺得刀刀濺血。無人可以出面調和。這仇恨從何而來？既然目標相同，爲何不可以和解？據說各派別起因多是由於對當地執掌權力的人物看法各不相同，但是看法不同，又何至於以死相拼？若是從「紅衛兵」或類似名目的各類造反派的「破四舊」角度而言，更是「大獲全勝」，不知道燒毀、撕毀了多少善本古籍、瓷器玉器古董，砸毀了多少古跡建築、佛像壁畫雕塑，如今已經無法清點那數量（或許根本無心、無力、無能去做清點）。那些默默佇立在華夏大地，守護了這片土地的靈性、文化、魅力與傳統的古蹟，如此無聲無息地消失在「革命小將」的肆意打、砸、燒之下，又到底是有何緣由使它們遭此厄運？使它們的生命結束於華夏民族的後代那充滿惡意的手中？我們一代中許多人，爲什麼在那一刻化爲惡魔一般？若是從大陸中國的經濟角度而言，經濟生產幾近停止，幾乎連日常用品的生產供應都難以爲繼。那時排長隊搶購的景象日日可見，且搶購的都是如今無數家庭視爲尋常的用品，例如每日的廁紙、每日家用的洗漱用品如牙膏香皂，等等。原因大約是工廠工人無人約束，是否照常上班全靠自願，無人可以保障生產計畫如期完成。若是從本應是構成社會基礎單元的家庭而言，則多是家人如秋風落葉，飄零四散。家中父母長輩有人被抓，有人被關押，有人不知去向，孩子們自尋朋友借住，或躲去鄉間借宿，……。那時並無今日的發達通訊網路，一旦走散，連寫信都尋不到地址，眞的便是人跡嫋嫋無處尋。記得自己與父親也曾有年餘不通音問，幸得自己有J姨始終收留照顧。近年間讀到許多回憶文章寫道父母去世數年，兒女依然不知，依然在苦苦尋找父母音訊，或苦苦尋找父母遺骨。例如已經有報導的傅雷夫婦的骨灰，是由一位與他們全無血緣關係、全無任何個人交往的陌生少女收藏，冒險收藏的惟一緣由，是由於敬重傅雷先生的作品與人格…。如此種種遍地狼藉的實例還可以舉出許多，亦有多本資料紀錄。不過，這遍地狼藉所引發的問題卻至今都是無解。

這遍地狼藉起因何在？直接起因自然在於毛氏發起文革。任何一朝的皇帝，尊貴爲天之子，也是要有言官約束，並非在家國大計上都可以爲所欲爲。華夏傳統，歷朝歷代都有史官將君王言行一一如實記錄，而身爲帝王亦要擔憂千秋之後，其將是善名還是惡名傳世，因而不得不有自我約束，對於言官之言並不敢如風過耳。毛氏一人計謀發起運動可以攪亂天下，甚至在皇權統治數千年的大陸中國，亦可謂是獨領風騷了。對於毛氏發起文革的用意，至今在大陸天朝官場與民間均爭議不絕。黨內正式決議雖然對毛氏一如既往地尊重有加，卻也確認文革結果是禍害了大陸中國，稱爲「十年浩劫」，白紙黑字記錄在案。習氏曾數次想將對文革的評價修改爲「一場社會試驗」，卻迄今爲止未能成功。不過那未能成功亦未可結論說未來不會成功。那修史未成可能不過是一時的挫折，感覺其治下的官場中，最終會完成劣幣驅逐良幣的過程，那時習氏盡可遂意願更改官方之史書。陳寅恪先生曾發願修史，相信「國可亡而史不滅」。如今的大陸中國，歷史記錄中又會如何書寫？自忖，若那紅色之國如秦王朝一般覆亡，則歷史眞相會有可能重現於白紙黑字。若那紅色持續不退，最終華夏歷史會被修改的面貌全非，連國人先輩亦不敢相信那官方史中記載的，竟然是華夏千年月色？一九六六年開始的文革被定義爲「十年浩劫」並非是言過其實，相比文革對小民造成的災難，甚至可說仍然是言不盡意，尤其是對於無數個人與家庭而言。那不只是「劫難」，而是滅頂之災，許多家庭或家人由此消逝，再未重歸。那劫難由中共元首毛氏黑箱發動並黑箱操控，來勢洶洶，幾乎人人於一夜之間落入十八層地獄，幾乎無一家庭倖免——無論是當年曾與毛氏共浴戰火、並肩打下天下的那些開國元勳——中共打天下過程前途未卜——還是落草爲寇的「共匪」之時對其不離不棄，還是誠心相待、乃至在輿論上爲其搖旗助陣的書生學人，或是早已經被剝奪了田產資產、自食其力且以勞動爲紅色中國的經濟打造出根基的所謂「剝削分子」……。

不過若深究，我的女兒，或許你心中還有另一個爲什麼——那麼毛氏爲什麼要發動一場浩劫？這是他建起的王朝，一切人以他馬首是瞻，到底爲何還要鬧得天翻地覆，人人不安？

不同於美國或其他許多西方國家，大陸中國沒有開放高層官方檔案的規則。小民如我，絕無資格閱讀到任何官方檔案資料，自然亦無從獲悉毛氏本人心中想法，文中一切不過是自己依據事實的邏輯推理而已。自己與文革一別五十年，與大陸中國一別三十年（雖爲工作而不時回去，但畢竟身份由「體制內」一變而爲「體制外」），從「身在此山中」變爲咸陽道上匆匆過客，走馬觀花。不過過客也有過客的長處，便是身離此山，更容易看得客觀，不涉自身利益算計。或可如梁啓超先生所言，「學者應心平氣和地活在另一時空間，遺世而不忘世」，才適宜探究眞相。我不敢自詡爲學者，不過願遵先生言。

文革初起的毛氏留下無數照片，當時照片中的他可見高大壯健，意氣飛揚，且滿面志得意滿的微笑，顯示的是智珠在握的自信。當時毛氏可能並未意識到，如今他執掌的領土之廣，與屬下手中的權力之範圍所及，已然遠遠不是延安時期可以比擬。若說天地間萬物不斷變化，雖是滄海桑田也並非完全不可估算，但最難測算、最難看清的，其實不過是如彈丸般的一顆人心。耶和華曾歎道，「人心比萬物都詭詐，壞到極處，誰能識透呢？」、「惟有耶和華鑒察人心」。紅色政權建立將近二十年的大陸中國，毛氏可能測算到他的威望與那些紅布蒙眼、心地單純地追隨他的少年學生的力量相互交織，掀起颶風，可以傾覆劉氏國家管理的行政權力，可以沿延安整風建立起的邏輯與路徑，繼續毛氏一貫的「改造」（或稱整肅）模式——包括紅色語境下的自我改造、群起而攻之的羞辱打擊——直至肉體與靈魂的消滅。毛氏心中，或許那「改造」可逐漸推廣爲治理華夏大陸的惟一方式。「紅八月」一戰獲勝，毛氏也確實見到了他初期的成功——將他心目中的威脅一舉打入地獄，但是他的成功似乎亦是在此止步，接下來的發展已經超出他的控制。

毛氏亦未能測算到自清末民初開啓民眾心智的先賢學者——學人心中的「燃燈者」——也曾播下思想的種籽，那些種籽稀少卻頑強，始終抵抗著毛氏的帝王心意；他也未能測算到民眾組織並非是收發全在其掌心之中。民眾組織逐漸生長出自己的訴求，那其實也是「造反」的組成部分，即包括爲過往的被害者討回公道，例如「打倒」大饑荒時使無數平民饑餒而死的當地官員，等等。權力運行雖然看來是無序，但權力其實從未眞空，只是換了執掌之人，引發了上中下各層爭奪權力之心的膨脹。他更未能測算到當年延安時期，黨內諸人最終對他言聽計從，其實是由於他們終極目標的一致，但如今卻未必依然一致。總之，想來毛氏未能測算到下層民眾嘗到權力在手的滋味，使得他的號令不再效力昭著。

女兒，我曾在網路小說中讀到過一句書生議論，是君王之威，不在於「一語滅天下」，而在於「一言救蒼生」。這自然是書生之言，卻也可看作是天下書生對君王的眞心祈望。說書生迂腐也罷，說書生天眞也罷，卻是天下依然天良未泯、心存善念的讀書人對於明君的定義。君王之威望本應在於福祉廣被蒼生，即使蒼生不必倉廩豐足、人人腰纏萬貫，起碼可以是「安得廣廈千萬間，大庇天下寒士盡歡顏」。寒士只求歲月安穩，千家萬戶晨起灶有炊煙，夜晚家有燈火，便已經是明君盛世了。只是華夏數千年帝王之中，有幾人以百姓爲首念?史書記載中，只求守成，維持歲月安穩的帝王有的，卻有幾個能彪炳青史?似乎學校教材中稱那都是些平庸君王。身爲千古稱頌的君王，必須是如秦皇漢武，彎弓盤馬，開疆拓土，軍旗高揚，王旗之下是血流成河，無論是自己麾下士兵之血還是對方士兵之血。華夏史上，似乎只有「一語可滅天下」的君王才算是英才壯舉，威震天下，而蒼生又何足道哉?

毛氏心中所想雖非凡人如我可以忖度，不過其所爲其實明示出他這無冕帝王的雄心。華夏領土廣袤，提供無盡的人力物力。億萬小民生命作爲他試驗田中的種籽，試驗的目標到底是什麼呢?似乎目標只存於毛氏一人之心，各種「黨組織」文件決議於他都可視爲廢紙，更莫論法律。實驗方法，若以我們一代的體驗，不可缺乏的是紅色教育、「紅色正義」、「紅色暴力」、族群對立，藉政治運動而創造對立面。諸如此類，全是愚民、御民之術，包括毀滅有獨立思想的讀書人。毛氏逝於一九七六年，那時他留下的實驗結果什麼?稱讚者強調大陸中國那時可稱實現了強軍——有了核彈、核潛艇。除去強軍，華夏王土還種出了其它秧苗麼?就像是紅衛兵?若秧苗不合心意則如何?毛氏方法則是，自然也可以連根拔除，重新下種，如同愚公移山。這片土地廣袤豐沃，總可以子子孫孫無窮竭，一代又一代地施行紅色教育，或許終歸會有合意的秧苗?

或許有人會批評我此處議論過於刻薄，畢竟毛氏的初衷是將貧弱的大陸建成強大的中華帝國。由於全無資料依據，我無法承認亦無法否認這是毛氏的初衷。只有一問——小民的感受在毛氏華夏藍圖中是否有地位？軍力強大的帝國，百姓是否一定是富裕、快樂、安然？如宋時有詩曾問，「安得母富子不貧」？按錢鍾書先生注，此處的「母與子」實在是「比喻政府與人民的關係」[10]。數千年華夏帝國，興也罷，亡也罷，百姓與權力始終如同魚肉之於刀俎，這一「母子」關係，至今依然如華夏數千年歷史記載，未見改變。

女兒，其實細究那年代的場景，也可悟出些另類道理。文革似乎也成爲平日在各單位被欺壓的底層成員，宣洩心中不平的出口。一九六七年後，劉少奇等人已經關押入獄，學生在毛氏棋盤上已經成爲無用棋子，但學生被點燃的民間暴發的「造反」情緒卻愈燃愈盛，調動起了基層民眾的參與浪潮。文革雖失了大方向，卻依然繼續運行，打擊「走資派」的潮流從上向下地逐漸蔓延，一直蔓延到中共建立的體制中最基層的「單位」，即每一家工廠、鄉村，甚至工廠的每個車間，等等。幾乎每個基層單位，凡是曾執掌某種權力之人，甚至如村莊的村長與黨支部書記，均被其下屬群眾冠以某種罪名，被批、被鬥、被毆打、被關押者，比比皆是。華人傳統講究恩怨分明，相信公道自在人心。究竟爲何一旦獲得文革中可以「批判」（或者是報復、抱怨、陳述不滿）上司（幹部）的機會，底層民眾立即改變了平時對上司惟命是聽，低首下心、一味討好的態度；一變而成爲對於大小官員都不肯放過，視若仇讎呢？若下層平日心中未有積怨，未有遭受欺壓，又何至於此？試想，若各層官員平時對於下屬即使算不得朋友，也可平等相待，相互和氣有禮，行事公正，絕無刁難，那下屬何至於是怨氣深藏，遇到文革時機便要趁機出口惡氣？

事實上經過十幾年執掌權力，中共官員早已經不是戰戰兢兢地「進京趕考」、唯恐京城百姓不願接受他們這些鄉下土包子八路的心態與作風了。華夏千年歷史中，歷來有「惟上惟官」，一旦成爲官員便是作威作福的傳統。自一九四九年紅色中國建立，做官十幾載，又是在自上到下權力集中於一黨。具體到每個單位，便成爲單位官員有權力決定每個下屬的「人生狀態」。用「人生狀態」並非誇大，因爲單位官員對於下屬的管理之權，確實是事無巨細都可以囊括其中。如前文中舉例。大者如婚喪嫁娶，或下屬是否有升遷機會，等等；小者如家中有緊急之事，是否可以准許個人請事假半天；更大者則可說是生死攸關之事，即是否在政治運動中會被上司冠以某種罪名，等等。由於自知有生殺大權在手，平日裡那些中共官員，無論職務大小，對待下屬多是欺上壓下，起碼是嘴臉傲慢。俗話所謂「大魚吃小魚，小魚吃蝦米，蝦米吃沙子」，天經地義地自覺欺負下人有理。下屬則各有應對之策，有人選擇「敬鬼神而遠之」，有人則「我見青山多嫵媚」，著意投上司所好之人……。

其實無論是選擇哪一種態度的下屬，都不免心中有累積的怨氣。見到文革中上層似乎有「發動群眾鬥爭領導」的意圖，不免要借機出口惡氣。百姓十幾年受到的官方教育亦是「階級鬥爭論」，因而既然往日的上司（幹部）對於下屬可定爲「階級敵人」，如今毛氏即詔令「造反有理」，那麼對上司又爲何不也可以冠上「走資派」罪名，成爲「階級敵人」？既然已經有紅衛兵批鬥「牛鬼蛇神」的手段在先，成爲「出口惡氣」各類手段的典範？即「造反派」（平時的下屬）主持批鬥會、剃陰陽頭、掛牌遊街，上書格式罪名，甚至關押、毆打等等，平日裡威風八面的單位官員，此時也不得不低頭「認罪」。由此，不免想到文革中官員爲何被小民毆打羞辱，或許亦反映出官員平日裡欺壓小民，因而小民借機報應的事實吧？所謂「一報還一報」，也是華夏的傳統思維。看到平日裡執掌生殺大權的上司們，如今被掛牌批鬥，低頭認罪，那些平日裡只能敬畏與屈辱、討好兼而有之的下屬，又怎能不心生快意？自然我並非否定官員中也有良善之人，因而也會有人受到無妄之災。但是這「無妄」若追根溯源，依然是毛氏體制的惡果。

大陸中國領地廣袤，不同地域的官員與治下之民之間，亦生出各式恩怨仇儔，例如「大饑荒」年代，官員強迫小民交出活命口糧的苛政，造成餓殍遍野，也留下難以計數的新仇舊恨，也由此民間派生出種種派別。因而民間也是武鬥遍地，烽煙四起，一時間難以辨明黑白是非，更無法在此細說根由。女兒，前面寫過，這根本是一場荒謬的群眾互鬥，根由依然是禍首毛氏。因爲這派別爭鬥的顯著特色是各種派系組織取名大同小異，即取名均爲各種當年盛行的紅色辭彙（例如衛東、永革、東方紅等等）均顯示保衛毛氏是這些派系心目中的終極目標。另一特色則是無論雙方如何相互攻訐、拳腳相加、相互辱罵乃至眞槍實彈地鬥毆，鬥毆到鮮血淋漓，雙方所呼喊的口號相同，均是「誓死保衛毛主席」、「毛主席萬歲」，或

「永遠做毛主席的紅衛兵」，等等，不免令人驚訝。若雙方目標如此一致，那又何必鬥得你死我活、誓不兩立？若人人保衛毛氏，那麼攻擊毛氏的又是何人？偌大國土，遍地烽煙，遍地死傷，總共有多少人在這場兵荒馬亂中，因種種原因喪失生命（包括因不堪凌辱而自己結束生命之人）？我沒有看到過官方統計，似乎也未見有民間統計，只有關於在此期間失去生命的著名文人的零星報導，涉及成千上萬素有名望、有建樹的讀書人。或許永遠無法知道到底有多少名人與無名小民，喪命於這場毛氏為其從未說清楚的夢想發起的運動之中？這些生命究竟為何喪失？每條生命落入人世，如一粒種籽落入土壤，土壤有豐沃亦有貧瘠。那些落入貧瘠土壤中的種籽之中，又有幾粒可以有幸地汲取到一點水分而得以抽芽，頂開貧瘠乾硬的地面結成的硬殼，一分一毫地成長，直到那靜靜地蘊蓄力量的生命開出花朵，孕育果實？他們開出的花朵中亦蘊涵了無數親人、教師、朋友的期許、努力、相助乃至汗水與愛。他們的花朵卻一夕之間被人為地蹂躪、摧殘乃至毀滅，或只剩殘花敗葉零落枝頭，從此永不能再有人格的完整，永不再有對於生命的愉悅與期待，永不能再見歲月如溪水般平和流淌，甚至連作最普通的小民享受家人和樂圓滿的願望亦不能得到。

女兒，你會不會忍不住問，這些生命的喪失究竟是為什麼？僅僅是為了毛偉人的一場權力爭奪算計？或者有毛偉人辯護者會說，偉人自有偉人的目標，那場運動是一次模塑人類社會未來面貌的試驗？即便是接受如此的辯護，那麼理應追問偉人是否有權利，將無數條生命置於這場實驗之中，毀滅這些生命，只爲自己的一場不著邊際的夢想？時至這場實驗進行的兩年之後，已經見識到試驗結果只是將大陸中國變成一座修羅場，場中只見人們將相互鬥爭視爲人世間的常態，而將一切溫情、善良、相互照料與寬恕，都看作是「階級敵人」的陰謀，是「資產階級人性的特點」，或起碼是屬於對偉大領袖毛氏的「階級鬥爭理論」未能堅決貫徹的表現？這樣的實驗以毀滅生命、泯滅人性爲代價，又有何種理由可以justify？難道未來的人類社會便是「階級」之間捨命地互鬥，永無休止？若這世界眞有末日審判的一天，毛偉人面對他足下因他的理論或計謀而如山般層層疊起的屍體，將何以自我辯解？

綜述之，一九六七年開始，大陸中國成爲人人相鬥的年代，下層互鬥、下層鬥中層、中層互鬥、中下層鬥高層、高層鬥高層。從一心要砸爛「資產階級司令部」發展，到人人參與鬥爭他人的修羅場，不知道羼雜了多少其他的心理？這其中不知道有多少人鬥爭他人，是爲宣洩平時受到上司刁難而出些怨氣？多少人是「隨大流」心理而如阿Q參加革命一般？多少人鬥爭他人是秉持寧願先下手爲強的行事方式，以防落入被動，成爲被挨鬥的對象？又有多少人鬥爭他人是確信對方是「階級敵人」？而「階級敵人」的定義，那時卻已經廣泛到包羅一切不同派別組織中、一切意見不同之人。無論是參與相鬥之人內心是何心思，各種相鬥，又都是狠戾異常的模式，死於各派自製的刀槍劍戟之下的少年青年究竟有多少？無人可以說清。

大陸中國僅存的一座紅衛兵墓地位於重慶沙坪壩。紅衛兵墓地群即葬有各派組織相鬥中被殺死的人群，據說有超過五百人，而能核實姓名的則僅有百人之數，年齡大多在十幾歲至三十歲之間，最幼者僅十四歲，但也有幾位老者，據說是無辜捲入鬥毆。那麼相鬥的理由眞的是對方便是「階級敵人」，因而必須要恨之入骨，恨不能食肉寢皮麼？其實又有誰眞正能說清楚那深仇大恨從何而來麼？那墓園中有一塊墓碑上的銘文，似乎可以說明那些少年到底是受到了何種激勵，或曰是受到了何種蠱惑？那墓碑銘文激昂慷慨，充滿「我以我血薦軒轅」的犧牲之心，卻依然未能說明究竟是何來獻身的必要？[1]或許從另一個角度，那一地狼藉、一派混亂、人人相鬥的景象，可見那時的大陸，中共治下，其實各種紅色的高調口號之下，是各種頭腦混沌、導致邏輯混亂的人群。

「紅八月」、「破四舊」、「大串聯」、「衝擊公檢法」、「奪取各級政府權力」，諸如此類一系列激烈的學生舉動，終於將紅色機構衝擊的七零八落。若將屆時中國看作是一座大廈，則那大廈已經是榫卯俱散，立足不穩。或許現狀終於使得毛本人，對於這些自詡是革命先鋒、毛氏好學生的紅二代與跟隨者心生顧忌。學生本是他的「過河卒子」，卒子一旦過河，如何處置便是下棋之人的謀略考慮之一。小民如我對於執政者考慮處置方案的過程，自然無權獲知眞相，只能思索那些讀到的各種民間資料，認爲決策基於的緣由，一是毛氏以中學生爲過河卒子來發動文革的目標已經實現，二是即便是偉人神算如諸葛亮，也難免有「失街亭」之誤。這失誤便是毛本人高估其掌控學生之力，同時低估了自幼便紅布蒙眼的學生心中，對紅色革命意識的激情與其期待革命進行的深度。學生癡心追求的革命深度，早已經超出毛氏滅掉幾隻「蒼蠅」的預期，而毛氏並非是想拆毀自己窮一生謀算才創建的帝國。毛氏不是單純地想複製出舊日帝國，而是有超越秦皇漢武的野心，如他早年詞《沁園春》自述的野心。

華夏大地與萬民即是他的帝國，也是他的實驗室，一片領地，做一場驗證毛勝過千古帝王的驗證，使億萬小民成爲他試驗田的工具。只是毛氏功績如何可算超越千古帝王？那驗證標準爲何？如何才可以顯示他勝過千古帝王的才能？是在大陸中國建成亙古未見的管理制度？所謂「未來的天下必將是赤旗飄揚的天下」？還是做到「萬國來朝」？其實毛自大陸中國宣佈建立後，從未明言他心中的制度具體是怎樣一幅圖像，只有畫餅充饑的虛言。不過紅衛兵期待的全新大陸中國圖像，例如建立巴黎公社式的終極民主制度，顯然並非符合他的心意。若不合心意，毛氏自可處置那些「過河卒子」。

學生們的「大串聯」約結束於一九六七年末，天寒地凍已經不適宜輕裝旅行的紅衛兵們，繼續東西南北地遊蕩。帝都的冬季一向蕭索，山風如怒，苦寒之下萬物瑟縮，所有的植物樹木都搖落滿樹綠葉黃葉紅葉，只餘枯乾枝椏，以抵禦那一往無前的寒流。許多紅衛兵結束「大串聯」回到帝都後，赫然發現他們從熱情似火的夏季瞬間落入冰窖。他們賴以稱爲紅二代的「紅一代父母」，大多已經被中央文革定性爲「黑幫」（即是指「拉幫結派或屬於劉派」，因而是反對毛氏）。離開北京時是趾高氣揚、不可一世，再踏入帝都時，卻發現自己的社會與家庭地位都是一落千丈。從紅二代淪爲「黑幫子弟」。那份「收拾起山河大地一擔裝」的豪情，那自以爲可以指點江山的自信，如今只剩「四大皆空」像。面對寒流，回到帝都的紅衛兵們一時間手足無措。經歷了春季驚雷乍起，夏季所向披靡、秋季將「造反有理」之火燃遍全國，因而精神極度亢奮的紅小將，終於看到自己「革命」的成果，是自己的父母也都淪爲「黑幫」。那麼「繼續革命」矛頭該指向何處？隨他們父母的「被打倒」——無論是被中央文革點名打倒（例如陶鑄），還是被各派紅衛兵組織打倒，屆時並無差別。天地一時傾覆，他們驟然從紅二代落入「黑二代」的地位，即使想要爭辯，也發現根本無處可以讓他們爭辯。不知他們那時可曾想起他們處置校園教師的場景，會心有悔悟？

至一九六八年初，校園已是一片冷清，文革初起時的喧囂與亢奮已經沉寂，如同那校園篝火的一夜華彩，來也匆匆去也匆匆，且一去不返。女兒，孩子們，或許一九六八年毛氏對那些「過河卒子」作出處置的決定，便是他試圖收束文革的第一步吧？那時如何收束基層工農民眾的激情，一時尚是無解，但收束一眾冠以「革命小將」之名的學生伢子，對毛氏是駕輕就熟，即是按「延安整風」時收拾讀書人的一貫邏輯行事。於是在一片混亂無序之中，首選收尾之事便是處置學生。那「紅司令」處置他的紅衛兵的方式，最終定案於一九六八年，處置方式之嚴酷無情，只怕也讓一心敬仰他的少年們始料未及。

文革運行至一九六八年初，那些被迫豬留在校的千萬少年學生，已經被市政管理者們視爲「負擔」。這二字對於少年們顯然不公，不過於城市管理者而言謂之「負擔」，亦非是有意刁難，而是確有難處。那些臂纏「紅衛兵」大字的少年確實已經失控，成爲一群城市秩序的破壞者。能坦然相對亂境與困境的成年人亦如同鳳毛麟角，何況涉世未深的少年天之驕子？自覺人生失了方向、不免任意妄爲的少年中，紅二代則成爲主力。父母一旦成爲「黑幫」，被關被押，住宅被橫豎交叉地貼上封條或乾脆被「造反派」收歸己有，那些從雲端一腳被踩入九地之下的「紅二代」少年，即刻成爲無家可歸的流浪人群。公子哥兒淪落爲浪子，或選擇橫行城內搶掠打砸，無人可以轄制。曾經在「紅八月」中備受凌辱的「黑二代」子弟之中，也有人選擇對於落難公子進行報復，因而也常見街頭兩派少年相互大打出手，鼻青眼腫，血跡斑斑，亦無人勸架或干涉。也有界於「黑與灰」之間的家庭，住宅已經被強行佔用，只爲家中老幼留一間陋屋，例如過去的門房、灶間、雜物間，而佔領者究竟從何獲得權利？如此等等，總之，城市管理確實是一時間烏煙瘴氣，卻爲何不追問始作俑者究竟是何人？對於「革命小將」當時該如何處置，頗有些「豆腐落在灰堆裡」的尷尬，罵不得、說不得。

那數千萬頂著「紅衛兵」或「革命小將」光環的少年郎，對於管理者而言，確實是難以管理的人群，如不定時炸彈一般。誰又能保證那些「紅衛兵」少年，不能再次興起「紅八月」式的暴力？若有類似舉措，若眞有那樣一日，難道眞的可以將數百萬少年們全部關押入獄？毛氏的處置是首先將學生身份重新冠名，將「革命小將」之名更換爲「知識青年」。紅色語境中「知識」二字在當年算不得光彩，「有知識」已經與「有原罪」可以等同視之，且那原罪將終生難贖。在大陸中國社會架構中，他們屬於「另冊」人群，不但是低於共產黨人一等，亦是低於工農大眾一等。經此更名，學生們氣勢洶洶地革他人之命的身份一舉消除，成爲有必要「自覺地去自我革命」的知識群體。如此群體，理當連根從城市拔起，去鄉間接受農民再教育。似乎這裡的邏輯，與當年紅衛兵少年驅趕那些所謂「黑五類」人群離開城市、去鄉間接受教育亦是類同。不知道有多少「紅二代」聽到自己亦將「上山下鄉」時，心中會暗暗反思自己當年驅趕那些年邁人群，對待他們毫無憐憫之心，視其爲「城市垃圾」的殘忍？

女兒，敘述至此，不妨從政府管理的角度來觀察一九六八年發生了什麼？那時文革初起之夜的篝火已經燃盡，遍地柴灰，對於紅色偉人只能是揚塵礙眼，不清理又待如何？毛偉人的清理處置方案如快刀——「知識青年上山下鄉，接受貧下中農再教育」。那快刀斬斷的卻不是亂麻，而是近二千萬少年學生的正常人生路。那本該是少年求學與畢業的正常路程由此斬斷。這所謂「快刀斬亂麻」的做法，也是中共治理一國慣用手段，毛氏治下中共的城市治理者，已經習慣對人性毫無考慮。一九六八年的大陸中國必須面對現實行政管理的困境，那是毛氏發起的文革之火燃遍大陸中國的結果。如《百度》資料描述，一九六六、一九六七與一九六八年小學、中學與大學全部停課指令的結果，學校中積蓄的學生人數已經將近兩千萬。完成了文革工具的使命後，「無所事事的紅衛兵已經成了被利用的破壞力量。當權者必須儘快對紅衛兵做出處理。文革對我國經濟造成了極大的破壞，很多工廠處於停頓狀態，城市已經無法安置連續三屆兩千來萬畢業生就業。如果讓他們仍然滯留在城市，又無法繼續學業，後果肯定是嚴重的」。高層一番對處置成本算計的結果，便是發起取名為堂而皇之的「知識青年上山下鄉運動」。自己為客觀而言，依然是引述《百度》的資料，「因文革造成了中學生滯留學校，到一九六八年中國出現了古今中外絕無僅有的六屆初、高中學生（即「老三屆」，之後擴展到「老六屆」，覆蓋那期間雖然在校，卻無課可上的小學孩子）一起畢業的奇景。這年的冬季起，插隊模式就成為上山下鄉的主要模式。人數規模之大、涉及到家庭之多、動員力度之強、國內外影響之深，都是空前絕後的」。

女兒，你可能會問，「究竟為何不選擇將這些少壯有力的好勞動力，招收為各工廠或其他製造業的工人，或為缺員的服務系統招收新鮮力量？甚至重新開放學校，使他們有繼續學業的可能？為何要選擇如此違背人倫，且日後造成普遍社會問題的『上山下鄉』的方式，作為數年間因文革豬留的學生的安置方式？」自己依然引用《百度》的資料作為回答，以避免讀者會認爲自己只是出於情緒而不夠客觀：「從當時的現實情況考慮，上山下鄉在客觀上應該是最好的選擇。把這些學生分散到農村的『廣闊天地』之中，也就消除了紅衛兵的破壞力；上山下鄉雖然國家要給與一些補貼，但是那也比在城市就業的成本低得多，因爲大多數知青是不拿工資的。至於『接受貧下中農再教育』、『屯墾戍邊』，都是施加在學生身上的政治壓力。試想學生眞需要再教育，城市的無產階級是先進生產力的代表，不是更好的老師嗎？農村本來就勞動力過剩，讓農村青年去屯墾戍邊，既有利於解放農村勞動力，也有利於農墾事業。上山下鄉的動機，就是爲了解決兩千萬學生的就業。眞正有組織、大規模地把大批城鎮青年送到農村去，則是在文革後期，毛澤東決定給紅衛兵運動剎車的時候。毛主席說：『農村是一個廣闊的天地，到那裡是可以大有作爲的。』」這些解說雖枯燥，卻將毛偉人與其下屬心中算計解釋得眞實無隱，也是難得，不妨接續引之。「基於以上考慮，一九六八年十二月，毛澤東下達了『知識青年到農村去，接受貧下中農的再教育，很有必要』的指示，上山下鄉運動大規模展開，一九六八年當年在校的初中和高中生（一九六六、一九六七、一九六八年三屆學生，後來被稱爲「老三屆」），全部前往農村。文革中上山下鄉的知識青年總人數達到一千六百多萬人，十分之一的城市人口來到了鄉村。這是人類現代歷史上，罕見的從城市到鄉村的人口大遷移。全國城市居民家庭中，幾乎沒有一家不和『知青』下鄉聯繫在一起。據統計由於各種原因滯留農村邊疆的知青約有數十萬人。上山下鄉雖然暫時緩解了城鎮的就業壓力，毛澤東藉此達到了解散紅衛兵組織的目的，但是幾千萬年輕人的青春被荒廢，無數家庭被強行拆散，這場運動也造成了各個層面的社會混亂。由於無數本應成為學者專家的年輕人，莫名其妙地在鄉間長期務農，八〇年代以後出現了知識斷代，學術研究後繼乏人的現象[9]」。

以上引文可說是毛氏與其治下政權的夫子自道，清楚說明當年自視為天子之驕子、紅太陽唯一衛兵的紅二代少年們，不過是毛偉人棋盤上的過河卒子而已。紅衛兵與其他「紅二代」（或者其他各種顏色的二代）少年，如今在偉人棋中的作用已經完結。這些少年早已經被城市行政管理者視為無用之物，城市的負擔，卻一直因有「御賜身份」——「革命小將」衛護，輕易不敢觸動。如今一旦毛偉人亦明示其厭棄，自然要儘快清理，刻不容緩。「革命小將」一變而成為需要「貧下中農再教育」的「知識青年」。當年沾染上「知識」二字似乎便如同中了惡咒。

一九六八年春末夏初，毛氏親自指示的「知識青年上山下鄉，接受貧下中農再教育」傳遍大陸全部學校。毛氏「最高指示」只需一句話，便將幾個月之前張揚狂傲如天之驕子的「紅衛兵」以及全體學生（包括從小學到中學的數百萬在校學生）的御賜「革命小將」的冠冕擊落擊碎。毛氏決定當時依然在校的學生一律上山下鄉，則可說是一石數鳥：對文革之火釜底抽薪。「革命小將」被毛氏重新冠名，一夕間變為「知識青年」，含義不說自明。凡是有知識的人群便是需要改造之人群。去哪裡接受改造?紅太陽已經指定是「到農村去」，且自然不是富庶的魚米之鄉，而是窮鄉僻壤。這便是「上山下鄉」的由來。與在城市安置就業相比，這一處置方式緣由之二，是如此處置無需當時已經捉襟見肘的政權有任何財政支出，頂多是調動些最簡陋的綠皮火車車廂而已，無需考慮其它；之三是將那些少年人文革中集成的派別、組織統統打散，消失於茫茫四野大荒之中，因爲中共以青年人草莽群聚起家，自然最防範的便是任何年輕人在中共之外，成立任何組織的行爲；之四是將被偉人冠以「紅衛兵」、「革命小將」之稱謂而養成的少年傲氣、俠氣、豪氣，或是天之驕子之雄心統統否定，「紅衛兵」之稱號亦從此一併消解。那些少年原本將自己的小組取名「紅衛兵」，或許雄心便是跟隨「紅太陽」征戰不休，「了卻君王天下事，贏得生前身後名」，做紅色英雄終生不卸甲。如今卻發現自己只是需要接受貧下中農再教育的「知識青年」，又有什麼資格再狂傲張揚?中共黨魁毛氏「知識青年上山下鄉」的號令，對於當年在校學生一視同仁，並無區分「紅二代」與「黑二代」。

既然「上山下鄉」是「最高指示」，則執行必然是傾國家組織之力，全力進行，刻不容緩。接下來那偌大紅色帝國任何城市可見的場景，便是一列又一列綠皮火車——當年稱爲知青專列——塞滿「上山下鄉」的「知識青年」，從擠滿送行人群的火車站開出，去往或北方或南方的窮鄉僻壤。實際上這些少年們被發送的終極目的地，還在列車終點之外，是那些公共交通已經不能覆蓋之處，可謂天涯海角之處——「人言落日是天涯，望極天涯不見家。已恨碧山相阻隔，碧山還被暮雲遮」。

女兒，回到你開始的問題，「紅衛兵的後來呢」？只能答說「紅衛兵沒有後來」，或答說「上山下鄉」就是曾經威名赫赫的「紅衛兵」的結局。時在一九六八年，他們與曾被他們歧視羞辱的「黑二代」落入同樣定位，成爲了毛氏棋盤上的棄子。雖是棄子，也要丟棄得有個名目，才會使人心服口服，或者雖然心不服卻不敢口出怨言，於是便有了「知識青年上山下鄉」如此堂而皇之的革命名目。

這便是偉人的馭民術，或曰愚民術麼？一個甲子後的自己才有了如此領悟，女兒，我們一代人當年是否是愚不可及？不過古人亦有一語，曰「朝聞道，夕死可矣」，因而尚可自我安慰——遲悟終勝過不悟。

## 答疑之七　我們一代的自我啟蒙——「身是蠹魚酬夙債，黃河浪裡讀書燈」

女兒，在一九六八年冬春之交直至仲夏季節，即串聯終結至「上山下鄉」之前，學生有短暫的沉寂狀態。無論是「中央文革」還是毛氏偉人，似乎傾向是對學生運動不再支持，且明顯地暗示學生運動已經無需繼續。

儘管是出於各種不同心思，學生們普遍地對於「繼續革命」意猶未盡。有人是基於少年意氣，或基於一場許諾給學生們的宏大「革命」，居然要黑白不分、草草收尾而感覺遭毛氏背叛的惱怒；也或許是已經被毛氏曾經的聲聲稱讚慣的不知天高地厚，眞應由自己揮斥方遒，卻遭無理制止；也有人是基於純正理想的期待——繼續革命，例如建立巴黎公社式的平等、民主體制模式，不願見到文革的半途而廢。無論是因父母落入牛棚甚至入獄爲囚而落魄的紅二代，還是之後參與運動之中的一些家庭背景色彩駁雜的少年學生，都不甘心輕易認輸。學生們因而對於「中央文革」的暗示或選擇不予理睬，或選擇激烈反抗。最激烈反抗的是一群紅二代少年，他們試圖衝擊中央文革，豪言「中央文革小組」中出了文革叛徒，且試圖衝入其駐地，與其辯出個子丑寅卯。學生中亦有人選擇「文攻」，即上書批判文革小組，誓言應追循毛氏「繼續革命」，不得將革命半途而廢。這二者無一成功，反而即時掛了「反革命」牌子，其中有人亦首次有了坐共產黨牢房的經驗。紅二代中亦有人因此終於領悟了生身父母與「黨是父母」並非是同一概念，於是悔悟以往對於親情的忽略，開始苦尋身陷囹圄的「黑幫」父母下落，這成爲許多學生的日常功課。經此一劫，他們是否可以反思，他們不久前還強凶霸道地要求那些「黑二代」「劃清界線」之說，是否眞的那般理直氣壯？

女兒，你曾問過我學生們在那「六街燈火鬧兒童」的熱鬧之外還做過些什麼？我當時只講述了「紅二代」主流的行爲。此處的敘述權且作爲補充回答。此時多數學生再度返歸校園，居於宿舍，卻不再狂熱地追尋文革潮流，而是分別去尋找自己心中各自思索的「齊楚燕韓趙魏秦」。其時中學生中又生出「四三派」與「四四派」的區分。據一些當事人的回憶資料，兩派本源一致，均是反對血統論，反對學生鬥學生，反對紅二代自稱「紅二代接掌天下，捨我其誰」，壓制其他各類學生的主張。他們擯棄紅衛兵之稱，僅自稱是「造反派」。本是同根生的學生群卻最終分爲兩派，起源於「中央文革首長」於一九六八年四月三日和四月四日顯然前後矛盾的兩次講話。四月三日「文革首長」講話支持學生繼續「造反」、「造反到底」，但四月四日又修正了前一日的主張。由於「首長們」語焉不詳，或是由於「首長們」也各有盤算，學生們則各取所需地解讀。於是本是同根生的少年們又一次被愚弄，分爲兩派，汲汲相煎。每位學生選擇歸屬何派別，卻似乎緣於各人思維模式的不同。

據我有限的理解，「四三派」那時對於文革的目的有更爲激進的設想，認爲既然政府機構（例如行政與「公檢法」）自上至下的層層腐敗（或稱爲「黑線化」）已經是不爭之事實，僅有毛澤東是墨染的殿堂中冰清玉潔的君王。按毛氏「繼續革命」的邏輯，「四三派」學生認爲「革命尚未成功，同志仍需努力」，因爲他們心中若明若暗地期待文革的終極目標，應是建立一種新型民主政權，打碎特權階層，施行權利和財產再分配，類似初試「公民權利」的巴黎公社，自然是以毛澤東爲公社之首。「中央文革」成員（後成爲「四人幫」）

當時一言九鼎，心中只是盤算文革最終結果，是從龍老臣手中所握權柄轉到他們這些政治新星手中，怎可容忍學生主張的使「文革終結於公民權利」。主張「繼續革命」的學生至此在「中央文革」（或許毛氏本人）心中全然失去支持，從「造反有理」的革命小將，變爲「紅色權力」的破壞力量，因而使學生運動熄火、整治是勢在必行。不過「首長們」似乎感覺這意圖不適於明說，只能反復地和稀泥。這使「四三派」學生們感覺到背叛，甚而是被出賣，因而逞少年之勇，拒絕接受。因種種原因，「四四派」或因主張較爲溫和，最終獲得「中央首長們」支持。這兩派的存在與分歧并未有最終結果，最終僅是消解於學生全部「上山下鄉」的過程中。

學生們普遍感到了風向之變，冷意凜然，不免感覺迷茫失意，不過那時再明敏的學生，似乎也未明確意識到自己即將成爲棄子的命運。無論中學生兩派如何相鬥，卻依然有絕對的一致認同——毛氏依然是他們心中救苦救難的神祇。兩派中學生各有人才，尤其是醉心於歌舞且天賦其才的少男少女，各自排演了一台大型歌舞。記憶裡，那些歌舞的樂曲與舞蹈規模與優美，不遜於官方的《東方紅》，卻也未能超脫出那紅色窠臼，主題依然都是「頌聖」。但是「四三派」的歌舞明顯地顯示出迷茫與鬱悶。記得其中有幾首流傳很廣的歌，一首起首是「抬頭望見北斗星，心中想念毛澤東。困難中想你有方向，暗夜裡想你照路程」。很符合那時少年心境——依然視毛氏爲救星，爲指明燈，卻又頗感迷茫。另一首歌詞起首是「八角樓的燈光，是黎明的曙光，我們的毛委員在燈下寫文章，萬丈波瀾筆下起，五湖四海紅旗漾」。歌詞背景是毛氏在秋收起義之後，在井岡山豎起紅旗，決意如同綠林好漢一般聚義打天下的往日場景。記得那歌詞質樸又不乏浪漫，曲調柔和，充滿對心目中那偉人的仰慕與信任，甚至蘊含少年對於父母的孺慕之感。伴隨頌歌起舞的是扮作紅軍的少男少女，舞姿柔曼、腳步輕盈，圍繞那燈光的佈景舞成數朵盛開的葵花，象徵紅太陽正在升起。這首歌的詞作者據說是Y中學的一位女生，開朗率眞，父親本是身居高位，那時業已成爲「黑幫」，她也從紅二代淪爲「黑二代」。個人際遇卻未挫折她對於毛氏的信任。據說歌詞完成當晚，她被作爲某反毛組織的成員抓捕入獄，從此鐵窗生活數年。那年她十七歲。寫出那樣對於毛氏充滿孺慕之情的歌詞，又怎會是反毛之人？只是那時世間混亂、黑白不分，冤魂遍地，卻無處可以申辯。

我在千禧年之後居然再次聽到同一首歌，也再見到當年的許多舞者與歌者。上山下鄉開始，「四三派」的某些歌舞隊員不肯離棄彼此，相約同去山西某縣插隊，共續歌舞之緣。直到經歷四季農田勞作，收成依然難以果腹後，才悟到紅色語境下的舞臺與現實，其實是風馬牛不相及的兩件事。隊員們最終不得不各尋路徑，陸續脫離農民身份，返回城市，卻並非人人都有再次獲得北京戶口的好運。歌舞隊員們如今星散於大陸中國各處，地北天南，都努力地爲「五斗米」辛苦勞作，多數未能延續歌舞生涯。雖未能如願地同續歌舞緣，歌舞隊員們年屆退休後卻約定每年相聚一天。恰好某次聚會的日子我正在北京，受邀前往。聚會主要內容仍是一台歌舞，那日居然有《八角樓的燈光》重演。歌者與舞者均年過半百，依然能看出有童子功的根底，卻再也不見那少年身體蔚然天成的柔曼輕盈與那少年歌喉的清澈。經歷了文革之中被利用、對偉人如神明般心無旁鶩地信任與偉人對少年們的背信棄義，他們終遭那文革始作俑者的摒棄、任他們自生自滅的人生過程之後，他們是否依然會初心不改地仰望那顆『北斗星』？仰望那「八角樓的燈光」？自己不敢妄測人心，不過直覺到保留那些舊時歌舞，是為懷戀那舊日少年歲月如花綻放的瞬間吧？每人都不免懷念自己那年華初綻的時光，不過我同時想起俳句「萬物都有傷心處」，出自日本詩人的筆下。那些歌者舞者少年時瞬間的綻放，其實與那「傷心處」恰是重疊交織。如此的重疊交織，究竟是人間悲劇還是一場鬧劇？

在一九六八年冬春之交，退出那混沌的現實，返回到內心的召喚，靜下心來開始尋覓精神答案，成為某些學生的選擇。許多少年終於決定退出那些敲鑼打鼓、紅旗四處招搖的熱鬧，去尋找那混沌世界中可能通向自我救贖的間隙，重新尋回那些隱藏的先賢足跡。無論是何種家庭背景的學生中，此時都出現了自覺或不自覺地另闢蹊徑之人。華夏受聖賢精神薰染的讀書人，似乎自古以來便有「窮則獨善其身，達則兼濟天下」的傳統。個人自由的選擇自然因家庭出身受到限制，但是即使是那些被稱為「黑色」或「灰色」的少年郎，也並未放棄人生，他們重闢路徑去尋找人生的意義——我們爲何而生？爲何而受挫受辱？上帝說要有光，那麼前面是否眞的有光？相信光是有的，但是神需要讓我們學會自己去尋尋覓覓。「昨夜西風凋碧樹，獨上高樓，望盡天涯路」——對於這些徬徨尋路的少年郎，何處是天涯？是否有路通向天涯？哪怕是有通向天涯之路，也只能起步於腳下。少年們撬開學校圖書館的後窗，將書藏入事先準備的布袋裡，或入夜時去廢品收購站堆積如山的抄家「戰果」——舊書——中，翻檢那些舊時名家的名作。藉了孔乙己的名言，「竊書不能算偷……竊書！讀書人的事能算偷麼？」那些自停課起便封閉在圖書館不見天日的書籍，或僥倖逃過「破四舊」被焚被化爲紙漿的書籍，終於尋到了去處。或許少年人只有在落魄之時，才會發現書籍的力量——書籍是前人思索人世萬象的紀錄，是前人智慧與經驗的積累，甚至即使是前人的錯誤，也可作爲對於後人的警示。書籍也向我們這些多數只限於學校課本閱讀範圍的少年，顯示出大千世界的紛繁氣象。這天下並無大一統的人世，人世原是由不同的種族、部族構成，如同自然界中崇山峻嶺、長河大川與柔媚江南的「三秋桂子、十里荷花」、「霜溪冷、月溪平。重重如畫、曲曲如屏」的景色共存於世。書籍似乎無言地宣示人生路徑其實有無窮盡的可能，並非僅僅是革命一途。也或是緣於在這個嘈雜無序的人世間，只有書籍中沉默但景象萬千的世界，才會使他們動盪不安的一顆心找到安放之處？

少年們獲得藏書，如獲至寶。他們終於尋到了繼續生長的空間，如同沙漠中的紅柳，雖然苦熱鬱蒸，只見黃沙不見清水，卻依然紮根抽枝發芽，雖然枝幹不能舒展自如，根系卻格外堅忍深沉。許多當年懵懂迷惘的少年人，便是從這些「竊來」的書中尋覓不止、思索不止，最終尋到了精神家園，這其中有無數物理數學的喜好者，自學數學物理光學化學生物學；亦有自學英文文學，自學經濟學或哲學。亦有少年悟到古詩詞文辭幽雅、意境遼遠，遠勝於文革中盛行的紅旗飄飄式革命文體，因而迷上唐詩宋詩元曲，或者明清話本小說，等等。總之，書籍像是提供了新的天地，或者說少年學生們過去是循規蹈矩地先熟讀課本內容，除應對考試亦覺得首先學習課本內容是做學生的首要課業，天經地義，若閱讀「課外書籍」先於課本功課，便是不務正業，不夠用功，等等。這規矩自兒童總角入學、從小學一年級便是植入學童腦中，多數學生從未去質疑過這規則是否有理，只是照做而已。況且若忽略了課本作業也可能影響考試成績，自然以考試為先。一眾少年自幼便如此地在困於框框中，一日日坐在學堂用功苦讀，不知不覺地進入那些規則之中。那些日復一日重複的制度雖無明文寫就，實際上卻比文字更為潛移默化地，模塑了少年人心態、意識與腦力的空間，使那些無形的空間更為整齊劃一，如同坐井觀天的蛙類，所見大都相同，便自然而然地接受那觀念——世界就是如此，宇宙就是如此，一切都是紅色，天經地義。如今這「天經地義」卻被風暴間歇時，我們「不務正業」的閱讀敲打出道道裂痕——難道紅布蒙眼的教育，眞的是「必然如此」麼？難道「紅色正義」便眞的是「天經地義」麼？

女兒，那些勉力四處尋書與埋首書中的少年中也有我，你的母親。自己前世說不定是條書蠹蟲，對書籍有天然的喜愛，一旦沉埋書頁中便會忘乎所以，忘記世間一切煩擾，也忘記內心的焦慮或不快。書籍構成的世界雖然虛幻，卻萬紫千紅，延展出無限空間，遠勝於現世。那時書籍得來不易，也無能力挑肥揀瘦，凡是可以借到的書，無論題材與深淺一概不拒，埋頭苦讀。那些書涉及的人世深度與廣度，遠超以我當時的年齡與閱歷可以理解，卻還是一讀爲快。記得讀到過《人、歲月、生活》、《吉檀伽利》、《唐吉珂德》與《大白鯨》，這些書的內容相互之間其實是風馬牛不相及，不過於我也有共同之點，便是書籍世界中隱藏的各類意涵，如雨後草地的蘑菇般無窮無盡。書籍爲人生解惑，同時向自己提出更多疑惑，自己只在心中默默地嘗試回答。或許是在那不斷地讀到疑問，試圖解答疑惑的過程中，自己也在不知不覺地長大。那長大的不是自己的外形，而是自己的內心。王陽明言，「心外無理，心外無物，心外無世」。於我，少年之心仍然是內涵貧瘠淺薄，不過若無一顆心，一顆可以獨立的心，又何以立世？何以爲人？或王陽明先生言語中的「心」，也便是基督徒的靈魂？如《聖經》所問，「一個人若贏得世界，卻失去自己的靈魂，即自己的良心，對他而言又有何用？」

我們一代中許多人，此時在四顧茫茫的心境中，埋首於一切可以搜尋到的禁書、灰皮書或撕去了封面的各類雜書中，尋找慰藉或爲自己解惑。這種種際遇造就了在封閉之中成長的我們一代人中，亦會出現自由的靈魂與獨立的思想。朦朧詩人、星星畫家、「傷痕」作家，還有如同楊小凱一般持獨立與批判精神、出類拔萃的學人，皆是出自我們一代。於上一代自由讀書人，他們是承繼者，使顧准、陳寅恪一輩人的人格與思索得以薪火相傳；於同代人，他們是黎明前的燃燈人，在七〇年代末的天朝——在那若明若暗的凌晨時分燃起燈盞，讓眾人看到暗夜裡依然有人仰望星空。或許那是上天格外眷顧的人，給了他們悟性、靈性與勇氣。

女兒，你知道我是早早經歷了家人離散的孩子。文革之前，父親被發配塞外，母親早逝，其它家人即被政府強制離京，各自東西。我父母的家從此化為烏有。那年家人離散之時，父親將我託付給J姨——我母親一同長大的表妹。我由此成為全家唯一留在帝都的孩子。或許也因此身世，我始終是個一路旁觀的孩子。毋寧說我參與行動，不如說我更習慣在觀察世事中，體驗到內心變化的歷程。內心變化既是源於天性引領，源於家族長輩留於我的心靈底色，亦是有幸得於師長教誨。J姨的「單位」有賴於屬保密機關，外界紅衛兵未能衝擊進入，還算安定。此時J姨開始叮囑我學些知識——她說，「小H你總要長大啊，不學無術可怎麼得了？」J姨於是託付她的同事們教我些知識。我的詩詞啟蒙來自某江南大家閨秀，她因中共宣揚抗日而投奔延安，文革前因患癌而病休，因而逃過一劫。她並無詩詞本本可教，只是隨意翻檢腦中記憶的詩詞背誦給我，更多的是講述那詩或詞背後的故事，例如她爲我講述「烏頭馬角終相救」背後的舊事，講述寫下「往事不堪回首月明中」的南唐後主李煜的人生故事。那時的我才豁然領悟到古人詩詞文字背後隱藏的，是詩人詞人各自的人生經歷，無論是辛酸、思念，是杏花疏影裡吹笛到天明，是獨立小橋風滿袖，還是一諾千金重，都是文人萬千氣韻、萬千面貌的存留，古人並非僅留下「汗滴禾下土」的風格與角度。歷史並非只有帝王的宏大，還有無數文人俠士義氣恢弘，悲歡喜怒，快意恩仇。不過我至今對於詩詞格律音韻只是一知半解，因爲她會說，寫詩詞不要拘泥才好。英文的啓蒙人則是因大陸中國文革中，關閉一切在西方的常駐外交機構而回國賦閑的某先生。他從書架上抽了本書，說，「直接讀英文原著吧，不要去學那些僵死的教科書句式。不懂就先查字典」。那書是《小婦人》，我磕磕絆絆地一字一句啃下來，使我得益匪淺。得益匪淺的不只是書中天然曉暢的英文，亦是當年西方基督教傳教士百折不回的勇氣與獻身決心。若有人試圖將當年西方傳教士的磊落與無私，和毛氏黨人的「事蹟」比較，那絕對是對傳教士的人格侮辱。

女兒，如今回想，文革初始的瘋狂與癲狂之後的混沌，其實也開啓了我們一代少年另類思考的萌動，導致許多人最終撕裂、拋棄了那塊蒙眼的「紅布」。在那迷惘時節，那些僥倖逃過了「破四舊」時被焚被毀的書籍，像是爲我們提供了新的天地。當年並不自覺，如今才悟到我們一代中的少年，選擇退出那場以無數人的性命、人生作爲祭品，卻被毛氏標榜爲革命的運動，選擇尋求讀書開悟的行爲，本身便是無聲地宣佈了他們不再相信那紅色政黨與黨首的說教。於是他們拋棄了那紅色聖人發起的所謂「文化大革命」，轉身離去，不再參與。那其實是一場絞殺文化的革命，絞殺的是被紅色聖人視爲會產生其王土中所謂的「異己分子」的文化，使那片本是五色斑斕的豐沃土壤成爲統一的紅色。若是文革從未發生，若是「紅二代」少年或者如我一般生於灰色家庭的少年，依然是日日坐在課堂裡，苦讀那些「紅色經典」故事、滿耳中灌輸進那些「紅色革命接班人」的道理，那麼自己如今會是何種樣貌？是否會如今日般生出寫下這些文字的念頭？還是會成爲那種被嘲的半吊子井蛙，「醉舞經閣半部書，坐井說天闊？」不過我也相信井蛙的日子過得最爲愜意，無需疑惑，無需不安，無需愧疚。因爲自認早已經是遍覽天下，有爲人引領，又何須杞人憂天？在井蛙眼中，只有傻瓜才會渴望走出舒適自足的井底吧？如同我那些至今認同當年抄家有理的同代人？

女兒，我的啓蒙並非全憑一己之力。當年某些同學之間的討論或閒談，也成爲開啓我的啓蒙的助力。雖然自己始終是旁觀多於參與，但自認爲屬於「四三派」，並非有對「革命」的深刻思考，更多原因是被偶然相識的一群「四三派」學生，於人於事的思考方式深深吸引。那些思考並非止步於追隨某中央文革首長講話或者「最高指示」云云，而是不斷加深探究各種議題，例如「走資派」是否是「特權階層」甚或是「新階級」？例如「打倒走資派」與「君子之澤五世而斬」的傳統是否相合？若是，那麼文革究竟意味什麼？等等。那時的自己對於他們探究的此類話題極其入迷，似乎是大開眼界，有井底之蛙初次領悟到井外另有天地的踴躍；領悟到一項事物，甚至宏大如文革，亦可以從不同角度去探索與思考。開悟之感，由此而生。讀書可以無止境，無禁忌，思索是否亦可不受現有觀念的禁錮？人而為人，出生即是有腦有心，腦用於思索，心體味情感，若兩者皆棄之不用，豈不是辜負人而為人？自己的開悟，或許便是因此而生。其時的領悟雖無今日回想時的透徹明瞭，卻如同冥冥之中遇到了燃燈者留下的一顆種籽。於我而言，雖不能說是「聽君一席話，勝讀十年書」，卻實實在在地有醍醐灌頂的感受。

記憶中這些當時無論年齡還是見識都遠勝於自己的同學聚在一起，永遠是在談論政治議題。話題如信馬由韁，從文革時局、文革中風流人物，一直延伸到當年俄羅斯的貴族「十二月黨人」，蘇聯斯大林時期的大清洗，等等。當年的我對此都是聞所未聞，聽得入神。如今已經忘記他們意興大發時的那些具體話語，只記得自己聽在耳中，常會有些神不守舍，腦中卻浮現些現實中從未見過的畫面，其中有大雪覆蓋的白樺樹林，白雪與樹林遮天蔽日，只有馬群臥在深雪中，優雅地彎下脖頸，用優雅去掩埋雪中那些同樣優雅、卻已經沒有生命的年青軀體……，那是被沙皇虐死的十二月黨人。他們本可以作為貴族靠特權享樂終生，卻選擇反對專制、遺棄特權，主張眾生平等，並為此捐軀，無怨無悔。他們便是選擇了《聖經》所言「進窄門」的人。自己至今也難以清楚當時少年的自己，怎會有如此想像，卻至今記得當時心中五味翻騰，希望自己生命有相同的結局。不過或許這畫面也可以詮釋當年自己所悟出的人生之理——以自己的生命爲祭品、而爲拯救眾生之苦而走進窄門才是眞正的人，可稱爲「燃燈者」、「聖者」，甚或「革命者」。以百姓之血肉爲自己鋪平帝王之路的人，不過是欺世盜名之人，永遠不可信任，更不可跟隨，因爲人不可與惡魔共伍。

不過終日充耳的都是有關政治的言談，自己也不免有些疑惑，難道對於政治（或日革命）議題的關注，就是我們的全部人生內容麼？記得幼時，樹木花草、物候變換，衣物飲食，還有古人故事與《聖經》人物，無不是姥姥與鄰人的話題，似乎那才是人生常態。爲什麼自文革起始，如今人人從口到心都只是關注同一議題——政治、革命？回想以往，我歷來是對於學校政治教育課與入團入黨的議題都是如風過耳，興趣缺缺，從何時起居然也是如此關注國是？一個甲子的歲月，我才終於悟到當年之緣由——當年如此癡迷於政治議題，而忽略大千世界中的萬千山水景色，那是由於那紅色機制逐漸將其治下的每個生靈，捆綁在它的巨輪之下。我們剛剛邁進少年期的門檻，便被懵懂地捲入毛的棋局，從此在棋局中沉落起伏，身不由己之時居多，甚至在穿衣吃飯等人生微觀之事，也要限制個人喜好。如此，我們在從兒童漸漸成爲少年的人生期間，確實如同被毛氏的一盤棋局完全綁架。無論毛氏最初設計那棋局是何目的，即便是半是爲黨內權力內鬥，半是爲成就毛氏一人異想天開、建成「無法無天」的王土也罷，終歸是以我們千萬少年的人生，作爲他棋局的犧牲品。

人生既然不得不強制地捆綁在高層的政治安排之下，那麼被捆綁的少年、處於兒童與少年之間年齡的我們，一切都身不由己，豈能不自然而然地首先關注這左右自己人生的強大外力？這份關注首先緣於中共與偉人的政治安排，直接影響我們的外在人生，亦逐漸地浸染了我們各人的內在人格——例如我們看待世界的角度、讀書的選擇與興趣與分析，思考（或是不思考）人生的方向，等等。如此，關注這些議題逐漸便成爲我們骨子裡始終鐫刻的印跡，蒙蔽了我們本可隨個人天性開發的各種不同興趣。我們一代學生中自然也有人另闢蹊徑，更爲明敏，他們在這棋盤上選擇可以突圍的間隙，例如純文學，例如對於聲光化電等等自然學問的自學，等等，這些少年或者是先知先覺者，是智者，而那時的自己尚是懵懂。《九謌先哲書》[19]中對於王國維先生的「論世知人」有極深的詮釋，即「同一宏觀時事輻射到每一個體周圍，所形成的微觀境遇不會絕然相等；而每個人的生理稟賦、心理素養和價值期待又不盡一致——這就勢必可排列組合出千姿百態的主客關係……」。我想這或許便詮釋了對於我們這群少年，在一九六八年面對同一宏觀時，亦各自呈現不同的探索方向吧？不過相比一向晚熟的自己，那些嘗試掙脫政治議題、從政爭暫停的間隙中突圍的少年，或許終於獲得了更豐富的內心與感性，甚至是更爲主動地奠定了自己人生的方向。

一九六八年初，天地雖漸次由冬入春，校園學生的心緒卻沉寂如冬，那晚篝火旁無數學生期待的「扶搖直上九天」的革命路，如今是灰燼一地。許多學生無以排解心中憤懣之時，便將精力宣洩到戶外活動。那年的仲春初夏，成爲眾多少年從革命激情轉向寄情於山水之間的季節。學生之間或由於觀念相近，或由於處境類似，逐漸形成許多小群，跨越年級與班級。這些小群甚至在宿舍裡合夥燒飯，下棋讀書自娛，所謂「躲進小樓成一統」。也有些學生則結夥出遊到京城之外，卻並非再去「革命」，而是遊水觀山。

若論景觀，北京本身便不乏山水之勝。北京近千年來成為帝都，起因是朱棣封為燕王，駐蹕之地為北京。建文帝戰敗於朱棣後，朱棣北遷明朝國都，從此奉北京為大明王朝的帝都，以證其稱帝淵源之正。雖然歷經改朝換代，大陸從帝王之國改變名稱為紅色人民之國，北京卻至今仍為帝都。原本是清朝皇家居住休閒的庭院——中南海，則自紅色帝國建成以來，一直是紅色帝王與其重臣的駐驛之地。四圍有紅牆環繞，出入各門都有軍人日夜站崗巡邏，一如清皇朝尚在。記得幼時父母帶自己經過那一帶紅牆時隨意提起，民國時期這裡已經闢為公共園林，任何小民可隨意進入遊覽，中共政權入城後，卻將其恢復為皇廷駐地。今日回想父母的閒談，眞是不知今夕何夕？中共與帝王，區別何在？

無論北京當年選址者在此建城是偶然，還是經過風水勘驗鄭重為之，北京都是座不孚眾望的城。這座城既有殿堂的威嚴，又有崇山峻嶺環繞，不乏野趣。既然革命沉寂迷茫，不如寄興於山水。在校學生似乎終於發現山川之美，野花肆意粲然之美，勝於人間，更勝於人間紛爭，於是紛紛結隊野遊。那時出行的工具自然是自行車，於是常常見到少年們成群結隊，騎行在山野小路上，呼喊、唱歌，或解開衣襟袒露半身，讓風吹過少年的肩背胸膛，吹乾那透明如露珠的汗水。如此年輕，如此自由自在，但又如此不辨人生方向！那也是自己初次興起對於古人詩詞感興趣的時期。攀爬山崖，露宿野地，月色下看山色蒼茫，空中如羊群緩緩移動的模糊雲影，似乎天地無涯，卻不知道哪裡是自己的歸宿？心中浮起不知道從如何得來的兩句陸游詞，「貪嘯傲，任衰殘，何妨隨處一開顏」，覺得很有人在意境中的感覺。如今回想，明白那時的自己還只是「爲賦新詞強說愁」的年紀，又如何懂得陸游晚年的無奈？

野遊無數，記得最清楚的卻是一次莫名的淘氣。自己與數位同學一起騎車去香山。山路蜿蜒，路旁小樹橫生，一路傾斜向上。上坡時自然雙腿奮力，卻不忘鬆開車把，高高地伸起手去抓頭頂上那一閃而過的樹葉，樹葉柔軟地拂過手心，心中便生出無端的快樂。回程時有些累了，卻不肯規規矩矩地席地而坐，一群少年選擇盤坐在一座農家果園碎石砌成的牆上。牆內是片柿子園，枝頭可見累累果實，柿子還只有熟杏子般大小。柿子的身價使它們如今也躋身於高端果品，當年卻是北京最常見的水果，也最是便宜。成熟時節沿街邊席地堆放，一大籮筐的金黃柿子似乎只值一角錢。北京的孩子人人知道柿子未成熟時青澀不堪，絕對不能入口。我們卻不知爲何有了摘青柿子的興緻，人人翻牆過去，人手抓滿一把青柿子。那明知是偷竊的行爲，而且偷得還是最無價值的青澀柿子，卻使我們興奮莫名。翻牆回來，將自知無法入口的青柿子翻來覆去地掂量，不知是誰提議打了個賭，敢吃青柿子的便是勝者。自己不記得誰是勝者，只記得自己是輸了。如此平凡的一次郊遊，卻一直留在我的記憶裡，或許是由於那時光的散淡平和、自在隨意吧？也或許是由於那少年心思的單純與單純引發的愉悅？或者，更有可能的緣由是自己單純的少年心性中，居然也會隱藏著犯規——明知故犯——而引發的快樂，那或許是少年叛逆性情的正解？也或許那樣的任情任性，遠離政治議題，才是少年應有的樣貌？

事實上，據說在那個百無聊賴、鬱悶難以排解的春季，Y中學在校學生偷摘農民果園中那些未成熟果實作爲娛樂的不是少數。Y中學有三面包圍在農田之中，多處有果園與校園毗鄰，以往都是相安無事。這個春季卻見到學生三三兩兩翻進農民果園籬笆牆，恣意摘取那些依然如同青豆大小的桃杏李，其實明知酸澀不得入口，又何苦去敗壞農家未來的收成？或許只能說，少年天性中本就潛伏著破壞性，但是心中自有約束力。那約束力可能來自神性、天性、教育所得的是非黑白觀念，但是那破壞性一旦被激發到極點，便有可能衝破那自我約束的能力。

女兒，回想當年，一九六八年那幾個月，或許便是許多在「偃塞湖」中瀦留的少年啓蒙之始，也是我們一代流連於校園歲月中最後的自在時光。於我個人而言，那是個特別的春季，如同一粒種籽曾深藏土壤之中，卻終於有了探出芽鞘的萌動。雖然仍在亂世，我的內心卻在那亂世的縫隙中，探尋自己的落腳之處，小心翼翼、沉默地探尋，卻不再是人云亦云，不再是不動腦筋地被推入潮流中，也可說是那塊「蒙眼的紅布」正逐漸開裂。那便是我在亂世中的啓蒙之始麼？我其實亦不敢確認。若說那是我對於領悟世界的啓蒙之始，那麼究竟是幸還是不幸？因爲那顯示我對於世界與人生的領悟與關注，自始便打上了文革印跡。直至今日，我的關注始終不能擺脫大陸中國政治議題，似乎那些令人不快甚至是厭惡的政治事件與議題，綁架了我的部分內心。那非我所願，也自覺並非與我的天性相近，卻欲罷不能。所謂「樹欲靜而風不止」，或許也可用於形容那時的我吧？

懵懂如一片樹葉的我，冷不防地遭遇秋風，被強制地染上些半紅半黃的顏色。若無文革，我的內心關注或許本可以更逍遙自在、無拘無束，例如或是文學、史學、哲學或是美學，或不過是山水之間的逍遙？人的童年與少年之交時候，或許便是每人的啓蒙之初吧？啓蒙之後才逐漸踏上人生探尋之路，偏偏我的啓蒙始於文革，被文革強制地綁架。女兒，那之後我的人生探尋之路依然極爲漫長。那時的我也曾嘗試寫詩，卻因朦朧詩人的負面評價鎩羽而歸。有朋友從她的故紙堆裡，翻出我當年的一首詩稿。如今讀來，品評自己缺乏詩人的浪漫，並非是對我的苛刻。我或許是過於理性的人吧？如今，幾十年的律師生涯之後，只怕會與詩人氣質距離更遠。不過那首故紙堆中翻檢出的詩，依然顯示出自己當年的迷惘，不妨記下，也算紀錄自己青蔥時代的徬徨與對探索的渴望：

「《再出發吧，這一群漂泊者》——哦，你是在問我／那我就說說我們這一夥……／我們也說不出／自己的目的地／是險峻的高山之巔／還是寧靜的深水湖泊／／是以供修行的寺院／還是生活沸騰的城郭。／所有這些地方／我們都曾一一停留／所有這些地方／都曾燃起過我們的希望之火／但是在這些地方／我們都做了匆匆過客……／我們雖沒有錢財／但也不缺乏歡樂／我們雖沒有地位／卻另有一個精神王國／在這個國度裡／每個人都是王后／我們涉獵的天地／比此岸要大許多……／所有這些上帝的惠贈／我們都可以在人間尋索／所有這些幸運／都沒有滿足力量的焦渴／我們只感到／奔馬般的血液在鼓動脈搏／卻不知道／哪裡有縱橫馳騁的場所／我們只感到／飛鴿般的旋律在撞擊胸膜／卻不知道／哪裡的天空能容我唱歌……」

如今領悟，其實心中的歌多數時候只能藏在心中，因爲天空雖是高無垠、闊無涯，自己的心卻可能只有自己才理解。我的女兒，若非是爲你與你的同代人，可以不再陷入我們經歷的陷阱，我寧願不再深陷於那些愉悅少、惶惑多的往事回憶。

## 答疑之八　文革的「草蛇灰線」——「三百六十日，常是落花時」

女兒，孩子們，在敘述我們一代人的人生旅程進入「上山下鄉」之前，其實還有些往事與觀察不該被埋沒，緣於那些往事是「草蛇灰線」延伸的節點之一，而文革則可謂那節點的延續。我則是希望你們能既「知其然」又「知其所以然」，爲此，我們的敘述不妨將時間線拉長，不局限於文革開始的一九六六年。

究竟何爲毛氏文革發動的緣由？何爲發動的宗旨？這答案似乎也可是「橫看成嶺側成峰」，我的答案只是遵循我領悟到的「草蛇灰線」的邏輯。例如，我的某同學對此的答案是，「文革本質是毛氏『家天下』與劉氏『黨天下』的鬥爭。毛氏超越通常黨內決策運行的常規，創造性地運動人民群眾之力，不但打垮政敵且征服全黨。前無古人、後無來者地達到了領袖威權的頂峰」。無論這角度是否是毛氏本意，但毛氏於文革之始藉學生之力輕易地擊垮劉氏，全然無視組織的存在，將組織各層從上到下扔入鑊中烹煮，確實是事實。同時毛氏於稚嫩的學生心中，確實獲得如神祇般的權威，直達個人聲譽頂峰。不過那頂峰其實也是文革下坡之路的開始，之後的政局混亂如一地雞毛，只憑毛氏個人威望鎮住全域。一九七六年毛氏去逝，隨即便是迅雷不及掩耳的中共內部政變——「四人幫」（含毛氏遺孀江青）與其寵臣能吏被「一網打盡」，而發動此「宮廷政變」之人，依然是紅色隊伍中他曾經的從龍重臣，當年未能被他一網打盡。

回想中共歷史，自毛氏執掌鐮刀斧頭旗以來，那旗下究竟掩蓋了多少中共內部相鬥相殘相殺？利益或目標一時相同即引以爲同志。若利益或目標一時相左，則一變而爲異己或爲敵人。毛氏以開國祖師之威，公然自陳「無法無天」，其實其眞意亦則可反讀之，即其本人即是華夏王土之法、之天，黑白對錯全憑他一己之言。不知從何時起，凡是毛氏（或以其名義）發佈的政令均稱為「最高指示」，即那指示是一言九鼎，絕無質疑或違背的空間。似乎華夏歷代帝王亦未敢有如此氣勢。帝王下詔要謙稱是「應天順時」、「受命於天」，如此等等，申明帝王依然有天命約束。紅色聖人則自承「無法無天」，無異於自認是天上人間第一人。狂妄至此，也值得寫入華夏史吧？其實自大陸中國宣佈建立後，毛氏從未向公眾明言他心中的地上天國——紅色共和國——將是怎樣圖像。雖然毛氏尚瑟縮於延安窯洞、前途未卜時，宣稱以「革命」為己任，曾斥責蔣某為「獨夫民賊」，曾以「窯洞對」一語招徠到多少讀書人信任，也曾信誓旦旦將建成由各界人士參與的聯合政府，且政府由人民監督。因而紅衛兵曾基於純正理想的期待——例如建立巴黎公社式的平等、民主體制模式，本是來源於毛氏本人公開話語。不過那話語顯然已經不符合他晚年成為至尊的心意。毛氏已經自稱是「和尚打傘——無法無天」之人，民主制度的約束豈能遂他心願。毛氏治國之道的眞正傳人習氏，至今尚無毛氏如日中天的地位，因而他的做法則是重新收拾毛氏舊山河，以黨之名義立威，凡事必提及「黨國」，實則是「挾黨國之名以令諸侯」，享受黃傘蓋頂的帝王待遇。不過習氏是否眞能達到他期待的毛氏地位？使萬民眞心奉他為至尊？無論在官媒與官場表面上他如何風光，事實上似乎尚遙遙無期，因為文革已經撕裂了那小民被蒙頭蓋眼的「紅布」。

女兒，以我化外之民的觀察，黨內爭鬥的是非黑白，只應以其對小民是否有益作為標準。例如一九七六年「四人幫」被捕的宮廷政變，確實為小民帶來人生轉折的希望，帶來自由選擇的空間，其實也爲紅色政黨自身帶來難得的改革機遇，因而無論是平民還是學人認同該政變者眾。一九七八年，對於我們一代確實如「青山繚繞疑無路，忽見千帆隱映來」。例如，我們一代中正「上山下鄉」的知青中，大約有百分之四成爲大學校門重啓後的第一屆大學生，亦有許多知青返城後選擇了「下海試水」的經商之路。如今回想，這些人生之路的變化中，究竟有幾分源於自覺選擇？有幾分是機緣來襲？又有幾分是未及細想，便唯恐被浪潮丟棄在海灘沙中，因而匆忙追趕？女兒，孩子們，我知道你們多數是在有選擇的環境中成長，必定智慧遠勝我們一代爲父母之人，我只盼你們不要辜負了自己的幸運，永遠不要成爲盲從之人。

女兒，行文至此，我對毛氏的文革目標其實亦有數問。不過此處只提首問——文革既然是毛氏於一九六六年針對「黨內黑司令部」發起的剿滅之戰，爲何要命名爲「文化革命」？所以我想若溯本求源，也可看作文革是毛氏針對大陸一切尚拒絕完全放棄其「自由思想，獨立人格」的中國文人、先賢書生發起的剿滅之戰。從上層滅絕「黨內黑司令部」及其一切隨從，而從大陸王土任何層面，都一併滅絕華夏學人千年傳承的人格自尊與獨立的「學統」一脈。毛氏發起文革的此一目標是否已經達到？若是從毛氏自延安時期便一心要改造、爲紅色革命所用之讀書人而言，文革中其成果頗豐。幾乎所有讀書人都被極盡羞辱，統一貼上「資產階級的孝子賢孫」等等各種罪名。不過若從中國大陸千禧年前後逐漸長成的批判型新學人，從我們一代中約有半數對大陸紅色政權的批判態度，毛氏的目標似乎遠未達到，甚至那目標本身不過是虛妄。或許毛氏當年發起的這場一石二鳥的滅絕之戰，便是他人生晚年時不忘超越「秦皇漢武」的雄圖吧？毛氏雖然妻不只一人，其數妻也屢屢生下兒女，晚年卻是子孫凋零，所以他其實無子孫後代可望實現「家天下」，只能是「毛之天下」，如他青年時「獨立湘江」的預言。但是他針對心目中的兩大目標發起的滅絕之戰——文革，若一旦功成，他便是眞正的天地之間唯一至尊。是否那才是他千年紅色王國的立國之目標？

女兒，那「草蛇灰線」或可回溯至更爲久遠，不過這一冊小書中，我的敘述只能回溯到那過程中顯明的節點之一，即是在二十餘年之前，毛氏尚瑟縮於延安窯洞之時的「延安整風運動」。毛氏自延安時便有段著名的論斷，形式則是「夫子自道」式的自我反思：「我是個學生出身的人，在學校養成了一種學生習慣，在一大群肩不能挑、手不能提的學生面前做一點勞動的事，比如自己挑行李吧，也覺得不像樣子。那時，我覺得世界上乾淨的人只有知識份子，工人農民總是比較髒的。知識份子的衣服，別人的我可以穿，以爲是乾淨的；工人農民的衣服，我就不願意穿，以爲是髒的。革命了，同工人農民和革命軍的戰士在一起了，我逐漸熟悉他們，他們也逐漸熟悉了我。這時，只是在這時，我才根本地改變了資產階級學校所教給我的那種資產階級的和小資產階級的感情。這時，拿未曾改造的知識份子和工人農民比較，就覺得知識份子不乾淨了，最乾淨的還是工人農民，儘管他們手是黑的，腳上有牛屎，還是比資產階級和小資產階級知識份子都乾淨」。連堂堂紅太陽都可以如此這般地承認知識份子需要自我改造，又豈有任何讀書人敢於質疑這一論斷？

中共的語境中，紅色中國建立之前的年代統稱為「萬惡的舊社會」。按中共描述，在那萬惡的歲月裡生存的「紅五類」，都是一文不名的赤貧，每日出賣勞力為生。他們食不果腹、衣不蔽體，其子女也是自幼便是勞工，絕無機會讀書識字。一九四九年之前可以送子女讀書，負擔得起學費等等支出的，只有那些有財產之人。所以凡是一九四九年之前的讀書人，均是出身於有產者家庭，而有產者即是剝削階級，其財產全是源於千方百計、窮凶極惡地將窮人敲骨吸髓地榨取勞動所獲。五〇年代起，我們一代無例外都是在學校受此種教育，例如小學生課本中的《我要讀書》，便是講述窮孩子無錢讀書的經典課文（幾十年後證實，那不過是編造的故事）。基於這一中共理論，其一，在「萬惡的舊社會」，有錢讀書便成為「原罪」的基礎之一；其二，「萬惡的舊社會」中，學校的課程無非是「封資修」（即是中共語境中封建、資本主義、修正主義的簡稱）觀念的集大成者，一直浸淫在這類教育之中，讀書人耳濡目染、心神俱在「封資修」精神感染之中，又怎會有一顆嚮往革命之心？所以對讀書人必須經過「脫胎換骨」的改造。大陸紅色政權建立之後，由於紅色語境的壓迫，也由於華夏的讀書人有「吾日三省吾身」的傳統人格修養，讀書人確實陷入一種心懷愧疚的境地，首先自認自己家中父母先輩，對於貧苦勞動大眾（即「紅五類」中的部分）或曾有過「剝削勞動力」的行為；進而自認與那些早年便加入紅色隊伍的「革命者」——中共黨員相比，讀書人只是專意做學問，確實未參加紅色革命隊伍，對於革命是後知後覺，缺乏革命（或曰紅色）覺悟。這可能便是「原罪」之二的依據吧，因而五〇年代初的讀書人，亦確實甘心承認需要自我改造。按紅色政黨與其首領的理論，讀書人自然還有「原罪」之三，便是與「萬惡的舊社會」中那些千絲萬縷的社會聯繫，例如與國民黨人的聯繫，與英美學人或者是朋友之類等等的聯繫，使得讀書人與「敵對勢力」的社會關係永遠是不清不楚，「剪不斷、理還亂」，因而永遠不會如同工農一般，死心塌地跟從紅色政權，再無其他道路可走。其實若要列舉中共語境中讀書人的「原罪」，只怕難以悉數，以上所述難免掛一漏萬。

緣於以上理論，即凡是有知識之人便帶有「原罪」。那並非是基督教概念中的「原罪」，因為基督教概念中的「原罪」是人人皆有，因而是眾生平等的基礎。紅色語境中的「原罪」卻是源自「階級理論」，將眾生分為數等，凡出身有產家庭的人群便有原罪。在此理論之下，一九四九年之前讀過書的人群，便人人都帶有「原罪」，因而永遠是與無產階級革命對立的階級。這些讀書人組成的家庭，在毛氏「階級理論」形成的色譜體系中，即為或黑或灰色的家庭，出自此類家庭的子女便是「黑（或灰）二代」。

若要就「延安整風」舉例麼？女兒，你一定也從未聽過文人王實味的名字吧？延安是紅色政黨的「紅色基地」，以「抗日救亡」的大旗為感召，吸引了無數憂國憂民的青年知識份子投奔，其中便有王實味，他出身於書香門第，熟讀四書五經，自認抗日救亡，匹夫有責。到達延安，他秉承言論自由的信心，批評了延安的等級制度。艾青曾對當年投奔延安抗日的青年知識份子的心理有所敘述，「大批既想抗日、而又不滿國民黨政權的知識份子投奔到來。之中，更有不少在國統區很有名氣的大作家、大文藝家。然而，經過一段時間，相當多的一些知識份子，對延安的很多現象卻又生出了些不滿，又想重操在國統區抨擊國民黨的那種自由，那種『給創作以自由獨立的精神』（艾青語），以揭露延安的黑暗面」。但如毛氏之言，「延安畢竟不是西安，共產黨也不是國民黨，作爲共產黨員的知識份子，首先要的究竟是民主，還是『黨性』這個根本問題，一時在延安的知識界，特別是在文藝界，引起了理論上的爭論」。這便是「延安整風」的由來，最終是王實味批評延安當年等級制度的散文《野百合花》，使他成爲整風的標靶，且被悄無聲息地砍殺，棄屍枯井[註]。

自「延安整風」起，逐漸形成針對讀書人以「整風」爲名的一波又一波整治，可收服者或者被名利加身，因而成爲釣餌或成爲利器，用以繼續整治那些未收服之人。並非人人都可被收買或收服，自覺或不自覺地抗拒被收服的讀書人自然有之，但能在當年將毛氏看得通透的讀書人確實少而又少。自三〇、四〇年代起，華夏大地上的讀書人多傾向於內心支持中共，主因在於那時的華夏愈見衰敗，確實是外有強敵入侵、列強環伺，內見軍閥混爭，中央政府統御無力。站在當年的華夏大地，四顧茫茫，如「陶公戰艦空灘雨，賈傅承塵破廟風」。不過若換個角度解讀，事實上，那時弱勢的民國政府與其執政方式，卻為華夏大地民族工商業的成長與文化界的學術自由造成空間。一時民間企業如春雨後的嫩芽勃興，而民間報紙、書社、新式學校亦如早春三月，雜花生樹，草長鶯飛。負笈海外、繼之歸國的學人，亦將華夏千年傳承的獨尊一統的儒學圍牆鑿開裂隙，自裂隙吹進現代觀念的風，使讀書人得以擺脫八股文與科考的束縛，開啓了自我思考與自我人格的認知。華夏大地那時可謂是解除千年冰封，正如春江水暖，民間萌發的嫩芽終會隨季節緩緩成長。若假以時日，在民國亦會枝繁葉茂。

不幸地是這成長需要時間，需要驗證。並非讀書人都可以有遠見，當時華夏大地的政治態勢如多事之秋，國力衰敗愈益顯明，而民間與學界的收穫卻尚待時日。傳統華夏讀書人亦受到所謂強秦強漢大唐盛世等等歷史觀念的拘束，信奉唯有強國方能有盛世的觀念。因而，許多讀書人其實未見得信奉馬列理論，但依然期待中共是拯救華夏衰敗的一支強軍。那時的中共或者如同牙齒尚未長成的兒童，亦有其謙和與活力的一面。加入中共的讀書人逐漸被毛氏「自我批評」與「批評」的精神灌入腦中，與華夏讀書人歷來的「吾日三省吾身」傳統亦有相似。因而讀書人天眞、誠意地相信毛氏與中共可以「救國」，也相信毛氏的「整風」，意在使得他們可以成為更純粹地擔當「救國救民」大任，因而讀書人大多當年對於自我批評式的「整風」並無強烈抗拒。

「整風運動」眞正露出利齒則是在紅色政權建立之後。那時的知識界似乎還沉浸在「中國人民從此站起來了」的口號激發的亢奮中，整體上並無警覺。眞正感到凜冬將至，無所適從的，或許沈從文先生是第一人，他最終選擇逃離學界。《人有病，天知否[45]》中，描述了沈從文先生一九四九年後的人生狀態。沈先生絕非有心有意地抗拒改造。或曰與之相反，他其實是誠心誠意地盡力去理解，紅色政權對於如他一般的「舊文人」的要求到底是什麼，並理解到他必須放棄自我，努力去適應新時代。他被送去「革命大學」[46]學習，努力改造思想。以自己理解，沈先生未受過西方哲學的教育，並非如胡適、陳寅恪一般具有明確地自我意識的知識份子。對於中共強調舊時讀書人必須以「強國意識」而重塑自我的理論面前，沈先生並無意決絕地抗拒那紅色說教，甚至無自覺地保留自我的意識。例如他在一封從未寄出的信中寫道，「在『革大』時，有一陣子體力精神極劣，聽李維漢講話說，國家有了面子，在世界上有了面子，就好了，個人算什麼？說的很好，我就那麼在學習爲人民服務的教育下，學習爲國家有面子體會下，一天又一天沉默地活下來了。個人渺小得很，算不了什麼的！」

寫給友人的書信，想必是他的眞心吧，他眞心覺得個人渺小，但是那眞心自省卻無法摧毀他的天性。他的筆下從此再無法流淌出那充滿靈性的文字。沈先生從此絕跡文壇，轉去故宮作了文物界的「打工人」。遠離文壇，友人寥落，他內心迷茫，孤獨與他如影隨形，似乎成爲他後半生惟一不離不棄的朋友。他亦曾在另一封從未寄出的信中寫下他的心境，「關門時，獨自站在午門城頭上，看看暮色四合的北京城風景，……明白我生命實完全的單獨……因爲明白生命的隔絕，理解之無可望」。沈先生這段文字寫於一九五一年，那或許還是毛氏剛剛「進京趕考」、還不敢貿然「唯我獨尊」的時期，因而尚是需要「教育和團結現有一切有用的知識份子」。反觀多數文人的立場，眾人亦是相信紅色中國會實現他們積數十年努力的強國夢，「兵強國富結四鄰」，因而爭相「自我改造」，成爲「有用的知識份子」，或許也是一種「應試」心理吧。回想當年，似乎兩邊都在「應試」，不過毛氏「進京趕考」，心中的鵠的是超過秦皇漢武的一代「霸主」，而一眾讀書人的「應試」，目標其實與千年科考的心理並無本質不同，那便是「妝罷低聲問夫婿，畫眉深淺入時無」？君臣之名分，那時已經確定。沈先生一直無法體驗出如何可以「自我改造」，因而心神沉鬱，他的態度那時異於同行，不被理解。其實沈先生的抗拒，在一個甲子之後的今天完全可以索解，那本是他天性的自然流露。

自己讀沈先生一九四九年之前的文字，如同讀到自然界中天地隨意生成的一條小溪，溪流蜿蜒曲折，流經何處也是隨意，溪旁天然伴有山石雜樹，野花叢生，淺紫純白明黃，雜然相間，景色天成。小溪邊或許也有鄉間小姑娘來戲水或浣洗衣物，與女友悄悄談些心事，那也是倒映在小溪中的風景。沈先生筆下只是如同天地無心生成的風景，倒映在溪水中的影像，那般入畫的景色，只有透徹清純的一支筆才不會辜負，不會為任何人間目的而刻意渲染。以至形貌全失。沈先生本人便是那條小溪，他的筆似乎是造物所賦予，隨意隨性地素描，為的是不辜負那些天然生成的人與物事。若將小溪加以改造，以紅磚砌成河床，強迫小溪改道，流入人工種植的牡丹園，那便全失了小溪自有的靈性。沈先生並非科班出身的文人，他的一支筆本是天賦靈性，即便是他本人亦無法強令自己的天賦之文字，流入紅色政權規制的河道。沈先生出自天性的抗拒當年無人理解，我想即令是他自己的理性意識，或許也未能完全理解他自己的心吧？其實文壇名人之中，自一九四九年後便再也失去了筆下靈性的不只沈先生一人，例如有神童之稱的曹禺，再無值得稱道的作品問世，再如文壇公認的巨擘老舍，一九四九年之後他的作品中真正公認可以傳世的作品，依然是寫舊日王朝的《茶館》。一九四九年之前曾名聞文壇的一批文人，若以文革作為人生座標的節點，鮮見有善終者。不過五〇年代初直至文革，為了那將華夏建立為世界強國之夢，抑或為迎合那夢境的進程，他們依然在努力寫作，雖然自知有失文學水準，也還是拼盡全力寫出那些稱頌帝王、粉飾太平的作品。沈從文先生的一支筆，卻是既做不到自欺亦做不到欺人，只得選擇轉身離去。或許沈先生的選擇便是「純粹之人」的詮釋吧。

紅色中國的多數讀書人，僅僅是在五〇年代開始，三番五次地被逼自我改造之後才有所醒悟，他們終於公然提出，希望民主、自由的空間，即使在中共一黨獨大的體制下亦可共生共存，希望讀書人的「獨立人格與自由思想」仍可保留一席之地。這便是一九五七年的早春三月。不過那時毛氏的「進京趕考」已經成功落幕，「紅布」已經覆蓋華夏王土，其不會再容忍一眾讀書人企及的獨立人格與思想空間。那時的毛氏已然不再提中共未執掌政權時，宣導的「統一戰線」之類的允諾，而是認定意圖在黨統治之外，保留任何獨立思想空間的思維便是反黨思維，是「資產階級右派」。顯然，於「華夏霸主」毛氏而言，本是他允許讀書人「百花爭鳴」的寬容，因讀書人坦言批評其紅色政權而改變，變爲王權的利刃出鞘，稱其爲中共與資產階級右派的矛盾，且是「敵我矛盾」，是「對抗性的不可調和的你死我活的矛盾」。遂要求用幾個月時間，繼續「深入挖掘」，「取得全勝」，「絕不可以草率收兵」[17]。毛氏主導的反右之役，於毛氏本人而言可謂「大獲全勝」，歷時一年的反右運動於一九五八年七月終結，戰果足以威懾人心：全國劃定的右派分子超過五十五萬人，除赫然有名的文化界名人，如「章羅同盟」，據民間資料言，其中70—80%其實是涉世未深的小人物，如青年學生、中小學教員，等等。反右運動終於使得讀書人，無論是名人還是學生，再無在紅色體制內追求「獨立之精神，自由之思想」的空間。

二○二○年，由於中共政府在新疆對維族人強制集中，進行所謂「學習」，引致西方國家紛紛批評，稱爲是對於「維族人的genocide罪行」，即種族滅絕罪。於自己的理解，中共亦心知種族問題的敏感，絕非想實施一般意義上的滅絕式殺戮，而是寄希望於改造維族人思維方式。在此意義上，其實genocide的評判，更適宜用於中共對於華夏學人的過程，即首先是力圖「改造」或以名韁利鎖誘惑，而對於改造不成之人便實施滅絕——從人身、肉體、思想、風骨、言論諸方面，均要滅絕。明代開國帝王朱元璋，曾以「養士」之法將讀書人收爲己用，即尊重學人，給予學人體面與優裕奉養，使其心甘情願爲朝廷所用。毛氏自認其本人智慧能力遠超歷代帝王——「惜秦皇漢武略輸文采，唐宗宋祖稍遜風騷」。天下讀書人心甘情願地落於其彀中，本是理所應當，何用他費心「養士」？毛氏攬天下讀書人爲其所用，方法更勝一籌，那便是「階級鬥爭理論」的又一用途——將「原罪」加於讀書人，摧毀其人格的自信、自尊與貶低其知識之價值。華夏讀書人有「吾一日三省吾身」的儒家傳統，有家國情懷的傳統（自然也不排除有「貨與帝王家」的功利之心），導致許多文人最終認同「原罪」之說，甘心自我改造，於是毛氏不必「養士」，而是使得讀書人自覺低頭，爲其所用。不過經歷過清末民初的華夏學界，帝制崩塌，民智開啓，西學東漸。華夏讀書人畢竟已經從帝王「養士」時代脫胎而出，讀書人已經化繭爲蝶者並非僅是寥若晨星，或許可稱他們爲「嘉乾學統」的傳人。他們宣稱學問應獨立於任何政權之外，學人必有獨立人格。若爲當政者所用，獨立人格何在？豈可稱爲學人？毛氏對於此類讀書人曾發起數輪整肅清洗。至文革，幾乎將肉體連人格一併滅絕。於毛氏與中共而言，華夏十數億人，學生亦是代代相替無窮已，以紅色教育培養出的讀書人替代那些「舊知識份子」，有何不可？若在此意義上，似乎亦可說自延安整風爲始，中共對於華夏讀書人進行了一場genocide。非以種族爲區分標準，卻是以「被改造」成功與否爲標準。

自己文中一直稱「讀書人」，其實亦有心目中的特指。並非凡是讀過書之人皆可稱爲「讀書人」。大陸中國的識字普及確實值得稱道，即便是窮鄉僻壤的孩子也多可識字，卻不可皆稱爲「讀書人」。女兒，你們一代皆讀過大學甚至直讀到博士，你們可知道我心目中何爲「讀書人」（或「學人」）？自己心目中的「學人」或「讀書人」，是秉持陳寅恪先生的「獨立之人格，自由之思想」，或退而求之也必是讀書爲「廣才立德」或「達則兼濟天下，窮則獨善其身」，而非是讀書只爲「顏如玉」或「黃金屋」之人。梁啓超先生早年曾提及讀書人中「學統」與「道統」之分，即眞學者應爲「學統」的載體，乃至爲學而殉道。若雖讀書卻志在「內聖外王」（例如成爲「帝王師」），甚至「學而優則仕」，則爲「道統」，並非眞學者。我遵先生之教導，即「讀書人」須有原則、氣血、風骨、勇氣以固守其獨立與自由。從延安整風直至文革，中共意在滅絕的正是此類讀書人，或以官職收入「我彀中」使其就範，或以各種方式——例如恐嚇、羞辱、入獄等等，使其身心俱滅。這是一場至今在大陸中國進行得無聲無息的屠戮，雖然手段不同於一般行刑之法，卻更爲殘酷，無人性到極致，直至讀書人的「獨立人格」與「自由思想」以及風骨與勇氣全失，再無抗拒。不過毛氏（或稱中共）的目的始終未能百分之百地達成。學人如陳寅恪，風骨清澈、心懷坦蕩，決絕於堅守「自由之思想、獨立之人格」的「學統」，以一介羸弱書生直面抗衡君王之威，直言退拒毛氏邀請其成爲入幕之賓的任命。他雖「目盲、臏足」，氣概卻不輸任何臨陣的大將軍。明知以一介書生抗衡帝王之權，結局必敗無疑，但堅持不肯敗且不能敗，始終是學人的風骨勇氣，依然是「雖千萬人，吾往矣」。觀人觀世明敏透徹如陳寅恪先生，並非是不知曉「雖千萬人吾往矣」的後果。他曾寫過，「賢者拙者，常感受痛苦，終而消滅而已。其不肖者巧者，則多享受歡樂，往往富貴容顯，神泰名遂」。雖已早看透這結局，卻坦然自道是「文章我自甘淪落，不覓封侯但覓詩」。如此堅持「學統」的孤勇，換來的必然是半生淒涼，庾死於文革紅衛兵的折磨之中。如陳寅恪般選擇堅守「學統」之路的那一帶皎皎學人，如吳宓，下場類同，而雖曾入國民政府官場卻持守「學統」的胡適，則遠避重洋之外的異邦。

事實上，在前面描述的紅色政權建成的「人身依附」體制下，大陸中國又有幾個學人，能夠逃避成爲紅色政權「入幕之賓」？況且遵「道統」以成爲「王臣」之路，數千年來畢竟是多數天朝讀書人的選擇，於是多數讀書人自一九四九年之後開始依附某「單位」，竭力成爲順民，在政黨劃定的範圍內開始治學——無論是研究，還是教學，結果仍然無法逃脫紅色政黨發起的一輪又一輪整肅。他們經過「九蒸九曬」，力求體會並達到毛氏所稱的「脫胎換骨」的改造，一直改造到文革開始。文革中依然大都遭遇如陳寅恪相同的結局。自然也有人放棄人格學養，甘爲「御用小丑」，如郭沫若般。如今在習氏治下唯唯諾諾、汲汲營營力圖官位、恭謹惟恐不盡善盡美的幾位當紅學者，又何嘗不是那一場genocide的結果？那是些「御用文人」，是大陸中國讀書人中的垃圾。其實談及「學人」時，理工科學者不幸常是被輿論或公眾評議而忽略。事實上，不僅是人文科目學者，也有許多理工科學者，謹守自己所學，一生寂寂埋頭耕耘自己小小的學科課題，不在意受到紅色政府待遇不公，亦不在意個人門庭冷落。如同我的父親，即便五〇年代初便因「反蘇」被貶，繼之被劃爲「右派」、「白專典型」，大半生困在邊塞，亦不肯放棄他所學的遺傳學，專注於冷門的孢子植物門類研究。這些學者，是否也應被認作是謹守了「學統」之路呢？

女兒，前面我盡力嘗試向你們解說那「文革」的根由，同時我們還可以共同回顧華夏社會如今的樣貌，因爲那文革禍首始終未經清算，文革幽魂至今在華夏遊蕩。那幽靈是何樣貌？我會盡可能向你們描述。那是因爲，我的女兒，你母親天性固執，我並非只是想講述我們一代作爲紅色偉人棄子後，多數人慘澹落幕的故事。那些故事雖然慘澹，卻可以說僅是亂世中的一片秋葉，而非蕭瑟秋天的全部。我希望可以自己的文字，使你們理解紅色偉人造成數億人相鬥、相食的那一局棋，對於大陸的後果——它造就了什麼樣貌的國人？它造就了什麼氛圍的一片土地？如今——千禧年第二個十年結束時的大陸中國，已經與文革相距數十年，文革流入土壤中的蠱蟲依然在生長，但是蠱蟲是以何面貌顯現？如今的大陸中國依然如同雨果所寫，「人類，便是同類。所有的人都是同一塊粘土。在前定的命運裡毫無區別，至少在下界是這樣的。從前，同樣的一個影子；現在，同樣的一個肉體；將來，同樣的一撮灰。但是，在做人的麵糊裡攙上無知，它便變成黑的。這種無法挽救的黑色透入人心，便成為惡」（雨果《悲慘世界》）。成為黑色麵糊，成為惡，我相信那不是華夏學人最初自願的選擇，華夏的先賢相信「人之初，性本善」。如今的大陸華夏社會，為何那本善之性卻愈益少見，多見的卻是人人不憚以惡意忖度他人，以惡激發惡，再以惡制惡？

女兒，西諺有云，「惡意和仁慈都是放大鏡，但前者的放大倍數更大」。這或許是羅素之言，但引用不在於是哪位先賢之言，而在於它恰恰說中了文革的後果。文革從轟然爆起至大陸官方一九七八年宣告終結約是歷時十年，但其遺留的蟲蟲卻存活至今，且於其後逐漸從卵化蟲，毒化整個華夏大陸，從高層散入民間。若綜而述之，可觀察到蟲毒流入的不同側面——可見紅色政權高層至底層的普遍腐敗；可見官場不只腐敗且敷衍塞責、混吃混官，甚至賣官買官；亦可見民間普遍貪戀腐敗之心與殘忍愚昧之行，且日漸將此類惡行視為理所當然，一切以獲得金錢或權力為目標。你們亦可見所謂「學界」中依然有風骨之人被迫害驅除，而無恥且無學無識之徒卻深受高層賞識；亦可見華夏民眾的暴戾肆虐，一言不合即可拳腳相加；同時也可見從開山帝王毛氏起始的愚民教育、「紅布」宣傳至文革曾達到登峰造極，之後亦未見肅清，漸入民心，民眾輿論中常見為某事激烈爭執，但那爭執卻是基於紅色與黑色劃線——不辨是非，不辨理性，不辨邏輯，只看是否符合紅色政權此時的喜好？

習氏的執政則得毛氏眞傳，加速了文革精神的回歸。一尊的兩句「名言」（或稱爲管控宗旨），一是「黨媒姓黨」，從此封住媒體的任何言論自由。媒體回歸毛氏文體文風，一概只奉《人民日報》言論爲「上意」，從此數千萬里的華夏王土無數媒體只照抄「上意」而已。二是「不得妄議黨中央」，此成爲一頂可以包羅萬象的帽子，可以爲任何發出對於某項黨政行爲提出異議或批評者定罪。何謂「妄議」？由何人定義「妄議」罪名？在一尊治下，那些爲紅色政權「護短」成爲名正言順之行爲，甚至被視爲「愛國愛黨」之舉。不知道官場輿論如此黑白不辨，「上有所好，下必甚焉」，華夏大地某日是否會再見「紅衛兵」的暴行？其實同類暴行在這片王土上已經再度出現，例如夾邊溝[13]墓園被毀便是一例。

前面引用了曾彥修論述人格「自尊」的文字，也可同樣用於此處。毛氏已經藉手中幾十年的權力，實施了對於執守「學統」的讀書人的滅絕性殺戮，使華夏文人數千年流傳，稀薄纖弱，卻如絲如縷般未絕的獨立、風骨、自尊、自立，一朝覆滅。不過是否那傳統依然會如「離離原上草」一般再度生長、回歸？我曾有個同事，運交華蓋，五〇年代初自日本回國報效紅色國家，兩年後即被以「特嫌」罪名限制使用，後又因不服罪名而罪加一等，成爲「右派」。之後在大西北某農場勞改，大半生涯都是身份最卑微的勞改犯。他有幸得以生還，講到勞改時的饑餓經歷——那都是些歸國學人，學歷煌煌，溫文爾雅，那時竟然會因爲自己粥碗中的粥湯，不如另一碗米多水少而相互爭吵……。那時他們已經不在乎自尊，只在乎饑腸如焚。不過他時隔三十年獲得平反而回來工作後，雖然已是「書生老去，機會方來」，卻依然可見當年那書生意氣，風骨猶在，不憚於爲道理而與上級置辯不休。不過這些個例，只怕也是隨那一代人老去，是否會從此後無來者？

女兒，孩子們，我盼望你們是春風吹又生的一代，離離原上，自在生長，有自由、有自尊、有智慧，會去思索、去判斷自己的人生路徑。

女兒，不憚於你們讀時可能抱怨我的囉嗦繁瑣枯燥，作爲你母親此節「答疑」結語，我願再次綜述我的觀察，或有助於理解毛氏爲何將其名爲「文化」革命。那並非僅是「黨天下」與「家天下」之爭，且是將對讀書人的屠戮畢於此一役。

我的觀察之一便是毛氏（或稱「中共」）對於「讀書人」有意識的改造、整治自延安整風始，之後是中共建政後對「不服管教」的讀書人的一場大整肅——反右，至文革達到頂峰，對於華夏「讀書人」的整肅無異於一場genocide（趕盡殺絕）。一九五七年的「反右派」整肅，最終以genocide爲結局的，不僅僅是讀書人，還有中共自二十年代起一直標榜的「民主聯合陣瀓」（即大陸通稱的「統戰政策」），以此「統戰政策」將大陸學界與民族工商業者籠絡於鐮刀斧頭旗下，稱之爲民主黨派與民主人士。毛氏的「反右派」整肅，畢其功於一役，將當年尚存的知名民主人士一并劃爲「右派」，例如民盟之首羅隆基、雲南易幟歸入共黨的首領龍雲、臺盟主席謝雪紅，等等。自此，在大陸中國尚存的各民主黨已經是名存實亡，毛氏建立紅色中國之前曾無數次言之鑿鑿的「民主政治」則已經證明不過是徒托空言。其實這一場滅絕之役在毛氏去逝後，大陸對外面世界（尤其是西方世界）開啓大門，即改革開放之時，並未徹底終結。

那七〇年代末至八〇年代初短暫的春天回歸的理由，依然是建立強國之需。大陸中國官方於一九七八年形容當年是「百廢待興」，知識人士之缺乏在當時是燃眉之急，尤其是理工科學者。對於人文學科，當時的關注則是管制多於鼓勵，但鑒於當時的輿論，管制中又有些寬鬆的窗口，例如當時亟需的法學、西方經濟學。我並非否認八〇年代的中共官場（或許由於官員們已體驗到被整治的滋味），認識到過往一浪高過一浪地整肅「讀書人」的行爲「不妥」，但始終未有透徹眞誠的批判，原因或可歸結於既是對於「大行皇帝」毛氏的護短，亦是對於改革初起時，在高位重新執掌政權的各位當權者的護短。大陸中國本應興起一場更爲眞誠的反思，自「階級論」批判開始。不過這場反思始終未能勃發，反思的程度僅是以實用需要爲限度。

官方各種不徹底的「平反」，其實成了中共執政的遮羞幕布，亦不免聯繫到官位權力的爭奪與權力的重新分配，大陸中國社會亦隨之演化爲渾水一潭。「讀書人」依然是弱勢人群。典型事例之一爲對一九五七年的反右，最終中共糾錯的名義止步於「反右擴大化」，而非徹底承認「反右運動」根本是一場「莫須有」式的整肅，荒謬至極。中共不肯徹底認錯的眞實原因，是當時的最高當權者鄧某人，當年正是反右運動的首席執行官，爲鄧某人的面子而「護短」。不過也不可否認鄧掌權時，確實有相當多可稱道之舉措，其中之一是大陸中國最高權力的執掌，在鄧之後改爲「任期制」，即最高掌權人亦須在任期屆滿後退位，似乎亦是鄧通過自身經歷而認識到，最高掌權人終身制可能帶來的弊端。

不幸大陸中國小民似乎是在劫難逃，劫難不斷。中共於鄧先生打破至尊終身制後，傳位三代，雖不可說是英才，但至少是明理且學到過邏輯思維的傳統理工科畢業生。其後大位卻不幸地傳至毛氏精神的眞正傳人，文革中「紅小兵」出身的習氏。毛氏在延安窯洞時曾提出「人民監督」政府的豪言，雖毛氏掌權後食言，但其言仍在。傳至習氏，則改爲「不得妄議黨中央」。何謂「妄議」？由何人定義「妄議」罪名？在習氏治下，那些爲黨掩蓋當年惡行、或是歌功頌德重新成爲名正言順之行爲，甚至被視爲「愛國愛黨」，定義爲「正能量」；對於反右、文革的批判則被定義爲「負能量」，從官媒一律刪除，對紅色體制的異議則更成爲禁地。何謂習氏治下的「正能量」與「負能量」的劃分標準，則似可解爲凡認同「共黨中央絕對正確」的輿論皆爲「正」，而任何批評皆爲「負」，與當年「反右運動」相比，是換湯不換藥而已。習氏不僅是黑白顛倒，且是拾武氏則天的牙慧，即鼓勵人人揭發他人「負能量」言論的行爲。在習氏治下，對學人的暴行已經再此出現。

夾邊溝之殤是反右運動毫無人性地滅絕「讀書人」的典型事例之一。夾邊溝農場，所謂

「勞改農場」，位於甘肅幾乎是寸草不生的荒灘野地，有三千多所謂「右派分子」被遣送那裡「勞改」。其中多數人成爲餓殍，死後只是黃土草草就地掩埋，無墓無碑，甚至無名，最終成爲白骨，裸露於野或層層掩於蒿萊中。三千多人中僅有將近百人有幸逃離生天，他們盡可能收集棄地的白骨，爲枉死之同人在夾邊溝建起一座墓園，使那些白骨相聚於同一家園，也是倖存者的心意。二〇一四年那墓園墓碑被毀，白骨散落一地，繼後是來弔唁之朋友親人一概被阻攔入內，而阻攔之人竟然是荷槍實彈、毛氏尚蜷縮於窯洞時稱其爲「人民軍隊」的軍人！究竟有何緣由，何仇何恨，對已去逝數十年之人要挫骨揚灰，不得祭奠？何況那都是被中共官方正式承認「錯判」之人，是無辜致死的冤魂。網路上許多民間人士爲毀壞夾邊溝墓園而鳴不平，對強權連紀念冤魂都不予許可的不滿，究竟是應劃歸「妄議」呢，還是屬於「人民監督」？

我的觀察之二，女兒，曾見人提問「文革不好，文革前就好麼？」我想提問題之人可能心中已有答案，只是提示大眾而已。於我而言，若有讀書人答聲「好」，則或是口不應心或是蠢不可及或是「御用文人」。對於讀書人而言，文革則是自延安整風以來不斷整治讀書人的延續，是毛氏對他們最終的判決。

近百年的華夏大地，武有軍閥之戰，文有內閣上下大小權力之爭，繼後又興起國共兩黨，既有文戰又有武鬥，即使在日軍侵華戰爭之中，依然是明爭暗鬥不歇，因而華夏大地上戰亂頻仍、城頭大王旗不斷變換，各種輿論紛紛登場，不知道是否可謂與戰國相類似？最終是毛氏一統華夏大陸，學人亦如百姓一般歡欣若狂，自以爲從此眞的「站起來了」，其實站起的只是毛偉人，其它人從此只能俯首稱臣，讀書人在毛氏眼中亦無例外。「雨橫風狂三月暮，門掩黃昏，無計留春住」。幾番批判，文壇凋零，那些被雨打風吹去的文人都去了哪裡？或許是饑餒至死，成爲埋夾邊溝黃土中的無名枯骨；或許成爲勞改農場或工廠的苦工，逐漸忘卻那些經年苦讀積累所得的學識、才氣，直到風燭殘年，消磨淨盡書生意氣；也或許從此嚇破了膽，「脫胎換骨」，成爲紅色政黨的馴服工具，卻依然如履薄冰，心中難免留存愧疚與不甘；只有極少數讀書人，例如「不願做盆景，只願爲喬木」的顧准，即使被批判爲「目無組織」而戴上反動帽子，即使是妻離子散，依然固執地握緊手中孤獨的燈盞，沿自己心中的路走去，直到燃盡自己的生命，卻給人間留下他在孤獨中的思索。九〇年代與千禧年初期，是紅色中國史中少有讓人講話的年代，當年曾有人評價顧准挽回了中華民族「在那個可恥年代的集體名譽」，是「六、七〇年代唯一像樣的知識份子」。顧准確實是那時「像樣的知識份子」，但我不認爲他的堅守能洗清其他人的無恥，能挽回中華民族的「集體名譽」。「上帝的歸於上帝，撒旦的歸於撒旦」，無恥之人應爲自己的無恥懺悔，而非以他人的堅守挽回自己的名譽。顧准如同古戰場上的孤膽戰神，他的名譽與不朽只屬於他自己。

近年政論歷史文壇的大師們，如秦暉與《紅太陽是怎樣升起的》作者，早逝的高華先生，都曾回顧過延安整風的影響。歷史上曾有宋代開國宰相趙普「半部《論語》治天下」的故事，文壇的門外漢如我，更是連半部《論語》都未讀全。不過即便學識淺薄如我，亦可以看到延安整風所創立的整治讀書人的模式是如何有效。清末至民國以降，華夏讀書人歷經海外求學與自我思考，已經如離離原上新生的野花野草，百花競開的日子已經不遠。似我生於五〇年代的人，如今讀到清末民初文人的作品，依然是如同十冬臘月走進北海的唐花塢，驀然是春風十里的天地，奼紫嫣紅，目不暇給。只是由於種種近代中國不斷遭受挫折的現實，使得充滿批判精神的新生代文人，卻不幸更多地成爲時稱的「左翼文人」，最終被毛氏豎起的「革命」大旗所吸引。亦不免最終落入延安整風形成的陷阱，尤其是紅色政權建立之後。所謂黨組織首先是引導文人「自我批判」，繼而是進行中共組織下的集體批判，使得人人先是自認「原罪」，繼而是噤若寒蟬，惟恐落入那些羅織的罪名之下。因爲一旦落入便爲「異己階級」，九重煉獄之下難再翻身。那些「左翼文人」本以爲可以在毛氏建立的紅色新天地，開創文學與批判的盛世，現實卻是「枝條始欲茂，忽値山河改」，這些文人最終的人生結局，便是沒頂於文化革命。以此角度，文化革命或可說是延續多年的一場延安整風，最終結局便是毛氏主持的、一場挑起被洗腦的少年學生對於讀書人的集體荼毒。顧准的孤燈當年淹沒在層層黑夜之下，知者寥寥，起碼少年時代的自己，從未聽過顧准先生大名。那「可恥年代」於文化革命時期達到頂峰，那時文壇只剩所謂「工農兵作家」與「工農兵形象」。順理成章地，滿紙只剩烘托革命氣氛的文字，例如「鬥志昂揚」，「紅旗招展」之類。如我一般紅布遮眼的一代人，當年所讀、所學、所信甚至所仰慕的，亦是如此形象的人與如此形象的世界。

不過華夏讀書人的血脈風骨雖遭慘酷碾軋，卻依然不絕於縷。那期間雖有genocide，但華夏土地中依然可見另類苗木，這些苗木如同香樟，如同岩上松柏，如同綠竹，如今有書稱他們如燃燈者，亦如《聖經》中稱「你們是這世上的鹽」，「你們是這世上的光」。他們並不以個人生存爲念，不以未來在權力中分一杯羹爲念而依附於某黨，他們有獨立的人格、人心、人性，願燃起探究眞理的燈盞，播下「獨立之人格，自由之思想」的種籽，播下「民主」、「平等」、「探索」的種籽。他們是眞正的讀書人，不辜負先哲的著述。他們將那燈盞燃起，在貧瘠的土壤中播下獨立自由的種籽。他們不幸地在毛氏的階級分析中均成爲「異己」，成爲「階級敵人」。

前日有幸讀到日本詩人谷川俊太郎的詩「我把活著喜歡過了……我把悲傷喜歡過了……我把笑喜歡過了……我把等待喜歡過了……我把憤怒喜歡過了……」。眞的極喜歡古川先生的詩，帶著憂傷、溫暖、理解與坦然走來，進入我的心，雖然不會融化心中的五味，卻如同有一道清泉，清淡溫和，沖洗出一片清透的小小洞天。如同詩人在對我勸說，喜怒哀樂皆是人生，經歷過一切便是人生圓滿，便可以與人世和解，走進清澈如水的夢境。女兒，我惟願華夏大陸之人，包括我，可以如谷川先生般通透，洗清那蠱蟲之毒，回歸正常人的五味五感，還人世一個清平與安然。女兒，我知道此時這只是我的夢境，希望幸運如你們一代人，有神賜予的自由，有機會獲得更多的智慧，你們會讓華夏土地回歸清平人世。

女兒，你曾問過我，「爲什麼不愛中國？爲什麼會生氣？」我只能答，「我怎會不愛中國？我的童年與少年，直至在產房中第一眼看到你紅紅的嬰兒小臉的時刻，永遠留在那片土地上。那是我不必特意想起，卻永不會忘記的家園。我曾說我的記憶如同篩子，無數歲月往事從篩孔中流出，無影無蹤，卻有些畫面永遠駐足。它們似乎藏在我心中，如同深埋在抽屜底層，被我的心有意無意地層層禁錮，卻會不期然地在我的夢中顯現。夢中有時是一扇窗，那窗一直延伸到天際處，相接的是西山逶迤蜿蜒的輪廓，即使是在夢中，我也模糊地知道那是我北京父母的家，有窗面向西山。西山遙遠，山色卻隱隱可辨，春季顯出極淺淡的鵝黃色，秋季漸漸從棕紅轉至深棕，冬季呢？是否古詩「窗含西嶺千秋雪」便是這幅景色？夢中有時是棵洋槐樹。滿樹密密地開滿白花，一串串的白花垂掛在半空，輕搖在風中。我知道那是姥姥的院子，樹下的我仰面看花，花瓣飄落在鼻尖上，微涼柔軟，沁了恬淡的香氣。女兒，這些夢境中隱藏了我對那片土地剪不斷、理還亂的思念，又怎會沒有愛呢？我也並非是「氣沖沖」，只是遺憾她的樣貌本可以不同於今天。有句俗話是「思之切，恨之切」，女兒，你聽過麼？那句話本是形容女子對戀人的纏綿心思，其實同理——我對於那片土地的遺憾與惱怒，正是源於那「思之切」，才會有「恨鐵不成鋼」的心情。

我的遺憾與惱怒，或許也是緣於太愛那片若鬼斧神工刻意雕琢得將萬千風光集於一身的土地，既有妖嬈旖旎、有浮嵐暖翠，也有峻崖高岸，任君採擷所愛。人言「地靈人傑」，這土地也曾人傑輩出，無論是文人、俠者、武將，皆驚才絕豔，爲什麼卻始終成爲帝權的奴隸？清末民初的華夏大地，正是千年帝權坍塌，華夏族民皆期冀華夏可出現萬民平等的新氣象，而「學成文武藝，貨與帝王家」亦不再是讀書人唯一的人生路徑。於是讀書人從各方面思考，一時間各式思索如春日新筍爭相生發，思索如何可以使數千年帝制、集權於帝王一統的華夏脫出舊軌，眞正成爲多元與平等的共和國？女兒，你母親試圖塡補退休之後的時間，於是開始讀那些本人專業之外的書——五光十色的書是面對世界的一扇窗。從那扇窗裡，我看到前輩先賢哲人的努力探索，感歎他們的探索在各種政治勢力匯成的現實洪流衝擊下，又是如何不堪一擊，繼後的日本戰爭與內戰的結果，更是終結了他們的探索。我遺憾他們的探索是如何被攔腰斬斷，繼之被後世棄之如敝履，或被曲解、濫用，偏離了他們的初心，成爲新皇家鹿苑裡豢養的四不像。例如胡適先生心目中的白話文運動，他的設計本是一項系統工程，包括「整理國故」，並非是將文言文遺棄了事。但是「東風不與周郎便」，連年戰火，「救國救亡」的呼聲衝垮學術的堤壩，他學術研究的呼聲在戰火面前不堪一提，於是他美好的設想，在連年戰爭中連地基都未能成型。血與火不死不休的戰爭結果是中共紅色政權的建立，紅色政黨的宗旨是「除舊創新」或「以新代舊」，於是將白話文撿來作爲政治工具，潦草加工，統一語文教育，終於使得大陸中國如今連篇累牘的官場文章，只剩下粗鄙與貧乏再加華麗的頌聖體。無數類似的學術新芽被戰火埋葬，無數讀書人的學術研究被強迫終止，而堅持「學統」的陳寅恪先生，只能將書桌建在心中，再無法將學術與學養傳授給後人。讀書人的風骨、學養、學識，從此「不見來者」。難道華夏大地是遭到詛咒的土地？難道華夏的讀書人眞的是在劫難逃麼？女兒，你說我「氣沖沖」，其實與其說我惱怒，不如說是無奈吧——「林花謝了春紅，太匆匆，無奈朝來寒雨晚來風」，最終僅剩「人生長恨水長東」。如今在我那魂縈夢牽的故鄉，可還能尋到曾歷經千年生生不息的古典文字傳承？

我的觀察之三，女兒，是文革的顚倒是非黑白。自紅衛兵以拳頭皮帶對所謂「異己階級」施暴開始的「群眾鬥爭模式」，已經薰染蔓延成大陸中國人群普遍的行爲模式。哪怕是底層民眾，哪怕是如今大陸所謂學界群體——包括大學教員與研究人員，也有各類「幫閒文人」等等，都不脫紅衛兵模式的窠臼。隨處可見的場景是只要遇有不同聲音（尤其是批評），便是暴戾相向，哪怕是學術問題也是以「扣帽子、打棍子」的方式壓服對方，例如對於「三星堆」發掘出的古文物起源的探討，便演變成對於「文物源頭非來自華夏本土」的政治討伐，冠以「賣國賊」還一切以本來面目，學術的歸於學術，不牽涉意識形態議題？例如心平氣和地以學術探討方式來探討學術問題？答案只能是「否」。

二〇年代時，顧頡剛先生已經是史學界公認的大師，但對待不同的學術見解卻眞誠平和以待，甚至是歡迎之至，道「中國的古史全是一片糊塗賬。二千餘年來隨口編造，其中不知有多少罅漏，可以看得出它是假造的。但經過二千餘年的編造，能夠成立一個系統，自然隨處也有它自衛的理由。現在我盡尋它的罅漏，劉先生盡尋它自衛的理由，這是一件很好的事。即使不能遽得結論，但經過長時間討論，至少可以指出一個公認的信信和疑疑的限度來，這是無疑的。多辯論一回，總可以多得些成績，這也是無疑的。所以我們應各照著自己的信仰，向前走去，看到底可以走到多麼遠才歇腳[19]」。顧頡剛先生此段文字極平實，亦極誠懇，極尊重持異議者之觀念，全然只在意做學問的本義，全無自認是大師的傲慢。先生尊稱與其論爭者爲「有人格的論敵」，而今日大陸中國還有幾個有如此胸襟與人格的眞正讀書人？官媒中只見到爲爭做習氏治下寵臣而掛了無數教授頭銜，卻只知滿紙滿嘴顛倒黑白的「名師」、「名嘴」。毛氏撒播的蠱毒依然在大陸中國不斷生長，污染不幸生不逢時、劫難不斷的小民。同時是大陸中國學人在毛氏治下幾乎被屠戮淨盡，而新生代學人則剛入春筍探出地面，便遭習氏「不得妄議」的當頭棒喝。

我的觀察之四，女兒，不妨稱爲文革在大眾的外表、性格和人品上刻下的印記。這似乎也一言難盡，我只挑選個一眼可見的場景大陸國人的衣飾。你們這些生於八〇年代中期後的孩子們，是否知道大陸國人約在七〇年代，曾被國外旅遊客戲稱爲「藍色螞蟻」，而大陸中國則為「藍色蟻群之國」？那是緣於七〇年代末西方遊客初被允許進入大陸時，對於舉國十億民眾多是一色藍衣倍感驚訝，隨即成為西方世界認知中的大陸特色之一。

西方遊客自然不理解，當年大陸民眾皆選擇藍衣背後的緣由。大陸民眾如此選擇實是出於無奈，因為那時藍色是政治標準中最安全的顏色。其實對於顏色與藝術的喜好，本應是十分私人化的空間，例如看一棵樹，有人心悅花蕾將綻，豆蔻枝頭，有人欣賞綠葉初生，生意盎然；亦有人感歎葉老枝黃，零落萎地，甚至有人欣慰於樹冠茵然庇護的茸茸青苔。如此等等，只是每人審美趣味的不同，原無高下對錯之分，否則上蒼為何不強求這世上千篇一律，萬物相同，而是選擇造出五色斑爛，億萬種生物、植物、動物，甚至連人分為不同種族？不過中共在大陸中國建立政權之後，卻將生靈萬物、各種色彩都加以政治含義，而後意圖以政治含義為人類世界製造標籤，再以標籤概念統御治下之大陸小民。文革當年自然是強橫地以紅色觀念一統天下，甚至是紅色元首夫人試圖以其個人喜好一統天下，如當年「江青夫人」推薦的連衣裙，幾乎是大陸中國惟一的女性裙裝款式，而「革命樣板戲」當年是唯一的大眾娛樂。大陸中國當年對顏色的定義是紅色是革命之色，因而紅色應受萬民推崇，紅旗、紅衣、紅色袖章、甚至節慶之日則需滿街大紅燈籠，等等。但紅色絕非或黑或灰之人群著裝可以觸碰的顏色；黃色不幸成為含義淫穢之色，凡涉及色情，則往往稱之為「黃色事件」，以及「掃黃運動」，等等；綠色本是自然界之色，綠葉為人類帶來清新與生機，在大陸中國卻偏偏與淫蕩相連，例如「男人戴綠帽子」的含義人人皆知。將這些含義加於自然之物完全是荒誕不經，卻無奈已經牢固地烙於人心。上天賦予彩虹七色，即赤橙黃綠青藍紫，似乎只餘下藍色在大陸政治語境中是無褒亦無貶的顏色。政治安全，且又是低調平和，老少皆宜。如此，那瘋狂火爆的「紅八月」之後，除去依然是「紅二代」自傲象徵的褪色軍衣的黃白色之外，偌大中國大陸幾億人口，幾乎都選擇了藍色爲服飾之色，藍衣藍褲，試圖與眾不同的青年則選擇足下登一雙白色運動鞋，若有可能自然是選擇當年最時髦的「回力牌」。

數十年光陰流去，當年不得已只能是一身皆藍的少男少女，如今已進入花甲之年，卻興起了要補償少年時未能花衣招展的心願。進入千禧年之後，大陸中國的許多花甲女性（即是文革當年的少女）選擇了五彩繽紛的衣著，例如鮮豔的粉色或紅色絲巾，赤橙紅綠間雜的襯衫或長裙短裙，或黃或綠或白或粉的鞋子，完全不顧及色彩搭配的起碼規則，也不顧及那衣裙是否適宜於花甲年齡女性常見的肥壯腰身以及失去曲線的腿型。無論是購物還是郊遊，她們喜歡結伴出行，喧嘩嬉鬧如文革集會的風格，亦不憚於對任何試圖善意提醒她們尊重他人反應的人惡語相向。她們在人群中極易識別，因而被稱爲「中國大媽」。「中國大媽」似乎與「廣場舞」一詞也密不可分。所謂「廣場舞」，便是指「中國大媽」群集在任何公共場地、共同「起舞」的場面——那自然談不上「翩翩之舞」，只是任意拙笨地揮手扭腰，腰肢肥碩，衣裙五彩紛繁，使人眼花繚亂，甚而有高音樂曲助興，依然多是文革年代興起的「頌聖」歌曲。那或許是他們童年記憶的迴光返照吧？她們興致所至，吵嚷不休，毫不在意是否攪擾周圍居民。

網路文章中對於她們的嘲諷文字鋪天蓋地。我想那些嘲諷並非無理，同時卻不免心中糾結，對於她們不免有憐憫，又有理解與寬容。她們的少年歲月，不幸恰好從那個嚴苛到連衣服顏色都無法選擇的時代經過，那並非是她們自己的選擇。她們之中多數人只是被莫名地自出生就扔進那漩渦裡，隨波逐流，本能地選擇最能使得自己存活下來的方式在水中游泳。雖然如今年華已逝，爲什麼不可以補償些年輕時的心願？可憐她們中的多數人，在那審美全是扭曲的時代度過童年少年，因此全無學習色彩和諧搭配規則的機會，連如何可以稱爲衣著得體的觀念亦無機會體驗，更未見到行爲得體的日常場景，例如鄰里相互問候、彬彬有禮、避免喧嘩影響他人等等。她們的童年也未經歷過觀點不同亦可平心靜氣地探討的場景，所聞所見只有人群間相互指責謾罵，自然而然地她們便認爲那便是人際交往的常態。「愛美之心人皆有之」，也可算一句源遠流長、人人皆知的俗語。兒童初學美與醜的標準，並非是源自課本與老師，而是往往從模仿成人開始。模仿成人看待美與醜的態度，模仿成人間人際行爲交往的模式。她們的幼童期不幸地恰逢文革，不幸地恰逢那美醜顛倒的亂世。那美醜顛倒的人世，成爲他們成長的模型，他們不幸地缺失了那正常社會代際之間，不可或缺的審美與禮節的傳承。那些往往是由成人世界潛移默化地，流傳到下一代人的美醜標準與行爲模式的常識，都被那文革洪流攔腰斬斷，他們學到的只有那成人之間的暴戾與無理性的行為模式。文革正是他們如今那些引來世界許多人嘲諷與厭惡的行為模式的源頭。

這些被稱為「中國大媽」（其實也包括稱為「中國大爺」）的群體，自幼直到成長為少年，耳濡目染，大多見到的世間萬象，都是文革中被蠱毒浸染的人性敗壞、黑白顛倒，以強權甚至暴力自傲。人人都瘋狂、暴躁、視他人若仇儔；人與人之間惡意相待、惡語相向；人與人一旦意見不和便指責對方是「反革命」、「壞分子」，等等。一旦被指稱為「反革命」者便可被隨意羞辱、辱罵、毆打，等等。一九六六年開始的瘋狂，雖然已經在十年後被官方宣告結束，但是對於那些全無人性的行為方式，卻並未見到有廣泛的反思、批判或者是糾正。

蔣介石先生當年曾為糾正大眾舉止中的不文明行為而發起「新生活運動」，事後大眾的不文明行為，如隨地吐痰、隨手丟棄垃圾等等，確有減少。大陸中國在官方宣稱文革結束之後，卻未見官方公開批判當年的暴力行為，例如「抄家」、「破四舊」，等等。中共高層不知是確實未認識到文革造成的民眾交往與行為方式有任何不妥？或是由於「投鼠忌器」——避免觸到那「紅太陽」之惡？依然如雨果言，「在做人的麵糊裡攙上無知，它便變成黑的。」這種無法挽救的黑色透入人心，便成為惡」。文革雖然結束，但民眾行為中的暴戾、惡言惡行、動輒視他人為仇儔，動輒將不同觀念之人歸類為「反革命」等等，卻如同污泥，一直在污染大陸社會。文革時聚積在民眾內心的暴戾、憤怒或者怨氣，似乎始終未能平復。民間稍起爭執，便相互暴力相加。現實事例眾多，難以一一列舉。例如因爭占車位，一語不合便將對方車中嬰兒舉起活活摔死——嬰兒何辜？例如與火鍋店客人言語爭執，因客人言辭刻薄，便將一鍋滾湯直接潑向客人頭臉。例如某餐館中一女食客，因鄰座吵鬧得四鄰不安而說了句「輕聲些好嗎」，鄰座眾男竟然暴起，對女客拳腳相加，直打得女食客鼻骨塌陷，滿面青紫，等等。這些都見於官媒，若加上自媒體報導，讓人只有瞠目結舌。難道是當年的文革少年心中那未盡的暴戾與怨氣，如墨汁般逐漸融開，浸染了華夏民眾的人性麼？還是如今的華夏民眾中有太多的積怨未消，借機出氣？女兒，我也知道大疫期間，無論美國還是澳洲也有民眾積怨，亦可見暴戾漸漸增長，不過我想所謂「橫向比較」——辯說「中國有問題，美國也有問題」，其實無助於解惑，那只是街頭小兒吵架時耍無賴的架勢。若要消除戾氣，必須求本溯源。

女兒，毛氏文革對大陸中國的國民性格的改變，亦是文革遺產之一，不過我無法確定那是毛氏之本意，還是毛氏文革的副產品？文革至今，大陸中國小民可說也同樣經過了「九蒸九曬」的磨難或磨礪，練就了數種求生技能混合一處的多面性人格，或許組合起來便成爲他國難以理解（亦難以邏輯預測）的國民性格。生活在黑白錯亂中的小民雖命賤如蟻，卻亦爲生存而不得不歷練應變能力，因而何嘗不亦歷練出七竅玲瓏的心思？那自然不是如同忠臣比干一般的七竅玲瓏心，因爲比干的七竅玲瓏心是基於忠與勇，捨生取義，而小民則是爲求生，求窘迫的生活中或也有些許樂趣，又何談忠義二字，那時只要不存害人之心便是善人。若綜述，小民也是「蝦有蝦路，蟹有蟹路」。有些老實人僅是憑藉勤勞維持一日三餐，但也有人從文革中學會了骨子裡是「雞鳴狗盜」、「男盜女娼」、「媚權媚錢」，表面上卻是滿篇的冠冕堂皇，革命之氣凜然。同時習氏治下，力圖儘快修復處處開裂、滿目蒼夷的紅色高牆，重新禁錮新一代的思維。我難以判斷正進入少年歲月的新一代心中，是否眞心對於那塊試圖蒙上眼睛的紅布堅信不移，因爲大陸中國今日的生活環境，終歸不同於我們一代少年歲月，那塊紅布被文革撕出的千瘡百孔至今還未補上。不過他們畢竟是與我們一代逐漸成爲天塹深隔的兩代人，不知道他們未來是否可以如白鶴沖天，衝破那紅布的禁錮？女兒，相比於那新一代，我們一代必是輸家。我們輸給了年齡與時間，我們或許終歸是「死去元知萬事空」的一代.不過我慶倖我還有你，我的女兒，你們一代或許可以成爲智慧的媒介，阻止那紅布的再次縫合。

我的觀察之五，女兒，二〇一六年以降，於習氏治下許多人心中的文革蠱毒或許已漸漸復活，或可歸結爲是習氏的話語與執政術，使民眾感受到了開山祖師毛氏的靈魂回歸，於是某些人心中的蠱蟲再次湧動。例如庚子年大疫，民眾之間居然又重新提起「賣國賊」或「陰魂不散」等等文革時日日見的指稱，對於一切在自媒體中，表達大陸中國執政者對疫病管理缺陷的人冠以「賣國賊」稱號。文革末期已經遭到百姓普遍嘲弄厭惡且自動遺棄的「忠字舞」，如今居然改頭換面地復活，眾目睽睽之下聲勢更勝。舞者已經不僅僅是「中國大媽」，而是貌似中學生或大學生的大孩子們的群舞照片。大都是統一服裝，例如舊日新四軍的軍裝，臂纏無字紅布袖章。這顯然是有官方組織的舞蹈。是誰又在孩子們心中再度播下蠱種？難道是期待他們再度走上文革一般的人生路麼？曾經的紅色帝王毛氏獨立於廣袤江山的形象，如今居然重現於某些畫人筆下，只是獨立於天地間之人已經換爲了習氏。如此等等，歸結於文革的幽靈絕非冤枉。這亦是毛氏自延安以來，逐漸將眞正的讀書人趕盡殺絕的果實之一吧，使得習氏執政後重回毛氏模式進行的如此明目張膽，居然在大陸中國今日的偌大官場、乃至官方學界[38]竟只剩「頌聖」之聲。這污染流傳至今，可以觀察到是愈益深入，人與人內心的敵對與暴戾在大陸中國逐漸加深。

女兒，你也知道，庚子大疫自二〇一九年冬季起於武漢，延燒至天朝全境，之後向他國蔓延，綿延起數波高潮，至二〇二二年仍未完結，全球死亡已達數百萬人。一場大疫尚未結束，卻已經引發大陸小民之間的爭拗，如同大石滾入水塘，激起水面振盪不已，一波又一波持續湧起。幾乎疫病涉及的每一話題都不免引發爭拗，如今的民間（或官方的網路「雇傭軍」）於網路世界中唇槍舌劍、你來我往，爭拗正酣。是次大疫，慘烈程度爲近百年未見，引發話題眾多，但其中引發爭拗最爲激烈者，均脫不出背後牽涉的政治議題。例如病毒來源如何？例如各國抗疫成績如何？封城防疫的優劣幾何？二〇二一年的《方方日記》便是一例。民間輿論對此極度撕裂，有人視方方爲讀書人風骨的代表，亦有人詆毀其爲賣國賊，只差未將其塑成鐵像與秦檜同跪千年。冰凍三尺非一日之寒，天朝社會的撕裂近兩年間可見漪迭起，且愈見激烈，由此引發「鐵桿毛粉」或「粉紅人群」相對仇恨，勢如水火，言辭表達的敵意，似乎除非肉體消滅便無解其恨。爲何大陸中國的社會撕裂到如此地步？若追根究底，依然可以回溯到毛氏從延安便開始試水的「階級理論」，以及中共執掌大陸起始，便逐步實施的以「階級鬥爭爲綱」的統治模式。這統治模式便是以一波又一波運動碾軋依然有獨立頭腦之人，以碾軋的結果震懾芸芸眾生，繼之以紅色教育與修改歷史洗腦後生一代。至文化革命，這統治模式的效果終於顯現，如同洪水決堤，一時間喧囂直下汪洋肆虐，衝垮這個社會中一切或新或舊的堤壩，例如道德觀念、規章制度、爲人行事的一般規則等等。其對人的烙印漸次顯現，直到五十年後的今天（2022年）依然清晰可見。同樣的洗腦結果，也不幸地深深鐫刻在今日坐於權力寶座的習氏身上。

女兒，我前面數次寫道大陸中國由中共代代灌輸於其國民的「階級鬥爭理論」，緣於其是流傳于今日華夏王土道德觀念與人性全然淪喪的起源。其延續毛氏於一九二五年的階級分析法，將治下百姓一概按其財產多寡劃分爲不同階級，罔顧那些私人財產的來歷。繼之以中共統治的角度逐一審視其按那無理的標準劃分而成的各階級，冠之以「革命的領導力量」、「可團結力量」（或曰「動搖不定的中產階級」），以及「極端的反革命派」，等等標籤，亦有按中共於不同時期、不同策略所需而「可利用」之階級。該等暫時「可利用」之階級的命運，依然是因「有產」或有獨立人格學養而最終遭遇滅絕。如此一番劃分，加之自一九四九年紅色中國建立以降，中共持續不懈地將此「階級理論」加以實施，終於使大陸社會的族群分裂至不可彌合。女兒，我曾在前文中回顧了「草蛇灰線」的過程，即中共數輪整肅，滅絕民族工商業者與學人的過程。此處的描述則是中共對其治下全民實施「階級鬥爭理論」的手段，或大致可分類如下，一是所謂紅色教育——洗腦之謂也，即是向小民灌輸「劃分敵我」、「敵我不兩立」、「敵人亡我之心不死」等等的意識。洗腦教育亦向所有學生自幼即推行例如所謂「親不親階級分」、「爹親娘親不如共產黨親」，等等。二是所謂社會改造，即發起一波又一波「改造」運動，通過這些運動不斷地發現敵人、劃分敵我以及所謂小民中的「左中右」階層。同時通過一波又一波運動而向培養民眾強力灌輸「跟黨走」「聽黨指揮」的意識。這些運動對於民眾確有威懾效應。那些被劃爲敵對分子的人之後受到的種種慘酷懲罰，例如被發配到窮鄉僻壤進行各類勞改、被降薪降職，甚至被押往監獄，許多人從此生死茫茫，永隔陰陽。人人恐懼的不只是一旦被冠以「敵人」便自身落入地獄，還有會株連家人——子女被錄入另冊，而配偶則除入另冊還要面對逼迫——是否要「劃清界限」——亦即離婚。

「階級鬥爭」實施於每一小民，既是震懾亦是洗腦。超過一個甲子震懾與洗腦之後，天朝小民之中，放棄思考者有之，鉗口不敢言者有之，遵奉領袖如神明者有之，而於種種磨難之中砥礪出自我人格，成爲俠者、獨立學者亦有之。如此，便使得偌大天朝，洋洋十億之眾，無法形成任何共同認可的價值觀念。自然，女兒，此處你的母親也只能擘其綱，擇其要。若從更深處落筆，其實仍可歸結於中共的極度集權體制與「人身依附」制度。紅色政權對於私有財產的剝奪，導致人人的生存都要依附於這一政權的「恩典」或「赦免」，其對於學術自由的扼殺，使得人文學科人才凋零殆盡，許多學科幾成空白，如哲學、美學、法律、邏輯學，等等。歷次趕盡殺絕式的運動，肅清「敵對勢力」，使得數理人才亦難以倖免，從而拖累基礎理論研究，例如數學、遺傳，等等。自反右時毛氏強詞奪理地將「外行領導內行」的論調，無限延伸到學術與科研領域，致使今天的大陸無論哪一行業都是庸才當道，專業技術無人承繼。大陸人才之稀缺已經是不爭之事實——只看新冠大疫之中，堪稱專家者又有幾人？坦率敢言的專家，又有幾人？

偌大華夏大陸，本是人傑地靈、人才濟濟，文革後卻遭遇人才稀缺，追根究底仍是中共以「階級論」，對讀書人乃至其後代不惜趕盡殺絕的成果。例如五十萬右派，多數成爲累累枯骨或僅剩魂魄可入父母妻子兒女的夜夢，亦連帶斷絕兒女繼續入學之路。那些落入另冊的子女則無論如何努力、試圖脫胎換骨地消除那些所謂的階級烙印亦是徒勞。他們終生脫不掉那「血統論」鑄成的頭箍，永遠在緊箍咒下掙扎，期冀可以獲得紅色體制的認同，可以在這片「王土」之上爲自己的人生獲得一席立足之地。例如在年滿十五歲後有可能被共青團接納，獲得官方認可的「共產主義接班人」的身份；例如在高考完成後跨過大學門檻……，這是不知道多少被冠以「黑五類[51]」子弟的學生心中的疼痛、恐懼與不甘。無論考試成績如何出類拔萃，無論如何努力改造自己、去除身上的所謂「階級烙印」，甚至獲得各種好學生獎項，仍是因家庭背景而在高考時落榜（例如遇羅克）。許多所謂「黑五類」子女本是出身於書香門第，而中華傳統下的讀書人自束髮受教以來，便知「讀聖人書，所爲何事」，因而頗有家國情懷，始終念及爲「修身、齊家、治國、平天下」的理想，其讀書報國之志的傳統，亦一直延續到紅色政權成立後成長的子女一代。子女們往往志向高遠，但是囿於家庭背景卻被拒之於大學門外。全然無視這些孩子是學業頂尖的學生，本應是科研與技術開發的棟樑之才。若看今日畢業的大學生中，除赴異國繼續學業者外，十之八九首選職業是成爲大大小小政府部門的公務員，即成爲官場一員，便可知如今華夏新一代學生的普遍素質。「一葉落而知天下秋」，那華夏大陸萬木凋零的景象，又如何能使人寬恕給小民種下蠱毒的毛氏？

人才稀缺只是精英之殤，同樣令人心寒的是大陸中國普遍國民素質之殤。華夏幾千年，在讀書人心中亦有代代秉承的風骨、清貴、智慧、寬仁、誠信，等等，雖然纖細羸弱，卻始終如絲般不絕於縷，雖戰亂、困頓亦不辱其人格底線。抗日戰爭期間，一代大師篳路藍縷，苦苦撐持，終有西南聯大的輝煌，便可作爲近代華夏讀書人風骨的註腳吧。紅色政黨建立政權幾十年間，一切財產收歸國有，一切人都被納入體制之內，再無讀書人可以有陶淵明般解甲歸田的退路。十數億小民包括讀書人都是「下無寸土，上無片瓦」，從此一切依附於「聖上」恩賜，家人子女平安與否或未來讀書升學的機會，亦有賴家中每個人的「政治表現」，例如作爲子女、父母的人，是否在某次「運動」中被視爲與黨保持一致？或者是被打入另冊？株連，俗語「瓜蔓抄」——使無辜家人均可獲罪，本是華夏數千年帝王統治手段中最惡劣之一，卻由紅色政黨全盤採納，且披上階級鬥爭理論的堂皇外衣。在紅色政黨治下，因言獲罪者不但會禍及配偶子女，亦會禍及父母乃至孫兒一輩。華人多有家族觀念，又有多少人能如同明朝方孝孺般剛烈，當面頂撞朱棣，曰「誅十族又何妨？」

毛氏文革的方式，其實仍是延續其自建立紅色政權以來，對異己分子的「殘酷鬥爭，無情打擊」，文革謀劃亦顯示出毛氏頗喜怒無常、睚眥必報的個性。歷經肅反、整風、反右、文革等等接踵而至的大小運動，致使大陸十數億小民，包括讀書人，不免如履薄冰、步步慎重，噤若寒蟬、惴惴不安，因爲那片數千年節奏舒緩恒定的土地，在偉人足下似乎再無恒定可言，天翻地覆，世事無常。一九五七年朝如春風暮如凜冬，只一日間便從黨推崇「百花齊放」到轉爲反右。一九六六年則一夕之間文革捲地而來，無人能料亦無處可避。多數人便選擇謹言愼行，或緊跟中共，「理解要跟，不理解也要跟」，以求自保。不過這世間畢竟亦留存一縷正氣，有風骨、有勇氣、有頭腦之人，雖是如同鳳毛麟角，卻依然不絕於縷，例如陳寅恪先生，以遊走於古籍書卷、藉此展示學人獨立思想自由精神，藉此抗拒強權侵蝕，雖自歎「一生負氣成今日，四海無人對夕陽」，晚境寥落淒苦，卻終其一生始終不悔。反右運動期間的儲安平、林昭，文革期間的張志新，至劫後餘存的茅于軾先生、資中筠先生，以及後起之秀如王康先生，秦暉先生，高華先生，又如武漢大疫中肯於直言的方方，張文宏醫生，等等。只是養育正氣的土壤不斷流失，愈益瘠薄，是否終有一日，那縷在華夏大地積千年縈繞不散的正氣會消散無痕，無跡可尋？女兒，我自知渺小如我，數十年的人生亦是短淺。「井蛙不可語海，夏蟲不可語冰」，以自己幾十年的生命，又如何盡知那片土壤歷經千年的過去與未知長短的未來？只是偏偏不能安分於作爲蜉蝣的宿命，對於這幾十年華夏與華人的足跡，哪怕是管窺蠡測，亦忍不住將一二心得形諸筆墨，亦是自己生命的印跡吧。也或許這心願只是由於自己是早產兒，出生時尚未發育成熟。姥姥卻說每一條生命都是上帝賜予，不可輕言放棄。既然是神的賜予，家人呵護，方有生命，自己若不鄭重以待，不努力留下些許人生痕跡，豈不是既辜負神的賜予，亦辜負了家人的呵護？

女兒，你的母親對於大陸中國似乎一直是非驢非馬的存在，從來都是後堂之客，從來無緣亦無意成爲前堂之人。八〇年代更是成爲「化外之人」，自然知曉自己不過是連「經閣半卷書」都未能讀全的觀察者。不過大陸社會民間的暴戾行爲確實人人可見。毛氏青年時代或許是眞心要改天換地，將窮國經一番革命變爲富國。不過他可曾想過他賴以革命成功的「階級理論」，究竟是遺留下一個怎樣的大陸中國？暴戾、殺戮、仇恨、瘋狂，再加上貪官污吏，遍地是權力尋租，如此一個社會，即使軍隊強大、核武威懾，財富的支配集中於政府一尊之手，是否這便是他革命的成果？如此成果，這一場革命若冠以「正義」二字，是否只是惹天下恥笑？扭曲的國民整體歷程，蘊育出那些人性扭曲的中國大媽。她們不過是從未通過現實生活學到何爲「行爲得體」四字，又怎能忍心地只是嘲笑她們？

華夏歷代農民革命並非罕見，而改朝換代另立皇朝者也頗多。改朝換代另立皇朝之後，新帝王登基後勵精圖治，演繹出一番盛世景象者，也幾乎成爲新朝代起始的常例，例如唐朝的貞觀之治，清朝的康乾一時之盛，等等。毛氏所創的紅色大陸在其在世之時，是否已經達到古時皇朝時的興盛？老實說不如漢唐盛世。毛氏當國的歲月是「均貧窮」的年代，雖然滿紙官媒充滿革命熱情，但小民則食不果腹，鶉衣百結。天朝大陸的眞正興盛，事實上是在八〇年代施行改革開放之後。雖然「均貧窮」的社會模式，逐漸演化爲（按基尼指數的標準）貧富差距極大的社會，一邊是豪門巨賈，另一邊是無立錐之地的各種農民工和四處漂泊的打工大軍。雖是依然有各種弊端，但是大陸的百業勃興卻是事實。這興盛並非來自革命，一是來自西方資本的湧入，再加百姓看到終於有可以衣食豐足的機會，所激發起的勤奮、機敏與創造欲望。記得多年前做專案律師時，客戶中有位加拿大律師談到華人商界時感慨備至，歎說華人時運不濟，奈何奈何。又說幸虧那無可奈何已經成爲過往，大陸華人也再次有了創業機會。自己也沒想到數年後一尊治下又回到毛氏場景，在紅色政府概念中，私營業主一旦做大便須打壓。例如連公認的商界大哥馬雲，於二〇二二年終於落入同樣下場。

女兒，你知道千年古國的大陸，一直有「上有所好，下必甚焉」以及「只許州官放火，不許百姓點燈」的傳統麼？所以若論起大陸，只關注底層平民之間的暴戾或只嘲笑「中國大媽」並非不公平，他們不過是些底層小民，以自幼學會的方式，宣洩自己飽受壓抑的情緒。那眞正「放大了N倍的惡」，起源不在於那些年華雖逝卻不甘寂寞的「中國大媽」。那惡起源於社會階梯的最高層，毛氏本人。

## 答疑之九　文革後的官場——劣幣驅逐良幣的今日朝廷

女兒，孩子們，前文中已經寫過，曾被毛氏選爲馬前卒的我們一代少年的結局，便是「狡兔死，走狗烹」，成爲「知識青年」，整體被遣送上山下鄉。學生被遣離文革運動的中心區域，事實上并未有助於結束這場以革命的名義開啓的全民混戰。原在行政系統上中下層執掌權力的官員，大都淪落爲「黑幫」，原本執掌權力的官位形成空缺，自然引發奪權的爭鬥。不斷地更換「權力大員」在各層級都不罕見，每次都有基層民眾被組織（或自發地）上街遊行，敲鑼打鼓地慶祝「文化革命又一次偉大勝利」，到底那勝利的意義是什麼？有多少人眞心地去追根究底麼？混亂持續，直到毛氏去逝後的一九七六年。那場迅雷不及掩耳般的「逮捕四人幫」幾可稱爲一場「政變」，不過那政變依然只是中共黨內自己人的手筆。囿於地位、見識與繼續維護紅色政黨的利益，自然是無論批判文革還是改革開放均是局限多多。這些自然是後話。

我文中對於文革始終持否定態度。女兒，你可能會問，「那只是你的看法，那文革事實上對於官員的效果是怎樣呢？我已經看懂文革對於傳統文脈與讀書人的殘忍，不過如果大陸中國的文革結果造成官吏賢明，那麼你的看法是否有些偏頗？」

女兒，你質疑有理。我想回答你質疑的途徑，便是描述大陸中國今日官場狀況，雖然其中囊括的並非必定都是我們一代中人。

女兒，我也見識到九〇年代大陸中國曾經有一輪繁榮，繁榮速度之快也可謂驚世駭俗。雖然跟隨繁榮一併產生的大陸官場貪腐隨後也是驚世駭俗，但那時生活於集權體制最底層的小民，多數確實也感受到經濟繁榮爲他們帶來的福利。雖然與官員們動輒收穫千萬乃至數億元財富相比，小民所得不過是體制最末梢的那流出的一星半點，卻終於可以享受到店鋪中食物的豐盛，看到自己的衣櫃中漸漸地多了樣式與色彩，精打細算的生活中，可以略有餘裕而用以旅遊。民營工商業亦開始出現，在大陸經濟體制中，逐漸有了一席之地。我那時也曾質疑過自己，是否我在一九八九年之後，對於大陸的未來走向看得過於悲觀？是否我低估了華夏民族的堅忍與活力？是否經濟的繁榮、民營與外資工商業的加入，可以使大陸原本集權於一尊的制度逐漸裂開縫隙，多元化的幼芽可以破土而出，從春華時幼嫩的淺黃淡綠，逐漸成爲夏日蔥蘢的一片新綠？如同我的家族長輩們在一九二〇年民國初年，開始篳路藍縷地創建民族工商業一般？不過大陸中國二〇一六年之後現實的發展，終於證明我的那些微的樂觀仍是癡人說夢。鄧小平先生任上終於廢除共黨元首終身制，確定了共黨領導班子集體決策的制度。雖選舉與「集體決策」依然是限於僅在共黨內實行，但畢竟是廢除了黨之元首如同舊日帝王一般，集萬般權力於一身的大陸官場狀態，亦使得大陸小民多了些「明君之望」，因爲元首並非終身在任。若此君昏聵，那五年之後仍有望另出明君。華夏小民這卑微的期待如今已經落空。

我讀高陽先生書時，常常禁不住感慨大陸中國今日官場與晚清年間竟然是如此相似——上層謀權，汲汲以求更高職位、更多權力，而權力亦可爲家族帶來財源滾滾。於是高層官員賣官鬻爵，官職按級別論價。官員家人多是可享受到「一人得道，雞犬升天」的「幸運」。中層或下層官員則以謀財爲首要目標，因而需力求延長在位之期間，因爲在位之日愈長，則以權謀財可相應愈多。其實如今的官員汲汲營營地以權謀利，或許在心理上與他們在文革中的遭遇有關。他們當年曾因「革命」、「造反」而一夕間被剝除官袍，失去官位，或成階下囚，或成爲「群眾專政」建造的牛棚中之牛鬼蛇神，終於嚐到被毆打折辱，被強加罪名，因無權而百口莫辯的滋味。其實那不過相同於「黑五類」數十年一直在他們淫威下的待遇。「四人幫」被捕被審判之後，這些官員多數被「平反」，官復原職，重回耀武揚威的時光。經受磨難，他們本應反思，本應領悟到自己當年虐待小民與「黑五類」的行爲與思維模式，同樣是無理至極、無人道至極，而文革只不過是「以其人之道，還於其人之身」而已。由此反思，從而恢復官身後痛改前非。不過他們中的多數非但未有改悔，反而是變本加厲地將官威與官場權力用到極致。

一場文革，官一代（或謂紅一代）與紅二代的地位身份翻來覆去，從落入地獄到官復原職，他們悟到的並非是組織或個人爲官時行爲之非，並從此力求改過，做到「今是」。他們悟到的卻是另類道理——或曰事實，那便是權力在手是何等重要。若無權力在手，那便是任人踐踏，「人爲刀俎，我爲魚肉」。同時他們亦意識到他們無法保障自己永遠權力在握。他們從上級組織獲得權力，該權力亦可被上級一夕收回。官員們悟到，即使是「自己的黨」——中共在大陸中國執掌權力，但是帝王之權或之言、之意，都永遠凌駕於所謂組織之上。華夏數千年來都有「伴君如伴虎」的俗語，有解說是源於《周易》，緣於數千年都曾見到帝王之心意不可測或心性喜怒無常。帝王之威在大一統的體制下（仍如今天的大陸中國），大可憑一己之喜怒，一舉改變某些權力的設置或執掌。緣於此，即使是跟隨組織數十年，鞠躬盡瘁，小心謹慎，他們手中的權力也絕非牢不可失，隨時可能被帝王剝奪。被剝奪權力之後，他們便如同從雲端一跤落入地獄，失去一切，任人宰割，甚至不如平民百姓。所以那時官員都懂得了一句俗話─「手中有權，過期作廢」。官場悟出的俗話是「權力不用，過期作廢」。趁權力在手，轉化爲財富才是家人兒女子孫的利益保障。

女兒，你不妨猜測下，那些官員懂得那俗理後，會如何應對這可能的變數？會如何運用手中權力？你可能會說，只要「清白爲人，清白爲官，又哪來那麼多恐懼」？可惜你這做人的道理在大陸中國未成爲現實。多數官員的應對選擇是不如在執掌權力時，藉權力爲自己謀得私利，具體體現爲錢財。一旦失去權力，還有用不盡的錢財爲伴。我不排除確實有痛改前非的官員，亦不否認改革中的那些成果，例如深圳。深圳改革似乎是「悟今是，而覺前非」，需痛改之的例證，只可惜如此深圳在偌大華夏王土僅此一例。更常見的則是官員從再次上位之後，便一改之前的自律作風，開啓權力尋租的執政模式。

官場逐漸結成利益網路，如同蜘蛛網密密層層。高官者求攀爬官位階梯永無饜足，爲迎合新帝一尊而加速返回毛氏之政，即權力愈益集中，不斷擠壓鄧小平首開的民間言論或工商經營自由。自九〇年代末期開始，權力尋租已經成爲大陸政府官場的常態。所謂「權力尋租」是指藉手中權力去謀得錢財。典型的實例可如「發改委」，其執掌一切單位策劃的專案生殺大權，例如逼得申請項目獲得批准者只得行賄，而受賄者需索無度，獅子口愈開愈大，從百萬到千萬，直增到上億仍是心中不足；賄賂方式既可是現金交易，亦可送官員兒女海外讀書，繼之則不惜以「惠贈」美女為代價。或許更值得一提的是大陸經濟體制改革初期，首先得到機會，或任職國企高層管理人，或獲得國家賦予的權力與資金設立新的巨無霸公司（例如中信、光大以及後起的國投、國開行等等）之人非「紅二代」（且均是高官二代）莫屬，而「權力」與「金錢」的交易，在紅色大陸則迫使大陸工商界人士，完全落入當年清末所謂「紅頂商人」胡雪岩類同的下場。有幾位工商界大佬在當年起家時未在官場尋求支持？企及建立官方聯繫以保障經營不受官員橫加挑剔？為達此目的，他們豈不需要賄賂官場人士？又有幾個官員未明示或暗示地索取過回報？有幾若有官員以持守自身清白為念，做到「出淤泥而不染」，行為全無瑕疵，是否仍可在泥淖中立足？是否在官場早已經被邊緣化，或被尋些理由貶黜？對企業經營者的秋後算帳，在習氏治下已經開始，理由便是以上列舉的民營業者的「賄賂之罪」。習氏學得毛氏手段，殺雞儆猴，其他企業大佬則「聽弦歌而知雅意」。所謂「人在矮簷下」，身家性命繫於一念之間，又如何不低頭？當局對於已經頗有身家的民營企業大佬，亦開始實施整治之道，例如釜底抽薪——企業運營須臾離不開銀行貸款，若上意要求全部收貸整治某大佬，國有銀行則豈敢違逆？女兒，你一定也見到，習氏治下的二〇一七年開始，大陸中國工商界大佬乃至一般有產人士紛紛移民他國？或早早送兒女去海外讀書或移民？為什麼這片也曾經豐沃的土地，如今只見到愈益增多的炎黃子孫雖糾結不捨，卻還是選擇離開家鄉？

自八〇年代晚期起，官場的腐敗以人人可見的速度迅速發酵。習氏的反腐運動雖亦不乏霹靂手段，但制度衍生之腐敗，又豈是靠抓幾個貪官即可見效？若論反腐，則明代朱元璋可謂最佳榜樣，直到將隨其起義、一路血戰打下朱氏天下的功臣幾乎誅殺淨盡。不過腐敗依然一路跟隨，不斷孳生。百姓心中那「明君、清官、廉吏」的卑微盼望，永遠不見於華夏王土。一九八九年春季，華夏小民——學生、職員、工人乃至市民，曾聚集在那象徵皇權、但也象徵世間承平的廣場上，公然發出「反腐敗」的吶喊，公然表達對於文革後貪官污吏不減反增的憤怒與失望。那場和平的民意表達，被紅色政權以武力打斷，在小民記憶中留下永遠洗不淨的血污。這即是史稱「天安門事件」的背景。若那時執政者可以接納民意，是否大陸中國的官場不致釀成今日無官不貪的局面？

與那社會處處可見的底層暴戾和官場腐敗相對的另一面，則是中共一貫用以粉飾太平的官方宣傳。習氏親自宣佈所謂庚子年的大陸中國國民已經成功脫貧，似乎大陸中國再無貧窮之人，目前便是太平盛世。與官方宣傳同時可見的是，自媒體中日日流傳的志願者，翻山越嶺地爲那些窮苦兒童送些日常用品的照片或視頻。所送者不過是些紙、筆，一雙童鞋，兩袋大米等等，卻常見那些孩子捧在手中卻淚流滿面，不捨得志願者離去。難道這些孩子都已經是天朝朝廷官場一片歌功頌德聲中已經「脫貧」的子民麼？女兒，你從未讀過華夏歷史，自然是我這母親的失職。自西漢設「御史台」以降，歷代華夏帝王朝廷都設有類似官職，專門監督帝王朝政，可當堂反駁帝王之議。例如我的家族中，便有位明朝末年任御史的先祖，整治貪官污吏曾獲得「霹靂手」的讚頌。大陸中國紅色政權數次整肅讀書人，直至文革的genocide，今日大陸中國的官場已經罕見有類似御史之人，鮮有異議之聲。今日官場可以形象地詮釋當年教育與文革結合的果實，那便是萬民皆必須跟隨紅色帝王，無論是否口是心非。習氏已經公然宣稱「黨媒姓黨」，那麼黨任命的官員豈敢另有他姓？官場上，官媒中，必須如此。毛氏培養的「塡鴨」品種念書人，在大陸中國已經大多成長爲官二代或是進入官場，而那些背離了「塡鴨」品種的讀書人卻多是負笈海外，或成爲紅色體制下的新另冊人物——「異己分子」，在習氏繼承毛氏創下的改造範式下遭受壓制，甚而入獄爲罪人。紅二代大多已經轉爲官二代，他們無論眞心假意，起碼官面上大多是不論是非，不論黑白，不假思索，成爲馴服機器。此種行爲模式即被美其名曰「遵從黨性」，其實又何異於昔日的「食君之祿，忠君之事」？

距今將近兩千年之前，曾有國君頒令於其臣子，告誡臣子須尊民、守廉。臣子雖爲官，卻須明白「爾俸爾祿，民脂民膏，下民易虐，上天難欺」。這四句警語流傳不息，常見鐫刻在官衙大堂。例如鐫刻在我姥姥居住的W城縣衙，直到紅色大軍入城成爲主宰。紅色大軍不信奉神佛，只信奉毛氏與其組織。毛氏的階級理論推翻了「爾俸爾祿，民脂民膏」的觀念，而是宣揚他治下的紅色政權是小民的恩人，是小民的衣食父母。是政府奉養萬民，而政府官員領取的俸祿並非是「民脂民膏」。試想，政府官員日日坐在官衙，如何能產出財富供養萬民？但是此說居然延續到今日，仍有大陸國民信奉他們碗裡的飯食是中共恩賜。今日大陸，無論城鎮如何貧窮，新建官衙都是煌煌大廈，高踞於市中心，凜凜之威俯視萬民。曾經數千年來鐫刻於官衙的「爾俸爾祿，民脂民膏」的警示早已不見蹤影。事實上，城鎮新建官衙亦可謂是以習氏之喜好爲榜樣。習氏治下，治理帝都的思路與手段，則是確保「皇城」之樣貌堂而皇之，爲此甚至驅趕社會底層住戶——謂之「低端人口」，而驅逐手段殘暴強橫，毫無人性。帝都的冬日一向嚴寒，滴水成冰，由政府雇傭的清理隊先是二話不說地掄起棍棒，將群租屋門窗一律搗毀，繼之將住戶無論男女老幼一概扔到北風之中，甚至不允許住戶取回衣物。同時斷絕這些「低端人口」謀生之路——取締地攤擺賣零食的小食攤，拆除沿街蠅頭小店，統一店鋪招牌……。城管如狼似虎，不由分說打砸攤位搶走貨物，實在無異於強盜行徑。據說習氏當局還謀劃擴大皇城區域，美其名曰中央政務區，將在皇城根下居住數代的平頭百姓強行遷往遠郊。此跋扈，可謂全勝歷代帝王。

政府與其官員均由「納稅人」供養已經是多數現代國家的通識。大陸中國官宣的理論恰恰相反——是國家養活了萬民，而非萬民集微末之力，建成了如今GDP高踞世界經濟榜單前列的大陸中國。若觀天地之間的自然，歷來是涓涓細流彙集成長江大河，長江大河之水養育了湖泊。偏偏那組織推翻自然之理，編出歌謠欺騙萬民，道是「大河有水小河滿，大河無水小河乾」，卻依然有小民頌之不疑。毛氏對小民的洗腦，居然可以如此牢固地延續至今，不知道是該佩服他的帝王術，還是該歎息大陸小民順從帝王，數千年之積習難改，至今只求「明君、清官、廉吏」的觀念？「納稅人」之詞雖然已經從西方漸入大陸，於大陸官方卻毫無反思作用。於大陸官方而言，「納稅人」並非是萬民獲得監督紅色組織與偉人的基礎，只是萬民之義務而已。爾等小民由國家供養保護，理應納稅，而納稅收穫的財富，理應由紅色朝廷單方決定用途。至此時，當年毛氏許諾的鐮刀斧頭旗下將建立「人民監督」的體制，事實上早已換爲了由組織「監督人民」。聶紺弩先生睿智且犀利，或是早已經看透以鐮刀斧頭旗爲名義發起的毛氏革命的實質，曾評說「我們中國共產黨和毛澤東說的共產主義，和德國大鬍子講的共產主義完全不同。而且，事實證明——基於反抗壓迫的革命，並不一定通向自由和幸福」。

千禧年之後，飛速發展的互聯網科技開發的初衷本是「自由」——使凡夫俗子的小民均獲得發聲的平臺，均享有獲取海量資訊的管道，實際上在大陸中國卻是事與願違（自然，事與願違的或許並非僅有大陸中國），由習氏治下開始撿起秦始皇建長城的故智，建造網路城牆以阻斷牆外資訊流入，再建起「天眼」網路以監督小民行止。習氏於「文革」時不幸正是「紅小兵」年紀，本該學習知識人格素養的年齡，卻恰逢無法無天的亂世，腰掛先輩皮帶，面對自己的師長隨意呼喝，再是面對「黑五類」毆之罵之，若是稍有不從便可格殺勿論。這便是他幼年起所受的教育，一直延續至今，那教育鑄就了習氏實質在紅色外衣下以暴力治國的模式。同時還可觀察到，「紅小兵」出身的習氏，在文革歲月中長成少年，自然也見識了小民造反掀起的風浪，可直接掀翻組織建立的秩序，因而對於小民更是處處防範，力圖重回毛氏五〇年代的制度——以一尊之身揮舞鐮刀斧頭之旗，號令全民「愛國愛黨」，則無論是用以愚民還是攻擊「異己分子」皆可無往而不勝。庚子年間，大陸政權對香港民眾抗議實施的制裁手段，恰顯示出這一模式的高效性能——對於民間的言論自由與治理監督權，皆是暴力扼殺之。習氏統御萬民的模式似文革模式，而其本人便是紅色教育加文革而鑄成的典型產品。

若是毛氏與其同仁在建立中共之初，確實有些理想色彩夾雜其間，那麼至習氏坐上天朝權力的頂端，繼之修改《憲法》以保障自己可永坐皇位，那理想色彩已全然失去。現實的天朝成爲華夏上千年皇權體制的二十一世紀新版本，那版本便是在皇權（加皇權之黨）專制上，披掛一件馬克思大旗下的社會主義外衣，似乎那件外衣便賦予了中共皇朝執政的正統與正義。清朝龔自珍不滿官場狀態，寫道「九州生氣恃風雷，萬馬齊喑究可哀」，此詩恰可用於二〇一八年春修訂憲法的一幕。習氏有意修憲，官場無人有反對之聲，使這一政權的性質不言自明。女兒，孩子們，不知道你們是否讀過描述清朝晚期皇帝朝廷的史書，或者是讀過高陽先生寫清廷的系列小說？如果讀過，也可以與今日中共朝廷做些對照。今日習氏一言九鼎，唯唯諾諾的官員得以上位。習氏治下的集權體制下，官場的逆淘汰機制已經開啓。靠吹捧上位的歷來皆是雞鳴狗盜之徒，只研究「靠攏組織」之關係一學，毫無禮義廉恥、人格風骨之學。陳寅恪先生曾言，「……夫國家如個人然，苟其性專注實事，則處事一切並周備，而研究人群中關係之學必發達」。不幸如今皇庭一派奉承阿諛之象俱被先哲言中。在紅色政權威壓之下，肯如陳寅恪先生彰然豎起自由獨立旗幟的學人、如先生有勇氣有風骨者——「結廬在人境，而無車馬喧。問君何能爾？心遠地自偏」，又有幾人？如今我們一代中的入仕之人，多是恢復了最腐敗的舊官場習氣，「上有所好，下必甚焉」。官場主導的吹捧一尊之聲甚囂塵上，與過去的山呼萬歲並無實質不同。亦如陳寅恪先生晚年賦詩，「八股文章試帖詩，尊朱頌聖有成規。白頭學究心私喜，眉樣當年又入時」。此詩源自唐代一首小詩，那詩的嘲諷意味幾乎人人盡知，「昨夜洞房停紅燭，待曉堂前拜舅姑。妝罷低聲問夫婿，畫眉深淺入時無？」那末句所問自然並非是新婦之眉，而是自己的文章是否可以切合考官之心意？數千年過去，依然是同樣的官場，下官要時時事事揣摩上意，遵從上意。民間俗話對此也有直截了當的形容——「新瓶裝舊酒」。而習氏治下的官員則昏庸到連湯亦是老湯，瓶還是舊瓶，裝的自然是舊酒。

女兒，我也觀察到，隨習氏掌政，官場中與他理念不同之音逐漸消失，互聯網上可見到小民評論，日華夏官場的逆淘汰機制已經開啓，即指開啓的是劣幣驅逐良幣的過程。習氏治下的中共執政方式隨之逆改革而行——從鄧開始的寬鬆與權力下放，轉向重新旋緊管控小民的螺絲帽。自二〇一八年起，天朝政權對於民間諸般自由開始一力擠壓。習氏領銜的這屆黨政當局，似乎可概括爲治理經濟民生無能無爲，而治理小民則堪稱犀利無匹。當局治理措施是收緊管控，首當其衝被管控的自然是言論自由。從「黨媒姓黨」的大旗舉起，繼之是「不得妄議中央」的威壓。於是首先是要求國資媒體統一聲音，再是關閉民營媒體或驅逐原班人馬（如《炎黃春秋》），繼之是嚴管自媒體，對於民間聲音則封之禁之，對於堅持獨立思想的大學教授，則驅趕出課堂。中共管控出版亦是各種陰損招數疊出，例如由新聞出版署削減書號發放數量，則眾多中小型民營出版社，不得不因無法獲得書號而歇業倒閉。同時中共內部向出版社下達稿件審核標準——那些標準不過是爲了抹殺眞相、歪曲歷史遮掩中共錯誤。諸如此類無恥招數，至今對於文革期間橫遭批鬥記憶仍在的編輯中，又有幾人敢觸當局的逆鱗？編輯們自是寧左勿右，「自覺地」將審核進行得無比嚴苛（自己對此已有體驗）。如此行事，是爲自保，甚或也是儒家書生自認「道統」精神境界的殘留。

紅衛兵早年間「將赤旗插遍全球」的瘋狂與臆想，隨文革愈益荒誕的進展而早已經煙消雲散。在大陸中國，在紅色政權壟斷一切致富管道的現實下，紅二代亦成爲佔有財富的捷足先登者。Y中的鍛煉「優質鋼」與「德智體」教育期望達成的素質，並未見顯示在這些人身上，那教育亦未能阻擋紅二代轉變爲「官二代」後，那些與「德智體」素質完全相悖的行爲。文革結束五十年後的今天，官二代在大陸改革期間，率先聚集起數目以億計、甚至以十億千億計的財富。將財富轉移至大陸中國之外的先例，似乎亦是由「官一代」與「官二代」興起。如今大陸平民對於「紅」、「官」與「富」二代之間，已經不再有明確的界定，常是混同用之。這些詞彙邊界的模糊，反映的恰是今日大陸的現實。當年宣稱「還是我們的子弟更可靠」的「官一代」，如今是否有膽氣或者可以心中無愧地向小民們解釋，其當年宣稱的「可靠」究竟作何解？是誠心誠意地認爲血脈相連的子弟，必然會繼承紅色志向，矢志不移，以其掌控的財富爲萬民謀福利？還是只爲自家子女找到「接班」的理由？找到牢靠且可以高官厚祿的人生路徑呢？紅一代（或稱「官一代」）又何來如此理所當然地，將掌管華夏大地上數年積累下的財富，一併交予自己的兒女子孫手中呢？紅一代由何來此權力，將華夏看作是自家可以擺佈的領地？這理直氣壯是從何而來？只能說依然是血統論傳下的底氣吧？「打江山者坐江山」，這便是紅一代雖未宣之於口，卻實際上宣之於行的底氣吧？

華夏官場歷來是「上行下效」者居多，而有見地、有勇氣而敢於指斥「上級者」行事之非者則永遠是寥寥之數，且多是下場寂寞，難有善終。如是，既然中共高層可任其「二代」致富，那麼中層與下層爲何不可？因而紛紛效仿之。紅色中國的官場，一變而爲紅色下隱藏黃金之色的官場，大小官員不但爲自己謀，且爲後代謀。與歐美人相比，華人父母一向與兒女情感更為親厚，多些管教，也多些日常生活照料。這本是傳統，無可厚非，不過今日大陸中國官員為兒女乃至孫兒輩之謀的方式，確實如毛氏言，「俱往矣，數風流人物，還看今朝」。無論高層還是中底層官員，無論在官場如何豪言壯語地為王土粉飾太平，事實上卻紛紛將兒女孫兒遠遠送離華夏王土。雖各闢蹊徑，但亦是萬變不離其宗，均以錢財權力為基礎。例如或以其貪賄所得，為子孫直接辦理投資移民，或以「捐款」為名，為子孫取得名校的學生資格，更同時將貪賄所獲積蓄一併帶離王土，似乎也心知遠離大陸中國君王控制，才可保得身家與子孫後代平安無虞。

女兒，前面一直是我在自言自語，不如講段頗帶詼諧的舊事。此人物不涉及高層官場，只是我偶爾識得的中層偏下的官員，且稱其為C叔。大陸中國五〇年代起，雖然半是自願、半是被逼迫地施行閉關鎖國的國策（只有對當年東歐集團國家例外），卻無法避免百分之百地杜絕與西方世界的貿易往來，如此的貿易往來由國家嚴格壟斷管理，因而按行業設立寥寥數家國有對外貿易公司。C叔本是其中一家國有壟斷貿易公司的某業務部門經理，壟斷的是五金零件的進出口貿易。那公司改革後便失去壟斷地位，待遇不比從前，而他也將近退休之年。C叔心中不甘，不知通過何人認識到我家中一位親戚的關係，介紹去香港一家經營與大陸貿易的公司供職，藉此為家中子女賺些外匯。那時自己在A國讀書，假期路過香港，C叔為表感謝特別邀我晚餐。本是禮節之行，自己也只期待聊些「今天天氣」之類，沒想到C叔或許是酒到微醺，不吐不快，居然歎道，「都道是革命翻身，我也是槍林彈雨過來的，到如今還是房無一間、地無一壟，算什麼翻身！」那時聽到，不知為何心裡居然冒出哪個話本裡的一句閒話：「浮生悲苦，若不抱一個虛妄的夢，要如何度此餘生？」想必C叔在建立紅色政權之後也只是一生碌碌，對未能積累些家財心有不甘。無論是虛妄之夢還是翔實之夢，想必都是人生的支撐吧。

我知道C叔本是河北農民出身，村小學文化程度，國共戰爭晚期加入中共隊伍，戰火中也曾冒生命危險。一生艱辛，希望有些財產積蓄似乎也是常理，便只能唯唯，無言可對。我知道這些是C叔心中的老實話，他眞正的想法，但這些話他在他大陸同事面前卻絕不會出口。在大陸的單位中，他只會貌正詞嚴地說，例如——「我們這些共產黨員槍林彈雨地打下江山，守護江山永不變色。我們全是為人民謀福利，自己一無所有，期待你們後來人永遠如此，代代如此」！共產黨治下的大陸，官場人都成為「雙面人」，講假話依然成為「慣例」。講者與聽眾，都明知這些話不必聽也不必信，卻人人端坐不語。這其實也是文革加上「馴服工具」的教育成果，是否也是大陸中國組織一景呢？

中共組織一向是等級分明，將幹部（即「官員」）按加入中共隊伍的或遲或早區分為三六九等，例如「建黨領袖」、「長征幹部」、「延安幹部」（其中又分為抗戰之前與之後）、「解放戰爭（即指日本戰爭結束後的國軍與共軍的內戰）幹部」，等等。三六九等分類森然的中共官員，待遇自然亦是三六九等區別森然，差別極大。差別不僅是薪酬不同，且涵蓋一切生活待遇，例如住房面積、醫療待遇、假期待遇，薪酬補貼，甚至住房內傢俱佈置等等，皆有依據等級相應供給的明文規定。C叔是低等級的幹部，加入中共已經是「解放戰爭」晚期，自然待遇亦屬非優厚。將近花甲之年，尙需爲子女外出打工，難免心中委曲。不過C叔的處境，似乎亦可反映八〇年代中期的中共官員，尙未因權力而滋生財富，不過漸漸亦滋生了遺憾，甚至是埋怨待遇不公的心理，因爲他也曾槍林彈雨、捨身革命。雖然亦獲得些權力，卻未能眞正「翻身」——在他農民出身的理念中，成爲富人才是眞正翻身。對比那些已經富有的官二代，C叔亦逐漸萌發權力尋租的願望，並逐漸探索到以權力謀取財富的路徑。

忘記是何時C叔聯繫我，問我是否願意協理他兒女到德國，作經營五金店鋪的生意？那時C叔通過關係，將其一雙兒女送去德國，開了間店鋪，作的是C叔當年爲國家經營的本行生意——五金零件進出口貿易，自然是由C叔的關係獲得貨源和客戶管道。我那時還在享受A國校園的自在時光，也從未想過染指五金生意，從未生出過作店員的念頭。自己家族長輩均是以專業人士立足於世，多是成爲醫生或教授，我並非抵觸或小覷做生意，只是終歸與自己心意相隔。C叔聽到我的拒絕，似乎著實有些惱怒，居然脫口道，「那你就只做個教員，賺點小錢去吧」。如今回想，C叔的五金生意或許眞是可以賺大錢的，「交通四海，日進斗金」，不過追根究底依靠的不過是「背靠大樹，吃裡扒外」吧？這句仿似笑話的俗語，其實嘲諷得十足通透。所謂「大樹」，自然是指權力本身或權力賦予的穩妥生意管道，而「吃裡扒外」則貼切地總結了那些裡外通吃的賺錢手法。以C叔為例，他曾管理五金貿易的權力，可以協助他動員人際關係，而獲得出口或進口某些五金產品的批准，而他原本管理的公司已經建立的歐洲分銷管道，本應是公司資產，此時卻轉為他兒女的客戶資源。我的拒絕似乎也斬斷了C叔與我的聯繫，與他從此成為路人。不知道他兒女的五金店鋪生意，如今是否做到了「交通四海、日進斗金」？拒絕了「背靠大樹」的賺錢機會，選擇做一個乾淨的人，自食其力，自己亦做到了一生衣食無缺，女兒自由開朗坦蕩地長大成人，從未經歷過類似自己當年無意撞壞「毛氏寶象」的恐懼。回想以往，相信自己當時只是藉家族習慣自然地拒絕了C叔，但這也是冥冥之中神對於我未來靈魂的救贖。

C叔只不過是極低層的中共官員，擁有的權力並不關乎任何高端科技行業，亦非關乎國計民生的基礎產業，他的權力更非壟斷該行業的全部上下游產業鏈。他當年管理的不過是某幾種五金產品銷售管道的環節，卻依然可以權力尋租，為兒女斂財。清朝文人小說中曾寫道，「人人好公，則天下太平；人人營私，則天下大亂」。C叔的牟利盤算，便是天下大亂的兆頭之一吧。那些所謂「國之重器」的產業，例如石油、電力、航太、國防以及後起之秀的金融，等等，則具有更高的壟斷程度，且可容納億萬資金的流動，而那些有權力審批這些行業中的重點項目的官員（例如發展改革委員會獨掌審批職權，其高層官員中多數是典型的「紅二代」或曰「官二代」），則亦將這本屬於公權力的簽署批文加蓋印章的行為，轉換為尋租的能力，為此而為個人以及子女賺得盆滿缽滿。近幾年大陸中國發起反腐敗運動，正「從老虎直到蒼蠅」都有涉及。我想這也並非是習氏為國為民之德，而是他震懾官場的手段。不過運動中查處的官員腐敗的錢財數額驚人，僅一員蠅頭小官貪腐的身家也可以達到數億，遠遠超過華夏歷代王朝任何一個貪官，且幾乎達到無官不腐的程度。管理這些產業的「紅二代」們，究竟是如何讓他們的父輩們「放心」的，似乎無需我在此贅述了。「背靠大樹，吃裡扒外」，似乎已經成為天朝大眾認知中，對大陸紅色政權中官商不分的民間表達。

C叔向我述說過的心理，在依靠加入中共而登上大陸政權的官員階梯之「紅一代」（或稱「官一代」）中或許並非罕見，尤其是如C此等下中層官員。當年槍林彈雨過來為的是革命，而革命的解釋便是翻身——從窮人翻身，一變成為擁有財富之人。C叔看到自己此生已經無望，那麼起碼要以手中權力為子孫富貴謀下根基。他終於謀劃了子女賺錢之道。回想，C叔的想法，或許亦是上千年華夏讀書人一旦為官便產生的心理，「千里來做官，為的吃和穿」，本是華夏官場傳統，何況像C叔一樣本身並無學識，更無任何人文理念薰陶的農夫。革命在他心中，亦不過如同一場歷代農民起義吧，幸運的是他當年加入了得勝方的隊伍？時至今日，大陸官場的普遍腐敗，追根究底也可說是毛氏宣揚農民翻身革命的理念的結果——

暴力革命，只為打一場翻身仗。那「翻身」二字深入多數窮人心中，鼓起他們的野心與暴戾，就已經埋下禍根了。如今，憑藉父母手中的權力，究竟有多少紅二代（或如小民如今稱之為「官二代」）通過這集權體制，而積蓄下難以計數的財富，成為豪富家族？而百姓中依然不絕啼饑號寒者。這與華夏歷代農民起義的結果，究竟有何實質的不同？似乎唯一的不同，只在於執政黨中共標榜的口號，與農民起義後改朝換代的歷代帝王的不同。稱皇朝為「家天下」是歷代帝王的傳統。中共則宣稱將與民主黨派共治天下（例如毛氏的《論聯合政府》），那時的毛氏尚未將紅色旗幟覆蓋全部華夏大陸。

毛氏發起文革的心意或是要成就「毛氏天下」？卻功虧一簣。文革「爛尾樓」之後，大陸開啓改革開放。若一直沿此路走下去，似乎「黨天下」將有名無實。不過這「有名無實」亦是功虧一簣。中共黨魁習氏自接掌大權以來重回舊軌，已經是自稱一切黨政軍的任何指令皆須「出於一尊」，且「不得妄議黨政方針」。似乎習氏的權謀在於以「黨天下」之名，行「毛＋習天下」之實。這與農民起義的「家天下」又有何實質不同？

女兒，以上便是我所見到的一場文革之後的紅色中國當今走向，紅色官場當今場景，也是自幼受到紅色教育的一代人，最終選擇的執政理念與人生道路。紅色教育所企及的結果與現實的場景，難道不是南轅北轍？為什麼是如此結果？或許便是那既封閉又畫出宏大遠景與否認人性的教育，一經文革撕裂之後，剩餘的便成為人性之惡的啓示吧？英國詩人曾寫道，

「行善比作惡明智；溫和比暴戾安全；理智比瘋狂適宜」。毛氏的文革正是反其道而行之。

女兒，文革可謂是極宏大的題材。我筆下文字只能做到如大河流水，匆匆淌過那兵荒馬亂的文革初期的場景。我自覺文革初起是那段歷史最重要的時期，因為那是那場颶風暴雨的源頭，顯示了那動亂歲月從何處起，由何人掀起，又因何而起？且那源頭初期的三年，又是那河水湧流最暴烈之期，九曲黃河，泥沙俱下，一舉摧毀人世。那河水並非從天地間自然發源，而是人間血水與淚水彙聚而成，無論是上游還是下游，有無數冤魂夾帶其間。希望我的筆可以將宏觀景象描述一二，為那些訴說個人經歷的無數文章書籍做一個註腳吧，注釋的是那些個人慘痛經歷的緣由。

我的女兒，孩子們，在「自序」中我曾說過文革發起的源頭，可謂「草蛇灰線」，可回溯甚遠。我勉力溯源其中幾個歷史節點——「延安整風」、「民族工商業歸為國營」、「反右」與「文革」，不過也只能做到淺述松桂青山之傷。要想尋根究底，則「草蛇灰線」甚至可以回溯將近百年。

## 註釋

⑭ 在大陸中國的政治社會學詞典中，「黑五類」首先是指「地富反壞右」——即地主、富農、反動分子、壞分子、右派——這五類人群。他們是當時社會的「另冊族群」、賤民階層，沒有公民權，被驅逐，被凌辱，被歧視。歷史是變動的，而「反動分子」和「壞分子」從無明確的官方定義，而是隨歷次政治整肅的目的而不斷擴大，即黑五類的外延也在不斷擴大。例如在公私合營階段，愛國資本家是社會的寵兒，公私合營完成，資本家被趕下光榮榜，成爲黑五類。紅色中國建立之後，歷次運動的成果皆是「挖出」一批「異己分子」，例如右派、右傾分子，等等，這些亦歸於「黑五類」。「文革」之前，軍人與黨政幹部是政治運動的主力軍，「文革」開始，一部分在政治運動中失勢的軍人與黨政幹部被趕下主席臺，黑五類的隊伍再次壯大。

⑮ 《人有病天知否——一九四九年後中國文壇紀實》，作者陳徒手，三聯書店，二〇一三年五月出版。

⑯ 此段中的引文均見上書。

⑰ 《九謁先哲書》——「謁陳寅恪先生書」，夏中義，二十一世紀出版社出版。

⑱ 曾彥修先生，一九三八年即加入毛革命隊伍，一九五七年成爲「右派」。《平生六記》，三聯書店出版。

⑲ 此處「組織」指共黨組織與學生中的共青團組織。文中以下「組織」二字均同。

⑳ 梁漱溟盛怒之後伏案檢討了自己。其內容這裡也予以抄錄。梁說：「我的錯誤之思想根源在哪裡呢？無疑是自己階級立場的不對。我在解放前之不相信階級立場之說，由來已久。共產黨運用階級學說創建了新中國之後，我在事實面前有所覺醒，亦曾懷著慚愧心要求自拔於舊立場而改從無產階級立場，但實則只是旋念旋忘，並沒有眞正離開舊窠臼。比如我親眼看見勞動人民那樣感激共產黨、愛戴毛主席，自己

便大大不及，原因就在於沒有自拔於舊立場，不能在心理上打成一片，滾成一堆。又比如許多會上看見有那麼多的人頌揚共產黨和毛主席，自己只是鼓掌應和而止，卻很少出口回應。每當我想起百多年來我生於斯、長於斯的中國向下沉淪的厄運，終被共產黨、毛主席領導扭轉時，讓我喊一千聲一萬聲『毛主席萬歲』亦不覺多餘。無奈滿身舊習氣的我，閑思雜念太多。我還一直把這當作『倔強精神』、『骨氣』而沾沾自喜。須知勞動人民是不會向共產黨講倔強講骨氣的。正是我的階級立場的不對，和對待中國共產黨認識方面存在的偏頗，造成了我於九月十八日達到頂峰的那場荒唐錯誤。我這種目空一切，置許多人熱愛共產黨、毛主席的心情於不顧，在大庭廣眾之下與毛主席爭是非，是必定要引起人們的公憤的。因此別人批我誅我，實在是情理中的舉動。回顧我一九五三年以前走過的近五十年的歷史，自以為革命而歸落於改良主義；而對於無產階級革命，改良主義則又落於反動；又因為是一貫的改良，自然便落於一貫的反動。因此毛主席說我以筆殺人，在會上我聽了很不服氣。待明白過來，才曉得這話，是指我長時期的反動言論流毒於社會。主席又說我是僞君子，我當時聽了同樣只是冷笑不服。但明白醒悟之後，深信只有忘我的革命英雄主義，才稱得上是一個純粹、清白的好人，夾雜著嚴重個人英雄主義的我，不能一片純誠而無僞，那就是僞君子了。主席又說，我是能欺騙人的，有些人是在受我欺騙，那自然是說我這樣一個並不眞好的人，卻仍有人相信我，而獲得了好人名聲，有必要揭露其眞面目吧。」

㉑「牛鬼蛇神」古文中意指形形色色的壞人，文革中被紅衛兵撿起，泛指一切所謂「異己分子」、「階級敵人」。

㉒《出身論》，遇羅克遺作，原載於《中學文革報》，1967-1-18。

㉓《人民日報》，一九六六年六月一日，文章標題為《橫掃一切牛鬼蛇神》。

㉔《歷年總户數和總人口》，溫州市統計局，發佈於2018-3-27日。

㉕數字引自《紅衛兵抄家戰果》，作者為青衣仙子，日期為2020-10-29。

㉖例如《網路文摘》1999-06-19第四十二期，《文革期間名人自殺檔案》，作者不詳；搜孤文化二〇一二年二月二十一日，《文革中被摧殘的文人－維護尊嚴與風骨選擇自殺》，作者不祥。

㉗例如網文《道縣大屠殺駭人聽聞，青年婦女遭集體奸殺》，2015-4-26，作者「米地烏托邦」，其中寫道「根據《血的神話》的記載，湖南道縣大屠殺，從一九六七年八月十八日到十月十七日，歷時六十六天，共死亡4,519人，其中被殺4,193人，被迫自殺326人，有一家九口人全部被殺。受道縣殺人影響，零陵全地區（含道縣）非正常死亡9,093人，其中被殺7,696人，被迫自殺1,397人，全地區直接或間接殺人者15,050人。殺人手段可以歸納為十種：槍殺、刀殺、水、炸死、丟岩洞、活埋、棍棒打死、繩勒、火燒、摔死（主要用於未成年的孩子和嬰兒）。」

㉘《弘治宮詞》，作者雪滿梁園。

㉙「特務嫌疑」，即指被懷疑是國民黨或他國特務卻查不出證據之人。這些人多是五〇年代自願從歐美歸國建設「新中國」的熱血科技人員，或是曾經為國民黨政府工作，但是在紅色中國建立之初卻自願留下為中共政權工作之人。

㉚《平民之殤——紀錄片〈罪行摘要〉》，作者：老許；來源：網路。

㉛一九六九年的秋天，一首政治幻想詩在民間廣為流傳，這首詩有一個長長的標題，《獻給第三次世界大戰的勇士們》，詩歌共分為五段，兩百四十餘行，是那個時代應運而生的典型作品，作者已不可考，應該是老紅衛兵，詩的開篇描述了詩人也就是一位參加了第三次世界大戰的毛澤東的戰士，在戰後向自己的戰友紅衛兵老同學的墓前獻花。詩的全文依然可以在《百度》搜尋。鳳凰衛視七月二十七日《騰飛中國》曾有評論，以下為文字實錄：何亮亮：一九六九年的秋天，一首政治幻想詩在民間廣為流傳，這首詩有一個長長的標題，《獻給第三次世界大戰的勇士們》，詩歌共分為五段，兩百四十餘行，是那個時代應運而生的典型作品，作者已不可考，應該是老紅衛兵，詩的開篇描述了詩人也就是一位參加了第

三次世界大戰的毛澤東的戰士，在戰後向自己的戰友紅衛兵老同學的墓前獻花，詩人由此回憶起和「勇士」共同的往事，在公園裡一起「打游擊」，井岡山一起「大串聯」，並在那令人難忘的夜晚收聽國防部的宣戰令。在這最後消滅剝削制度的第三次世界大戰中，詩人和戰友們飲馬頓河，馳騁歐羅巴，抽古巴的烤煙，喝非洲的清泉，最後隨大部隊一起登陸北美，攻克華盛頓，佔領白宮，最後在第三次世界大戰勇士的墓前詩人向戰友們告別，安息吧，親愛的朋友們，戰後建設的重任有我們來承擔，共產主義的大廈有我們來創建。

這個幻想中的「英雄史詩」在今天看來或許有些荒謬，但是，在當時特定的政治、歷史背景之下，詩人的幻想並且相信未來的世界中無產階級革命在全世界的勝利就是這個樣子的，整首詩充滿了對共產主義「新世界」奇妙的也是幼稚的憧憬，這種憧憬即使在今天來看也不失其聖潔，特別是在馬克思主義學說正在西方復活。在文化大革命中，馬克思的《共產黨宣言》是年輕人的聖經，我們這一代青年人要親手參加埋葬帝國主義的戰鬥，這是偉大領袖發出的號令，紅衛兵們相信中國的今天就是世界的明天，共產主義的勝利會在有生之年到來，在他們看來一場解放全人類的戰爭即將打響，他們甚至盼著這一天的到來。

紅衛兵：這是最後的鬥爭，團結起來到明天，因特納雄耐爾，就一定要實現。

何亮亮：這首紅極一時的長詩韻腳綿密、朗朗上口，大量吸收了一九四九年之後建國之後各種政治抒情詩的寫作手法，不過，在思想性方面研究學者認爲《獻給第三次世界大戰的勇士》集中體現的是整個群體在那個時代的一種「夢境」，人們希望所有不同的種種願望的解脫可以說通過「世界革命」的方式來達到，希望打仗，這在上山下鄉的知青中是一種「下意識」，反映出他們對中國現實環境產生的焦慮、拒絕和憤怒。

㉜ 父親因跟隨其導師，屬於摩根遺傳學派，與李森科理論相悖，因而獲罪，最終成爲右派。被發配邊疆支教。文革之後卻未找到他的「右派檔案」，因而無法獲得正式平反。事情不了了之，但未影響父親專心鑽研專業的努力，在專業學術圈中父親受到公認。出版或參與編輯眾多專業著作，包括《中國大百科全

書》。（更多記敘於《落花時節——我記憶中的家族長輩》。

㉝來源自網上自媒體《說說字畫》，已經被封。

㉞1、炎帝陵主殿被焚，陵墓被挖。焚骨揚灰。

2、造字者倉頡的墓園被毀，改造成了「烈士陵園」。

3、山西舜帝陵被毀，墓塚掛上了大喇叭。

4、浙江紹興會稽山的大禹廟被拆毀，高大的大禹塑像被砸爛，頭顱齊頸部截斷，放在平板車上遊街示眾。

5、世界佛教第一至寶，佛祖釋尊在世時親自開光的三聖像之一——八歲等身像被搗毀面目。

6、孔子的墳墓被鏟平，挖掘，「大成至聖先師文宣王」的大碑被砸得粉碎！廟碑被砸碎了，孔廟中的泥胎塑像被搗毀。孔子的七十六代孫令貽的墳墓被掘開。

7、和縣烏江畔項羽的霸王廟、虞姬廟和虞姬墓，香火延續兩千年，「橫掃」之後，廟、墓皆被砸成一片廢墟。「文革」後去霸王廟的憑弔者，見到的只是半埋在土裡半露在地上的石獅子。

8、在橫掃一切的風暴中，霍去病的霍陵也遭了殃，香燭、籤筒被打爛之外，霍去病的塑像也毀於一旦。

9、頤和園佛香閣被砸，大佛被毀。

10、王陽明文廟和王文成公祠兩組建築包括王陽明的塑像，全部在「文革」中被平毀無遺。

11、古城太原的新任市委書記三把火，第一把是砸廟宇，全市一百九十處廟宇古跡，除十幾處可保留外，通通毀掉。他一聲令下，一百多處古跡在一天之內全部毀掉。山西省博物館館長聞訊趕到芳林寺，只撿回一包泥塑人頭。

12、醫聖張仲景的塑像被搗毀，墓亭、石碑被砸爛，「張仲景紀念館」的展覽品也被洗劫一空。「醫聖祠」已不復存在。

13、河南南陽諸葛亮的「諸葛草廬」（又名武侯祠）的「千古人龍」、「漢昭烈皇帝三顧處」、「文韜武略」三道石坊及人物塑像、祠存明成化年間塑造的十八尊琉璃羅漢全部被搗毀，殿宇飾物被砸掉，珍藏的清康熙《龍崗志》、《忠武志》木刻文版被焚燒。

14、漢中勉縣「古定軍山」石碑，也因諸葛亮是個「地主分子」而被砸毀。

15、書聖王義之的陵墓及占地二十畝的金庭觀幾乎全部被毀，只剩下右軍祠前幾株千年古柏陪伴書聖失去了居所的亡魂。

16、文成公主當年親自主持塑造的松贊千布和文成公主二人的塑像（安放覺拉寺），被搗毀。

17、合肥人代代保護、年年祭掃的「包青天」墓，也毀於一旦。

18、河南湯陰縣中學生將岳飛等人的塑像、銅像，秦檜等「五奸黨」的鐵跪像，連同歷代傳下的碑刻「橫掃」殆盡。

19、杭州革命青年砸了岳廟，連嶽飛的墳也刨了個底朝天。岳武穆被焚骨揚灰。

20、阿拉騰甘得利草原上的成吉思汗陵園被砸了個稀爛。

21、朱元璋巨大的皇陵石碑被拉倒；石人石馬被炸藥炸得缺胳膊少腿；皇城也折得一乾二淨。

22、海南島的天涯海角，明代名臣海瑞的墳被砸掉，一代清官的遺骨被挖出遊街示眾。

23、湖北江陵名相張居正的墓被紅衛兵砸毀。焚骨。

24、北京城內的袁崇煥的墳被夷成了平地。

25、黎平故里安葬的是明末名臣何騰蛟，他的祠堂中的佛像被掃了個一乾二淨，而且把黎平人最引以爲榮的何騰蛟的墓給挖了。

26、吳承恩的故居在江蘇淮安縣河下鎭打銅巷。他的故居不大，三進院落，南爲客廳，中爲書齋，北爲臥室。幾百年來，曾有無數景仰他的人來此憑弔此故居和他的墓。可是「文革」時《西遊記》成爲「封、資、修」（封建主義、資本主義、修正主義）裡的「封」，吳氏故居也就「被毀爲一片廢墟」。

27、紅衛兵掘開蒲松齡的墳，教書匠蒲松齡眞窮，墓裡除了手中一管旱煙筒、頭下一迭書外，只有四枚私章。他們對蒲氏私章不屑一顧，棄之於野。屍體被搗毀。

28、建於一九五九年的吳敬梓紀念館在「文革」中被鏟平。
29、山東冠縣中學紅衛兵在老師帶領下，砸開千古義丐武訓的墓。掘出其遺骨，抬去遊街，當眾批判後焚燒成灰。
30、張之洞的墳被刨開。張是個清官，墓裡沒一點珍寶，紅衛兵將張氏夫婦尚未腐爛的屍體吊在樹上。張氏後人不敢收屍，任屍體吊在樹上月餘，直到被狗吃掉。
31、北京郊區的恩濟莊埋有同治、光緒兩朝的宮廷大總管李蓮英的墓，鑿開的墓穴裡，只有頭骨，不見屍骸，衣袍內滿是珠寶，後不知所蹤。
32、河南安陽縣明趙簡王朱高燧的墓被挖毀。
33、黑龍江黑河縣有座「將軍墳」，因爲屬於「帝王將相」，也遭到嚴重的破壞。
34、宋代詩人林和靖（967-1028）的墓也在被毀之列。
35、清末章太炎、徐錫麟、秋瑾，乃至「楊乃武與小白菜」冤案中的楊乃武的墓，都在「橫掃一切牛鬼蛇神」的口號聲中做了犧牲品。
36、一位年輕的中學老師領著一幫初中生，以「讓保皇派頭子出來示眾」爲由，刨開康氏墓，將他的遺骨拴上繩子拖著遊街示眾。革命小將們一邊拖著骨頭遊街，一邊還鞭撻那骨頭。
37、浙江奉化縣溪口鎮蔣介石舊居，蔣氏生母的墓被上海的大學生領導的寧波中學生掘開，其遺骸和墓碑都被丟進了樹林。
38、南漳縣爲抗日名將張自忠建造的張公祠、張氏衣冠塚和三個紀念亭均被破壞。
39、楊虎城將軍，雖被國民黨處決，仍是紅衛兵眼中的「國民黨反動派」，墓及墓碑都砸毀。
40、新疆吐魯番附近火焰山上的千佛洞的壁畫，曾被俄、英、德等貪婪商人盜割，賣到西方。但那運到國外的壁畫畢竟被博物館珍藏，並未毀掉。而中國人自己幹的「破四舊」卻重在一個「破」字：將剩下的壁畫中的人物的眼睛挖空，或乾脆將壁畫用黃泥水塗抹得一塌糊塗，存心讓那些壁畫成爲廢物。
41、山西運城博物館原是關帝廟。因運城是關羽的出生地，歷代修葺保養得特別完好。門前那對高達六米的石獅子可能是全國最大的。「文革」時那對獅子被砸得肢體斷裂，面目全非；母獅身上的五隻幼獅都砸成了碎石塊。

42、安徽霍邱縣文廟，雕樑畫棟、飛簷翹角，龍、虎、獅、象、鼇等粉彩浮雕皆爲精美的工藝美術品。房飾浮雕在「文革」中統被砸毀。「文革」後，省、縣撥款數萬修葺，「尚未完全復原」。山東萊陽文廟，大成殿雕樑畫棟、飛簷斗拱，氣勢雄偉……「文革」期間，大成殿被拆除。全國四大孔廟之一的吉林市文廟，「破四舊」中嚴重受損，荒廢多年，「文革」後歷時五年方修復。

43、唐代高僧褒禪結廬安徽含山縣花山，死後弟子改山名爲褒禪山。宋王安石遊覽此山，作《遊褒禪山記》後，褒禪山遂名揚四海。因是「四舊」，褒禪山大小二塔被炸毀。

44、全國最大的道教聖地老子講經台及周圍近百座道觀被毀。

45、宋代大文豪歐陽修的《醉翁亭記》經另一宋代大家蘇東坡手書，刻石立碑於安徽滁縣琅王牙山腳當初歐陽修作文的醉翁亭，存世已近千年，前去革命的小將不僅將碑砸倒，還認眞地將碑上的蘇氏字跡鑿去了近一半。醉翁亭旁堂內珍藏的歷代名家字畫更被搜劫一空，從此無人知其下落。

除了有計劃的毀滅古跡，文物古董毀壞的更多：

北京名學者梁漱溟家被抄光燒光。「文革」過後梁漱溟回憶抄家時紅衛兵的舉動時說：「他們撕字畫、砸石玩，還一面撕一面唾罵是『封建主義的玩意兒』。最後是一聲號令，把我曾祖、祖父和我父親三代購置的書籍和字畫，還有我自己保存的，統統堆到院裡付之一炬……紅衛兵自搬自燒，還圍著火堆呼口號……」

名滿天下的上海書法家沈尹默是中央文史館副館長。他擔心「反動書畫」累及家人，老淚縱橫地將畢生積累的自己的作品，以及明、清大書法家的眞跡一一撕成碎片，在洗腳盆裡泡成紙漿，再捏成紙團，放進菜籃，讓兒子在夜深人靜時帶出家門，倒進蘇州河。

作家沈從文在中國歷史博物館工作。軍管會的軍代表指著他工作室裡的圖書資料說：「我幫你消毒，燒掉，你服不服？」「沒有什麼不服，」沈從文回答，「要燒就燒。」於是，包括明代刊本《今古小說》在內的幾書架珍貴書籍被搬到院子裡，一把火全都燒成了灰。

紅學家俞平伯自五〇年代被批判後，便是欽定的「資產階級反動學者」。抄家者用骯髒的麻袋抄走了俞家幾世積存的藏書，一把火燒了俞氏收藏的有關《紅樓夢》的研究資料。當時，中國特有的刻瓷藝術家僅剩北京朱友麟一人。周恩來曾規定朱的作品是國寶，不得出口。可是前去抄他家的紅衛兵將他的作品摔了個稀爛。不久，朱淒慘地死去，國寶不復再現。

㉟ 見於《顧頡剛和他的弟子們》，王學典主撰，中華書局，二〇一一年一月版。

㊱ 《落花時節——我記憶中的家族長輩》，華夏出版公司，二〇二一年五月。

㊲ 《半生爲人》，作者徐曉，同心出版公司，二〇〇五年。

㊳ 關於文革的高層行爲，例如「文革小組」，已經有各種專家著述。作爲業餘寫手，略去各類官方記載，僅講述個人觀察。

㊴ 說「研究專題」，於我不知是該譏嘲還是遺憾？在大陸此類研究課題其實並非無人，但似乎在九〇年代晚期逐漸被全民致富潮沖入下水道中。堅持研究者只有寥寥數人。至習氏治下，此類研究已經列入「違禁」。大陸偌大人口中或許僅餘鳳毛麟角，甘於困於陋室，翻撿那些漸漸泛黃甚至日漸模糊的資料或者記憶，先是絞盡腦汁地思索分析，再一字字寫下往事的紀錄與思考心得。何況如此心力交瘁寫成文字，在一尊治下，又有哪家出版社膽敢接納如此內容的書稿？這自也是後話。

㊵ 《宋詩選注》，錢鍾書集，四十九頁注。三聯書店出版，二〇〇二年。

㊶ 一〇五號墓碑文。

頗具代表性的一〇五號墓碑文悼詞帶著那個時代特有的抒情語言，被用來寄託對死者的緬懷、稱讚之情，著眼點是以死者性命證明對立方的反動、不義和己方的政治合法性。「血沃中原肥勁草，寒凝大地發春華。毛主席最忠實的紅衛兵、毛澤東主義戰鬥團最優秀的戰士張光耀、孫渝樓、歐家榮、余志強、唐曉渝、李元秀、崔佩芬、楊武惠八位烈士，在血火交織的八月天，爲了捍衛毛主席的革命路線，流盡了最後一滴血，用生命的光輝照亮了後來人奮進的道路。死難的戰友們，一想起你們，我們就渾身是膽，力量無窮，下定決心，不怕犧牲，排除萬難，去爭取勝利。不周山下紅旗亂，碧血催開英雄花。親愛的戰友們，今天，我們已用戰鬥迎來了歡笑的紅雲。披肝瀝膽何所求，喜愛環宇火樣紅。你們殷紅的鮮血，已浸透八一五紅彤彤的造反大旗。啊！我們高高舉起你們殷紅的鮮血，已化入八一五熊熊的革命火炬。這火炬啊，我們緊緊握！頭可斷，血可流，毛澤東思想絕不丟，你們鏗鏘的誓言啊，已匯成千軍萬馬、萬馬千軍驚天動地的呼吼。你們英雄的身軀，猶如那蒼松翠柏，巍然屹立紅岩嶺上，歌樂山巔。揮淚繼承烈士志，誓將遺願化宏圖。成千成萬的先烈，爲了人民的利益，在我們的前頭英勇地犧牲了，讓我們高舉起他們的旗幟，踏著他們的血跡前進吧！毛澤東主義戰鬥團死難烈士永垂不朽！八一五革命派死難烈士永垂不朽！重慶革命造反戰校（原二十九中）毛澤東主義戰鬥團一九六七年六月」。（引自《百度百科》中的詞條「紅衛兵墓群」）。

㊷ 引自《百度》詞條《上山下鄉》。引用日期爲2020-11-28日。記錄引用日期，是預防詞條日後會有改動。

㊸ 作者夏中義，見前註腳⑨。

㊹ 引自《延安整風期間的王實味案件》，作者陳益南，2015-10-21，「以周揚爲首、以「魯藝」爲基地的「歌頌光明派」，與以丁玲爲首、集合了艾青、蕭軍、陳企霞等人、以「文抗」（文藝界抗敵協會）爲大本營的「暴露黑暗派」，這兩大文藝思潮便在一九四一年後的延安，展開了一場唇槍舌戰，同時，還運用上了後來被稱之爲「大字報」的壁報，最後，延安的正式媒體如《解放日報》也刊載了他們的爭論。到一九四二年二月中共中央決定開展整風運動之初，這場理論仗文藝觀點仗之激烈，更是上了一層樓。

文化界的人們對爭論是很有興趣的，他們篤信眞理是越辨才越明白的。所以，那些代表爭論的壁報，剎時導致了極大的轟動。那些貼在牆上或掛在繩子上的紙張上的文字，每天都引來了成千的川流不息的人

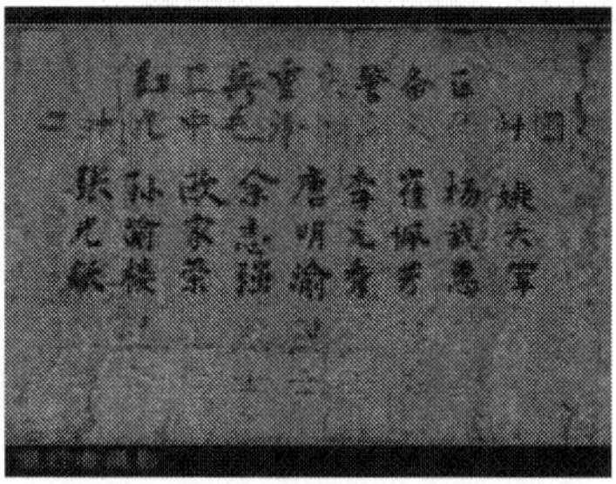

們觀看、議論。當時的場景，與後來的文革大字報轟動效應，自然不在一個級別上，但它們在本質上卻肯定如出一轍。

一九四二年二月開始的延安整風運動，其本意是在思想上批判王明路線的教條主義，所以毛澤東便作了《反對黨八股》、《整頓黨的作風》、《改造我們的學習》等報告。然而，文藝界的「暴露派」卻以爲這是贊同他們揭露延安官僚主義的主張，對同一件事，發生了理解的錯位。因而，壁報越貼越起勁，並且其烈火還擴展到一切主要由知識份子構成的單位，針砭延安的時弊，幾乎成了一種時髦。知識份子們高興的事，政治家卻不一定高興。尤其，從前方回到延安的軍人們更不高興。

無疑，毛澤東與中央在研究了上述情況後，其方針自然是：必須打退或糾正這股潮流，否則，處於四面都是敵人包圍的共產黨首腦機關所在地，沒有被國民黨反共勢力剿滅，卻弄不好會讓這些自以爲是的知識份子「暴露派」們搞亂搞垮。

應該說，文藝界的「暴露派」們當時的思潮與觀點，雖然從根本上講是起碼的民主要求，是一個民主國家內應該得到保證與保護的民主權利。但是，丁玲、艾青他們卻似乎忘了：延安與陝北特區還不是一個眞正的國家，儘管到處都掛著「中央」牌號的機構，而最多也只不過是一個尚幾面受敵的戰時政權。「暴露派」們的觀點與要求，似乎還不適時宜。

從當時中共黨的事業來看，顯然，是不會讓一些人在前方英勇地指揮作戰，卻允許另一些人又在後方批判指責各級黨政領導幹部的「陰暗面」。這樣的做法，確有點「自毀長城」式的愚蠢。但是毛澤東與中央也知道，延安的知識份子不是國民黨改組派，也不是什麼AB團之類，對他們犯的錯，絕不能用過去蘇區肅反那一套。何況，中共還很需要大量的知識份子來參加，因爲，毛澤東深知：「沒有文化的軍隊，是一支愚蠢的軍隊。」而愚蠢的軍隊是不可能戰勝國民黨，進而奪取中國政權的。

文藝界的「暴露派」與知識界的主張，到建國後的一九五七年，又重演了一次當年的歷史。然而，如果說，一九四二年那次還有點寬容的笑劇味道，那麼一九五七年的「大鳴大放」，給包括所有「暴露派」

在內的知識界，其結局則是五十五萬人被打成右派、從而使他們要歷經長達二十二年苦難的沉重悲劇。像丁玲、艾青那樣的智者，有過一九四二年的經歷，爲何卻仍到一九五七年還要重蹈覆轍呢？顯然，他們忽視了延安時期的毛澤東與北京時期的毛澤東，雖是同一個人，但處理問題的條件卻已發生了天壤之別的巨變。對一九四二年的那場知識界風波，可以只重點打擊極少數幾個人，而一九五七年打右派時，則已沒有多少需要顧及，可以按比例一網打去，有多少就打多少了。

「秦始皇的『焚書坑儒』算什麼？反右派鬥爭中，我們就打了幾十萬右派分子！」——面對有人擔心會落秦始皇的惡名，毛澤東卻毫不在意的笑談。

但在一九四二年，對付「暴露派」們的策略，卻是經常說的那些：選準靶子，在孤立極少數、打擊極少數的鬥爭中，達到教育、團結大多數的目的。王實味不幸就成了那場風波中的最大靶子。王實味也很難避免不成爲那場風波中的靶子。

㊺《人有病天知否》（修訂版），陳徒手著，三聯出版社。以下引文均來自其中的《午門城下的沈從文》一篇。

㊻此處應是指華北人民革命大學，是中共確定其即將統領華夏後，爲培養自己的幹部隊伍而建立。革命大學建於一九四九年二月，校址選在帝都西郊萬壽山昆明湖畔的西苑。亦可說此即人民大學的前身。

㊼此處僅是摘句。毛的全文可見於其《一九五七年夏季的形勢》。

㊽有關「夾邊溝」，請見下述。

㊾《顧頡剛和他的弟子們》，王學典主撰，中華書局出版，二〇一一年。

㊿對於如今的「學界」究竟該如何定義？識字已經在大陸普及，那麼是否每個讀過書，或者讀到大學畢業的人群中人，都可以稱爲「知識份子」或「讀書人」？自己無法認同這一分類。如今的「學界」，良莠不齊，甚或是劣幣驅逐良幣。風骨猶在，仗義執言的學者紛紛被封殺、被驅逐；而完全無視現實，一味

「頌聖」或緊跟習一尊的，則可在官方學界混得風生水起。

51 在大陸中國的政治社會學詞典中，「黑五類」首先是指「地富反壞右」這五類人群，是當時社會的「另冊族群」、賤民階層，沒有公民權，被驅逐，被凌辱，被歧視。歷史是變動的，黑五類的外延也在不斷擴大。在公私合營階段，愛國資本家是社會的寵兒，公私合營完成，資本家被趕下光榮榜，成爲黑五類。紅色中國建立之後，歷次運動的成果皆是「挖出」一批「異己分子」，例如右派、右傾分子，等等，這些亦歸於「黑五類」。「文革」之前，軍人與黨政幹部是政治運動的主力軍，「文革」開始，一部分在政治運動中失勢的軍人與黨政幹部被趕下主席臺，黑五類的隊伍再次壯大。

# 第二部　北大荒記憶——「飲馬長城窟，水寒傷馬骨」

女兒，孩子們，我的敘述此時已進入一九六八年，那我們一代人生前路被轉折的節點——「知識青年上山下鄉」。你們的父母那一年大都成為毛氏那「草蛇灰線的帝王之旅途中一個「節點」上的獵物。

一九六八年開始，紅色政權（「中央文革小組」）漸次遣送近兩千萬中學生，從文革起源地（如帝都、魔都）至各邊陲之地，例如北大荒、內蒙草原、滇緬交界的雲南，或其它窮鄉僻壤，例如陝北、雁北，等等。我們一代那時中學學業尚未完成，年齡自十四歲到十九歲不等，「紅二代」與「黑二代」皆有之。在一九六六年五月跟從毛氏謀略，這些學生成為毛氏一馬當先的過河小卒，也可謂毛氏開啟文革的功臣。女兒，你是否讀過或聽過清史中，慈禧太后對待義和團的故事？慈禧太后當年以大清一國獨自挑戰西歐列強，手中卻無良將良兵，便鼓動義和團蜂起禦敵。其實義和團不過是一群烏合之眾，以巫術愚民亦愚弄大清朝廷坐井觀天的一眾官場。同時皇庭對於凡是講眞話之官員，皆一律以罪人待之，斬首示眾。最終義和團面對列強的戰果可以四字概括——一敗塗地。義和團與清軍均作鳥獸散，釀成八國聯軍攻入帝都之禍。義和團則成爲慈禧太后頂罪之禍首，一斬了之，向列強謝罪。義和團的庚子拳亂與紅衛兵相距超越百年。雖然兩代人永不會相逢，但兩者的命運是否可謂「同是天涯淪落人」？

當今畢竟無戰爭，自然不能將近兩千萬少年學生一斬了之，但無妨一棄了之。如中共一貫作風，名不正則言不順，所以雖是棄之也仍然要冠以革命大義，以革命之名實施。昔日「革命小將」，今日被毛氏重新冠名爲「知識青年」。史稱「知識青年上山下鄉」，目的則由毛氏一言蔽之——「接受貧下中農再教育」。事實上，毛氏認爲將四處點火的學生，從文革中心放逐到邊荒之地，打入金字塔最底層，如同釜底抽薪、揚湯止沸，便可如他期盼結束文革亂象，按他心中的藍圖重建毛氏紅色帝國？前面提及毛氏建國藍圖，其實那藍圖究竟是何樣貌？甚至是否眞有一番藍圖設計？則是從無人提及，更從未見證據。小民如我，只能憑事實推測。或許毛氏自道「和尚打傘，無法無天」，便是他的治國藍圖、治國心願吧？

學生的離去並未能阻擋文革的進行。學生離去的一九六八年，距離文革的終結時日甚遠，大約有十年之遠。十年期間，身份變爲「知識青年」的毛氏棄子從少年長成青年，成爲那場以「革命」之名掀起的颶風的祭品。那爲毛氏獻上的祭品，即是他們曾經的胸中志向，青澀的生命、人生前程，甚至是人格風骨與本性中的善良。他們本是意氣飛揚、心意單純的孩子，卻大多數不得不從此學會低首下心、兩面手段、蠅營狗苟，以應付生活中的艱難，去尋找一份前程。學生雖然離去，毛氏鼓動學生燃起的那把火，在整個大陸中國依然熊熊不息，只是「中央文革小組」領導下的文革，已經成爲另一番景象。自毛夫人江青開始，藉文革運動而公報私仇，自上而下地蔓延，大陸偌大領地上因重建官場（即所謂革委會）而引起的爭權奪利，更是成爲文革中形成的各個派別組織爭鬥的主流。這番混亂爭鬥之中，有心藉此官場重構重組而上位之人，也逐漸學得上位的捷徑——乃是揣摩與順從「聖意」，即任何當權者之旨意，不惜以卑劣的手法——例如賄賂、編造罪名與欺瞞個人劣跡，將那些肯於堅守人性底線之人打入地獄。這一過程其實亦開啓了大陸中國如今官場的景象，不過這是後話。女兒，毛氏的「揚湯止沸」顯然是他的再一次「失街亭」之誤，其效果是文革仍在繼續，只不過是其中少了學生的身影。

大陸中國近兩年閒寫知青生活——包括寫北大荒知青生活——的書與各類回憶文章數量或如恒河沙數，側重也各不相同，若有人有心收集那書籍文章，只怕是無窮無盡。女兒，孩子們，你們是否讀過其中一、二？我並無「語不驚人死不休」的才能與心願，只是想憑自己的拙筆，略略解讀藏在個人經歷回憶背後的那些「爲什麼」。

# 北大荒記憶之一 一九六八年的綠皮知青專列

前幾年，自媒體中發起許多關於當年「知青上山下鄉」是「有悔」還是「無悔」的爭辯，自己從未參與。於我而言，其實那爭辯的命題本身便無意義，或曰「僞命題」。「知青上山下鄉」並非出自個人自由選擇，既然無可選擇，只能順從，「悔」與「無悔」又從何談起？若問那被驅趕的羊群「悔」或「不悔」，豈不是滑天下之大稽？「悔」與「無悔」又是遵循何判斷標準？不過以上只是五十年後的自己午夜夢迴的領悟。當時的多數少年學生，對於「上山下鄉」的安排只是順從而已，或許這也可看作是自小學便有意無意地接受「馴服工具」教育的結果吧？那時的我們雖對此不免有始料未及的慌亂或不甘，心中卻絕無「抗拒」二字。

女兒，那時「上山下鄉」指令傳入學校，成爲我們一代惟一的去向。其實例外仍然是存在的，例如前文中那個「豆蔻枝頭」的女孩作爲獨生女得以留京。另一類例外則是少數幸運的紅二代的專屬。例如位於「三線」的軍工廠招工名額，只挑選「政治上絕對可靠」的學生，而更惹人豔羨的則是軍隊招兵的機會，自然多屬於悄悄進行。其實那時文革早已經是「橫掃一切牛鬼蛇神」，許多父母原爲中共高層或中層官員，均被中央文革或被群眾組織「宣判」爲「黑幫」、「牛鬼蛇神」之類，於是他們的子女——原本的鐵槓紅二代（「紅衛兵」），也已經淪落爲黑二代，亦大都只有「上山下鄉」爲惟一去處。如我一般「非黑即灰」的家庭背景，記得當時可供父母們推敲的惟一選擇，是去北大荒兵團、內蒙草原，還是去陝北農村？J姨與姨夫商議，均是未知之地，「兩害相權擇其輕」，只能是推測去哪裡會少些風險？J姨主張還是去北大荒，理由是那裡雖冬季極寒，但起碼是「生產建設兵團」，據說住房吃飯都有保障。若是農村，需要自己壘灶劈柴燒火才能做飯，只怕我只能吃生米度日。況且我的家族幾代前就離開鄉村，成爲城市中職業人士，對於農村知之甚少，還是挑選有些保障些的去處吧。自己也實在不忍再讓本已焦頭爛額的J姨再多操心，便確定了北大荒作爲我的去處。

高陽先生書中，不只一處提到清朝時流放人犯最遠之處爲寧古塔，發配至寧古塔於披甲人爲奴是極重的懲處，似乎只有罪大惡極之徒才適用。史稱寧古塔是苦寒之地，惟有杳無人煙的草原與林莽。寧古塔位於今日的黑龍江牡丹江市海林縣，而從寧古塔繼續向北大約兩百公里，即是如今俗稱的北大荒地域的起始。大清朝時寧古塔之北的荒原，於六〇年代末是何種樣貌？北大荒業經十數年開墾，知青的基礎生存狀態確實尚有保障，柴米油鹽自給自足，無需知青思慮，甚至亦無需自己操持，依靠食堂即可。如今回想，所謂「北大荒有吃有住」，本質是知青依然依附於集權體制下某一「單位」，其身份便是如當地「組織」管理的單位中家養小狗一般，既然是日日飯食來自家中，馴順聽話、會向主人搖尾討好才是好狗吧？赴山西、陝西農村插隊的知青，大多是糠菜半年糧，食不果腹，住處漏雨透風，或不得不長年借宿於農民家中亦並非罕見，但他們因此換回更多自由生長與思索的空間。若是當年自己即理解去北大荒「生產建設兵團」與去農村插隊間的不同，或許我會寧願選擇插隊吧？

讀到許多知青回憶文章，談及當年臨行前註銷戶口的迅捷，說在派出所離開時，手中換來一張薄薄紙片，注明某人將遷移至某處。食指與拇指捏起輕薄的紙片，「當時只道是尋常」。那時不會想到，數年後有多少人歷盡千辛萬苦、用盡心思手段，甚至傾盡父母終生積蓄，才重新獲回那如薄薄一紙的北京戶口卡。我卻竟然搜尋不出自己銷戶籍的記憶，不知道是緣於那時心思恍惚，還是未理解那程序的意涵？我的記憶對全部準備下鄉的程序與過程缺乏細節，僅存些模糊的場景。記得J姨一件件迭起悉數要裝入旅行箱中的物件。父母的家雖早化爲烏有，家人雖失散於南北東西，心中卻始終未忽略我這姥姥言作是「上帝恩賜」的一條幼弱生命」，所以那箱中裝入的物品，依當年標準稱得上頗爲豐足。正逢「烽火連三月」的亂世，家人通信極罕見，卻紛紛寄來衣物送我遠行。父親寄來一雙極精緻的皮靴，黑色細皮面，裡襯是絨白羔羊皮。不知當年父親從哪裡尋到如此罕見的物件？姥姥爲我寄來她縫製的兩套全新內衣褲，細絨碎花的綿軟衣料，細密針腳的手工。奶奶則寄來一床被子，叮囑說其中所絮是駝絨，雖輕卻格外禦寒。我心中的情緒難辨。記得當時一片心思只是若有若無地飄著，說不清、道不明，全未想到過未來的衣食住行，有時也不免會想到父親，已經有一年家信中斷，不知道人在哪裡，也在某蠻荒之地嗎？少年時的自己，常常生出許多不著邊際的幻象，似乎永遠是在現實與幻象間徘徊，難以專注於身邊瑣細的事務，不知道這是否是我的靈魂，在不自覺中試圖逃避現世？準備遠行北大荒，在我心中也只是恍恍惚惚的概念，缺乏現實感，全靠J姨細細整理了那只將隨我遠行萬里的旅行箱。

女兒，不同於你身邊始終有家人伴隨，自己則是內心或許早已逐漸習慣了家人分離，聚少離多是自己家人生活的常態。前文已經告訴你（自序之一——寄語小兒女），自己家人四散分離的時間，遠早於文革啓動的一九六六年。自己父母的際遇，並非是我家族中的孤例，例如J姨父與我父親命運類同，自反右運動之後，便遠遣萬里之外的窮鄉僻壤，由J姨獨自留京照料年幼兒女。不過家人雖然遠離，自己卻從未有被家人遺棄的恐懼，或許是由於將自己從襁褓中養大成人的姥姥是自己心中的錨，如同定海之針。或許雖然相隔千里萬里，自己卻始終能感受到家人的關注，感受到家人離散是不得已，「人生長恨水長東」，都是由於外力的逼迫。讀到過某網路小說中一段話，是「被父母家人疼愛著長大的人，身上會有一種珍貴的樂觀。能讓他們在挫折中看見的永遠是希望，而不是絕望。這很重要，比聰慧、隱忍、果斷等一切品質都重要」。我難以判斷此話是否有事實依據，或是否有道理。我雖早早無家人陪伴，卻依然是在家人疼愛中長大。我樂觀麼？似乎談不上樂觀，但相信有家人疼愛的人有幸獲得人間溫暖，因而會有更和暖的人性，會以人性中保存的溫暖回饋人間，如同是「我見青山多嫵媚，青山見我應如是」吧？自己與我的家人雖分隔萬里千里，卻始終是家人，哪怕參商不見也不會忘記彼此。

同代人中有許多詩文記敘知青離京的場景，其中流傳極廣的一首是詩人食指之作，《這是四點零八分的北京》，寫某知青專列離開北京的一刻，似乎連細節都歷歷在目。自己記憶裡的過程卻始終是心思恍惚，一切經過都是半夢半醒地不眞實，一直如墜五里夢中，甚至連如何到達車站也不記得，直到在綠皮車中坐定的那一刻。我本以爲不會有家人來爲我送行，因爲自己家人早已天各一方，J姨這兩天正忙得焦頭爛額，準備她去幹校前的一應雜務，特別是安排獨自留在家中的一雙尚在小學年齡的兒女。坐定在車中的那一刻，我卻一眼看到月臺上的J姨。月臺極擁擠，滿是來送行的父母家人還有同學朋友，擠得不留一絲縫隙，幾乎人人腳不沾地。J姨生得瘦弱嬌小，幾乎是埋在人堆中，我卻一眼看見她細緻的眉眼，清瘦的雙頰，也第一次留意到未入中年的J姨鬢角居然有了蒼色。J姨感覺到我看見了她，努力地露出微笑。古人有折柳贈別的習俗，想像中那必定是極私人的辭別吧，「楊柳岸，曉風殘月」，行者將送別者悉心遞來的那段青碧柳枝深藏於廣袖中，繼之收藏於心。那時的月臺卻是大庭廣眾，人聲鼎沸。眾目睽睽之下，能夠怎樣？我自幼生活在與那種聚少離多的家庭中，似乎家人離散分別的狀態才是常態，家中所有親人似乎亦是自五〇年代，便被迫地習慣了家人聚少離多的日子，所以自己還是小孩子時，已經歷煉出在分別時控制自己情緒的能力，絕不會當眾失聲哭泣，通常都是相互默默一笑，千言萬語便藏在那一笑之中。之後山高水遠、天各一方，不知何時再見，只有那臨別一笑永遠收藏於心。

我剛剛向J姨回了微笑，卻看見車下人群中傳遞到我手中的一兜杏子。是常用的塑膠線編成的網兜，沉甸甸地塞滿熟透的杏子，顯然是事先挑揀過的，顆顆圓熟，柔美的金黃色，透出甜甜的香氣。這季節桃子未熟，只有杏子正是應季。J姨家位於西郊，距位於市中心的火車站要大約兩個小時的車程。將那些杏子拎到車站，再擠入人群，逐節車廂搜尋，我眞的想像不出那要一向瘦弱的J姨付出如何努力？我不禁濕了眼眶，卻仍然不願破了我們家人送別時的傳統。我努力地微笑，舉起一枚杏子。J姨依然微笑，似乎是說「放心」。這些便是我的家人。在那些一波又一波整治讀書人的政治運動中，連「莫須有」的罪名都無需加身，便被牽涉進去的漩渦裡，我們只得沉默，在沉默中相互守望，以安靜的微笑傳遞那恒定的關愛。

列車緩緩起動，J姨與我之間的微笑漸離漸遠，終於失落了彼此，只成爲藏於心中的記憶。我們所乘的綠皮車名爲知青專列，行程安排必得考慮不攪亂常規列車執行時間表，因而那列車一般是凡遇通常城市車站便加速一閃而過，但爲錯開常規列車運行，卻常常在野地中暫停。停留在野地時長時短，我們無法預知，但那是絕好的「放風時間」，可以下車行走。少年心思，常是流雲般起伏不定，列車漸行漸遠，學生心中別離的憂傷，逐漸被旅途的景色沖淡、沖散，而目的地可能帶來的憂慮似乎尚未成為現實。除不得不離開帝都外，我們尚在身份轉換的旅行之中，「知識青年」的身份似乎還未帶來寒意，北大荒尚是個遠方的地名，並非眼前現實。數天的路程，列車走走停停，經過各種村鎮，出得山海關，便愈見村鎮房舍色彩的灰敗，似乎少見磚瓦顏色，都是泥牆草頂。不過正值仲夏，田野總是美的。將近麥熟，大地的色彩多是黃綠相間。風景的美麗似乎讓人心安，讓人相信地球在天老地荒之中，還在默默地守護著她的規律，也因而守護了混混沌沌的人類。或許依然是少年不識愁滋味的年紀吧，所有人腦中、心中對於到達旅程終點後現實生活的樣貌，都缺乏具象的理解，亦無人表達對於未來的擔憂。

記得呆坐車廂中無聊賴地閒聊時，同學D曾問我，「等我們到達北大荒，你想做什麼？」記得當時自己的回答居然頗帶些俠客情懷——我答說：「墾荒吧，等這裡的荒原變成良田，也可能會去海南墾荒，一生走遍地北天南。」D大笑不止。如今回想，那回答也顯示了紅色教育給自己留下的印痕，例如那時的我心中，全然沒有對於個體的自我意識，雖不自覺，卻等於自認是一顆國家建設的螺絲釘，哪裡需要就去哪裡填補空位；例如滿心裡只有些宏大敘事的概念，對於每日生活的具體內容全無意象；又例如甚至不自覺地認為，國家會記得我們這些少年當年的活力，因而會視我們為填補空白的力量。我當時的回答雖然亦不乏少年人的浪漫，如今細思卻可謂愚不可及。

綠皮列車不掛餐車。因而既不供三餐，甚至連食水亦不供應，由於不停靠客運站，亦無法在月臺購買食水。如此安排，如同車中裝運的全是貨物，無需人類的基本需要。不知道那是由於安排綠皮列車的行政官員的疏忽，還是有意如此——終於把發動文革的「罪魁禍首」趕出帝都，心中可有終於是報一箭之仇的快意？幸得學生間相互照應，家中爲旅程準備了食物的學生，大都慷慨地相互分享食水，也不免相互閒談，似乎短暫地忘記了文革時，不同家庭出身的同學之間劃下的深深塹溝。或許那同坐綠皮列車的事實，使不同的「二代」們短暫地獲得平等待遇，平等待遇亦短暫地消除了「二代」孩子們心中的敵意或戒備之心？雖然是物資普遍匱乏的時代，Y中的學生大多家中尚有能力，爲即將遠行的孩子們，準備些按當年標準而言較豐足的食物。不過同列車亦可見不知是哪些中學學生的困窘，行囊中並無食物，或僅有一包餅乾，或許是家中未料到那旅程之長，也或許是家中本已經是捉襟見肘，即便是孩子遠行，也實在無能力拿得出多餘物品裝入他們的行囊？那時的自己不知世事艱辛，全賴家族前輩曾經創業有成與家人呵護，自幼衣食無憂，因而對於謀生全無概念。之後才知道許多同列車的學生，此行要肩負幫助父母養家的擔子。當年底層工人的每月薪酬按等級劃分，大約是從三十元起至八十元之間[illegible]。這統計數字顯示的是常規國有工廠工人的薪酬，而許多由於帶上各種「異己分子」政治帽子而失去常規工作的人，不得不靠打臨時工爲生，例如從街道管理處領取糊火柴盒的零工，則收入遠低於以上數字。據《百度》網路平臺可以查到的資訊，當年糊火柴盒的工錢是兩厘一個，亦有說糊一百個火柴盒可以賺到四分錢。雖然收入微薄，能領到那份活兒已然是莫大的幸運。一旦領到，則會全家老幼一齊趕工，晚間只捨得點一盞燈，便有白髮蒼顏與柔軟稚嫩的黑髮一同擠在那燈光之下，只聽手指悉嗦的動靜，無人有一句閒話。五〇年代大陸政府效仿蘇聯，號召多生育子女，因而當年工人家庭常見多子多女，一家有四五個兄弟姐妹並非罕見，而底層收入的家庭養育這些子女成人也是艱辛備嘗，父母節衣縮食，一套單位發下的工作服便是一年衣著。子女們則自幼便分擔家務，若爲兄爲姐則要照顧幼弟幼妹，而幼弟幼妹身上則永遠是兄姐因長高而穿不下的舊衣褲，哪怕是補丁疊補丁也不得不繼續傳下去。

那年代大陸中國的父母尚無八〇年代「獨生子女」父母的心態，底層收入家庭的父母一般缺乏望子成龍的奢望。人生於他們而言，或者不過是一次被動的人生旅程，隨遇而安，不過養兒育女則是後輩對家族的責任，「不孝有三，無後最大」。他們心目中送子女讀書是爲識文斷字，而首選工作的標準，不過是成爲「正式工[53]，單位較優，收入穩定，離家近些」。這些標準若能實現，便是像如今中了頭彩一般幸運。文革摧毀了這些底層收入家庭對於子女前程的卑微期望，毛氏只憑個人輕鬆決斷的一句話，「知識青年上山下鄉」，便毀掉了那些家庭與少年只想安分守己地安定生活的期望。無論是否讀完中學，全部子女於一九六八年均算是中學畢業，但兒女去向與父母對他們的期望卻是相距十萬八千里。這便是那個底層民眾曾經期盼、支援，且爲之奪得政權而付出無數性命的那個紅色政黨麼？便是那政黨給予他們的回報麼？或許送兒女去北大荒的父母雖然失望，也有一份安慰，因爲去北大荒建設兵團還是有份工資的，雖微薄到每月不足十元。聽說當年分別時亦有許多父母重複叮嚀，「千萬記得領了工資要寄回家」。我想那不是父母貪婪，而是柴米油鹽逼迫他們不得不如此吧。

那綠皮列車雖是走走停停、拖拖拉拉，但旅程再長也終有盡頭。印象裡大約離開北京一星期後，列車終於進入牡丹江地區。車行之處已經不見人煙，只見丘陵起伏。不過當時心中也並未浮起「荒涼」二字，只想到這裡已經在大清朝流放罪犯懲罰極致之處的寧古塔北面，或是那些流放的古人足跡也未到此處吧。其實此地景色特秀，不知古人若踏足此處是否會詩興迭起？車行處，只見丘陵相接，植被豐茂。山有木，木有枝，枝上有千年藤蔓懸掛，枝葉絞纏，山色青碧，青碧之色或深或淺難以細辨，卻是重疊延展，繚繞起山間層層水汽縹緲，無邊無涯。「雲深不知處」，本來只是課本上的一句古詩，此時卻跳出心中，別有一番滋味卻又說不清楚，似乎是忽然置身於天老地荒之中，四野寂寂，雲層深深，遠離人間喧囂。不過這感覺僅是一霎那便被人高聲打斷，「看，這才是沃野千里呢，和北京光禿禿的山地大不相同，正好讓我們來墾荒」。我看著那山野樹木生長的無拘無束，無涯無際，肆意地生得蒼碧交雜，似乎它們千載萬載都是這天地的寵兒，亦似乎上天將生命交托予天地，特意要渲染出這天地的美麗，忽然感覺有些不忍心。自己幾天前也是說過要終生去墾荒的，在城市水泥建築中長大的孩子，那時對於這天地間自然生命的青碧，能有多少感性意識？此時卻不免想到，我們眞的要毀去這些林木，毀掉這些已經青碧萬年的生命嗎？我們人類到底需要多少糧食呢？我們難道天生是自然界那些生命的屠夫嗎？心中同時也意識到這一問恐怕是缺乏「革命意識」，自然只是沉默。

這區域或許列車稀少，我們的知青專列終於得以停靠每個車站。其實那些車站也僅僅是一段孤零零的水泥月臺，一座紅磚小屋，可能既是售票處亦供候車人避寒。月臺上是空蕩蕩地無物，卻有三兩個挎了竹籃的小姑娘，兜售野果。那時車上學生似乎感到了旅途目的地的迫近，本來的閒談霎時間沉寂，也無人上心竹籃中那些紫紅的野果。自己無端地想起Y中地理課，想到這裡是否已經超出了我們那無所不知的地理老師的見識範圍？車停在「涼水泉」，同樣只是一段孤零零的水泥月臺，一座粗糙方正的紅磚小屋，或許是那裡在當初開荒時眞有一道泉水？

「涼水泉」車站便是被分配到B農場的Y中學生綠皮專列此行的終點站，接下來的路程便在大陸中國的鐵路網覆蓋區域之外，必須乘各村自己的交通工具才可到達。之後才知道涼水泉車站便是距離自己未來將居住數年的村子最近的火車站，亦是接通我們村莊與外界的惟一通道。

## 北大荒記憶之二 「蛾眉屈指年多少，到處滄桑知不知」

女兒，若將人生過程喻爲一本或厚或薄的書，那麼綠皮專列的旅程終結，意味著我們少年人生之書的舊頁合起。無論是「革命小將」、「紅衛兵」還是通稱學生的身份，也將隨舊頁合起而終結。新頁翻開，一列車的少年們從此只餘一個統一身份——「知識青年」。雖然按年齡許多人還未成年，亦是從此成爲依附於某「單位」中視爲成人的農工。

超過一個星期的火車旅行，四肢不得舒展，似乎人人都有些頭腦麻木，精神萎靡，惟一剩餘的願望便是渴睡，哪怕是可以立即伸展四肢睡在地上也是享受。不過這並非最終旅程的終結，因爲我們還要如羊群一般排成數列，等待被分配到不同連隊（由於是所謂兵團建制，因而統稱爲「連隊」，而非「生產隊」）。還模糊地記得那排於隊列中等待唱名的感覺，似乎是在夢中看一個站在地上的自己，不知道是眞正的自己？是分身的傀儡？還是眞正的自己便是那羊群中的一隻而已？

北大荒當年可謂地廣人稀，村與村之間相距極遠，遠到連雞犬之聲亦不相聞，莫說村民可隨意走莊串戶地互訪。每座村莊都獨自立於一片無際的田野中，似乎孤絕於世，或曰自成一個小世界。站在村莊邊緣，極目四望，所見只有農田——麥田或大豆田，四野茫茫，惟餘一片滄桑綠色，或深或淺。我所在的村莊座落於一馬平川上，只有西南角有座小丘，山形渾圓，與平川和諧地融爲一體，如一匹馬閑臥在草叢之中，只見厚實的肩背後臀。那是匹懶馬，臥的一動不動，惟有顏色隨季節變換，冬季通體雪白，秋季則成爲黃棕。小丘便是二個村莊疆界的界標。其實村莊間有無疆界，在這裡不知是意義幾何？記得幼時時常問姥姥，那W城牆外都有什麼？姥姥卻答說「牆外還是牆」。如今懂得這世上的牆可以是有形無形，各式各樣。那些密密圍住每個村莊的農田，其何嘗不等於四處是牆，將村民圍在其中，孤立於廣大人世之外？

　　這裡是平原地區，一馬平川之地，據說是五〇年代轉業大軍到達北大荒時，最早選擇的開發之地，猜測是以當時的農具與人力，平原確實更易於開墾吧。據說這也是當年許多著名文人成爲「右派」後的駐足之地，甚或是埋骨之地。或者是人雖生還，卻從此埋葬了膽氣風骨，放低了做人的頭顱。作家聶紺弩於五〇年代曾因右派而遣送北大荒，苦寒艱辛備嚐，因而作《北大荒歌》，道：「北大荒，天蒼蒼，地茫茫，一片衰草枯葦塘。葦草青，葦草黃，生者死，死者爛，肥土壤，爲下代作食糧。何物空中飛？蚊蟲蒼蠅，蠛蠓牛虻。何物水邊爬？四腳蛇，蛤士蟆，肉螞蟥。山中霸主熊和虎，原上英雄豺與狼。爛草污泥眞樂土，毒蟲猛獸美家鄉。誰來酣睡似榻前，須見一日之短長。大煙兒泡，誰敢當？天低昂，雪飛揚，風顛狂，無晝夜，迷八方。雉不能飛，狍不能走，熊不出洞，野無虎狼。酣戰玉龍披甲苦，圖南鵬鳥振翼忙。天地末日情何異，冰河時代味再嚐。一年四季冬最長。」

自己被分派到B農場R隊，便是前面寫道以「臥馬」為界標的村莊，或按當時尚未撤銷的兵團建制稱為「R連」。其實無論稱謂如何，也只是一座農場與務農的村莊而已。

## R村印象之一——衣食住行，「滅人欲存天理」

如同許多以「屯墾戍邊」之目的建成的村落相同，我們這些知青落足的R村，並非自然生成的鄉間村落，而是由轉為農工的軍人，統一始建於抗美援朝之戰結束後。女兒，你是否可以想像五〇年代初，毛氏號令軍隊就地轉業的那一幕？那時毛氏一聲令下，號令超過兩百萬的援朝軍人無分來自大江南北，無分是單身還是在家鄉有父母妻子兒女，一律不得再回原籍，而是就地轉業，分成小隊自建駐地，轉做農工，名義為「屯墾戍邊」。所謂屯墾戍邊，即是由軍人駐守邊疆，無戰事時則是務農，以稼穡為生，無需國庫負擔糧餉且為國庫增加收入。這也是華夏帝王的故智，如今被毛氏隨手撿起，撿得如此理直氣壯，全不顧那兩百萬人在那朝鮮戰場九死一生後，是否有歸家的渴盼？自己實在難以想像那些軍人初聽到那號令時是何種心情？難道不想念家中翹首以盼的父母妻兒？或者初見到那層層林莽，荒草高於人頭時，心中是否亦有抱怨？大陸中國是改革開啓之後，才有紀錄私人史的念頭萌發，之前未見有紀錄私人之心路歷程的文字。那些轉業為農工的軍人當年各人心中所思所想，早已經失落在莽莽林海與野草叢中，再無尋處。紅色官方的紀錄永遠是只有一派「鶯歌燕舞」，所謂正面的集體形象。

女兒，你若閱讀官方的北大荒開發紀錄，只能見到那些「雄赳赳氣昂昂，跨過鴨綠江」趕赴北韓作戰的士兵，繼之是「雄赳赳氣昂昂」地來開墾荒原，將北大荒變爲萬頃良田——「北大倉」。你不會讀到那些當年由軍轉農之人中有多少從此妻離子散？有多少條年青的生命，因不熟悉那裡的草灘泥淖而溺死於那蒼綠但險惡的荒原？有多少條生命因不懂得伐木的技巧，而被生生砸於大樹下，連全屍亦不能得？又有多少生命迷失在暴風雪中而凍餓成僵屍？女兒，這些你都不會讀到，因爲大陸中國官方對小民的惟一口號是「下定決心不怕犧牲，排除萬難去爭取勝利」，那是毛氏之言。毛氏心中，小民之命於君王的目標而言只是鋪路的碎石，是染紅旗幟的一滴人血而已。我的姥姥——你的太姥姥——表達過不同的看法，她說，「每條生命都是我主的禮物，要鄭重待之」。那是姥姥心中基督的言說。

既要屯墾，便要先建造轉業軍人可遮風避雨的住處，集屋爲村，一支隊伍便建爲一處村落。當年即是軍人的集體行爲，且並無房屋建造需要設計的觀念，更無美觀的追求，因而各村莊的住房一律是統一式樣，如同軍營模式。紅磚或土坯平房一式一樣地排列成行，皆是方方正正，一門兩窗，房頂傾斜向下，爲的是不會積蓄雨水吧。R村自然也是同一付模子建成，絕無別出心裁。房前空地皆是各家紮起的籬笆牆，牆內可飼養些雞鴨鵝，以補充家中副食種類的不足。北大荒雖然號稱華夏糧倉，但古稱蠻荒之地，於內地農民而言便是冬季極長，九月即見朔風勁，催得大雪紛紛。可以生長農作物的季節極短，僅在六七八三個月可以見到新鮮菜蔬，如番茄、豆角、黃瓜一類，所以夏季時食堂大鍋亂燉的番茄與豆角，便是難得的美味了。其餘季節只有冰凍儲存的土豆蘿蔔。前文所引聶紺弩的「歌」作於五〇年代，若與五〇年代右派的境況相比，我們已經是「幸運兒」。經轉業軍人十幾年的血汗勞作，北大荒雖依然是從春季開始便見蚊蟲牛虻漫空飛舞，從九月起便見到「天低昂，雪飛揚，風癲狂」，但是熊與虎卻已經不見蹤跡，看來萬獸之王終敵不過人類的霸道擴張。

感謝那些轉業軍人——如今已經被統稱為「老職工」，我們畢竟有房屋可以居住，雖然那住屋低矮簡陋，壘牆時露出的草頭依然根根在目，裸露的土牆，全然沒有粉刷過的痕跡。居屋無電線接入，因而無電燈照明，若晚間需要照明，便需各人自備燈盞。北方禦寒的另一法寶——火炕，我們的住房裡卻是沒有的，而是建有抵禦酷寒的土灶與火牆。屋內只有一條木板橫過整間居屋，那便是我們未來的床鋪。那時Y中學宿舍中學生雖是上下床，但畢竟每人有單獨的床，這裡卻是真正的「集體生活」了。由於所謂床鋪只是一條一通到底的長木板，全體分配到同一間住房的「知青」，便要無間隔地擠在同一條鋪上，所謂「大通鋪」是也。畢竟不是旅途中睡在大車店，權宜之地蝸居一宿，而是要學生們夜夜如此地共睡一鋪，全無個人隱私的空間可言。除此之外，與我們學生時代居住的宿舍無本質的不同。所以我們便自然而然不約而同地稱呼那住處為「宿舍」，由於確實稱不得是一處「家」。如今回想，大通鋪的安置方式未免過分，全然未顧及知青個人應有的生活空間，當年卻似乎是「既來之，則安之」的心態吧，從未聽到有人出聲抱怨。女兒，或許那時我們心中已經認同自己的新身份——「知識青年」？唯有接受「自我改造」的觀念。既然是來接受再教育，那麼首先是改造自己對於生活條件的欲望，要將有關自我的欲望一併剷除，理應欣然接受生活的貧寒簡陋。無論如何簡陋不便的生活條件，都是我們必須接受的，且需接受得心中無怨無悔，否則便是背離了人生導師毛氏對於我們「自我改造」的期待。

我們默然地接受了大通鋪，接受了晚間無電燈照明的現實。於是各自選一處鋪板，攤開那跟隨了自己萬里而來的鋪蓋卷，便是為自己「安家」了，唯一可以選擇的是鄰鋪之人，多是選擇自己原本熟悉的同學。繼後數日，有學生尋來些舊報紙裱糊那裸露的泥牆，似乎也希望生活不至過於因陋就簡。事實上，日後為每人稍稍留下些私人空間的居然是蚊帳。離京之前每人收到的「必備物品清單」中有一項便是蚊帳，因為如聶紺弩「歌」中特稱的「蚊蟲蒼蠅，蠛蠓牛虻」，於北大荒確實絕無誇張。北大荒蚊蟲體大且針尖利而長，無孔不入。若無蚊帳，則夜晚會被叮咬得無法入睡。據說當地土匪幫中最殘忍的刑罰，便是將犯規之人綁在荒野樹叢之中任蚊蟲叮咬，直至被罰之人被蚊蟲吸盡血液致死。每晚睡前，我們每人會將蚊帳邊緣細細塞入床褥之下，壓得不留一絲縫隙，以抵擋蚊蟲闖入。於是這蚊帳便成為大通鋪上人與人之間的疆界，每頂蚊帳下便成爲私人空間。那時宿舍每人各備一盞油燈以晚間照明，俗稱「馬燈」，燃油的燈芯外有玻璃燈罩，以防雨打風吹得燈芯熄滅，或許是舊時趕夜路的車馬必備之物吧？若入夜讀書或書寫家信，便各人燃起馬燈，繼之各自躲入蚊帳。馬燈光線昏黃，蚊帳雖然只是單薄的經緯棉線交織，並非可以完全隔斷他人視線，卻因昏黃的燈色與搖曳不定的光焰，而使帳中人有了些形影朦朧之意，並非全然袒露在眾目睽睽之下。尤其是心情低落，淚眼忍不住盈盈時，那層朦朧的棉紗，便成了躲避他人目光的屏障。古人詩詞中常見「羅帳」一詞，常是與少年時旖旎風流的時光連在一起，那「羅帳」其實也不過是遮擋床上風光的帳子，只是大都是絲羅織就。如今的蚊帳就功能而論似乎也差可比擬，只不過遮擋的是每個少年僅剩的一點點自我自尊，或遮擋心緒不寧時的自怨自艾，或者是千般忍耐後卻仍止不住的淚水吧。

女兒，起始夜夜大通鋪時，我們只是默然接受現狀，自己也未曾猜測如此安頓下來的狀態將會是「山中日月長」，還是不過是一段短暫的人生旅程？事實上，如此夜夜大通鋪的生存狀態，每晚靠馬燈照明的日子，不知不覺地成爲北大荒多數「知識青年」的人生常態，對於許多人甚至長逾十年。不過那是後話。記憶裡此時的我，似乎依然停留於懵懂之中，覺得一切彷彿似眞似幻，似乎是一個夢中的自己在看自己的分身，這感覺似乎跟隨了自己無數日。回想，究竟自己那時有多少時間是眞眞切切地思索過？那些全無思索，渾渾噩噩、隨波逐流地度過的歲月，是否全然是人生的浪費？古詩人常寫夢境，或是懷念萬里之外的家鄉，或是追思少年歲月自歎荒唐。不過那些詩中是懷念也好，是自歎也罷，終歸那些過往的歲月中，依然有過景色之美或少年浪漫，總之是舊景舊情難忘才會有夢。如今自忖，自己當年為何會生出身在夢中的虛無之感？大約是冥冥之中，人的靈魂會為生命留下些空間、留下些自我，留下些靈性，使得人性不至於完全蒙蔽於那塊紅布之中。「夢魂慣得無拘撿，又踏楊花到謝橋」，若能成為那個無拘無束的夢中人，也是幸運的吧？

女兒，你是否可以想象，現實中，一年三百六十日，你母親每晚的時光是同樣情景——將馬燈燃起，隔了蚊帳，攤開書本或日記本，或讀或寫，便渾然忘我，不知今夕何夕，只知面前的文字世界。那燈光隔了帳子格外朦朧昏黃，照得書頁與文字帶了些黃氳，卻渾然不覺看得眼睛吃力，只覺得可以面對書頁的那一刻，是一天中最自在的時光。也多虧得那時的少年精神，再加還未被歲月染得昏朦的一雙少年眼睛。那時讀了些什麼？記得有J姨好不容易為我搜集的幾冊許國璋編的大學英語教材，便嘗試自己解讀那些讀不懂的句子，時常是囫圇吞棗地重複數遍⋯⋯。自己那時的日記又寫了些什麼？由於那之後數十年間為工作住處常是漂泊不定，少有留下的物品。今日翻檢出幾頁日記殘片，其中一段起首居然是不知何時讀過的詞，「自在飛花輕似夢，無邊絲雨細如愁，寶簾閑掛小銀鉤」⋯⋯。這詞的意境如柔和清亮的童音，如絲般纏繞在塞外北風的長嘯中⋯。如今全然忘記當時為何寫下這與現實全然無關的斷句殘片？

或許有人讀到這些文字會說——「你想得太多了，哪裡值得如此聯想」，不過如今的自己卻是覺得此生並非「想得太多」，而是想得太少，至今仍然是想得太少。如我一般的少年們，便是在這不假思索、順從地接受那紅色政權加於其身的安排的過程中，逐漸地喪失了自我的意識，隨波逐流，任由他人的要求綁架了自己的人生，連生活方式亦一同被綁架。這便是「滅人欲，存天理」的過程吧？且要讓人欲被滅之人滅得或自甘自願，或不知不覺，甚或自認是罪有應得。女兒，孩子們，一個甲子後的自己，希望向你們講清楚當年我們一代的心理歷程，因而你們會自覺地避免跌入那作繭自縛的陷阱之中。

「滅人欲，存天理」的學說從朱熹始，為歷代帝王推崇。後世人亦曾解說或演繹「人欲」二字的範圍，試圖尋求一個合理的「人欲」規範，使「人欲」依然有些留存的空間？晚知晚覺如自己，今日方始明白關鍵在於那命題便是副枷鎖，就命題而做妥協的解釋，便相當於是枷鎖下的囚徒，偏要為那枷鎖尋出些可接受的理由。如今細想，將「人欲」與「天理」對立的本身便是荒謬。其一，人生於天地之間，是天地之間的生靈，先天賦予其欲望，人欲豈非亦是天道？有欲望本是天道之常。若是人生無欲望，何來人類的繁衍不絕，又何來大地之上的稻麥穀菽、城鎮村莊？其二，如何定義「人欲」與「天理」？不過自己如今也明白，在共產黨治下談天、地、生靈或談及鬼神、靈魂，其實依然是書生迂腐。共產黨早已經宣稱其世界觀是「唯物主義」，因而黨員必須是無神論者。據說少年毛氏亦曾信佛，是遵循母親的教誨，之後意識到那不過是「統治百姓所需」。爲統治百姓，毛氏治下的許多概念，例如「黨性」，其效率豈非遠遠勝過宗教？若承認神性、宗教與人性的存在，豈非等於承認這人世間可以存在與紅色勢力抗衡的力量？因此黨性與人性之間惟有對立，不然如何毀滅那抗衡的基礎？若黨性與人性兩者之間僅剩對立，若小民都是去人性、存黨性，那麼共產黨治下理想的人世，豈非是僅剩行屍走肉的「馴服工具」？在「階級理論」基礎上統御小民的人世間，豈非是僅剩一片「紅色之民」屠殺「黑色之民」的修羅場？或者，從另一個角度觀察，如此觀念與模式治理下的一片廣袤領土，豈非是集權體制生長最適宜、最豐沃的土壤？

紅色語境下，所謂「天理」絕對只能是中共推行之「理」。其一，即無論何時何地人群都劃分爲不同階級，雖然可有不同細分，但若論其本質不過只有兩種，即「剝削階級」與「被剝削階級」，中共的革命便是引領「被剝削階級」消滅「剝削階級」，奪回「被剝削」的一切利益。即使「革命」勝利，「被剝削階級」依然不會甘心臣服，而是永遠企圖奪回那曾經屬於他們的「天堂」，因而「階級鬥爭」永不會止息，因爲「剝削階級」亦是子子孫孫無窮盡，不得不防；其二，「被剝削階級」會試圖以各種形式反攻，例如有知識的「剝削階級」分子試圖以民主自由作爲反攻的招牌，而中共既然代表全體「被剝削階級」，因而中共的一黨專政實質上便是「無產階級專政」，是維護無產階級利益的必須。「民主自由」不過是「剝削階級」反攻「被剝削階級」的幌子；其三，論及個人與國家的關係，國家利益永遠佔據第一位，因為只有國強才有能力衛護王土，不再有列強蠶食。任何個人利益與強國目標相比，都渺小到如一粒塵沙，可以忽略不計；或曰面對國家利益，任何人都必須放棄追求個人利益；其四，一切人類的觀念、行為、情感、喜好等等都無法脫離「階級性」。這世上不存在普遍的人性，只有「階級性」統御之下的人性，例如著名的魯迅先生之文，「賈府裡的焦大也不會愛上林妹妹的」曾被廣泛引用，用以證明不同階級性的人，必定具有不同的審美觀、世界觀和愛情觀。此一理論在文革發展到極致。例如略為精緻的菜品，均從餐館菜單上消失，餐館僅留一扇窗口，供食客自己從窗口將點買的菜品端到桌上，因為要求餐館人員將菜品端上桌，亦是「舊剝削階級」的習氣；而數億人則是衣著非綠即藍，綠者為「紅二代」，身著父母輩舊軍裝以示身份，亦是當時的「一等階級」，而穿藍者則為自認是非黑即灰的家庭出身，自忖寧願是「藍色蟻群」中最不顯眼的一隻。那便是「滅人欲」的成果之一吧？

或許可以列出更多的「天理」條目，只是覺得這幾項可稱為紅色語境下「天理」之綱。如毛祖師所言，「綱舉目張」，這幾項綱領下似可演繹出無數細目，例如毛氏以「路線鬥爭」之名，將劉少奇一千人等打入九層地獄之下，其實「路線鬥爭」也不過是「階級鬥爭」之綱的演繹，即「階級鬥爭」深入黨內，從高層至基層，所以必須清除之。由於一切都統御在「階級性」觀念之下，便不難規範必須滅之的「人欲」。例如小民只需粗糧果腹、補丁摞補丁的衣服禦寒，而超出此標準的欲望即需要消滅之，而消滅之途徑便是自我改造。如今常見到紅二代的網路文章，自比滿清貴族，尊稱親朋爲「格格」，尊毛氏之女爲「公主」，但起首不忘加以「紅色」，於是成爲不倫不類的「紅色格格」、「紅色公主」，等等。只能說我們少年時信奉中共教誨小民的自我約束、自我改造只是笑話而已。毛氏尚未走出延安時，與民主人士黃炎培先生等曾有過著名的「窯洞對」，那便是「讓人民來監督政府，政府才不敢鬆懈」。[54]那時的毛氏還困守於延安窯洞，這段話使得無數讀書人對於中共心嚮往之，相信那人民可以來監督的政府，必將是華夏未來的希望，而那顆希望之星，便是講出此番豪言的毛氏。不過此番豪言與紅色政權建立之後的現實卻是大相逕庭。

女兒，你可能會說，你不是已經身在鄉村了嗎，爲什麼文字總是回到「讀書人的命運」？女兒，我相信讀書人的命運，並非只涉及到少數人的命運，而是數億小民命運的代表，或說是一面鏡子，既是滅絕學統文脈又是震懾萬民。毛氏的強國藥方是否批評不得？是否眞有效驗？眞的能惠及萬民麼？所謂「強國」究竟應以何標準作爲定義？若推而廣之，回溯到北大荒那些農場的源頭，那些志願軍多是出身農村的軍人，並非是讀書人。那超過兩百萬的志願軍人，一聲徵召，便在零下幾十度的天氣、身著單薄衫褲趕赴槍林彈雨中，以血肉之軀抵抗聯合國軍隊的遮天炮火，九死一生後再跨過鴨綠江返回祖國土地，卻在毛氏一聲號令下，便再也不能回歸家鄉，只能成爲那蠻荒之中的墾荒人。這些軍人如此的人生路，又如何能不讓人心生憐憫？若說毛氏僅對讀書人有戒心，所以寧願辱之、毀之、殺之，毛氏對自己的子弟兵又有何人情、人心、人性可言？

女兒，自己在前文中數次說過不願無端忖度人心，不願做誅心之語，但是事實俱在，此處的自己並非無端忖度。毛氏在尚與蔣氏爭奪華夏大地時，曾無數次信誓旦旦地寫下類似豪言，誓言將建成民主國家，引無數讀書人支持之，嚮往之，也引無數平民百姓競相爲那未來的光明而獻出身家性命。不知道毛氏可還記得他當年當面向一眾學者平民承諾之言？

## R村印象之二——「芙蓉國」在哪裡？

女兒，我想到你必定會評說，生活在R村的并不獨有知青吧？怎麼未見你提到村中當地人？我前文說過，寫北大荒知青生活的書籍與回憶，多如恒河之砂。不過知青念舊文字，多是表達知青本身的喜怒哀樂與勞作艱辛。關注己身感受本是人之常情，無可非議。記得有篇網上文章，提及知青與老職工（這是當年我們對於本地人的通稱）的生活並無多少交集，心中所想更是「風馬牛互不相及」，確實是實在之言。不過，女兒，你所言爲善，甚有道理，生活在R村這方寸天地之間的畢竟並非只是知青，亦有村中居民，他們亦是知青生活的組成部分，甚至可說知青是生活於他們奠基的環境之中。我並非有意在此探討民生，因這題目之宏大，遠非自己的小書可以囊括。不過自己也承認，既然已經人在北大荒農村，不應不見民生。

女兒，佛語云「一花一世界」，或許亦可反解之，即是萬千眾生雖可皆看作是佛座下一片蓮瓣，但是亦各有不同之相。如何在小小一節中寫出R村映射？或許還是從我的宏觀印象開始吧？R村雖小，卻也是彙集數百人的小世界。R村也可看作是紅色機器末端的一枚齒輪吧？「麻雀雖小，五臟俱全」——R村管理之權亦是中共的黨組織執掌，自然也包括執掌每個R村之民人生待遇的「生殺大權」。一切管理部署皆是遵循毛氏體制亦步亦趨。R村與北大荒各村的建成，均是源於毛氏「屯墾戍邊」的一念詔令。當年知青大都更喜歡稱之為「連」——R連，似乎更有氣派與地位些，彰顯「兵團」與農村在大陸紅色體制中的地位不同。當年各村（連）的疆界，由其所得的開墾耕作田野作為分界。由於北大荒地域廣袤，地廣而人稀，因而各隊下轄地域極廣。各隊駐地一般會選擇本轄區內位置大致居中、且地勢較平坦之處建立村莊（當年或按軍旅習慣稱為「駐地」），因而村莊與村莊之間以荒野隔開，相距或有百里之遙。四顧只有「天蒼蒼、野茫茫」，即使風吹草低也依然只見野茫茫。日日所見只有本村居民。

毛氏詩詞曾盛行一時，如我一代人在少年時幾乎人人讀過，至今記得那首七律——「我欲因之夢寥廓，芙蓉國裡盡朝暉」。那詩句確實是極度華彩的辭藻與意境，充滿帝王夢境，志得意滿，或許當年乾隆下江南寫下類似華彩詩篇時，也是相似心情吧？只是那首詩成的年月約在一九六一或一九六二年，如今人人皆知那仍是處於大陸中國的大饑荒期間。據說那場饑荒致死人數在兩千萬與三千萬之間，農田中餓殍處處可見，城市中乞丐不斷，未死之人亦多是食不果腹，四肢浮腫。那詩中的芙蓉國究竟在哪裡？或許指毛氏的家鄉？湖南古來有芙蓉國之稱，盛產湘蓮，「秋風萬里芙蓉國」。劉某亦是芙蓉國人，毛氏的老鄉，大饑荒中曾返芙蓉國省親，見家鄉饑民遍野，回到帝都不得不對毛氏實言相告，曰「人相食，我們是要入歷史的」，自然是擔心毛會以罵名入歷史。結果同是芙蓉國裡人，劉在文革中落得死無葬身之地，據說毛氏聞其死訊，評曰「自作孽，不可活」。或毛詩曰「芙蓉國」其實是泛指罷了，「普天之下，莫非王土」，九萬平方公里的王土，豈是區區湖南可以涵蓋？那麼究竟有多少小民有幸沐浴在那朝暉照耀之下？我們在北大荒落地且居住數年的村莊，是否可算座落於芙蓉國之內？

女兒，古詩中常見描述鄉村景象。那景象並非豪奢華麗，卻是蘊涵了自然而然的韻致，草屋瓦房高低錯落，樣式各異，竹籬環繞，籬上有枝葉交攀的牽牛花，綠楊黃菊，紅泥火爐，景色天成。女兒，你知道我是城市長大的孩子，甚至沒有家族親戚居住在鄉村，可供我們年節時去探望，不免對於古人詩中的鄉村景色心嚮往之。不過見到R村，才悟到那景色只存於古詩之中。你若問我對於R村一眼看去的印象，我似乎只能想出「粗陋」二字。這不是指貧窮，這裡的居民雖也過得捉襟見肘，卻不愁每日飯食，而是指這裡的一切都是因陋就簡地建得馬馬虎虎，毫無生活情趣可言，似乎是居屋只需應付最基本的衣食住行與生產所需即可，又似乎只是一處臨時軍營行轅，不會常駐，而是隨時準備拔營啓程。或許那時被號令就地轉業、屯墾戍邊的第一批志願軍，眞心以爲墾荒建營地不過是「任務」之一，之後交接於當地百姓，便可踏上歸家鄉的行程。畢竟他們冒槍林彈雨衝鋒陷陣，九死一生，他們的人生結局總不應該是老死邊荒吧？不過帝王之心中可生出過憐憫二字？那首批墾荒軍人可以再次拔營啓程返家的心願終是落空。

他們落足荒原林莽之初，相距我們知青到達已經超過十年，這十年間卻依然未有使得R村景致變得更宜居的行爲或願望，不知道是否是「習慣成自然」，久而不覺其陋了吧？R村既然並非如同內地鄉村那般自然形成的村落，因而也無自然形成的街巷蜿蜒接入每戶人家，更無綠楊環繞的小橋流水，整座村莊完全如軍營翻版，不見本分天然景色，亦不見村民對自己村莊加幾分裝飾的情趣。R村只有一條「規劃開闢」的「大街」，泥土壓實築成的路，從村口接入，直到大食堂。可供裝卸物資，繼之接通到畜牧排與機務排，以供車馬出入。那「大街」光禿禿地仰面朝天，路旁既未植行道樹，亦無作爲裝飾的街旁盆花之類。從村口入大街，數十步之處便見一排排民居，是一式一樣粗陋單調的土坯房，房前籬笆牆隔出一小片空間都是養些雞鴨，滿地污穢泥濘，家禽糞便處處皆是，鮮見有人繞籬笆牆植些爬蔓花草點綴居屋。數十年後我走過許多歐洲小鎮，多是建在山中，四圍皆是田地草原，卻是家家戶戶種花植草，五顏六色的賞心悅目，那必定是居民皆以那小鎮為此生家園，因而喜悅見到家園盡善盡美吧？比較R村居民的心理，因陋就簡的生存狀態，是否也是顯示了他們那無奈接受安排的心境？既然無法選擇，便敷衍地一天天度過，被敷衍的其實是自己的人生。現實中R村人的生活並非是一首古人的田園詩，而是面對年年歲歲不斷循環的勞作與無情無趣的人生。不知道是可謂毛氏推崇的萬民，要始終持續地考驗自己的耐力與勇氣，還是年復一年、身心麻木地持續那無盡頭日子？那也可看作是一首詩，北島所寫，生活是——「網」。R村人即如網底游魚，在束縛中生存，不知道他們是否也會生出對於人生意義的疑惑？

女兒，你若問我對於R村的第二印象，那我會選擇「閉塞」二字。前面寫過北大荒村與村相距甚遠。雞犬之聲不相聞。人員物資出入R村則是「自古華山一條路」——一條泥土碾壓成的行車道，通往B農場的物資集散樞紐——B農場的分場中心，設在涼水泉火車站旁。設置集散樞紐則是緣於種種物資需從總場分散至各村（連），因而各村必須建成連接分場中心的通路。不過各村莊之間顯然無物資相互交流之需，因而無通道相連，至我們到達之年依然如此。

如此，各村便如同一個個自成一體的小世界。其實稱小世界或稱村莊都不夠確切。R村其實在大陸體制中更應稱爲一個「單位」，即紅色集權大體制中的一個小小單元，管控其治下之民。R村是處於大體制的末梢。可以想像華夏王土類似的末梢必是數量龐大，方可覆蓋大陸廣袤領地上十數億小民吧。前文中雖說是「自古華山一條路」，那只是指居民物資出入之路。若論通訊之路，R村的黨組織自然有數條其他通道與上級組織連通，例如僅限於R村黨支部使用的電話線以及由通訊員聯絡，不過那都是官方管道，並非是村民可以任意享用。於知青們如我而言，與萬里之外的家鄉聯繫，無論是與家人還是舊友、同學，當年都只能依賴公共郵局系統的郵路。公共郵路系統覆蓋範圍以鐵路網的終點爲終點——或可比擬爲古驛站的終點吧。R村坐落於鐵路網之外，因而所有往來於R村與家鄉之間的郵件，只能由郵局投遞到分場部，即公共郵路系統的終點涼水泉火車站，之後由分場分揀出下轄各村的郵件，再由各村自行取回。

處理私人郵件並非分場的優先事務，因爲那時流行的革命壯語中便有一條，「私人的事再大也是小事，公家的事再小也是大事」。郵件是私人之事，因而分揀郵件要待分場人員有空閒時，常是數月分揀一次，之後再由R村自行取回。自己的家人早已經散居「海之角，天之涯」，與自己通書信的同學、朋友此時也成爲知青，散處海之角、天之涯。那郵件不知必須輾轉多少驛站？那時收到的書信都是揉搓得皺紋滿面，按投遞信日期看，也往往是數月之前便開始了輾轉的行程。古人稱書信「魚」或「雁」，或許也可解釋爲古時郵件，行程千里萬里，大雁抵達之期無法預見吧？天長日久，自己便悟出「忍耐」二字的眞意，其實「忍耐」便是心中永遠不存期待，或只存對於失望的期待。如此，未收到郵件便早在意料之內，不算失意，而一旦收到，更像是意外之喜。其實也自知這不過是自欺的招數而已，但如此自我安慰，似乎總強過不斷失望的心境。自己那時才眞的感受到「烽火連三月，家書抵萬金」的個中滋味，似乎每封信無論短長，哪怕只是寥寥數言，也可以使一直懸在不知何處的心，暫時有了落足之處。

自己的書信往來，也只限於家人與幾個在帝都時交好的同學之間，其實雖稱爲「同學」，多數是既不同級亦不同班的學生，甚至不必同校，僅是相投而已，而相投可以是指意氣或觀念或喜好，相識亦是偶然的機緣造成。文革事實上（雖非其本意）擴大了中學生人際交往的圈子，沖散了原本囿於班級或校際學生間交往的藩籬，使得中學生因機緣而偶然相識、相知、相投。自己偶然結識的人中，也不乏當年的燃燈者。那些交往確實是自己開啓自我思考之門的助力，或許也是使自己首次產生留下些筆墨文字的心願。女兒，若公平而言，「閉塞」對於作爲我們「知識青年」而言，更多是使心理鬱悶，我們並非完全不知曉R村乃至北大荒之外的人世樣貌。對於村民而言，導致的後果卻往往更爲深遠。他們難免閉目塞聽、目光短淺，由於孤陋寡聞而對於上級組織言無不信，亦步亦趨，其中也不乏阿諛諂媚，以求稍稍得到「組織」眷顧之心。

其實R村之民，例如當年轉業的軍人——知青所稱的R村「老職工」，並非全未見識過外界人世。古人說「燕燕於飛，差池其羽」，他們卻因毛氏詔令而只能困於一村，依附於R村這一末端單位，如籠中雀，插翅難飛。不過，女兒，你有沒有想過那些轉業軍人的後代，那些在R村出生成長的兒童？他們從出生所見，便只有這一村的方寸之地。他們粗衣陋食，每日與村中散養的幾隻大狗小狗一起奔跑玩耍，見到的父母只是每日勞作後泥汙滿身，疲累不堪，是否會想當然地認爲世界本該是這幅樣貌？我有時會想起我幼年的老保姆W婆，她是農家出身，虔誠的佛教徒，從未抱怨過世道不公。她常是對幼年的我解釋，說，「生在莊戶人家，天生就是要幹活的」，「莊戶人家就是窮，那就是命」。那些R村兒童是否也會相信「那就是命」？據說村民的初生嬰兒是四季無衣，僅是套進一個裝了細沙的大布袋裡，任嬰兒拖著沉重的布袋在火炕上翻滾爬行，R村孩子們到了會走路，才穿上哥哥姐姐的舊衣舊鞋，開始學習滿街野跑。十月在北大荒早已經是積雪盈尺，雪埋道路。這些孩子們甚至入冬時，依然腳上是一雙露出腳趾的膠鞋，沒有襪子的足跟直接踏在雪裡。他們是否認爲這也是天經地義的人生常態？若兒童自幼在R村長大，只是在涼水泉分場部讀到初中畢業，便回到R村成爲一名農工，他們長大之後，是否就會自然而然地接下父母手中的工作，繼續那「網中之魚」的人生旅程？女兒，我有時後悔沒有堅持要求你在學校假期裡，去參加農村「扶貧」活動，因爲那於在衣食無憂中長大的你，將是最好的人生一課。若你有那樣的人生所見，看到那群衣衫襤褸的孩子，你或許就不會問我「你爲什麼會生氣」？同樣，「閉塞」也可適用於那些已經轉業爲「老職工」的村民，他們也僅僅是在農閒放假時去趟分場部或虎林縣城購些家中雜物，匆匆往返晨去夜歸，大半時間耗在路程中。那麼他們的眼界與腦中訊息是否因此亦被限制，局限於R村的四季農事、「上級指示」、「最高指示」所傳遞的內容呢？是否那便逐漸成爲他們心中的全部世界？是否那就是這集權的大一統體制希望達到的最好效果？

女兒，你若繼續問我是否見識過其他村莊，還有農場位於虎林縣城的總部？你母親只好說聲慚愧了。我從未動心去過那裡，除了病重被送往位於虎林的場部醫院的一次例外。自己實在是天性疏懶之人，無論是分場部還是虎林縣城的「風光」，都不能吸引我體驗那條「華山路」的行程。我若遇難得的休假日，寧願坐在宿舍中翻書，也不願把時間耗在那露天拖斗車裡，一路磕磕絆絆地「進城」。顧名思義，縣城名爲「虎林」，當年必是有老虎蹤跡，居住或出沒。不過萬獸之王自是不敵「萬獸之敵」的人類，早在五〇年代末期，已經在轉業大軍開墾荒原後絕跡。我們到達北大荒之年，虎林只是個籍籍無名的邊境縣城，數年後由於珍寶島一役而聞名全國，那自是後話。那時從R村到虎林縣無直通道路，沿那「華山一條路」先到涼水泉分場，再轉上通往總場部（亦是虎林縣城）之路。若道路暢通，大約要半天行程。R村當年惟一行走這條「華山路」的交通工具是輛膠輪柴油機車，早年蘇聯援助物資，因而仍以俄文音稱其爲「德特」。那德特已經老舊，車速本低，途中又難免出現各種狀況。村民可以搭乘的惟一交通工具，即是坐在德特的拖斗裡隨行。那拖斗車是鐵質的板車加了圍欄，想來當年並非是爲人乘坐，因而沒有蓬蓋，無論是嚴寒還是酷暑都是露天行程。那「華山路」並非如同通衢大道，修得平坦堅實，可任由時速百里的車輛通行無阻。那道路只不過是碾壓形成的土路，村民戲稱爲「水泥路」，即泥漿水窪遍佈之意。北大荒冬季的嚴寒，將腳下土地凍得堅硬如鋼鐵，土路堅實，適於行車。不過那是指無雪的天氣，但北大荒的冬季豈能無雪？「北風捲地白草折，胡天八月即飛雪」雖是寫舊稱「輪台」的天山北麓，其實北大荒亦然。北大荒雖號稱「機械化農業」——這也是當年招睞學生報名的口號之一，實際的機械化程度，或許不過是停留在五〇年代初期蘇聯有限援助的水準。那時的北大荒農場沒有見過專業清雪機，德特也並非備有防滑輪胎，四隻橡膠輪胎在壓得緊實滑溜的雪地上，時時滑的歪歪扭扭。若滑出路基，便號令全車乘客下來。司機一聲號令，眾乘客同時高聲呼喝，人人竭盡全力，將車推回正軌。若是夏季，冰雪消褪，土壤恢復鬆軟。北大荒的黑土層天然善蓄水，因而格外豐沃，適於種植農作物，對於泥土壓實而築成的道路卻是一大災難。雨水淋過的土路如蛋糕般鬆軟，深坑會蓄水，淺坑則蓄泥漿。德特依然只憑四隻尋常輪胎，去闖那條坑窪不平的水泥路，時常輪胎打滑，陷入泥潭，辦法依然是由乘車人下來推車。人力總有窮盡之時，有時拼盡全力，也無法將德特推回路基。此時只得放棄，派人回村裡叫拖拉機幫忙。那時沒有手機，回村報信只能是派出一人徒步走回頭，走回頭之人也要有些毅力與勇氣，因一步步要再次踏入泥漿或是冰雪。其他人只能原地苦等救援。只要想到那旅程的種種不堪，我便打消了嘗試的興致。

如此的道路狀態，難道不應該早早謀求改進，投入些財力、物力、人力建成瀝青路嗎？事實上卻是一條「水泥路」數十年，村民不得不歲歲季季重複那艱辛的旅程，只爲去買些R村不供應的日常物品。上層掌權者無心關注民生，他們只關注每年這片土地上繳的糧食數量；而下層則是沉默地接受現實，以最原始的方式解決通路上的阻礙。「盡人事，聽天命」本是勵志之語，但若放在此處情景中，聽來便似諷刺吧。這亦可謂是「群蟻之國」的底層場景之一——R村人在此情此景中如同群蟻，每隻螞蟻都拼盡全力，只求可以拉動那深陷的車輛。

不過，女兒，寫到此處，我認爲必得在此加個「注釋」才算得客觀公平，即前文描述的北大荒民間生活狀態是四十年前的狀態。北大荒於七〇年代中期撤銷當年的屯墾戍邊建制，逐漸徹底改制，農業耕作與收穫完全是商業化，允許個人承包土地，雇用勞工耕作。一番改革後的北大荒，居然漸漸生出全新氣象，當年滿人的「龍興之地」重現其特有的富庶樣貌。千禧年起，大部分當年的知青自北大荒返城之後都漸次退休，遂興起「北大荒之遊」的興致，一時間紛紛組團，舊地重遊。人性實在是難以理性推測，數十萬知青當年恨不能即刻離開之地，如今卻恨不能再度相見。若問爲何？或許是年少時曾盤桓心中的某些瞬間或是情緣心緒終難忘懷，也或是身處地位的改變，使得那厭恨終於漸漸消融？無論是何緣由，其實也無必要追究，各人隨心罷了。那些舊地重遊的當年「知青」結束旅遊後，皆是讚歎北大荒今非昔比，那番富庶繁榮與生機勃勃，實在無法與當年的簡陋與困窘相提並論。

改制二十年之後的北大荒，絕不再是邊荒閉塞，眞的要刮目相看了。「水泥路」不見蹤影，四通八達的瀝青大道如今連接各村，直達虎林城。當年蘇聯遺產的老舊農業機械，早已經換成歐洲農機，例如輪輻高大、馬力強勁的新型拖拉機，例如可以在麥地裡將脫粒後的秸稈直接捲成草捆的機械，如此等等，已經不再罕見。各家的舊軍營式房屋早已不見，全部是依各家的喜好自建的住房，無論是西式小樓還是中式庭院，都是軒敞精緻，配有各式傢俱，院中不再有雞圈鴨圈，卻有了綠楊黃菊，再也不是當年光景——那時家家是潦草敷衍的一盤火炕與一張方桌便是全部家當。似乎北大荒人一夕之間學會了審美，學會了愉悅生活。才不過是二十年的改革，當年的農民也學會了工商化的農業經營之道。

如今「北大荒」的農產品，在大陸處處店鋪是常見的品牌。他們不再是每日只知按「組織」指令去地裡除草收麥的「馴服工具」，而是換了一副獨立的頭腦與眼光，來與外面世界進行商業交易。我相信他們並非是一夕之間便幡然悟道，而是他們的能力與頭腦從來都潛在心中，只是被那層層體制所禁錮，因過往的政治整肅而恐懼，他們全無選擇，人生過客而已，永遠只是被迫應對不期然而至的風霜雨雪，從未想過要認眞善待自己——哪怕是只有一次，因而一生過的潦草敷衍，全無意趣。

女兒，你還記得我前面講過那些冬季腳跟腳趾直接踩在雪裡，沿街追逐嬉戲的孩子嗎？他們之中許多人已經大學畢業，成爲各類專業人士。其實這些孩子的成長，確實有一份當年知青的功德，那時許多村莊裡都有知青成爲本村小學教員。他們的授課有意或無意地，使那些孩子們開了眼界，領悟到這世界原來不只方寸間的一個村莊，而是寥廓無極。北大荒本是富庶之地，有全球最厚的黑土層，有老樹參天的深山曠野，爲什麼改革之前的北大荒人過得捉襟見肘，僅得溫飽而已？並非小民愚笨，更非小民懶於勞作，而是他們勞作的收穫與他們無關。那些連接天際的廣袤麥田中成熟的麥子，無論是如何金黃豐碩，散出麥粒的甜香，都會直接進入那些稱之爲「國家財產」的穀倉，與他們再無關係。北大荒雖「一年四季冬最長」，卻可以產出入口最軟糯、最有香氣的稻穀，那些稻穀的味道，在過去他們從未嚐到過。改革之後，他們才成爲那些自己勞作所獲的五穀的主人。

不過也有許多專業老兵以及所謂「盲流」人員，在兵團改制後成爲自由身，便選擇了返回家鄉。他們多是山東人，或許那是山東人的倔強心性，那倔強或可解釋爲不肯妥協——北大荒當年不是自己選擇生活的地方，哪怕是再富庶也不會留連。他們寧願返回家鄉——哪怕是家鄉不夠富庶，哪怕是那裡已經故舊寥寥，哪怕是「兒童相見不相識」，也要還自己回家的心願。

## R村印象之三——R村的愉悅一刻，「山裡風光亦可憐」

女兒，只看我前面的描述，你腦中的R村必是一幅色調晦暗沉鬱的倫勃朗油畫。其實R村也有怡然宜人的時光，雖然轉瞬即逝，卻也撩起人微笑的心情。

舉目四望，目之所及，R村四圍全是農田。農田在當地稱爲「大田」，或許只是因田地面積之巨。記得中原古地名中有「巨野」，聽來比「大田」更氣勢磅礴，「巨野」必定是指那原野無垠，一望無際。其實「大田」也同樣當得起「巨」字，因爲亦是一望無際，只見條條田壟延伸，漸漸融入那一片綠色，看不到何處是盡頭，或說是田地盡頭便是荒野。不過田地之巨，天地之廣闊，似乎並未蘊育出R村人可與之匹配的心情，亦似乎無人在意那裡的田野之美，只在意那些花草樹木的實用價值——例如看花不是花，只是盤中餐而已。

那裡尚未開墾的荒野中夏季盛開野花，其中有當地人稱爲「黃花菜」的，晾乾後便是中餐食材「金針菜」。黃花花型似百合花，花莖碧綠，花色黃得極乾淨柔和，頂在纖長的花莖上，隨風蕩在同樣修長的葉片中，如小姑娘般天然自在。黃花常是一簇簇一片片綻開，遠遠望去如草甸子中潑了大片新鮮油彩，亦如雲朵落入一川青嫋嫋草色之中，天然一派生機，美得令人敬畏。自然與人類雖然併存，自然之美與人類需求卻往往不能相容。R村婦人們既無視天然之美，更無敬畏自然之意。她們蜂擁而至，湧入那一片新鮮的嫩黃之中，只是為搶摘那一朵朵花兒。回家晾乾成金針菜，為自家餐桌多一樣食材，加一些味道。據說在將開未開時摘下的花蕾晾出的菜，味道會格外鮮美，於是花朵雖多，摘之不盡，也還是要眼明手快，於是人人爭先恐後，踩踏著花草去尋那些美味。婦人們逐片草地一路搜尋。他們離去之後的草地上是滿眼殘花碎葉，慘不忍睹，也可謂另一種焚琴煮鶴吧。其實華夏俗語，「民以食為天」，婦人們為日日家人餐桌操勞，眼中見到的黃花只是菜肴的別名而已，苛求她們要在意審美，豈不是正顯示了我們自己的「小資情調」？

印象中R村裡也並非無人在意草甸子裡野花之美。畜牧排有個專管每日遛馬的小馬倌，R村人都稱他「二毛子」，我至今不知他的眞姓名。「二毛子」俄羅斯血統（無論是四分之一還是八分之一）的原住民。雖是「二毛子」，那俄羅斯血統還是頑強地顯示在小馬倌的五官上，他生得一張凹凸有致的臉，輪廓分明的唇，破舊汗衫也遮不住尙是少年的細緻脖頸與肩胛的線條，騎在馬上，不免讓人聯想到古典油畫中，歐洲貴族騎馬狩獵的影像。當年俄羅斯十月革命時期，有眾多俄羅斯貴族流亡到中國東北，時稱「白俄」，哈爾濱便是因白俄定居而興起的城市。亦有白俄後代流落在廣袤的東北鄉村，不過數代居住後，他們已經如當地農民的生活無異，靠耕地勞作為生。北大荒轉為軍墾屯田之地後，他們也被視為當地的原住民，並無差異對待。小馬倌的父母並不居住在R村，他究竟為何獨自在R村生活？我沒有答案，不過他與他放牧的馬群，確實是每日清晨的一道風景，不只是他相貌中的異國影子，還有他總是懷中抱滿的大捧野花，或許那也是血統中頑強顯示的浪漫吧。這裡的草甸子裡不只盛開黃花，亦盛開野生百合花與芍藥花。野生百合花瓣修長，深紅或是橙紅的花瓣，層層細密地包裹了花心的一點淺黃，與今日花店中皆可見到的、人工培植的大朵百合花相比，少了些咄咄逼人，卻多了分秀氣與溫柔。野生芍藥花少見，因為花期極短，甚至短過櫻花，燦爛綻開如朝露，綻開之時即是凋落之始。小馬倌卻總是能挑回幾枝將開未開的芍藥，含苞欲放，若有若無的粉白，如蘊涵了夜與晝轉換那瞬間的天邊曙色。

小小R村，四季輪迴寒暑交替，雖然是寒長暑短，風和日暖的天氣難得，每日清晨卻也有滿滿煙火氣的人間溫暖。一日之始，公雞啼鳴此起彼伏，一排排紅磚屋皆是炊煙繚繞。「人是鐵，飯是鋼」，尤其是田地與村莊相距遙遠，午飯常常不能按時入腹，早餐絕不能馬虎了事。知青則一日三餐皆是在大食堂，此時的大食堂自是人聲喧嘩，人進人出如同蜂房一般。記得剛剛到達時，依然是要「早敬祝」（即高呼「敬祝毛氏萬壽無疆」等等）之後方可伸手去取飯食，不知何日起這規矩便懈怠了，只要說聲「已經祝過了」便可，不記得何時起，連這問答程序亦被省略（或被遺忘）。或許隨著文革趨勢的越來越混亂不明，人人心中的如火崇敬已是漸漸退潮吧？之後便是「二毛子」的群馬奔過的叩蹄聲聲，再聽到拖拉機轟鳴，漸近又漸遠，那是機務排晝夜兩班人馬交接換班。繼之是馬車班列隊馳過轆轆有聲，再是農工排一隊隊走出村口，走向農田。R村在那清晨的片刻，似乎充滿上天許諾人世的一切美好，例如春播夏收或者秋收，年年歲歲循環往復，幼童如草葉般伸展。難道這便是歲月靜好的模樣麼？難道R村的農事循環就是自己的歸宿麼？其實那時的自己還想不到憂心未來人生歸宿，因爲依然年少，因爲依然未完全脫離那塊蒙眼的「紅布」，依然不時地爲其所許諾的宏大革命事業所感染、所迷惑、所動心。

每日清晨這人喧馬嘶的熱鬧中，最風光的是馬車班的一長列車隊，馬車隊出行永遠是獨成一道風景。專門駕馭馬車之人當地稱爲「車老闆」，大老W便是R村車老闆們的首領。車老闆的佇列永遠是大老W牽領頭駕馬車，他一掛馬車是三匹馬駕轅與拉套，一色青花馬皆是身高腿長、膘肥體壯，之後緊跟他的鐵桿「兄弟」大J一色三匹棗紅馬的一掛車駕，繼之是一列馬車，各色健馬，「車轔轔馬蕭蕭」一般，頗有氣勢。大老W總是挽鞭花甩響，呼喝一聲「讓道」，車隊起動，村道高低不平，車軲轆輾過轆轆作響，更添氣勢。傍晚回村則是滿載而歸，車上的豆秸柴草堆得如同一間移動房屋，突兀聳立，卻是端端正正又穩穩當當。當年馬車隊是R村日常生活中不可或缺的存在，農機不足只得靠馬車之力，尤其是缺乏機械動力的運輸車輛，許多自田間至村莊的運輸只能靠馬車，例如秋季收大豆季節，將散落滿地的豆秸收回村莊，便全是仰仗馬車。大老W是山東人，生得極有氣勢，高大壯健，五官開朗，眉目如墨畫般分明。更有氣勢的是他的一條嗓子，發聲如鼓，震得四面牆壁嗡嗡作響，可謂「一鳥入林，百鳥壓音」。大老W是畜牧排與馬車班之首，不過他做人的底氣不在於身份，而在於人品能力。他不但會趕車，亦懂馬，從養馬馴馬直到駕馭馬車，無一項不是首屈一指，且是有名的處事公平之人。他天良率眞，素來是敢說敢言敢頂撞領導，直言不諱，全憑他自我的天良判斷。他是R村馬隊的定心石，自己心中有時拿大老W和瓦崗寨故事中的人物對照，似乎可以比作瓦崗寨的創始人翟讓，既善征戰又無私利之謀。自己當時的對比，不過是少年無聊時一閃之念，絕未聯想到翟讓的結局。如今回想卻有些懊惱自己那少年玩笑心情，因爲大老W雖看來在R村有嶽鎭淵停的氣勢，最終卻因政治運動而不得不如敗陣之將，丟盔棄甲，全家返回山東家鄉。不過那是後話。

女兒，我在前面描述過R村秀色，秀色與村民生活的黯淡與粗糙併存，聽來是悖論，卻是現實。北大荒其實不乏四季之美，不乏上帝調色板上的赤橙黃綠，不過或許由於田間勞作後精疲力盡，勞作之後的我，自覺已經失去欣賞自然之美的興致或精力，又或許是紅色教育致使我們自覺不自覺地認爲，對於美的欣賞亦是「小資產階級情調」，屬於應自我改造之列，因而應努力迴避之？記憶中長存不褪的R村場景，除前面寫過的清晨村民彙集之外，只有北大荒的暴雪天氣。記得童年時北京的冬天，似乎亦是天經地義地有雪，雪伴隨一冬，不像現在的帝都，似乎雪已經成爲翹首以盼的稀罕物。兒時記憶裡，雪使得放學的路不再枯燥。人行道旁低矮的行道樹總是頂著雪冠，會忍不住一路走，一路撫落行道樹上的積雪，哪怕手指沁涼，也要看那雪粉紛紛揚揚，若花若霧。那時也喜歡將行道樹上的積雪攥成雪球，雪球呈半透明色，再看著雪球融化。初到北大荒，是介於少年與青年之間的朦朧年紀，那時才見識到真正的大雪。只是那雪不再有童年記憶中的透明與溫暖，我也不再有記憶裡童年時滿懷喜悅、停留在雪旁的時刻。一場雪可接連數個晝夜無停無歇，雪片厚重，搓棉扯絮甚至是分不出層次地連片墜下。通常會形容說「雪落無聲」，那絕不是指這裡的暴雪，那雪落地時砸得地面鏗鏘作聲，沉重暴躁，如同天公一怒，天地失色。風聲雪聲中，畜牧班那頭孤獨的老牛總會「哞哞」長嚎，那牛上了年紀，嚎聲嘶啞暗沉，卻長嚎不絕，似乎成為天地之間、風雪之外唯一的生靈迴響。那時心中絕無「千樹萬樹梨花開」的閒情，只有寒意直入心中，有大雪將自己與世界隔絕的孤寂。如此的R村印象在自己心中存留不去的陰影，難道真的只是因為北大荒是「一年四季冬最長」麼？我知道那答案是「不是的」。R村雖小，也是每人日日要生活在人類群體，我那些心底的陰影並非是對風雨雪的厭惡，更多是來源於那集權體制下，權勢對於人類群體形成的內心情緒，抑鬱、憤怒與無奈的混合。

女兒，由於大田面積之巨，R村人員分散於那茫無邊際的大田中勞作，便如同一撮鹽粒撒入大鍋滾湯中，轉瞬便消失不見，所以村民們並非日日都可見到彼此。R村的清晨出工，可看作是一次村民大集合，雖不過是片刻停留後，便各自匆匆奔向指定的勞作場所，卻依然可以朋友同學間相互打個照面，相互一笑。我常回想那些清晨片刻即逝的愉悅。若清晨那人喧馬嘶的片刻，可以看作是R村愉悅人心的村民大集合，那麼另一類集合便是令我想起便心中厭憎，即是定期或不定期由「黨組織」召集的村民會議，以致至今依然聽到「開會」二字，便心中不免生出抗拒的情緒。其實繼後歲月中，律師生涯數十年，會議是工作的常態，頻繁概率似乎可比擬一日三餐的次數，卻依然未能消除那北大荒歲月起，植根於心中對於「開會」二字的厭憎。或許厭憎的並非是「會議」這概念本身，而是那時的回憶議題、氛圍、會議領導專臺上某些嘴臉的醜惡霸道吧？

這些村民會議通常是晚間收工之後召開，一天重體力勞作後，那時已經是人困馬乏，高懸的數盞馬燈光焰昏黃，更增昏昏睡意。R村因陋就簡的存在方式，也體現在村中建築上，已經是十數年過去，R村並未建造過集會場所，全村唯一可容納村民集會的地點，便是我們吃飯的大食堂。那會場中因而是「百味俱全」，有三餐蒸煮時未散盡的味道與剩飯菜味道混合，村民抽其自家煙葉捲起的「土香煙」辛辣刺鼻的味道，再加人人勞作後的汗味體味，實在是難以形容的污濁不堪。不過既然是來「改造」，去除當年簡稱爲「嬌氣」的「小資產階級生活情調」也是改造目標之一。若抱怨空氣污濁，則似乎也是對勞動人民生活習慣的挑剔，在當年自覺亦是不妥。女兒，我認眞檢討過自己，認爲我的厭憎並非是緣於空氣污濁與燈焰昏昏的環境。那麼究竟緣於何因？

女兒，爲讓你與你的同一代孩子們，聽明白自己厭憎那些晚間集會的根由，我會另闢一章，記下我記憶中的細節。其實或許那厭憎產生的原因，是那些會議霸道地影響到R村村民的人生。爲此，我還是先告訴你們我機緣巧合地認識的數個村民的故事。他們都是卑微小民，身不由己地落入R村，雖始終心在家鄉，卻不恨不怨、隨遇而安地活在R村。

## R村印象之四——「樽前同是，天涯羈旅」，村民卻等級分明

當年知青與R村人隨時同住在方寸之地中，若論及心中所思所慮所關注，卻可說是如隔萬里之遙。或許也可說是日日相互對面卻不相識的異族人，如油水難融。公平而言，知青雖然心中所想所思所關切之事，確實與村民如同風馬牛不相及，但也並非是有意疏遠本地村民，而是勞作分配的結果。知青剛到R村時全部編入農工排，即是大田工，每日去指定的大田做工。本地村民則罕見成爲大田工，除非是原勞改刑滿釋放的數人，因而知青與本地村民兩類人群罕有混合。再是大田距駐地往往需行走數里之遠，知青凌晨出工，返回宿舍已是星斗在天。兩類人罕有碰面機會，不相識似乎也屬常理。

R村到底有多少人口、各人姓名等等，我始終未弄清楚，甚至是從未有心留意。估算，若減去老弱兒童與知青，可作爲勞力的本地人約在三、四百人上下。不過，女兒，我想若只

是在對往事的回憶中，自歎自惜知青命運的不幸或艱辛，其實也可說是狹隘吧？人既然生而平等，知青與村民本是相同的人類。生於城市，作爲知青，難道就有什麼天賦權利，期待比村民更好的際遇麼？難道R村人就是天生命賤，只能成爲邊荒的農民，窮苦一生麼？若追根溯源，這仍是紅色機制剝奪治下之民人權的結果，例如私有財產之權、遷徙之權、擇業之權等等，R村人一概全無。諸如此類權利，甚至在民國時期，已經看作是華夏萬民天賦人權。若從大清朝流放算起，至反右運動，再到紅色王土知青「上山下鄉」，這片橫貫白山黑水的豐饒土地中，埋葬有多少忠臣良將文人的冤魂？又有多少勞苦一生的底層小民的苦魂孤魂？他們早已經層層深埋在滿眼豐盛青翠的大豆高粱之下，又有多少人會在那掠過莊稼的風聲裡，聽到他們無聲的歎息？他們生前命如飄萍，落入這片土地並非是由他們選擇。他們的人生如同我們一代，同樣是無端地被摧毀在帝王們掀起的一場又一場颶風中。

R村雖是處於閉塞之地，與外界往來的路徑狹窄艱難，但若論身世，R村本地居民卻可稱是來自「五湖四海」，並非都是土生土長的大豆高粱。大部分人更像是被颶風刮來的樹葉，落在此地亦是身不由己，也因此與外面的世界天然地藕斷絲連。R村居民的來路可大致歸納爲幾類，來源之一是當年朝鮮戰爭中，赴朝作戰的紅色大軍中倖存的軍人。回想五〇年代初，這些曾經「雄赳赳氣昂昂」地渡過鴨綠江的軍人，爬冰臥雪、戰火硝煙中九死一生，終於盼到可以「雄赳赳氣昂昂」地回到家鄉，身著綠軍裝、胸前大紅花，那想像中的還鄉一幕是喜慶，亦如同是「衣錦還鄉」。不過組織上層發來的軍令，卻生生地攔截了他們回鄉的腳步。他們被要求全體就地轉業，脫下軍裝，從此成爲開墾那蠻荒之地的農民。這軍令自然也有名正言順的理由：「屯墾戍邊」，謹防再次有敵國犯邊——事實上朝鮮戰爭本無涉大陸中國，更未發生過任何「敵國犯邊」。全憑毛氏無中生有的詔令，使華夏大陸自那時起，自絕於聯合國一眾國家。

「屯墾戍邊」是華夏自古有之的統御之術，讓軍隊自己供養軍隊的方式，並非紅色政權首創。只是紅色政黨如此決絕地，斷了那些援朝軍人一心戰後可回家鄉與親人團聚的夢，難道不是極度殘忍麼？大軍赴朝的口號是「保家衛國」，戰後卻僅剩下「衛國」，一道命令將軍人與家人分割於萬里之外，不是君王的無情無義麼？雖然之後允許其家眷離鄉在北大荒團聚，卻從此斷絕他們返回家鄉的後路。不過軍人依然乖乖地從命，就地脫下軍裝，從此成爲墾荒人，十幾年勞作不輟，開墾那幾乎是亙古不見人煙的林莽荒野，那林莽荒野歷來人煙罕至，尚位於大清朝曾視爲人世邊界的寧古塔之北。那時數百萬軍人的服從，是相信「軍人以服從爲天職」？還是相信做組織的「馴服工具」是天經地義？不過在這荒野之地，此一類別的人群，自是這R村小小王國中最高貴的類別。

村民來源之二是因各種罪名而流放北大荒的刑滿釋放人員。「刑滿釋放」按法律本義應理解爲懲罰期滿，釋放即成爲平等公民，不過現實中他們依然是末等人。刑滿未還原籍之人便就地編入各村，繼續勞動改造，一律稱爲「二勞改」，歸類爲「階級敵人」，享受被革命群眾監督改造的待遇。作爲軍墾農場的北大荒，亦曾數度接納政治犯，包括上千名極有名氣的右派，其中不乏早年自願奔赴延安加入中共隊伍的紅色文人，例如丁玲、聶紺弩、戴煌等等，而他們當年勞動改造之地，便是我們目前所在的農場（或稱兵團），這些人早在知青到達的數年前離去。剩餘的一二人多是當年隨右派遷來的成年兒女，卻無端地被稱爲是「摘帽右派」後代。依然留在R村的所謂「勞改犯」之中，除一兩戶滯留於此地的「摘帽右派」，大多是刑事犯罪後釋放的「二勞改」。他們自然是小王國中的賤民。

村民來源之三則是不請自來之人，多是因老家更爲貧瘠窮苦而「闖關東」的關內農民，官方稱之爲「盲目流動人口」，簡稱「盲流」。這是R村成分繁雜的一部分村民，大部分來自山東。山東人自古便有闖關東的傳統，主要是因家鄉饑荒且人口稠密，缺乏可耕之田的驅使，不得不跋涉萬里，重新尋找落腳之地。這些人所享有的地位因人而異，但概括而言是在貴族與賤民之間。R村或許亦有幾戶原住民，不過人數極少，似未成一類單獨勢力。

前文雖提到知青與本地村民雖共同生活在方寸天地，卻似是油水難溶。不過我卻因機緣而認識了幾個「二勞改」與「盲流」，實在感覺他們都是單純良善的底層小民，到底是犯過什麼不可饒恕的罪行，使得他們被關被押被流放萬里，爲何他們會落入塞外邊荒小村中最末等的另冊中人？

隨知青一起做大田工的R村人只有寥寥幾個，都是「二勞改」，其中有人人皆稱其「L大傻」的男子。他正當壯年，脊背粗壯寬厚。L大傻明顯地有些先天弱智，反應遲鈍，口齒略微不清，但性格極溫順，力大無窮且從不惜力。無論誰誇他一句「能幹」，他便如小孩子受到褒獎，一臉傻笑。說他「力大無窮」並非是形容，而是我實在地從未見識到他力氣窮竭的場合。例如遇到德特陷入泥坑，合數人之力仍無法推出，便有人喝到「去找L大傻來！」L大傻只是一人一肩，斜身抵住車輪，一聲「起」，如同芝麻開門，德特即瞬間被推出泥潭。L大傻的食量也配得上他的力氣，無底洞一般的肚皮，可將送飯車中的剩飯全部掃盡。L大傻身高力大，卻膽小，如六七歲孩童般恐懼肉蟲。例如大豆田中的豆蟲，碧青色圓滾滾的肉身約有一指長，醜陋卻無害，歷來是L大傻的「剋星」，他見到就遠遠逃開。某日，知青中年僅十三歲的Z淘氣興起，抓了條豆蟲，午飯時分吊起在飯車前，嚇得L大傻寧可餓肚子也不敢走近。眾人都笑倒在地，卻惹惱了另一個「二勞改」，是「二勞改」中唯一的女性，我們稱她「大H」。大H伸手扯下那栓豆蟲的草葉，連同豆蟲一起遠遠扔回田中，說道，「還沒笑夠嗎」？大H其實不到三十歲，生得清秀，乾淨的眉眼，地道北京胡同人的口音，卻有些「大姐大」的氣勢，有膽氣替「二勞改」出頭打抱不平，方式卻又是平和的，息事寧人。我一直很疑惑她怎麼會是刑事罪犯，終於單獨找個機會問了她的來歷。大H並不推諉，話語裡亦無抱怨，只澀澀一笑，道，「那時不懂事，家裡屋小人多擠得不能轉身，總愛帶上幾個孩子野跑。一次鬧大了，比賽彈弓，打碎了胡同裡的路燈。正趕上「肅反」運動，成了「破壞國家財產的犯罪團夥」。因爲年齡小，警方對她父母說是送少年勞教學校，沒想到是送到了北大荒，沒想到是十年有餘……。她說得平淡如水，安知心中不是靜水流深？就因爲幾個燈泡是「國家財產」，就可以如此強橫的懲罰，殘酷地毀了她全部少年歲月麼？什麼「春風十里揚州路」，什麼「新豐美酒斗十千」，少年歲月的任性與歡娛，她又何曾享有過？與那些曾肆意鞭撻無辜之人、抄家和毀壞無法一一計數的幾千年珍貴文物的紅衛兵相比，她打碎幾個燈泡所謂「破壞的國家財產」，又值得幾文？又如何能相提並論？若如此對比，那些曾經是自覺不可一世的紅二代少年，是否應慚愧到無地自容？我問過她，勞教年滿，難道不是可以回到原籍麼？她爲什麼要留在北大荒？她仍然是澀澀地一笑，解釋說回去又哪裡有單位會接受「二勞改」？一直是小廠工人的父母養大七個兒女，眞是骨髓都已經「榨乾」，她又哪裡有臉再依靠父母吃飯？不過另一個理由是對「L大傻」的愧疚。她說，「那傻孩子缺心眼，玩鬧是我領的頭，如今怎能扔下他一個在這裡？會良心不安的」。她說得平平淡淡，顯然不是一時興起的決定，也似乎在她心中是那是尋常俗理，做人做事應因果分明，不可負人。即使如今回想，她那平淡話語中自覺或是不自覺的恩怨分明和良心意識依然讓我震撼。女兒，老實說那之後我曾數次想過，如果換做是我，是否會做得到如她一般，爲照顧L大傻選擇留在邊荒大田裡做苦工，而不是回天朝那「首善之都」碰碰運氣？我能否比得上她對於爲人行事的人生原則？我始終不敢確定自己一定能比得上她的堅守與義氣。明代詩人曾說——「仗義每多屠狗輩，負心多是讀書人」。她便是平平常常底層人，卻從未抱怨遭到如此待遇的不公。不過如今天良盡喪的豈是布衣讀書人，而是那些披了讀書人的外衣，實際上早已經將良心連帶學到的滿紙胡攪蠻纏一起「貨與帝王家」的衣冠禽獸而已。

「盲流」中最應不惜筆墨描述之人自當首推大老W，即是前文提及的車老闆之首。大老W天性豪爽與自信，使他如鶴立雞群，或如一棵石縫中的岩柏，行事遵從道理，自有原則，無懼威權。大老W似乎還是R村「貧協」（即貧下中農協會）之首。自己未考察過究竟那組織來歷如何，是否經官方首肯，還是R村約定俗成而已？總之他是肯在眾目睽睽之下，出言抗衡那一言九鼎的支書W的惟一一人。記得凡與支書W有不同意見時，大老W常會一聲大喝，「這樣行嗎」？之後帶頭自問自答，曰：「不行！我們貧下中農不答應」！此時台下總會有人應和「不答應」！W居然常會退讓一步，答說：「那我們會後討論吧？」大老W的來歷可歸爲「盲流」一類，不過早於大軍轉業入北大荒時即已在當地落戶，因而亦可算作是「原住民」。無論如何，來歷歸類問題似乎並未損及他的自信。

Y和E都是山東姑娘，大約都在雙十年華上下，童年時正逢五〇年代末大陸的大饑荒，隨親戚逃離家鄉，最終流落在R村，自然都歸於「盲流」一類。Y性格溫和，生得討喜，只要開口總是帶些羞怯的笑意，圓臉便旋出淺淺的酒渦。E生得眼泡微腫，看人時眼神總帶些倔強，絕少有笑臉，也絕少會主動與人打招呼。兩人並非大田工，都是畜牧班的豬倌，與我結識也是我成爲豬倌之後。Y喜歡悄悄地和我閒聊，講到爹娘求她大伯一家闖關東時帶上她。Y說她是家中么女，平時爹娘最是嬌她，才狠下心送她走，留她一條活命，而家中大饑荒後僅活下來她娘和大哥。我問她，想回家嗎？她羞紅了臉，悄悄地笑，說娘會給她在家鄉找個好小夥子，嫁人了就可以回家。我想到Y或許是典型的幼時有家人疼愛的孩子吧，所以她心中始終存了對家人的信任與信心。她心中有溫暖與期待，有樂觀的希望，所以並不在意她在R村的身份。她置身其外，始終溫和地對待這個人世，將心中的溫暖分享與他人。我也曾問過她，E是永遠都不高興嗎，爲什麼少見她有笑容？Y告訴我，E心裡總有道過不去的坎兒，她性子強，最恨因爲她是「盲流」就被看得低人一等，說寧願餓死在家鄉也不想永遠是「盲流」。那麼不可以像你這樣回家嗎，我問。Y說她親娘走了，不知道繼母是否肯上心？E又是強性子，不願開口求爹娘。

其實相處久了，我發現E並非冷漠，她求的是眞心換眞心的平等對待。她見我力弱，會主動幫我挑水挑豬食，會教我如何燃起灶火，一起值夜時，甚至會講些八卦給我逗笑。大老W將自己視爲兩個山東姑娘的保護人，豬圈需要不時地剷除豬糞，稱爲「起圈」，是「臭髒累」相加的活計，他會向連長A要求安排人手幫忙，說那不是姑娘們能應付的。若支書W提出異議，他會直接頂撞，道，「你若來『起圈』，就讓姑娘們一起上」。支書W自然永遠是

「甩手掌櫃」，只說不練的。面對大老W的強勢，只好沉下臉，甩手走人了事。在大老W遭到清查「反革命」之災回到山東老家之後，她們留在R村，卻失去大老W的翼護，天性偏狹記仇的支書W，便不時地給她們些顏色看看，似乎在教訓她們認清究竟誰才是R村執掌權柄的霸王？這情形直到北大荒兵團改制，支撐支書W的組織基礎轟然倒塌，她們也趁這個時候返回家鄉。其實她們本是最老實本分的農民，父母家人無權無勢，被自詡「為人民服務」的紅色政府壓榨到家中粒米無留，卻連「碩鼠碩鼠，無食我黍」的反抗話語也不敢出口。為避免幼女成為餓殍而不得不送她們童年離鄉背井，流落到R村也依然是務農的命運。他們本身已經是這體制最末等的人群之一，又憑何緣由將他們又分為「三六九等」，使他們永遠在末等之末，不得抬頭做人？人分為三六九等，且每一等人中可再細分等級，這便是毛氏仍蜷縮在陝西窯洞中時，信誓旦旦地要建立的人人平等的共和國麼？

女兒，上面提到「等級細分」那句話並非是我的玄想，而是事實。前面提到R村的頭等人是轉業軍人，轉業軍人中卻亦有一類「另冊之人」。雖是援朝軍人，一同就地轉業，卻地位難免尷尬，由於他們是國軍投降轉入共軍的士兵。這些降兵其實原本也大多是老實農民，被抓壯丁成為國軍，實際上和共軍中被畫餅充饑的哄騙誘惑而加入軍隊的農民，並無本質的不同，同樣是最底層士兵，有幸未成為戰火中的炮灰。臺灣人老C便是其中之一。他的經歷讓我想起龍應台所著《一九四九，大江大海》中記敘的那些身不由己的臺灣山裡農村娃子。

老C似乎家在屏東某山村，十幾歲的少年娃子先是被日本軍隊抓了壯丁，隨軍到大陸作後勤兵，與國軍作戰。日軍戰敗，他成了國軍的戰俘，繼後成爲國軍士兵。國軍敗於共軍，他又成共軍戰俘，就地加入共軍，旋即成爲援朝志願軍的一枚小兵，之後便是與其他援朝士兵一起駐足荒原，落在R村。

文天祥自歎「山河破碎風飄絮，身世沉浮雨打萍」，不過他是清楚地認知自己的選擇，戰敗被俘慷慨赴死——「人生自古誰無死，留取丹心照汗青」，磊落之氣確實可流傳千古。老C也可說是人生路徑如同飄萍，輾轉流離，不過並非如文天祥的自我選擇，他從未得到自我選擇的機會。我甚至疑惑他是否確實理解，那一次次被裹挾於不同軍隊中的意義——來自遙遠海島山村裡的娃子，這片廣袤大陸上的各種權力征戰，是否眞的與他有關？是否存在於他生活認知的世界之內？於他而言，那些輾轉軍中的行爲，只是爲保住一條性命吧？他有何錯處麼？老C身材細瘦矮小，五官極有特色，突兀翹起的鼻樑擠得一雙眼格外深凹，我常想他可能本非漢族。他漢語講得極爲吃力，磕磕巴巴，常是詞不達意，也就沒有人肯耐心聽他說完一句話。沒人聽，他也不惱，眯起眼笑笑便罷。老C似乎沒有固定工種，常是在某種當時最需要「苦力」的場地，見到他細瘦的身形，例如冬季大田裡夜班將大豆秸喂入康拜因脫出豆粒，例如夏季攪拌泥漿用於脫坯蓋房，等等，不知道是否源於對他身份的始終不能寬容？冬季在大田裡脫粒是極寒的場地，極吃重的操作，亦似乎成爲知青的專職，卻總是不忘調遣老C。康拜因一刻不停，那人工亦不能停，人非機器，體力終有窮盡，人工只能輪班，因而要在脫粒現場燃起篝火供換班人取暖，恰是「火烤胸前暖，風吹背後寒」。老C也只是乖順地接受調度，從未抱怨，或者他即使抱怨亦無人可以聽懂？老C在R村安了家，雖是窮得冬天沒有襪子，夏天長打赤膊，也依然養兒育女，不知道他是否認了命，逆來順受，準備終老邊荒，認定自己海島四季山野青翠的家鄉是再也回不去了？

「另冊之人」還有庫房總管老Z，他能得到這樣的差事，據說是支書W的特意關照，因為當兵時支書曾是老Z的班長，也或許是看中老Z的老實。老Z生得高且瘦，細腿伶仃，會讓我記起Y中校園裡那立鶴的雕塑。不過老Z卻沒有鶴的傲驕，總是腰背微彎，愁容不散，寡言少語。說是「總管」，其實不過是掌管一應庫房的鑰匙而已，從機具零件到存糧存種籽的庫房，也無謂上下班時間，都要時刻伺候取貨，所以永遠見他是彎腰跟在到庫房取貨人身後一路小跑。為取得夜班犁地時清理犁鏵上草根爛泥的鐵鏟，我某次晚飯時間去他家裡索要庫房鑰匙，才知道他居然是多兒多女，一大群半大孩子圍在火炕邊，他卻孤零零地站在一旁，依然是愁容不散。最終這兒女永遠也填不飽的小肚子，釀成老Z的慘澹人生。不過這是後話。

「另冊之人」難做到一一悉數，只是與我有些交集的還有一人，我不知他姓名，只是跟隨眾人稱他「大痲」。大痲名副其實地是一臉痲子，那痲子有深有淺，細細密密地佈滿整張臉，加上他膚色黝黑，讓人難以注意到他五官是何模樣。他常常因痲面受到村人嘲笑，卻也不惱，有時也會調笑著回嘴，道「那些痲坑是聚財氣的，懂嗎？」他是否有財也無法證明，不過大痲是有手藝的，是畜牧排有實卻無名份的獸醫，是缺不得的「人才」。他大約已經人在中年，卻無家，孤身宿在畜牧班的藥房裡。我作豬倌會輪到定時值夜。他或許覺得我從未因他滿面痲子嘲笑過他，便會來找我閒聊。他時常歎氣，有次沒頭沒腦地問，「你說我這輩子還能不能找對象成家了？」他語氣頗帶唏惶，昏黃的馬燈光時明時暗，照得他的痲臉凹凸不平更是顯明。他問我，其實我可以問誰呢？我和他同樣是不知未來的人。我那時不免心有憐憫，只能反問道，「別人能，你為什麼就不能呢？」他歎氣道，「可能是我命犯孤寡吧？」沒想到是這樣的回答，不過這對話倒引出他的身世往事。大痲是被東北當地農婦從田埂邊撿回家的孤兒，撿到時已經是既病又餓，奄奄一息，不知道他的父母是否已經成為逃荒路上的餓殍，還是以為他已經死去？無論如何，父母卻仍未捨得將他隨手棄之路旁，而是抱到一處田埂旁，一定是盼望有善心之人將其葬於田間或各村常有的無主墓地中吧？東北歷來是富庶之地，東北農人家並不在意餐桌上多加雙筷子。被撿來救活後，他成為喂豬養馬的小工，直到被國軍抓為壯丁，之後的人生路便如其他「另冊」類轉業軍人相同，成為落入這片莽荒之地中的一粒草籽。我無法證實他的痲面是否為他聚了財氣，但確實差點害得他落入十八層地獄。不過那是後話。

女兒，你一向知道我天性疏懶，極少主動與任何人交往，因而恕我無能悉數R村各類人等的性格、經歷，不然一定是部五光十色的紀實故事集吧？不過僅僅這幾人或許已經可以表達那些流落R村，成爲邊荒末等小民的人那被逼無奈的人生路。他們那路程的身後，又留下了多少被湮沒的淚水與親情？不知道邊荒豐沃的黑土層下，那些被湮沒的肉身與靈魂的歎息，是否可以被那層層麥浪起伏時「簌簌」的柔和風聲，傳遞回他們的家鄉，被家人中聽見？邊荒小民的命運也並非沒有轉折的機會，這轉身的機會來自那場七〇年代末至八〇年代初不期而至的改革。我只聽那些返回北大荒旅遊的當年知青講述過，七〇年代中期的北大荒體制改革，那裡已經不再有「盲流」、「二勞改」等階層的區分，而是靠能力來選擇各自的職業，亦可遷徙他處謀生，不再爲戶口所困。許多人的命運因此改變。大H依靠自己的爽利與執著，終於返回帝都自己開了小餐館謀生，連帶將L大傻帶回，成爲她餐館的工人。Y和E最終都回家鄉嫁人，永遠離開了作爲底層人中末等公民的R村。兩人離開，也終於擺脫了支書W對她們的種種刁難。老C那始終是由他人擺佈的人生，似乎終於等到了上天眷顧，八〇年代中，老C終於找到了那遙遠海島上的家人。家人還在，便是家鄉還在。那時大陸人終於獲得遷徙的可能，不必再終生依附於某一單位。四十年離鄉背井，老C雖不言不語，對於家鄉卻是「不思量，自難忘」吧？不再禁錮籠中的老C，選擇了全家返回臺灣，他離開時是懵懂少年，回鄉時已是鬢髮蒼蒼。不過於一生漂泊卻鄉音未改的老C而言，能攜兒帶女返家，再見到四季青翠的山野，人生是否也算終於等到一次月圓？大麻靠他養育家畜的手藝真的聚了財氣，成爲當地富戶，也已經成家。當年被毛氏一道命令便不得不就地轉業的許多當年援朝餘生的老兵，也選擇了返回家鄉，包括當年的連長A。改革使農戶有了更多獲得收入的機會——雖依然菲薄卻可得溫飽，甚至稍有結餘。他們中許多人有了財力，首要之事居然是送子女外出求學，因而許多當年禁錮在一個村落、方寸之地，只知沿街野跑或逗狗養雞的R村幼童，已經如城市孩子一樣地畢業，成爲職業人士或經商，也或者選擇返回北大荒，成爲職業的大農場管理人。如此等等的變化，亦是難以悉數。

改革只不過二十年，而這些變化卻使當年我記憶中的邊荒生活面貌完全消失，猶如滄海桑田之變，而最感歎的還是那些人際遇的變化。他們那時會夢到已經人過中年，居然還得到改變人生道路的機會麼？只怕他們當年實在是沒有底氣去做那樣的美夢吧？我總記得在畜牧班昏黃油燈下的大麻，當年他雖是在問我他這輩子能否成家，其實又何嘗眞是向我要個答案？他那時心中一定是不存希望的，說出口只是爲了解一分心中悶氣吧？女兒，他們都是心地良善之人，即使未能受到人生的厚待也未心生怨恨，只是隨緣漂泊，得過且過。我雖未能與他們有更多更久的人生交集，卻終是有過同船的緣分。如今聽說他們的處境有了改善也多有欣慰。

女兒，我眞心希望大陸中國的改革持續下去，逐漸生成更多元化的社會，使生於斯、長於斯的底層小民，有更多選擇的自由，有機會隨意選擇居處，因而有更富裕與愉悅的人生經歷。我擔憂習氏的專斷與紅色帝王的抱負，最終會使那多元化的窗口關閉，使他們重回那禁錮之中。同時我也焦慮地看到那趨勢正在形成。若果真如此，我又怎能不生氣？

## R村印象之五——知青之間——「朋友，以義合者」

知青回憶過往經歷的文字眾多，不知道若彙集一起，是否可以填平大海？比起精衛只因一時不愼溺於海中的怨念，文革時被發送北大荒的五十萬知青心中的酸甜苦辣五味交陳，又豈是精衛一人的怨念可以相比？女兒，孩子們，你們或許已經讀過那些多到堆積如山、可以塡平東海的文字，也或許讀過、但對於他們爲何下鄉也莫名所以。同時，我們父母一代人也依然如行道樹，沉默地面對你們，不願以那些往事攪擾你們單純的快樂？希望我的文字並非僅是感歎知情勞作的艱辛，而是表達「知其然，知其所以然」，且表達自己對人性的觀察。

女兒，你一定還記得阿Z叔叔和D阿姨。那是千禧年初期，我因工作而得以在北京與你短暫地「安家」，雖臨時卻是溫暖，因爲是近十多年以來，難得我與你可以同住一處的家。逢舊曆年前後，我與幾個朋友總會有一次相聚，阿Z早已移居香港，卻每年冬天必回帝都過舊曆年。阿Z叔叔與D阿姨從未缺席我的聚會。阿Z善談笑，可以一人撐起一台戲；而D阿姨擅於廚藝，常是不聲不響地在廚房爲大家包過年的餃子。他們與我性格喜好完全不同，卻是我在R村相交的朋友——我們同校卻不同班，在R村相遇純出於偶然。不過佛說沒有無緣無故的相遇，那麼相遇便是緣分吧。人生路上相遇的人眾多，其實最終卻多數成爲陌路之人。

自己在R村的幾年，自始至終的朋友也不過是寥寥數人。近年，有懂《易經》的友人算出我天性中帶了孤獨氣息。誠如斯言，我的確自幼是家人離散，少時在課外時間，校園多是獨對雜花野樹，雖亦有樂趣，卻依然是孤獨之樂。再是我天性疏懶，尤其是疏懶於人際交往。這一性格弱點在學校時常常被理解爲「驕傲」或「清高」，屢屢成爲我獲得的期末評語中缺點欄目中的內容。內心常覺得這委實是誤解，自己有什麼值得驕傲之處？不過清水自清，解釋何益，只能是我行我素而已。不過如此疏懶的我，在R村卻獲得了一些人的信任，有了朋友。「人生得一知己足矣」。如今有寥寥數個朋友，只覺歡喜，再無奢求。若不是我們都飄落在R村，只怕這一生也不會結緣爲友吧？一同飄落在R村，也算是上天讓我們得以同船的緣分了。南宋朱熹曾道「朋友，以義合者」，我漸漸悟出這一語，實在是道出了朋友的眞意。「朋友」之意不同於「社交」之意，「社交」者可以是酒肉之交，泛泛閒聊，之後各自東西。「朋友」者，則需要有共同的人生原則——「不喜歡不義，只喜歡眞理」，不爲贏得利益而出賣他人，無論何境遇下，都守住自己的底線，因而得以相互信任，可以無話不談，或對坐無語時亦不覺尷尬；可以相互不存戒心，亦不必擔憂閒談時用字不慎，那便是相互可引以爲友了。古人說「心有靈犀」，我想那或許是戀人間的境界吧，用於朋友則是奢求了。

R村陸陸續續到來的知青，亦可分爲N多個團體，若以地域區分，可稱爲上海知青、北京知青、哈爾濱知青，等等，各有特色。例如當年雖不敢衣飾張揚，上海知青對於衣著細處，卻依然能可見到精心修飾，例如保護衣袖的碎花布袖套，經常更換的「假衣領」，等等，而北京知青則多是漫不經心，衣服在大田間難免被野草樹杈劃爛或撕破，便由那些衣上條縷隨意在風中招搖，所以衣衫襤褸成爲北京知青的特色。我懂得欣賞上海知青認眞對待生活的態度，已經是二十多年後，我在上海某寫字樓埋首案頭草擬法律文件之時。就北京知青而言，以中學區分，Y中學生與J中學生人數最多。J中的簡稱是源於其校園位於北京J峰腳下，寒山白雲，風景幽美。作爲文革後遺症病症之一，各中學來到R村的知青，亦可按家庭背景劃分爲「紅」與「黑或灰」二代。J中學生多紅二代子弟，但Y中雖是大陸帝都聞名的紅二代中學，自紅色老區遷入帝都，偏偏來到R村的學生，多是如我一般的讀書人子弟，其中亦不乏右派子弟。自然這也並非全貌，Y中學生中確實亦不乏紅色子弟，雖也相互認識，但多因個人品性而始終形同陌路。由於文革期間，兩類學生各自際遇、政治地位等等實在是有「九天」與「九地」之差。之後雖一同落入九地之下，在初到R村時兩類學生依然相互疏遠，心中塹壕深築，鮮少相互理睬。

紅二代到達R村後受到的首次心裡挫折，或是緣於填寫「個人履歷表格」。知青到達R村後，每人須按「組織」要求填寫個人身份表格，這也是紅色體制管理小民的慣例。小民每換一處單位，便須重新填寫個人履歷資料一份，歸入個人檔案，其中必有一欄是「家庭出身」。紅二代們習慣於在欄中填寫「革幹」或「革軍」，是當年最張揚自傲的身份，即便是其父母在文革中被「批鬥」、「群眾監督改造」或「反動路線分子」而關押在「牛棚」[85]之中，也並不妨礙後代在填寫「出身欄目」時，依然是氣勢凜然的「革幹」或「革軍」二字。未料到凡是如此填寫的個人表格全被退回，被告知「革幹」或「革軍」在北大荒的家庭成分系統中並未列入，填寫出身是要按農村標準「追溯祖孫三代」。知青中許多「革幹」子弟，父母都是奔赴延安去抗日救國的大學生，大都是有產家庭子弟。「紅二代」們查到祖父母一輩，便不得不承認他們竟然是「黑三代」，於是「家庭出身」一欄不得不改為地主、富農、「資本家」，等等。雖然「紅二代」們並不服氣這一強加於他們的「農村成分劃分標準」，卻也心知「身在矮簷下，不得不低頭」的常理。不知道他們心中會有何樣感歎？是「天高皇帝遠」？還是領略到「落難鳳凰不如雞」？其中有多少人能藉此經歷，終於覺察出所謂「家庭出身」與「血統論」的概念其實是荒謬絕倫？世事滄桑，恰類似八旗子弟。大清朝完結，他們一朝貴族便從含銀匙出生到淪落為賤民。「紅二代」如今也是如此，他們身心骨肉血脈全無改變，難道一夕之間就因檔案資料中的出身改變，而成為中共的「敵對階級」了麼？或亦成為「紅八月」流行語中的「狗崽子」或「打洞老鼠」一類了麼？心中雖然不服，但也領悟到權力之下，他們失去護身符，也同樣是落入「秀才遇到兵」的處境，只能順從當地標準，改寫自己的出身成分。我無從忖度他們受挫後的心理，不過卻觀察到此事之後，某些紅二代們與我們相互之間的冰霜之冷漸漸淡去。不知從何時起，相互也會見面點頭一笑。有趣的是Y中學生中，原本的兩類學生之間卻依然是「冰天雪地」，溝塹深築，或許是已經熟悉對方品性，因而人性隔閡難以消除吧？

我的表格亦被退回，亦緣於「出身」欄目。自小學開始按老師指教塡寫為「高知」（如今似乎一律改為「職員」）。按農村劃分家庭成分的標準，「高知」亦不在標準之列。我只得邀請負責此事的副支書——我們稱呼F副來指教。我問，「按查祖孫三代原則，我的祖父外祖父均是醫生，自食其力，那麼是否可謂是『勞動人民』？『無產階級』」？他張口結舌無所適從，可能是從未料到這種情形，因而心中沒有標準答案。之後有些惱羞成怒，或許認定我是故意作對、有意刁難，他沉下臉從我手中重重地抽回表格，揮手示意我走開，眼神滿帶惡意。其實我當年絕非有意刁難。如今回想，當年的F副只是出於「井底之蛙」的心理吧？他是湖南走出的農村娃子，在國共內戰時跟上了紅色隊伍，一直是小兵一枚，直到朝鮮戰爭結束，就地轉業為「屯墾大軍」之一。其實「屯墾」便是務農，只是地點從湖南移到了北大荒，不過他也終於算有了官職，從小兵一枚最終升成R村的副黨支書。以他的人生經歷，他想必不瞭解城市社會的各行各業與職業構成，不理解農村劃分敵我的類別難以囊括城市社會。不過「井底之蛙」出身的官員，卻往往是最自信的官員，自認為世界即如同其所見之井，若有人說井之外還有世界，便等同是與他作對；且又往往是最自尊、最敏感的官員，因為自知寡聞而往往疑心他人都是存心不良，看他笑話。F副似乎從此看我處處不順眼。不過那是後話。

我們未到之時，聽到的宣傳是北大荒早已經是大農機作業，到達R村才清楚那不過是紅色宣傳的一向手法而已，「主旋律與正能量」，有一分便誇大為十分。其實北大荒的農業機械化在文革時期，仍是維持在五〇年代蘇聯援助的農機水準而已。農場最先進的機械，不過是五〇年代初從蘇聯獲得的康拜因，其他便只有最基本功能的農機，例如拖拉機，由拖拉機拖拽翻地的犁鏵，或拖拽平整土地的鐵耙，等等。若農場真的配備有更現代化的農耕機械，本無需如此眾多的農工苦力。這是多年後自己在歐洲旅行中，見到農地中的機械時才領悟到的眞實，例如收割莊稼，只一台機械便可一體完成收割、脫粒以及秸稈打成一列列捲筒，等等。在北大荒作一名知青大田工時期，自己那「蒙眼的紅布」尚未完全脫落，也從未見識過大陸中國之外的國家有何農耕機具。於是便日日重複那些田間勞作，心無旁鶩，盡心竭力，心中只認為既然是務農，「汗滴禾下土」是理所當然，而自己力氣單薄自是需要付出更多辛苦，怨不得他人。

知青剛到R村時全部編入農工排，成爲大田工。雖然作務農事之人無不辛苦，但大田工可謂是最消耗體力的一類。他們多是要完成那些當年機耕無法操作的農務，其實內容與數千年前華夏農人的農務並無過多差異，例如給大田豆苗鋤草，北大荒的雜草亦是歲歲枯榮輪迴，全不在意這裡已經變爲被人類佔領的農田。去草留苗，只能依靠大田工人人荷鋤一把，分配到田壟一條，一鋤鋤地挖出雜草。「鋤禾日當午，汗滴禾下土」的景象一如千年前，不過那田壟之長必是超出古時農人的想像。自清晨起從一端田頭一路沿一道田壟揮鋤，若是能做到動作快捷、一路不歇直達另一端壟頭，則可幸運地趕上食堂送來的午飯。記得初到時，知青中有人提議要一路走、一路歌，即沿途高唱革命歌曲，直到田頭，以彰顯知青的青春風貌。當時似乎無人反駁也無人附和，不過僅實施一天之後大家都發現現實中這提議絕不可行。因爲R村與被指定要去工作的大田常常相距數里路之遙，需疾走一小時方可到達，若高歌一個小時，只怕到了田頭已經是耗盡氣力，一路閉嘴養精蓄銳以應付勞作才是正理。似乎這也算是成爲知青後的第一節課吧，即那些喊口號的面子工程，在現實面前是百無一用。

女兒，初作大田工，你想像不出我們究竟要付出多少體力，要多麼拼命，也難以說清我們要如何橫下心硬撐，甚至是罔顧自己還是一具肉體，才能應付這番「勞其筋骨，苦其體膚」的磨煉。記得你年幼時看到過我左腿迎面骨從腳腕直到膝蓋密密佈滿傷痕，縱橫交錯，曾問我兒時怎會不停摔傷？我那時無法向你解釋，其實那些痕跡記錄的，都是當年初作農活的一年裡自己割到的傷。我右手每每累到無法掌控那鋤頭或鐮刀，常常是割到自己左腿上，割得鮮血淋漓順腿滲入土中，也只能咬緊牙關，一聲不吭，繼續低頭鋤地割麥，直到田頭，腿已經疼的麻木，似乎被割到的只是一段木頭，而非是自己的血肉之軀。那些割傷相距女兒發問時已經超過十年，依然清晰可見，可以想見那時的自己雖手臂軟到失控，卻仍不懈地拼盡全力舉鋤揮鐮。那些因此而留下的割傷深可見骨，絕非淺淺的肉皮傷。不過其中一道割傷是出自他人的意外。是時暴雨突降，人人爭相狂奔，希望早些回到宿舍，手中鐮刀胡亂揮動，早忘記躲避他人。奔跑中有一刀猛然割到我腿上，痛得我眼前發黑，但依然唯有咬緊牙關一聲不出，繼續奔跑。回到宿舍看那一刀深可見骨，泛白的肉層層翻了開來，反而是少見有血，血似乎已經流盡。不過終歸是他人無心之傷，也是怨無可怨。

女兒，想到你會問，「大田工，具體做些什麼？」是啊，自己也該回想，春夏秋冬，那時的我們都做些什麼？例如春季農事之一是播種，站於拖拉機後的播種車上，確保粒粒糧種與攪拌其中的肥料顆粒可均勻播撒，播撒時揚起的灰土肥料落得滿頭滿臉，嗆得人人咳嗽不止，還有春季鋤草間苗，一壟到頭已經是腰疼得如同五旬老人。夏季麥收每人手持鐮刀，或是要人工割下那些不規則邊角處得大片麥穗，或是緊跟在康拜因後的拖斗車中，揮舞木杈，確保麥秸落入拖斗中。我們被淹沒在作業掀起的塵土與碎麥秸混合的灰塵中，雙臂酸軟到麻木，一路被灰塵塞得喉嚨嘶啞到發不出聲音。某個秋季我們則經歷人工收割大豆。北大荒秋季已經是水中都起了冰凌，腳上一層膠鞋隔不斷冰寒，甚至常會被冰凌割破，冰水便直接灌滿膠鞋，凍麻雙腳。嚴冬臘月大豆割完，散落田間，仍要守在田中將豆秸收攏成堆，再一一喂入康拜因，以助大豆脫粒。那已經是滴水成冰的天氣，夜寒如刀鋒般犀利。少年們輪班向康拜因中一鍬鍬喂那割倒在田間的大豆棵。康拜因一端吐出豆粒，另一端吐出豆秸。人力要趕上機器的速度，手腳絕不能停，很快便汗濕重衣，而只要停手歇班，已經汗濕的衣服便凍得堅硬似鎧甲，似乎只有靠少年心中活力，來抵禦那冷熱交替對於身體的傷害。

當年日復一日拼盡全力，不過如今依然無所怨尤。無怨尤確是我的真心。我只不過是皮膚留下些舊日割痕而已，依然是幸運兒。因病早逝而埋骨荒原、被野火燒得面目全非、被伐木砸得四肢皆殘，或因壓抑惶恐而精神失常的少年又有多少？他們永不能再回歸正常人生軌道，在告別家人好友登上那綠皮知青專列的一刻，他們可曾想到那一刻便是永遠，是他們與自幼一同生活的家人的永遠告別？是和帝都山水的永遠告別？更是與再也回不去的大千世界永遠告別？「悲莫悲兮生別離」，其實「生別離」已經發生在那些少年生命登上綠皮專列的一刻，那些孩子當時卻是懵懂不知，是否那意境之悲更甚於屈原前輩？前文提過前兩年流行「青春無悔」的口號，似乎是起源於半官方的《北大荒知青展覽》，意指北大荒知青不後悔將青春歲月留在了那裡。我也寫過那口號只是僞命題而已。去北大荒並非每人主動的選擇，只是如羊群轉場的被動驅趕。既然非主動選擇，那些羊又何來資格、又憑何標準，來判斷自己心中是否「有悔」或「無悔」？杜撰出這口號之人，若還有一分人性，想起那些或埋骨荒原或終身傷殘的同去少年，是否杜撰時會有幾分愧疚？若說知青從艱難的務農之中學到了些人生道理，那只是源於他或她個人的努力與思考，絕非是受害的學生們，應感激那些將他們作為城市垃圾清理的紅色帝王的理由。

如今回想，農事艱苦異常並非是我或許多其他知青心生離意的正當理由，因為當地農人無數，他們亦是辛苦勞作，胼手胝足，收入微薄，日子過得捉襟見肘。我們不過是上天恩賜生於城市之中，難道就理所當然地應該享有少些勤勞、卻多些享樂的人生麼？難道這就是中華傳統中所謂的「命與運」麼？眾生都是出自神的造物，平等才是理所當然。其實知青落入農村雖非因個人意願，不過到來的初期，大都是認同了「自我改造」的教誨，拼盡全力地去適應大田勞作，甚至努力程度遠超本地工中的大田工（知青通稱為「老職工」）。田間勞作之後筋疲力竭，常常不得不攤手攤腳地仰面躺在泥地中休息良久，直等到身體再生出走回村的氣力才起身邁步。即使如此也並未敢有一日放棄常年每日的出工。四季農事循環往復，播種收穫，流盡汗水累彎腰脊，已經是歷經數千年的人世之常，或許亦如此才使得華夏族人得以代代延續不已。是否這也是累積數千年而形成的華夏人生模式？以「活下去」為人生第一要義，卻往往為此而將一生過得謹小慎微、委曲求全。一切的張揚自在在大陸都被視為愚蠢，或是少年任性妄爲，於是少年被逼著成長爲猥瑣雙面的成年人，或成爲果戈裡筆下的人物「套中人」。

那些歲月距今雖已經是五十年有餘，我們的人生軌跡也早已經遠遠漂離那片邊荒之地，但那份少年時代對人生前路渺茫的惶恐與焦慮，卻始終沉澱在心底，伴隨了自己人生餘下的歲月。女兒，我從未對你說過，有個場景會重複地潛入我的夢境，夢中的我迷失在R村那些大田中泥濘的小道中，或努力在麥田中割出一條通道，泥潭四面八方將我圍住，我四處邁步試探，卻始終無法走出，也無法找到其他農工同伴的身形。每次都是一驚醒來，恍惚片刻後才恍然醒悟今夜是身在何處，而那夢中的惶惶心緒要許久才可平息。其實類似的夢境並非是我獨有，聽到許多當年知青都提到類似夢境與夢醒時刻的心中驚悚。可以想見那蒼茫歲月中的焦慮，並不是只影響到我個人的餘生，而是對多數當年我們一代的知青都刻骨銘心，是一生都難以擺脫的心態。

初到R村時，相信極少有知青會認爲此後一生在R村務農，是大陸掌權人對於他們的永久安排，多是認定這務農經歷只會是短暫鍛煉期。紅布蒙眼長成的我們一代中，或許有人依然相信他們是「命定的接班人」，一時務農不過是由於「故天將降大任於斯人也，必先苦其心志，勞其筋骨，餓其體膚，空乏其身，行拂亂其所爲，所以動心忍性，曾益其所不能」。在R村居住日久，大約半年後，大家心裡或多或少地領悟了現實，那現實便是「知識青年上山下鄉」並非是暫時安排，抑或是只有一輪接一輪中學生被送去上山下鄉的安排，組織對於其後並無安排，或說那安排便是任這千萬少年人自生自滅。無論個人心中如何盤算未來出路，在可見的未來，面對的現實是知青們只是R村權力金字塔下無權無勢的底層之一。曾經的紅衛兵們，如今惟一可以依仗的不過是「知青」二字而已，而這二字的價值只會日減，絕不會日增。這點領悟知青不難獲得，因爲只要看看那些當年同是轉業軍人、隨後務農十幾年，從未有幸獲得一官半職的農工，便可以領會到結局不過如此。對於自幼生長於紅色集權體制形成的等級社會中的少年們，領會到這便是現實無需特別穎悟的能力，即便是心有不甘，亦唯有承認這赤裸裸地擺在面前的現實。

面對這一現實，少年們也有不同的應對思路，所謂「魚有魚路，蝦有蝦路」，或曰「君子憂」與「小人謀」，各有選擇。文革雖依然進行，但是大潮減退的趨勢已經可見，被群眾造反「打倒」的幹部們，逐漸通過組織甄別而復職或被委以新職。華夏歷來有「一人得道，雞犬升天」的傳統，父母復職爲官，其子女自然有了盼頭，但當時那依然只是極少數幸運兒的盼望。幸運兒之外，最高的謀求則是可以進入大學，成爲工農兵學員。與中學生整體下鄉開始的一九六八年相距不過兩年，大學於一九七〇年開始復課，但學生來源不同以往，必須是從工農兵之中選拔。「選拔」的步驟首先是基層推薦，基層黨組織同意推薦自然是首當其衝的關卡，只是這幸運在多數的知青眼中都是奢望。卑微卻最現實的是謀求脫離大田工，轉去相對輕鬆些的工種，例如畜牧排、大食堂；較上一階是謀求成爲R村隊部後勤工，如電話接線員、廣播員，等等，諸如此類，以此類推。知青想依靠自己實現脫離大田工的路徑，只能靠獲得權勢執掌人的青睞。這道理對於在集權體制下長大的少年們亦是不說自明，而如何取得黨組織青睞的方式，亦可謂文革前中學教育的組成部分。於是知青們便開始以各種方式靠攏組織，不外是中學時模式的翻版，例如思想彙報，趁各種會議之際展示自己努力學習毛氏著作，按支書W的明示或暗示引領其他知青成爲順民，如此等等。

自己對於他人如何努力靠攏組織並無異議，所謂「漏夜趕考場」或「辭官歸故里」，只是各自憑自己的心做出選擇罷了。自己無意通過靠攏組織去爭取支書W的青睞，又何必去非議他人另有選擇？不過自己確實鄙夷靠出賣他人的方式去靠攏組織的行爲。出賣他人，且無中生有地出賣他人，那出賣之人豈不是亦出賣了自己的人格靈魂？但這行爲卻不幸也發生在知青之間。或許這便是我們之間有人成爲朋友，或有人始終僅是點首之交的「社交」的分界線。女兒，我在前面提及R村有兩次村民「大集合」時間，早上出工時的「大集合」是村人瞬時相聚，卻是一日裡我心中最愉悅的時光。另一次「大集合」則是晚間定期與不定期的村民會議。集會時間依會議主題而長短不一。我也提到那是我厭憎的「大集合」。不過暫且放下心中的抗拒，由於從中可以觀察到這小小世界中的世態人情。女兒，我會在接下一章中講述那些面目與內容均是可憎的會議。此處依然只是寫我對何謂「朋友」的認知。

知青態度的逐漸轉變，便是R村小世界世態人情的構成之一。甫到R村時，晚間集會中，知青群體與當地村民可謂涇渭分明，一目了然。知青多是遠遠立於集會場地的邊角處，或依牆而立，雙臂交叉抱於胸前，雖無明顯地橫目冷對，卻是不加掩飾地有意保持距離。R村理所當然的會議主席支書W對此並不多話，只是偶爾眼風閃過，冷意可見。據說R村所屬的B團農場，於五〇年代正是「大右派」丁玲等人被遣送勞改之處。不知道他心中是否會暗暗對比，那些右派都是大名鼎鼎的，甚至曾經是紅色文人界中的翹楚，最終都被整治的老老實實。來日方長，這些少年人僅憑恃一分青澀傲氣，那桀驁不馴的心態，經歷日久天長步步整治，又何愁不轉變為順民之氣？這當然是知青初到R村半年之內的情景。支書W作為「組織」在R村之王，有此勝算或許我們也不必驚詫。半年後知青中人確實不乏意識到自己身份改變。如俗話說「進什麼廟，燒什麼香」，既然已經成為支書W治下之臣，便要顯示順服之姿態，遂逐漸有知青自覺地脫離知青群體，混坐於村民之間。大食堂的集會中，雙臂交疊地聚在距離主席臺最遠的角落人群漸次減少，更多人融入本地職工人群中，一派融洽地主動點頭問候，甚至會有意挑選靠近主席臺的位置，以示對於坐於主席臺上一眾領導的尊重。更有知青晚間結伴去村民家中探望，稱為「訪貧問苦」。回想，那四字實在是用得不倫不類，那是起源於「紅色革命」初起時中共黨人發動農民（包括當地流氓痞子）時的發明，後見於四清運動時由中共幹部採納。那麼我們又有什麼資格配得上那四個字所代表的含義呢？

毋庸贅述，靠攏組織、與代表組織之人彙報思想，也逐漸成爲部分知青少年的選擇。隨時光流逝，那原本知青雲集的角落逐漸只餘寥寥數人，即包括我在其中。其實我依然立在那角落，並非是存了有意與一眾領導作對的心思，只不過是無意爲五斗米折腰，無意通過接近他們而降低自己的平等人格。我也厭倦那些會議言辭空洞無物，華而不實，老調遍遍重彈，徒然浪費眾人時間。我再是貪戀那角落的空氣稍稍清新些，那避開人群的角落，也可讓我在心中有片刻的海闊天空，神遊物外，想像是另一個自己在虛空中，俯視那大食堂中排排坐的眾人。同時還有幾個學生，亦未表達出對於靠攏組織的熱情，既有Y中亦有J中學生。我們最終成爲依然堅持在會議場地依牆而立的寥寥數人。這便是我引以爲朋友的幾個人。我們幾人大都既不同級亦不同班，甚至各自生活習慣與喜好亦不盡相同，例如D是「理家」能手，將自己小小的鋪位整理得潔淨齊整，而Q愛舞蹈，舞姿溫婉舒展，自己對這些卻無一擅長。

某晚集會，支書W似乎終於無法繼續對我們幾人姿態中的「桀驁不馴」裝作視而不見。他突然打斷原有話題，轉向我們站立的角落，語調除一貫的冰冷之外可聽出惱怒，「有些知青，就是你們！搞自己的小團團夥夥，不靠攏組織！抗拒上山下鄉，抗拒勞動改造！」我們幾人依然不動如山地交臂站定，目不斜視望向虛空，似乎他的惱怒全然無聲無息地落入眾人腳下塵土之中。我心中不免想到「抗拒勞動改造」，是否是當年右派被送來此地監管時期的用語呢？舊調重彈麼？他或許感到我們毫無反響的態度是挑戰了他的威嚴，終於冷眼看定了我。他身旁半步之後的F副驟然接口，語調調高八度，道，「你！就是你！不但搞團團夥夥少不了你，還存心挑撥他人親兄妹間關係，這也是抗拒思想改造！」不知道他這次示意F副火力全開，是否是爲挽回自尊？只是那指責毫無邏輯，更是無根無據，信口雌黃。我姿態不變，依然白眼向天——「最高的輕蔑是無言，連眼珠也不轉過去」，好吧，我謹遵魯迅先生之言，以漠然與那權勢對峙，其實這怕也是我惟一有能力選擇的對峙方式吧？

那兄妹確實與我相識。兄來自Y中，而妹妹是自願隨兄落足R村。二人之間似乎正應了「不是冤家不聚頭」的俗話，兄對妹始終是擺出厭惡疏遠的態度，只紮在Y中的「團團夥」中，而妹則對兄始終「任勞任怨」，照顧不綴，甚至連清洗衣物也一併包下。爲兄之人卻全不領情，對妹始終是一副冷臉。我有時看不過眼，會笑稱那兄是「白眼狼」。其實我並非不知道兄妹間心結何來——那爲兄的少年意氣自恃才華超人，一心想成爲遺世獨立、不受約束捆綁之勇者，而妹則愈益傾向靠攏組織，順應「道統」潮流。經數年努力，妹終於依靠組織升爲「接受貧下中農再教育」的知青中一顆冉冉升起的新星，最終被選拔爲工農兵學員進入大學，脫離了艱辛的務農生涯，不過那是後話。世事難料，爲兄之人卻未能將「遺世獨立」的少年夢堅持到底，而是中途轉向，大學畢業後成爲「組織」的成員，以順民姿態退休。那也是後話。

女兒，你自然難以理解，我們一代自入學時起便不斷被提示個人必須靠攏「組織」，靠攏組織乃是成爲中共革命隊伍之一員必經之途，而靠攏組織重中之重的行爲則是向組織主動彙報思想。這一御民之術自一九五一年毛氏發起聽來溫情脈脈的「文人向組織交心」活動以來便成爲組織收集文人「反黨罪證」的捷徑。在R村這一極權體制最末梢，中共的此一御民術并無不同，支書W針對我指責的信息來源，必定是從那彙報思想的過程中得來。其實兄妹的人生節拍不合與我何干呢？又何須有我的挑撥？支書W不過是借題發揮罷了。我也感謝在R村之王對我在全村集會中當場翻臉時，我的幾個朋友並未變更姿勢，更未與我拉開距離，反而是同樣漠然地相對支書W。這就是我當年的朋友。那爲兄之人自然心中知曉這番指責的始作俑者，便有一個月公然地對其妹視而不見，即使二人擦肩而過亦是視若無物。我們成爲朋友，歸根結底是由於人的品性相近，因爲我們尚有人格的自尊。若通過舉報他人而獲取「組織」信任，無異於出賣了自己的靈魂與人格。喪失靈魂與人格，存在於世的意義又在哪裡？如《聖經》言，「人若賺到全世界，卻喪了自己，賠上自己，有什麼益處呢？」

與J中幾人接近其實純出於偶然。某日大約是修整溝渠，彙集農工排眾多知青。J中學生大多自然地以阿K爲中心聚集。阿K是老高三學生，腿有殘疾，行走不便，但五官有驚豔的精緻，有廣東人典型深邃如小鹿般的眼睛，卻有江浙人膚色的白皙，語調溫文，翩翩佳公子，只是在眾人面前不言不笑，似乎頗矜持。他本應屬於因病可以留城一類，想必是父母在文革中雙雙落入「被打倒」之列，因而無法將他護於羽翼之下。即便是由於行走困難，體力活於他格外艱難，他也一貫心平氣和，舉止有禮，似乎也看得出知識型父母教養的影子。我雖然也欣賞他精緻如畫的五官，從未與他有主動交談，不過知道他是那晚集會時依牆而立之中的一人。做活的同時，阿K對他的小兄弟們講故事，那日講得是人類史前大洪水，據說一個叫「雅諾」的人用一艘大船救了許多人。那其實是《聖經》中諾亞方舟的典故，我自幼從姥姥那裡聽過無數遍，此時忍不住道：「那是諾亞方舟。」阿K霎時連脖頸都緋紅一片。我知道他是J中眾學生仰視的中心，不免生出一絲悔意，因爲雖然自己全是無意，卻終是傷了他的自尊。他稍頓，抬頭看我，我一時不知該如何表達歉意，沒想到他居然說「那你來講吧？」我一時更不知該如何反應，只是點頭答應，講述那諾亞方舟的典故。事後回想，訝異的是從中可見阿K的人品，平時如此矜持，卻能當眾做到「知之爲知之，不知爲不知」，也是難得。還記得幼時姥姥講給我的巴別塔的故事，從此那時起人類各族群各有語言，相互無法溝通。其實我理解上帝並非是不願看到人類相互溝通，而是以此懲戒人類違背誓約與狂妄自大。相信我們若每人棄絕心中的狂妄自大與偏見，以誠意相交談，無論操何語言，我們都可以溝通。阻礙所謂「紅」與「黑」二代溝通的，只是紅色政黨有意灌輸到我們心中的偏見，以及由此無妄地生出的狂妄與仇恨。

這次對話似乎開啓了R村裡Y中與J中「紅與黑」兩個群體中人開始交談，且自內心認識彼此的過程。那些紅二代的少年們似乎終於意識到，這世間原來如此廣大，歷史如此悠久，且有「橫看成嶺側成峰」的斑斕與多元，絕非他們被灌入腦中的那一點點非紅即黑的「階級」與「血統」便可以囊括。我缺乏講故事的技巧，講《聖經》故事做不到繪聲繪色，跌宕起伏，只是平鋪直述而已。很快我的角色被同是Y中的阿Z接替。阿Z似乎是天賦之才，講起故事不但是繪聲繪色，聲情並茂，且善於鋪陳。無論是何題材、隨手拈來都可敷衍成一篇故事，精彩處處。記得他甚至將自家胞弟帶領他的「好哥們」——幾個因父母被關押「牛棚」而數月身無分文的落難紅二代，外交部子弟——去偷盜自家錢財的往事娓娓道來，將一段顯示文革期間「紅黑難辨」的荒誕往事敷衍成篇，講得無嗔無怒，妙趣羼雜荒誕，似乎是有難同當、有福同享、劫富濟貧的梁山好漢行徑。聽者無不笑得前仰後合。

阿Z的身世頗有些一言難盡，且難辯黑紅的色彩，或許那亦是反射了當年時代變遷的色彩。阿Z生於印度，緣於他父親時任中國銀行設於印度的分行的襄理。印度那時是大英屬地，因而他持英國護照。國共內戰，以國軍敗於共軍結束，中國銀行本屬國民黨政府的財產，國民黨雖敗退臺灣，但依然是中國銀行的東家。經共產黨一番蠱惑，許以建成「天下大同」之新中國，「富國強民」，中國銀行的經理們做出與兩航起義人員相同的選擇，毅然背叛老東家，投奔那理想中的「天下大同」之國。中國銀行從此成爲紅色大陸專營對國際交易的大陸中國國有銀行。中共雖成爲大陸中國新主人，對於國際間金融交易卻一無所知，因而中國銀行易幟之後管理層並未變動，阿K的父親因而得以一直在印度分行襄理的位置上，直到年屆退休。雖然其父親地位未改，但中共怎可能對原「異己分子」眞心相信？中共預防這些人再度變節的方法之一，是讓其家人子女先行遷回大陸居住，實質是最妥當的人質，但中共冠冕堂皇的說辭是投奔紅色政權的經理們都是功臣，家眷理應被接回祖國居住並接受紅色教育。尙在學幼童年齡的阿Z姐弟們，其實也可說是另一類「留守兒童」，更是居留國外父母的人質。他們就此離別父母，被送回大陸中國讀書，由同回大陸的外祖母照料生活。他們的父母退休之年，在回國途中經香港中轉，正是在國內大饑荒期間，經親友勸說中斷回程，在香港駐足，從此與兒女們如天塹永隔，天各一方。阿Z姐弟幾人於文革之後，全部落入「知識青年」之列，分散於大陸不同的窮鄉僻壤。阿Z姐弟們分屬不同學校，因而他是孤身一人長大，永遠是寄宿生，輾轉在不同學校的宿舍生活中，卻是性情豁達，難得的好脾氣，似乎對任何事都可以一笑置之，不放在心上。他不是書蟲一類，卻似乎是滿腹故事，天文地理、古往今來，乃至中共上層人物的往事，都可以講述得流水般自如，如同他親眼所見。

阿Z的故事使得J中學生大開眼界。不知道是否也會使得那些少年心中思忖，像阿Z的出身經歷，是否可以憑藉那「階級論」來劃分？他的父母依據「階級理論」自然是落入「黑五類」一列，但是他們與那一眾銀行同人，對於紅色中國的財政來源可謂有莫大貢獻，那麼這一類人可算是紅色政權的「功臣」？還是依據他們的經濟地位算作是「敵對階級」？其實我惹惱F副的那問題，即關於我「祖孫三代」如何劃分階級？或許可歸類於同一類別。引申而言，那「階級論」不過是毛氏依然身在草莽時，為擴充隊伍、招兵買馬所創造的宣傳工具之一而已，一時用於駕馭小卒對其「毛氏事業」衷心相信，並不惜以血肉之軀實踐之。這一旨在招兵買馬的毛氏暫時創造，卻在之後留患無窮無盡，使得生活於華夏大地之人群四分五裂，以仇恨之蠱蟲播種於某些人群，以莫須有之罪加於另一些人群，從此只有一類人對另一類人自認為是正當有理的仇恨與暴虐，因而生出無窮無止的人格折辱乃至對性命的屠戮，再也不見這片土地上有承平人間。那「雲山蒼蒼，江水泱泱」所孕育的讀書人執守獨立品性與如玉般潔淨堅硬風骨，已經被摧毀，孕育「先生之風」的那片「山高水長」的土壤，也已經是被蠱毒浸染。

講故事的過程，成為原本溝塹深築的兩群學生逐漸相互瞭解的過程。或許有些少年終於領悟到那頂「出身」帽子的虛妄，看到眞實的我們是同樣的少年人。我們同樣自帶傲骨，不屑於諂媚權勢；我們做農活同樣是拼上性命，絕無所謂「少爺小姐的嬌氣」；我們同樣地喜歡海闊天空，甚至胸中儲藏有更多的詩書之氣；我們與那幾個少年或許也同樣地有些審美趣味，例如不會忽略音樂與白樺樹的美；我們也會興之所至談論各地的吃食習俗。事實上最終區分了R村知青之間相交遠近的並非「出身」，而是人的品性。或許還有個人興趣，等等。我雖是天性不喜交際，且在多人聚會場合常是聽眾角色，J中幾個少年還是眞心將我認作朋友，他們的聚會聊天，總不忘記有我一處座位。其實我在聚會時常是不知不覺地神遊物外，處於聽與未聽之間，由聚會中某人的表情引出無邊無際的遐想，例如想起杜甫的《酒中八仙歌》，特別是「宗之瀟灑美少年，舉觴白眼望青天，皎如玉樹臨風前」，或者是「入不言兮出不辭，乘回風兮載雲旗。悲莫悲兮生別離，樂莫樂兮新相知」，便禁不住微露笑意。那時的我們正是少年，人生中最好的年齡，如早春幼樹正待抽芽，或枝頭將綻未綻的花蕾，無論是柳芽還是松芽，是梨花還是桃花，都有蘊蓄待發的風流意氣，有將繚亂迷人的斑斕。只是那些待發的燦爛未成為現實，結局只見花自飄零水自流，一群少年泯然於命運與權力碾軋之下，最終是各尋出路。雖說少年時可意氣入雲，「讀書不為稻粱謀」，但是少年意氣最終還是不敵人生存活不可缺少的稻粱之需。一群少年隨年紀漸長而失落於人海茫茫之中。那自是後話。

與我成為朋友的寥寥幾個人中，興趣性格皆不相同，但當年我們依然是結成最貼心的朋友。D生得矮小玲瓏，卻手腳爽利，若論鋤地割麥，是農工中速度與品質的佼佼者，若整理家務，也同樣是我們幾人中的能手。D也善舞，玲瓏輕捷，極悅目。Y多才多藝，不僅是善舞，有以舞配樂的天賦，且善自編自導成整套歌舞節目。Y有一顆柔軟多感的心，當時依然帶有嬰兒肥的臉頰上有深深的酒窩，笑時有野花瞬時綻開的嫵媚。由Y和J中學生組合，由阿K領頭的R村歌舞小隊，一直在各村同類小隊中獨佔鰲頭。唯有我只善讀書，其他一無所長，偶爾為他們的歌舞小隊寫幾句歌詞臺詞。ZZ貌不驚人，少言低調，卻曾一直是Y中學蟬聯數年的「三好學生」榜首，只是文革前一年即因出於「黑色家庭」而被撤出「琅琊榜」。她做農活極爲拼命，雖腰脊有損卻從不落人後，總歸是彎下腰一直做到田頭。到田頭常見她疼得臉色泛白，勸她不要咬牙強忍，她卻總是一笑，道，「忍忍就過去了」。或許這便是她一直以來作人的心理吧？ZZ是否已經自認命中註定她一生是與命運結了惡緣，所以惟一可應對之法便是「但行善事，莫問前程」？她確實是待人極善良，哪怕對方惡言惡語挑剔她，向「組織」舉報她，她亦是以善言待之。不過她的善良絕非全無底線。她絕不會在任何壓力下違背良心或出賣朋友。Q卻是相反的性格，似乎天性嫉惡如仇，對於無理之事難免直言快語，指責脫口而出，全不計後果。我們常常聚在一起閒聊，每人會坦承自己的煩心事，心中的困擾，而其他幾個或試圖寬解或表達贊同，等等。其實閒聊未必會解除困擾，但有人分擔情緒確實會感覺寬慰。閒聊中自然也免不了嘲諷些看不慣的人與事，調笑一番，或算是愉悅一時的佐料。那是一日裡最放鬆心情的一刻，伴我們度過那些蒼茫的看不清前路的歲月。

她們都看出我是幾人之中最不善家務事、體力又是最差的一個。其實所謂「家務事」，在這集體宿舍式的生活環境中，也剩下換洗衣物、整理自己的鋪位，等。ZZ常是不聲不響地洗淨我換下來的衣物，再晾乾疊好。D會嘲笑我的床鋪是「小狗窩」，但嘲笑過後總是她來整理，不然只怕是眞的成了「狗窩」一般。我至今對他們心中存有感激、依戀，自然也有愧疚，卻也從未認眞表達過，因爲知道她們必定會笑說那不過是隨手之勞，而我若認眞道謝，反而會被笑作是「小題大做」。那時的觀念中，既然是朋友便不需言「謝謝」二字，心知即可，否則便是有意疏遠了。我想我始終是幸運兒，雖然超過一個甲子的人生，多數時間可謂「顚沛流離」，但即便是離散四方的家人，始終將我藏在他們心中，從未有片刻忘記。回想，我們幾個朋友在那幾年間亦是相互的家人，以心相交，又何嘗不是我的幸運？我那時無以回報，能做到的只是陪伴，以心陪伴。我並非是天生處處留意他人的性格，在那段時間裡卻學到了關心他人，留意朋友們的情緒，留意各人是否心中有煩惱，也盡我所能與朋友交換心中所思所想，排解朋友的煩惱。我想這體驗也是我的幸運，使我從不同角度領悟人生。自呱呱落地直到少年歲月，總是理所當然地接受家人的翼護，家人的愛似乎是我人生中天經地義的存在，如今在R村才領悟到愛並非是天經地義的存在。若要被愛，首先要成爲値得被愛、被信任之人。或許也領悟到不必苛求朋友是永遠的朋友。人生無常，朋友們只要曾經同舟，哪怕只有一日、只爲一事，也已經是緣分。

我們幾個最終還是爲人生前路而各自東西，如今連相聚一起也是可望不可及。七〇年代初ZZ和Q被抽調回京，成爲中學教員。緣於北京中學那時重新開課，卻發現文革摧殘了超過半數的中學教師，他們或死或殘，也或者因傷透了心而設法離開中學。倉促間北京教育局只得從知青裡俗稱「老高三」（即一九六六年已經升入高三的學生）的學生中擇學業優者抽調，回京替補教員空缺。以未畢業的中學生補做中學教員，這便是文革造成的「業績」之一，或許也算得是教育史上的奇觀之一吧？ZZ回京不久後便積勞成疾，因病早逝。我應朋友們的提議爲她做了墓誌銘：「你是我的無花果樹。你用無花的生命，孕育了累累的果實」，至今刻在她的墓碑上。在我心中，ZZ確實是如無花果樹，出生便命定她一生不得開花。事實她也從未有春花綻放的片刻，甚至從未敢想望有綻放的幸運，連享受到人世間的和煦春風都是奢望。因爲生爲黑二代，她逆來順受，終其一生都在努力，事事力爭做到盡善盡美，做學生永遠是「三好學生」，做知青永遠是撿最累的農活，做教師又被評爲「優秀教師」，又怎能不贊她短暫的一生雖然無花，卻未阻礙她孕育出鮮甜多汁的果實？ZZ始終窮竭心力，盡可能向這不見春風的人世證明，她並非是某些人眼中口中稱爲不堪的「狗崽子」或「打洞老鼠」，卻因此早早累死了自己。Q最終遠離，落足海外。Y與我終於在大學重開後同於一九七八年跨過大學門檻，不過從此各自沿自己的專業路行走，軌跡未有相交，因而是「漸行漸遠漸無書」。我聽到Y柔軟的心性最終引她將維護弱勢女人權利，作爲她終生的關注。Y必是尋到了最適合她天性的事業。

D的回京路卻曲折且漫長。她到R村年餘之後，常毫無先兆地暈厥倒地，被診斷爲「一過性腦貧血」，那時卻不屬於可以病退的病症。她家中設法將她調到河北某農村，雖依然是農民，卻離家近了許多。我去探望過她，其實那村子雖座落於帝都郊縣外不遠處，卻依然要轉乘數班鄉村汽車才可到達。她終於回到北京後的謀生之路，或許與許多同代知青類同，例如街道布店店員、民營企業出納，等等，輾轉謀生。不過她始終是平心靜氣、與人無爭、中規中矩、安守本分地做下去，無論在哪裡，最終都成爲眾人心目中最可信賴之人。她對我講過她的母親，她母親與父親身份學養甚至可謂是判若天淵。她的母親長於傳統鄉村家庭，幾乎大字不識，而她父親雖是同村之家，卻是留日學人，成爲大陸中國領先的醫療機械專家。她母親曾因此遭到父親家人的歧視，冷漠相待，但最終她母親卻贏得了家人的信賴與尊重，緣於她待人處事沉穩公正堅忍，無論歲月是太平還是艱難，始終如一的照理家事與家人。我想D便是終生承繼了母親的人生態度。

她的人生之舟也有一支錨，沉穩地綁定她的心性，使她從未生出離家遠行的心思。她的錨不在工作之中，只牢牢地與家人相繫相牽。她照料家中每一人，從父母到手足，直到丈夫女兒，且是自始至終，從未放棄。D其實也因此成爲她全家的錨。她父母相繼故去後，若無她的始終關愛，或許她家人手足間的連結也早已經斷裂失散吧？

我的人生始終是充滿動盪，與家人離多聚少，不得安寧，因而才覺「人生如舟」，永遠是不期而至的驚濤駭浪。相比之下，D的人生態度其實是人生本應有的面貌，在那兵荒馬亂一般的歲月裡，卻能過的平心靜氣，將自己的小舟始終泊在家人心中。那便是她的港灣。對於我，D也始終放在心上。D有一雙巧手，極擅廚事。女兒，那時你逢年過節總會吃到D阿姨的應節吃食，例如端午節的粽子和過年的餃子，都是她一手做成。粽子做得軟糯小巧，餃子餡料飽滿，外形齊整，不像你母親——我的餃子，永遠是做得歪歪扭扭，大小不一。我常覺得歉疚，她如此照料，我又何以爲報？惟一能做的只能是將朋友緣分永遠藏在心中。

繼回城後，知青群體星散，各自謀生，從此各自沿各自的人生路漸行漸遠，與我鮮有相交。也或許之後個人變化之大，已經使當年的朋友如今成爲陌路之人。與J中的幾人極少再有聯繫。在文革初期的混亂中，幾乎所有的所謂「革命幹部」均被中央文革或被群眾組織主動一舉「打倒」，因而使得原本的「紅二代」遂然一併轉爲「黑二代」。落難於R村的J中學生多屬此類。之後於文革中期重新「甄別」（或稱「解放」）被一舉打倒在地的「革命幹部」，其中許多J中學生的父母得以成爲「被解放幹部」，重掌權力。隨之許多J中學生便被來自帝都的一紙調令召回。隨改革開放與屬於改革體制之一的北大荒建制變更，餘下的也逐漸離開，我並不知他們的去向。回想，當年依然是少年與青年轉換之交的年齡，又如何可以期待人性心性恒久不變呢？那只是奢望而已吧？尤其是在大陸中國政治整肅不斷，使人難免昨日青雲直上，今日便斷翼直落的政治體制之中。或許這便是自己在北大荒幾年間，有幸可結識朋友的經歷後，對於「朋友」的另一層領悟吧？

朋友的緣分有長有短，有些如桃花潭水深千尺；有些則是際遇使然，也隨人生際遇而變，所以緣分是可遇但不可求。

## 北大荒記憶之三　晚間村民集會——「亂條猶未變初黃，倚得東風勢便狂」

女兒，前面提到我厭憎R村晚間的村民集會，也應允要追根溯源地解釋緣由。不過晚間集會眾多，頻密得超過舊時農村逢五逢十的集市，主題也蕪雜無序，難以悉數。只得是勉力歸納，如同那中藥鋪的抽屜，雖藥材種類繁雜，也可歸類爲清熱、祛寒、解毒，等等。

### 晚間集會之一——權勢畢現的舞臺——「曲兒小，腔而大」

女兒，回想R村晚間的村民大集合，常使我想起一闕《朝天子・詠喇叭》，明代王磐先生的散曲，雖原是嘲諷宦官，聯想到那些村民晚間集會的陣仗與內容的無稽，也可類比：「喇叭／嗩吶／曲兒小／腔兒大／官船往來亂如麻，全仗你抬身價／軍聽了軍愁／民聽了民怕／哪裡去辨什麼眞共假／眼見的吹翻了這家／吹傷了那家／只吹的水盡鵝飛罷！」

女兒，若能將文章做到「開宗明義」，則寫文章者必是出類拔萃之人，自己這業餘寫手只求可以將子丑寅卯分辨清楚。你自幼生活在異國，對於大陸中國的等級制度全無概念，因此我儘管明知筆下文字難免枯燥乏味，也還是不得不一再重複，否則我對你與你的同代人的寄語便成爲無根之木。我在開宗第一節向你描述了紅色中國的極度集權加等級分明的體制，那便是一級級從上到下地管制萬民，依靠那些「組織中人」對於上級指令的執行，最終直達那體制階梯最低端小民。如此，那R村機構體制的建制與一級級向上的單位，便完全是一一對應，可謂是「痲雀雖小，五臟俱全」。黨支部設有正副書記各一，團支部亦不能免，亦有民兵連長，這些都是小小村莊中的大人物。屬第一類的轉業軍人，自然當仁不讓地承擔R村全部領導職位，以支書W爲首，其下屬如F副，如此等等。這些人等自然而然地按「組織級別」設定有官級大小的排序。他們均是唯支書W馬首是瞻，無論是否心服，起碼總是口服。

支書W便是R村這一體制末梢單元的最高領導，在R村也可謂一言九鼎。在封閉環境中生活的村民能否可以受到公正對待，是否全賴於支書W的個人品性，或其與村民個人關係的親疏遠近？所謂「天高皇帝遠」是否便是此處此景？生於斯長於斯種境界裡的村民們，是否便不自覺地，成爲那龐大集權體制末梢的一件件小小「馴服工具」？面對現實，知青也惟有長歎「天高皇帝遠」。其實那本是元朝時鄉民起義的口號，是有下文的，曰「天高皇帝遠，民少相公多。一日三遍打，不反待如何」。現代人將其變爲歇後語，「天高皇帝遠，有冤無處伸」，確實更符合現代場景。不過無論是古言還是現代歇後語，依然是蘊涵了小民期盼

「明君」的拳拳之心。事實上，華夏數千年歷史中，明君只怕只是屈指可數吧，而且史書中所謂的明君，多是指開疆拓土、遠誅強敵之君主，那些君主治下，子民皆血流成河，以成就天子一番功業。我不知道有多少官方史書中，重筆彩墨地頌揚過那些因愛惜子民、不作疆土之爭的明君？只怕千載難逢。如此，即便是與皇帝日日見面又能如何？結果依然是小民見到的大都是貪官酷吏橫行。

支書W據說是黨性原則極強之人，最有震撼力顯示其黨性第一的事例，是一九六〇年大饑荒時其老父病弱，無法下嚥按「組織」分配各家用以充饑的穀糠，家人苦苦哀求他從糧庫中取一碗留種的存糧，爲老父熬碗粥湯，他卻不動如山，眼睜睜地守到老父活活餓死。支書W本身的形象，也使人聯想起那則舊事，他五短身材，五官亦算得是端正，一雙上挑的丹鳳眼，鼻根如刀削，薄而挺，一張臉永遠是不動如山，難得見到一絲笑容。自己實在難以欣賞支書W黨性的「震撼實例」。這便是黨性麼？黨性便是要求黨的成員變爲無親情、無人性麼？若這可算得是謹守黨性、罔顧親情的實例，那麼所謂黨性的標準之一，即是父母家人皆可遺棄麼？人生一世，難免會遇到黨性與人性互不相容的時刻，此時是否只能選擇黨性而置人性于不顧？這便成爲當年支書W的選擇。

或許R村饑民病餓致死的，也不只支書W一人家中此一例，但數年後那些餓殍皆成爲無名無姓、甚至再無人提起的舊事，雖然那也曾經是與在世之人，每日共同勞作的鮮活生命。

華夏小民已經習慣於不再提起那些涉及家人生與死的舊事，似乎凡涉及心頭之傷的舊事從未存在。「舊時天氣舊時衣」雖是自然的存在，舊情是否仍在？不過如此強令自己忘記直到麻木無感，也或許於小民只是無奈，因爲「忘記」何嘗不是一劑療心中之傷的良藥？記住又能如何？「懷舊空吟聞笛賦，到鄉翻作爛柯人」。既然將記憶留在心中只是徒增煩惱。那何不飲下遺忘這劑良藥？起碼可供人類麻醉、麻木，繼續活下去。

晚間集會地點永遠是大食堂，全村惟一可以容納百人以上的建築。集會之初總是村中婆娘們一番喧鬧，直至R村黨支書W登上凸台，大喝「開會」。大陸的單位，如毛氏所言，「東西南北中，黨是領導一切的」。R村的管理體制亦是如此，黨支書在大陸民間俗稱「第一把手」，因而支書W是當仁不讓的首席，坐於凸台前排中間。其他R村領導成員亦須在場，不過都在支書W身後，半步距離之外，以彰顯支書W的首席地位，如同人大會堂會議首席必是一尊之位，而其他人均分等級站立於其後各排是同樣的規矩。我們古老的華夏民族是等級觀念根深蒂固的民族，自上而下，人人的行爲皆是尊卑分明，甚至無需明文立下規矩。

如今回想，這頻繁召集村民集會的主旨，首先是宣示黨組織領導的權威——儘管論農活，一眾黨組織領導人不過是「甩手掌櫃」，組織領導的功能卻不可不時時展示。會議主題常見不同，其中以慶祝最新「最高指示」發行最爲重要，也最爲隆重，其次則是由領導向村民傳達「上級」指令。那還是盛行「早請示，晚彙報」的年代，任何集會的開場白必然是毛氏語錄，由F副領頭頌念數段毛氏語錄，結尾必是「萬歲萬萬歲」，於是村民皆隨之高呼「萬歲萬萬歲」！千禧年左右大陸盛行大清電視劇，臣子覲見吾皇必要山呼「萬歲萬萬歲」，似乎也可類比吧。落足R村半年左右時，集會中知青大都選擇依牆站立，自成一群，抱臂不語，鮮少參與呼喊任何口號。落腳在R村的知青，早已有過帝都文革初起時的經歷，其中亦不乏有人曾在天安門廣場，受到紅色政權的開山帝王毛氏站在城樓上揮手示意的感召而激動莫名，喊「萬歲」直到喊啞了嗓子。這些少年的人生路徑，就如一枚本是正在乘風扶搖直上的嫩葉，因陣風驟然變向而莫名地被吹落到這邊塞村落，心中恍惚如隔世。此時即使還未清醒地看出自己不過是「君王策」的犧牲品，未完全領悟到自己從馬前卒到棄子的過程，起碼是激情已經成爲往事，甚至是可以自我譏嘲的往事，現在自然沒有再山呼「萬歲」的心情。前文已經提過，半年之後，知青對各自在會場的位置發生了不同的選擇，此處不贅了。

其時依然是文革進行期間，雖然文革已經失去初起時的雷霆萬鈞之勢，有逐漸演化爲一座「爛尾樓」的趨勢，但是所謂「虎死不倒威」，所以仍不時有「最高指示」發佈。凡是以毛本人之名發佈的均稱「最高指示」（即毛氏文革期間不斷爲推動文革進展而發出的片段語言）。凡有發佈，皆有R村大集會以示慶祝，哪怕是半夜或凌晨收到「最高指示」，下達也不可推遲，必定將村民從睡夢中一概揪起，即刻舉行集會。此種集會慶祝必須顯示隆重熱鬧，便如同R村的節日一般，大食堂裡鑼鼓齊響，節奏歡快，燃起數堆篝火，小孩子也可以在人群中鑽來跳去地湊熱鬧。我不免會憶起自己的童年，如同那句詩「袨服華妝著處逢，六街燈火鬧兒童」。我們一代也曾自以爲幸福地被引領、被洗腦，如那些在年節舞龍舞獅或秧歌花鼓的隊伍末尾湊熱鬧嬉鬧的兒童，其實只是點綴了他人的熱鬧，烘托了他人的聲勢與氣氛。是否R村的兒童此刻便是我們當年的映射？他們是否會重複我們一代的足跡？自己也會想起Y中學文革初起時的那篝火之夜，火焰燒得夜空彷彿亦燃起紅色雲翳，橘紅的火星飛濺上天，而圍篝火蹦跳、手舞足蹈的學生，心中更是激動得如同從此可以如大鵬展翅，扶搖直上九萬里一般，被焰火挑逗得豪氣萬丈，其實最後是隨同焰火一起萎地成灰。

由領導向村民傳達「上級指示」的會議則是完全不同的氛圍。村民們們排排坐，面對「主席臺」上支書W永遠是板起的那張臉，乖乖地等待那來自上級組織的「指示」。知青本是來自R村小世界之外的新人，與外界維繫聯繫尚是半年才見一封家書，R村常住居民私人與外界聯繫之少則可以想見。村中居民與外界的聯繫，大多是來自前面提及的官方管道，即是總場部——分場部——R村黨支部，一級級向下傳達，俗稱爲「上級指示」。凡是需要廣而告之的上級指示，均由黨支部書記召集全體村民宣佈。自己印象中，屬於廣而告之的上級指示，多半是空洞無物的「抓革命，促生產」之類，例如宣佈春季播種的開始，小麥收割的開始，等等，其實四季農事，何日開始農作物播種收割，本應由當地村民依據農時與本村作物成熟與否自己判斷，又何須由百里之外的「上級組織」發來指示？這些「上級指示」雖是滿紙空言，廢話連篇，卻依然是R村權勢人物享受其「領導」地位展示的場合。

不過R村畢竟屬於農場，在紅色體制中的主要功能是產出糧食供應國家，因而亦不得不設置專管生產的一套體系，設有生產隊長（不過那時依然按軍隊習慣稱爲「連長」）等專司務農，可類比於城市單位中黨支書與廠長的關係，即「黨指揮槍」。R村連長A下轄按農事與隊務需要分類的各分隊（其時稱爲「排」），例如農工排、機務排、畜牧排，等等。他亦是轉業軍人出身，山東人，不似支書W的五短身材，而是承襲了山東人的挺拔勻稱，端正的五官，修眉隆鼻，安排工作時講話則簡潔明快，極有條理。連長A管理日常隊務農事，如同被「黨指揮的一桿槍」，但日日繁忙勞碌程度卻遠超過支書W。看得出他的農事工作安排，常常遭到支書W執行上級指示的掣肘，但他似乎亦練出了隱忍，嬉笑怒罵都隱在眉梢。不知道是否他天性寡言，但鮮少聽過他有閒話說笑，更鮮少聽到他在晚間會議中開口。前述會議中的種種廢話指示，對於排排坐、昏昏欲睡的村民大都是如風聒耳，飄過即罷。

記憶裡卻是有一次見到一貫沉默以對的連長A，在晚間會議場合對支書W當場出口質疑，直到發怒。那次會議上支書W傳達「上級指示」，那年的文革主題是「繼續革命」，但是「繼續革命」作何解？文革風雨如晦已經三年有餘，一代讀書人與原各層「革命幹部」多是花殘葉落，甚至是萎地成泥，冤魂深埋。新建政權還未有雛形，各層「組織」尚在遴選接班人的過程中。或許劃除不符合紅色偉人毛氏心意的舊人，由自文革以來宣稱代表其「革命意圖」的中央文革小組領頭層層向下地招攬新人，便是此階段的「繼續革命」吧？那麼對於終生與任何權力都無緣份享有的最底層小民，即如R村那些只是排排坐於昏黃的馬燈光影、下半睡半醒的村民，這「繼續革命」又作何解？

「上級組織」對此亦不乏解釋，按支書W的傳達，便是小民們的「繼續革命」是「靈魂深處鬧革命」，以小民個人作爲革命目標。當年隨之而起的亦有各種口號，綜述之，小民們對自己要「狠鬥私字一閃念」。小民心中的種種「私字一閃念」若舉例，則表現爲在勞作時「稍有偷閒」，「稍有小恙便稱病休息」，等等，小民「鬥私」的最高境界，或是應自覺地將自己視爲機器，不眠不休拼上性命地勞作，這才是紅色政權對他們的期待。當年人人皆知的流行語有「小車不倒只管推」，話語淺白，卻是紅色政權期待小民達到境界的頂峰，即人人須鞠躬盡瘁，死而後已，只要還有一口氣在，就要堅持推車到底。這句話出自某鄉村的副支書，那顯然是位既有良心又絕非「甩手掌櫃」的好人。他以此境界將自己活活累死[55]。我還記得某日與ZZ被分在同一部康拜因的尾部跟車。那些老舊機型的蘇式康拜因，雖可以做到割麥與脫粒同時完成，卻缺乏收攏麥秸的功能，因而每台康拜因尾部須掛一拖斗車，鐵絲編製，高度將及康拜因高翹的尾部，即麥秸吐出的管口處。所謂在尾部跟車，便是二人站在那鐵絲籠口踏腳處，將那管口吐出的麥秸用麥叉撥入籠中，以免那些麥秸被隨地拋灑。

康拜因作業不停，則麥秸即源源不斷地從管口噴湧而出，夾帶了灰塵麥糠，遠看如列車隆隆行走，揚塵噴霧，可謂壯觀，但近觀「跟車」之人，則實在是如一葉漁舟「出沒風波裡」——全身罩在夾帶碎麥糠的灰塵之中，呼吸時常被麥糠嗆到喉嚨。頭頂是壓在劈頭蓋臉落下的麥秸之下，又要不斷揮舞麥叉攏住那麥秸，早累到頭腦麻木，只覺眼前是無窮無盡的麥秸落下。我們喉嚨裡灌滿灰塵麥糠，無法出聲。其實我知道即便累到如此地步，ZZ還是在努力幫我，盡可能將麥秸撥向她一邊。裝滿一籠後康拜因才會稍停，ZZ和我便立時四肢攤開地倒在麥地裡。互相看過，同樣的慘不忍睹，汗漬麥糠覆蓋滿頭滿臉，臉色透青。ZZ卻儘量對我一笑，喑啞地說：「小車不倒只管推吧。」不知是勉勵還是自嘲？她將自己的那輛小車拼盡全力地推，她的人生小車雖幸運地未倒在北大荒，卻最終還是力竭難挽，倒在了人生半途。

支書W繼續傳達，依「繼續革命」的要求，今年秋收大豆要人工收割，讓一眾小民都藉艱苦勞動，得以體驗「靈魂深處鬧革命」的境界。講到此處，出人意料的是有人忽地出聲打斷，道，「這絕對不行，這不是胡鬧嗎？」原來出聲者是連長A，他顯見得極爲惱怒，修眉緊蹙，甚至雙唇都有些顫抖。稍停，似是在盡力平息怒氣，他才繼續道，「我們有多少大豆田？我們又有多少可以下田收割的人力？算一算就知道，若要人力收割，難道要一直割到明年春嗎？那不是大豆和人都糟蹋了嗎？」此時才有村民紛紛應和之聲，都說「那是胡鬧」。

想必是人人心知肚明，以全村寥寥二三百人工收割超過萬畝田的大豆，根本是不可行之事，只是若無人有勇氣領頭說破，那小民便只剩忍氣吞聲了。支書W或許沒想到連長A此日未持守一貫的沉默，而是直言頂撞，他稍稍停頓，沉了一張臉，冷眼掃過台下眾人，卻只是說，「這是上級指示，理解要執行，不理解也要執行。你有意見去找上級」。我不清楚之後連長A是否去找了上級，只知那一年秋季收割最終是人機並用，特意留了些田塊供人工收割，以示「上級組織」之威嚴不可挑戰，「上級指示」不可拒不執行，無論那指示有多麼荒謬。

這「上級指示」的結果，便是致使全部大田工人人手持一把鐮刀，在那一眼望不到邊際的大豆田中，日日「磨煉革命意志」，從十月末持續到深冬，一直到轉過舊曆年才算完成。這便是我前面講到的，塞外深秋我們知青依然在田裡割豆的由來。人工開始割豆已經是在十月末的北大荒，田地表面結了薄薄一層冰凌，冰凌下是泥濘與冰水混合。一腳踩碎冰凌，冰水立時浸透了腳下那一層膠布製成的「水襪子」（是當地對於農田鞋的俗稱），冰寒霎時刺透每一節腳骨直到腳踝，連腳趾骨也不放過，但片刻之後連骨節也凍到麻木。每人只顧及手中鐮刀揮得分秒不停，如同機器一般，想來是潛意識裡也明白別無出路，只有憑那一鐮又一鐮的揮動，自己才能一步步前移，直到用凍得麻木的腳加一雙被大豆秸劃得血痕累累的手，將那望不到邊際的大豆壟丈量到田頭，方可以吃到尚有溫熱的飯菜。飯菜入肚之後是返回壟頭，再重複之前的過程。時時日日如此，不記得那一場「磨煉」究竟是經過了多少次日升日落？記得的只是腳骨每晚恢復知覺後持續的刺痛，使自己雖疲累至極也久久難以入睡，清晨面對大田，雖想起那冰凌依然心有餘悸，卻不露聲色地照舊一腳踏碎冰層，彎腰揮鐮，可以安慰自己的想法只能是「總有一天會割完的」。

之後，那些已經割到散落在大豆壟間的豆棵，還要靠人工逐壟收集，堆積在田頭，等待康拜因在田中脫粒。我在前文（「R村印象之四」）中述及的寒冬臘月季節，老C與知青一同在大田間，將冰凍的大豆秸一叉又一叉喂給康拜因脫粒，即是拜該「上級指示」所賜。其實那「所賜」的並非僅僅是年少的知青，在露天中經歷一冬嚴寒，更有數年後許多知青人在中年，便罹患了一般視爲老年病的關節炎、腰椎勞損等等，苦不堪言。我們那時全憑少年自身活力，每日冰寒勞累已經超過體力極限，如同是自己對自己的肉體欠下的債務，因爲是早早欠下，如今只能早早開始爲那少年時的身體透支償還。也是那時，我們才理解了「滴水成冰」並非僅是形容，而是事實，那氣溫低到連手上皮膚不小心稍稍觸碰到康拜因的鐵皮都會被粘住，撕裂到皮破血流。

古詩人詠歎冬寒，常是意境清麗孤絕，「千樹萬樹梨花開」或是「簷流未滴梅花凍，一種清孤不等閒」。那大豆田間雪深到膝，亦是潔白無疵，清麗孤絕，自己卻視而不見其美，只感覺到寒冷的威力。那是無遮無攔地在大田間橫行無忌、霸道無匹，對人類與枯草朽木一視同仁的寒冷，將人體與人腦一同凍得僵硬。若無這道「上級指示」，而是按以往慣例機器收割，寒冬臘月季節本應大豆早已入倉，是四季之中務農之人最閒適的季節。如今回想，那其實是體制給予「上級」權力的威力，爲所欲爲的權力顯示欲，再加愚蠢無知的傲慢，致使「天地不仁，以萬物爲芻狗」，而「偉人」不仁，以百姓爲芻狗吧？

女兒，我無法悉數那些頻繁召集的會議，只能敘述我記憶中存留的幾例，因爲這幾例會議的主旨逸出那些常軌廢話，它們直接影響到村民個人命運；它們帶來的不公或荒謬後果，深深撼動我的心境；也或由於它們使我更見識到我們的人性，是如何漸漸從清透純眞染成墨色斑斑。我記憶中幾項逸出常軌廢話的集會，主旨是「備戰」——連帶的是「提高階級鬥爭警惕性」與「深挖特嫌」，還有「知青紮根邊疆」，等等。這些上級指示是陸續發佈的，每一項指示都攪動得雞飛狗跳，人人不安。每次都有無辜受牽連之人，但是每次運動的結局卻似乎是不了了之，自己從未經歷過這些「上級指示」執行到按目標收官的情景，除了借機公報私仇的事件。這或許便是在紅色政權建立的大體制中，一個末梢單元是如何運行的範例吧——那些「上級指示」從上到下按級別傳達到每一「單位」，而究竟執行到何種程度，則往往難以脫離執行人本身的判斷，或許亦有人性在內糾結不清？

## 晚間集會之二——「憶苦思甜」與「學毛選」宣講會——「女媧煉石已荒唐，卻向荒唐

## 演大荒」

女兒，我的講述總是沉重晦暗，這是拜當年現實所賜。不過我且勉力遵循「一張一弛，文武之道」。在這一節，在進入那些晦暗印跡的同時，那集會中所聞所見，表面上卻如同東北人擅長表演的逗笑「段子」。不過那「逗笑」背後卻隱有大陸中國人生眞相。這些乍聽可笑的「段子」所隱藏的眞相卻並非好笑，「好笑」深處演繹的其實是「現實」與「荒誕」的融合。這兩個本應是詞意絕無關聯的辭，在R村那些晚間集會中卻偏偏是不幸地融合在一起，難以區分那究竟是現實還是荒誕，或者，更確切些，那現實本身便是建立於荒誕之上，是大陸政黨紅色意識形態的荒誕，亦是底層百姓生活於封閉之中而形成的無意識荒誕。

女兒，你和你的同代人可能對「憶苦思甜」莫名所以，但凡是在大陸中國五〇年代度過童年少年的我們一代人，對於此四字都不會陌生。「憶苦思甜」即指回憶一九四九年前（俗稱「舊社會」）小民經歷之苦，同時回味紅色中國一九四九年建立之後（「新社會」）小民生活之甜。此四字演繹出各類表達方式，自幼兒課本、幼童讀物直至成年人集會宣講，藝術形式亦不可或缺，例如童謠歌舞戲劇電影之類。華人「以食為天」，因而這四字內容的表達，亦包含「吃」的「革命」形式。齊吃「憶苦飯」成為「憶苦思甜」會議之前與逢年過節聚餐之前，均不可或缺的儀式之一。文革時雖毀了無數「四舊」，但這四字老調始終是弦歌不輟的紅色主題之一，不斷提示小民須「繼續革命」與「靈魂深處鬧革命」的意識。

R村所在的B農場（當年官稱建設兵團B師）亦按其「上級指示」每年組織「憶苦思甜」宣講團，至各村輪迴宣講，某晚輪到R村迎接宣講團。既然宣講「憶苦思甜」是政治任務，村組織自然是以政治禮節鄭重待之。政治禮節之一是宣講會之前有一餐「憶苦飯」（即意味那是舊社會時窮人的飯食）。村食堂擺出的幾口大鍋裝滿糊湯，據說成分有豆餅、豆渣和各種樹葉草根，不過熬煮得糟爛，顏色莫辨，熬煮時不加任何油鹽。吃「憶苦飯」也是政治任務，村民知青每人一碗，不可逃避。許多人吃了一口就忍不住吐了出來。大麻曾悄悄告訴我，「那東西不知道是誰的發明？過去我給主家打工，也從沒見過這不是人吃的東西，在四鄰八舍也從未見過。如果哪個主家有膽端出這一鍋給長工短工，長工短工必定當場砸了碗走人，那主家的一鍋東西，也必定成了四鄰八舍的大笑話」。

實際上所謂「憶苦思甜」，只是宣講「憶苦」——回憶舊社會之苦，因為「新社會的甜」，是現場聽眾已經日日品嚐的滋味，不說自明，只需日後由組織引導眾人體會即可。宣講團人數寥寥，且人人都年逾古稀，緣於宣講人必須是在「舊社會」身歷「剝削階級」（即如地主富農等等）剝削之痛的人，且出身必須赤貧。北大荒原是富庶之地，似乎此類人選並不容易找到。還記得當晚第一主講人是位身形胖大的婆婆，精神頗為健旺，不見神情有任何悲傷，如講故事一般興致勃勃。她從「挨餓」開講，並未特別指明年份，只講「那年實在餓得受不了。各隊各家存的糧食，都讓政府派民兵來強收走了。來強收存糧的都是強盜一樣，破門砸窗，闖進我們家，翻箱倒櫃地搜，凡是家裡有人阻攔，就被劈頭蓋臉地打……。北大荒冬天長，春季也寒，野草樹葉難尋，眼看要餓死人，我們只得半夜去偷隊裡留下的麥種，且是結夥兒去偷，因爲『法不治眾』。連村裡黨支書和別的隊領導也去偷……。那麥種裡拌上了肥料，我們也顧不得髒淨地吃下去，不然怎能活到今天……」。

我們開始時聽得莫名所以，滿腦問號，「黨支書」？「隊領導」？「民兵」「法不治眾」？這和「舊社會」眞的有關係麼？繼而是目瞪口呆，恍然大悟婆婆講得是六〇年代初，正是那場紅色大陸「大躍進」最終導致的大饑荒，當年有數千萬小民成爲餓殍。婆婆愈發講得興奮，接著是興致勃勃地感歎，「還是新社會好啊，那時吃飯不要錢…，後來又要錢了，還只給一勺稀高粱飯湯……」。我們終於跟上她的思路——這是在講「大食堂」。「大食堂」亦是大躍進的組成部分，先是農村家家強迫拆灶砸鍋、清空存糧，一律去村辦大食堂吃飯。最終是大食堂無糧爲繼，只能煮野菜清湯。我們已然意識這「憶苦」與宣講的目的是南轅北轍，顚三倒四，張冠李戴，憶的是「新社會之苦」。難道是那婆婆忘了早爲她準備好的臺詞，所以是現場即興發揮，彈了首記憶裡最刻骨銘心的曲子詞？我們終於忍不住開笑，先是捂嘴掩蓋，最終是許多人不得不跑出會場，出聲爆笑，體統全無，笑到倒地打滾。女兒，這是我記憶裡第一場帶來歡笑聲的晚間集會，至今想起都不免有笑意從心底直溢到嘴角。

由於笑得跑出會場，我不知道那精彩絕倫的一幕究竟是如何收場的，只記得該場宣講會早早結束，並宣佈本屆「憶苦思甜宣講」至此爲止。支書W沉了臉走出食堂，冷臉掃過我們一眾逃出會場的知青。不過R村此日清晨依然是儀式鄭重地禮送宣講團出村，村民列隊於村口，在F副帶領下按慣例齊呼「不忘階級苦，牢記血淚仇」！那時不禁想反問一句，那婆婆所訴之「苦」究竟來自何處？那應是與誰的血淚仇？誰是那始作俑者？不過看到那宣講團離去，又不禁有些擔心那實際上心地質樸，卻記性不佳、臨場忘了臺詞的婆婆，不知她會是否會受到懲罰？

女兒，我明白你可能並不理解上面那番「憶苦思甜」爲何可笑，因爲你並不知道大陸中國於五〇年代末至六〇年代初的那場大饑荒。那場饑荒使數千萬人成爲餓殍，農人們吃光樹皮草根，最終不得不連餓死之人也成爲鍋中好飯。血脈家人難以下嚥，便不得不易子而食。我猜想那必定是毛氏最想徹底掩埋的一段紅色中國的史實。事實上，饑荒慘狀上層並非毫不知曉，當時還是紅色中國主席的劉少奇便對毛氏說過，「人相食，你我是要上史書的！」毛氏如何答？從未有記載。猜想他並不在乎，他認爲史書可以由他任意書寫篡改。不過數千萬條百姓生命成爲餓殍的事實難以掩埋淨盡，最終是以權力造就的輿論矯飾之，將那大饑荒的起因歸結於「蘇修」（即那時大陸政權稱爲「最兇惡」的敵國）刁難逼債。事實上那場大饑荒，完全源於毛氏成就王圖霸業之雄心演化出的急功近利之舉——始於一九五八年的「大躍進」，目標是城市重工業以超常速度增長。將之化爲具體目標，汲汲以求的是重工業「超英趕美」。如今不知有多少大陸小民，看透了毛氏那王圖霸業之雄心，與華夏歷代帝王並無本質不同，亦不過是強國強兵，挑戰世界列強。不過毛氏自恃胸有帝王術，又自負睿智爲天下第一人，無需向專家學習，卻如何懂得治理一國之道？

「大躍進」的目標不幸地並未將農村排除在外。農村中以「打土豪，分田地」方式剛剛分給各農戶的土地、牲畜，那時已經重新收歸政府支配，而自下而上的各級官員爲彰顯各自的治理業績，亦爲歌頌紅色聖人「大躍進」決策之英明，便層層虛報糧食產量，例如竟然有某地「畝產萬斤稻」甚而是某地「畝產十萬斤紅苕」的報導。其實毛氏也是農家出身，如何不知這根本是昧地瞞天的謊言？卻一力縱容。回想，「頌聖」是華夏官場歷千年未改的流弊，但那時歷朝歷代亦有言官制衡，在朝堂上當庭揭破那「頌聖」的牛皮，還其眞相。這亦可說是讀書人歷千年不竭的風骨勇氣作用於官場的傳統。紅色中國時代，讀書人凡被中共認作是異己分子者於一九五七年的反右運動中橫遭毛氏與其眾臣屠戮；尚流連在朝堂者已經一改風骨而成爲「頌聖」之首，如郭沫若；或依然有風骨者則沉入書海，惟有以持守「學統」的沉默與遠離權力誘惑而表達抗議與抗衡，如陳寅恪先生。因而偌大華夏，批評之聲一時如寒蟬絕跡。

各層官員謊報糧食產量時，或可能並未預料到那後果，後果便是糧食收穫季節時，從權力中央層層向下要求按上報產量徵收夏糧與秋糧。謊言變不出囤中實實在在的糧食，基層官員雖也是自食其果，眞正承受那惡果的依然是萬家農戶，最底層的小民。基層官員帶上民兵挨戶搜尋農戶家中存下的口糧，翻箱倒櫃，連平日農家醃菜的罈罈罐罐也逐一搗碎，只爲搜索存糧，一粒口糧也不得由農戶自留，要全部用於上繳公糧。女兒，你可能會問，那麼農戶家人之後吃什麼呢？相信每個有人性之人必然會有此一問，但這卻並非官員在意的問題。官員所想只是如何保住官位，不遭上級追責。若想不遭上級追責，惟有滿足上繳糧食的指標。女兒，這便是上前那位婆婆所講之事的歷史背景。口糧被搜查搶掠一空，農人只得以野菜草根樹皮甚至泥土（稱爲觀音土）充饑……，直至餓得倒地不起。當年謊報糧食產量愈盛之地，便是其後餓斃之人愈多之處。其實百姓雖口中不言，心中並非愚蠢到眞的相信紅色權力那「爲聖上找回臉面」的說辭。據說對百姓存糧搜刮最爲酷烈的，是西南地區的李姓封疆大吏，當地小民對他心中埋藏有難忘的仇恨。文革恰遇可以報復上層官員的機會，李某遭當地社會團體毆打得極爲酷烈，確實有「恨不生啖其肉，飲其血，抽其筋，挫骨揚灰」之恨，甚至連其次子亦未放過，被「造反群眾」群毆致死。這一李姓封疆大吏文革期間遭到群眾極端的毆打羞辱確是事實，並非網上無根據的流言。我在前文（「答疑之六」）中曾表達，民眾如此「造反有理」，應該說也並非全是無因，豈不是可以與舊時農民起義對貪官污吏大開殺戒類比一二？這裡權作是實例之一吧。其實北大荒土壤有天賜的豐沃，且地廣人稀，當地農戶或許勞作雖艱辛，但在那次「大饑荒」之前，卻從未經歷過連樹皮草根都求之不得的饑餓之苦吧？會議主題是「憶舊社會之苦」，卻被那位婆婆無意地揭破謊言，豈不是值得我們一笑？

如同「憶苦思甜」宣講會，年年舉辦的還有「學毛選」宣講會。由各村首先選拔宣講人，繼而層層向上，數輪選拔，如同曾歷經千年的天子治下考試讀書人，從童生到秀才直到進士等等，層層拔取，直到勝出者成爲天子門生。最終在兵團總部最高層級選出的出類拔萃者可有四、五人，便成爲「兵團學毛選積極分子」。那時這是無上榮光的身份，如同兵團範圍內的狀元及第，之後在兵團範圍內也會前途無量。若此等人出自知青群體則更加珍稀，如禽鳥群中忽見鳳凰，因爲那恰可以證明紅色偉人毛氏指示的「偉大正確」——「知識青年上山下鄉，接受貧下中農再教育」。

R村迎來首輪「學毛選」宣講選拔會，大約距我們落足村中已經超過半年，將及春季。初春的北大荒雖依然不見四野呈任何綠意，卻可以感到風漸失凜冽，融雪漸漸軟化了寒氣凝固的堅硬外殼，那些微的春意穿透寒氣，悄悄潛入人間。我喜歡尋個無人處，站在春寒與初暖交融的野地裡，去感受這微妙的自然界變化，此時心中悄然的愉悅，只留給自己與造物主慈濟的天地萬物。或許我的天性眞是與人緣淺，反而是與草木緣深吧？不過這愉悅時光並非易得，一般只是在晚飯之後與日落之前的短暫間歇。這間歇也常被晚間集會剝奪，在選拔會期間，更是每晚被禁錮在大食堂裡，聽那些參加選拔的宣講人，輪流演講自己的「學毛選」心得。看得出報名且通過支書W審核的R村宣講人，罕有平時埋頭做工的老實人。R村首輪宣講選手是村中唯一的診所中唯一的衛生員，據說是當年轉業軍人中衛生員出身。村民當面尊稱他醫生，背後卻一致稱他爲「Y大吹」，可見村民一致對他人品的評價。不過人品評價不高的Y大吹，似乎是支書W的寵臣，一直佔據那個舒適而體面的職務。免去日曬雨淋，他生一張白皙的容長臉。我由於受傷生病不斷，與他也算是常見，覺得他其實並非品行甚是不堪，不過醫術有限。出於醫生世家，我雖無專業水準，卻也能判斷出他的醫術甚至不如我當年家族醫院的護士。他除去包紮外傷，便只知發燒時開兩片安乃近退燒。雖然安乃近並非首選退燒藥且副作用極多，在今日已經是常識，那時R村Y大吹藥箱裡的退燒藥似乎只有安乃近，其他如今日常見的布洛芬、必理痛等等從未聽聞。其實Y大吹成爲寵臣也只是由於他極善於討好，例如會主動上門爲支書家人開些無害且當年並非易得的維生素片劑等等，但從不會主動登上生病村民的家門。他對於我們一眾知青確實並無格外怠慢之處，容長臉總是帶笑，只是他存貨有限的藥箱中，常常找不出適用的藥劑，於是經常建議轉送分場醫院，在知青中便有了「中轉站」的外號。

他那日的宣講題目是學習毛氏語錄，「世上無難事，只要肯登攀」。很好奇Y大吹生平有何事蹟配得上如此壯語？結果他居然是講了個與他日常職業全無關係的故事，是個冬季打獵的「段子」。冬季是北大荒男人傳統的狩獵季，當年林莽尚在時的老虎、黑熊早已絕跡，標的獵物一般是狐狸，爲的是獲得一頂足以驕人的狐狸皮帽，毛色靚麗且長毛密集柔軟才算是合格。生有如此頂級皮毛的狐狸並非多見，需由好獵手尋找甚至跟蹤數年，還要槍法準確且位置巧妙，免得毀掉那狐皮的完整。這樣的帽子全村男人只有兩頂，一頂屬於大老W，那頂帽子毛色純黑，不羼一絲雜色，毛細密柔軟，有風滑過便如漣漪起伏，一層層拂過他前額與面頰。大老W也只有年節時才捨得戴出，繞村拜年，惹得全村男人讚歎不已。據說當年他爲獵到那頭黑狐跟蹤了三個冬季，直到自覺萬無一失才將黑狐一槍斃命。另一頂則屬於支書W，毛色卻是橙紅，從毛根到毛尖均勻地漸漸轉淡，亦是一眼便看出是難得的上佳狐狸毛皮。村民中一直流傳說那狐狸皮並非支書的獵物，而是件禮物。是哪裡來的禮物？卻亦無人去求證過。

Y大吹言語囉嗦，同一句話反反復復，顯然是心中得意有機會坐於臺上，不免盡可能多坐一刻是一刻。刪繁就簡，那故事是某日他在荒野中轉了將近整日，尋找狐狸，卻「連根狐狸毛也沒見到」。雪深及膝，冷意漸深且天色漸暗，已經生出放棄之意。此時，毛氏豪言「世上無難事，只要肯登攀」浮出眼前，心中忽覺暖意升起，寒氣退縮，勇氣不可阻擋，決意繼續向前搜尋。此時就見一抹紅色閃過雪地。他窮追不捨，果然是「只要肯登攀」就會有收穫。Y大吹的結論是毛氏就是人中之神仙，早知狐狸藏身處，感他心誠，出言指引，果然是「一句頂一萬句」啊！我們幾個像是聽了個久違的單口相聲，聽得幾乎笑倒，村民顯然也是不信那故事，居然有人此起彼伏地開始起哄，叫道，「Y大吹！我早知道你那狐狸皮是在虎林鋪子裡買的」。「Y大吹！你會打搶嗎」？「Y大吹，拿出你的狐狸皮給大家開開眼界……」。一片混亂中，臺上的Y大吹漲紅了一張容長臉，顯然是不知所措。支書W黑下面孔卻一言不發，因爲明知人人心中聯想到的，都是他那頂橙紅色狐狸皮帽的來歷。最後還是F副高八度的嗓音鎮住了場，高喊「散會」。

我至此才理解了「Y大吹」這諢名確實不是沒有緣由。經歷了此等「學毛選」優秀分子的本色，不免想到睿智如毛氏老人家，若聽到如此全民大學毛選的場面，不知是會無限欣悅，還是也會稍覺羞慚？如此將華夏子民教導得愚不可及，且愚不可及者才得以登堂入室，那又有何臉面去見華夏歷代先哲之靈？想到此，唇角又忍不住微微上翹。

如前面（「R村印象之五」）提及，那時已經有知青少年意識到「上山下鄉」並非一次短暫的勞動課，或說這趟勞動課有可能遙遙無期地延續，因而便開始心中各尋應對渺渺前路的方式。其實這本是少年成長過程中必有的心態，只要不依靠他人或出賣天良而攀上那階梯，又何必苛求？自己以己之心忖度他人，認爲宣講人中大約並無知青出現，因爲帝都或魔都來的學生經歷過那文革起始的亢奮，赤旗覆蓋下的暴戾，後從「天將降大任於斯人也」的大夢中直跌入谷底，對於意在愚民爲其霸業蠱惑人心的毛氏「小紅書」會剩下幾分敬意？又怎會不感到那宣講不過是兒童齊唱「語錄歌」式的「繼續革命」表面文章？不過雖如此想，見到第二輪登場的宣講人居然是那對兄妹中的妹，還是有些訝異。那晚她的裝束頗有「時代感」，一身黃色的北大荒兵團正裝（即是北大荒「組織」發給每一知青的一套衣著，樣式與軍裝近似），頭戴舊軍帽。比起一九六六年的「紅衛兵」也只是少了腰上皮帶與臂上紅袖章。如今自己只記得她宣講的題目是「下定決心不怕犧牲，排除萬難去爭取勝利」。這段語錄是毛氏對於其旗下眾將士的鼓勵，當年大陸老幼婦孺皆耳熟能詳。如今似可以反問一句，那當年誰是「犧牲者」？又有誰是得利者（大陸中國新一代如今已經在網路中已有了回答，日「下定你的決心，不怕我的犧牲」）？那當年毛氏領銜的鴻圖偉業之征程中，逝去的生命、被屠戮的文人與華夏文化，是否可以一一數清？

不記得那晚她宣講的細節，印象是內容平平，言之無物，主旨是語錄如何鼓舞她，每日完成大田中那艱苦勞作，不敢懈怠。事實上R村數百知青少年每日勞作內容並無差異，人人在那不見天之涯的田壟中都須拼盡全身力氣，才能到達地之角，又有哪個敢懈怠？我在大田裡也是心無旁騖，全身力量只集中在右手右臂，哪裡有精力想到其他？也常有手腳痳利的學生後頭接濟氣力不繼之人，實在值得欽佩。她在一眾少年中並無出眾的勞作表現，不過她終於以口頭宣講而成功地擊敗只顧得埋頭苦作的一眾少年人，將自己的表現演繹到出類拔萃。她似乎也天生具有「時代感」，五官端正，聲線類似播音員的清朗，字正腔圓的標準發音，這些絕非本地村民可以較量。自然更重要的是她的宣講是宣示紅衛兵依然信奉毛氏，證明「上山下鄉」的毛氏指示是絕對正確。之後在層層選拔中她從未失手，最終奪得冠軍。我留意到繼她之後，有樣學樣的亦頗有幾人，大都出自紅二代，可能或黑或灰之人群有自知之明，知道自己與那架青雲之梯自出生便失了緣分吧？後繼的宣講知青也並非全無收穫回報，例如在R村知青中獲得提拔，成為某農工排之長，等等，但與她相比，似乎是失了先機。她是一馬當先，絕塵而去，他人都是望塵莫及了。自那之後她先是躋身於R村領導組織之列，已經無需在大田中與眾農工較量勞作的身手。之後更是一路青雲，邁入北大荒兵團高層官員，直到實現心願——被推選為工農兵學員，遠離了那邊荒苦寒之地。

她與我相識，但說不上有深交。不過她見我時總是青山見我多嫵媚，舉止親熱，似心無芥蒂。她與我曾在德國偶遇，那時與北大荒歲月相距已經超過二十年。她去那裡探望讀大學的女兒，我在那裡工作。某次我需要出差，期間女兒無人可以託付。她居然自告奮勇替我帶了幾天女兒，解了我的燃眉之急，女兒那時正逢叛逆期開始，不是個順從乖巧的小姑娘，與陌生人相處更是處處彆扭。如此，我對她又何必有誅心的苛刻？或許當時的她是真心認同在任何權力下均作順民才是正道，執掌權力者自會判斷是非，無須小民品評，而「獨立人格與自由思想」則是文人的不合時宜？她始終仕途一帆風順，官場上名利雙收。不過也不妨反問一句，若她真心地認為紅色大陸堪稱世界第一，她又為何將女兒送去德國讀書且最終留住那裡？回想，她的人生是個典型的紅色語境下攀登上升階梯的故事，那是個言與行無須一致的年代，甚至說謊言可大言不慚且無人敢質疑，只要是那謊言符合紅色權力所需。愈益增多的紅色權力治下之民開始參透這一「奧秘」，開始亦步亦趨，言語激昂慷慨，言必稱為毛氏革命「下定決心不怕犧牲」，卻行動卑污。或許這便是如今大陸中國盛產「兩面之人」的起源之一吧？

不過有件事於我也是如骨鯁在喉。有朋友告訴我，在一九八九年帝都學生遭軍人真槍實彈狙擊血染帝都後，她在電視參訪中堅持官方立場，聲言那事件全是外國媒體誇大其詞，無學生死亡。即使是抱定與紅色政權同步思維，難道必定要公然謊言欺天下麼？難道不記得我們一代都學過的魯迅先生之言——「墨寫的謊言，掩蓋不了血寫的事實」？同樣是身為母親的她，當眾宣講那謊言後是否也會午夜夢迴，想到那些染血的少年臉龐，不能再安然入睡？也或許她終於修煉到那無人性的境界，甘願終生被「紅布蒙眼」，甘為那架紅色機器上的一個部件，也便自覺地將那些血染的少年臉龐，從心中腦中剔除淨盡？如此，她便可以一生活得志得意滿，自認為是行為舉止光明磊落，而那名利皆是她應得的酬勞。因為她只是「奉旨行事」，馴服地照本宣科。若有錯，錯在傳旨之人，宣旨之人，乃至協助帝王決策之人，總之都錯在他人。如今的大陸中國，難道為攀爬皇朝的登天梯，作人者便理所當然地毋須有天良，毋須有個人的人格道德底線麼？真是如此麼？

這邏輯似乎是她自R村的少年時代起便深入其心，「滲入血液中」。所以她當年向支書W彙報我挑撥她兄妹關係也是一貫邏輯吧？她是眞心地看不見當年的兄妹不和是緣於爲兄的那塊「蒙眼紅布」已經有些脫落，因而看那通身紅透的妹時便心有排斥？也因此，她始終認爲自己行止無虧吧？或許這便是那開國紅色帝王，最希望培育出的一代治下之民？

**晚間集會之三——「紮根邊疆鬧革命」——「數聲風笛離亭晚，君向瀟湘我向秦」**

女兒，聶紺弩先生道北大荒是「一年四季冬最長」，並非虛言。R村眾可感到凜冽寒風漸轉柔和、野地大田漸見綠色時已經是四月將盡。四季農事的循環往復——從播種到收穫直到穀物入倉，永遠是一個閉環的周而復始。R村即將開始新一輪周而復始，此時距首批知青抵達R村之時已將滿周年，而陸續到來的幾批，也至少是經歷了夏收麥與冬收豆過程的酷烈。來此之前想像中或宣傳中的詩意依然消失於現實中，知青多數雖依然是年少懵懂，卻也漸漸心中生出不安，開始憂心個人未來將是如何面貌？是否將永遠在R村這閉環中旋轉？還是終能走出這閉環，再次見到大千世界的開闊？不過這憂心大都是暗暗藏在心中，或是由於明知周圍知情人群無人可以給出答案，又何必徒亂人心？又或許心中明知這是不合「革命」思想的負面心緒，若貿然出口，說不定會被當作某日被「彙報」的典型？總之，記憶中這年雖然是春風又綠，知青群體卻明顯地沉悶了許多，大田間少了他們年輕的談笑聲，同時不知從誰開始興起了哼唱舊時俄羅斯民歌的風氣。是否那憂鬱而荒涼的旋律，更能表達少年們的心緒？

北大荒是春日漸近，而江南早已是芳菲過盡，一眾少年也近一年未能回家探望——「春日行人未到家，春風應怪在天涯」。不過春風漸浸，雜花漸綻於草叢，總是會帶來些愉悅。上海小姑娘在難得的休息日也會換上春衫，爲R村的單調加入些柳綠花紅。不過這大好春日的愉悅，很快地毀於一則消息。不知從何時起，知青中漸漸流傳起一則「小道消息」——那時所謂「小道消息」繁多。進入七〇年代，文革「爛尾」般的效果，使得大陸中國處於半無政府的狀態，幾乎沒有正常運轉的行政管理機構，許多本應屬於行政管理範疇的事務，便純是依賴「中央文革」發佈各類「指示」來指明方向。那些「指示」往往又是只有三言兩語，於是常見有「小道消息」來補充、解釋，亦有些「小道消息」或許是由高層官員不小心透漏而至流傳於民間，有些不過是作爲談笑材料，有些則不免受民間重視。那則「小道消息」則關乎全體被綠皮專列發送到北大荒的知青，即是「知青」不再區別對待，一律改稱「兵團職工」，從此完全融入當地群體。

這「小道消息」不久便被證實並非謠傳，且不久便成爲大道消息，某晚R村集會中，由支書W當眾宣佈。那晚支書嗓音似格外響亮，亦如這一轉變亦有響亮的革命口號相呼應，稱爲「知識青年紮根邊疆鬧革命」。女兒，這些說法雖貌似雲霧繚繞，其實以如今的「網路白話」解釋，便是明明白白地告訴知青少年——「以後？就沒有以後了」。那綠皮知青專列已經卸下了貨物，那貨物便是你們這群人，那列車絕不會再專程回轉，接你們回去。如同我們援朝軍人的當年，就地解甲，就地轉業，從此紮根，成爲農人。記憶裡那次集會似乎格外短暫，支書W宣佈消息之後便是F副高亢地號令「散會」！或許就是特意不留可以讓知青從最初的震撼中醒來、作出反應的時間。

集會結束的當晚，一定有許多知青難以入眠，因爲各個床前的馬燈燃至深夜，不知是否還會有徹夜未熄？據說許多姑娘躲進蚊帳便失聲大哭，之後又小心翼翼地轉爲呑聲飲泣，或許是避免日後被他人在彙報思想時成爲「抗拒紮根」的典型？女兒，那夜的我是怎樣情形？全不記得。或許如我自幼便是家人離散的環境下生活的孩子，文革中更是不知家在何處，親見全家人人身如飄萍的經歷，反而對此消息有些麻木？回想，我那時更多的徬徨是基於「人生究竟意義何在」？對於此身居於何處，則似乎有些漠然待之。集會次日居然是全體知青休工一日，分爲陣列，集中學習並體會「紮根邊疆鬧革命」的上級指示，而R村官員則全體出動，「督促指導」知青集體學習。記得那集中討論開始得極爲沉悶。一眾知青或坐於屬於自己的一處鋪板邊緣，或坐於個人自製的木板凳上，人人都細看自己的手指，似乎今日才發覺那竟然共有十隻，且長短不同。其實那集體的沉默不語，又何嘗不是一種集體態度的表達？

似乎「上級指示」不僅僅是「督促指導」，而是要求各村官員獲得村中知青的書面表態，即要求知青清楚說出且留書爲憑其「紮根邊疆」的立場，即成爲眞正紮下根的北大荒人，且要求各村官員統計數字，指標是要求表達如此態度的知青達到一定百分比。「上級指示」的壓力必然亦是由官員層層向下傳遞，最終的壓力只會是落在知青尚稚嫩的肩膀上與已經是惶惶不安的心上。

R村「組織」召集的集體學習未能「畢其功於一役」，但組織存在的意義便是統御本村知青，必須實現上級要求的多數知青明確表態。記得當年流行一句話，「榜樣的力量是無窮的」，此話自誰而出？有說是列寧，有說是偉人毛氏，但似乎都未獲實證，不過這是中共組織引領百姓（稱爲「群眾」似乎是當年流行用語，實質無非是將頭頂烏紗帽者與平頭百姓區分而已）最終跟從走上那層層強制地要求的道路之法。其實萬變不離其宗，仍是皇帝下旨，天下莫敢不從的傳統。於是R村中領導便該換方式，轉而要求那已經踏上「靠攏組織」、「順從上意」之路的知青首先公開表態「紮根邊疆」，換得入團或入黨的大門對他們緩緩開啓，那之後則可「造化無窮，前途無量」。若究其實，這也是項悖論——那些知青心中暗藏的「無量前途」的希望，恰恰是藉表態「紮根」可以離開這裡，恰應了俗話的「口是心非」。雖然心知這路途是「道阻且長」，變數難測，但終歸還是多了份希望。佛說「眾生皆苦，惟有自渡」。但是否每個人也要再追問一句——應如何「自渡」才不負生而爲人？

女兒，我想你可以找到世人無窮盡的答覆，但我記住的已然是我的姥姥——你的太姥姥——的話。我前面已經數次重複，卻仍覺應在我心中日日重複。幼時我問過姥姥，怎樣才是「好孩子」？姥姥回答的第一條便是「不說謊」。我雖始終遵循了姥姥那「不說謊」的要求，但如今已過花甲的我，似乎此刻才索解了當年那回答中蘊含的深意，那含義便是人要不辜負自己的生命，首先是要守住自己的靈魂。以出賣眞心去換自己的未來，只會換得虛妄的人生禮物。

「榜樣的力量是無窮的」也是紅色組織一貫的治民術。這治民術其實不只有利誘，還有威懾與分裂民心的力量，即時將人群分為「先進」、「落後」與「異己分子」，等等，以此威脅施壓於未跟隨「榜樣」之人。華夏俗語中歷來有「法不治眾」的邏輯，但一旦拒絕表態之人成爲少數，組織便可以施壓治之。利誘之下，跟從「榜樣」的知青人數漸增，而以沉默應對的人漸成少數，便會倍感壓力，因爲若成爲支書W眼中有意與「組織」作對之人，那只怕是未來前途黯淡。相信R村官員最終是達到了那上級要求的指標，才停止了那惹得知青人人心中雞飛狗跳的持續追問。其實世事難料，大約是二十年後，落足北大荒的幾十萬知青的命運，於七〇年代末似是一夕之間有了一百八十度的轉身，幾乎是如海水退潮般集體離去，返回那日思夜想的城市家鄉。那海水退潮並非是依靠各人汲汲營營地各尋道路，而是緣於那紅色體制因毛氏去逝而發生的一次舊體制的猝然斷裂。大陸中國繼而在其後開啓了一輪體制的改革開放。那數十萬正從少年進入青年期的知青，循那瞬間出現的裂隙而逃逸了他們被逼存身數年之地，另尋人生出路，其實沿那另尋之路前行的途中，多數無權無勢之人也是艱辛倍嘗，多數人依然淪爲城市小民的底層。不過那是後話。

當年知青群中亦有少數人始終執守沉默，我便是其中之一。某日支書W與我在從食堂到畜牧排的路上「狹路相逢」。我本要按其官稱禮貌地說聲「支書好」便側身而過，他卻叫住了我，問，「你就是決心不表態嗎」？我回看他一臉嚴肅，忽然忍不住笑了，反問他，「你想聽我的眞話，還是假話呢？那麼多人已經表態，你眞心相信那些表態嗎」？他沉默，只冷冷地看我，便側身離開，想必是上級指標足以完成，他堂堂R村之王沒必要與一枚小小硬核桃糾纏。其實莫說支書W心知肚明，知道那些知情表態大都是利誘威脅的成果，連「上級組織」也是心知肚明。「上級組織」同時發佈的一條禁令，便足以證實「組織對於知青表態的不信任」，那禁令便是「上級組織」通知各火車站，凡是知青均要憑各村黨支部特別蓋章確認的路引才得購火車票。這是由於列車系統並非受北大荒的組織系統管轄，列車乘務員只認同收錢賣票、憑票乘車這一項規則。不過各站售票員卻是由當地組織系統委派，當年且是村民人人豔羨的好工作。售票員接到「上級指示」必定會盡心嚴格執行，絕不會有分毫違規。這禁令似乎是爲嚴防知青「逃離」加了一道鐵門鎖，也顯示了「上級組織」對於知青「紮根邊疆」的表態，究竟信任到何種程度？

那「上級指示」與「組織」的提前防範，眞實的結果究竟是什麼?女兒，我這裡僅是描述事實，絕無誇大或嘲諷之意。女兒，你會猜到那「知識青年紮根邊疆鬧革命」與要求人人表態的「上級指令」的實際效果麼?你一定猜不到。那效果實際上是促成了一批父母恢復權勢或尋到權勢協助的「紅二代」的加速離開。那加速度也出現得極迅速、極顯明，毫無掩飾。距「表態」行動不過月餘，R村便發生了北大荒兵團範圍知青「逃離」的首例。那事件似乎證明了那些「表態」不過是廢紙一張，證明了當地「上級組織」的先見之明，但也證明了那「上級組織」在文革漸見平息後，雖然殘缺卻基礎未改的集權體制，確實僅屬於權利階梯底層的地位，因而那「不得售票」的鐵門鎖不過是如同農村過年時貼的辟邪門神一般，紙糊的神像，一戳即破。

那首例逃離之人是Y中「紅二代」之一，名W的姑娘，平日裡言辭爽利，笑聲不斷，素來與任何人無深交，但也與任何人無芥蒂。據說她第一批爽快地接下那「紮根邊疆」的表態書，毫不猶疑地簽下大名，一副「大無畏」的神態。不過可以推想那時她的父母或許已經官復原職，起碼是已經接納回「革命隊伍」。父母接到女兒書信，說明知青如今可能面臨永久留在邊塞爲農的前程，必定第一件事便是爲女兒尋妥可以脫離此命運的捷徑——必須是穩妥且快捷的安排。我想到那時W始終表面是沒心沒肺地嘻嘻哈哈，其實心中一直焦灼等待父母回音，也不禁佩服她那時便參透了雙面人生表演的奧妙。W是趁夜獨自步行到涼水泉車站的，她走時捨棄一切自用物品，僅肩挎一只當年常見的軍綠色書包，因而全宿舍無人意識到她是絕然地離去不歸。數十里地的夜路，雖然北大荒那時已經罕見有野獸出沒，但畢竟是連R村老德特即使是天晴路暢，亦需數個小時的路程。必是需要她一路咬牙緊趕，才可以在黎明時分列車到站前趕到那裡。W自知她無能購票，因爲拿不出路引，便在黎明之前到達涼水泉車站後，緊貼車站鐵欄杆立在暗處，直到列車進站的一刻即魚躍而起，跳過欄杆，直奔列車而去。月臺上巡視人員疾奔去阻攔，卻僅一步之差讓她搶上車去，只抓住她衣角，死死不肯放手。據說W那時嚎啕大哭，撒潑般大喊說家裡父親病重……。列車啓動時間已到，列車員終於傾向W一邊，一把扯出那衣角，徐徐收門。列車噴吐出的白煙朦朧了那月臺的線條，W終於可以向涼水泉道聲永別了。

「W勇闖涼水泉」一時流傳，成爲知青中閒話時的段子，被阿Z講起更是演繹得如同評書，如同親眼見到那姑娘躺倒在車門，雙腳亂踢，雙手緊抓列車扶手……，一時人人爆笑，樂得前仰後合，似乎W的逃離，終於爲數月以來所有被村官們緊逼不捨地簽下「紮根邊疆決心書」的少年們，一洗胸中悶氣。

其實「紮根邊疆鬧革命」的「上級指示」，實實在在地獲得正相反的效果，W不過是首例而已。自此則見到R村知青接連不斷地離去，走得連根拔起，麻利爽快。離去者起初都是「紅二代」群中之人，想必是與W背後的故事類似。他們的父母或已經官復原職，或有親朋好友官復原職，而復職後首要之事，並非是試圖著手整頓那自一九六六年起愈益混亂無序的人世乾坤。那首要之事如今是要將自己遭到批鬥押入「牛棚」之時，不得不離散的子女重新護於官位撐起的羽翼之下。R村人不過數百，如小小封閉世界，所謂「隔牆有耳」，「沒有不透風的牆」。據說「上級指示」發佈後不久，小小的R村黨支部組織便開始陸續收到各種人事調令，甚至是某軍區黨委或某中央機關黨委直接發送到R村黨支部。這本是違背集權體制多年建立的、指令由上至下層層傳遞的管理秩序的，只是當時可能由於經文革「砸爛舊秩序」的後續影響尚未完結，因而新秩序將如何運行並不清晰；更多的可能是由於作父母的憂心如焚，只想早日見到少年離散的兒女早日回家，因而務必以手中重歸的權力儘快行使作爲第一原則。又據說支書W首次接到此種「不按規則」的調令時的態度是黑下一張臉，拍了桌子，說「不按組織規則發來的調令無效」。或許R村眾領導人勸他，與其他獨自硬抗「高級別組織」的指令，還不如按級別請示其直接上級。推想支書W待怒氣稍減後還是聽取了眾人勸告，去請示自己的直接上級，據說其獲得的答覆是告誡他服從上級，不管是哪一級別的上級。之後他再見到調令，無論是來自哪一方「上仙」，他便直接蓋章，表示接受，蓋章時一聲不吭。回想，雖然支書W與我之間頗有些「各行其是，水火不容」，但還是要承認他確是有「鼓勇來戰」的個性，雖終敗卻並非不戰而敗。與他那些始終圓滑、只認同上級的「組織同仁」們相比，或也算有些膽氣。不過或許經此一個回合，支書W也終於悟到他只是那階梯體制最低梯級上的環節之一，他只不過是R村之王，卑微的權力無能抵抗任何R村之上的「組織」指令。他唯一的權勢光環或許只可壓制「黑二代」的知青——註定要在R村紮根的一族。不過我猜想「黑二代」知青對「組織」那各種不同行爲方式的對抗，其實也讓他頭痛，因爲那些少年的反應方式，始終讓他心中感覺難以掌控。七〇年代初期開始，大陸中國雖尚無滄海桑田之變，但那「反右」整肅時他作爲組織成員，對於被遣送來改造的「右派分子」可以肆意妄爲地羞辱虐待的歲月，似乎是漸漸遠去了。自然，他依然是R村之王，最可以施展權力的標的還是R村村民，而那機會繼後也終於出現。不過那還是後話。

記得接到調令離去的，首先是父母或親戚屬於軍隊系統或某些特別保密公安系統的「紅二代」子弟，繼而是父母親戚屬於行政系統的「紅二代」子弟，均是走出「牛棚」官復原職的「革命官員」。此時已經開始出現「紅二代」其實便是「官二代」（或可以混同視之）的輿論。時至今日（庚子年間）這認同在大陸中國幾乎已經是不言而喻，無須再辯了，且已經擴展到「官商二代」與「富二代」亦可以一同混同，但在當年還只是萌芽。這些大孩子們走時都是如同W，一應隨身鋪蓋衣物大都是一棄了之，隨身之物僅是裝了證明身份文件的一隻挎包。寂寞空床，如今還剩下一盞馬燈掛在床柱旁，似乎在提醒那往昔蚊帳中曾有人影，與他人一起度過那些黃昏與夜晚。此「紮根邊疆」的後果，使得曾因一同落入農村務農且吃住無大差異的「紅」與「黑」二代少年之間的塹溝，本已經不再鮮明甚或逐漸彌合、相互理解的趨勢明顯轉向，即從逐漸彌合的心態轉回分類，甚至是更鮮明的分裂，再加「黑」人群感覺不公平的憤懣。

阿Z也在大約三年後離開邊疆，終於和那「紮根」的觀念無緣。回想舊日阿Z說評書時的眉飛色舞，常想他的這份天賦實在是埋沒了。數年後，約在七〇年代初期，文革雖仍未被最高層正式宣告終結，卻漸有成爲「爛尾樓」的態勢，各種管制亦見鬆弛，阿Z的父母終於得以接他們在大陸留作人質的全部兒女回到香港，成爲香港公民。其實這些兒女從未有機會完成學院正規教育，又從未體驗過當年香港那純粹西方式的生活環境，一時皆是人人手足無措，缺少連續學歷的教育記錄，成爲他們人生履歷中的硬傷。他們難以融入香港的教育系統，無法重入任何院校。阿Z的父母拿出全部積蓄，勉力爲兒女營造謀生之路。阿Z踏入商業界，與Y國人共同經營進出口生意。不過阿Z天性疏闊，難以與經商所需的品質融合。他經商的結果開始是「損兵折將」，糟蹋了父母的積蓄，最終結果是一敗塗地。父母相繼去逝後，他最終淪爲香港社會的「綜援人群」。阿Z按現代觀念分類只能稱爲「失敗者」，這結果又是誰之錯？是他本人能力不及？是他父母早年的決定？還是強迫他成爲人質的權力，從此他便失去受到西方系統教育的機會？或許兼而有之吧？千禧年後我們聚會，我會笑說當年你該去說評書，說不定能名揚天下呢。他必定是天性中蘊含有佛性，如今身無長物亦不失當年的疏闊氣度，只一笑，說「人麼，最好是不出名」，不知是解嘲還是誠心之言？在華夏傳統中，評書自然是不登大雅之堂的民間俗藝。不過當年聽阿Z的「勇闖涼水泉評書」，眞是我記憶中難得的愉悅時刻。多年後，不記得在哪裡讀到首寫說書人的詩，其中有一句是「無道昏君有道討，奸臣禍國終被亡」，本意是這人世間的不公可塡滿山谷河流。卻無奈只有在民間說書人那裡找回些公平，因爲那些故事都是如「包龍圖虎頭鍘」，有怨申冤的結局。或許「W勇闖涼水泉」的段子，便是對於少年們當時苦悶心緒的解頤吧？

女兒，回想七〇年代早期那風雲瞬息萬變的氣候——例如那時你「紅一代」的爺爺依然關押在獄中，而奶奶剛剛被放出「牛棚」，我可以理解那些幸運地歷經一重天劫重回官場的「紅一代」們，也是如噩夢方醒、驚魂未定。文革仍未結束，「中央文革」寥寥數人愈發權勢熏天，反手爲雲復手爲雨，他們更不敢確定是否不會重返「牛棚」？或許至此這些「紅一代」幡然領悟的，並非是需要自我反省過往執政中的過錯，而是雖身爲「紅色隊伍中第一代人」，在紅色機器中也並非可保地位無虞，全憑紅色帝王毛氏一己之念，便使眾人心中「一人之下，萬人之上」的共和國主席死無葬身之地，又何況他人？他們雖是「紅一代」，也不過是毛氏心中可隨意擺弄的棋子。他們一日有權在握，下級便須畏懼聽命，若一日手中權力失去，便是人人可以擺佈的棄子，可被辱被押甚至被殺。失去了權力的他們便如成爲裸體之人，再無威勢尊嚴，且若他們曾仗恃權力欺壓下人，則此時正是一報還一報，這世間又有幾人會眞心憐惜或惦念他們？或許只有父母子女吧？所以恢復執掌權力後第一要事，並非是關心並辦理黨政大事，而是找回因自己遭遇歷劫而淪落於窮鄉僻壤或邊塞苦寒之地務農的兒女，以手中權力使兒女們脫離那淪入社會底層的軌跡，重新安排他們的未來，盡可能使兒女進入當時最好的出路，例如成爲大學的工農兵學生，等等。

我並非不可以理解他們，「可憐天下父母心」，或許天下父母的心思類似吧，有誰不心疼兒女，不希望他們前程無虞？即使瀟灑多才如蘇軾，晚年都自歎他被聰明悟了一生，「惟願吾兒愚且魯，無災無難到公卿」，又何況「紅一代」雖亦有出類拔萃之人，但多數不過是肉眼凡胎？女兒，我此時只是從旁觀者的角度寫出我的觀察，並不含褒貶之意。若要褒貶，只能從罪魁禍首開始才算公平。若指明誰是罪魁禍首，則非毛氏莫屬，但其那無生命的軀體躺在天安門對面，至今依然覆蓋了「光榮偉大」的鐮刀斧頭旗，這大陸天朝中有誰敢對他指名譴責？那個在如漆的黑夜裡，在十幾歲時寫下「乾坤特重我頭輕」的少年——遇羅克，最終倒在「紅色士兵」的槍口下。如今有多少人還記得他的名字？女兒，我知道你也不知道這個名字。這不怪你，只能怪你的母親——我，也一直是做了棵沉默的行道樹。

女兒，自知我的筆常常會被思維的聯想拖離敘述的軌道。我將它拉回，回到北大荒。古人說「窺一斑而知全豹」，所以我只限於我從「紮根邊疆」的結果中觀察到的事實——那便是紅一代的心態經文革「歷劫」後的轉變。文革之前那一波又一波整肅「異己分子」的運動，已經導致難以計數的家人離散，年幼兒女與父母分別居於地北天南，常年不得見面的實例，例如我與我的父親，但那在紅一代心中認爲是理所當然，因爲那是對於「異己分子」或「階級敵人」的懲戒。不過當同樣事例發生於他們自身——「知識青年上山下鄉」導致的父母兒女普遍離散，且未成年的兒女將以務農爲前途時，他們的心態似乎發生了變化，人性或父母之心終於勝出了所謂「革命原則」的力量。「上山下鄉」似乎成爲紅一代心態變化的導火線，成爲他們將權力首先用於私人之利益，而非公益的催化劑。或許爲人父母，這也是可以理解的心態變化吧？他們同時領悟到的是權力的社會學意義，權力不單是他們的護身符，亦是家人兒女的護身符。權力的另一特性則是「過期作廢」，若執掌在手時不爲己身與家人謀些利益，一旦失去便只能是忍氣吞聲。民間俗話說「落水的鳳凰不如雞」，也是類似道理吧？

紅一代人群中並非缺少心懷坦蕩，始終是初心不改之人，例如五〇年代初的甘組昌將軍。將軍於一九五五年授銜爲少將，一九五七年甘願解甲歸田，且帶領全家兒女終生務農，因爲他自問，既然是「革命」，難道革命的結果必須是爲官爲宰，連帶兒女一同雞犬升天麼？女兒，最近這些年官場已經無人再提起甘將軍了，因爲無論「紅一代」如何爲自己辯護，其實心中還是如當年農民起義成功者是一樣想法，即是「打天下者坐天下」。那「紅一代」中如甘將軍者是寥若晨星，而多數人即如我在前面〈答疑之九〉裡面寫到的C叔。他們也無非是農民軍將領的水準，「翻身」便是從窮人翻爲富人。此時的他們一旦重掌權力，首要之事便是安置兒女家人，接下來便是為兒女尋致富之路——此時這尚是後話。R村中「紅二代」紛紛離去，便是這潮流中的一例而已。古人說「一葉落而知天下秋」，紅一代此時以權謀私為首要之事。這表現似乎可視為一道分水嶺——紅一代至此已經應普遍改稱為「官一代」了。

剩餘的知青人群似乎藉此亦領悟到，這體制無論在「文革」中曾經砸得怎樣七零八落，其實本質未變，還是「紅」與「黑」分界鮮明，且依然是等級與權力集中於官員手中的體制。此時的知青心態則已全然不同於在學校時或文革初起之時。那時家庭背景或黑或灰的少年們，心態大多是處於眞誠地檢討中，亦眞誠地自感羞慚——以所謂「革命前輩」做為榜樣檢討自身，例如羞慚自己的父母家人對於「勞苦大眾」（即如今紅二代的父母家人）的「剝削惡行」，羞慚自己出於家庭影響耳濡目染的非革命式生活方式、藝術趣味或思維觀念，心甘情願地以自幼接收到的「紅色革命標準」，去主動比較自己與紅二代的「革命行為」之間的差距。結果自然是指責自己，慚愧對照之下自陳做革命接班人是如何不及格，等等。文革之前與初起之時，這些黑二代自覺且主動地與紅二代同學的比較大都極為眞誠，比較的角度與標準，均是紅色政權喂下的革命飼料，即類似「優質鋼」的觀念與標準，因而亦自認理應「受到改造」。

「紮根邊疆」的上級指示所引發的效果——紅二代或稱官二代在父母翼護下紛紛離去，

且離去的如此輕而易舉，卻使得「黑」對「紅」二代的心態開始轉變——或更確切，則不如說有了恍然大悟的反向認知。那認知便是他們與紅二代（或稱官二代）的區別，其實不在於「黑」與「紅」兩類後代間各自的革命態度有何不同。究其實，兩者之間在農村務農的表現難道真有差別麼？確實看不出差別，若有，也只是被劃爲「黑」的少年人，更爲努力地以勞動「改造自己」。因而那差別不在於何人更吃苦耐勞、馴順能幹，或人品、風骨、學識與才能，而是只在於「紅」者是高層掌控權力之人的子女，其時因父母一時遭「難」才不得不暫時屈居於這邊塞村莊。一旦父母重掌權勢，其子女便重返青雲之上，又何必在乎平時的表現是否合乎「革命」標準？更何必在意支書W的好惡？只要父母的權勢大於R村支書，那支書內心無論如何抗拒，也不過如權勢腳下的塵埃一般，徒惹人厭煩。最後的結果也只是低頭服從，爲那些「不合組織程序規則」的調令，蓋上他曾視爲手中權力象徵的紅色官印。那些自出生便成爲「黑」孩子的少年們，曾眞誠地相信革命言辭，眞誠地服從「革命」教育，眞誠努力地脫胎換骨，擺脫身上那或黑或灰的家庭印跡，爲此甚至格外地衣衫襤褸、不修邊幅，甚至是刻意學說那些專用於罵人的粗鄙口頭語（例如TMD——有段時期被稱爲「國罵」）。直到此刻，現實中「紅」孩子們可享受到的特權，似乎爲他們打開了這「革命」體制那鐫刻了無數華麗辭藻的門扇，而門扇裡面卻寫滿「權力」二字，論級排列，從大到小。

相較一時間「稜犬升天」的紅二代，那些「黑」孩子，不過是養育那權力的土壤中的一粒土，如同北大荒的黑土地，一季又一季地養育出豐盛的五穀，飄香四野，那果實卻從不屬於土地所有。土地只能默默無聲地，看她養育的孩子們被收割，被運往他鄉，天老地荒，再不會相見。難道這就是他們一生的寫照，一生的結局麼？那些隨意棄之的鋪蓋衣物，也刺激了一些市民家庭背景的少年人。他們自幼見識到父母養家的不易，日子過得從來是捉襟見肘，弟弟永遠是身穿哥哥替換下的舊衣物，也常常是同睡一床、同蓋一床被長大。他們知道父母為他們「上山下鄉」單獨添置一套新鋪蓋，再添幾件新衣新鞋襪，那簡直是破天荒的大事，是他們自幼以來第一次享受到的特殊待遇。不知道父母要怎樣「拆東牆補西牆」地挪出那筆開銷？他們的一套鋪蓋裡，蘊含了父母多少無言的不捨與惦念？如今見到那些「紅」孩子們，將他們視之為珍的用品衣物隨手棄之，他們的心中又會泛起何種苦澀與不滿？同樣落入人間的一條生命，只因落生於不同家庭，便會被這體制禁錮於九地之下，難道那過往餵養他們的「革命飼料」，真的是不容置疑的真理麼？或者那所謂的「革命道理」不過是「內外有別」？那「繼續革命」式的不斷「自我改造」，直至自覺自願地視家人為「敵對階級」，直至自己「脫胎換骨」到面目身心全非。如此的「改造」目標是否真可以達到？即使今日達到，又有何人可以保證，紅色權力明日不會提出更殘忍無人性的標準？回想，我曾在前文中提到的C叔的例子，那不過是如今普遍腐敗的官場中的滄海一粟吧。看到級別高於他的起義隊伍將領們紛紛獲得利益，他既然加入起義隊伍，又為何不應從那手中握有的權力中分一杯羹？

此時的現實，無疑地擊潰了「黑」二代孩子們對於「革命道理」的絕對眞誠信任，在那些澄澈的少年心靈中種下懷疑的種子，甚至是感覺被欺騙的氣惱。這「紮根邊疆鬧革命」帶來的種種反效果，顯然出乎那些上級的意料。記得紮根邊疆大動員的最終結局，是一場雷聲大雨點小的傀儡戲，除去無人再繼續逼迫知青寫「個人決心書」，甚至連「知青改稱爲農場職工」的說法，亦悄無聲息地撤回。從此依然是稱爲知青。不過這些上級組織顯示妥協的委婉表達，並未使得依然因父母無權無勢而留在大田中的知青們安心。那些輕易地轉身而去的「紅二代」身影，似乎如魔障般留於人群中，使得或黑或灰的知青心中，撒下了「必須離去」的種籽，漸漸紮根、萌芽。那正是多數知青從懵懂少年漸漸踏入青年期的年齡，似乎最明顯的標誌便是更多知青開始想到個人的未來。「未來人生」四字使得他們的心境更起伏跌宕，難以再專注於田壟中日日面對的大豆高粱，或者說是那只見大豆高粱無邊延展的大田，並非是他們甘於接受的未來人生。他們的心態從順從變爲惱恨。不過惱恨又能如何？難道可以學秦朝末年陳勝吳廣振臂呼出「王侯將相寧有種乎？」從而揭竿而起麼？顯然他們也從未做如是想，他們也清楚在中共治下，並非任何「造反」都是「有理」。那麼是否選擇服從，永遠留在R村？那也是不甘心的，或許正是「紅」孩子們的離開，激發了他們的逆反心理，增強了他們原本只是模糊地萌芽的那份心中不甘。

他們在生活中逐漸讀懂了「現實」二字的眞實含義。他們終於從許多官二代輕易地陸續離去，而清楚地看出何謂「權勢」（或稱「特權」），也明白地領悟到需要有權勢仗恃的出路，並非自己父母的能力所及。那麼就沒有其他方式可以嘗試麼？此時的文革仍未完結，雖未見毛氏宣稱的「赤旗天下」漸趨實現，卻只見社會人心更加鬆散。若說文革前小民仍多肯「自律」（或曰「自我改造」），遵循中共宣稱的「革命原則」，那文革四年之後，卻見小民愈發漂離「自我改造」原則，社會運行更見無序，也因此爲知青嘗試其他返城的路徑裂出更多縫隙。華夏民間俗語有謂「魚有魚路，蝦有蝦路，螺螄無路轉軲轆」，體現的便可謂底層小民智慧。那些「蝦路」、「蟹路」雖然迂迴曲折，卻逐漸被意志堅強、對兒女不離不棄的下層父母與兒女「逢山打洞，逢水架橋」地頑強踏出一條條小徑，最終亦可通向家鄉。例如，雖然缺乏權勢使得兒女可以「一步登天」的返家路，但尋到在一些貼近家鄉的小城中的關係也是一條門徑。若是北京知青，則先調往河北小鎭，而上海知青的目標則是江浙小鎭，調令理由則五花八門，例如成親、治病，等等。自七〇年代初期之後，知青中漸漸探尋出數種返城方式，例如病退成爲多數知青的選擇，爲實現「病退」，知青們也逐漸成爲發明醫療資料造假的「高手」，且是一傳十、十傳百地傳授那些發明。此時他們多數人對於「造假」並無愧疚之心，而且父母朋友則成爲他們造假的幫手，多數父母雖心知這是騙術，爲兒女也只得妥協。或許他們自認只要是「目標正當」，則手段苟且也可以寬容，且謊言欺騙都可以原諒。自然，這中間禮物人情的交換亦不可缺少，禮物如同關係的潤滑劑，既是社會的腐蝕劑，似乎也是華夏數千年的傳承。

女兒，回望舊事，我意識到這似乎也是大陸中國人，普遍開始默認將人情禮物看作某種「服務」的交換，是人際網路結交規則的起點，或許也可視爲大陸中國社會權力尋租、腐敗再現的起始點吧？不過於七〇年代的第一年，這些還未超出爲兒女返城的範圍。女兒，我自忖我一直是個缺乏現實感的孩子，似乎現實於我擦肩而過，我的關注卻總是在虛無縹緲處。那時的我從未想到現實中，居然存在那麼多曲折隱晦的小徑，甚至也從未問知青同人們是否聽聞過那些路徑？其實或許我即使詢問，也未必有人會直言相告吧？那年初的我似乎更是關注自己內心的思索，便是未來的自己應怎樣行爲，才可以値得此生爲人的稱謂？或許這根本是個虛無縹緲的問題，這人世間是否眞有黑白分明的答案？不過也可以反問一句：生而爲人，難道一生中某一天，不需要有勇氣直面自己的靈魂？總之，我那時的日子依然是在白日的田野與夜晚的馬燈蚊帳之間轉換，並未有搜尋返家路徑的焦慮。

細想，自己當時的心理狀態或許也不只是緣於晚熟，亦是緣於早在文革之前，我的家就已經破碎得片瓦無存，家人流散，甚至自己都說不清哪裡可算是我的家？母親去逝於文革之前，雖當年家人都傷心她的早逝，不過她終算是入土爲安了。父親教書的城市可算是我家麼？他孤身常住塞外，在那座落於草原之中因而得名「青城」的城市居住教書已經超過十年。不過我懂得他始終未認同那城市是家。或許緣於他是被強迫送去那裡的，所以那裡於他永遠是羈旅之地，因而也從未想過嘗試將我落戶於那裡。他的人生亦如一葉扁舟，始終在尋找可以帶他返回家鄉的溪流。我幼年時一直認爲我姥姥家便是我家，雖然如今依然對那裡有家的眷戀，但是按大陸官方戶籍允許遷移落戶的規則，卻是在許可範圍之外。舅舅與姨的家也在我許可落戶的範圍之外。其實即使在範圍之內，他們那時自己的兒女亦是知青，散落於各處窮鄉僻壤，又有何能力爲我尋路返家？

女兒，你可能不知道，我那時曾有寫日記的習慣，其實也並非是每日必記，只是有所感時隨手紀錄於紙上，便自當是向朋友的傾訴。晚飯後將蚊帳落下，那帳中其實便是這人世間惟一屬於自己的空間了，自成一統。將日記本攤在膝蓋上，搖曳不定的馬燈光暈昏黃，但昏黃卻似乎比明亮更適於隔離那外界，適宜於漫無邊際的玄想。那時日記也是朋友，且是最親近的朋友。也或許那時的自己更愉悅於獨處，便是懵懂少年逐漸伸出探索自己心靈枝椏的過程吧，如小草生出幼芽？日記使得自己將心思慢慢落於紙上，似乎心中惶惑便有了落腳處，心思便慢慢安定，可以重新拾起那J姨爲我搜尋來的大學英文課程教材，一行行繼續啃下去。可惜的是數十年來因爲一份工作流離輾轉異國異地，缺少一個恒定的家可以存放舊物事，可以供我悄然獨坐，回想往時往日曾經勝出的眷戀或煩惱……。某日我翻檢出一兩頁散落的紙張，標注日期正是那幾年。寫得卻是個無厘頭的玄想故事——「我說，你聽到那樹的喧嘩麼?它們喋喋不休地說了幾萬年，幾十萬年，在說什麼?或許是幾十萬年前山對鳥兒說，『請幫幫我，把我的話唱在你的歌裡』。鳥兒答，『對不起我要飛走的』。山對風說，『請幫幫我，把我的話融進你的呼哨裡』。風答，『我要去的地方太多，可能會忘記的』。山再說，『風啊，請求你』。於是山對風訴說，風對樹呼哨，呼哨中含了山的話，因爲樹不會走，會永遠站在山腳，與山爲伴。從此，每當風路過，樹就會大聲喧嘩，一遍又一遍，一萬年又一萬年，讓風記住山的話，帶向世界。但是它們在講什麼?那語言人類不懂，那語言在人類世界中失落了……。」其實細想，我那時講給自己的故事，今日的自己是否完全懂得?是否可以索解那時的心緒與困惑?或許我們便是在這一日日疲於應付日常「五斗米」的忙碌中，漸漸遺失了少年時的自己，漸漸遺失了心靈深處的話語?

偌大王土，當年如我一般舉目四望，窮極天涯不見家的少年，誰可以說得出有多少人?

## 晚間集會之四——深挖階級敵人——「三天鏡象驗人間，不在江湖不在山」

女兒，你聽到過「珍寶島戰役」嗎?大概也是沒有的，那是中國與蘇聯互爲仇儔時，發生的一次小小邊界熱戰。中俄關係變幻無常。自大清直至民國的數百年間曾是宿敵，俄羅斯人通過戰爭奪走大清領土難以計數。毛氏建國後，大陸中國又曾將蘇聯稱爲「大哥」，之後又相互翻臉成仇，文革期間曾是大陸首要敵對國。蘇聯解體、大陸改革後，關係又逐漸緩和。至習氏執掌大位後，習氏則極崇拜現代沙皇普京，個人對普京以「大哥」視之，因而習執政後，不斷以各種金錢利益輸送，討好普京，國際上惟普京馬首是瞻。不過習的聰明實在是差普京遠矣，連大陸小民都可以看出普京對於習不過是虛與委蛇，視大陸中國爲其錢袋而已。不過這是題外話了。

一九六九年春季的珍寶島戰役，開戰時似乎悄無聲息，但戰後卻名揚四方，或因爲大陸軍隊終無敗績。只有一條街道的小小邊陲縣城虎林，也因此戰而成名。一時間家人紛紛來信詢問我們是否安好？那些信函輾轉郵路驛站之間，又在向各村分發郵件的分場部停留多日，終於抵達我們手中時，已經將近是初冬時分，戰役早已經平復多時。其實珍寶島之役似乎只是起於雙方軍人偶起摩擦，並非是任何一方事先策劃。雖然R村地處虎林縣境，卻相隔千里之外，村民們與知青既不知戰事何時起，也不知戰事何時終。反而在戰事終結之後才接獲「上級組織「指示：「蘇修加劇備戰，致使邊境形勢緊張。兵團各村要加強備戰」。我們的組織雖然不過是務農，卻依然是以「兵團」爲名。這由轉業軍人以「屯墾戍邊」爲名的農業生產大軍，居然對於那戰役毫無所知，更無助力。此時發出指令，上級組織是否感到需要證明自己的存在，出於「亡羊補牢」的「馬後炮」心理，還是確有「邊境緊張加劇」的「軍情」？

接獲上級指示，R村亦是一番準備，煞有介事。知青們分爲小組，人人須警惕出現異常情況，且每小組輪流安排值夜，若有異常情況則敲鑼爲號。於是大食堂裡那通常用來慶祝「最高指示」發佈的喜慶鑼鼓有了新用途。若細想，喜慶鑼鼓用於警報敵情，這豈不是對於「最高指示」的不敬？不過顯然村民還是淳樸之人，因此不至於有如此刁鑽的類比。R村民兵亦獲得兩支步槍，F副因而貌似是閒置多年的英雄終有用武之地，每天肩挎一支步槍，另外一支則宣稱將可由「表現優秀者」輪流試背一天。回想，兩支老式步槍究竟可以抵禦幾個入侵俄軍？這豈不是像幼稚園時的遊戲？只不過那時表現乖巧的孩子，是可獲得一條手帕作爲獎勵，而如今則是「不愛紅裝愛武裝」的時代了。

自我們落足R村，這裡的夜晚從來是萬籟俱寂，或許詩人會說靜的落花可聞，如在紅塵之外，夜行者則可能抱怨安靜得分不清是人世還是陰間？民間俗話是「燒香引來鬼」，或者是「白天莫說人，夜間莫說鬼」。總之自從上級指示「要加強備戰意識」以來，夜晚一改往時，熱鬧頻頻。幾乎每隔兩夜，總會有值夜人報警，聲稱看到野地中有燈光，似是向空中發出某種密信，或者有信號彈升空。於是全村鑼聲四起，人人夜半起床。我們所有人按分配的小組，聽F副一聲令下，分別向聲稱燈光或信號彈升空方向搜索。幸好這夜間搜索活動是繼春季戰役後開始，因而巡夜始於夏季，無需於寒夜披風冒雪。北大荒地處極北，冬季夜空接近北極的白夜，而夏季夜間的夜空微微泛出清淺的藍白，似乎有光閃爍於天幕之外，有難言的曼妙與縹緲。若幻想自己此時是置身兩界之外，其實很有詩人意境——「醉後不知天在水，滿船清夢壓星河」。不過夜間夏季的北大荒漫野荒草間，同時是蚊蟲小咬（一種比蚊蟲體積更小，但咬人更爲兇殘的蠓蟲）囂張的王國，如今難得地有人類紛紛踏入它們的領地，立時便感到那蚊蟲小咬撲面而來，密密如一面罩子，幾乎蓋滿口鼻，讓我們難以呼吸。如此搜索，卻從未搜到過一星半點的「敵特線索」。我們之中從無一人見到過地上留有任何可疑蹤跡，亦無人見過任何信號彈。我始終不清楚那些値夜人是眞地有所發現，還是邀功心切、謊報軍情？只是據說有幾組人撞見了數對野地裡正是「人生得意須盡歡」的「野鴛鴦」，都是R村老職工。不過似乎這裡人對於「男女大防」的觀念，並不如內地般看得鄭重，因此這些發現也只是做了R村場院中婆姨們談笑的資料，笑過便罷。回想，所謂「戍邊」的兵團不過是數個大型農場而已，眞有愚蠢的「蘇修軍隊」會向這大豆高粱地或荒地野草中派遣「敵特間諜」麼？

這些夜間搜索的惟一收穫，便是白日知青們在大田裡難以抑制的困倦，同時是臉面脖頸蚊蟲叮咬的紅腫。這也並非是R村獨有的結果，據說全虎林地區各村的搜索均無例外。或許是由於始終一無所獲，這輪「備戰行動」大約仲秋時分便鳴金收兵，不再繼續了。巡夜結束，我本以爲可以稍停下，可以恢復我每晚蚊帳之下的「小小天地」了。不過接下來依然是事與願違。巡夜的結束只是所謂「深入備戰行動」的開始。「上級組織」煞有介事地宣稱，經過「革命知青與職工」的大力搜索，已經發現許多敵特活動跡象，且是「裡應外合」，此一發現說明這些敵特分子，可能早就已經潛伏在「革命人民」身邊。因而「深入備戰行動」所表達的確切含義，其實是「上級指示」將發起新一輪「清理階級隊伍」運動，即在村民中深入清查出「隱藏很深的階級敵人」。回想，所謂的「巡夜戰果」完全是無中生有。小民皆知那巡夜結果是勞民傷財，竹籃打水，但是中共「各級組織」的普遍特點便是以愚民為要，絕不認錯，於是「深入備戰」便是為自己撐起臉面，以「更上一層樓」的方式，為自己的失誤尋出「下臺階」之路。

其實中共的多輪整肅，都是遵循著這同樣的邏輯，非但不會認錯，反而是為堅持自己「一貫偉大光榮正確」的形象而錯上加錯。這錯上加錯產生的效果，便是無端地傷害那些無辜但無權無勢的小民。中共歷史上惟一一次的認錯，是鄧小平開啓的改革，不過那也是「懷抱琵琶半遮面」，拒絕觸底反思，不肯向小民認錯道歉，如是方式的「半抱琵琶」，已經為改革的半途而廢留下基礎。自習氏執政之後，逐漸顯現半途而廢的趨勢，小民眼見那改革如同文革一般，又漸漸成為了「爛尾樓」。女兒，自然我無法獲知當年官一代想法的官方資料，只是按邏輯推理而已。不過古人說「窺一斑而見全豹」，其實亦是指推理之法，並非是無理蠻纏。

雖說「上級指示」要深入備戰，但並未有即刻行動。結束巡夜後的兩個月是難得的風恬浪靜，平安無事，也再未聞有信號彈向天空發射，等等，自己忖度是那珍寶島戰役的餘波已了了。時入初冬，雖然那是年節將近，多數知青最為想念家鄉與家人的時光，但既然無望，也只能忍耐，自我安慰這終是勝過每日雙腳泡在大田冰凌中割豆棵的日子。這是否預示我們終於會有個平靜的新年？但依然是事與願違。「上級指示」——作為繼續備戰的組成部分，「開展深挖階級敵人」運動，終於在新年之前通過晚間集會向村民傳達。當時我只是一貫的如風貼耳，並未預料到在R村這輪運動，並非是如過往許多「指示」一般虛張聲勢，而是在支書W率領下，憑「組織」之力而演化為一場實實在在的雷霆霹靂，只是這次針對之人群是老職工。

此一役中，支書W狐假虎威，因知青「紮根邊疆」運動虎頭蛇尾的結局而鬱結於心中的悶氣，終於可得以宣洩。或許是由於被知青這顆硬釘子碰出的悶氣在心中積存已久，這次針對老職工運動的開場也就格外聲勢奪人。某晚，F副親自上陣，沿門召集知青去參加晚間集會。進入大食堂，會場已經鄭而重之地掛了大字橫幅，橫貫全主席臺，淋漓墨字是「深挖階級敵人」，透出威脅與惡意。我們幾人照舊是依牆而立，如往常一般。主席臺數位門神亦已經各就各位。我已經不記得支書W那冗長的開場白，只記得F副那拔高八度的嗓門——「帶上來」！首先魚貫而上的是那幾個「二勞改」，不過看來他們被押進來只為震懾排排坐的眾村民而已，因為他們只是以低頭請罪的姿勢繞場一周便罷。之後便是今晚集會的重點——由支書W每次一個地報出此次運動「深挖」到的「暗藏階級敵人」，他的點名似乎是按「案情輕重」，從輕者開始。

F副的嗓音此時是「英雄」恰逢「用武之地」，只是我沒想到他第一個高聲喊叫登臺的「暗藏階級敵人」，居然是庫房總管老Z。老Z雖亦屬轉業軍人之列，但或許自知他有國軍降兵的「案底」，始終是極謙恭自抑，一向沉默寡言，永遠是塌肩彎腰、微笑待人，且是隨叫隨到——無論何時何地，哪怕是晚間全家對燈吃飯中途，只要有人喚他開庫取貨，他從無拖延，細細驗過憑條後便起身隨來人去「出庫」，從無抱怨。我有時覺得老Z簡直就是將他自己看成一串庫房鑰匙，其他都在他人生之外。老Z沉默地走上那檯子，自動地低頭彎腰，雖細長的雙腿依然站得挺直，那腰身卻深深彎下。我萬萬想像不出平素裡謹慎老實的老Z，究竟被挖出了什麼罪行？F副宣佈老Z犯了盜竊國家財物罪。我不禁想那庫房財物大都是些農機零件工具之類，這裡各村自有倉庫，都是類同的物品，一切由上一級「組織」分配入庫，絕無個人之間相互買賣的市場空間，那倉庫裡哪裡有什麼可以變賣出個人錢財的物品呢？總庫管老Z額頭沁出密密一層汗珠，噪音低沉，在F副的高音喇叭下開始交代「罪行」。雖在東北多年，他卻仍有濃重的膠東習慣，例如稱女兒「小嫚兒」，兒子是「小小子」，母親是「俺娘」，我儘量聽得一字不漏，才明白「罪行」是老Z自訴由於家中一群兒女正是半大年歲，所謂「半大小子，餓死老子」，就是形容孩子在這年齡時那無底洞一般的胃口。他孩子多，按人頭分得的口糧，實在是每月都頂不到月底，萬般無奈之下，老Z只得每月借管庫房之便，從庫中多拿些糧食回家去塡那一張張待哺的孩子嘴。他解釋說，自知這是偷竊行爲，監守自盜，自覺有罪，因此從不敢多拿，可以糊口即可，也從不敢拿細糧，只拿些大碴子高粱米……。F副打斷，警告老Z不得自我辯護，妄圖減輕罪責，再問老Z每月偷盜了多少國家糧庫的存糧？我自忖大約數量可觀，才値得如此隆重宣稱爲犯罪，卻聽到老Z低弱的嗓音應道，「大約每月有十斤吧，冬時多些，夏時少些」，說時汗水淋漓，看來是眞心的羞慚難當。聽到耳中，自己只覺得一顆心終冷熱交纏，不辨滋味。

北大荒自五〇年代開墾，至我們落足於此已經將近二十年，R村沒有一條像樣的街道，也沒有店鋪、學校，但最不缺的便是糧食。極目望去村莊四圍都是糧食田，每個收穫季，田間場院中因各種緣故拋撒丟棄的糧食都不知有多少？我曾做過R村豬場裡的種豬倌，每日裡威風凜凜的時刻，是趕上高過我肩頭的三頭種豬，去大豆田裡散放上半日，任由它們嚼食豆棵豆粒，隨意在莊稼上打滾嬉鬧。誰知道它們一天糟蹋的糧食有多少？難道老Z的孩子們就連吃飽飯的權利都沒有麼？每月十斤糧食，就値得成爲「盜竊國家財務」的大罪名麼？或者，難道老Z不可以申請些補助糧麼？我爲要庫中零件而去過他家，還記得他家的孩子，一盞馬燈下團團圍住一口鍋吃飯的情景。孩子們都沒有穿襪子，露出細瘦的腳踝骨，甚至是破鞋包不住腳後跟。若老Z眞是偷竊庫房財物，他一家人何至於光景窘迫如此？食堂裡一時寂靜無聲，似乎村民都有些不知所措。會場聽眾似乎「嗡嗡」地起了低聲談論，鬥爭會一時卡住，難以爲繼。F副很有眼色地揮手讓民兵將老Z「押下去」，同時引領慣例喊出「打倒……」，卻無人按慣例跟隨F副喊出「打到……」。

一片寂靜中，忽然有一人發聲，底氣十足字字清楚，卻不是跟隨F副，而是連串的反駁，道「你們這不是欺負老實人嗎？誰不知道老Z家窮到月底常是揭不開鍋？你們做領導的不批准他申請補助，爲什麼？咱北大荒缺糧食嗎？老Z是做過國民黨的兵，那不是抓壯丁抓的嗎？是他有錯嗎」？我覺得這聲音反駁句句都說到R村黨組織的痛處，也聽得出這是大老W的聲音，在這樣的場合，面對R村的「官場」，也只有他有膽量挑起頭，實話實說。我同時也有些慚愧自己的懦弱，只會將一切藏在心中的性格。呼應了那一連串質問的是大J，他的「瓦崗寨兄弟」和其他車老闆。會場開始有些混亂，未出現預想的場景，F副只能轉向支書。

支書W顯得漠然，似乎心中已有預案。他不睬台下的反應，也不睬大老W，只對大老W的方向冷冷地撇了嘴角，自顧自進行下一步。繼庫管老Z被押送下臺，被喚上臺的是大麻。不像老Z雖低頭彎腰，卻依然是修長雙腿一步步踏牢地面，大麻卻幾乎是被兩個「民兵」死拉硬拖架上臺的。看來R村「組織」此次行動是計畫周全，且之前是密不透風。大麻顯然是意外地聽到被點名，一時慌得不知所措。他雖有一張遭村人嘲笑的臉，但因一手高明的獸醫手藝，在R村一向活得可算自在，甚至可稱是不可或缺之人。畜牧排的禽畜有病皆要靠他，村民家中飼養的家禽生病，只要求到他，他也從不推辭。極少見他在村中閒逛，或許是自知相貌不入人眼吧？似乎他喜歡有村民主婦來主動求他，那時的他總是特意挎只藥箱，換身乾淨衣裳，猜想那於他卑微的外表，或許是帶來一種內心滿足的補償吧？因爲畢竟在村中婦人眼中，他並非是視而不見的。他無家累，若無人來找他醫治家中禽畜，他多是縮在自己狹小的畜藥間中，喝幾口本地的北大荒酒，眯起眼自得其樂地睡覺，或擺上副象棋盤與自己下棋。他心中會覺得孤獨麼？我從未問過，不過也從未嘲笑過他。偶爾，我在畜牧排輪值夜班時，也會和他下盤棋。他是個名副其實的「臭棋簍子」——那還是自己小孩子時聽過的笑話棋藝不佳之人的俗稱，不過他輸了也從不惱，或許只要有人肯與他對坐弈棋，在他心中便已經是難得的愉悅吧？或者他的卑微低調，亦緣於他也是國軍降兵的自我意識吧？不過當年無論是成爲「國軍」還是成爲「降兵」，豈是他一介鄉村孩子可以選擇的麼？這樣一個只因爲一張麻面和一段歷史，便活得如此卑微與安靜的人，循什麼線索可能與「蘇修」拉扯上關係麼？那對於他又有什麼意義呢？

不同於老Z站在臺上，雖羞慚難當卻能不失鎮定，大麻被二人架上臺，即刻整個人萎縮在地，汗如雨下的一張臉，有汗水蓄在那些麻坑中遲遲不落，在搖曳的馬燈光下，襯得一張臉深深淺淺，失了臉的輪廓。大陸中國的兒童電影裡總會有「壞蛋」、「特務」，個個都是醜陋駭人，可憐的大痲此時的一張臉，眞有了幾分陰森可怖的「特務」形象。他猥瑣在地，始終無能站立。對於F副底氣十足的詢問，「你知罪麼」？他只是不住搖頭，搖得近乎癲狂，只引來更大聲的詢問，「你到底從哪裡來？我們內查外調，一直找不到你的家庭來歷。你說！」大痲還是癲狂般拼命搖頭，良久，似乎終於在F副一連串的吼叫聲中，逐漸平復了最初的恐慌，也恢復了說話的能力，「我哪裡有來歷？人人知道我是被丟在逃荒路上，主家在路上撿回的孩子，後來被抓了壯丁，又投降了咱們軍隊⋯」。他的解說卻只引來F副一連串其間夾雜了各種「國罵」和本地粗話的詢問。

女兒，重複那些粗話，只怕會污染了我手中的筆與文字，只得化繁爲簡，那連串問題可歸結爲二——首先，既然是身世如此貧困的孤兒，你怎會念書識字？學了獸醫手藝？再者，你滿臉痲坑，幾乎看不出原本五官面貌，那滿面痲子又是何來？大痲答了第一問，說是主家當年仁慈，看他聰明又念他年幼，便讓他在家塾中念了幾年書，直到十二歲才開始讓他餵養家畜，他的手藝多是自學，也有主家的勉勵。這一回答自然遭到F副率領的一干民兵憤怒駁斥，高呼口號，例如「不忘階級苦，牢記血淚仇」，等等。因爲按紅色政權治下語境，地主屬於最兇惡的「階級敵人」類別。大痲居然說地主仁慈，本身便證明其「立場反動」。大痲雖已經嚇破了膽，又遭到駁斥，在這一點上居然不肯改口，亦不退讓，無論眾人怎樣呼喊口號，他仍堅持道，「我那主家眞的是好人，是好人，是我的救命恩人」，之後又不停重複

「救命恩人」四字。

我初見大痲在集會時癱倒在地，只覺得他怯懦得可憐，與老Z面對批判時，雖低頭「認罪」卻依然保持鎮定的風度相比，面目雖是可憐，卻亦是惹人生厭。此時聽到他的答覆卻有些刮目相看了。人性居然是如此多面。老Z當時羞慚萬分，但並非緣於畏懼官威，而是內心自覺確是愧對眾人信賴。監守自盜，本是民間最鄙視的品行。他雖是因養兒育女被逼無奈，卻仍是清楚地慚愧他未能守住那條傳統的道德底線。大痲性情怯懦，且畏懼官威，本是我最厭惡的品行。不過如此膽怯的大痲，在戰戰兢兢中卻未失去道德底線，堅持不肯詆毀他的救命恩人。其實華夏民間自古亦有些道德原則，例如「恩怨分明」、「生恩不如養恩重」，便是其中之一。這些傳統道德原則因紅色偉人毛氏的「階級鬥爭論」，而逐漸被粉碎得片甲不存，或被改造的面目全非，卻仍有民間良心的堅守。當時不禁想道，他若真是負有某種使命的間諜，又怎會缺乏起碼的「自我保護意識」，要堅持觸怒「組織之人」？

對於第二個問題，大痲卻無論如何答不出了，只道從他記事起，這張臉就是如此模樣了，兒時不知道受過多少同齡兒童的嘲弄，現在已經習慣了，或許是前世造孽現世報應吧。我心想其實那痲坑，必是他幼時那場幾乎奪去性命的疾病的結果吧？他被主家檢起時未滿周歲，又如何能夠得知？F副卻不肯放過，道是據說有國軍特務特意用炒熱的豆子灑在臉上，燙的面目全非，因此得以潛伏下來，難保大痲履歷不清，不是如此造假的結果，豈能輕易地放過？這黃豆燙臉的故事，似乎激起了許多村民的竊笑，甚至有人問，「老F，那黃豆炒到那麼熱，不早就成灰了？你親眼見過嗎？」其實F副不過是道聽塗說，即使黃豆燙傷會留下疤痕，但燙傷留下的創傷與大麻面皮上的麻坑，應是不同形態的疤痕。即使對醫學完全外行，這似乎也是常識。F副繼之宣佈自此日起，大麻要「老老實實，認真交代，隨叫隨到，不得亂說亂動」——這也是那時對所謂犯罪嫌疑人常用的套話，譯為白話文便是從此大麻只能「監禁」在他的小房間中。

批鬥二人雖說是事尤未了，但時近夜半，全體會眾人困馬乏，只能暫且不了了之。支書W冷冷地宣佈今日到此，但散會之前著意說明，還將有「更重大的潛藏階級敵人」，只是將近元旦，為讓大家「安心過年」，將在元旦之後繼續「深挖」，且今年是「戰備之年」，無人可以因年節而請假回家。聽在耳中，心中不禁想，如此的散會致辭，是心中想讓眾人安心過年，還是存心要讓人人過年時依然提心吊膽呢？這「深挖」顯然並非針對知青，這會議結語「不准請假」卻是暗地裡針對知青。這會議結束後，不知道有多少知青（尤其是上海的小姑娘群）會在蚊帳裡呑聲流淚，傷心那本盼望回家過年的心願已經落空？

這個元旦過得無聲無息更無喜氣，大概人人心中都沉甸甸地有些未來叵測的情緒。那時我雖然已經從畜牧班轉到機務排，但是元旦夜忍不住想去看看在豬號正輪值夜的Y。Y天性仁厚，從未見她與任何人為任何事起過爭執，柔和恬靜的性格，身總處世外的心態，似乎可以安定人心。她正在昏黃的馬燈光下，細細端詳著一塊布料，慢慢地下剪子裁布。她說今年她居然手氣好，抓鬮到一塊淺青色的新布，可以做條褲子。「所有的褲子都是補丁摞補丁」，她帶些羞澀地悄悄說。女兒，你想不到那時一塊新布在R村有多麼難得。每年全R村數百人大約可以分到三塊新布，每塊夠做一件新衣。布少人多，無奈只好靠抓鬮來分配，能抓到實在是難得的好運。我默默地看Y小心翼翼地推動剪刀，心中有莫名的安靜。

靜了片刻，她忽然悄聲道，「我剛才聽到大痲哭了。他也挺可憐，一張痲臉，惹了這麼多晦氣」。大陸北方男人，自然也包括東北人，歷來崇敬的是硬漢形象，男子漢須粗糙剛硬，所謂「男人流血不流淚」。所以那天大痲嚇的貌似癲狂，失魂落魄，卻硬是未當眾流淚。雖然是告誡他不得離開住處，卻亦無人看管。我便走進他的小獸藥間，看他只是坐在那木桌旁，對燈發呆。看到我走進他房間，他依然是愣愣地坐在那裡，看我的眼神也是愣愣的。記憶中大痲的五官雖然全部毀在那些密密的痲坑裡，平日裡眼神卻極靈動。他喜歡捧來新生的小豬崽給我看，用眼神示意我摸小豬崽那翹起如桃花瓣的耳朵，看我伸手輕輕觸碰，就會笑意盈滿雙眼。那晚他呆看了許久，彷彿才認出是我，回過神來，問，「你不是來抓我的？」他怎麼會想我是被派來抓他的人？看到三魂彷彿失了兩魂的大痲，我不知該如何開口，終於說，「我是來拜年的，過年了，過年好。」他彷彿忽然活了過來，伸手東摸西找，最終抓來一個布袋，伸手從裡面捧出滿滿一捧炒花生攤在桌上，似是招待我。我對面坐下，開始剝花生殼，希望這尋常動作會讓大厤安定些。他果然似是魂魄歸位，長歎一聲，「是啊，過年了——」，猶疑一刻，又看定我，忽然問，「你說我還能活過今年不能」？他眼神鄭重，似乎這問題已經在他心中盤旋許久。我無權無勢，甚至大厤出事前，連一絲風聲也未聽聞，又能如何答？我問，「就沒有任何人可以證明你自小就是厤臉嗎？撿你養你長大的主家人呢？」他歎氣道，「我到北大荒後去找過的。想謝謝恩人。全靠記憶，尋了好幾年才尋到。尋到不久就是大躍進，他們……」大厤忽然頓住，再開口時聲中帶了哽咽，「…在大躍進後就餓死了…。」他不敢說「大饑荒」，只敢說「大躍進」。這樣的人生，草芥飄萍，任何安慰皆是虛言。但是我也只能安慰說，「別怕，總不會沒有證據就判人死刑的。你做了什麼？什麼都沒做，只憑你是厤臉就可以定罪嗎？」大厤雖點點頭，卻悄悄說了句「共產黨判了死刑的人多到數都數不過來，都有證據嗎……」他的話音低低落下，一時間天地寂寂。

女兒，我不記得我是何時離開又是如何離開那間獸藥房，但大厤問我「我還能活過今年不能」時的鄭重眼神，卻在我記憶中留存至今。回想，他當時必是惶恐至極，也苦悶至極，無人可訴，問天天又不語，這才會對我一個尚未成年的大孩子發問？雖是問，他祈求的並非答案，而是想渲洩出心中委屈吧？大厤雖性格怯懦畏懼官威，那猥瑣的外表下卻藏了顆醇厚的人心，那顆心恪守做人的道德底線，將世事與權力下的惡看得通透。他雖不言，卻並非是無可言，只是無人會在意他那顆心中的涼熱。人人只笑他厤臉，又有幾個人看到他的心？

元旦後第四天，繼續召開那「深入挖掘暗藏階級敵人」的集會。或許是前兩份「戰果」雖出人意料，卻未免有些雷聲大、雨點小的意味，村民們便顯得有些鬆弛，不免人聲嘈雜，直到支書大喝一聲「肅靜」！平時這呼喝的角色，都是F副率其民兵擔當，頗像是舊時京戲或地方戲中，縣官開庭前眾衙役列隊呼喝「威——武——」的場景。今日由縣官親自上陣顯示威儀，自是頗有些不尋常，村民們霎時噤聲，一時間只聽風打門窗，「刷刷」作響。女兒，人可能眞的有第六感吧？我心中忽地生出不安，卻不知爲何不安？或許緣於支書W一貫冷冷的臉，竟然瞬間有了淺淺的表情，似乎是有些掩藏不住的得意？繼之依然是支書的聲音，「帶上來，經過我們內查外調挖出的盲流、叛徒，階級異己分子——大老W」！那聲喊叫格外深長，似乎是支書終於一洩心中悶氣。女兒，我不記得那一時刻會場中的反應——有聲？還是無聲？繼後我恍然大悟到那年前的兩場批鬥，就像是舊時京戲眾的「殺威棒」，只有這一場才是村黨組織（或是支書W）謀劃的「正場大戲」——一舉拿下支書心中氣恨淤積已久的對陣之敵。自我落足R村，我看得出大老W始終是惟一膽敢率先當眾反駁支書的主張，或是率先坦誠他心中的不同意見，且獲得眾人當面回應支持的人。大老W一介平民，惟一所恃者不過是他是貧農，而R村貧下中農心中，均承認他是他們那「貧協」的領頭人。或許支書W——「組織」的代表——的心中如刺鯁喉，他始終認爲大老W與他的「我們貧下中農」就像是R村的小小一座「瓦崗寨」，始終站在「組織」的對立面。偏偏大老W又是「文武雙全」，不但能說且是能做，為人公正，人品獲一眾村民尊重，支書奈何他不得。如骨鯁在喉的支書W如今總是等到了機會，即是名義是「深挖階級敵人」的運動。

我始終記得大老W當時的反應。女兒，我一直說我的記憶中所留存的，只是些人生場景的碎片。不過那些碎片始終留存，或許是由於那些片刻記憶使我觸動、尊重或有所領悟，恰是那些碎片或多或少地模塑了我的人生心性。大老W當場的反應便是我的記憶碎片之一。他確實先是一怔，隨後三腳兩步主動踏上主席臺。他生得高大，此時又夾雜些凜凜之勢，在主席臺上似乎是反客為主。他打斷支書對「內查外調」的說明，主動講述起他的人生往事。這是我首次聽到他闖關東的緣由。大老W家鄉在微山湖邊，湖產魚蝦蓮藕，歷來富庶。他以打魚為生，奉養寡母，二人依大伯家居住。他常年是一舟出沒於風波水浪中，穿行於田田蓮葉間，活得悠然自在。微山湖周邊自日本戰爭期間便有中共軍隊活動，居民對於共軍並不陌生，也屬於較早由共軍佔據之地，居民亦一向支持其抗日，關係可算是融洽。共軍在當地站穩腳跟後，建立紅色政權，開始區別階級成分，大約是在一九四七左右。時年將近十八歲的大老W生得如一棵幼松，樹幹英挺而枝葉如嫩芽初展，眉目開朗，眼神坦蕩，行事敏捷，且階級成分被劃為赤貧，深得「組織」賞識。他被延攬於赤旗之下，尚未成年便早早入黨，被委以重任，成為民兵隊長。不過他那風光僅是瞬息之盛，不久之後他便與「組織」發生了爭執。起因在於「鬥地主」運動起始。

那些數周前率村民「簞食壺漿，以迎王師」的本地鄉紳，此時一律被劃為「地主劣紳」，繩索捆綁，押入豬欄中，而其家人財產即刻被視為可以瓜分的戰利品。大老W向「組織」代表坦承他的不解，道「這些鄉紳到底有多少劣跡？他們是昨日座上客，今日階下囚，甚至關入豬欄，家產被搶。這樣翻臉不認人，算什麼？這難道不是流氓地痞的行徑？這難道不會冷了鄉親們信任共產黨的心？」那番爭執的結果，導致大老W當場辭去民兵隊長職務，之後又表示要退黨。他當時年少氣盛，全憑天性與傳統中流傳的的義與理之道判斷世事。回家後敘於母親、大伯。他大伯顯然並非無知鄉農，聽後道，「孩子，你闖下大禍了，那共黨豈能容你進退如意！你若退黨，就成為那共黨的敵人，更容不得你如從前般逍遙自在地打魚過日子。孩子，你趁夜走吧，走得遠遠的。你母親由我照顧，孩子你放心」。大老W按舊時禮節跪別親人，從此人如飄萍，從關內漂泊到關外，直到落腳R村。其實他也一直不確定他是否算是已經退黨。說到此處，大老W禁不住紅了眼圈，道，「我是不孝之人，對不起寡母大伯。但是這天下我行走多年，從未對不起他人。我只恨地痞流氓，官報私仇，處處如此」！這最後兩句，他說得自信且豪爽，直視支書W。支書W可能事先預想過各種場景，如何對大老W一項項問罪，之後一項項批駁，繼之大舉批鬥，卻唯獨未預想到大老W當眾自敘舊事，說得淋漓盡致，毫無隱瞞，亦無畏懼。會場眾人，又是一次寂寂無聲。不知眾人心中是否會真正認同他是有罪之人？

記憶裡那場會議最終匆匆散場，虎頭蛇尾。支書W沉了臉，恢復到他一貫冷冷的眼風，宣佈R村的「深挖」運動成果赫赫，眾目昭昭下挖出三個「異己分子」，並宣佈不日將由「組織」針對三人決定將如何懲處。散會後我們回到宿舍，心中都有些五味雜陳，既是感佩大老W的坦蕩，又是對他的未來忐忑不安。於是幾人決定去看看他。會上並未宣佈將他羈押，他便坦然鬆爽地邁步還家，如同常日。我們伸手拍其家門，他卻不肯開門，只隔門應答說他將從此閉門謝客，讓我們回宿舍去。他解釋說這探望的心意他心領了，便如同已經見面。他繼續說，不單是對我們且是對任何人都不會開門納客，直到「組織」做出懲處決定。以免我們觸怒支書W——R村「組織」的代表，因而在未來受到影響。那忐忑等待的日子似乎格外漫長，但實際上也不過是四個星期左右便宣佈了懲處結果。女兒，那結果實在讓我們有些哭笑不得，不知道是應該結論說那「赫赫戰果」眞如嗩吶般「曲兒小腔而大」，還是說這根本是無中生有，只是給支書W——R村「組織」的代表——公報私仇的機會？

老Z遭一次「警告處分」，但依然保留了庫房總管的職位。猜想支書心中也清楚，看遍R村，只怕也再難找出像老Z如此謙恭盡責、內心嚴格自律之人來看管庫房鑰匙了。若換了他人，只怕難以保證每月只是「短缺」了十斤高粱米大碴子而已吧？大麻卻是因禍得福，不但不必愁「能不能活過今年」，且升級成爲分場獸醫。雖依然是有實無名，畢竟是生活環境頗有改善。這是緣於R村上報「深挖」成果中列有獸醫大麻，罪名爲「特務嫌疑」，理由爲

「痲面來歷不明」。據說分場「黨組織領導」看後當場笑得被一口茶嗆得咳嗽不止，之後道，「你們誰查過自己身上傷疤的來歷？都說得出來嗎？」恰好分場部是總場劃定的畜牧基地，正缺少有經驗且不必有格外花費的獸醫。於是大痲得以脫離平時少有人對他友善的R村，或許還真如他為解嘲而為自己發明的辯解——「痲坑其實是聚財坑」呢？由於支書W的決斷，從此R村缺了獸醫，諸多不便。在大痲離開後，村民才領悟到那痲面之人的好處吧？大痲其實是個厚道守本分的人，安分守己從無劣跡，此番又何苦要整治他？不知道這算不算支書W的敗筆？「周郎妙計安天下，賠了夫人又折兵」？

不過或許支書W並不在意是否畜牧排缺少了獸醫。管理生產並非支書之職責，他只管所謂「政治大事」，他或許感覺此一役總算獲勝。雖未能震懾他內心標的那個「異己份子」，因而未能當眾宣洩淤積多年的怒氣，卻終於實現了他此役的終極目標——趕走那「異己分子」大老W，從此R村再無敢於領頭當眾挑戰他權威之人。

大老W所受的懲處是將他遣返家鄉——山東微山湖。至於回到家鄉之後他將受到何種懲處，那屬於微山湖「組織」的範圍。支書W便無需操心了。聽到懲處結果，大老W並無絲毫沮喪，只歎道，「不孝子要回家了，到老母大伯墓前，不知該怎樣懺悔才能訴盡心中的愧歉？」我們幾個再去看他，他如兄長般的眼神將我們一一看過去，我不記得我們都聊了些什麼，卻記得其中他的一句叮囑，是「我告訴你們，在這個社會，你們千萬要記住，個人是永遠鬥不過組織的」。大老W處事素來不會牽絆纏結，既然是走便走得爽利，房屋中傢俱等一應物事一概留予村人。我還記得大老W啟程選在淩晨，夜色與曙色交雜的時刻。他衣裝格外齊整，頭上是那頂R村獨一無二的黑狐皮帽，毫無沮喪之色。送行的只有我們寥寥數人，站得盡可能貼近他的馬車。他堅持要趕上自己的馬車去涼水泉，而非乘一般用的德特。他說這是向他駕車的三匹青驄馬告別。那些馬還是馬駒時就與他交了朋友，直到它們長大後與他每日一同出行。趕車離去的是大老W自己，趕車回程的將是他的好兄弟大J，所以大J今晨與他同行。我知道大J幾天後也將離去，自願離去。大J說是兄弟就共進退，他不在意再做一次「盲流」，而且這次是流向家鄉，他也是山東人。那日天正落雪，卻不是烈風肆虐的暴雪天。那雪落得難得的秀氣，緩慢柔和，碎雪漫天如同瓣瓣梅花，隨風流連旋轉。碎雪掛在我們的皮帽邊緣，撫滿肩頭，如同感覺到我們心中的不捨，因而也不肯捨我們而去。但心中再有不捨也終有分離的那一刻，大老W已經揚起長鞭，鞭花半挽，卻頓在半途。他停手，轉頭，招我過去，說忘了有句話要叮囑我。

女兒，你知道他悄聲叮囑了我句什麼話？他說：「還記得那小紅馬嗎？千萬不要讓自己成了那匹小紅馬」。女兒，他說得鄭重，我能感覺到他眼神中濃濃聚集的擔憂，我努力維持我家人告別時的傳統——向他微微一笑，卻還是覺得濕了眼眶。女兒，那一刻我真心希望自己有個兄長，如他一般。他終於揚鞭，馬車在凍得堅硬的雪地上碾過，留下淺淺的馬蹄印跡與蜿蜒的車轍印跡。詩人岑參於風雪中送別友人，道是「輪台東門送君去，去時雪滿天山路。山迴路轉不見君，雪上空留馬行處」，雖友人遠去卻仍見那雪上的馬行印跡，或亦是心中慰藉。那日清晨那車轍印跡是漸行漸遠，最終消失在濛濛的雪霧中，直到連馬蹄車轍也無蹤跡可循。

紅色政權如同盤踞於華夏王土的巨大怪物，層層齒輪與爪牙，覆蓋到王土的天涯海角，網羅治下全體小民。若有小民拒絕被完全同化為怪物，便會被怪物爪牙獵殺，碾軋，被粉身碎骨。大老W從家鄉逃到關外，直到邊塞，依然躲不過那獵殺。這便是那底層小民在華夏王土中的命運軌跡。女兒，如今回想大老W，不禁聯想到文天祥兵敗被俘，關押三年，卻始終不屈，我想是緣於文天祥始終相信天地間有正氣流傳吧？天地有正氣，始終不滅，始終流傳，始終存於人世間，或化形為河嶽日星，或隱形於人性中，曰浩然之氣，可「沛乎塞滄冥」。如今大陸中國的人世間，是否依然有浩然之氣隱形於人性之中？

你一定還記得前面我曾向你描述R村清晨出工時的愉悅一刻吧？其中最醒神悅目的，便是那大老W帶領的馬車行列，還有放馬歸來，懷抱了大捧新鮮野花的男孩二毛子。那些花兒朵朵綻放的肆意天然，無語自娉婷，花瓣上還掛了點點露水。那野花是原野中的精靈，那蒼翠的原野釋放出如此五彩斑斕的精靈，是向人類展示天地本性是如此純眞，生於其中的人類莫要辜負了天地的善意，更莫要辜負了沛乎塞滄冥的浩然之氣麼？是這樣麼？天地默默，人只有向自己的心去求那答案。自大老W與大J走後，那威風凜凜的馬車班便散了架子。車老闆不再列隊出行。二毛子也受了「深挖」的拖累，被從R村遣送回父母處，說對於有俄羅斯血統的人群要「加強看管」。從此再沒有帶了露水的的野花、俊逸的少年與未成年馬駒們歡快地穿過R村的清晨景色。R村的晨間集會從此不再。我對於R村那些溫馨的眷戀從此只能成爲記憶。R村的「組織」與代表「組織」的一村之霸——支書W，終於藉「深挖階級敵人運動」毀了R村人間風景中瞬時的愉悅，他是否因此便感覺志得意滿了呢？

與大老W一別數十年，再未見面。自己數十年間始終爲一份職業，輾轉於不同國家與城市間，無休無止，更無閒暇可容自己千里迢迢去拜訪故人，只能安慰自己說只要記在心中，便等於日日見面了。聽說改革開放之後，大老W一家在微山湖邊養殖魚蝦蓮藕，活得自在富裕，或許也終於可以此慰藉他的先慈與大伯吧？其實無論是他的離家還是歸家，都是與「組織」逆流而行的結果，卻也證明了他此生行爲的無愧，無愧於心，也無愧於人世。他始終堅守了作人的原則，雖然他明知以個人挑戰「組織」他是必輸的一方，卻依然是——「雖千萬人，吾往矣」。

## 北大荒記憶之四　小紅馬的故事——「水寒傷馬骨」

我素來並非格外親近動物，不像許多女孩天性裡便待寵物爲夢中情人一般。不過我怎會忘記大老W遠行之前，提醒我的那匹小紅馬？女兒，雖然有大老W的提醒，我還是差點踏上小紅馬的路，落得與小紅馬有類似的結局。

### 小紅馬故事之一——「朝花夕拾」——撿起的只餘一地枯萎

我初識小紅馬的時間，恰是我在R村生活記憶中最欣悅的一段日子。R村的生活並非僅是寒風冰凌割面刺骨，我的R村生活中也有曉風和暢的日子，那可謂是我少年時代在北大荒難得體驗的花開季節——雖然是瞬時即逝。這曉風和暢是否是來自底層小民人性中的良善？而這良善便是天地間正氣不竭的源泉呢？女兒，你一定還記得前面我提及的，知青隨落足R村日久，心中逐漸明了紅色政權高層對「上山下鄉」的知青並無日後集體返城的意圖，家庭背景不同的知青，心態逐漸發生的變化。紅二代之中，若父母親戚恢復官職，則首選一走了之；而家庭背景非黑非灰亦非紅的平民子弟，則期望個人的表現可獲「組織」青睞，而有被推薦成「工農兵學員」的前程。那獲得「青睞」的表現應爲何種表現？自然也因人而異，但獲得組織首肯則是絕不可缺的標準之一。多數知青那時雖也想返城回家，但自知即使可以望盡天涯路也是難覓歸途，不如還是現實些，退而求其次，盡可能脫離大田工，至少不必在大田中受盡雨雪風霜。即使期待卑微如此，也並非不需要有些顯示「誠意改造」的表現，即是要顯示出「靠攏組織」的心願。

不過始料未及的是，R村知青中第一個脫離大田工的人居然是我——那個R村知青中屢屢被「組織」當眾評爲「搞團團夥夥」、「不靠攏組織」之人。我首先獲得的怕是許多人會豔羨的一份工作。那是我們夏末抵達R村後轉年的第一個早春，二月底某晚間集會，大老W提出畜牧排豬號需要增加一人，也當即獲得連長A點頭照准，且照准了大老W提出的人選——我。面對支書W的質疑，大老W居然當眾反駁道，「我們貧下中農看得准，這孩子幹活從不惜力，從不會做一套說一套。我們看好了，就是要這樣的人」。畜牧排增加個人而已，此事本非「組織」權力範疇，因而就此作結。女兒，如今回想，此事當年與「組織」對待知青的政策恰是完全相反，於我也是完全出乎意料。從此我成爲專飼R村三頭種豬的「種豬倌」。那是三頭純巴克夏種的豬，通身雪白的皮毛，四條長腿，兩隻彎彎獠牙，高過我肩頭。我每日一早趕它們出門，選一片孤立的豆子地，便任它們在豆棵中撒歡打滾啃嚼。其間我可以席地而坐，隨意消磨時間，讀書也好，坐聽風聲鳥噪也罷，總之是我的自由。雖然三月依然冷氣襲人，但並非寒風刮面如刀，已經可算北大荒的「吹面不寒楊柳風」了吧？如此消磨時光，直到下午將近餵食時間，再招呼它們返回豬欄。我由此領悟到豬的性情——在人類面前極爲膽怯馴服，哪怕是生了外表攻擊性極強的獠牙、體型碩大的種豬，也對我這個體型瘦弱、體重肯定不及它們一半的小豬倌百依百順。它們其實也極爲聰明，認識回家的路，聽懂我喚它們回欄的呼喚。三頭種豬可能確是R村一寶，並非每村都有如此純種的巴克夏豬。配種季節各村紛紛來「借種」，也是豬號獨有的一景。它們的食料也頗爲講究，各種穀類都有固定配比，必得對照表格一一量度後再入鍋烹煮。

如此馴服懂事且價値不菲的家畜之首，當年卻頗遭我內心厭棄，其實那全是由於我那時的少年心性，執念不改。我的執念是個無解的問題——R村豬號有什麼意義呢？豬號不大，因爲R村被定位是生產五穀，並非有畜牧場。豬號養豬只是爲滿足R村人自食之需。看那些自一雙耳尖如桃花瓣般可愛的幼仔逐漸長大，大得顢頇肥壯，便成爲人腹中之食，不免會心生鬱悶，又有些愧疚與歉意，覺得它們一生有何意義？我們養育它們又有何意義呢？似乎只證明了我們人性的貪婪與擅長陰謀詭計，爲滿足自己的口服之欲而馴養了這些無辜的生物。這執念梗在我心中，盤桓不去，不過也未說與他人，因爲自知這念頭不過是俗話說的「犯傻」，多數人，甚至我的朋友們，聽到也只會一笑而罷。那時的我沒有讀過《1984》，那時的王小波或許還未構思過自己的《黃金時代》，所以這問題只能說是自己的天性生出的執念吧？只是自己沒有王小波那天賦的敏悟，將執念早日化爲文字。

女兒，我不知道他人心中作何猜想，或許知青或村人中會有人議論大老W如此出頭護我，必是有什麼私人之交。大老W與我其實從無私交。我從未去拜訪過他家，從未想過送他一件禮物，他也從未托我辦過任何私人之事。或許他只是從我對R村幾位「組織」之首的倔強桀驁中，看到了他少年時的影子，因而內心便多了幾分信任之意？若說我和大老W有任何超出工作安排的話題，也只有我們告別時，大老W特意提到的那匹小紅馬。畜牧排裡我最愛的去處是馬號，那裡是幼駒和還不夠上套拉車的半大幼馬的天地，其中便有我一眼便愛上的那匹小紅馬。那時它尚是幼馬，不到上套年歲。它生得體型格外嬌小，腰身細巧，四腿修長，四蹄也格外秀氣。它似乎也感受到我的喜愛，一雙靈氣盈盈的眼睛便看向我，眨一眨綿密的眼睫毛，似乎是特意的回應。大老W每見我來看它，總是招呼它過來，讓我可以撫摸它修長的脖頸，直到順滑的脊背，它便乖順地貼近我，任我撫摸。我總是喂它兩塊糖，它便用脖頸輕輕蹭我，作爲回應。某日大老W與我席地坐下，略帶歎息地道，「那小紅馬其實生錯了地方，不該生在這馬廄裡。那馬天生是匹跑馬。若是能訓作賽馬，逐日追風，也是可能。上套拉車，是糟蹋了它天生才能。它天生善跑，又心性要強，那小紅馬上套拉車，只會累死它」。「那就沒有地方可以送它去嗎？」我問，只覺得喪氣。他搖頭，反問道，「去哪裡？」「我也不知道，譬如需要跑馬的地方？如果沒有，那可以不上套拉車嗎？」他搖頭，歎道，「在這村裡，養豬只爲吃肉，養馬只爲拉車。它走不出這R村的。民間說，『生不逢辰』，『天年不齊』，就是這意思吧？」從小紅馬的話題，不知爲何說到我負責餵養的種豬，我居然將那在我心中積了許久的「傻話」說了出來，爲養來「只爲吃肉」的豬抱怨我們人類的不厚道。大老W聽後大笑，那笑聲似乎在空中飄蕩了許久，不過我聽得出那笑聲並非是嘲笑我，而是出乎意料地有些開心。那麼是否他也想過類似的問題？他並未解釋他爲何大笑不止，只反問，「你這樣想，可是哪本書裡的？」我悶悶地搖頭，說，「很傻，不是麼？」。

四月的北大荒，雖無中原或江南的桐華萍生、戴勝鳥落於桑樹的勝景，卻也有雜花蓄蕾，小樹枝杈新葉抽芽，原野已見綠意。恰是春耕起始季節，便是此時我從畜牧排調到機務排，於我又是一次出乎意料。這次是機務排長大Z出面點名要我，爲何是我？他只說我做事自律又不惜力，正適合機務排。我因此成爲R村知青中的第一名女拖拉機手。成爲拖拉機手或許是R村許多知青女孩的夢想，並非由於工作較大田工輕鬆，卻是緣於作女拖拉機手在少年人的想像中，頗有些浪漫意境。記得某期的大陸中國紙鈔上，曾有女拖拉機手的形象——短髮齊耳，目視前方，似乎既寓意紅色大陸男女平等，又寓意紅色農村新景象。確實，坐於駕駛室中，身下是履帶隆隆，面前是一馬平川待耕農田，難免會生出幾分金戈鐵馬、氣吞萬里的豪氣。我很幸運地有個好師傅——小C師傅。他成爲我的師傅時也不過二十出頭的年紀，如春季剛剛生發青葉的白樺樹一般。他也是「盲流」，隨兄長從安徽逃荒，一路向北，直到落足R村。那時他的兄長必是艱辛倍嘗吧？不到中年便早早地白了雙鬢，卻將幼弟細心在意地護於翼下，於是小C師傅出落得有江南男孩的秀致，眉目開朗，心性善良，依然帶些孩子的頑皮，如同在山泉水，尚未沾染人世塵埃。這並非說他不是嚴師，他訓練我時極嚴格也極細緻，可以敏銳地觀察到我操作中的任何細微失誤或不良習慣。俗語說「嚴師出高徒」，小C師傅確是嚴師。我雖非高徒，卻出師得極爲迅捷。小C師傅很快便允許放我「單飛」——單獨操作，無需他在場。我是否就算「出徒」了？其實也無人宣佈，不過我甚至被R村農業技術員挑去做「打塹」的活計。我至今不知道用那「塹」字是否正確，因爲「打塹」只是當地的叫法，未見於其他文字。前面描述過「大田」面積之巨，確實一片田可能延展到「天盡頭」，看不到邊沿。不過播種莊稼卻不可肆意揮灑，必須是按行按壟，從田頭到地尾要橫平豎直。「打塹」便是指由一台拖拉機拖帶所需農具——無論是平整田地的大耙，還是爲播種而起壟的打壟機——在大田中耕出第一道直線，即稱「塹」，這道直線必定是地處大田中線，筆直，不得傾斜，其他農機均以此「塹」爲基準，一圈圈地耕作，直到完成整片大田。此「塹」的定位準確且形態筆直，確是一片田能否順利完成備耕的保障。小C師傅不是隨意應付差事的人，他肯放任我操作，必是心中有底。農業技師肯帶我去做「打塹」人，我心中也不免有一絲滿足，雖然算不得「成就感」，但終於是不必再每日糾結於那「執念」之中。待看到田壟中逐漸伸展的五穀苗葉，我的努力是否也算是結了果子？機務排長老

Z某日集會中居然提到我，說「我們挑的第一個知青女拖拉機手，沒有丟了我們的臉哦」。他是廣東人，依然是粵語口音，句尾的「哦」便拖得很長，讓我心中笑意忍不住泛上嘴角。

我的拖拉機在田中牽拉播種機灑種時節，也正是小紅馬達到上套年歲的時節。大老W特意將它交給大J，一是大J一掛車配色依然是一色棗紅馬，更是叮囑大J多照看它些。對於這匹生本應是千里駒，卻陰差陽錯地生於R村的小紅馬，或許大老W也是格外有一份憐惜吧？大J將那小紅馬放在拉套的位置，從未對它揚鞭促它用力。只是大約兩個月後，大J對大老W說起小紅馬，神情頗顯鬱悶，道，「這匹小馬根本不用鞭子來催，它的套總是繃得緊緊的，不知道是嫌那車走得太慢，還是怕自己不如別的馬出力？一天到晚不肯鬆一鬆套，這樣早晚有一天要累死它」。據說大老W也想爲小紅馬另尋安置之地，卻遍尋不果。現代戰爭武器的發展，已經使得當年成吉思汗靠馬隊在歐洲攻城掠地戰無不勝的兇悍僅僅成爲傳奇，馬隊在現代戰場全無用武之地，軍馬場都已經解散。那時的大陸中國尚無有錢人可以學習貴族傳統私自養馬，修習馬術，更無賽馬賭馬場所。小紅馬無處可去，只有在R村繼續拉套，大老W也只能做到叮囑夜班輪值喂馬的人多加些豆餅給它。我輪到白天休班時也會去看望小紅馬。它依然是眼神盈盈，伶俐地貼近我，讓我撫摸它的脖頸脊背，那依然是順滑的皮毛下，卻明顯地可以摸到它的肋條。小紅馬瘦了。

五穀全部播種完畢，相距五穀成熟還有數月時間，這期間拖拉機便轉去開墾荒地。此時的荒地也是全部冰雪消融淨盡，土質鬆軟，是離離原上草與花一年中最茂盛的時光，草綠花黃。偏偏此時也是開墾荒地最好的季節，似乎人類始終是自然之美最冷酷兇殘的敵人。拖拉機手白天在熟地（即指已經耕種了數年的田地）中作業可以單獨作業，但是墾荒作業卻必須是一駕拖拉機配兩名拖拉機手，一個班次需二人同行。荒地中多有生長多年的樹根野草，頑固地抵擋犁鏵插入，或在犁鏵插入時拼死纏結，似乎要盡可能將那強行斬斷它們生命的鍘刀纏死，衛護上天賦予它們嚴寒過後綠意初盈的權利。拖拉機翻墾荒地時，需有一人坐在犁鏵與拖拉機連接處，不斷清理纏住犁片的雜草，但人力有窮盡，很快便不敵雜樹草根糾纏不已的力量。最終是犁鏵被纏結得看不出形狀，無法轉動，此時便必須要兩人合力清理那形如泥坨的犁鏵，直到犁鏵現出原形，再次成爲那些天然生命的鍘刀。我是徒弟，便常是坐在犁鏵上的那人。我坐在犁鏵之上，看那些繁茂馥郁的雜草野花，紛紛無助地倒在拖拉機履帶下，繼之是犁鏵翻起的一波一波泥土如浪般迎頭壓下，那些柔弱的花莖便瞬間被犁鏵翻入泥土，但依然會有一兩枝露出在土浪之上，嬌黃的花瓣在夜風中搖曳，便不免有些惋惜與愧疚，直覺自己在離離原上多不勝數的那天賦生命眼中必定是個惡人。

不過夜班也並非沒有樂趣。我的小C師傅雖不是眞正的北大荒土著，卻認識許多本地草木。某夜，機車面對一片待耕的荒野，他忽然停車許久，歎息道，「可惜了！這是片烏拉草原呢，你知道烏拉草嗎」？這草名我自然是知道的，卻從未見識過。「北大荒三件寶，人參貂皮烏拉草」，這句俗語不知何時起便流傳甚廣，不過如今「三件寶」怕是已經被現代農業消滅淨盡。我隨小C師傅的視線看機車前一片草原，那草皆是草莖修長，柔韌綿密，在夜光朦朧下平整細密如地毯，其中未雜有任何不同草種。那草色並非碧綠，而是綠中帶有蒼色。小C師傅從工具箱下抽出一把鐮刀，沒入草叢中，不久便抱了幾大捆草莖放在車上，說，「過去墾荒經常見到，如今是越來越少見了」。我想到那些傳說，問，「你割來做鞋墊嗎？」他搖搖頭，道，「看到庫管老Z家那些孩子挺可憐，割了送給他家孩子墊鞋」。隨後我們開車，犁鏵翻滾，那烏拉草織成的草毯，很快便被翻起的土浪淹沒，如同年華正盛的少年被攔腰斬斷。有時會想，不知道今日的北大荒是否還能尋到烏拉草原？不知道下一代的北大荒人，是否還有幸得見那朦朧夜光下，那柔韌秀美的烏拉草莖織出的天然景色呢？

夜班輪值是有一餐夜班飯的，夜班飯時的小憩，是夜班的又一愉悅時光，愉悅不在於一餐飯，而是那人與狗難得的嬉鬧。若耕地距離R村在腳程之內，便是由食堂派人挑擔送飯。那個季節的北大荒已經是晝長夜短，夜色並非是漆黑一片，而是宛如北極的白夜。夜色與星光融合，雖非曙色，卻同樣的柔和而天然，朦朧地照亮沿田地蜿蜒的路，遠遠地便可見路上行人身影。那身影必是夜班的送飯人，因爲在那身影前後，總是一眼可見伴隨了一頭身形高大的狗。其實此時的北大荒已經罕見有野獸出沒，但那狗步態矯健，警醒地跳來跳去，卻總是不離送飯人身前身後，似是在警覺地維護那送飯人的安全。這隻狗身形可稱偉岸，其實論年歲卻還是狗中的兒童，它通身蓬鬆細密的黑毛，無一絲雜色。它算是食堂養大的狗，也無名字，卻被村人不約而同地稱爲「長毛」。長毛是「土匪」留在這世上最後的血脈，「土匪」是長毛的母親，自然亦是狗。將一條狗命名爲「土匪」其實是村人當年的稱讚，贊其悍勇。土匪曾經是R村的傳奇。據說那還是北大荒「山中霸主熊和虎，原上英雄豺與狼。爛草污泥眞樂土，毒蟲猛獸美家鄉」的五〇年代，正值天寒地凍，家家戶戶馬燈早熄的某個深夜，群狼圍村，村人夜夢正酣。是土匪率村中眾狗死戰不退，腹中無食的狼群最是兇殘，利齒咬的狗群血肉模糊。幾乎力竭的土匪依然是不肯後退，率群狗吠叫不止，直到眾村民驚醒，持槍趕走餓狼。幾乎可以說是土匪的拼死相爭救了全村人，土匪以自己的勇氣與忠誠贏得村人的尊敬，也贏得了這個霸氣的大名。

我落腳R村時，土匪早已經過了鋒頭正健的年齡。我見到的土匪是條年邁力衰的老狗。眞的是「人不可貌相」，土匪毛色雜亂，既有黑白花色又有深淺不一的褐色，乾癟的皮毛下肋骨根根分明，且身形出乎意料地矮小，實在難以想像它曾是眾狗之首時的風采。它走路時拖了一條殘腿，是在路上曬太陽時被德特不小心壓斷，據說當時德特的司機當眾謝罪，又特意爲它在食堂旁向陽處建了養傷的窩棚。村人都說土匪可能活不過這個冬天了，不過土匪的活力頑強到又一次讓R村人刮目相看。幾乎整個冬季都罕見土匪走出那間窩棚，村人知道它依然活著，是由於食堂送去的飯食它都會吃淨。不料春季將臨時，它的窩棚裡居然傳出幼弱狗崽尖細的叫聲，土匪不聲不響地在那寒冬中孕育了新的生命。剛剛下崽的土匪，不允許任何人靠近那些弱小的像兔崽般擠成一團的小生命，它呲出那參差不齊所剩無幾的牙齒，威脅每個想靠近幼仔看個分明的村人。土匪早已經乾癟得只剩皮毛的身體，是靠什麼餵食它的幼仔？是它的乳汁，還是它的血水？大約一個月後，幼仔終於睜開眼睛開始爬動。土匪也不再拼死威脅靠近的村人。村人說，土匪居然又「熬」過了一個冬季，眞不愧是「土匪」呢！便是在那冬去春回、似乎生命漸次向榮而生的天氣裡，土匪卻突然消失了。它是哪天離開窩棚的？沒有人說得清，只知道食堂送去的飯整天都沒有動過，第二天的飯食依然是沒有動過。土匪怎麼會離開幼仔，如母親離開嬰兒？它去了哪裡？確實沒有人知道，甚至無人可以猜到。大麻說狗是通人性的，大凡格外要強的狗，都不願意被見識到它死時的模樣。土匪就是最通人性的狗，也最要強，它一定是知道死期已到，便躲起來悄悄地去了彼岸。我不禁肅然。本來以爲這說法只是個傳說，且僅僅指萬獸之王大象，沒想到是狗——土匪，成爲我親見的實例。土匪的自強、自立與自尊，眞可以讓我們人類自愧。俗語罵人有說是「禽獸不如」，若細細回想，我們之中又有幾人能做到如土匪一般呢？土匪年輕時悍勇、忠誠，離世時亦不忘維持它的尊嚴，走得無聲無息，只留下一窩幼仔。它走時是否如人類母親同樣，對幼仔不捨？是否也會愧疚自己未能哺乳到幼仔斷奶期？我想她必定是已經身體衰竭到多一天也不能撐持之時，才不得已離開吧？如今的人類，是否能做到如土匪般地對自己與後代的盡責？

R村許多人家想抱養土匪的幼仔。連長老A感念土匪當年拼死救村人的往事，道，「你們抱走就要盡心養，不過隊裡總要留下一隻，算是全村人對土匪的念想」。連長老A挑了隻通身皆黑的小幼仔，交給食堂每日照料，這就是長毛。與母親土匪矮小的身形和雜亂的毛色完全不同，長毛生得可謂偉岸。它柔韌壯健的脖頸，高昂的闊大頭顱，寬厚的脊背，四肢修長勻稱，加上蓬鬆茂密的一身黑毛。許多R村人都說它是多年未見過的好狗，也讚歎不知道年邁體衰的土匪，居然怎樣做到留下了這樣出色的血脈。長毛確實是通人性的幼崽，剛剛長到體力可以撐持，就自覺地擔當了夜班送飯人的守衛，從無一次失職。長毛天性溫厚，與人親近。似乎對任何人都沒有戒心，只有絕對信任。長毛也繼承了它母親天性中的自尊，它夜夜忠實地陪伴送飯人，但在我們圍坐吃飯時，卻從未見過它向我們搖尾乞食，它總是跑進附近草叢中躥起又俯下，不知道是否在和草中蚱蜢嬉戲？它的陪伴是一份情義，是它天然地自認應背負的責任，絕非爲了一口飯食。夜班時見到長毛是我的愉悅時刻，我總會摟過它粗壯的脖頸，揉亂它背上厚密的黑毛，它總是乖乖地讓我隨意折騰，從無躲閃抗拒。我常將手中的包子喂給它，它便會輕輕地舔舔我的手背。我想長毛一定是認定人類不會傷害它，它和人類——包括我——是朋友，因此容讓我與它嬉鬧。村民經常提到，等長毛長到兩歲時，必定要多多讓它交配，留下些新一代狗仔。土匪居然在年老體衰時，爲R村留下了這麼難得的狗——體型雄壯又天性仁義，再加上一身漂亮的毛皮，通身全黑，無一絲雜色，是R村的福分呢！我理解村民的心意。土匪與長毛，雖是狗，卻是R村的傳奇和村民的驕傲。不過長毛最終未能長到兩歲的年紀，便永遠地離開了R村，也永遠地離開了這數千年來便是「官如虎、吏如狼」，狐虎淫威無處可避的華夏人世。它的災禍是緣於那身人見人誇的飄飄長毛。不過那是後話。

如今回味那年的冬春之交開始直到麥收季節——無論是做種豬倌還是拖拉機手，都可說是我在R村期間最快樂的時光，無論是席地坐於田埂，眼見種豬慵懶地臥在田間；無論是握緊拖拉機操縱桿，盡心盡意地專注於打直身後那條「塹溝」；或是經一夜墾荒後，見到天邊曙色小C師傅便停車，縱身躍上拖拉機頂棚，看看翻出的一條條黝黑土浪，叫道「翻得夠多啦！走，我們去個好地方」，我便跳下犁鏵緊隨他身後從田埂躍過。小C師傅識路本領我至今佩服，莽莽原野讓我看去都是一色，不辨東西南北，他卻記得每片大田的位置，也清楚我們此時身在何處。我們或停在一片黃花地，他並不採花，只看著那油彩潑成般爛漫的黃花滿面滿眼都是開心，誇讚道「好看吧」，好似是在誇讚他家的花園。最終我們總是停留在一片西瓜田邊，他說聲「你等等」，就跳入那田田瓜葉中，瓜葉肥厚，葉上露水瑩瑩，他沒入那片綠色中，片刻手上抱定兩隻翠綠的西瓜返回。我們便坐於田埂上吃瓜，西瓜入口爽脆清甜，瞬間便洗去一夜的乾渴與頭腦的昏沉。瓜田無人看管，他卻從不貪心，總是只摘兩隻，一隻他與我分享，另一隻送給食堂的夜班送飯人。女兒，回味那時自己的快樂，回想那田野的清新，晨光中的瓜葉田田，覺得那時的快樂更是在於心境安然自在。那安然在於有天地自然風光圍繞，又有同事可以同行，同時又自信我是有用之人，每日盡力盡責，似乎這安然自得日日往復，亦可以日久天長。女兒，那時的自己仍是少年，「未來」二字依然只是懸在遙遠天際的概念，尙未攪擾我當時快樂的心境。不過這只是如今的回味，那時並未珍惜，甚至並未領悟到那亦是人生難得的時光。

世事總是快意時光短，且總是結束於不經意之間。田間麥子泛黃時節，機務排的墾荒季便見尾聲，因爲拖拉機即將轉往麥地，成爲康拜因可以行走麥田間收割的動力。此時拖拉機慣例會停班幾天，拖拉機與康拜因俱要檢修。那時機務排並無專職檢修機師，均是由拖拉機手自行擔當。由於檢修機庫建在R村邊緣，拖拉機手這期間無需出村。午飯時間我便再去畜牧排，探望「我的」小紅馬，一是聽說小紅馬病得很重，再是排長老Z通知我，我在機務排要調換工種，那之後很難白天有時間來看望小紅馬。我的小紅馬懨懨地臥在馬棚裡，憔悴的不像還是少年的年紀。它順滑的紅毛失去了光澤，那毛皮下的肋條已經根根可見。小紅馬依然記得我，向我偏過脖頸。我貼近它蹲下，撫摸它，從馬頭一路慢慢撫摸下去，拂過那嶙峋的脊骨，一直到馬尾。知道它喜歡吃糖，我把兩塊橘子味的水果糖剝去紙，放進它嘴裡，感到它向我眨了下眼睛。它難道眞的要離我們而去了麼？它還不過三歲，我還記得它是馬駒時的模樣，記得那線條優美的四條長腿，秀巧的四蹄和靈力盈盈的眼神。我撫摸了它很久，因爲看得出它很享受這撫摸，而這只怕也是我惟一可以給小紅馬的人間安慰了。女兒，我就這樣一直在小紅馬身邊靜靜地伴著，直到天黑下來。這是記憶中自己一生中惟一一次如此親近動物的體驗，因爲心中當時忍不住自問，我還能有幾次撫摸它的機會？

我問過大麻，小紅馬是什麼病呢？大麻說它就是太疲累了，疲累到身體機能再也生不出支撐它生命的活力。我理解他的意思是說，小紅馬累了，累得入不敷出，體力不支。「那不可以多休息些時，恢復體力嗎？」大麻搖頭，道，「這匹馬性子太強，不肯休息，只要是還站得起來，就自動走去大J車前，準備上套。如果它連站起來的力氣都沒有，就連對草料喂到嘴邊都沒興趣看。這匹馬不是我們有能力治得好的。眞不知道該心疼，還是該罵它傻？」我不禁又想起那句正流行的「小車不倒只管推」，難道小紅馬就是無意地學到了這句話，要累死自己麼？大老W卻說，「小紅馬這是心病，治不好的。它是有靈性的馬，不想一生是這樣活法，永遠拴在套上，被指向哪裡便去哪裡，按他人的速度行走，永遠不隨心意」。「你是說小紅馬是不想活了，是嗎？」我問。大老W長長地呼出口氣，道，「小紅馬生不由己，其實它死又何嘗由己？你見過自殺的家畜嗎？反正我從沒見過。不過你說的也不錯，小紅馬是不想活了。它惟一能做的就是隨心意地消耗自己的體力」。我默不作聲，只在心裡想，不知道這是否是它的天性教它領悟，這是它惟一可以早日脫離這種生活的方法吧？大老W又長舒一口氣，低聲加了一句，「生不逢時，生不逢地，不如離開吧」。我無語，不捨，卻又無話可以反駁。

記得是我的新工作開始後的第五天，大麻來場院找我，說小紅馬走了，是在拉套中突然四蹄一軟，跪倒，瞬間就沒了鼻息。他問我，要不要再去看看？我猶豫許久，最終搖頭拒絕了。我逃避了，不想見到小紅馬跪倒、雙目闔起再無鼻息的景象，只想在心中留下少年小紅馬活力充盈的記憶，留住它靈力閃動的眼神。我的小紅馬，那本可能是千里駒，卻生於層層禁錮中的小紅馬，其實也曾盡心竭力地要去適應這人間禁錮，盡到它生於馬圈、成爲田中拉套馬的責任，只是這責任同時耗盡了它的靈力與活力。記得那時我在心中默默地向小紅馬告別，如同我幼年時姥姥每晚都要向天上的父祈禱一般，我亦默默祈禱，祈願這匹天性倔強的小紅馬，若有靈魂若有來生，一定要生在遠離人類管制的地方，要生於荒原山林中，或者生於那虛無縹緲的「海外仙山」中，可以自由馳騁，可以「乘迴風兮載雲旗」，如天馬行空。

我曾將小紅馬的故事講給朋友，朋友說世上罕見這種性情的馬，就像是在和命運賭氣，搭上自己一條命，何苦來哉？我不識馬性，無言以對。不過心中想到，上帝造物，賦予這世間生靈各有靈性，馬又何嘗例外？我想那小紅馬可能是馬中異類吧，就像人類也性情各異，有人因桀驁而遭世人不解或白眼相對，稱之爲「狂客」，例如金聖歎、李鷙，自然也有無數渾渾噩噩的生命，如我的Y中地理老師常掛在嘴邊的「行屍走肉」、「酒囊飯袋」。那麼爲何馬中不可有性情異類呢？女兒，我曾極愛的小紅馬早早離世。它的一生我怎會忘記？所以大老W臨行前提到那小紅馬時，我禁不住濕了眼眶。雖然始終記得大老W的提醒，我終歸是差點落得與小紅馬有了同樣的生命結局。不過那還都是後話。

## 小紅馬故事之二——寒冬長夜的值夜人——「小車不倒只管推」

我這項新調換的工作，是由我獨自操作一台小德特。「獨自操作」的名聲雖好，卻是機務排人人嫌棄的活。小德特是台機型老舊的小型膠輪拖拉機。它的功能並非是下田作業（因爲它車速極慢，且常是毫無理由地熄火），而是留在場院作爲小麥打場機的動力。當年同樣機型老舊的康拜因，收割脫粒後的小麥粒中摻雜有大量碎麥秸草杆，也夾雜笨重的機器行走運轉時，捲入麥粒的大量飛塵土塊。這些麥粒拉回場院，自然不可能直接入倉，而是必須先去除其中的雜質。去除雜質的方法便是揚場，這與舊日農家將麥粒穀粒推在自家場院，用木鏟揚起，讓風吹走雜質其實也並無不同，只是北大荒是由機器揚場。R村的揚場機並無自帶動力，因而必須另有動力帶動，爲揚場機提供動力便是小德特的責任。晝長夜短的北大荒夏天裡，凌晨四點天邊便曙色呈現，場地景物即歷歷可見，此時揚場即需啓動。而我必須在此之前將小德特檢修加油完畢，繼之將它的動力輸出輪，用傳送帶掛在揚場機上。那傳送帶必須不歪不斜且鬆緊妥當地，掛住揚場機的動力接收輪，之間不留縫隙，否則一旦轉動便極易滑脫。機務排長老Z調換我接下這新活時，曾道，「這活雖不用下農田，但是作業時間確實很長，一個人的作業時間相當於拖拉機兩班相加的時長。實在是太累時要告訴我，找人替你頂兩天，好嗎？」他的粵式國語說得慢而溫和，似乎略帶些歉意。

揚場機自曙色呈現即開始啓動直到夜半之後才停，日日如此。這期間我必須不離左右，因爲若發生意外停機，我必須在場，儘快清除事故，恢復揚場機運行。這是我的責任。同時我心中有些糾結，這期間我是否要加入農工人群的揚場？因爲我的工作職責只在於操作那架小德特，揚場不包括在內。當年揚場機並無自動吸入麥粒的功能，所以必須有農工集聚於揚場機前，用木鍁將麥粒喂入揚場機。那是極吃力的作業，要全天彎腰在揚場機喂入口前，一刻不停地將夾雜了塵土碎草的麥粒，塡入那貪婪且如無底洞的鐵口中。我是否要加入他們？我終於還是加入了那人群，甚至成爲堅持在喂入口前始終不歇息的人之一。爲何？或許是羞於躲在一旁觀看，或許是Y中學弘揚「集體主義」的影響，自覺既然身在，也就有一份責任？那活的勞累還在其次，更要忍受的是那些灰塵草末撲頭蓋臉地落滿喂入農工全身，隨人的呼吸落入口鼻之中，直入喉嚨，所有人都是咳嗽不止，卻依然手腳不能停。一天結束，便覺胸腔中塞滿異物，呼吸時隱隱作痛。人人如此，並非我個人體驗，但是唯有我缺乏輪班的可能。我的職責註定了我與小德特捆綁在一起，日日如此，不單是忍耐住塵埋土揚，還要成爲最早起身且最晚回到宿舍之人，直到麥收結束，即麥粒全部入倉。我並未向老Z提出過休班，自覺既然答允接下小德特，只要體力可以支撐，還是做到有始有終吧。如今回想那時的心理，難道眞是類似小紅馬？岳飛曾歎其一生艱辛，道是「三十功名塵與土，八千里路雲和月」，其實這塵世中誰知有多少人，一生也是在塵與土中勉力盡責，於雲和月中亦無休無止，同樣是一生艱難，卻是終生平凡，寂寂無名，即如那些在喂入口前躬身作業、爲天下人產出米糧的農工人群？

女兒，你可能又會說你的母親是實實在在的犟種，爲什麼定要加入揚場？要這樣作踐自己的身體？回想，或許這半是緣於那紅色洗腦教育的成果——成爲「優質鋼」的標準之一便是盡責，遵循「集體主義」的行爲方式，且絕不輕言放棄自己承擔的工作職責；再是自覺行爲標準之一便是向眾人看齊，絕不因苦或累而退縮。另一半可能眞的是緣於天性中承繼的「犟性」，或許那「犟性」中其實是有些自家族前輩承繼來的基督徒性情。家族長輩們都是基督徒，他們篤信人生公義與平等的觀念，持守基督徒的人生原則，其中便有不曠廢職守，且是眾生平等。相比那些農工，人人都拼力做工，每人都埋在那灰塵草屑裡，嗆得咳聲不斷，我又有什麼理由閑在一旁，不伸手相幫呢？再者，我又有什麼理由可以比他人有更多的抱怨呢？我只是與他人一般，同樣的忍耐與同樣的辛勞。眾生平等，我無法減輕他們的辛勞，便只能盡自己的一份力，使得他們之間多一個人分擔這勞作。若說有人應該對這使得小民損害健康的勞作方式承擔責任，自然也是有的。承擔責任之人只應是那些上層「組織」（或曰官員）。其實若北大荒眞是「組織」對外宣稱的紅色大陸中國現代化農場，則早應更新那些老舊的作業機械，提供新式收割脫粒乃至麥秸打捆等等各式機械，自可使得小民無需再從事此種既是效率低下又是辛勞至極、同時極損害健康的勞作了。不過「組織」上層歷來是以小民人生的代價，來實現他們的所謂偉大革命目標，又何時在乎過小民的性命？

全部麥收麥粒入倉結束之後，老Z在機務排誇獎我是機務排掛那條傳動帶最迅捷妥貼的人。其實自己的這點技巧，還要感謝Y中課程中學到的「三點成一線」的最基礎道理。只要在小德特和揚場機之間確定正確的座標點，便可以保證那傳送帶掛得迅捷妥帖。他還笑道，小德特年年要去助力揚場，卻始終是無人能堅持到底，我是機務排惟一肯從始至終未要求換班的人。說罷猶豫片刻又道，明年小德特就不用換人了，只是說時又能聽出他的歉意。我那時並不在意繼續今夏麥收的職責，甚至到人人抱怨疲累時，並未感到有特別的疲累，也或許那時已經是疲累到全身器官痲木不仁。

老Z的期待最終落空，我未能在接下來的麥收季節，再次成爲小德特的主人。麥收季結束，終於可以全體村民休息兩天。此時我獲得了一次難得的探親批准。探親返回R村的次日，或許由於心中深處綳緊多日的弦得以鬆弛，曾經充盈的體力突然消失得再無蹤影，那個清晨我幾乎連起床都覺困難。繼後是咳得不停，高燒不退。其實村醫Y大吹雖人品常遭嘲笑，但並非不盡村醫之責，他每日必來看我，想方設法為我退燒，只是無論Y大吹自誇再有效驗的退燒藥，也只是三個小時的效力，之後高燒再起。我想他一定也窮盡了他藥箱中的消炎藥給我，那時似乎我也不問藥名，只是不斷地吃下去，卻依然是高燒不止。大約持續了十天後，Y大吹或許已經耗盡他藥箱的寶藏，或也是窮盡了他醫術之能。他並不算是敷衍塞責，確實是盡了力，便建議送我去場部醫院。場部醫院與虎林縣城毗鄰，德特往返一趟便要一天時間，特意為此出車也算樁大事。據說是機務排長老Z特意去向連長老A申請，老A為此怒道，「救人一命勝造七級浮屠，這救命的事還要請示？」我因而有幸享受到專車將我送去場部總院的待遇。

女兒，如今我只模糊地記得那時的場部總醫院也頗簡陋，一間如大車旅店般的房間裡，擺滿一張張病床，床與床之間無遮無攔，僅留護士得以通過的間距。病房中病人的分配亦不分科室，外科內科病人混雜一處，只有傳染病人似乎另有房間安置。始料不及的是病人中居然知青占到大半，許多人是幹活時缺乏經驗或氣力不足受傷，四肢傷殘，甚至是肢體截去，傷癒後也會殘疾永遠留下，不可能恢復原狀了。從綠皮專列中走下的那些年輕鮮活的少年，如今不再有鮮活的身體，可還能有依然鮮活的內心？猜測這醫院可能對於本地常見病症有些經驗，特別如治療老鼠傳播的「出血熱」等等，治療其它疾病則水準平平吧？我已經不記得當年醫院給我做過些什麼檢查，總之入院兩個星期後，高熱依然未能退去，我床頭的紙板所寫病症為「無名高熱」。那時依然屬於文革期間，對於醫院藥物使用的管理似乎並無嚴格規範，且中央文革極推崇中醫藥創新。於是各地方醫院相應中央文革號召，自行「研發」些中草藥針劑或中西藥混合的注射劑，通稱為「中藥複方注射劑」，用於疑難雜症，幾乎可說是以病人作為實驗品。由於我的「無名高熱」或許亦屬於「疑難雜症」類別，最終也成為那些無名注射劑的試驗品之一。近日從網路上讀到學者文章《中藥注射劑是愚昧與利益的完美融合》，寫道「即使是單味中藥，其化學成分也十分複雜，更不談複方中藥注射劑了」，「而中藥注射液裡提取出的所謂『有效物質』，實際上是一堆未經過安全檢驗的複雜混合物，療效說不清，毒副作用未知，甚至連有效成分都不明確！」以及「每次注射中藥注射液，就是在用自己（應讀為「患者」）的性命豪賭」。

我的「無名高熱」的治療效果，恰可為上句評價作個驗證。我也是醫生世家的後代，雖未學過醫，但起碼的醫學概念總是有的，曉得一種新藥開發之後，必須經過各種檢驗測試，最終經過數輪人體測試，之後方可用於臨床治病，所謂無名注射劑，怎可直接以病患作小白鼠，且無需事先取得活人小白鼠的同意？不過這便是典型的「秀才遇見兵，有理講不清」了，那時依然是文革期間，革命政策允許之事便可實施，何況是中央文革提倡的中醫藥創新舉措，無異於大陸中國獨創的醫藥革命，除舊創新。革命重於人命，這也是紅色政權一貫的立場。自己只有無奈地看那不知名的藥水，一滴滴注入我的身體，大約又是十五天左右，我的高熱終於褪為中等熱度。繼之再是十天過去，雖說依然查不出那病因，但我的體溫終算是穩定下來。按當地醫院的認知，退熱即是病癒，我便可以出院了。我猜測自己必定是醫院可記錄為「創新藥」成功的案例之一吧？不過，女兒，難道退了燒便等同於疾病治療已經完成麼？你自然記得你在洛杉磯醫院住院，熱度退下，醫院依然要查清病因、消除病灶才肯放你出院，不是嗎？緣於你的母親生活在理念與制度不同的環境中，因而所遭到的醫療方式亦是截然不同。我並無任何責怪那裡的醫生之意，那些場部總院的醫生也並非不盡責。女兒，少年時你母親遭遇的治病方式，與你如今截然不同的治病經歷，並非是由於醫生個體瀆職，而是緣於那些醫生所接受的教育，與所生於斯、長於斯的制度環境的不同。退燒便是大功告成，對於那些醫生是天經地義之理，這便是他們所受的醫學教育理念。若我要求更多，那就是我的矯情，甚至會被當作不信任文革醫療創新成果的典型。若從醫學角度而論，總場醫院任意地使用莫名藥劑，罔顧藥品臨床使用的必經程序——即一般而論，任何藥劑成分以及成分的組合，必須先經相應醫學理論論證，再經數輪動物測試，之後經過至少三輪挑選人群的臨床測試，再經藥品管理局認證，這豈非是草菅人命？只因當年的複合中藥注射製劑是「文革創新成果」，便可通用無礙，無人敢於反對。

「胡天八月即飛雪」，北大荒九月飛雪也是常事。我從醫院回到R村已然是入冬，白雪皚皚，遮蓋了R村街道與屋舍的暗沉與污漬，似乎多了幾分久違後的親近，但之後的事很快證明那親近之感，不過是我的自作多情而已。我依然不時會莫名發熱（雖然幾天後會自動褪去），從體力充沛的麥收季小德特總管，一變而爲虛弱不堪的常病號，連走去大食堂都是體力不支。如此身體狀態，自然無法支撐機務排輪班作業。據說支書W曾有指示，話語是一如既往的官冕堂皇，道「知青養病也不能吃閒飯。另派個輕活就是了」。於是這個冬天我被指派了個「輕活」——「值夜人」，職責是每夜照料全部幾排女知青宿舍的火牆，即每夜爲每只火牆的爐灶添炭，保持每夜爐灶不熄，且無安全事故。R村的女生宿舍沒有北方禦寒最常見的火炕，但禦寒是北大荒房舍的必需，因而每間宿舍建有火牆。如一面牆般從地面直通到房頂，建在迎門處，供暖之外亦可遮攔迎門寒氣。其實火牆不過是一座大火爐，灶口建在宿舍門與火牆之間所留的間隙中，需要人工不時向灶口喂入煤炭以保持爐火時刻不熄。大約那時知青女宿舍共有六排，排中均有間距。每排又分爲數間宿舍，每間宿舍有一面火牆，即是有一座灶口。「值夜人」要將煤炭投喂每座爐灶則需不停地在幾排宿舍之間拖拽一筐筐煤炭，行走，投喂，並非真的輕鬆，且經千年萬年形成的人體生物鐘的規律本是晝做夜息，所以民間相信値夜班最是傷害健康，因而冬季值夜歷來有換人輪流值班的安排。

女兒，回想當年，如今的我不免嘲笑那位R村之王——共黨支書W，居然如此顯明地暴露了他睚眥必報的狹隘心胸與惡意心性。不過如此施行報復，他便是勝者麼？其實他賺到的只是我內心的鄙夷嘲笑而已。據說聽到支書指示我的工作後，有數人曾向支書W去表達怒意與不滿，其中即有老Z和連長A。老A據說怒道，「這不是欺負人嗎？一冬值夜不換人，R村從沒有過這樣的事！」老Z則滿是歉意，不斷說都是他的錯，疏忽了主動換人操作小德特……。不過支書W則是一概冷臉對之。那麼有什麼辦法補救嗎？幾人商議，最後老A歎氣，道，「這是支書特別指派的，我們無法改。不過我們輪流安排人手，每晚將需要的煤炭先送到每間宿舍前，只需要她塡進爐灶吧……」。如今我理解這已經是老A幾人爲我能做到的照料的極限了，且有違逆支書W的本意之嫌。不過我確實感謝他們竭盡極限能力爲我做出的安排，如此避免了我從那大堆煤炭扒下碎煤塊，一鍬鍬裝滿我的煤筐，再一筐筐拖到每間宿舍的爐灶前的勞作——當時的體力衰竭，使我根本無能承受那樣的夜夜勞作。

女兒，你從記事以來看到的媽媽，便是寫字樓中的律師，衣飾齊楚，整日生活內容是電腦、文件、會議……。你可能想像你母親少年時，在塞外風雪寒夜中做「值夜人」時的景象？你只要想像一個極瘦小的身影，在暗夜中在雪地上一步一滑地，反復行走在一排排宿舍之間，在每間房前倚門蹲下，將煤炭依次喂入一個個灶口，揚起的煤灰粘得我滿面黑紋。每夜如此，直到天明。從我出院回到R村開始，直至天氣轉暖，便是整個冬季無輪換的值夜人。我並不想寫一篇「憶苦思甜」的文字，我相信即便如此，我的遭遇亦遠遠好過那些五〇年代的「右派分子」、「勞改分子」，起碼無需像他們那樣面對羞辱與批鬥，時刻面對監控，更無人喚我「反革命」等等，甚至還有人暗暗助我。其實值夜也可以「苦中作樂」，爲避免攪擾他人睡眠，我不能點燈夜讀，那麼漫漫長夜如何消磨？冬夜時長，守住爐灶口，我嘗試細讀火苗的美麗，有的煤塊吐出藍紅絞纏的雙色光焰，有時甚至會觀察到煤塊微露紫色的焰火，必定是由於不同的煤中羼雜有不同礦物質吧？那些焰火起始微弱，逐漸纖長地伸展，曼妙絞纏，或許便如同戀人般情意款款而燃，直到火焰大盛，金紅色瞬時吞沒一切微妙的雜色。不過無論那金紅光焰如何盛起，結局都是那煤炭衰減燃盡，成爲灰白色灰燼。我有時仍不免會想起幾年前在Y中學的篝火之夜，想到古人說「盛極必衰」，只怕那是基於每個華夏皇朝不免落入的結局吧？

獨坐火旁，腦中是天馬行空，又何嘗不是消磨長夜中的樂趣？從消磨長夜想到拖拉機墾荒夜班時，夜夜自動值班的長毛，才聯想到爲何自我回到R村，便未見到長毛那偉岸的身形？夜間值班，若有長毛來與我摩肩擦踵地嬉戲，不也是一大愉悅？便問阿Z，爲何不見長毛？阿Z稍些愣怔，問，「你竟然不知道？」之後才想起我住院許久剛剛返村，便講了長毛的故事——長毛已經從R村被帶走，R村人無能護住那天性寬仁，自尊自律且信任每個人的大狗。禍根起於深秋某日，總場部大員來視察秋收，所謂視察，不過是兩位大員乘一輛吉普來到R村，之後駕車在附近大田道路上巡視一番，見康拜因在田間正常工作，贊聲「安排很好」罷了。R村對於接待禮儀自然不可缺少，除掛有大紅橫幅「歡迎總部領導」等等之外，自然亦有午宴招待。不巧長毛恰在此時經過食堂門口，又不巧瞬時落入某位大員眼中，贊道

「好狗」，讓食堂人將長毛喚進來。之後那大員似乎對長毛是越看越愛，身前身後全部看遍。長毛對人素來全無戒心，也容讓地站立不動，甚至允許那大員探手摸進它背脊直到腹部的蓬鬆黑毛。那大員視察結束的月餘後，秋收的大田作業已然結束，總場部一台大型吉普居然再次蒞臨。顯然支書W是事先獲悉的，因爲見他已然在食堂前迎候。蒞臨之人除了上次那顯得格外鍾愛長毛的大員，還多了幾個著衛兵制服體格雄壯之人，似乎是來自總場部警衛連。支書迎了一行人直接進入食堂。或許這一行人只想不聲不響地完成此行目的，因而並未張揚。小小村莊消息自然很快傳遍，村人紛紛聚攏來「看熱鬧」，因爲似乎有來捉拿「罪犯」的跡象？所謂「沒有不透風的牆」，最終消息傳出，這次總場部來人抓捕的目標是長毛。原因據說是某官員看中了它那身純黑綿密的皮毛，認爲正適合做一頂出色的皮帽。長毛雖說是條狗，卻是全村人心中的驕傲。R村人怎能輕易地捨得讓它送命？且送命的理由是讓它成爲某人的一頂帽子？此時已經來不及讓長毛逃走，因爲一行人進入食堂時，長毛毫無戒心地迎了上去，現在早已經被堵在食堂裡。R村幾條精壯的漢子，特別是全部大車班的車老闆們與拖拉機手，手持鐵鍬守住出村路口，是決心拼命的氣勢，如同立下寧死不讓那吉普車出村的誓言。自大老W被驅趕離村之後，這還是第一次又見R村的漢子是那樣齊心，確實是少見的場景。

那吉普車最終還是帶走了長毛——那R村傳奇土匪的後代，那尚未成年的長毛，那雖是條狗，卻實在是R村人心中的驕傲與愛惜的寶貝。不過吉普車上的人終未敢與R村漢子對壘，他們是在暗夜裡靠欺騙將長毛捉住，偷偷溜走的，不知也可算是「三十六計」的手法之一？據說是面對R村氣勢洶洶的漢子們，支書W暗中勸說那吉普車數人不要當面對壘村民，而是半夜之後再伺機出手，之後立即溜走。甚至有傳他當時勸說吉普車人的原話是，「那就是一群土匪，不過你們還能眞開槍不成？爲一條狗打傷人，名聲也不好」。其實在這件事上誰是「土匪」？那官員帶領警員強入村中，強奪村民共同愛惜的長毛，難道不是公然的土匪行徑？村民不過是要護衛原本就屬於R村的一件人人珍惜之物，護衛一條鮮活的生命，支書居然說攔路不肯放行的村民是土匪？黑白顚倒，孰是孰非？支書最終出面向攔路村民道，由於感動村民對長毛的愛護，領導就放棄了。長毛也放回去睡覺，你們散了吧。村民是支書W治下之民，必須給支書面子，便逐漸散去，讓吉普車出村。後半夜的R村已經悄無聲息，一日勞累後的村民酣睡如泥，怎知那吉普車在他們深入夢鄉之際又悄悄轉回。正値嚴冬，田地凍結堅硬如鐵，無需夜班作業亦無需長毛衛護送飯人，長毛安然地宿在食堂旁特爲它母親——土匪搭建的窩中。車中數人將早已經備好的鐵絲網套住長毛拋入車中，迅即逃離R村。長毛平時極少高聲吠叫，此時憤怒的吠聲壓過風聲，迴旋於天地之間，喚醒了村民。村民從夢想中回到現實中，反應到自己居然相信了支書的惡意欺騙，卻已經來不及再次阻攔，只是隻眼看到那吉普車在R村外遠遠地閃爍的車燈光亮，而耳中仍充斥了長毛拖長的吠叫，只是那吠叫已經從憤怒變爲長聲嗥叫，如寒冬風雪中失群的孤狼幼崽。嗥叫聲傳遞了它的悲傷與依戀，提醒所有R村人，長毛還只是孩童年紀的幼狗，只因生了一身難得的漂亮皮毛，它的生命便永遠終止在兒童時代。它再也沒有機會在R村狗群中嬉鬧，沒有機會沐浴在那夜半的月光星光中伴隨送飯人，在大田草叢中蹦起俯下地尋找蚱蜢。

阿Z講述那晚長毛遭劫的經過，自然更爲繪聲繪色，每句話裡都加了那國罵的髒字，還提到許多村人連續數日看支書的眼神，都帶上了不滿或鄙夷，或當面碰上也不肯打招呼，據說大老W的鐵桿兄弟大J公然對支書W當面大罵，說「只要看到誰敢戴長毛做成的皮帽，我就TMD砸爛他的狗頭！禽獸不如的東西！」那最後一句是罵那大員還是罵支書？沒人敢問。我想大J最終決定再做「盲流」，返回家鄉，或許也與此事不無關聯吧？我幼承庭訓，始終沒用過髒字，不過此時我卻覺得那髒字再說千遍，也不足以表達吉普車人內心的貪婪骯髒，不足以表達我對於R村之王的鄙視與恨意。只是咒罵千遍也是喚不回長毛的性命。它再沒有機會長足身量，成爲一條威風凜凜的成年犬，實現R村人爲土匪留下更多種子的盼望。我也再不能喚它近身，喂它包子，同時揉亂它脊背上柔軟綿長的黑色長毛。

那晚我坐在自己宿舍門邊，看天上疏朗的星。北大荒冬夜的天空並非深黑亦非深藍，帶些地近北極特有的朦朧白色，因而夜空總有些星星稀疏的感覺，或許只有亮度超過那白光的星，才會傲然居於夜幕上，俯視那地面人間吧？不過流星卻是白光遮不住的景色，流星滑過天幕，或遠或近，或緩或急，卻夜夜可見。民間代代流傳，流星是人的魂魄，每顆流星是對應人間死去的一人。成爲流星，便是去轉世投胎了。既然萬物有靈，長毛必定也有魂魄，曾有流星爲它滑過天幕麼？我知道長毛被搶時已經太晚，必定是無緣見到屬於它的那顆流星了。我只能像那時爲小紅馬祈願一般，向天上的神祈願，若長毛有下一世，請護它生成一條曠野中的狗，遠離人類。我記得我的姥姥總是會告訴我說要學會寬恕、學會忍耐，但是她也會祈禱說，「惡人的亮光必要熄滅。他的火焰必不照耀」。女兒，我還記得那一刻我很想說，我們天上的神，請原諒我無法寬恕那些作惡之人，請讓他們永不能成爲流星，再不能轉世爲人，再不能做出種種惡行。那些官一代或官二代的人，似乎比帝王時代的官員更爲貪婪，作惡毫無顧忌，對於生命無尊重、無愛惜。或許這便是那紅色政黨，在建立與壯大過程中逐漸養成的惡習吧？所謂「百煉成鋼」，其實同樣是「百煉成魔」吧？即使是煉成鋼鐵，也要看那錘煉之人對鋼鐵的用途吧？是否會用於做成殺人的槍炮，或是作爲禁錮人身的刑具？又有多少無辜生命，在紅色政黨所謂建功立業的過程中被碾軋爲齏粉？如今更是只爲一點貪念便可視性命爲草芥，長毛何辜呢？

冬季漫漫綿延數月，冬夜漫漫萬籟俱寂，我這個小小「值夜人」消磨長夜只能看景與讀景。除去欣賞灶中火焰那無心的美麗，便是看天幕上星空疏朗，月色朦朧，流星自九天滑落，或是看大雪成團借風勢直砸落地面，一邊滿腦是天馬行空的玄想。女兒，或許這便是我前面寫道那時的我，再無心情欣賞雪花之美，只是覺得寒氣直入心底的眞正原因吧？不記得在哪本玄幻小說中讀到，說能夜夜看流星的人必是這天下最孤獨的人。其實那時的自己卻未感到格外孤獨。或許由於自幼便是家人離散，便不知不覺地學會了如何忍耐、如何獨處，也或許這孤獨卻不自知的內心狀態，其實是更深層的孤獨，被孤獨永遠禁錮。那些夜晚也會聯想到一邊是同學們各自入夢，一邊是看著夜空流星的自己，感悟到這人世間人與人雖好像住在一起，但細想其實人與人是如此疏離。人世間事理的黑與白（或黑與紅），善與惡，甚至人的清醒與夢境，在每人眼中、心中都可以如此不同，那麼我生於世間，將如何自處？如今回想，女兒，這心境困擾我終生，或許這也是那自幼曾受到錯綜交雜的教育，留予我內心的劃痕吧？一是幼時姥姥身爲極嚴格虔誠的基督徒，爲我留下的人生底色，再是塡鴨般吞入的「紅色接班人」的宏大幻象，繼之是學習煉爲「優質鋼」的具體「育人」步驟，直到文革帶來的困惑與人文教育的缺失……，所以我成爲非驢非馬的存在，永遠掙扎於獨立人格與人生原則的確立過程之中。我的女兒，看到你長成一個單純的孩子，又看到你的人生中擺脫了你母親永遠在承受的、自我拷問的內心狀態，我還是慶倖在北京那個清冷的早晨，我的旅程中帶上了那個頭髮像蒲公英柔毛般纖細柔嫩的小姑娘——我的女兒，可以從此讓你有不同的成長環境。你的生命永遠不會像那匹小紅馬，也不會像長毛，而是會有供你選擇的天地，有原野遼廓，山林恬然，自然你也可以選擇那些險峻的荒原林莽，不過那會是你自主的選擇，不是權力的強迫。

冬季雖漫長也終會過去，宿舍前的煤堆逐漸減低直至消失，春風來叩R村門，只是我的身體並不見多少起色。雖然不再每隔幾日便無名發熱，但我依然極其虛弱。民間所謂「久病成醫」，如今經自我體驗，或者亦可解釋爲久病之人對於自己身體的理解，抵得上半個醫生。回想，那一個夏季自己吸入的塵土可能損及呼吸器官，再加積勞成疾，成爲「炎症」，但當地醫療檢驗條件卻無能確診「炎症」的確切器官，急切間使用的那些文革創新出的各種注射劑或碰巧有了些效驗，但並未能清除病灶（也或許那些病灶是由我年輕的活力緩慢地自行修復），同時那中藥製劑連帶損及其他器官卻不知曉。此時那還是後話。我先天不足是身體自身弱點，經過高燒兩月餘，本需休養，讓身體自我修復的能力有啓動的空間，卻被指派爲「值夜人」，那晝夜顚倒的「輕活」造成的損害多於修養。既然氣候入春，「值夜人」不再需要，如何爲我指派新工作？那時「清理階級隊伍」運動已畢，大老W已經被強令返鄉。相信他早已經看清楚我的處境，要幫卻已經無能爲力，臨別時也只能特意叮囑我不要如那匹小紅馬一般吧。

恰巧那時兵團高層決策要修一條備戰堤壩（不過我已經全然忘記堤壩的位置），指令各村派人力輔助。恰值春播，正是「人倍忙」之季，若此時誤了播下種籽，又何來秋收萬斛米糧？聽到要抽人去堤壩做工，R村主管農活的連長老A始終蹙眉，卻又不能抗命。最後選定暫派四名，都是當時知青中公認的「病號」，其中自然有我——曾經活力充沛的R村知青女拖拉機手，如今成爲能棄則棄的邊角料。記得其中還有個上海女知青，是極嚴重的先天性心臟病，本就不宜承擔重體力勞作。她出發時卻是興致勃勃，因爲是上級派了卡車接人。下鄉近兩載，第一次有卡車代替德特兒風的機會。這裡初春的風吹在身上依然冷如刀裁，她到達住宿營帳的當夜便受寒發熱。駐地醫生頗年輕，某醫學院科班出身，亦是遭遇按「上山下鄉」原則分配的青年。在北大荒，知青受寒發熱極常見，不過他看那女孩雙唇乃至雙頰均呈青紫色確是吃驚，問，「你有心臟病嗎？」知道那女孩是重度先天性二尖瓣閉鎖不全，不禁惱怒，道，「怎麼能派你來做這種重體力活？」遂告她明日不可出工。

我與多數人首日分到的活計是碎石，即是將運來的大塊石頭砸碎爲適宜壘壩的尺寸，分到的工具是鐵釺與大錘，二人一組。碎石要靠人工，究其根源依然是當年北大荒擁有的機械過於落後，無碎石機，只能靠人工硬砸。開工不久即看到工地眾人紛紛受傷，砸破手掌甚至砸傷肩膀，因爲眾人即無力掌穩鐵鍬亦無力應付沉重的鐵錘，同時多數人因工地揚塵而咳得通宵不止。醫生趕來，追問之下，才明白原來各村是同樣應對策略，派來的人雖非是年老，卻幾乎個個是知青中的病弱之人。醫生大怒，向其上級狀告各村敷衍塞責且罔顧人道。我理解他是還有醫科學生的良心，盡可能盡醫生行醫道之責，衛護這些遭各村棄置的病弱知青。他的告狀居然起到成效，上級官員衝冠一怒，即刻下令將這批人全數遣回原村，各村另換精壯勞力報到。不知道這上級衝冠一怒是緣於人道考量，還是憤怒各村「組織」竟敢以敷衍手段應對上級指示？我無意猜測，只是我的堤壩輔助工僅是一日便結束了，如今想起來幾乎可算是個笑話，不過還是感謝那位醫生盡責之心，否則那工地上不知道會倒下多少本已是疾病纏身的知青？女兒，你會不會問我，那時我是否是心中覺得委屈不公？病弱本是因爲過度操勞，分配到的工作超過我的體能承受能力所致，爲什麼因病弱受到的待遇卻如同受到懲罰？女兒，我確實不記得當時是怎樣心情，或許那時的自己或因病弱而少了對眞實世界的敏捷感應，也或許經過去冬與今春的一系列事件——大老W被逐，小紅馬與長毛的失去……，我只有灰心卻無力憤怒。還不如學古人說句「如今世路已故慣」來安慰自己。

如今回想，女兒，若深究此事的緣由，其實首先在於那些上級安排不當，偏在農事最關鍵的時節，與各村農事爭搶勞力。其實珍寶島戰役結束後，中蘇邊界無戰事，那道備戰堤壩想來只是上級邀功的創意吧？再是村裡官員也已經學會「上有政策，下有對策」的敷衍方式，只是選擇的對策，顯示了官員們的無人性、無人道，連最起碼的同情心也是全無。他們眼裡我們這些知青不過是他們餵養的狗，是勞動工具，合用則用。一旦工具殘破，不符用途，何妨一棄了之？記得童年時一旦淘氣藏起奶奶的眼鏡，她並不直接責我淘氣，只是念叨，「同情之心，人皆有之；惻隱之心，人皆有之……」。我便會將眼鏡還給她，因爲知道是自己錯了。「惻隱之心」如今並非是官員在意之事。其實R村的知青剛到時，幾乎人人都是風華少年，健康如春天的白樺樹，兩年之後卻常見知青各種疾病開始纏身，例如關節炎，腰肌勞損，甚至是出血熱後遺症，我的遭遇只不過是眾例之一，絕非個例。這趟兩日內一送一返的工作分配，使得我徹底明了我們知青在「組織」心目中的地位。我們不過是小小機器零件，得用且用，直用到殘破，便從那機器上卸下、棄之，棄置於垃圾堆中。若深究一步，其實這一向是毛氏披了鐮刀斧頭旗所建的帝國對小民的態度吧？那些風華少年被毛氏命為「革命小將」，為其「炮打司令部」之謀闖過險灘，成為過河小卒後旋即成為棄子，下降為「知識青年」。我曾經是連「革命小將」資格都不配有的「黑或灰」的二代，如今連「青壯勞力」的資格都已經失去，自然成為另類棄子之一，又有何底氣期待官員們的人性關懷？

任何知青一旦成為常年病號，則處境即陷入尷尬，並無更人性化的安排，只能在大田工的勞作人群中度日。那個春季恰是緊跟「深挖暗藏階級敵人」之後，大老W與「兄弟」大J已經離開，村人仍心有餘悸，無論畜牧排還是機務排，都無人再為我出聲，於是我亦重回大田班。每日清晨出工，而收工時日落已過，且我總是最晚回到宿舍的一個，由於兩條腿實在已經拖不動身體。不過也不時地有早收工之時，多是暴雨來襲。北大荒夏季多暴雨，都是霎時間即風狂雨驟，雨滴碩大沉重，打得地面泥花四濺，四圍則是水霧騰起白茫茫，朦朧不辨南北。身上瞬間濕透，只感到雨水冰涼地裹緊皮膚。於是眾人按記憶向田埂奔跑，尋找回宿舍之路。我依然是體虛力弱，只感到全身力氣已經掏空，雨水中無力奔跑。我最終悟到，反正已經全身濕透，跑有何益？不如放棄。雖然知道明日必然受寒發熱，也只能背靠田埂坐在泥水裡，等待雨停。這裡夏季的雨多是來時風狂雨驟，去時毫不流連。雨雲迅疾隨風而來、隨風而去，那雨便即刻收起。坐看雲起雨收，也算是苦中作樂吧？

女兒，我還記得自己決心離開北大荒，便是某日暴雨中坐在麥地裡，看高空中雨雲翻滾之時。那時我肩旁有小麥柔細的莖稈密密環繞，如綠色的牆延伸得無邊無際，雨水落入那綠牆，頃刻不見蹤影。天空中雲之下是傾盆雨水，雲之上是高天，高天處必有狂風肆虐，推得雲身不由己地聚成一團一團，不安地橫越廣袤的天空，可以想像爲烽火驅趕下的士兵，或者如嗅到風暴來襲的群羊；若究其實，或許只不過是無知無覺、漫無目標地任由風來驅趕的水汽吧？有多少人曾在雨中看雲？特別是如我此時全身無力，無奈地只能坐在泥水中，任由冰冷的雨水從頭到腳地潑下，不過那也並非全然無趣。我留意到並非所有的雲都會將雨水帶給人間，多數雲只是如暴雪中的羊群狂奔而去，渲染風暴威勢。只有那些邊緣沉沉下墜呈弧形的雲朵才蘊蓄了雨水，雨雲的弧形邊緣飽滿圓潤，如一只只多汁的梨子，如甜美飽滿的乳房。它們因內涵沉重而行得緩慢，落在所有雲層的最底層，卻爲天地萬物蘊蓄了沛然甘霖。我會一直半躺半坐地看那風雲獵獵翻飛的天空，直坐到雨停，才起身拖起被雨水冰的麻木的腿腳慢慢向宿舍走。看到過許多寫知青故事的電視劇，艱難困苦中女主角常是淚水漣漣。我想這些故事的導演們，似乎認爲淚水是表達情緒的極致，其實疲累到無能力表達任何情緒，似乎更是情緒的極致吧？

我也在那最底層的雨雲中，看到我家人朋友的影像，看到自己短短的人生中，與他們影像交織的那些片斷的場景。再次問自己，自己的人生如今是否已經定型在泥水中？小紅馬與長毛走不出R村，只能是「人爲刀俎，我爲魚肉」。它們年輕的生命結束在體制與權勢的禁錮中，而我爲什麼一定要拼命地去沿著那同一條路，一步步被逼，成爲俎下魚肉？「輕忽己路的，必致死亡」，而我走到今日，豈非是緣於一直以來「輕忽己路」？生而爲人，即使做不到頂天立地，是否也應盡做到可以宣稱自己爲「人」，而非僅是他人的工具？如果我以如此模樣日日忍耐下去，或許便會習慣成自然，最後成爲行屍走肉，如我Y中的地理老師常用的形容。記得多年後讀到汪曾祺先生的回憶，寫道「我們已經在這樣的生活裡過了幾年，已經覺得凡事都是合理的，從來不許自己的思想跳出一定的圈子，因爲知道那樣會是危險的」（見於《人有病，天知否》）。過去的自己從未多想「未來」，但那不等於「未來」不會無聲無息地向你靠近，而待你察覺「未來」已經逼近時，卻往往已是無路可以選擇之時。女兒，其實我並不能確定我坐於泥水中看天空風疾雲亂，聽麥苗寂寂無聲的當時，是否眞的想得如此邏輯分明？總之那時的我終於悟到「此時不走，還待何時」？

我決定要離開時，並未像其他人一樣已經有張調令在手，而是只想說走就走，不遲延片刻，也不顧及戶口等等。或許如我一般置未來於不顧一切地決心出走的行爲，在當年多被視爲任性妄爲。不過，爲什麼人不可以任性一次，哪怕只有一次是只爲自己的心而活？只求我哭我笑，一切從心？若人生經歷千般委屈、萬般辛苦，主動或被動地一層層剝去自我，脫胎換骨，最後連自己都不再認識自己的眞相貌，只是爲了可以「活下去」，那麼眞的值得活下去麼？回想往事，或許使自己最終決意離開R村的還有那裡的封閉，由封閉而生出的愚昧，以及那封閉體系中，一波又一波政治運動造成的荒誕人生場景，想到自己的生命將永遠如此禁錮在那些荒誕場景之中，確實是心有不甘。

想到離開R村，雖不免有「遊子意」、「故人情」的牽扯，卻絕無古人壯遊天下的雄心或信心，因爲並不知道前路在何處？心中體驗最多的只是黯然而已——畢竟是三年多光陰的盤桓與喜怒哀樂皆嘗的日夜交替，如魚飲水，點滴在心。此地一別，前路茫茫，飄萍萬里，R村的草木朋友便成故人，可能此生難以再見吧？那時陸續離開R村的知青，以人數而論已經超過軍隊的一個連，不過走時皆有調令、有戶口，有重新落腳之地。唯有我決定離開R村時兩者皆無，既無新單位接納證明，亦無戶口卡調動的公安手續，按當地的標準，可算從此淪爲「盲流」一類了吧？如今回想，我那時膽敢罔顧大陸中國一切禁止人員自由流動的規則，罔顧前路何在，離去時孑然一身，並非我比他人更有膽量或是家人更有權勢，而是全賴家人的深愛我，同時幸運的是家人的收入與積蓄，尙有餘力供我在家中醫病。不過我相信即使我的家人過得捉襟見肘，若聽到我健康不佳，也必是催促我即刻返家，無需顧慮其他。我動身是挑了個天朗氣清的傍晚，走得悄無聲息，只是由身體強健的阿W一路送我步行到涼水泉，他再獨自步行回村。至今心中感謝阿W的仗義相送，他要一夜間往返R村與涼水泉，且回程將是獨自夜行，兩處之間的確切里數我雖不知，但是知道往返一次需德特將近八小時車程。在涼水泉車站外互道「珍重」後他疾步離去，我坐在地上，直看到他背影漸行漸遠，沒入星光中。阿W出身於書香世家，終於在改革之門開啓時，乘上了返回北京的末班車，之後承繼父輩香火，成爲大學教員。再見到他已經是數年之後，他笑說起他送我的那一程，道是當時一路擔心我體力支撐不到目的地。我也笑問，若眞是那樣他要怎樣？他說那時想的是即便是背上我，也要送我到車站。我心中不免一時酸楚，無語可答，不過這句話我會一生珍藏。

女兒，我前文中屢次向你解釋五〇年代出生在紅色大陸的我們一代人，是在封閉的體制中出生成長，在從不知何謂「個人選擇」的專制氛圍中生活，在以「成爲革命事業的優質鋼」的目標中受教育，同時家庭背景或黑或灰的二代兒童，在家人們小心翼翼地低頭做人的氣氛中耳濡目染。自己似乎從未能清晰地知道我的一生到底想要什麼，最多只是意識到了自己不想要什麼。於是極力去避免落入那自己不想要的人生，結果是一生都在逃避中度過，成爲被動的人。自己當年被那綠色專列帶入R村，並非出於自我選擇，如今離開R村，是否可算是自己的選擇？離開確實是自己的選擇，不過也只是被動逃離式的選擇吧。

那時對於知青買火車票的規則似乎已經取消，因此不記得買票有任何曲折。記得的是列車緩緩啓動，噴吐出的白煙朦朧了四圍，我在朦朧白煙中漸漸遠離涼水泉站，其實即使無朦朧白煙，那車站也不値一觀，値得回望的唯有來時之路。列車沿我們來北大荒時的路徑反向駛去，穿過那依然是林木水汽繚繞的丘陵。山坡起伏，依然是山有木，木有枝，枝上有千年藤蔓懸掛，枝葉絞纏，山色青碧，青碧之色或深或淺難以分辨，卻重疊延展，繚繞起山間層層水汽縹緲，無邊無涯。那片青碧依然如同我們來時，似乎是亙古不變，但乘車歸去的我，畢竟不再是那會幻想一生墾荒的少年。唐代詩人高蟾坐看浮雲碧落，落日秋聲，感傷莫名，道「世間無限丹青手，一片傷心畫不成」。莫名感傷無法以丹青描畫，是否能以文字表達？似乎也是難以文字描摹。車行許久之後，自己心中依然只感覺一片痲木，不知是否那便是傷心的極致？古人行路時歎，「何處是歸程？長亭更短亭」，感歎的是前路漠漠，永不知歸程何處，歸宿何在？或許「不知歸宿」亦如同童子所答的「雲深不知處」吧？自己當時的人生所在，即如「雲深不知處」之處。自己乘車與R村背向而行，漸行漸遠。大地如磨盤，在車輪下緩慢旋轉，那時又何嘗能答得出自己歸宿何在？

女兒，即使那時的我如風中飄絮，其實我依然是當年知青中不多見的幸運兒。我可以任性地不顧及「歸宿何在」便絕然離去，全賴有家人翼護。我的家人雖然不得已地分別居住於地北天南，他們卻依然使我全然免除柴米油鹽之憂。他們永遠有屋簷爲我遮風避雨，房中永遠有一張我的床鋪。我的家人們在臨行告別時不會當眾流淚，只是微笑，那微笑便是我永遠的人生屏障。當年的數千萬知青中，又有多少人有如我的幸運？不記得在哪裡看到一段網路文字——「我們這個年代的人，不是不可悲的。我們先研究了攻略，再安排好了路線，然後背起包，藏好全國通兌的銀聯卡，然後宣佈去旅遊。有什麼樂趣呢？一切盡在掌握。我們的成長亦如是。何曾驚豔過？」女兒，我看後不禁莞爾，寫者必定是和你一代，或是更晚些出生的一代吧？你們在平順的歲月中長成少年，成長得按部就班，不滿其中的平淡，渴望少年夢中的驚豔，如同俠客——「弓背霞明劍照霜，秋風走馬出咸陽」。

曾幾何時，我也曾渴望過驚豔的少年行。不過我們一代的少年歲月，只經歷過始終被動的出行，從未體驗過秋風走馬的自由少年行。

## 小紅馬故事之三——回望知青人生——「骷髏皆是長城卒，日暮沙場飛作灰」

女兒，我記得你與你的朋友們——一群來自不同國家，先後大學畢業的大孩子們，也曾有過人生迷茫的歲月。那時的你們剛邁出大學校門，面對大千世界萬象紛紜、道路縱橫，一時不能確定自己將向何方邁出第一步。你們在成人世界的門檻處向內張望，一時躊躇滿志，又一時猶疑不決。女兒，你和你的朋友們在接下來的兩三年中，嘗試過各種「事業」去滿足那年輕的夢境，例如自己寫就劇本，自己拍攝一部眞人劇，例如成爲記者，例如將歐洲國家的生活方式介紹到大陸中國，如此等等。女兒，因爲觀察到你的迷茫歲月，那時的我才領悟到人的成長是需要有私人空間的。每個鮮活的人都會遇到自己的人生節點，在節點處徘徊不定。若那處在節點時的人失去私人空間——去思考，去嘗試，去選擇，而是被逼無奈地推上那「自古華山一條路」（即使當年未明白是被逼行路），那麼此人便可能終生喪失了人生的主動，始終是一步步被逼迫前行（哪怕是不自覺地被逼迫），心中或永遠有未了心願，有遺憾，有空缺，甚至有暴戾積蓄，或永遠不能活得心安理得，活得自在安然，或者可以說這些人的內心永遠未有機會成年。緣於自己對少年歲月的體驗，作爲母親，我那時從未催促你、逼迫你，甚至盡可能避免過問你，而是放任你去體驗、去嘗試。作爲母親，我並非心中無憂，甚至會心中懼怕你始終徘徊不定，但是我願意讓你有自我選擇的可能，你的選擇要能使你此生心安，不會因母親的逼迫而與你的人生之路妥協。我亦在你迷茫的幾年間心中忐忑，直到你說出你決定重回大學，且挑選了你那時自認是惟一心怡的專業。我想那時決定給你私人空間而不讓你感覺有任何家人壓力，或許是我作爲母親最理性的選擇。作爲母親，我在那時刻耐心等待，在你面對成人世界的門檻時，給你自我選擇的私人空間，或許是母親那時能給你的惟一人生禮物吧？

女兒，我願你在踏入成人世界門檻之前可以停住腳步，嘗試將你對大千世界中的幻象演化為現實，直到你做出自己的決定。這想法是否緣於我願你有這當年的我們一代人，從未得到過的人生機會——這機會便是在少年轉為青年時，選擇個人人生路徑的過程。若論年齡，當年的我們踏上那綠色知青專列時，遠遠小於你們大學畢業時。我們那時依然年少懵懂，卻被那紅色暴力一併推入那車廂，不由分說地一併戴上同一張面具——上書「知識青年」四個字，成為紅色集權體制中，需要接受革命改造的類別。我們沒有獲得選擇的機會，甚至未能領悟到自從那個時刻，依然年少的我們，毫無防備地被推入成人世界最底層的階梯。女兒，當年我雖然亦有「飲馬長城窟，水寒傷馬骨」的經歷，卻始終自認是幸運兒之一，是千萬人中未必能遇到一個的那種幸運。我任性地捨棄一切，罔顧那體制立下的重重規則地一走了之，全不顧每日生活必需的柴米油鹽將來自何處，是因為家人有無條件的深愛。女兒，我願盡全力以同樣的深愛翼護你將要起步的成人之旅。自己家人的愛從未宣之於口，甚至在記憶中，自己從未得到過他們的擁抱，他們的愛只是默默的翼護，盡力展開他們已經傷殘的羽翼。他們只在意我的健康平安，其他全不在意。我的北大荒生活歲月，因此遠遠短於許多我的綠皮列車同行人。

不過我是與當年的我們一代同行的人，還是應當為我們一代知青人生軌跡的完整過程，留下些短短的文字說明，哪怕只有三言兩語，讓你與你的朋友們明白我們一代人中大多數人，終其一生，依然無選擇可言。文革期間的綠皮專列，大約向北大荒共運送了超過五十萬知青，並非人人都有你母親家人的寬厚恩慈或家中不愁溫飽。七〇年代初開始，雖有人因父母恢復權勢而尋到各式途徑離開，或被選拔成爲「工農兵學員」，但那畢竟只是寥寥數人。知青最初變換生活環境的新鮮與期盼高層改變安排的心理，只維持不多時日，之後的歲月對於多數知青成爲「熬」日子，日復一日，年復一年地熬下去，或千方百計地謀求登上那「組織」體制的階梯。一九七二年開始，林彪如流星隕落的傳言，終於突破重重官方管道的封鎖，流傳於民間，最終以莫名其妙的「批林批孔」之名經官方公諸於世。小民人人熟悉的「祝禱詞」中「祝林副主席永遠健康」已經刪除，只剩紅色帝王的「萬歲萬萬歲」依然每日須小民祝禱，不過那「萬歲」之說早無人再相信。再出現在小民眼中的紅色偉人毛氏明顯地衰老了，面色憔悴，語音不清，嘴角帶了癡呆老人常見的口水。林彪的隕落毀損了毛氏的健康，亦毀損了小民心中他一貫光榮偉大正確的形象。大陸十億百姓並不確知到底發生了什麼，但猜疑與震驚卻開始徘徊在萬民心中，此時的知青雖依然是日復一日，面朝黃土背朝天地在大田中勞作，但心中卻有了些「洞中雖數日，世上已千年」的感覺，難免內心詢問自己，這毛氏奠基的江山，是否眞的是萬年基業，永遠不變？知青正是少年歲月即將完結的年齡，青年時期不期而至，那些止不住的紛紜思緒，使R村顯得更像是困住他們的獸籠。不過R村之王一向跋扈陰冷的一張臉，似乎稍稍軟化了表情，見人有了些點頭問候的意味。

一九七二年之後，知青們心中靜靜萌芽的期盼卻久候不至，如年年本該結實的紅豆樹，卻忘了自己無言的許諾，始終不見枝上紅豆。生活依然在「文革」的名義下一日日消磨。雖然已經是方向模糊，左右之字形搖擺，不過官方主流依然是「革命」二字——只是何爲那時文革「革命」的目標？除了「中央文革」諸人的公報私仇，似乎已經無人可以清晰地指明。小民每日祝禱的「萬歲萬萬歲」，終未能有助紅色帝王毛氏壽如神龜，毛氏依然是如凡人般壽終。毛氏辭世或許是萬民之幸，因爲偉人辭世爲大陸中國的小民帶來了體制變化的窗口，包括知青人生路的變化。毛氏辭世是一九七六年九月，一九七六年十月「四人幫」——包括毛氏遺孀，即被抓捕，迅雷不及掩耳，不過實質依然是紅色政權內部的一次政變。雲南知青一九七八年末以性命相搏，於一九七九年換得「全體大返城」的結局。之後是各地知青相繼獲得「四人幫」被抓捕後新執政高層的准許，終於實現整體的「知青大返城」。「知青大返城」事實上也成爲發軔於一九六六年的文革終結的組成部分之一。

自一九七九年初至一九八一年末，四散於各窮鄉僻壤或邊塞苦寒之地的數百萬知青，各自返回十幾年前被迫離去的家鄉。如海水退潮般急切地返家，在那度過十年歲月的鄉村只留下大片空曠的沙灘與破碎一地的貝殼殘片。那一地的貝殼殘片裡藏些了什麼？如南唐後主李煜那欲說還休的一歎，「春花秋月何時了，往事知多少？」李煜一身天眞，至戰敗國亡時，才了悟到年少時只見過「鳳閣龍樓連霄漢，何曾識干戈」，甚至降國之身惶惶拜辭祖廟之日，還不忘「垂淚對宮娥」。直到成爲囚徒後，才參透何謂慘痛，故國之思千萬往事都在筆端，落筆卻只能寫一句「故國不堪回首月明中」。那一句「不堪回首」中，不知蘊含了多少少年思緒，與不堪回首卻又夜夜回首的往事記憶？那些返城知青雖然非李後主，但是每個人心中的「不堪回首」蘊含的酸澀苦辣又有何不同？他們人雖離去，但對於那被時代碾成一地碎片的少年情懷的記憶又有何不同？少年情懷，也曾絢爛，也曾有露珠的清透甜美，卻還是爲了一個漫長達十年的「返城夢」，而放開手讓潮水將它們沖刷，粉碎。他們的那些殘片中蘊含了什麼？有多少不可與人言的心底隱秘？少年的浪漫夢境？豆蔻年華的初戀？甚至是不得不託付於他人撫養的幼兒幼女？那些暗暗期盼了十年有餘，十年滄桑歲月之後才回歸家鄉的少年，已經進入青年時期，甚至是年近而立。他們一身疲憊，心中刻痕交疊，他們是否還記得自己少年時的樣貌？歸來的他們，是否依然是當年登上綠皮列車的同一個人？

這些在一九七九年「大返城」中回來的知青，也常被稱爲「搭上了返城末班車」的知青。他們曾經是夢中數次返回家鄉，夢裡夢外十年有餘。那夢雖然終於實現，卻已經是被眞實人間碾得千瘡百孔。他們回到故鄉，那狂喜與團聚的幸福一刻之後，便須眞眞切切地面對現實生活的艱難，領悟到他們心心念念的家鄉，已經不再是他們離開時的樣貌，他們也已經不再是風華少年，而是無辜地淪爲成人世界中最尷尬的一群，似乎成爲家鄉的城市中多餘的人。他們被統稱爲「返城知青」，即使是回城後依然是有頂「知青」帽子，與當年經勞改後刑滿釋放的人群依然被稱爲「二勞改」的邏輯可有一比。文革使他們錯過了完成基礎教育課程的年齡，使他們錯過了進入大學的機會，甚至使得他們錯過了入中專技校學到些職業技能的機會，而十年間他們在農村的廣闊天地裡學到了什麼技能？

大陸中國各地知青間所學或有不同，我只能說身在北大荒的多數知青所學的，只是播種，間苗，扛麻袋，脫磚坯，伐木，等等，在城市如何用得上？「返城知青」大都成為最缺乏學識、最缺乏城市所需各種職業技能，雖鄉音未改，卻只懂得那些文革陳舊辭彙的人群。許多人甚至在家中也成為「多餘的人」，因為父母家中的居住空間實在過於狹窄。那時尚未有城市房屋改造的大潮，多數城市人家都住房逼仄，一家五口同睡在一間房並非罕見。「返城知青」家中也大都有兄弟姐妹，或先後返城回到父母家中，或與有幸留城的弟妹在父母家相聚。十年之前父母幼童與懵懂少年尚可同居一室，如今都是大兒大女，又如何安置床鋪？家中尷尬尚可靠父母東挪西湊地擠出暫時棲身之處，家外卻要靠每個「返城知青」咬緊牙關、放棄自尊，一扇扇地敲響那些緊閉的權勢大門，謀求一個招工名額，尋到這人世間的立足之地。那時的大陸中國，依然是在舊體制與體制裂隙中新生的嫩芽之間博弈，多數人依然是必須依附於某單位，才能獲得工作與薪酬的權利。例如知青必須去「知青辦」（官方名稱為「知青安置辦公室」）登記，只有通過知青辦，才能分配到官方許可的「單位」。「知青辦」官員自覺手握知青前程的生殺大權，因而面對求職心切的知青，多是官僚氣十足，而許多知青則不得不去知青辦日日拜訪，以求顯示誠意與決心，所謂「有志者事竟成」。日日拜訪的招數，卻不幸地往往被知青辦官員鄙夷，嫌棄知青還以紅衛兵方式辦事，居然擅闖政府機關，太不懂規矩。許多知青家中父母僅靠一份微薄薪金度日，家中不僅是捉襟見肘，甚至是食不果腹。許多知青迫於生存壓力，不得不尋些苦力營生賺錢貼補家用，例如去火車站充當臨時裝卸工，爲各式倉庫充當臨時工扛麻袋，爲市政冰庫赤手搬運冰塊，等等。畢竟，這是他們十年間惟一學到的本領，那便是咬牙出賣體力，將全部青春活力壓榨淨盡。

回憶「返城知青」回城後艱難生涯的文章，亦常在網路文章中見到。女兒，我不想在這裡一一複述那些知青淒慘度日的故事，想說明的是那淒慘艱辛是從何而來？原因何在？女兒，這是源於我們一代人恰遇上大陸中國那「文革」的截點，從而成爲祭品，甚至終生不能脫離作爲祭品的命運。我只希望同樣的人生故事，或改頭換面但實質相同的人生故事，永遠不會重演，無論是在世界何處。女兒，或許只需幾個宏觀數字，你便會明白多數「返城知青」此生的命運軌跡了。今日大陸中國年在花甲直至年入耄耋的老人中，當年的知青占到70％左右，其中，一九七八年恢復大學憑考試入學的制度，大約是兩千萬的知青中，只有不到5％的人從此與大學教育結緣，其他人依然是在社會底層苦尋人生出路，大部分最終成爲底層職工。九〇年代初，大陸國有企業虧損倒閉、破產、改制。大批職工下崗失業，其中知青占75％左右。二十一世紀初至今退休的老年人中，曾經上山下鄉的知青占三分之二，其中，城市的底層，被邊緣化的貧民，很多都是當年的知青。以寫北大荒知青生活成名的作家梁曉聲先生曾說，「85%的知青處在社會底層。落入底層的原因當然有多種，有的原本就是工農子女，家境差、文化水準低，又沒有可以利用的社會關係，他們在農村待的時間較長，後來沒能升入大學；再有就是他們的家庭出身不好。所以我覺得不能忘記這些人。他們落到今日的境地，當初政策的制定者要負很大責任」。梁先生坦然無隱地概括了當年大多數知青，是如何一生都未能擺脫那命運的捆綁。不過當年的政策制定者，已然風光落葬於水晶棺中，於皇城之前的新建紅色帝王祖廟中供小民敬仰，其它的執行者或已經入獄成爲階下囚至死，但也有不少依然是位高權重，紅色集權治下的小民，又如何能有能力甚或有膽量訴求他們負責？

女兒，梁先生說的那85%之外的人，或可大致分爲兩種人，即官二代與首批考試進入大學的人群。你可能會問，爲何直呼官二代？那麼紅二代去了哪裡？——其實我自覺如今紅一代與官一代已經可視爲意指同一批人，再要分辨不過是自欺欺人。那麼紅二代與官二代是否還可區分清楚？只怕也難。早在那些「搭上返程末班車」的人群之前，許多紅二代已經回到城市，也大都在體制之中謀得一席之地。在那些末班車知青還在苦苦覓路時，他們大多已經成爲體制中或大或小的掌權人——也可謂已經成爲官二代。他們在紅色體制中是永遠的受益者，以「父輩打江山」，所以「兒輩理應承繼江山」的理由，心安理得地博取更多權力，獲取更多利益。自然，我並非是說不存在例外，例外總是存在，總有人願意以自力證明自己的獨立存在，但是那只是極少數人。多數人在文革結束、父母重返高位後便得以返城。這一番經歷中，他們可能更加認識到權力在手的重要性。我始終認爲知青返城是使權力腐敗以「撥亂反正」、「平反冤獄」的名義而逐漸被正當化的契機。

女兒，在我們一代許多人心中，毛氏已經被他自己發起的文革掃下神壇。網上媒體中，已有許多關於毛氏壽數的調笑，不知那僅僅是調侃還是歎息？大多數人都道，若毛氏再活十年，那麼我們一代豈不是將永遠成爲毛氏革命的祭品，永無命運變幻的窗口？所以是慶幸那時大陸中國的醫療技術不像如今發達。確實如此，我自己人生自一九七八年後的路途便是實例之一。如我前文中的概述，生於五〇年代的一代人如今已經年過花甲，多是有相同的人生軌跡，可歸結爲生於四圍封閉的環境中，自幼即開始「紅布蒙眼」的教育。我們的洗腦從童年的不自覺開始，待到進入少年時，便逐步走向自覺地認同「自我改造」，成爲「馴服工具」。於是一群少年聽從毛氏號令而開始「文革」，直攪得傷及無辜不計數，最終是「攪得九天寒徹」，將大陸中國變爲一地廢墟、一地冤魂、一地窮困。知識青年大多在窮鄉僻壤或苦寒邊塞的「自我改造」過程結束於一九七八年末，正是文革結束之年。還需要再多綜述麼？這代人的命運不幸被毛氏建國與建國後的「繼續革命」裹挾，因而劃下一道堪稱顯示毛氏革命策劃路徑的集體軌跡。那道軌跡下不知道掩埋了多少條性命，更多的是不知道毀壞了多少人鮮活的靈魂。那些靈魂本可成爲沾染了天地靈氣的星辰，卻只是成爲行屍走肉，或者靈魂雖在，卻始終傷痕斑斑，不再完整，帶上了毛氏革命的印跡。

女兒，你是八〇年代的中後期出生的孩子，那是大陸中國改革開放的早期，如今連你都已經成人。我們一代人的人生，已經無可避免地踏入夕陽沉落的軌道。自己從R村走向涼水泉站從此離開北大荒距今也已多年，何談那綠皮專列走走停停地去往北大荒的時光，又何談那更爲遙遠的Y中學的篝火之夜？我們一代人的人生——若看做是一個整體，究竟是留下一條如何荒誕的集體軌跡？或許那軌跡的荒誕，並非應歸咎於我們，那軌跡的走向，其實是紅色帝王毛氏的大筆造就，只是那時的我們並不自覺，其實今天的我們是否又人人自覺？那集體軌跡其間其實掩埋了多少個人的往事，多少人從意氣飛揚直到心靈與身體都殘破不堪的往事？仍如同李後主那句詞「春花秋月何時了，往事知多少」。

女兒，我的一支筆無能寫盡我們一代人各自心中那欲說還休的往事，我的筆墨留下的只是往事的輪框，個人的觀察。我也看到那過往的紅色體制留予我們的集體印跡。例如我們去北大荒的知青始，終帶了些凡事喜歡集體進行的行爲模式，只不過是自行組織而已。不少知青每年會集合組織去北大荒，會在當年乘綠色專列出發的城市舉行周年紀念會，逢五逢十的年頭更是組織得隆重。庚子大疫年之前的一年我恰在北京，R村上海知青那年恰是選擇到北京於R村北京知青相聚，也恰巧阿Z從香港回北京盤桓訪舊。我躬逢其盛，正趕上會餐當天。那些年凡有相聚，會餐都是大手筆，餐桌上菜盤擺得五顏六色，香味四溢，眾人圍坐相互招呼。我留意到四圍擺設了一面面紅色橫幅，會場的紙花裝飾也是紅色爲主，不覺感受到那R村會場的風如幽靈在上空遊蕩，那幽靈雖稀薄無聲卻依舊不散。北大荒知青聚會似乎也必有一場歌舞作爲紀念。同伴們對我說，一起去明天的歌舞會吧？我問起歌舞會有什麼節目？答曰都是「憶舊」節目，即是指當年R村歌舞隊演過的節目，例如舞蹈「北風那個吹」中喜兒的紅頭繩。我不免心中問自己，我眞的還想看喜兒的紅頭繩嗎？不過阿Z說，還是去吧，有一首原創歌曲，絕對是當年R村知清的原創作品。我問，可以先看看歌詞嗎？於是讀到那當年的原創歌詞——詞依然是華麗的頌詞，有麥浪的金黃，有知青對豐收的喜悅，有北大荒的富足。雖是原創，卻依然是那個紅色時代的原創，充盈了紅色的。我們一代人習慣了那些辭藻華麗但內心空白的歌詞。對於那些頌揚那塊「紅布」的歌詞，習慣成自然，似乎完全沒有任何不妥的感覺。爲什麼我們的原創歌詞中，看不見、聽不見我們自己的內心？爲什麼不能長處當年的徬徨？爲什麼歌詞中不可以有小紅馬或長毛的故事？這便是我們一代人集體的刻痕吧？尤其是當我們聚在一起時，那毛氏紅色革命留下的刻痕便更爲顯明。不是嗎？女兒，我相信你們是更有智慧的一代人，我會聽到你們聚會時的歌是完全不同的格調。

女兒，你讀過《他們最幸福》麼[57]？那書是寫新一代的大陸中國人，大約是比你們稍年輕，但同樣是改革開放期間出生的一代人。書中寫幾個選擇放棄體制內或「規規矩矩」工作的年輕人。他們選擇去浪跡天涯，因爲「這個世界不是你想要的，爲什麼那麼糾結於它」？

他們去了大陸中國那位置遠離繁華的魔都或喧囂的帝都，但與夢最貼近的地方——大理，拉薩，做了流浪歌手——街頭歌手或酒吧歌手。他們在那五彩的天空下放肆地釋放自己，他們從不歌頌那宏大虛無，他們唱得只是自己內心的自由、愛情、苦悶、夢或是無夢時的寂寞，也唱那些當地的民謠——關於人間愛與不愛的民謠。他們是九〇年代的大陸中國少年，不知道他們現在怎樣了？女兒，你的人生雖與他們不同，但是只要每個人可以自由地選擇，活成自己心目中想要的面貌，那就是最好的人生。他們的歌詞皆是原創，永遠可以直達人心深處，例如這樣的歌詞：「老路唱起的那首歌/為何讓我淚眼模糊？/為何那些落花流水讓我留也留不住、為何那些滾燙的溫度總是相忘於江湖/為何總有些遺憾留在酒杯最深處……」女兒，我真的羨慕這些年輕人，我也願生發於大陸中國的體制改革後可以更平和寬容。即使民主體制仍在大陸中國遙遠的地平線之外，起碼可以容讓後代人有如此自由選擇人生方式的空間。如我一般生於五〇年代的一代人，已經永遠錯失了那自由可以帶來的人性中的感動與愛的能力。

女兒，你可能會問我，「你為什麼又是在文中隱藏起來，對於你自己一句不提」？其實你母親至今未提自己，只是由於我離開北大荒後幾年的歲月，只是個例中的個例，全賴家人呵護。自離開R村後，直至一九七七年未成為那不到5%的幸運兒之一考入大學，我一直在家人催促我治病養病的過程中。自R村回到北京，家人對我關照的中心便是治病，而非戶口或就業。無論是姥姥、J姨還是舅舅們，都永遠對我敞開家門，說那就是我的家。不過那幾年我雖非無一處屋簷可以庇護的流浪漢，其實一直是個「盲流」，在城市秩序與戶籍管理體制中「沒有身份」，因為我的戶口依然滯留R村，身份則歸屬於「知青」之列。若從西醫學角度簡述我的身體狀況，其實始終是「妾身未明」，說不清病況病因，也難以確診為某種名目。那些在總場部醫院注射進我的身體的複合中藥針劑，我至今不知其名，事實上那些創新針劑也確實無名，只冠以「N號中藥複合注射劑」，只能形容為是文革時期的「創新」注射液。雖不知那注射液是否是我高熱消退的功臣，卻是莫名其妙地毀損了我消化系統的正常運行能力。從胃開始，幾乎不分泌胃酸，缺乏正常蠕動反應，一路下去便連帶消耗了我身體消化整體系統的活力。究竟是何種原因使那複合針劑將一具二十歲身體的整體消化系統的活力衰減如老嫗？西醫那時雖可查到我消化系統整體的病態狀況，卻似乎並無確切的療法，或是由於無法獲悉那注射進我的脈管的究竟是何種藥物，或是按我的觀察，西醫雖有各種醫療方式，但對於胃腸功能的恢復，卻似乎缺乏有效療法？我不知道那是否僅僅是大陸中國當年西醫的水準低下，還是西醫的一般狀況。那幾年間我去過無數醫院，長輩們也詢問過許多名醫，卻功效不顯。

我的家族是西醫世家，一向與中醫隔膜，此時卻不得不「病急亂投醫」，要我去看中醫。我開始喝當年中醫開出的藥湯，苦辣酸麻，五味不辨，成為我每日的餐譜。幾年的中藥湯不斷地喝下去，卻是有些成效，但也或者是全賴於我年輕機體的自我修復能力？我的消化系統終於恢復了部分功能。雖僅是部分而已，卻使得我不再是感覺全身力氣全部抽空，軟弱到難以支撐自己的雙腿。我終於「活了過來」，可以走出家門。記得我父親那時感慨地說了句，「你的一條命總算是救過來了」。父親一向是個拙嘴笨舌的木訥人，這一句裡不知藏了父親當年的多少擔憂、努力與拳拳心意？這是家人第二次使我活了下來。第一次是姥姥將我這個不知道是否可以存活的早產兒抱入她雙臂，說「生命是神的恩賜，不可隨意棄之」。

女兒，我確實是個幸運兒，我的機體功能恢復到可以維持我的日常行動之時，恰逢大陸中國改革開啓，大學恢復考試入學的一九七七年末，我的人生終於改換了軌道。不過我數年後才意識到我養病的幾年期間，雖然也獨自讀了許多書，但還是已經遠遠落在許多舊友的腳步之後，例如《今天》那時早已經成爲定期出版的同人刊物，而我錯過了成爲同人的時間窗口，錯過了可以通過與舊友們相互交流與啓發的機會。一步錯過便是永遠錯過，從此永遠只是局外人，是讀者。幾年養病，自己不知不覺地成爲一切同代人活動的局外人（或是「圈外人」），這習慣亦持續一生，使我始終是一個局外的觀察者。那幾年間我養成了依靠自己讀書自娛與塡補心中寂寞的習慣，因而固化了我的孤獨，似乎孤獨成爲我終生伴侶。若說身體，那我至今是一個幾乎從無食欲、食量極差、身材瘦削的人，不過那並未影響我的學習與工作的運氣，亦未妨礙我孕育了你——我的女兒。所以如我姥姥所說，我始終是上帝恩賜的幸運兒。如今時尚是以瘦爲美，我的許多同事朋友羡慕我始終不變的纖瘦身材，卻從不知曉那是我少年時期一場「莫名高熱」加上「創新中藥注射液」的成果。這也算是北大荒留給我身體的終生印跡了。如今大陸中國依然有中藥注射劑流行，不知道是否還有人不自覺地成爲這樣的一隻小白鼠？

可能你也會問，問我在R村學到了什麼？我想我領悟了人應如何對待苦難。若是心知那是周圍人人無奈亦無解的苦難，那麼便咬緊牙關自己承受，不要遷怒於無辜之人，不要向他人抱怨——哪怕是向你的朋友，因爲那只會增加朋友的辛苦或傷心，並非是解決苦難的途徑。其實面對苦難的路徑唯一的解決之法，便是自己咬牙忍耐地走下去，直到你身體與意志的極限。那極限似乎也可隨你的耐力的增強而逐漸擴展，直到徹底崩潰的限度。那時最好是忘記自己亦不過是肉身凡胎，只須等待它自己崩潰的那天，但是即便崩潰，也不要通過鑽營那些損害他人利益的路徑而解脫自己的苦難——因爲那是加倍地損害無辜者。不要自怨自艾或自暴自棄，因爲那等於是加強苦難的力量，使得自己毀於苦難。如此，起碼內心並未敗退於惡。如此，才可以避免成爲大老W怒罵的「禽獸不如的東西」吧？我也感慨於那些R村底層小民的關愛，他們雖生活得粗糙簡陋，卻也是神的兒女，保持了天性中的善良與對他人之愛，例如我的小C師傅。並非是男女之情愛，卻更爲單純清澈，如在山泉水。唯有如此，才有在權力肆虐下凡人可以生存與愉悅人生的空間。女兒，這自然只是我從R村生活中獲得的私人領悟，同時也不敢自詡日後行為均是謹遵了所悟的道理，或許自己繼後數十年間在律所執業期間，也曾損害過他人吧？自己只能做到盡可能如雨果所言，避免在自己做人的麵糊裡攙上無知，避免它變成黑的，避免使自己有心為惡，亦避免助紂為孽。

緣於每人生活的經歷與遭際的不同，上千萬知青必定是有千萬種不同的個人領悟吧？在「大返城」的政策啓動之前，依靠父母恢復權勢的官二代，可以輕鬆地獲得各式調令返城，而無權勢可依仗的知青返城，便只能是慌不擇路——「蟹路蝦路」，只要成功便是出路。例如，選擇基於「病退」之路興起於一九七二年，知青們「創新」出各種「造病」的方法。製造「腎炎」之法是在送去檢驗的尿液中，加入兩滴蛋清、一滴血，送檢前搖勻；其他還可製造「肺穿孔」、「高血壓」等等。我在網上看到的數字是自一九七二年至一九七八年，以百折不回的決心創新出各式「造病」方式，得以成功「病退」返城的知青超過一百二十萬之數，網上見到形容此為一場「淮海戰役」，是知青決心與命運鬥智鬥勇的一戰。這超過百萬人從這場「淮海戰役」中，必定也獲得了不同於我的人生原則或生存智慧吧？那智慧又是什麼呢？「病退」只是知青返城路徑之一，其他如找各種關係（或通過送禮等等拉攏）方式而獲得「安置」等等，不一而足。若以道德標準追根究底，這「造病」手段畢竟是種欺騙而已，但亦不妨從其他角度追根究底，他們為什麼發起「造病」返城的「淮海戰役」？緣於他們清楚地看到人生中的不公，首先是權勢在手的官員與無權小民遭遇的不公——為什麼有人可以輕鬆平步青雲，而他們必須埋首泥土？再是「知識青年上山下鄉」這一決定本身的不公——那是千萬少年成爲文革旗手棄子的結果。

當年大陸中國曾流行的說法是「目的比手段重要，結果比過程重要」，或「爲達目的，不擇手段」，皆是毛氏紅色革命中爲其暴力辯護的邏輯。於是知青也藉此邏輯行事，他們的辯護理據便是「病退」採用手段雖是「欺騙」，但目的卻是要求平等待遇而已，豈非是心安理得。他們會問，「都是同樣在少年時被送來『上山下鄉』的學生，爲什麼官（紅）一代的兒女——或稱『紅二代』，可以回家，我們就不能回家」？他們想要的只是獲得公平。於是他們的欺騙行爲成爲實現「公平待遇」的手段，成爲伸張正義的管道。欺騙作爲手段，就有了正當理由。早早悟出各式欺騙方式的知青，反而成了後悟者心目中「聰明人」的榜樣，確認那才是解決問題的捷徑。曾經心思單純、一心成爲「革命後來人」，最終卻成爲以實現私人目的、不擇手段之人。那改變起於何時何處？無論如何，那些窮盡心智、用盡雞鳴狗盜手段而終於返回家鄉的知青，已經不再是那些心底純眞、懵懂地成爲棄子仍是無怨無悔的少年了。我始終相信誅心無意義，若從事實判斷，知青「返城」的過程，或許可以視爲我們一代少年的心態、氣質與行事方式改變之始，純眞的少年心漸被墨染。

公平而言，許多恢復權勢的官一代們，在文革之前尚可稱爲是自律之人。除去那等級制度爲他們帶來的生活待遇特權之外，他們並無附加的貪瀆。他們數十年追隨毛氏，自信所行之路是「紅色革命」，是建設一個富國強民的新華夏。他們對毛氏「紅色革命」的自信與自認，是紅色大軍之一員的自尊被毛氏的文革摧毀。他們所經歷的沉浮人生、暴力手段，是否確實會將華夏子民引向光明？文革中經歷過一場煉獄般的沉浮之後，他們對未來曾經的信心已經被擊成碎片。既然未來不可測，既然手中權力並非不可失去，那麼還是趁重掌的權力先將子女安置妥當。身爲父母而安置子女，即使是涉及利用權力或關係，似乎也並非是大奸大惡的行爲。「可憐天下父母心」，似乎是心同一理。那麼身爲官一代的後代，所謂紅二代（或稱官二代），從這經歷中又獲得了何種人生感受乃至行事原則？只怕是直截了當地將爭權看作是生命線，而權力與利益必得相連——即權力尋租。如此邏輯再深一步推演下去，大陸中國從上到下的社會階層，衡量個人行爲的道德底線便不斷下降。上層愈益理所當然地，將權勢視爲用以聚財的「寶盆」，下層則持續探尋新式的「雞鳴狗盜」技巧以作應對，或平衡些眼見到權力尋租的不公平結果。於是大陸中國成爲一塘渾水，從上到下層各有「蟹道」、「蝦路」，「上有政策下有對策」，不同的貪腐管道或雞鳴狗盜，各自走得心安理得。

女兒，若推源肇始，「知青返城」可謂大陸中國全面腐敗的心理開端，是官一代引領官二代逐步走向權力尋租的開端，亦是平頭百姓爲解決子女返城等等的文革遺留困境而尋找「雞鳴狗盜」方式的開端。各種「手段」雖是不堪，卻都以「目的」並非不堪作爲辯解的邏輯，例如知青返城，雖手段中不乏欺騙，目的卻是不可辯駁的正大光明，無可非議。這一類的自我辯解自「知青返城」逐漸爲大陸中國各階層心理上普遍接受。大陸中國各階層遂一同蠅營狗苟，雖然各有目的、各有手段，卻都是心安理得，從此再無道德底線。曾經讀到一段文字，且請作者恕我借來爲本段作結：「在制度性作惡的脅迫力量，左右著幾乎每個人思想和行爲的社會裡，個人良心往往就會被看成是一種可能的抵抗力量，人性的心智覺醒也就越加顯得重要。在這樣的社會裡，人的心智覺醒難度要比在一般的社會、政治環境中大得多。這一心智覺醒可能會產生兩個問題：人的良心是與生俱來的嗎？對人的行爲，個人良心向善的引導，總是與主導社會的價值觀相一致嗎」？[89]。我無能干擾他人的良心覺醒，也無能回答作者的提問。或許我們一代在從童年成長爲青年，繼之邁入大陸中國成人世界的過程中，從未獲得開啓我們心智覺醒的時間與空間。我們只是匆匆忙忙、磕磕絆絆地行走在紅色領袖指向的路上，頭上有「緊箍咒」，前後左右都是高牆攔截。我們只是井底之蛙，我們只是工具，按「偉人」毛氏意志起舞或被棄。如今我們年過花甲，如夕陽漸漸沉落，或許才有了一點點自由的空間，可以停下腳步，回望來路，同時偷窺高牆之外的大千世界。上天將這一點點空間留給我們，便如同打開一扇窗，只爲我們可以回歸人類應有的樣貌吧？

女兒，不要誤會我要責備任何人，絕對不是的。由於家人翼護使我得以在家中養病，恰好是躲過了那知青人人焦慮、惟恐擠不上那返城末班車的過程，也未遭受那些雖有幸擠上末班車返城、回到城裡卻發現依然要用盡手段，爲生存尋找立足之地的磋磨。或許便是由於如此的幸運，自己未去染指任何「蟹路、蝦路」，也未能學到那些藉「雞鳴狗盜」在體制裂隙中尋找出路的生存手段，才得以保留了心中的安然與乾淨。這一切並非我自覺地抗拒那污染，只是由於我幸運地有家人做了我的屏障。記得開篇時，我寫了我們這一代如同洗墨池邊生長的梅樹，開出的花帶有絲絲墨痕，因爲花兒無辜地從根系開始，便沾染到池中墨蹟。我雖「躲過了」返城，卻並非未沾染到屬於我的墨痕。

女兒，我的北大荒經歷敘事到此就是結篇了。每個人都有自己的往事，有自己不欲與人言的經歷，若化爲文字或許可以塡平東海。我寫不出每人的往事，我的文字只能粗疏地劃出一幅我們一代少年期間人生的輪廓。無論是在北大荒的蚊帳下，還是在我養病期間，我多是依賴讀書慰藉自己。女兒，前文已經寫及，書雖然充實自己，讀書雖可使得自己暫時忘卻身在何處，卻也隔絕我與周圍人的聯繫，固化了我天性中的孤獨。不過那孤獨或許也是神送我的禮物，使我保有一分天性，哪怕其餘九分都流失於那紅色帝王謀劃下的集體軌跡之中。女兒，這冊小書便是那一分天性固執地結出的果子吧？

## 註釋

52 此處資料來自《領英人才報告庫》，二〇二〇年。

53 即指大陸政府勞動部門的招工系統，其每年按計劃的指標確定年度招工人數。經此招工系統招收的人即爲「正式工」。這套系統自五〇年代初運行。

54 見前注4。

55 文革期間，「牛棚」並非實指養牛的棚圈。由於文革中被革命群眾定性的「反動幹部」統稱「牛鬼蛇神」，因而關押此類「牛鬼蛇神」之處即簡稱爲「牛棚」。

56 互聯網《百度知道》上可查到他確是累死：「一九六六年十二月四日，楊水才開會、勞動、調查、座談……忙了整整十八個小時，由於勞累過度，第二天病逝於苗圃的那間小屋裡」。他逝於二十四歲，風華正盛的年齡。

57 《他們最幸福》，大冰著，中信出版社。

58 作者徐賁，《聽，良心的鼓聲能走多遠？》）。

# 結語——千載琵琶作胡語，分明怨恨曲中論

女兒，我知道我的這冊小書，頂多是粗線條的炭筆，勾勒出那兵荒馬亂超過十年的文革歲月一個輪廓。或者我只是一枚縫衣針，以自己的觀察與思索作爲縫衣之線，串起我們一代中的人生殘片。那些殘片縫綴起的這件殘破衣衫，便是毛氏紅色帝王治下，我們一代作爲其「過河小卒」的數千萬人的人生足跡、人生結局。女兒，我懂得文字的局限，無論多少文字都遠遠不能覆蓋那其間橫行無阻的殘暴與羞辱，留在每個人心上的累累傷痕。不過作爲母親，我願嘗試做一棵更合格的行道樹，用我的筆撞擊我們那一代又一代的沉默。我們一代的沉默，扼斷了我們一代與你們交流的那條河，扼斷了兩代人間的精神連結。我們的沉默，使得生於大陸中國的你們一代成爲精神上的孤兒，永遠尋不到歸家的正確路途，甚至使得那塊雖然殘破卻依然存在的「紅布」，被你們認作是「家」應有的樣貌。在這個意義上，我虧欠你良多，我的女兒。於花甲之年回望舊事，我希望自己能稍稍彌補那些虧欠。杜甫當年經過昭君生長的村落，曾感嘆「千載琵琶作胡語，分明怨恨曲中論」。延宕至今，那當年的琵琶

已經曲聲不聞，失落於時間永不停駐的足跡中。我因而希望自己做一枚縫衣針串起的些許碎片，可以隨時間不絕於你與你的同代人，乃至後代之中。

女兒，孩子們，若不是爲你們講述那段不堪往日的心願，我不知道自己是否有決心回望來路，撿起那些散落的殘花飛絮？我們一代既是受傷害者，又是傷害他人的一代。我們一代中人在文革結束後選擇的道路亦極是紛紜，有人選擇遠走異國；有人選擇遠離政治議題；或無奈地做個順民，得過且過；亦有人選擇「雖千萬人吾往矣」，跟隨先賢足跡，一心追究那文革背後的眞實政治符號，試圖警醒大陸國民。自然亦有人爲那毛氏權力熏天的場面誘惑，決心攀爬權力階梯，直至最高處，再修補起那塊本已經碎的千瘡百孔的紅布，例如習氏。習氏甚至也可說是我們一代中人。文革當年的紅小兵出身，被紅小兵的思維與行爲框架模塑定型，直至如今。例如紅小兵對待所謂「異己分子」的方式極端粗暴簡單，那便是一個字：「打」！若遇不服者，便是「狠狠地打」！直打到對方血肉飛濺，氣息微弱，認識到再不低頭便難免是橫屍街頭。如今成爲一黨一國之首的一尊，對治下萬民則是如法炮製，以一個「打」字治天下，例如網路治理嚴打，城市管理嚴打，言論自由嚴打，乃至對於新冠病毒嚴打，也是難以悉數。或許亦可謂是「文革幽靈」依然遊蕩在華夏大地。不過如前提及，我們一代中亦有書生意氣、文人風骨，雖歷經磨難，卻始終將自己的信仰看的重於生命，至「九死而不悔」之人。念及他們的名字，便覺他們如天朗氣清的精靈，是華夏生生不息巡迴盤旋的正氣。「雲山蒼蒼，江水泱泱」，而先生之風，亦將山高水長地永存於華夏土壤。

忘記是哪位先賢之言——「說眞話是一種義務」。人生一世，由天地雨露涵養，由父母家人珍重翼護，自己又何以回饋？或許唯有遵從「說眞話」的義務。我愧欠家族前輩們亦是良多。他們生我育我養我教我，始終愛我，卻從未需要、更從未要求過我的回報。我未能爲他們做過什麼。他們在此岸曾達到的人生境界與成就，我亦是終此一生望塵莫及。我有時會想像，若他們要求我做什麼，會要求什麼呢？若到我的靈魂與他們相逢之日，面對他們的眼睛，我有什麼可以作答麼？我相信他們對於我別無他求，只會期待我承繼他們血脈，與教養中流傳的那些作人的原則。他們終生嶙嶙傲骨直立於世，且對於認定應做之事不懈努力。他們的傲骨並非是表面待人傲慢不恭，而是深藏在心。雖是被紅色政權劃入另冊之小民，行事作人也始終堅持自己心中的公義與原則。我也相信他們在與我相逢時刻，會要求我的作答毫無虛假，因爲「說眞話是一種義務」。如姥姥在我幼時不斷的叮囑，「你們的話，是，就說是；不是就說不是；若再多說，就是出於那惡者」。我多年之後才知道那是《聖經》中對於如何做人的告誡。

面對我的家族長輩，反思自己，我只能說那亂世之中，自己曾有不知所措的惶惑，也曾有過嘗試檢討「黑或灰」的家庭，對自己未成爲「優質鋼」的影響，但始終疏離於那紅色教育主流範式之外，文革中亦是旁觀時多，參與極少。如今回想，那疏離其實便是自己的天性，對於紅色教育自覺或不自覺的抗拒吧？在靈魂深處，我也曾「走失」過，曾經卑微、消沉，尋不到人生的眞意，或許我的「走失」，其實也是芸芸眾生中我們一代的影像。不過如同我們一代中許多人一般，曾沮喪卻未放棄原則；雖黯然卻未墮落，守住作人的底線。人生無論處於何種狀態，總應該保留最後的驕傲，保留不可再退讓的尊嚴。

文革的大陸中國已經是假話充盈人間，如今更是假話成爲主流——「文化大革命的偉大，並不在於它眞能改造好人的思想，而在於它居然能把八億人口的大國，改造成一個普遍說假話的國度」。此語來自晚年時的李愼之先生，他曾是周恩來的外交秘書，後任大陸中國社會科學院副院長。又如畫家葉淺予對於毛氏將大陸中國建成一架紅色機器後的觀察——「思想改造的目的，就是要改造到人人都能自覺地說假話」。我慚愧此生未成爲智者，更非勇者。我未能做到如崔健般地公然挑戰那塊「紅布」，未能更早地對於那「紅布」之謬犀利發聲。不過我的人生路徑未追隨那塊「紅布」，更從未以假話爲其助長聲勢，助其蠱惑他人，即使是在那自己依然是少年懵懂的歲月。我只能藉此作答，自己雖是不成器的後輩，但未悖離長輩們作人的原則。

上天將一支筆放入我手中，或許也並非偶然。一支筆是一分恩賜，也是一分人生義務，講眞話的人生義務。我自認是業餘寫手。也或許我的文字不過是自我慰藉，我只是將紙筆放置於我生命的小舟上，將那一葉蚱蜢舟作爲踏腳處，尋找生命的意義。那葉小舟或許仍逃不脫我們一代的宿命，那紙筆也不過是虛妄的期望？無論如何，每代人有自己的表達方式，自己真的是屬於一個漸漸遠去的時代了。任何漸漸遠去的時代，卻不免仍然會在現世留下它的眷戀。

## 後記　過往與現世交錯的人生——記憶若沉重，是否此生會永遠負重？

不知是有夢入夜，還是淩晨將醒未醒之際的幻覺，醒來時夢中畫面在腦中依然盤旋不去。那畫面是巨大磨盤慢慢旋轉，必是有數頭小驢拼力牽拉，但夢中不見有小驢，只見有濃白豆漿慢慢從兩層磨盤中間碾軋的厚厚一層豆粒中滲出，一滴滴滲出得緩慢，似乎甚是艱難。

莊生夢蝶，醒來不知是夢境才是眞實，還是眞實不過是夢境。自己尙在夢境迷離中，一時難辨自己是那夢中的豆粒還是那磨盤？似乎自認是豆粒更貼切些，被不知何人何時壓在磨盤之下，將身體中的精華滴滴榨出。那些精華去了哪裡？豆粒自然不知。只知體內所剩漸漸僅有豆渣。成爲豆渣也罷，若能最終埋入土中，那土壤得到養分，想必會發出一兩枝新芽。惟願那新芽開出的花是玫瑰，有色，有香，亦有刺。或許自己也不妨是那下層磨盤吧，雖非情願，亦日日被打磨，漸漸磨去了稜角溝壑，不再能破碎研磨那些豆粒。那便是磨盤漸漸老去的過程吧。之後那磨盤是否會充作村頭樹下老人閑坐時的座下石？會在無意中聽到那些老人閒聊中的陳年舊事？並在恍惚中將其作爲自己的過往，鐫刻於那顆石頭心中？似乎時人認爲石頭草木皆無心，其實若木石無心，又怎會有寶玉黛玉的故事？

漸漸走出夢中畫面，我其實是在M市家中床上。卻怎會有如此沉重的夢境，與現實決然相反？不過類似夢境卻常是反復來訪，並非是意外之事。此時正是南半球的初夏，風很爽快，可以看到院裡樹冠一層層被風吹起，快活地翻滾，反射出陽光的明亮——誰說只有桉樹葉才會反射陽光呢？但是細看，那樹似乎是處於季節混淆的狀態。既有經冬未落的秋葉懸掛枝頭，又有綠葉招搖，深深淺淺的綠色黃色錯落交雜，看不出那葉子是春季新生還是經冬未落？黃綠交雜之間，細看有花蕾將綻未綻。那是棵當初莫名紮根的樹，我們一直不認識它，直到去年有個園林工人確認了一番，才道是棵野山梨樹。野山梨樹本是歐洲或東北亞的樹種，也少見有人用於園林。它原本是怎樣漂洋過海，萬里迢迢地來到澳洲，又落戶在我家後院？不知是否由於來到這四季恰好顛倒的南半球，那樹難以判斷四時節序，因此便混四季於一身？樹猶如此，人又何嘗不如是呢？類似先生與我亦是爲一份工作飄落此處。「家不是家，鄉不是鄉。哪裡屬於我，我屬於它？遷移又遷移，到哪裡都是客居，永遠覺得是異鄉人」。

如今可看作是自己將終老之地的M市多年蟬聯《經濟學人》發佈的最宜居城市榜單之

首。這座城市一副閒適的相貌，卻不失活力，既有田園韻味，又不乏城市便利。經過封城之後的M市，如今雖仍有新冠疫病的烏雲罩頂，街景卻逐漸恢復。滿街的咖啡館和小餐館，雖未能全數逃過疫病封城的一劫，但那些逃過一劫的店鋪復業後依然見客來客往。南半球的初夏季節，M市也未逃過氣候漸趨極端化的影響，時有燥熱，又時有冷風冷雨肆虐，極端的冷熱交替之間，卻依然有溫潤的季風迴旋在城市上空，藍天與陽光依然是無遮無攔，漫無邊際地延伸，似乎永無盡頭。澳洲曾被稱爲是幸運的國度，M也是座幸運的城市。幸運的M市人，那幾乎囊括了世界各國口味的咖啡館與餐館是城市的名片。在M市愈是居住日久，卻愈是感受到自己與周圍人內心的差別。自己始終難以融入本地人那天然單純的閒適享樂。似乎是異鄉過客，穿行在街頭的熱鬧與閒適融合而成的歲月安然之中，卻感覺那全與自己不相關。雖然也會去坐咖啡館，任咖啡的濃香与各式糕餅的甜味包裹自己，閒看行人往來，卻總是感覺心在別處。那差別無關語言，無關種族，或許亦無關所謂華人傳統文人習氣。記得曾與中學同學談起過這種隔膜的心境。同學在加州定居多年，事業有成，日子富足，卻回應道他也有同感，感到難以融入身邊氛圍。我們都感到無論置身於何種世間繁華嬉鬧中，也總覺那於自己是如此不眞實，是身在夢境，或只是遠遠的看客。爲什麼會如此？難道確實是由於我們一代的過往印記過於霸道，強占了我們的全部心境，使我們在內心總是靜好世道的局外人？爲什麼會是如此？難道確實是由於我們一代的過往印記過於強勢蠻橫，不容抗拒，源於少年時代隨同每日課堂教育被強行灌入些似是而非的理念，如水滴石穿。那強暴會粗暴而恒久地改變人的心境，使人終生難以脫離紅色強權的影響。影響並非一定是指自覺地相信或不相信某種意識形態，亦並非愛或者恨，而是終生刻印心中的沉重心境，使人難以與它類世界建立聯係，因爲那少年時的世界與現在的世界距離恍若兩世，或日如同一道天塹，將人世與人生均剖成兩半。

一本神經學醫生的書中，講述了一位莫名地失去某些植物神經功能的病人，那疾病使她失去五感，僅餘視覺。那病人憑藉勇氣毅力與聰慧，學會以視覺指揮四肢，重新開始站立、行走乃至重拾原有職業——電腦程式設計。從外表看她並無異於常人，只是動作與語速稍有遲緩，但是內心裡她感覺無比畸零，又無人可訴。她感覺與現世始終莫名地隔膜，因爲她的身體失去了對現世的感覺，例如春風拂面帶來的愉悅，咖啡香氣帶來的享受，等等。她的感受似乎描摹出自己身在M市的處境。雖然自己神經健全，嗅覺味覺依然靈敏，那種與現世莫名的隔膜卻如影隨形，難以消除。天朝體制模塑出的人，往往喪失常人標準的五感，其喜怒哀樂愛恨情仇往往受到扭曲的人性左右，迴異於常人。依然是那位神經病學醫生的書，記敘了另一種神經疾病的患者，例如帕金森症患者與癲癇患者，有可能發展出一種症狀，即是forced reminiscence（或可譯作「強迫憶舊症」）。患者腦中會不斷浮現並重複少年時代某些經歷，例如少年時熟悉的音樂片段，等等。我雖無帕金森症，我的隔膜狀態是否亦類如神經疾病患者呢？我想起碼是某種不健康的精神狀態。健康者活於現實中，專注於當下，而只有如自己一般在少年時代被強力與外力拋出人生常軌，經歷那些就常軌社會而言是「不正常」的事件，才會精神類如罹患「強迫記憶症」？這世上雖依然有風景，卻似乎與自己無涉，自己只是個風景的看客。不過既然世間一切風景如常，人人愉悅如常，那麼不正常的必然祇是自己。

爲理解今日自己爲何不正常，只怕亦只能回望來路，尋找那過往的記憶？好萊塢導演Luis Buñuel先生關於記憶曾寫道，「You have to lose your memory, if only in bits and pieces, to realize that memory is what makes our lives. Life without memory is no life at all. Memory is our coherence, our reason, our feeling, even our action. Without it, we are nothing……」（自己姑且譯作「只有失去記憶——哪怕是失去零零星星的片斷記憶——你才會體會到記憶才是造就我們人生之物。若無記憶便無人生。記憶是人生的連貫性，是人生的理性，是人生的情感，甚至是人生的活動。若無記憶，我們只是零而已……」）。這段話深深觸動自己。記憶是上蒼對造物的恩賜，同時或亦是對於造物的懲罰。記憶不可輕易棄之，亦不可輕易埋沒。上蒼的恩賜於人的自然不止於記憶，還有靈魂。若有記憶但失了靈魂，是否枉爲人子？在那中共刻意造就的封閉天地中長大的如我們一代人，是否眞的保有天然的靈魂？

本以爲自己退出職場後的人生，可以風平浪靜地過去。M市家中的自己會心境安然地坐在院子臺階上，看日腳來往，看無花果樹結實或者不結實的夏日從容地從人世走過；看那掛在木柵欄上的檸檬，用一個夏天的時間，從隱在葉片中的青澀慢慢變成爛漫的明黃。不料風雖息卻水未靜，歲月安靜未能換來心境安然。心境本是私人之事，不足爲外人道，自然更不應攪擾他人安寧。大陸國人卻往往反其道而行之，將一腔濁氣戾氣洩於他人乃至拳腳相加，這自然是有失道德。不過，若是可以將個人心境的失落化爲文字，又通過文字探尋那失落的根源，留與世人權作一味藥材以供製藥之用，是否也可算作是廢物利用，做件好事？不妨詢問內心，是否餘生渾渾噩噩，混吃等死便是個幸福的結尾？「巧者勞而智者憂，無能者無所求，飽食而遨遊，泛若不繫之舟」——《莊子》中的雋語，如今也成爲陳詞老調。其實「飽食而遨遊，泛若不繫之舟」又何嘗不可看作是樁樂事。苦與樂、愧疚與欣然，孰優孰劣？也不過是見仁見智罷了。

自己可算得是執拗之人，既然領悟到一生碌碌，是否依然可以改變稍許？改變得晚與不晚只在乎一己之見，不在於與他人比較。所謂「朝聞道，夕死可矣」，便是大徹大悟。既然一切思量都是無解，索性不再思量。若是東西莫辨，那莫如不辨。無問西東，莫問前程，且隨心而行，爲我們一代與我們的後代落下筆墨。使得沉默的行道樹不再沉默，我們的語言與語言轉化爲文字，或許便是代際間得以交集的管道。願這管道中永遠有「江水泱泱」，有後來者源源不絕。

自忖本人是紅色教育模子下產出的廢品，並非紅色觀念的追隨者，但依然難脫某些印記，難以有閒適安然的心境去融入新世界。我惟願自己的下一代人在心靈中再無此等印記。願華夏大地上繁衍不息的後代，可以永遠擺脫我們一代的命運，擺脫那紅色強權深深鐫刻的心靈印記。他們是正常人，可以自然而然、心地坦然地愉悅那杯每日的咖啡，理所當然地融入街景中的人生。

惟願「鳥啼花落，欣然有會於心」。

國家圖書館出版品預行編目資料

方寸天地看人間：燈火闌珊處，尋一代少年背影 / 逸之著. -- 1版. -- 新北市：華夏出版有限公司, 2022.09

面；　　公分. --（Sunny 文庫；267）

ISBN 978-626-7134-51-1（平裝）

855　　111013043

Sunny 文庫　267

方寸天地看人間：燈火闌珊處，尋一代少年背影

著　　作　逸之
印　　刷　百通科技股份有限公司
　　　　　電話：02-86926066　傳眞：02-86926016
出　　版　華夏出版有限公司
　　　　　220 新北市板橋區縣民大道 3 段 93 巷 30 弄 25 號 1 樓
　　　　　電話：02-32343788　傳眞：02-22234544
E-mail　pftwsdom@ms7.hinet.net
總 經 銷　貿騰發賣股份有限公司
　　　　　新北市 235 中和區立德街 136 號 6 樓
　　　　　電話：02-82275988　傳眞：02-82275989
　　　　　網址：www.namode.com
版　　次　2022 年 9 月 1 版
特　　價　新台幣 700 元　（缺頁或破損的書，請寄回更換）

ISBN-13：978-626-7134-51-1
《方寸天地看人間》由逸之授權華夏出版有限公司出版繁體字版